四川大学
中国俗文化
研究所丛书

吕肖奂｜著

宋代诗歌
论集

中国社会科学出版社

图书在版编目(CIP)数据

宋代诗歌论集/吕肖奂著. —北京：中国社会科学出版社，
2017.11
（四川大学中国俗文化研究所丛书）
ISBN 978 - 7 - 5203 - 0926 - 4

Ⅰ.①宋…　Ⅱ.①吕…　Ⅲ.①宋诗—诗歌研究—文集
Ⅳ.①I207.22 - 53

中国版本图书馆 CIP 数据核字（2017）第 221605 号

出 版 人　赵剑英
责任编辑　郭晓鸿
特约编辑　席建海
责任校对　李　莉
责任印制　戴　宽

出　　　版　中国社会科学出版社
社　　　址　北京鼓楼西大街甲 158 号
邮　　　编　100720
网　　　址　http://www.csspw.cn
发 行 部　010 - 84083685
门 市 部　010 - 84029450
经　　　销　新华书店及其他书店

印刷装订　北京君升印刷有限公司
版　　　次　2017 年 11 月第 1 版
印　　　次　2017 年 11 月第 1 次印刷

开　　　本　710 × 1000　1/16
印　　　张　25.75
插　　　页　2
字　　　数　386 千字
定　　　价　109.00 元

总　序

这套丛书是四川大学中国俗文化研究所部分同仁的学术论文自选集。

四川大学中国俗文化研究所成立于 1999 年 6 月，2000 年 9 月被批准为教育部人文社会科学重点研究基地，是"985 工程"文化遗产与文化互动创新基地的主要依托机构，也是"211 工程"重点学科建设项目的重要组成部分。研究所下设俗语言、俗文学、俗信仰、文化遗产与文化认同四个研究方向，涵盖文学、语言学、历史学、宗教学、民俗学、人类学等多个学科，现有专、兼职研究人员 20 余人。

多年来，所内研究人员已出版专著百余种；研究所成立以来，也已先后出版"俗文化研究"、"宋代佛教文学研究"等丛书，但学者们在专著之外发表的论文则散见各处，不利于翻检与参考。为此，我们决定出版此套丛书，以个人为单位，主要收集学者们著作之外已公开发表的单篇论文。入选者既有学界的领军人物，亦不乏青年才俊；研究内容以中国俗文化为主，也旁及其他一些领域；方法上既注重文献梳理，亦注重田野考察；行文或谨重严密，或议论生新；在一定程度上展示了我所的治学特色与学术实力。

希望这套丛书能得到广大读者和学界同仁的关注与批评！

四川大学中国俗文化研究所

目　录

欧阳修研究

陆游研究

邵雍、范成大研究

诗歌与古琴研究

诗歌与异域文化

诗歌理论

外二篇

序

肖尧是王照先生门下大弟子，又年长于我，其新著编竣，命我为序，岂敢不应？

2005 年前后，赵敏俐先生主编国家社会科学基金重点项目《中国诗歌通史》启动，我经陶文鹏师推荐，参与撰写由韩经太先生任分卷主编的《宋代诗歌通史》。当时刚读过肖尧的《宋诗体派论》，印象深刻，自觉不能有所超越，遂与肖尧通电话，商询能否以她的稿件为基础予以改编，肖尧爽快地答应了，此为我们合作之始。2007 年，我申报的国家社科基金项目《宋代家族与文学研究》获准立项，肖尧又参与其中，并和我合作了一系列家族文学研究的论文，其力常十居七八。2011 年，肖尧申报的国家社科基金项目《宋代唱和诗研究》也获准立项，虽然我是当然的课题组成员，但人事鞅掌，于她的课题几无贡献，思之歉然。回思与肖尧合作近十年，肖尧给我帮助极多，我给肖尧帮助极少，肖尧未见丝毫怨尤，且常有感谢之语，愈增我之惭愧。今命我为序，又岂能不应？

肖尧待人诚恳，不善心术，不屑营营，蔼然可亲，澄然可敬，近于仁者；而治学细密，沉潜文本，机杼自得，其思郁然，其文沛然，又近于智者。仁者乐山，智者乐水，肖尧于山水实有所好，亦深与山水有所会心也。肖尧尝自语"把任务转化为兴趣"，是仁者言，是智者言。今仁者智者命我为序，又岂可不应？

肖尧此书所收，若《论南宋后期词的雅化和诗的俗化》，若《欧阳修诗歌审美追求与创作效果的矛盾》等，皆受学界推重；他篇亦多怀抱珠玉者，读者自能鉴之。唯肖奂惠我之处及为人为学之长，恐有他人所不详者，故略序于上。

张剑谨书于京城秀园寓所

2014 年 12 月 3 日

诗词关系

论南宋后期词的雅化和诗的俗化

——兼谈文体发展及文学与文化之关系

南宋后期文坛出现词的雅化和诗的俗化现象，不需过多论证，就可以基本确定下来、成为词学和诗学研究者公认的事实，但是，由于诗、词一直处于分体研究的状态，很少有人将这两种情况并列起来对比考察，所以需要简单介绍。值得注意的是，对于南宋后期为什么会产生诗、词这种反方向发展的状况，词学研究者和诗学研究者却有不大相同的认识。这牵涉许多复杂问题，譬如南宋文化环境整体的雅与俗，诗、词自身发展规律及其与文化整体发展之间的关系，南宋士大夫的雅俗观，等等，本文试图对这些问题作一初步的探讨。

一 南宋后期词的雅化和诗的俗化

词到了南宋后期，日趋雅化，姜夔及格律词派是词雅化到极致的典型代表。姜夔的词或被称作"骚雅"，或被视为"醇雅"、"清雅"、"古雅"、"淡雅"，正如有学者所说：姜夔"以清雅之词，抒清雅之情，写清雅之意，吐清雅之气，或咏清雅之物"①。还有学者则明确指出："姜夔则彻底地反俗为雅，下字运意，都力求雅而又雅。……姜词被视为雅词的典范。"② 古往今来的学者基本确认了姜夔词"雅"的特点。的确，与晚唐五代以来任何词家、词派相比，姜夔的词都显示出"雅"这一特点——清虚绵邈的情思，清劲古雅的语言，清空淡雅的词风，这些特点受到时人和后

---

① 贾文昭：《试论古代词苑中的第三派》，《学术月刊》1995年第4期。
② 王兆鹏：《宋词流变史论纲》，《湖北大学学报》1997年第5期。

人的广泛认同和大力推崇，以致南宋后期的词坛，差不多是姜夔及其格律词派的一统天下，也可以说是雅词的一统天下，这足以说明，词到了南宋后期就彻底雅化了。

然而与之相反，诗到了南宋后期，则日益俗化，刘克庄、戴复古及其江湖诗派可以说是"诗"俗化到极致的典型代表，这一点也是从宋至清诗评家的共识：

尝闻之曰：江左齐梁，竞争一韵一字之奇巧，不出月露风云之形状。至唐末益多小巧，甚至于近鄙俚。迄于今则弊尤极矣。①

南宋诗小集二十八家，黄俞邰抄自宋刻，所谓江湖诗也。大概规模晚唐，调多俗下。……余多摹拟四灵，家数小，气格卑，风气日下，非复绍兴乾道之旧，无论东京盛时，已可一概也。②

宋人力贬绮靡，意欲淡雅，不觉竟入酸陋，如戴敏才"引些渠水添他满，移个柴门傍竹开"，二虚字甚恶。其子复古"一心似水惟平好，万事如棋不著高"；高菊涧"主人一笑先呼酒，劝客三杯便当茶"；王梦弼"三年受用惟栽竹，一日工夫半为梅"；方翥《寄友》"胸中襞积千般事，到得相逢一语无"；程东夫"荒村三月不肉味，并与瓜茄倚阁休"，当时自以为入情切事，不知皆村儿之语，徒供后人捧腹耳。③

宋末诗格卑靡。④

江湖诗派是宋诗众多体派中受到批评最多的诗派，其所受的批评是多

---

① 包恢：《敝帚稿略》卷五《书侯体仁存拙稿后》，《文渊阁四库全书》本。
② 王士禛：《带经堂诗话》卷十，人民文学出版社 1962 年版。
③ 贺裳：《载酒园诗话》卷一，《清诗话续编》，上海古籍出版社 1983 年版。
④ 《四库全书总目·江湖小集》，中华书局 1965 年版。

方面的，但众矢之的无疑是其"鄙俚"、"俗下"、"酸陋"、"村儿之语"、"卑靡"，一言以蔽之，即"俗"。的确，与此前的任何诗体、诗派相比，江湖诗派都更加浅易、率直、亲切、轻巧、凡熟，都更能显示出"俗"的气象或情调，而具有传统士大夫诗歌由古典文言向通俗白话发展的迹象。江湖诗派是南宋后期诗坛的主力军，代表了当时诗歌创作的风气，因此可以说南宋后期诗歌是彻底俗化了。

雅和俗是相对而言的概念，很难确定其确切的定义和范围，这里试将南宋后期词人、诗人的作品——譬如姜夔的一首词和戴复古的一首诗——放在一起并观，以说明本文对雅和俗定义及范围的大体限定：

> 疏疏雪片，飞入溪南苑。春寒锁、旧家亭馆。有玉梅几树，背立怨东风，高花未吐，暗香已远。　　公来领略，梅花能劝。花长好、愿公更健。便揉春为酒，剪雪作新诗，拚一日、绕花千转。（姜夔《玉梅令》）

> 寄声说与寻梅者，不在山边即水涯。又恐好枝为雪压，或生幽处被云遮。蜂黄涂额半含蕊，鹤膝翘空疏带花。此是寻梅端的处，折来须付与诗家。（戴复古《寄寻梅》）

这是与梅花有关的词和诗，虽然说评价诗词有不同的审美标准，但是我们暂时抛开文体的限制，仅从雅俗的角度来统一标准衡量，则姜"雅"戴"俗"是一目了然的：咏梅则姜夔遗貌取神，传达出梅花的幽韵冷香，得其神似，戴复古则摹写物态，细说梅花的花蕊和花枝，得其形似；写人则姜夔希望范成大"揉春""剪雪""绕花千转"，戴复古则希望"寻梅者"折花赠己；叙写方式上，姜夔笔势灵活，变化无端，显得神思飞扬，戴复古则意脉连贯，一气直下，思路寻常。语言上尽管两首诗词都有"雪"、"梅"、"花"、"疏"字样，但整体效果却不一样，尤其是戴复古用了不少虚词连接句意，使"诗家语"散文化，又夹杂口语如"端的"，不像姜夔那样精练雅致；风格上姜夔轻灵飞动，戴复古亲切小巧……这一切虽然没有高下之分，但在士大夫传统审美观念中却有雅俗之别：姜夔的作风被视为雅，戴复古的作风被视为俗。特别是在形似和神似之间，士大夫对其有明确的雅俗判定，尤其在北宋日益推崇文人写意画之后，神似被视为文艺创作境界的极致，形似则被视为匠人之作，带有"匠气"。一句"高花未吐，暗香已远"，其风神远韵高过"蜂黄涂额半含蕊，鹤膝翘空疏带花"无数倍，而有无风神远韵，正是雅、俗的分界点。

这两首作品都不算是两位作家的最好作品，但却代表了他们的基本风格，也能够代表南宋后期格律词派词和江湖诗派诗的最主要特征，代表了南宋后期词"雅"、诗"俗"的程度，以及词的雅化和诗的俗化的大体方向性、规定性。

本文所说的雅和俗，基本界定在士大夫文学这个层面，是属于士大夫文学或者说是精英文学、雅文学内部的雅俗问题，而与一般文学研究者所说的雅文学和俗文学的雅与俗不同，其差别实在不如士大夫文学和大众文学的雅与俗那样大。

同样，雅化和俗化更是相对而言的，词的雅化和诗的俗化，是指词和诗各自发展过程中所显示出来的雅、俗倾向，本文同样将其限定在士大夫的主流创作范围之内。

二 词体诗体发展的自身规律

南宋后期词的雅化和诗的俗化问题，属于词、诗两种文体各自发展规律问题，实际上就是文学发展规律问题。每种文体自身发展的规律都很复杂，这里仅从雅与俗的角度出发，来考察文体自身发展中的一个普遍现象。

"一般来说，一种文体的发展，总是经过口传文学到书面文学或从民间文学到作家文学的嬗变过程，也就是由野而史、由俗而雅的过程。"[1] 而当一种文体发展到鼎盛时期，也就是雅化到顶峰状态或雅到极致，这种文体就会定型甚而止步不前，如果再要进一步发展变化，就需要引进新的机制，"逆向取野取俗的趋势"[2] 无疑是新的机制之一。传统士大夫不少文体

---

① 王水照：《王水照自选集·文体丕变和宋代文学新貌》，上海教育出版社 2000 年版，第 63 页。
② 同上书，第 57 页。

的发展，可以说基本符合这个规律。南宋后期词的雅化和诗的俗化，就从文体发展的这一规律集中体现出来。

词的雅化大体是从晚唐五代开始的，经过北宋晏殊、欧阳修、苏轼、晏几道、秦观、贺铸、周邦彦，以及南渡词人等许多士大夫文人的多种努力，才将民间流行的曲子词，由通俗的音乐文学而变成士大夫抒情言志的一种纯文学形式。士大夫的思想感情、审美情趣、欣赏口味，促成了词的整体面貌的改变，词日益雅化。到南宋中后期，在姜夔及格律词派的努力下，而最终成为一种可以和诗相提并论的士大夫文学体裁，成为雅文学、雅文化的一种文学体式。其间虽然有柳永俗词及其效仿、追随俗词的一度兴盛，但是雅化一直是南宋灭亡以前词的发展主流。词体在两宋时期正处于"由野而史、由俗而雅的过程"，所以具有蓬勃旺盛的生命力，姜夔及格律词派之所以能够风靡南宋后期词坛，主要是顺应了词体的雅化发展趋势，将北宋以来"雅化"成果发扬光大，使词的语言清醇典雅、技巧娴熟优雅、意境精美风雅、情调超凡脱俗，他们基本完成了词体的雅化过程，是词体雅化的完成者。

南宋以后，元明词的衰落，其中一个重要原因，就是当时的词人未能认识到词体雅化过程已经完结，已经雅极而必俗，需要"取野取俗"才能使之变化发展，譬如清代词是词体的重新振兴时期，但其成就不能与宋词相提并论，原因之一就是清代词人无视词体的发展雅极而必俗的规律，他们还在极力倡导姜夔一派的雅词，因此他们让词再次雅化的努力对词体发展而言无济于事，词体日渐衰落。

而诗歌，先秦就已经产生，经过汉魏六朝的发展，到盛唐已经彬彬大盛，完成了"由野而史、由俗而雅的过程"，进入"定型"阶段，需要变化了，因此在宋代之前，诗就不可避免地俗化。诗的俗化至少从中唐元白新乐府运动时就开始了。北宋的诗人，之所以从新变派起就倡导"以俗为雅"，就是因为中晚唐、五代直到宋初，诗的俗化现象已经到了难以彻底改变的地步，如果不加以利用改造，诗歌可能就向更通俗的方向发展了。苏轼、黄庭坚及其江西诗派一方面力求避俗，一方面又在"以俗为雅"的过程中"逆向取野取俗"，他们在遏制诗的俗化进程的同时，却又不免加速了诗的俗化，使大量的"俗化"现象出现在北宋的诗歌里。南宋初期，江西诗派发生变化，其实就是加入了更多俗化基因。南宋中期，尽管陆游、范成大、杨万里等人苦苦支撑，但俗化却成不可抑制之势，杨万里的诗歌，被视为通俗白话诗，陆游、范成大也不免滑熟浅俗，缺少江西诗派黄、陈正体的雄深雅健。

南宋后期，诗的俗化更是到了不可逆转的地步。忌俗尚雅是历代诗人创作的一个基本倾向和追求，江湖诗人自然也不例外，而且与其他体派诗人相比，江湖诗派似乎更加惧怕尘俗，而标举清雅。即便是在汲汲于名利的奔走途中，江湖诗人也不会忘记附庸风雅，他们的生活并非方回所说的那样完全龌龊尘俗。江湖诗人干谒权贵的目的，常常是为了昂贵的"买山钱"，为了买山之后过上富贵风雅的文人生活。他们的诗中，有很多惧俗、避俗、去俗的诗句，表明他们对待"俗"的态度，他们的创作本身也极尽避俗之能事。江湖诗派追求"清"，因为"清"与"俗"在南宋中后期是反义词，例如："作诗如作字，横眉竖鼻，所差几何，而清、俗相去远甚。"①江湖诗派互相之间评诗，最高的称赞是"清"，如俞桂《渔溪乙稿·赓宋雪岩韵》就说宋伯仁"诗与梅花一样清，江湖久矣熟知名"；陈起《芸居乙稿·题西窗食芹稿》云："曾味西窗稿，经年齿颊清。细评何物似？碧涧一杯羹。"林希逸《和元思朋微韵二首其一》云："吟清字字使人冰，惠我多于锡百朋。"为了"清"，江湖诗人在题材上作了不少限制，他们尽量选择高雅的事物去描述，所以他们的诗歌喜欢以清净淡雅的自然风景为描述对象。他们还像戴复古一样写大量的梅花诗，因为他们认为缺少梅花，诗人和诗便会粗俗不堪。为了清雅，他们不仅要求诗材之"清"，而且要求诗人格调"清"，因为只有"清"人，才写得出"清"诗。江湖诗人求"清"就是求"雅"。

江湖诗人如此追求清雅脱俗，但是却比任何一个诗派都难以摆脱"尘俗"的恶评。其审美追求与创作效果之间如此不同，其间有很多原因，而传统诗歌自身的发展——长期雅化之后的不断俗化——无疑是最重要的原

---

① 刘辰翁：《须溪集》卷六《刘孚斋诗序》，豫章丛书本。

因之一，因为以江湖诗派的能力，根本无法控制或扭转这个不断俗化的局面。"严羽《沧浪诗话·诗法》力主学诗必去五俗：'一曰俗体，二曰俗意，三曰俗句，四曰俗字，五曰俗韵。'……他所指摘的五俗，恰恰是宋诗中大量存在的创作现实。"[①] 严羽的"五俗"可能正是针对江湖诗派而言的。题材内容的世俗化、语言风格的通俗化、思想境界的庸俗化，正是江湖诗派的显著特征，也是诗体俗化到南宋无法逆转的表现。江湖诗派不得不顺应诗歌俗化趋势，在不太自觉的情况下发展了诗体。此后，诗歌虽然没有进一步俗化而成为俗文学的体式，却不再兴盛。文体自身发展规律，虽然不能制约创作者的审美情趣及其对文学文化的影响，却能制约创作者的风格与成就。

词、诗以其各自不同的发展演进形态，同时进入南宋后期，造成了词的雅化和诗的俗化极端冲突的局面，这是文学史上前所未有的状况，但是文学分体研究却淡化了这种冲突现象，文学发展史研究也对这种现象熟视无睹。

三　词的雅化、诗的俗化与南宋文化环境的关系

之所以提出这个问题，是因为有的宋词研究者认为"南宋文化环境"具有"雅化趋势"，并从"物质文化的雅化"和"精神文化的雅化"来论证这个观点，而且指出姜夔的雅趣和雅词是在南宋文化这个大的雅化环境中形成的。[②] 由此论点推论，追随姜夔的格律词派之所以形成，自然也与这个雅化环境有关，也就是说，词的雅化是在"南宋文化环境"的"雅化趋势"中形成的。

然而有的宋诗研究者认为，江湖诗派"俗的风貌"形成，与江湖诗人接近"市民阶层"的"生活层面"和"思想感情"有很大关系，而且"南宋时期，市民文艺得到了进一步的发展，这对当时的诗人显然有一定

---

① 详参王水照《王水照自选集·文体丕变和宋代文学新貌》，上海教育出版社 2000 年版，第 54 页。

② 赵晓岚：《姜夔与南宋文化》，学苑出版社 2001 年版，第 120—133 页。

影响"①。"市民阶层"的"生活层面"和"思想感情"及"市民文化"显然是南宋俗文化最为重要的组成部分。笔者也曾认为南宋文化处于"雅文化衰落,而俗文化逐渐兴盛的转折时期"②,所以江湖诗派明显受到俗文化的冲击。事实上,这一点大多数研究者都注意到了:伴随着城市经济繁荣而日益兴盛的市民文艺文化,对士大夫文学创作、文艺思想产生影响③。因此似乎可以说江湖诗派的"俗"与南宋日渐发展成熟的俗文化有重要的关系,进而可以说南宋诗的俗化与南宋文化的俗化环境关系密切。

分别考察这两种观点或说法都有一定道理,但是合而观之,就比较矛盾:诗与词,同时在南宋后期这个大的时代文化背景下生存,却向截然不同的方向发展,其主要原因到底是什么,有待深入思考后做出解释。

既然人们都认为文化对文学有一定的影响,那么南宋的整个文化到底是雅还是俗?"南宋文化环境"具有"雅化趋势"吗?南宋文化是个大概念,如何确定其范围?文化环境对文体发展、文学发展的影响真的那么大吗?文化与文学的具体关系究竟是怎样的?这些都值得深入探讨,而本文只是对其中一些问题谈一点粗浅的认识。

作为整体的南宋文化,是无法确定或判定其雅和俗的,因为一个时代的文化,从来都是由不同阶层、不同层次的雅与俗文化组成的,都是涵盖所有物质和精神的传承创造的,南宋文化自然也不例外,它包含着南宋各个阶层的各种十分具体的文化因子,而其中最重要的部分,是以士大夫为主体的雅文化和以市民大众为主体的俗文化,这与以前一些朝代的文化没什么太大的区别。因此我们很难说整个的"南宋文化环境"具有"雅化趋势"还是俗化趋势,除非我们将此前——先秦以至北宋的文化都定性为俗或比较俗的文化,然而谁敢如此武断呢?判定一个时代文化的雅化与俗化,不仅是关于这个时代的内部事务,而且是要以前代文化为参照物的。

当然,与以前各代文化相比,宋代文化有着非常鲜明的特色:"宋代

①　张宏生:《江湖诗派研究》,中华书局1995年版,第107页。
②　吕肖奂:《宋诗体派论》第八章,四川民族出版社2002年版。
③　如张毅《宋代文学思想史》,中华书局1995年版,第338页等。

文化的高度成熟与发育定型，已为古今学术名家所公认。"① 但是这个"高度成熟与发育定型"的特色，绝不是"雅化"或"俗化"这样简单的说法就可以概括说明的，而是有着十分丰富的内涵。

南宋是雅、俗文化势力逐渐均等的重要时期。一向占文化主体的士大夫雅文化，经过北宋士大夫不断地"以俗为雅"，日益扩大势力范围，不少直至唐代都被视为俗文化组成部分的文艺形式如词、绘画等，日常生活内容如饮食、陶瓷等，由于受到北宋士大夫的青睐，而被注入了浓厚的文人情怀和情趣，日益雅化。尤其是欧阳修、苏轼、黄庭坚等人，他们以宋代士大夫特有的审美情趣和文化素养，尽可能地从俗文化中发掘素材，并赋予其雅趣和雅韵，将其变成雅文化的组成部分。到了南宋，士大夫在此基础上把已经"雅化"了的一些"俗文化"，向更加高雅精致的理想发展，并使之定型，成为雅文化的一部分，词的雅化过程就是典型代表，绘画、饮食及其他日常生活内容，也莫不如此。

更重要的是，一向不为人重视的、以市民大众为主体的俗文化，经过漫长的历史发展，日渐成熟，产生了能够表达甚至代表其文化思潮或水平的文艺形式，而且引起士大夫阶层的广泛关注。北宋士大夫一方面"以俗为雅"，对俗文化进行雅化改造，一方面密切注意俗文化的发展动向，甚至在诗文新变中向唐宋传奇和宋杂剧取法，② 从而促进雅文化俗化。到南宋，能够代表俗文化的俗文艺，譬如说话（话本）、杂剧、南戏，以及其他各种讲唱、表演文艺形式，有了更为宽广的接受天地和旺盛的生命力，更使时人刮目相看，士大夫的笔记小说叙述记录其繁盛状况，诗、词对俗文艺的演出也有不少反映。虽然现存的俗文化文献不多，但从其他各种文献中可以感受到其繁荣程度。南宋俗文化势力真正崛起，开始与雅文化平分秋色，甚至对雅文化产生影响，使雅文化的组成部分，如向来被视为严肃正统的文学形式——诗和文，都不同程度向俗文化倾斜靠近，江湖诗派"俗的风貌"以及语录体、日记体的大量出现，都可以证明这一点。

---

① 详参王水照《王水照自选集》，第3—5页。

② 同上书，第61—62页。

南宋文化的雅与俗两面开始共同发展，不再是无视俗文化的雅文化一统天下时期，雅、俗文化既有区别又密切联系。因此我们虽然不能说整个"南宋文化环境"只有"雅化趋势"还是俗化趋势，但是我们可以说南宋的雅文化具有俗化倾向，而俗文化具有雅化倾向，二者同时发生，双向交流，改变了雅俗文化的对立，使得"雅俗贯通"、"雅俗互摄互融"① 的宋人审美理想基本实现。

雅、俗文化的区别，到了南宋，已不再是素材内容或形式方式等现象层面的问题，而是已经"超出现象层而进入意蕴层"② 的问题——人的精神素养、生活态度、审美理想情趣等"意蕴层"，成为判断雅、俗的标准。雅、俗标准的变化，是一个重大的改变，它取消了原来人们观念中雅、俗文化的物质或"现象层"的界限，使得雅、俗文化在物质或"现象层"上合流了，双方范围在这一方面都无限制地扩大，物质或"现象层"本身没有雅与俗之分，只有主体的参与，才能使其雅化或俗化。因此"物质文化的雅化"和"雅文化衰落"等提法，显然都失之武断或偏颇。

此外，词的雅化、诗的俗化果真是受了南宋文化环境影响的结果？文学的发展是否只能被动地受制于文化环境？或者说文化对文学的影响具有决定性吗？当然不是。尤其是在古代，士大夫文学在士大夫文化生活乃至在整个社会文化中占有相当重要的地位，文学与文化的关系就更不是影响和受影响这样简单的关系。

在古代尤其是唐宋时期，文学虽然只是构成文化的极小一部分，然而却是极为重要的部分，士大夫文人是当时精神文化建设的主力军，他们的文学被称之为精英文学，可以说是文化的重要建构部分，甚至是文化的前沿部分，或说是文化的风向标，常常代表文化的发展状况和方向。

虽然作为总体文化的一个构成因素——文学及其创造者会受文化大环境的制约和影响，但文学创造者的敏锐性、创造性常常使文学走在文化的前沿，一些文学创造者的文学作品甚至他们的审美趣味、言语行为，引导着时代的审美潮流。譬如在北宋，欧阳修、苏轼作为文坛盟主，就发挥过

---

① 详参王水照《王水照自选集》，第61—62页。
② 同上书，第57页。

这样的作用，他们不仅扭转文坛风气，而且影响到社会文化生活的各个层面，曾巩《苏明允哀词》谈到苏洵、苏轼、苏辙父子三人在当时的影响云："于是三人之文章盛传于世，得而读之者皆为之惊，或叹不可及，或慕而效之。自京师至于海域障徼，学士大夫，莫不人知其名，家有其书。"① 文学在北宋的崇高地位和广泛影响于此可见一斑。到了南宋，文学及其创造者的社会文化地位似乎总体有所降落，但是从陆游《范待制诗集序》"公（范成大）素以诗名一代，故落纸墨未及燥，士女万人已更传诵，被之乐府弦歌。或题写素屏团扇，更相赠遗，盖自蜀置帅守以来未有也"② 的叙述来看，范成大的诗歌不仅仅在"学士大夫"中传诵，而且受到"士女万人"的青睐，流传到了更为广泛的社会层面，由此也可见诗歌在文化中的地位和影响仍然没有减弱。

大多数江湖游士的社会地位虽然一落千丈，但是他们的文学、文化地位并没有因此而彻底失落，他们仍旧是文学的主要创造者，是文化建设的主力军；他们的文学创作、审美取向仍然对当时的文坛、文化有建设性作用，特别是刘克庄、姜夔等诗人词人，就在当时品评时辈、指导后学，在文学、文化建设上起到很大作用。据说当时"江湖从学者，尽欲倚刘墙"③。足见刘克庄对江湖诗人、诗风以及诗歌审美思潮影响极大。姜夔以其不同流俗的诗词风格和审美趣味而备受杨万里、范成大等官僚士大夫的欣赏和推崇，并进而影响到当时的词坛风尚。他们无疑从传统文化和当时文化中汲取了充分的营养，然而他们的再创造反过来营造了当时的文化环境，促进了当时文化的发展。

如果我们总是强调文学及其创造者受到文化环境的制约和影响，往往就会忽略文学创造者的创造性或再造性，忽略文学的独立性以及文学自身发展规律。文学的发展变化，往往会开一种文化潮流或风气之先，带动整体文化的发展，诗的俗化和词的雅化就是如此。

诗和词在宋代以前，分别属于雅文学和俗文学两个系统，也就是说分

---

① 曾巩：《元丰类稿》卷四十一，四部丛刊初编本。
② 陆游：《陆放翁全集·渭南文集》卷十四，中国书店 1986 年版，第 78 页。
③ 胡仲弓：《苇航漫游稿》卷二，《王用和归从莆水寄呈后村》，《文渊阁四库全书》本。

别属于雅文化和俗文化两个阵营，在两宋雅、俗文化"互摄互融"的过程中，诗、词实际上分别作为雅、俗文学和文化的先锋，其不同的发展方向，引导了雅文化的俗化和俗文化的雅化潮流。"以俗为雅"是诗歌创作最先提出的贯通雅俗的方法，"以诗为词"是提高词品、尊重词体的一种手段，诗人、词人首先采取不同方式引起两种文体的改变，在北宋文坛引起很大震动，同时带动了文化各个方面的改变。

宋代诗、词比其他文学或文化形式变化更早，而且最为明显，例如词体在晚唐五代就开始进入文人的创作领域，走向雅化进程，而其他一些文化艺术的雅化，差不多都在词体雅化之后。例如文人对绘画艺术的普遍关注，是在北宋中后期，当文同、苏轼、黄庭坚、李公麟、米芾等人开始活跃在画坛时，"画工"之画才变成"士人画"，而"画中有诗"也成为诗人雅化绘画艺术意境、提升绘画艺术品位的一种手段。书法艺术逐渐由唐代带有官僚气息的庄重肃穆，而向文人化、个性化的潇洒恣肆发展，这也是直到北宋中后期的"苏黄米蔡"才成为一种潮流的；与绘画书法艺术相关的笔墨纸砚等文化用品，进入诗歌创作的领域，并受到文人墨客的赏玩爱叹，也在绘画书法艺术雅化之时或之后；尤其是饮食，在宋代以前还是一切凡夫俗子的日常消费，连唐代的诗人也还大都耽于狂饮大嚼，而当欧阳修、苏轼等人"以俗为雅"时，饮食也被赋予雅文化的内涵，茶酒酱醋都变得像风花雪月一样，值得慢慢欣赏、细细品味；还有金石鉴赏、宋杂剧、话本等雅化的时间较词体晚，进程也缓慢。而当这些"俗文化"进入"雅文化"领域时，雅文化领域也因此表现出更多的"人间烟火"气，而显得俗化了。可以看出，两宋雅文化的俗化和俗文化的雅化，最先表现在诗、词这两种文体上，然后渐次扩展到其他方面。

可以说没有文学家或者说文学方面的雅俗观念改变，就不会有整个文化的雅俗改观。所以姜夔及格律词派、刘克庄及江湖诗派，虽说受了"南宋文化环境"的一些影响，但他们未必不是"南宋文化环境"的重要营造者或开南宋文化风气之先者，因为他们走在文化的前沿，引领一时风气和文化潮流。

在文学与文化的关系中，传统研究都比较注意和强调文化对文学的影响，而很少有人关注文学的前沿性或时尚性以及文学对文化的引导作用。这固然由于传统文学一向提倡复古，具有相当的保守性，缺少现、当代文学的超前意识，但也可能因为研究者包括笔者自己的观念尚未转变。

词的雅化和诗的俗化，是词体和诗体各自发展进程到南宋后期的不同状态呈现，其发展倾向虽然不同，但都属于文体自身发展的问题。文体自身的发展规律是文学发展的内部条件、决定因素，而文化环境只是文学发展的外部因素，这个道理似乎很简单，然而我们在研究具体文体时，不但时常忽略文体自身的发展，而且也常常将文体与文化环境之间的关系过于简单化，所以本文就此问题作了一点探讨，希望能引起研究者更多思考。

（原载《文学遗产》2005 年第 2 期）

宋代词人之诗叙论

　　词作为一种文体，在它的生成期，就与诗体有无法分割的联系，到了宋代词体大盛，而宋人尊体与破体观念同样盛行，诗与词的关系就更加密切和复杂。谈到宋代诗与词的关系时，人们普遍关注的是诗对词的影响，至于宋词对诗的影响，却未能引起人们的太多注意。事实上，从北宋初至南宋末，词对诗的影响一直存在，而且愈演愈烈，到南宋中后期，形成一种风气。词对诗的影响首先表现在词人之诗里。宋代不少作家诗词兼擅，从广义上讲，词人之诗应当包括所有能词又能诗的作家之诗；从狭义上讲，词人之诗是指词风属于本色当行、诗风受词风影响、一般词名高于诗名的作家之诗。本文讨论的是狭义的词人之诗，主要描述词人之诗发展过程，引起人们对这一现象的注意，并试图通过这种简略描述，来探讨宋词对宋诗的影响。

　　一、晏殊是宋词最早的名家之一，其词学冯延巳而得其俊，人所共知；晏殊亦工诗，被视为西昆体的后劲，西昆体学李商隐，李商隐的诗"实与词有意脉相通之处。……义山之诗，已有极近于词者，如《灯》"①。晏殊的诗风因此也近似于词风。从这个角度讲，晏殊的诗词都是晚唐五代诗风和词风的延续，而诗风和词风在晚唐五代基本同流，所以晏殊的诗风和词风接近毫不意外，也很难说他的诗风影响了词风，还是词风影响了诗风，但诗评家大都认为晏殊的诗风深受其词风影响，例如对其《无题》一诗的评价几乎众口一词："'梨花院落'，又待入小石调矣。"②"晏工于填

---

①　缪钺：《论李义山诗》，《诗词散论》，上海古籍出版社1982年版，第33页。

②　胡应麟：《诗薮内编》卷五，人民文学出版社1962年版。

词，练句每轻倩。"① "同叔工词，故能作溶溶、淡淡二语。"② 事实上，晏殊有意无意地视诗词为一体，他的"无可奈何花落去，似曾相识燕归来"一联，见于《浣溪沙》词，又见于《假中示判官张寺丞王校勘》一诗中，这也可以说明晏殊心目中的诗词界限并非严格区划，当时人也不以为奇，但是却引起后人无数评说。多数人认为此联宜于词而不宜于诗，譬如："律诗俊语也。然自是天成一段词，著诗不得。"③ "情致缠绵，音调谐婉，的是倚声家语，若作七律，未免软弱矣。"④ 也有例外，如陈廷焯虽也主张"诗中不可作词语"，但认为此联"诗词互见，各有佳处"⑤。宜于词而不宜于诗的认识，基于对诗体词体各自特色的把握；诗词皆宜的评说，则着眼于对晏殊个人诗词风格的考虑。而这些评说，都建立在诗词界限明确之上。诗词界限的日益明确，是在典型的宋诗即宋调形成之后，其时"情致缠绵，音调谐婉"的语言只宜于词而不宜于诗；但晏殊的诗作于宋调形成之前，本身就具有李商隐式的"情致缠绵，音调谐婉"，《宋史·晏殊传》就说他"尤工诗，闲雅有情思"。所以从《假中示判官张寺丞王校勘》这首诗整体考察，此联也不觉得不宜。人们说晏殊的词影响了他的诗，主要是因为他在后世词名大于诗名，而且按照后人的观念，晏殊的词属于本色当行，而其诗与宋调相较，未免缠绵软弱，缺少宋诗的透折雅健。

比晏殊稍早的一些作家如寇准，诗风也非常接近词风，他的《江南春》，有人认为是诗，但"体近填词"⑥；有人则直认作词，如朱彝尊选入《词综》卷四，万树《词律》卷一云："此莱公自度曲，他无作者。"寇准诗被列入晚唐体，后人说他的诗"以感伤为主"⑦，"诗思凄婉"⑧，"深入唐人风格"⑨，这些特点在宋调形成后，都被看作是词的风格。与晏殊同属

---

① 查慎行评晏殊《无题》，见李庆甲《瀛奎律髓》卷五，上海古籍出版社 1986 年版。
② 陈衍：《宋诗精华录》卷一，上海商务印书馆 1937 年版。
③ 何士信辑：《草堂诗余》正集，中华书局上海编辑所 1958 年版。
④ 张宗橚：《词林纪事》卷三，成都古籍书店 1982 年版。
⑤ 陈廷焯：《白雨斋词话》卷五，人民文学出版社 1983 年版。
⑥ 永瑢等：《四库全书总目》卷一五二《寇忠愍公诗集》，中华书局 1983 年版。
⑦ 范雍：《忠愍公诗序》引王曙语，见《忠愍公诗集》卷首，《四部丛刊三编·集部》。
⑧ 胡仔：《苕溪渔隐丛话》后集卷二二，人民文学出版社 1962 年版。
⑨ 释文莹：《湘山野录》卷上，中华书局 1984 年版。

昆体后劲的宋庠、宋祁兄弟，以及文彦博、赵抃、胡宿等人早期的诗风"工丽妍妙，不减前人"①，也接近词风，但他们词名不著，不能归入词人之诗，然而却可以证明宋调形成之前，诗词风格相通的现象并不孤立，诗词风格并不是从一开始就截然分明的，而且延续到宋初仍然存在。

与晏殊同时而老寿的张先，其词名远大于诗名，但在当时，苏轼却指出"子野诗笔老妙（一作健），歌词乃其余波耳"②，在《祭张子野文》中，苏轼又云："清诗绝俗，甚典而丽，搜研物情，刮发幽翳；微词宛转，盖诗之裔。"《道山清话》也说张先"有文章，尤长于诗词"。张先的《题西溪无相院》一诗为人称道，其中"浮萍破处见山影，野艇归来闻草声"一联尤其著名，《道山清话》以及《苕溪渔隐丛话》所引的《高斋诗话》都把此联的上联与张先的词句"云破月来花弄影"、"隔墙风弄（一作送）秋千影"并称，说当时人以此三句称张先为"张三影"。尽管有的诗话说"张三影"别指"云破月来花弄影"和"帘压卷花影"、"堕风絮无影"三句词，如《后山诗话》、《古今诗话》，而且后人大都认为《道山清话》、《高斋诗话》把诗句、词句并列有些不伦不类，但是我们仔细感受张先的这句名诗，确实与他的词没什么区别，都是绘影，细腻而有风韵，与词句并列有何不可？张先的诗无疑是近于词的，他现存的诗有二十余首，以近体为主，风格正是"甚典而丽"。翁方纲的《石洲诗话》卷三云："张子野《吴江》七律，于精神丰致两擅其奇，不独《西溪无相院》之句脍炙人口也。《过和靖居》诗亦绝唱。"张先的《吴江》（一作《游松江》）诗今存，整首诗"搜研物情，刮发幽翳"，以细致的笔触描绘闲静的江景，极具风神情韵。尤其是尾联又一次绘影，更让人联想到他的词——他绘影的癖好不仅表现在词里，而且表现在诗里。此外《九月望日同君谟侍郎泛西湖夜饮》七律有"山影与天都在水，风光为月不留云"；《李少卿宅除夜催妆》七律有"园里花枝灯树合，月中人影鉴奁开"，都摇曳多姿，见其闲静心态，不愧三影美名。《题和靖居》今存断句："湖山隐后家空在，烟雨词亡草自青。"③ 虽不见全貌，但

① 王士禛：《渔洋诗话》卷中，《清诗话》上册，上海古籍出版社1978年版。
② 《苏轼文集》卷六十八《题张子野诗集后》，中华书局1992年版。
③ 施蛰存、陈如江：《宋元词话》，上海书店出版社1999年版，第265页。

可知一斑。除了这几首为人称道的诗外，现存的张先诗如《次韵蔡君谟侍郎寒食西湖》七律有"飞飞画楫绕花洲，霁雨浮花出岸流。……人迟归轩香接路，一分新月管弦楼"这样的诗句；《韵和上先顿首》七律有"晚花露重香偏细，春女衣轻体尚寒"这样的描写；还有《吴兴元夕》五言排律整首诗充满华丽纤缛的词句，都非常接近他的词风。《石洲诗话》卷三云："陈襄述古，亦是妍好一路，而不及张子野。"以"妍好"形容张先的诗，与"甚典而丽"一样确切。张先一直活到熙宁末元丰初，此时正是宋调形成期，词风与诗风的区分已经逐步明显，而张先的诗风却与词风没有更大的区别。代表宋调成就的苏轼在此时开始致力于"以诗为词"，试图把品位极低的词提高到与诗可以相提并论的品位，所以他一再强调张先的词为其诗之"余波"、"裔"，但考察张先现存的诗词，我们可以说张先的诗是其词的"余波"和"裔"。

二、尽管晏殊、张先等人的诗近于词，但诗近于词的现象引起宋人的注意，却从秦观的诗词才开始。《苕溪渔隐丛话》前集卷四十二引《王直方诗话》云："东坡尝以所作小词示无咎、文潜曰：'何如少游？'二人皆对曰：'少游诗似小词，先生小词似诗。'"诗词破体的现象至此引起人们的重视。此时宋调的特色已完全昭示，而词仍然保留其生成期的特色，晚唐五代至宋初士人诗词浑然一体的局面，随着宋调的形成已经结束。欧阳修的诗词异风已经说明，宋调的开创者已经意识到诗词有别；苏轼的"以诗为词"，则表明诗词分疆后宋调的完成者以诗改造词的尝试。秦观的"诗似小词"与苏轼的"小词似诗"同时被人认识，也使我们了解到，诗词的影响乃至改造是双向的。

前人论及秦观的"诗如小词"，几乎众口一词。譬如黄彻《䂬溪诗话》卷三："钟嵘称张茂先：'惜其儿女情多，风云气少。'……淮海诗亦然。人戏谓小石调，然率多美句，但绮丽太胜尔。"敖陶孙《臞翁诗评》："秦少游如时女步春，终伤婉弱。"翁方纲《石洲诗话》卷三："秦淮海思致绵丽，而气体轻弱，非苏黄可比。"潘德舆《养一斋诗话》卷五："张文潜、秦少游并称，而秦之风骨不逮张也。秦之得意句，如'雨砌堕危芳，风轩纳飞絮'、'菰蒲深处疑无地，忽有人家笑语声'、'林梢一抹青如画，知是淮流转处山'，婉宕有姿矣。较文潜之'新月已生飞鸟外，落霞更在夕阳西'、'斜日两竿眠鸳鸯晚，春波一顷去凫寒'、'欲指吴淞何处是？一行征雁海山头'、'芰荷声里孤舟雨，卧入江南第一洲'、'川明半夜雨，卧冷五更秋'、'漱井消午醉，扫花坐晚凉'，力量似逊一筹。盖秦七自是词曲宗工，诗未专门也。"无论是宋人还是清人，对秦观诗的认识都是一致的。尽管有人说"少游过岭后诗，严重高古，自成一家，与旧作不同"①。但秦观过岭后诗远较过岭前诗少，他的主导风格正如大多数人所认识的那样似小词，如《春日五首》、《游鉴湖》、《春词绝句五首》等整首诗都有词的情调，近于词的诗句更是不胜枚举。甚至在《田居四首》这类田园诗中，也有"宿潦濯芒屦，野芳簪鬓根。霁色披宿霭，春空正鲜繁。辛夷茂横皋，锦雉娇空园。少壮已云趋，伶俜尚鸥蹲。蟹黄经雨润，野马从风奔"② 这样对偶工切、雕琢安排、辞藻华鲜的诗句，真可谓积习难改，以至于黄裳云："少游《田居》诗，描写情景亦有佳出，但篇中多杂雅言，不甚肖农夫口角，颇有驴非驴、马非马之恨。"③ 人们对苏轼的"小词如诗"、"以诗入词"虽然有些微词，认为其词不是当行本色，不是正宗，但大多数人却都承认苏轼不仅自成一家，而且改变了词风，提高了词品，扩大了词境，对词的创作有极大的贡献；而对于秦观的"诗如小词"却大多不屑一顾，甚至讥刺嘲讽，即便有褒赞，也无法理直气壮，似乎秦观的诗降低了诗品，玷污了诗名。苏轼对词的改造是有意识而且理直气壮的，他的《与鲜于子骏书》可以证明；与此相反，秦观词对诗的影响，似乎是天分所致，人力不可强的，秦观对此也无可奈何，甚至有些歉然。李廌《师友谈记》云："廌谓少游曰：'比见东坡，言少游文章如美玉而无瑕，又琢磨之功殆未有出其右者。'少游曰：'某少时用意作赋，习惯已成，诚如所谓点检不破，不畏磨难，然自以华弱为愧。'"秦观对其文章"以华弱为愧"，这文章自然包括诗在内，因为他的诗也不免"华弱"。秦观的"愧"，更为后人对他的批判增加了理由。

与秦观差不多同时、词名也差不多相当的贺铸，在当时也有些诗名，

---

① 吕本中：《童蒙诗训》，《宋诗话辑佚》，中华书局 1980 年版。
② 秦观撰，徐培均笺注：《淮海集笺注》卷二，上海古籍出版社 1994 年版。
③ 贺裳：《载酒园诗话》，《清诗话续编》，上海古籍出版社 1983 年版。

陆游《老学庵笔记》还称赞他"诗文皆高，不独工长短句"。贺铸对诗的创作比对词的创作还要尽心、重视：他不仅为他的诗手自编集，而且在诗题下详注时间、地点，甚至人物、事件，不厌其烦。他自编的《庆湖遗老诗集》前集尚存，后集虽遗失，但拾遗补遗里保留了一些晚年的作品，现存诗有十一卷之多。《庆湖遗老集自序》云："始七龄，蒙先子专授五七言律，日以章句自课。迄元祐戊辰（元祐三年），中间盖半甲子，凡著之稿者，何啻五六千篇。"可以说明贺铸在诗歌方面用力、用心之勤苦。《王直方诗话》还记载了贺铸对诗歌创作的要求："平淡不涉于流俗，奇古不邻于怪癖；题咏不窘于物义，叙事不并于声律；比兴深者通物理，用事工者如己出。格见于成篇，浑然不可镵；气出于言外，浩然不可屈。尽心于诗，守而勿失。"更能说明他对诗歌的"尽心"。贺铸的词风本来多面，张耒云："夫其盛丽如游金、张之堂，而妖冶如揽嫱、施之祛，幽洁如屈、宋，悲壮如苏、李，览者自知之，盖有不可胜言者也。"① 贺铸的诗风也同样多种多样，钱钟书《宋诗选注》云："在当时不属'苏门'而也不入江西派的诗人里，他（贺铸）跟唐庚算得艺术造诣最高的两位。他是个词家，有一部分受唐人李商隐、温庭筠等影响的诗常教人想起晏殊的诗来，跟他自己的词境也相近；但是他另有些诗绝然不是这种细腻柔软的风调，用了许多'之''乎''者''也'之类的语助词，又像'打油'体，又像理学家邵雍的'击壤集'体。他最好的作品都是开朗干净，没有'头巾气'，也没有'脂粉气'的。"从这个总结可以得知：贺铸的诗至少有三种风格。从根本上讲，"开朗干净"的风格仍与典型的宋调有别（既非苏门亦非江西），而接近于其词中的"幽洁"之作；"细腻柔软"的诗则与他"盛丽"、"妖冶"的"词境"接近；只有"击壤集"体的诗与宋调最相近，但这类诗不太多。以词为诗仍是贺诗的主导方面，他的大多数近体诗尤其是七律、五言排律多是"细腻柔软的风调"；古体本来不很近词，但也时不时有"盛丽妖冶"的词句出现，譬如《望夫石》，贺铸因此诗以得名，这首五古在当时"交游间无不爱之"②。其中就有"微云萌发彩，初月

---

① 张耒：《贺方回乐府序》，《张右史文集》卷五十一，《四部丛刊初编·集部》。
② 魏庆之：《诗人玉屑》卷十八引《王直方诗话》，上海古籍出版社 1978 年版。

辉蛾黛。秋雨叠苔衣，春风舞萝带"这样优美华丽的辞藻、意象、意境，与一般五古的朴拙简淡很不相同。他的七古如《丛台歌》、《黄楼歌》、《彭城三咏》等都有这种现象。贺铸曾自言："吾笔端驱使李商隐、温庭筠常奔命不暇。"① 这种驱使温、李的现象不仅只在他的词里，而且也出现在他的诗里。贺铸"家藏书万卷，手自校雠，无一字脱误"②。就中用力最深的无疑是晚唐人的诗集。王铚《默记》云："贺方回遍读唐人遗集，取其意以为诗词。" 贺铸的词"用唐人诗句几十二三"③，与其词同出一源的诗虽不至于径攘唐人诗句为己有，但受其影响则是无疑的。词用晚唐人诗句或意境，不失为词家正宗；但诗也用此，就离宋调之正宗越远，而离词越近了。

总的说来，北宋词对诗的影响不算很大，这主要因为北宋初期诗词风格同流，北宋中后期宋调的特色正处于发展成熟阶段，大多数诗人致力于不同于"唐音"的诗风，尤其是不同于与词风相近的晚唐诗的诗风。人们开始意识到诗与词的区别，有些人自觉不自觉地遵守各自的规范，如欧阳修、柳永、晏几道；有些人试图以新的诗风改造沿袭已久的词风，如苏轼；有些人仍然诗词合流，如秦观、贺铸。前一种尊体现象对文体变化的影响不大，后两种破体现象却都引起了一些争议，但苏轼的以诗为词虽有苏词非本色之评，却不像秦观以词为诗那样受到的是讥讽，这可以说明人们从心理上讲，更能接受以诗为词，而不能接受以词为诗。宋调引起了人们审美情趣的转变，词一时无法介入诗的领域。但从晏殊、张先到秦观、贺铸，这些似乎一脉相承的词人之诗，独立于宋诗主潮之外，给宋诗增添了另一种色彩，无疑有着特别的意义。

三、南渡前后，最能代表宋调特色的江西诗派诗风开始发生变化，这固然由时世变化的大背景造成，但也体现着物极必反的自然规律——宋调已经发展出它最不同于唐音的特色，需要有些变化了。吕本中、曾几、陈与义等人不约而同开始变化，尽管他们的变化角度方法不尽相同，但其目

---

① 叶梦得：《贺铸传》，《建康集》卷八，《观古堂丛书》本，1911 年版。
② 同上。
③ 夏承焘：《贺方回年谱》，《唐宋词人年谱》，上海古籍出版社 1978 年版。

的与效果却非常接近——使老健刚硬的诗风变得圆熟灵活、流动轻柔。同时词风也开始有整体的变化，苏轼的以诗为词至此有了较多的响应者，王灼、胡仔等人从理论上肯定苏轼的词风，张元干、张孝祥等不少词人从创作上认同苏轼的词风。偏于阳刚的宋调注入了阴柔的成分，偏于阴柔的宋词也理解了阳刚的因素。诗词在此时出现新的合流的倾向，诗词双向交流的时代开始了，词对诗的影响逐渐明显起来。

吕本中倡导"活法"以改变江西诗派的诗风，对宋调的转型影响最大，人们大多认为，他的"活法"理论来源于禅宗，很少有人注意到他的理论和他的创作受益于词的一面。吕本中以诗知名，今存词不过二十七首，但在当时，曾季貍《艇斋诗话》称其"晚年长短句，尤浑然天成，不减唐《花间》之作，如一词云：……又一词……皆精绝，非寻常词人所能作也。"王灼《碧鸡漫志》卷二称吕本中同陈与义、徐俯、韩驹等人词"佳处亦如其诗"。吕本中曾说："（余）少时作诗，未有以异于众人，后得李义山诗，熟读而规摹之，始觉有异。"① 他甚至用李使用过的词语——"吕东莱'粥香饧白是今年'，'粥香饧白'四字本李义山《寒食》诗云'粥香饧白杏花天'。"② 李商隐的诗一直是不少词人取资的重要典籍，吕本中却以李诗作为个人诗歌标新立异的契机，无疑是受到词作的启迪。《苕溪渔隐丛话》云："吕居仁诗，清驶可爱，如：'树移午影重帘静，门闭春风十日闲'；'往事高低半枕梦，故人南北数行书'；'残雨入帘收薄暑，破窗留月镂微明'。"这些诗句有词的那种意境与韵味。他的《春日即事》二首七律颇为人称道，其中"雪消池塘初晴后，人倚阑干欲暮时"最为著名，但有人认为此联"已落诗余"③。吕本中还有一句话分别用于诗词中的现象，譬如"乱山深处过重阳"，用在他的《南歌子》（驿路侵斜月）词中，又用在《水西与李彦恢相从……》这首诗中。胡仔还评说："诗意脉络贯穿，并优于词。"④ 这一点颇近于晏殊，但吕本中在诗体词体已分画界限的时代这样做，显然有比较自觉的意

---

① 吕本中：《紫微诗话》，何文焕辑《历代诗话》本，中华书局 1981 年版。
② 曾季貍：《艇斋诗话》，丁福保辑《历代诗话续编》本，中华书局 1983 年版。
③ 胡应麟：《诗薮外编》卷五，上海古籍出版社 1962 年版。
④ 施蛰存、陈如江：《宋元词话》，上海书店出版社 1999 年版，第 261 页。

识。吕本中流动圆活的诗风显然受其接近《花间集》的词风影响。吕本中诗风的变化，不仅意味着江西诗派及整个宋诗的转变，而且透漏出词对诗影响的新消息。

洪亮吉《北江诗话》卷三云："诗词之界甚严。北宋人之词，类可入诗；南宋人之诗，类可入词，以流艳巧侧故也。"说北宋词"类可入诗"不无偏颇，但说南宋诗"类可入词"却很有道理。因为宋诗从南渡时开始，就向着宋调的反方向运动，而宋调反方向的那边则是近于词的。南渡前后，受宋调诗人轻视的晚唐诗开始被诗人提及，江西诗派"派家"之一韩驹说："唐末人诗，虽格致卑浅，然谓其非诗则不可。"[1] 南宋中晚期，提倡晚唐诗成为时代风气。并非南宋人识趣低下到竟会认为晚唐诗比李杜盛唐诗还要高明，他们仍然认为李杜盛唐诗是不可企及的高峰，但他们却取法乎下，这是值得思考的问题。如果不是词人始终取材于晚唐诗，给南宋诗人以启发，那么南宋人提倡晚唐诗是不可理喻的。江西诗派发生变化时，晏几道、贺铸、周邦彦正在笔端驱使温庭筠、李商隐、李贺等人奔命不暇，而同时稍后的吕本中喜欢李商隐的诗，韩驹发现晚唐诗的优点，接着晚唐诗风靡诗坛，这一切绝非偶然巧合。词——晚唐诗——流艳巧侧的南宋诗，无疑是相关的。可以说，词以晚唐诗为中介对南宋诗发生影响。

四、南宋的词人之诗，在当时没有受到像秦观那样在北宋的对待——讥讽甚至嘲弄，与南宋诗的总体风气有关。南宋的词人在南宋诗的这种风气中，也不像秦观那样以"华弱"为愧，所以他们不妨诗词交通，这样一来，多样的词风，影响出多样的诗风。姜夔、周密等人的诗是南宋词人之诗的代表。

姜夔的诗在当时就享有盛名，杨万里云："尤萧范陆四诗翁，此后谁当第一功，新拜南湖为上将，更推白石作先锋。"[2] 杨万里非常欣赏姜夔的《除夜自石湖归苕溪》十首绝句，以为"有裁云缝月之妙思，敲金戛玉之奇声"[3]，当时正是"唐体"大盛之时，同时人称颂姜夔的诗说："其诗似

---

① 韩驹：《陵阳室中语》，见胡仔《苕溪渔隐丛话》卷十六，人民文学出版社1962年版。
② 杨万里：《诚斋诗集》卷四十二《寄张功甫姜尧章进退格》，《四部备要》本。
③ 姜夔：《白石诗词集》卷下《除夜自石湖归苕溪》题下自注，人民文学出版社1998年版。

唐人"①，"短章温李氏才情"②。后来人们逐渐认识到姜夔的诗与词之间的相互影响，如陈衍《宋诗精华录》卷四评姜夔《过垂虹》："晚宋人多专攻绝句，白石其尤者，与词近也。"缪钺《诗词散论·姜白石之文学批评及其作品》："白石之诗，气格清奇，得力江西；意境隽澹，本于襟抱；韵致深美，发乎才情。受江西诗派影响者，其末流之蔽为枯涩生硬，而白石之诗，独饶风韵。盖白石为词人，其诗亦有词意，绝句一体，尤所擅长。……白石之诗在南宋仅为名家，而其词在南宋则为大家。此点正与陆放翁相反。放翁才情，宏放踔厉，故诗胜于词，白石才情，精细深美，故词胜于诗。"陈衍、缪钺都指出姜夔的诗尤其是绝句近于其词的一面，缪钺还进一步指出姜夔诗的这个特点及其诗不如词都源于姜夔的"才情"，这个"精细深美"的"才情"，显然就是项安世所说的"温李氏才情"。"唐人"、"温李氏才情"与词又一次指向一致。姜夔用江西诗派的清奇劲健来补救当行本色词的软媚，又用当行本色词的绵邈风神来补救江西诗派的枯涩生硬，使诗词都能在保持各自特色的基础上而有所变化，这种诗词互补实际上是促成"唐音"、"宋调"融合的一种较为成功的尝试，为南渡以来宋调的自我调整、宋调的变异提供了一种范例。姜夔式的词人之诗，比秦观式的词人之诗显然更受人们欢迎，例如王士禛《香祖笔记》卷九："余于南渡后诗，自陆放翁之外，最喜姜夔尧章。"朱庭珍《筱园诗话》卷四："南宋人诗……姜白石犹为翘楚。其诗甚有格韵，清雅可传。"李慈铭《越缦堂读书记》："白石道人诗，清绝如啖冰雪也。……其诗颇可诵，《江湖小集》中之最佳者。"秦观的诗就没能得到类似的评价和赏识。姜夔的诗如《除夜自石湖归苕溪》、《湖上寓居杂咏》、《送范仲讷往合肥》等，空灵蕴藉，极富情韵风致，却没有北宋词人之诗的华丽纤巧、柔弱无骨，可算是词人之诗中的翘楚。

江湖诗派的诗人中，有几位是姜夔词派（或称格律词派）的词人，如卢祖皋、陈允平，他们的情况与姜夔颇为近似。叶适有《赠卢次夔》："家

①　周密《齐东野语》卷十二载姜夔自述内翰梁公语，中华书局1983年版。
②　项安世：《谢姜夔秀才示诗卷》，《平庵悔稿》卷七，宛委别藏本，江苏古籍出版社1988年版。

住东郊深，能诗人共寻。冰梭间道锦，玉轸断文琴。城漏宵添滴，窗花昼减阴。新凉白头句，清甚费悲吟。"此外，卢祖皋还被王绰《薛瓜庐墓志铭》列为继四灵之后"永嘉之作唐诗者"之一，有人说他是"赵紫芝、翁灵舒诸贤之诗友"①，可知他在当时有"能诗"之名，而且是能作"唐诗"的诗人。张端义《贵耳集》云："蒲江貌宇修整，作小词纤雅。诗如《舟中独酌》云：'山川似旧客怀老，天地何言春事深。'及《玉堂有感》'两山风雨故留寒，九陌香泥苦未干。开到海棠春烂漫，担头时得数枝看'，《松江别诗》'明月垂虹几度秋，短篷常是系人愁。暮烟疏雨分携地，更上松江百尺楼'，余领先生词外之旨。"就所引诗看，与其"纤雅"的小词风格是一致的。卢祖皋与姜夔差不多同时，两人之间有些交往，卢词集中有《渔家傲·寿白石》，他与姜夔不同的是，他的诗未从江西诗派入手，而直接从"唐诗"中获得灵感。他的"唐诗"实际上就是晚唐诗，就是姚合、贾岛一派清淡小巧的那部分诗，与他的"纤雅"的小词同一风味，可见其审美嗜好。陈允平生活在宋元之交，他的词与同时的张炎、王沂孙等人的词一样都充满故国之思、黍离之悲，他的《西麓诗稿》中的诗也是如此，无论古体近体，都表现出衰飒的意味、荒凉的意境、落寞的情绪、凄清冷漠的格调。举《小楼》为例："寒空漠漠起愁云，玉笛吹残正断魂。寂寞小楼帘半卷，雁烟蛩雨又黄昏。"这种情绪格调，似乎是姜夔一派清空词风的一种延续与扩展，弥漫在宋末的诗与词里，形成了一种风气。除了陈允平外，江湖诗派和遗民诗派中不少诗人都写这类诗。诗和词在这一点上消除了界限，融为一体。词人之诗和诗人之诗不像北宋中期那样界限分明、引人瞩目，这印证了洪亮吉的断言。事实上，南宋中末期的诗招致的批评远远超过了赞扬，譬如："南渡自四灵以下，皆摹拟姚合贾岛之流，纤薄可厌。"②"右诸人……多摹拟四灵，家数小，气格卑，风气日下，非复绍兴、乾道之旧，无论东京盛时，已可一概也。"③ 仔细考察这些批评，可以发现与北宋词人之诗所受到的指责何其相似，这也反证出南宋中末期

---

① 厉鹗《宋诗纪事》卷五十八引黄玉林语，上海古籍出版社1983年版。
② 翁方纲：《石洲诗话》卷四，人民文学出版社1981年版。
③ 王士禛：《带经堂诗话》卷十，人民文学出版社1983年版。

诗风词风的总体合流倾向的存在。

钱钟书先生认为，南宋能诗的词家，除了姜夔，就数周密，他说周密的诗"意境字句常常很纤涩，例如'喷天狂雨洗香尽，绿填红阙春无痕'，像李贺诗，更像吴文英的词"；并将周密的诗比作"精细的盆景"以说明其"纤"①。"像吴文英的词"，就是像周密自己的，因为周密的词近似吴文英，与吴文英并称"二窗"。周密的《草窗韵语》结集于咸淳十年（1274），他宋亡后的诗已经遗失，戴表元为周密晚年的《弁阳诗集》所作序称周密诗"少年流丽钟情"、"壮年典实明赡"、"晚年感慨激发"②，周密现存的多是少壮所作，都类似于词。《草窗韵语》卷一有《读李长吉集》云："朝剪湘中一尺天，暮剪吴淞半江水。陇西风月属王孙，锦囊探取元无底。酒酣呕出明月珠，奚惊驴蹶心自如。骚哀玄涩无足语，天上不读人间书。新宫铭古玄卿老，定知识字神仙少。窗外谁呼祁孔宾，短梦初回玉楼晓。"可谓开章明义，足见其诗矩矱所在。卷五《游苍玉洞诗》是一首三十韵的五古，周密二十四岁时作，其中诗句如"石镜磨古诗，玉钗泻寒溜。郊原遍红紫，川谷成锦绣。玄猿叫老木，石乳滴嵌窦"，流丽间杂凝涩，整首诗的意境也丽密甚而有点怪异眩目，能窥见其早年诗的倾向。周密三十四岁有一首《乙丑良月游大涤洞天书于蓬山堂》诗，风格与《游苍玉洞诗》十分近似。李贺的诗与李商隐的诗一样，主要是词家炼字的典范，但在吴文英之前，大多数词人从李商隐诗里汲取字面、意象和意境，吴文英取资李贺后，为词人开辟了新的"词源"，周密从中受益颇深，不仅用之于词，而且用之于诗，这为喜欢晚唐异味的宋末诗人提供了更多的借鉴。李贺的诗在宋末的诗坛与词坛产生了不小的影响，除刘克庄《李夫人招魂歌》、《东阿王纪梦行》个别几首诗步趋李贺外，萧立之、谢翱的古体诗都明显地效仿李贺。李贺在宋末诗坛的影响，无疑与词风及词人之诗有关，这可以说明词对诗的影响在南宋日益深广。

姜夔、周密不同的诗风也说明，词人的诗风是随着其词风的变化而变化的。从北宋到南宋，词风不断变化，使词人之诗也发生了很大变化，但

---

① 钱钟书：《宋诗选注》，人民文学出版社1958年版。
② 《周公谨弁阳诗序》，见戴表元《剡源戴先生集》卷八，《四部丛刊初编·集部》。

是到南宋，词人之诗的个性化才突出起来。北宋词人之诗风格较为一致，晏殊、张先、贺铸、秦观的诗风虽不尽相同，但清丽婉约是其共同特征，南宋姜夔和周密的诗风却各如其词，姜夔诗蕴藉空灵，清风冷韵；周密的诗则纤涩怪丽，耀眼眩目。

词人之诗的存在，不仅使宋诗显得多彩，而且对宋诗的变化产生了一些启发性的影响，更使后人对诗体和词体之间的关系深入思考，这是一个大题目，而这里只是做了简单的梳理工作，更深刻的研究还有待将来。

（原载《四川大学学报》2002 年第 1 期）

论江西诗派的词作

——诗词关系及词派源流探讨

　　江西诗派中，不少重要的诗人如黄庭坚、陈师道、谢逸、晁冲之、吕本中、陈与义等，都有数量不等的词作流传或留存，而且在当时也享有词名。因此他们的词也受到了学界的一些关注，学界对他们已经有一些个体的考察。现在如果把个体的考察变成总体的考察，我们是否会有新的发现？如果我们将江西诗派的词作与其诗作作一个比较研究，会有哪些更为全面的认识？前人有词的"西江一派"之说，这个说法是否成立？如果成立，江西诗派的词作与"西江一派"有什么关系？下面我们就这些问题逐一探讨。

一　江西诗派的词作概述

　　江西诗派因北宋末年吕本中所作《江西宗派图》而得名。《江西宗派图》在黄庭坚的名后排列 25 人，其中至今还有存词者 10 人：黄庭坚（1045—1105，《山谷词》180 余首），陈师道（1053—1101，《后山词》40 余首），谢逸（1068—1111，《溪堂词》60 余首），谢薖（1074—1116，《竹友词》16 首），晁冲之（生卒不详，《晁叔用词》16 首），徐俯（1075—1141，17 首），李彭（生卒不详，10 首）①，祖可（生卒不详，3 首），夏

---

　　① 周裕锴《宋代禅宗渔父词研究》云李彭有《尊宿渔歌十首》，见《中国俗文化研究》第一辑，巴蜀书社 2003 年版，第 53 页。另，谢薖《浣溪沙》词题有"陈虚中席上和李商老雪词"，而李词不存，可知李词遗失不少。江西诗派的词均有类似遗失情况。

倪（? —1127，1首），韩驹（? —1135，1首）。①

江西诗派并非《江西宗派图》26人所能概括，南宋时还出现了江西诗派的续派、别派，直到宋末元初，方回在《瀛奎律髓》等著作中为江西诗派作了总结：他将陈与义与黄庭坚、陈师道并称为"三宗"，还把南宋许多诗人都划归江西诗派。目前诗歌研究者根据南宋以来对江西诗派续派的划定，综合考察，一般认为图外可以列入江西诗派的而且尚有词存的诗人有：惠洪（1071—1128，37首②），吕本中（1084—1145，27首），陈与义（1090—1138，《无住词》或称《简斋词》，18首），等等。

无论从数量上还是当时声誉上看，黄庭坚都是江西诗派中作词大家。黄庭坚现存的词作最引人注目的是两方面：一方面是描述女性以及男女欢情之作，风格近柳，某些方面甚至有过之而无不及，有"亵诨不可名状"之处，有以生字俚语俗语入词之处，这类词早年所作居多，表现出黄庭坚心理的另一面——世俗化及情趣低俗的一面。另一方面是表现个人兀傲性情的作品，以晚年所作居多，表现出其高情雅韵的一面，情调接近其诗歌，风格接近苏轼，但高妙疏宕，并时时露出其不同流俗的"狂奴故态"。这类词犹如苏轼的以诗为词，提高了词的品位，但背离传统词风，因此晁补之元祐年间所作的《评本朝乐府》云："黄鲁直间作小词，固高妙，然不是当行家语，自是著腔子唱好诗。"而黄庭坚对以诗为词，有相当的自觉，他在《晏几道小山词序》论晏词云："独嬉弄于乐府之余，而寓以诗人之句法，清壮顿挫，能动摇人心。"③ 可见他是有意地不"当行"。

陈师道的词在江西诗派词中，与黄庭坚有较多的近似之处。现存的陈师道词中，那些写节序词如《菩萨蛮》四首写七夕、《减字木兰花》写九日，那些咏物词如《满庭芳》咏茶、《南柯子》"问王立之督茶"、《西江

---

① 韩驹只存《念奴娇》（《全宋词》，第979页）一首长调咏月。此词一说是李吕所作，非常接近黄庭坚的《念奴娇》"断虹霁雨"，像是改黄韵而成。又，以上统计据中华书局1986年版《全宋词》并参考其他版本。下文所引词如无特别说明均出自《全宋词》，不一一注出处。

② 其中周裕锴辑录16首，见周裕锴《全宋词辑佚补编》，《词学》第15期。惠洪其他词见《全宋词》第710—713页。

③ 此段详参周裕锴《试论黄庭坚词》，载《学术月刊》1984年第11期。近年来学界对黄庭坚词研究较多，不详论。

月》咏酴醾菊和榴花，《临江仙》"送叠罗菊与赵使君"等，取材与风格都有近似黄庭坚高情雅韵处。陈师道也有写女性以及男女情爱的词，但不像黄庭坚那样"亵诨"，而比较"雅正"，在当时还颇受同门晁补之称道："《复斋漫录》云：晁无咎贬玉山，过彭门，而无己废居里中，无咎出小鬟舞梁州佐酒，无己作《木兰花》云：'娉娉袅袅，芍药梢头红样小。舞袖低垂，心倒郎边客已知。……'无咎云：'人疑宋开府铁心石肠，及为《梅花赋》，清驶艳发，殆不类其为人；无己清适，虽铁石心肠不至于开府，而此词清驶艳发，过于《梅花赋》矣。'"① 陈师道词的两类，也如黄庭坚的两类，只是每类都不像黄那样有过之而无不及。尽管后代文学史上，人们大多认为陈词不及黄词，但也有人很推崇陈词，如清王鹏运《历代词人考略》卷十二曰："词名诗余，后山词，其诗之余也。卷中精警之句，亦复隐秀在神，蓄艳为质，秦七黄九蔑以加。"

谢逸是江西诗派重要诗人，在宗派图中紧随陈师道之后，他现存的词作数量上也只仅次于黄庭坚，其词在当时也颇为流行："《复斋漫录》云：无逸尝于黄州关山杏花村馆驿题《江城子》词云：'杏花村里酒旗风，烟重重，水溶溶。……'过者必索笔于馆卒，卒颇以为苦，因以泥涂之。"② 可见其流行之一斑。现存谢逸的词都是小令，以善于写男女情思和风景而见长，被视为婉约一派，薛砺若《宋词通论》所谓"远规花间，逼近温韦"③。但事实上，谢逸的小令比起"花间"、"温韦"，还是少了些香粉脂腻，多了些雅洁清空。其写景自不用说，即便是写男女情思，也颇能写出高情远韵：如《蝶恋花》"独倚阑干凝望远，一川烟草平如剪"，《千秋岁》"人散后，一钩新月天如水"，都以景句收束情词④，将男女相思之情推向淡远幽雅的时空，淡化了此类词常有的香艳与缠绵，令人遐思无穷。这与黄庭坚的"亵诨"之作，也在情趣、境界、雅俗上有天渊之别，岂止"不涉亵语，不关色情"⑤？吕本中《得无逸惠书》云："乐府短句又清绝，

---

① 胡仔：《苕溪渔隐丛话》，人民文学出版社 1962 年版，第 523 页。

② 同上书，第 346 页。

③ 薛砺若：《宋词通论》，上海书店 1985 年版，第 162 页。

④ 杨景龙：《略论谢逸溪堂词意象营造的特色》，《文学遗产》2004 年第 1 期。

⑤ 同上。

陶写万象嘲江山。""清绝"是谢逸情词与景词的最大特点,这一点比较接近黄庭坚性情词"清壮顿挫"的一面,但又没有黄那种兀傲之气,所以别具一格。

谢薖是谢逸从弟,诗名乃至词名都不及谢逸。他的诗歌完全是江西诗派的槎枒瘦硬,甚至于枯槁憔悴,最缺少情致风韵,但是他的词却不尽然。他现存的词除《醉蓬莱》一首长调外,也都是小令。即便是写节序词、咏物词,都颇有一些风致,如《减字木兰花》和人梅词首句问江梅"愁绝黄昏谁与度",与贺铸《青玉案》问凌波仙子"锦瑟华年谁与度"一样,情意绵长;尤其是下阕结句"能动诗情,故与诗人独目成",写江梅与诗人眉目传情,可谓别出心裁,凸显了江梅也突出了诗人自己的万种风情。谢薖的词虽不像谢逸那样"清绝",但他用一点情致风韵,弥补了自身诗歌的一些不足。

晁冲之诗歌以陈师道为师,他的《过陈无己墓》云:"五年三过客,九岁一门生。"① 但他的词却与陈师道没有太大关系。吕本中《东莱吕紫微师友杂志》称其"少颖悟绝人,其为诗文,悉有法度"。但胡仔却云:"晁冲之叔用乐府最知名,诗少见于世。"② 可知晁冲之诗歌虽被江西诗派中人称道,但派外人却更知悉赏识他的词,这在江西诗派中颇为特别。晁冲之是否因为《汉宫春》梅词受到蔡京、蔡攸父子赏识而入大晟府,直至目前尚有争议,③ 这里暂不讨论。仅从晁冲之现存的慢词看,其风格非常接近周邦彦,如《汉宫春》"黯黯离怀,向东门系马,南浦移舟",《玉蝴蝶》"目断江南千里,灞桥一望,烟水微茫",《上林春慢》"帽落宫花,衣惹御香,凤辇晚来初过"等,其遣词造句之审慎典雅、章法结构之缜密回环,与周邦彦慢词有异曲同工之妙,有大晟词人的慢词特点,而非况周颐所云:"晁叔用慢词,纡徐排调,略似柳耆卿。"④ 江西诗派的词作以小令为

---

① 北京大学古籍所编:《全宋诗》第 21 册,北京大学出版社 1995 年版,第 13894 页。
② 胡仔:《苕溪渔隐丛话》,人民文学出版社 1962 年版,第 602 页。
③ 《独醒杂志》卷四及多数人认为晁冲之献梅词为大晟府丞一事可信,张剑也支持此种观点(《宋代家族与文学》,北京出版社 2006 年版,第 260 页),而伍晓蔓认为"断不可信"(《江西宗派研究》,巴蜀书社 2005 年版,第 365 页)。
④ 《惠风词话·广惠风词话》,孙克强辑考,中州古籍出版社 2003 年版,第 423 页。

主，像晁冲之这样以慢词见长的并不多。

夏倪现存的词虽然只有一首《减字木兰花》，作于宣和元年（1119）八月①，但颇著名，词中的兀傲横放之气最接近黄庭坚的同类词。祖可是庐山僧人，他的诗歌以描写庐山景物为主，现存词只有三首，却颇受人称道。《能改斋漫录》卷十七云："释可正平，工诗之外，其长短句尤佳，世徒称其诗也。"并收录了其"尤佳"的两首《菩萨蛮》，其二的结语"鸳鸯如解语，对浴红衣去。去了更回头，教侬特地愁"，细腻缠绵，香艳可人，比其诗句还受人称道。另一首《小重山》也殊不类衲子语。

陈与义、徐俯、吕本中、韩驹、惠洪都是江西诗派的著名诗人，在当时并不尽力写词，但王灼《碧鸡漫志》卷二却将他们与苏庠、朱敦儒等词人相提并论云："陈去非、徐师川、苏养直、吕居仁、韩子苍、朱希真、陈子高、洪觉范，佳处亦各如其诗。"

陈与义"有《无住词》一卷。词虽不多，语意超绝，识者谓其可摩坡仙之垒也"②。陈与义的词俊爽超迈，接近苏轼放旷超爽的一面，这一点在江西诗派词人中无人可及。其《临江仙》"夜登小阁忆洛中旧游"一词，使得陈与义词名与诗名一样大盛。胡仔认为其上阕"此数语奇丽。《简斋集》后载数词，惟此词最优"③。其中"杏花疏影里，吹笛到天明"两句就活画出少年的风雅俊秀、洒脱不羁，下阕与此情景一对比，悲怆苍凉之感沁人心脾。其他词如《临江仙》"高咏楚词酬端午"、《虞美人》"大光祖席醉中赋长短句"都有一种雄伟苍楚之感，与张元干、张孝祥同调而更多几分俊秀英爽。《玉楼春》"一瓯清露一炉云，偏觉平生今日永"，《清平乐》"无住庵中新事，一枝唤起幽禅"，都表现出些许禅意的愉悦清淡；《临江仙》"榴花不似舞裙红。无人知此意，歌罢满帘风"，意境空旷幽远。《定风波》写重阳、《清平乐》咏木樨都颇有特色。陈与义的诗歌在江西诗派中别具一格，他的词也与其他江西诗人词有所不同。

---

① 其序云："因事自府曹谪祁阳监酒，过浯溪，作一首。"吴曾：《能改斋漫录》卷十七，上海古籍出版社 1979 年版，第 489 页。

② 黄升：《中兴以来绝妙词选》卷一，《四部丛刊》本。

③ 胡仔：《苕溪渔隐丛话》，人民文学出版社 1962 年版，第 548 页。

　　徐俯是江西诗派中比较有情致的诗人，他最擅长构图精工、设色浓郁、情思婉转、余韵悠然的绝句，这种绝句风格与词之小令特质最为接近。徐俯现存的词基本上也是小令，也有化用唐宋诗词成句的习惯，但风格不像谢逸那样"清绝"，而更多一些巧妙婉转，却又比花间、温韦清疏一点。譬如他的《卜算子》"天生百种愁"就活用了许多成句熟语，尤其是"不见生尘步，空忆如簧语"，可谓点铁成金，深得江西诗派诗歌夺胎换骨之妙，结语不像谢逸那样悠远清空，但巧妙绵长过之。苏轼、黄庭坚曾将张志和与顾况《渔父词》改写以"乐道"，徐俯对苏黄以词"乐道"的这种方式和见解颇有兴趣："东湖老人因坡谷有异同之论，故作《浣溪沙》《鹧鸪天》各二阕云。"① 将苏黄以及江西诗派参禅悟道的风气弥漫延伸到词里。

　　惠洪的诗歌最具江西正体特色，而《彦周诗话》说他"又善作小词，情思婉约，似少游。至如仲殊、参寥，虽名世，皆不能及"②。他现存的词有三个方面最为突出：一是身为和尚而作艳词，现存词中只有三首艳词，香艳而不"亵诨"，"情思婉约"、狎昵温柔，不减婉约词人。他这类词比祖可还要放得开，像在俗词人那样香艳。二是有禅门本色当行词，即禅宗颂古词《述古德遗事作渔父词八首》。黄庭坚有《渔家傲》四首，赞颂了四位禅宗祖师，惠洪《渔父词》八首赞颂了八个禅宗古德，都是用词句隐括古德们的事迹，明显受黄庭坚的影响或启发。江西诗派另一个诗人李彭也有《尊宿渔歌十首》赞颂禅宗古德③。李彭《上黄太史鲁直诗》云："卜筑近僧坊"④。他的日涉园在庐山脚下，他与庐山禅寺中的僧人往来密切，深受禅宗影响，因此有禅宗颂古诗。苏黄以及徐俯的几首禅宗词，还只是以词"乐道"，而惠洪与李彭则是以词"颂古"，这在江西诗派词作中颇为突出，在整个宋词中也自成一体。此外，惠洪的《鹧鸪天》因飞蛾扑火而悟人生禅理，也写得理趣盎然。三是个人性情词，惠洪有十四首《浣

---

　　① 《全宋词》第二册，中华书局 1986 年版，第 744—755 页。

　　② 许顗：《彦周诗话》，何文焕辑《历代诗话》本，中华书局 1981 年版，第 382 页。

　　③ 周裕锴：《宋代禅宗渔父词研究》，《中国俗文化研究》2003 年第 1 辑，巴蜀书社 2003 年版，第 38—55 页。

　　④ 北京大学古籍所编：《全宋诗》第 24 册，北京大学出版社 1995 年版，第 15927 页。

溪沙》，都是与李之仪次韵唱和的，这些次韵词因难见巧，俊语爽利，个性鲜明，在黄庭坚那种兀傲之外还加了几分狂放，如其中"雨中闻端叔敦素饮作此寄之"云："正恐卷毡为鳖饮，何妨跨项作猿蹲。此生随处有乾坤。""醉乡城郭无关钥，世路风波太险巇。且看相枕烂如泥。"颇能见出惠洪狂放不羁的个性。

吕本中的《江西宗派图》和活法理论、诗歌创作使他在江西诗派中声名显赫，而他的词在当时也极有声价。江西诗派理论家曾季貍《艇斋诗话》云："东莱晚年长短句，尤浑然天成，不减唐花间之作。"① 吕本中现存的词也主要是小令，与谢逸的"清绝"相比，其小令风味更接近"唐花间"那种柔情万种、思致缠绵，加上纤细灵巧、清轻婉媚，如韦冯更如晏欧，属于婉约正宗。吕本中现存的词几乎每首都曾受人称道。《艇斋诗话》欣赏其《浪淘沙》、《清平乐》、《虞美人》，认为其中不少词句"皆精绝，非寻常词人所能作也"②。吕本中的《南歌子》"短篱残菊一枝黄，正是乱山深处、过重阳"，《踏莎行》"雪似梅花，梅花似雪，似与不似都奇绝"也为人赏爱。他的《采桑子》"恨君不似江楼月"、"恨君却似江楼月"更是以其善用月亮的盈与亏来作出人意料的正反两个比喻而显得别致有情趣。他只有一首慢词《满江红》，胡仔将其与晁补之的《摸鱼儿》相提并论，击节赞赏③。如此众多的好词与好句，使得吕本中的词名绝不下其诗名。在江西诗派词作中，吕本中无疑是最恪守婉约传统的，他的词也最当行本色。

从以上对江西诗派词人的简要介绍中，我们可以感受到其词作的不拘一格、异彩纷呈。之所以产生这种现象，可能有两种原因：江西词作不像江西诗作那样有基本一致的审美追求和创作方向，因此呈现出比诗歌更加多样化的特色；另外也是江西诗人在创作词的态度上相对比较放松，所以透漏出更多的创作个性或潜意识。下一小节我们将江西词作放在其诗歌创

---

① 曾季貍：《艇斋诗话》，《宋诗话辑佚》，中华书局1980年版，第459页。
② 同上书，第460页。
③ 《苕溪渔隐丛话》前集卷五十一："苕溪渔隐曰：《摸鱼儿》一词，晁无咎所作也；《满江红》一词，吕居仁所作也。余性乐闲退，一丘一壑，盖将老焉，二词能具道阿堵中事，每一歌之，未尝不击节也。"

作的视野下进行综合考察。

二 江西诗派的词作与诗作比较

江西诗派的诗歌是典型的宋调，显现出以筋骨思理、瘦硬通神见长的宋诗特色。谢逸《豫章别李元中宣德》诗中有一联云："老凤垂头噤不语，古木槎枒噪春鸟。"① 这一联受到黄庭坚特别赞赏。黄庭坚之所以赞赏这联诗，一个重要原因就是其非常符合黄庭坚及江西诗派的审美标准，而江西诗派的诗风用此联的后一句来形容尤其恰当。宋初梅尧臣《东溪》有"老树著花无丑枝"一语，可以用以喻诗："老树"如诗歌的骨质或骨力，"花"就如诗歌的情韵，"老树著花"就是情韵覆盖了骨质，虽然老树内里骨质坚硬，但似锦的繁花使其外表一如其他春天的娇花嫩树，因而仍会使一般人喜爱。而"古木槎枒噪春鸟"与之相比较，则更加突出骨力："古木"有意裸露出"槎枒"的"丑枝"，情状突兀，无花甚至无片叶，质而无文，所谓"决不肯拈花贴叶，如界画画，如甃砌墙也"②。而情韵的"春鸟"在其上"叫噪"着，点缀着坚硬荒寒，更衬托出骨质筋脉的寒瘦生硬。这就是江西诗派诗人的诗歌美学追求，是他们的诗歌所展现出的基本风格。

看惯了以丰神情韵见长的唐诗，人们很难接受江西诗派的这种诗风，因此不少人指出江西诗派诗歌有生硬、晦涩、偏僻乃至偏执之弊，死声活气、枯索无味，雄而粗，奇而怪，无水深林茂气象，是诗歌之偏锋，甚至有人就因其寒瘦生硬的诗风而认为："江西诗派江西人，从来少肉多骨筋。"③ 江西诗派诗人真是"天性"中"少肉多骨筋"——即少情韵多骨力？江西诗派的这种诗风与"天性"，无疑与一向以婉约为正宗、接近唐诗审美特点的词风相距甚远，乃至格格不入。那么，江西诗人如何调和其诗风与传统词风？如何处理两种不同的文体？

---

① 惠洪：《跋谢无逸诗》，《石门文字禅》卷二七，《四部丛刊初编》本。
② 饶节：《次韵答吕居仁》，见李庆甲《瀛奎律髓汇评》，上海古籍出版社1986年版，第1754页。
③ 赵翼：《庐山纪游》，《瓯北诗钞》卷四，清湛贻堂本。

综合考察江西诗派的词作，几乎可以推翻其"少肉多骨筋"的印象，因为十多位诗人的词作中大都有一些以情韵见长的婉约词。如黄庭坚的"亵诨"之作，其实都是男女欢爱或相思之作，其俚俗的语言都是男女间亲昵的口语方音，而其间的风致，懂点男女风情的人都能够体会。陈师道除了那首被称作"清骏艳发"的《木兰花》外，还有一首《木兰花减字》："匀红点翠，取次梳妆谁得似？风柳腰肢，尽日纤柔属阿谁？"比《木兰花》还要"清骏艳发"。黄、陈而外，谢逸《玉楼春》云"娇吒道字歌声软，醉后微涡回笑靥"，晁冲之《传言玉女》云"绣阁人人，乍嬉游、困又歌。笑匀妆面，把朱帘半揭。娇波向人、手捻玉梅低说"，描写女性的娇羞与慵懒，都颇为当行。吕本中《生查子》"离思"也写尽风情。吕本中词在江西诗派的词中最有风韵，可以作为这类词风的代表。此外，徐俯、谢薖乃至祖可、惠洪两位最当远离风情或情韵的和尚，都有娇艳柔媚或柔情似水的婉约词。江西诗派的这类词就像陈师道《清平乐并引》所云的"柑子菊"一样"姿韵俱胜，如王谢家十五女儿"。

当然，并不是只写男女之间风情的词才会有情韵有风致，写景、咏物、赠别、抒情以及其他题材的词，都可以像唐诗那样具有丰神情韵，像婉约词那样要眇柔媚，江西诗派的词人在这些方面的创作，其实都注意到了词体的规定，其词在处理这些题材时都比其诗更具丰神情韵、更显要眇柔媚一些，只是其男女词尤为突出罢了。

这些"姿韵俱胜"的词，与江西诗派典型的诗歌风貌，处于情致与骨力的两个极端，使人无法将其合而为一，而事实上，正是这两个极端的互补，使我们对江西诗派的诗人有了更为全面的认识：江西诗派诗人并非只知道筋骨思理而不懂得丰神情韵，并非天性中"少肉多骨筋"，他们突出骨力的诗歌，可能只是有意追求和制造一种审美趣味上的背离传统，或与传统有意冲突。当然，他们突出情韵的词，可能也是他们试图证明天性与能力的另一方向的努力。

江西诗派诗人也探讨过词中之"情"的问题。《苕溪渔隐丛话》引《后山诗话》云："晁无咎云：'眉山公之词短于情，盖不更此境也。'余谓

不然，宋玉初不识巫山神女，而能赋之。岂待更而后知也。"① 晁陈这里所
云的"情"主要是指男女之间的风情，晁补之认为必须亲历男女之事，才
能表达出其间的风情，而陈师道则以宋玉《高唐赋》为例，认为风情出于
天性，不必亲历即可表达，天性浪漫的人自懂风情。懂得风情无疑是诗词
具有丰神情韵的一个条件。陈师道认为他自己的词"不减秦七黄九"，无
疑是认为他自己也属于自懂风情的。而从江西诗派诗人的词中，我们能够
感受到，他们的"情韵"有时并不亚于唐人或婉约词人，只是他们宁愿选
择词体来流露他们这一方面的天性。

　　江西诗派的诗与词，在不少方面都是相反而相成的：如情趣上——诗
的雅正与词的流俗，创作态度上——诗的严肃与词的游戏，境界上——诗
的崇高与词的流易，语言上——诗的生硬与词的平易、诗的生新与词的因
袭，风貌上—诗的瘦硬与词的柔和，等等，都似乎有意为之。尤其是他们
的诗歌，凸显的是他们的心性修养与淡泊自持，而词作，则试图凸显的是
他们的放任自流与和光同尘——这些都表现出江西诗派诗人性情的一体两
面，也说明他们其实对诗体和词体有不同的认识与观念。

　　然而既写诗又写词的江西诗派派中人，毕竟是同一群人，无论他们怎
样有意无意地区分诗体与词体，他们创作的诗与词，还是有某些相通或相
似之处。黄庭坚《念奴娇》"断虹霁雨，净秋空，山染修眉新绿"一词，
就与其诗歌的风格比较接近，其中"老子平生，江南江北，最爱临风曲"，
与他的《水调歌头》"我欲穿花寻路，直入白云深处，浩气展虹霓"，都有
一种近似其诗歌的兀傲不平之气。只是这些接近其诗歌的词，修改了其诗
歌过分注重骨力而产生的"生硬"之病，显得稍微意脉流畅、平和圆润一
点，让人们明显感觉到词体重情韵的特质，缓和了诗体那种有意突出的骨
质感。夏敬观《手批山谷词》："曩疑山谷词太生硬，今细读，悟其不然。
'超逸绝尘，独立万物之表；驭风骑气，以与造物者游'，东坡誉山谷之语
也，吾于其词亦云。"② 黄庭坚这类词不像其诗歌那样"太生硬"，就是诗
人有意无意以柔济刚的结果。

---

① 胡仔:《苕溪渔隐丛话》，人民文学出版社 1962 年版，第 346 页。

② 龙榆生:《唐宋名家词选》，上海古籍出版社 1980 年版，第 134 页。

王灼云："陈无己所作数十首，号曰《语业》，妙处如其诗。但用意太深，有时僻涩。"① 陈师道"妙处如其诗"的词如《满庭芳》咏茶"渐胸次轮困，肺腑生寒"，就像其诗也像黄庭坚词一样，格韵高绝。他的《清平乐》二首中"秋声隐地，叶叶无留意"、"秋光烛地，帘幕生秋意。露叶翻风惊鹊坠，暗落青林红子"等词句，用意以及遣词造句都如其诗歌那样用力和用心，虽不免有些生硬僻涩，但与其诗歌比较起来，硬涩程度减轻了许多。

此外，夏倪《减字木兰花》的"独立风烟，湘水浯台总接天"，晁冲之《渔家傲》的"万里长安回首望，山四向，澄江日色如春酿"，都意境辽阔，心胸放旷；陈与义《浣溪沙》"起舞一尊明月下，秋空如水酒如空"以及《南柯子》"塔院僧阁"中"阑干三面看秋空，背插浮屠千尺，冷烟中"，也辽夐悠远，空阔苍凉，给人以既不同于其偏于婉约的词、也不全同于其诗歌的感受。

不只是写景的词，江西诗派诗人会将其写得如此清旷高远，就是有些写儿女情长的词，经过江西诗派诗人的处理，也可以写得不那么缠绵悱恻，如上节所云谢逸写柔情的词，就能写出清绝悠远的效果。江西诗派的这类近似于诗歌的清刚词作，比其偏于婉约的词作，数量上稍少一些，但集中考察起来，也颇具特色。"佳处亦各如其诗"，虽是王灼对陈与义等诗人词的评价，但某种程度上也可以作为江西诗派其他诗人词的一个概括。这类近似其诗的词，可以说是江西诗派诗歌的一个侧证：江西诗人所期望的人生境界与文学审美境界一致——超越流俗，心境高远。在这一点上江西诗派诗词可以互证。

当然，江西诗派的这类词只是近似其诗，而与其诗绝不相同：词没有诗那样有意刚硬透折，词的意脉也不像诗那么有意断裂，因此其词也没有其诗那样干枯、生硬、晦涩。在思维方式与审美情趣上，这类词更接近常人的审美趣味，让人容易接受一些。如陈师道《减字木兰花》"九日"："清尊白发，曾是登临少年客。不似当年，人与黄花两并妍。来愁去恨，

① 王灼著，岳珍校正：《碧鸡漫志校正》，巴蜀书社2000年版，第34页。

十载相看情不尽。莫更思量，梦破春回枉断肠。"与其诗歌《九日寄秦觏》"九日清尊欺白发，十年为客负黄花"语境十分相近，但是词句比诗句要柔软一些，而且好理解得多。

江西诗派的诗法与其诗歌一样著名，但江西诗派并无词法，仔细考察他们的词，则发现他们常常将诗法运用在词的创作中，譬如江西诗派诗歌一大特色是次韵，江西诗派的词也常常次韵。黄庭坚次韵词很多，如《减字木兰花》"中秋多雨"三首依次押雨、去、开、来、外、会、楼、头韵脚，又连续三首"举头无语"依次押语、住、围、之、秀、有、衣、之韵脚，接着《木兰花令》"风开水面鱼纹皱，暖入草心犀点透"连续五首均依次押皱、透、柳、就、袖、寿韵脚，《鹧鸪天》"万事令人心骨寒"连续三首押寒、干、冠、餐、欢、看韵脚，等等，这些次韵词像次韵诗一样因难见巧，显示才学。惠洪《浣溪沙》14 首分别次韵"盆"、"蚊"、"蹲"、"坤"和"霓"、"时"、"巇"、"泥"，各七首。所谓以押韵为工。

"无一字无来历"，这个江西诗派的诗法在其词创作中也比较常用。黄庭坚的词如《木兰花令》"黄金捍拨春风手……似有黄鹂鸣翠柳"，是欧阳修、杜甫诗句的直接借用；《水调歌头》"只恐花深里，红露湿人衣"是王维"山路元无雨，空翠湿人衣"的翻版，这种诗法、词法的互通，开其他江西诗派诗人先河。王灼批评谢逸云："谢无逸字字求工，不敢辄下一语，如刻削通草人，都无筋骨，要是力不足。然则独无逸乎？曰：类多有之，此最著者耳。"[1] 其实谢逸不仅仅是为了"字字求工"才"不敢辄下一语"，他是为了"无一字无来历"才如此。谢逸的词语读起来都似曾相识，如《江神子》"闲抱琵琶寻旧曲，弹未了，意阑珊。……恰似梨花春带雨，愁满眼，泪阑干"，化用白居易《琵琶行》"犹抱琵琶半遮面"与《长恨歌》"梨花一枝春带雨"。又如其《卜算子》"细葛含风软"袭用杜甫《端午日赐衣》成句，"谁把并州快剪刀，减取吴江半"化用杜甫《戏题王宰画山水图歌》"焉得并州快剪刀，剪取吴松半江水"。其《蝶恋花》"豆蔻

---

[1] 王灼著，岳珍校正：《碧鸡漫志校正》，巴蜀书社 2000 年版，第 34 页。

梢头春色浅"、《玉楼春》"恻恻轻寒风剪剪"、《浪淘沙》"归去笙歌喧院落,月照帘栊"等都明显袭用或化用前人诗句词句。他在这一方面的确十分突出,具有代表性。这种做法与江西诗派诗歌创作所用方法极其相似。整个词的语词都有来历,但意境却是新的,即惠洪所云"袭其语而不袭其意"的换骨法。

这种情况在江西诗派其他诗人的词里,也普遍存在,如晁冲之《玉蝴蝶》:"雨轻轻,梨花院落,风淡淡,杨柳池塘。"明显化用晏殊诗句"梨花院落溶溶月,柳絮池塘淡淡风"。吕本中《生查子》"衣带自无情,顿为离人缓",化用《古诗十九首》的"行行日已远,衣带渐已缓"。虽然其他词人如晏几道、贺铸、周邦彦等也有化用和引用前人诗句词句的情况,但像江西诗派这样大量运用的却不多。这些手法使得江西诗派的词与其诗一样,熟语太多,有腐熟窃袭之嫌,甚至"如刻削通草人"。

还有一些诗法在创作词时也有所运用,如吕本中《生查子》"宝瑟雁纵横,谁寄天涯信",就通过"雁"的双关而作曲喻;陈师道《菩萨蛮》"经年谋一笑,岂解令人巧。不用问如何,人间巧更多",善于翻案,用的是江西诗派的翻著袜法。

诗法在词创作中的运用,也属于以诗为词的一种,它扩充了词的表达方式,提高了词的表达能力,加强了词的书卷气以及文化意蕴。对于江西诗派诗人而言,这些技巧方法已经成为作诗与词的必要手段,得心应手,不必外求。

江西诗派的诗与词有互补,有互通,也有互用,反映出诗词之间错综复杂的关系,也共同构筑了江西诗派诗人的创作性格与世界。

三 "西江一派"的重要一环

冯煦《蒿庵论词》云:"文忠家庐陵,而元献家临川,词家遂有西江一派。"[①] 这段话经常被人引用,却似乎没有引起人们的足够的注意和响应。只有龙榆生论及冯延巳时云:"南唐歌词种子,向江西发展,辙迹可

_____

① 冯煦:《蒿庵论词》,《词话丛编》本,中华书局 1986 年版,第 3585 页。

寻，冯氏实其中心人物，治词史者所不容忽也。"① 但龙榆生重点在提醒冯延巳对江西词人的影响，而没有提及"西江一派"。关于词派，吴熊和《唐宋词通论》第四章《词派》第一节"唐宋词分派由来"② 有详细论述，书中指出宋人所分词派：北宋大体上有苏轼、柳永两派，南宋大体上有辛弃疾、姜夔两派，也没有谈到"西江一派"。其他论述词派的专著与文章也很少提及"西江一派"。

那么冯煦的"西江一派"之说是否可以成立？"西江一派"除晏殊、欧阳修外，在宋代是否还有发展？"西江一派"是否就是江西词派？江西诗派诗人的词作能否算作"西江一派"的发展者？

冯煦所说的"西江一派"，从上面所引述的话看，主要是指继承了南唐冯延巳婉约传统的晏殊与欧阳修，因为晏、欧都是江西（即西江）人，词风有共同之处，又有明确的宗主，所以可以称作"西江一派"。然而晏、欧是"西江一派"的开宗立派者？还是终结者？如果是终结者，那么"西江一派"显然是刚开始就结束了，而按照流派的定义，这个"西江一派"显然是太小型了，小到几乎无法成立。而冯煦之意似乎并非如此，他的本意是要将晏、欧作为继承南唐词风的"西江一派"的开宗立派者的，只是这段话没有更多显豁的表述和论述罢了。

晏、欧无疑是宋代江西最早作词并享有词名的作家，晏、欧之后，江西词人层出不穷，蔚为大观，这一点无须赘言。问题的关键是这些江西词人是否继承了南唐以及晏、欧的精神，继续发展，形成了极有特色的江西词风格——所谓的"西江一派"？

紧随晏、欧之后，江西比较著名的词人有王安石、晏几道。晏几道仍旧恪守父辈的婉约之风，应该说是继承了"西江一派"的风格的。而王安石虽然存词只有二十余首，却有与晏、欧颇为不同的风格，如他的《桂枝香》"登临送目"一词怀古而"清空中有意趣"③，《浪淘沙令》"伊吕两衰翁"一词豪放痛快，其他词也别具面目，与冯、晏、欧的婉约词很不相

---

① 龙榆生：《唐宋名家词选》，上海古籍出版社1980年版，第42页。
② 吴熊和：《唐宋词通论》，浙江古籍出版社1989年版，第154—266页。
③ 夏承焘：《词源注》，人民文学出版社1963年版，第18—19页。

同，而有以诗为词或词近于诗的特点。他是江西最早背离南唐以及晏、欧传统的词人，而他的"背离"，展现出晏欧以后"西江一派"的另一方面，开拓了"西江一派"的新境。

黄庭坚与王安石、晏几道都有一些关系。黄庭坚对王安石的诗歌与为人都颇为尊重，与晏几道为至交，虽然没有足够的证据能够证明黄庭坚的词与这两个人有什么关系，但是黄庭坚对这两位乡贤无疑是关注的。黄庭坚为晏几道的词集写序，指出晏几道"乃独嬉弄于乐府之余，而寓以诗人句法，清壮顿挫，能动摇人心"①。黄庭坚用他的"法眼"看到了晏几道词超越婉约的特点，也表达出黄庭坚自己对诗词之间关系的看法。这个看法与王安石（还有苏轼）的做法是一致的。黄庭坚晚年致力于诗词打通，在词中常常"寓以诗人之句法"，然而黄庭坚的词，并没有将诗词特长结合到最高境界，也没有融合词的豪放与婉约，他的词截然分成两种无法统一的风格——近苏与近柳：他既不愿像晏几道、秦观那样恪守传统，又不愿意像王安石、苏轼那样彻底抛开传统另辟新境，可以感受到黄庭坚对两种词风都在心仪之中又有不满，想改变却无法将其融为一体而形成个人特色，也可以感受到他在对待传统时那种矛盾的态度。因此黄庭坚的词并没有在苏柳之间独辟蹊径，也没有为其他江西诗派诗人树立一个像他的诗歌那样的典范。

"山谷体"只是山谷诗体，而不是山谷词体。因此，江西诗派的诗人在词创作上，没法向黄庭坚这位"诗宗"请教学习，因而显示出群龙无首的无序状态。即便是诗歌上最为钦佩黄庭坚的陈师道，也没有向黄庭坚的词致敬。元丰七年（1084 年）陈师道拜见黄庭坚并拜倒其门下，《赠鲁直》云："陈诗传笔意，愿立弟子行。"② 而这种拜倒，主要是对其道德诗歌的拜倒，并不包括对黄庭坚词的拜倒。因为陈师道虽然将"秦七、黄九"并称为"今代词手"，但他对他自己的词却也非常自负："余他文未能及人，独于词，自谓不减秦七、黄九。"③ 从这鼎足而立的自负中，可以看

---

① 王灼著，岳珍校正：《碧鸡漫志校正》，巴蜀书社 2000 年版，第 38 页。
② 冒广生：《后山诗注补笺》，中华书局 1995 年版，第 485—486 页。
③ 胡仔：《苕溪渔隐丛话》，人民文学出版社 1962 年版，第 346 页。

到陈师道并不认为他的词也要立在黄庭坚词的"弟子行"中。

其他的江西诗派词人也很少提及黄庭坚的词,而且在具体创作上似乎更与黄词无关。他们或近苏或近柳,甚或近晏近周,在北宋后期以及南渡初期的词坛上,没有形成一个特色鲜明的流派,只以个体零散的词创作出现,而当时,正是江西诗派在诗坛上一统天下的时候。在词的创作上,没有明确的宗主,没有大体一致的审美理想,这是江西诗派为什么只是诗派、而不是词派的重要原因。

尽管江西诗派没有成为一个词派,但是正如前一节所论,江西诗派的词作也显示出一些共同倾向,尤其是那些有意无意融合了诗歌因素的词作:那些近似江西诗派诗风却别有风味的词,那些引进江西诗法的词,还有像谢逸那样清绝悠远的"柔情"词,都可以看出江西词作"无序"中的"有序"。

江西诗派并非一直将诗、词置于骨力与情韵的两端,他们的词创作已经开始努力调和这两种看似对立的审美因素,从而创作出既别于江西诗风,又别于苏柳词风的一种清刚词风,即如黄庭坚"断虹霁雨"那样"佳处各如其诗"一类的词风。然而,这种词风夹杂在他们稍显杂乱或芜杂的词作之中,没有形成绝对的优势而引人注目。加上这种词风还稍显单薄稚嫩,不够完善成熟,如刚柔或骨力与情韵结合还没有恰到好处,尤其是谢逸、徐俯等人虽然有这类词风,却缺少独创性的词语,不足以引起当时词坛的关注,因而常常被后人忽略。

江西诗派的这种探索,直到南宋后期的姜夔,才得以完成。姜夔将江西诗派瘦硬生冷的诗风与绵缈风神的词风有机融合,将诗与词融合,将宋调与唐音融合,将江西诗派所做的努力进行到底,从而达到一个新的境界,形成一种新的江西词风,从而完成了"西江一派"。姜夔开创的格律词派,可以说是词中的江西诗派,标志着"西江一派"的完成。

如果没有江西诗派的先期尝试,姜夔可能就不会如此迅速地将二者融合得这样完美。江西诗派词作,可以说是冯、晏、欧风韵向姜夔清空发展的一个中间环节。

从南唐到晏、欧,经由王安石、晏几道,再经由江西诗派诸家词人,到南宋中后期出现了姜夔独树一帜的清空词风，"西江一派"的形成发展有明显的脉络：在风韵中增加骨力，改变婉约正宗的柔弱无骨面貌。江西诗派虽然没有形成江西词派，但却无疑是"西江一派"（江西词派）形成过程中重要的一环。

（原载《社会科学研究》2008 年第 1 期）

唱和诗歌

宋代唱和诗的深层语境与创变诗思

——以北宋两次白兔唱和诗为例

嘉祐元年（1056），滁州人在醉翁亭和丰乐亭所在的丰山抓住了一只白兔，不远千里送给时已在汴京任职的翰林学士、原滁州知州欧阳修："网罗百计偶得之，千里持为翰林宝。"[①] 欧阳修如获至宝，异常爱惜，他邀集了当时京师的不少名流新秀如梅尧臣、苏洵、王安石、刘敞、刘攽、韩维、裴煜、王珪等人，为此兔竟举行了前后两次声势比较浩大的唱和活动。一只白兔，何以引起欧阳修等人如此巨大的兴趣？这其中又承载了当时怎样的文化语境？现存白兔唱和诗传达了白兔乃至诗人的哪些信息？参与唱和的诗人如何用诗歌歌咏一只白兔？他们如何接受有关白兔的古老文化传统，并试图突破传统文化对诗人思维的束缚而在诗歌构思或想象上有所创新？下面就这些问题作一些探讨。

一　参与唱和的人物及其心境

关于这只白兔的首次唱和，是在嘉祐元年欧阳修得到白兔后不久[②]。从梅尧臣首次唱和诗三首之二《戏作常娥责》[③] 所云"我昨既赋白兔诗，

---

① 欧阳修：《欧阳修全集·居士集》，中国书店 1986 年版，第 371—372 页。

② 刘德清：《欧阳修纪年录》据《欧阳修全集》目录下注，将此次唱和系于至和二年（1055）末，不妥。据欧阳修嘉祐四年《答圣俞白鹦鹉杂言》"忆昨滁山之人赠我玉兔子，粤明年春玉兔死"可知，欧阳修嘉祐元年得到白兔，嘉祐二年春尚在锁院唱和，出院不久兔子已死。如果是至和二年得到白兔，嘉祐元年春白兔已死，就不可能有嘉祐二年"思白兔"等诗的唱和。朱东润《梅尧臣集编年校注》卷二六将梅此次唱和三首诗均系于嘉祐元年是正确的。

③ 梅尧臣著，朱东润校注：《梅尧臣集编年校注》，上海古籍出版社 1980 年版，第 898 页。

笑他常娥诚自痴。正值十月十五夜，月开冰团上东篱。毕星在傍如张罗，固谓走失应无疑"看，首次唱和的具体时间当在十月十四日或十五日前不久。而另一参与者裴煜十月下旬赴任吴江县令①，也可以补证这一点。

欧阳修（1007—1072）常以"座上客常满，尊中酒不空"作为他日常生活的理想境界，到京师后他更是经常以各种名义邀请宾客聚会唱和，白兔是他此次邀集各路宾客的一个理由。欧阳修对这只白兔的宠爱简直达到无以复加的程度，他在《白兔》诗中想象它是嫦娥身边的那个仙物，从月宫中悄然出走而降落滁山，因此对它极尽宠贵之能事："翰林酬酢委白璧，珠箔花笼玉为食。朝随孔翠伴，暮缀鸾凤翼。主人邀客醉笼下，京洛风埃不沾席。"他赞扬被邀的客人们所赋的诗歌是"群诗名貌极豪纵"，却又指出这些客人们并不了解白兔的本意——"尔兔有意果谁识"？白兔的本意是什么？欧阳修认为是"天资洁白已为累，物性拘囚尽无益"。其实这是欧阳修自至和元年（1054）入京做官后诗文中常发的慨叹，白兔在诗中就是欧阳修自己。

很难考证出欧阳修当时所邀请"醉笼下"的客人，也很难考证当时哪些客人曾为此白兔赋诗（可能已经遗失），但现存首次唱和的八人十首白兔诗，大都与此次醉赏白兔有关——一些诗即便并非当时当地所作，也在此后不久。

作为此次唱和最年长的诗人，梅尧臣（1002—1060）于嘉祐元年夏秋之交到汴京，不久在欧阳修等人举荐之下做了国子监直讲。梅已经五十四岁却沉吟下僚，与欧阳修的身份地位差距很大，而欧对他很敬重又经常帮助他，因此他与欧过从甚密，却又很怕人讥笑他趋炎附势②，所以他的心态很复杂。梅尧臣敏感地意识到他与欧各方面尤其是心境上的差距。在此次白兔唱和中他不仅写了《永叔白兔》，还在欧阳修的督促与启发下，又写了《戏作常娥责》、《重赋白兔》等三首诗，诗中对欧阳修是当今韩愈的称美，对自己年高而不愿学少年虚无想象的辩解，都让人看到他的处境与

---

① 刘德清：《欧阳修纪年录》，上海古籍出版社 2006 年版，第 228 页。
② 如《梅尧臣集编年校注》卷二六《陆子履见过》有"犹喜醉翁时一见，攀炎附热莫相讥"之语。

心情。

苏洵（1009—1066）是这次酬唱中年龄仅次于梅、欧的长者，他于此年初秋携张方平荐书初谒并上书欧阳修，且献著述《洪范论》、《史论》七篇，受到欧阳修的器重与垂青。应该是拜谒后不久，他就应欧阳修之邀为白兔赋诗。作为一介布衣而初与名流盛会，他的《欧阳永叔白兔》① 有些拘谨，不像其他人那样收放自如。一首十韵的五古像是两首五韵五古凑成，两首五古意思重复而且似乎有些舛误：首五韵写飞鹰不忍杀老兔，所以老兔得以自保，后五韵又像是以白兔口吻写它自己不知自藏而被猎夫发现；前五韵已经写到被拘而锁入筠笼驯养，后五韵又从穴处开始再演练一次被猎夫发现的经过。如果不分作二首的话，此诗实在太无章法了。而这背后，我们能够读到苏洵对于拜见欧阳修这一事件的那种矛盾冲突十分尖锐的心态，尤其是"白兔不忍杀，叹息爱其老。独生遂长拘，野性始惊矫。贵人织筠笼，驯扰渐可抱。谁知山林宽，穴处颇自好。高飙动槁叶，群窜迹如扫。异质不自藏，照野明晟晟。猎夫指之笑，自匿苦不早。何当骑蟾蜍，灵杵手自捣"这些诗句，似乎不是写白兔，而是写他自己：虽有"异质"而年事已高，本当"自匿"、"穴处"，却因"不自藏"其迹，被"飞鹰"放过，却被"猎夫"发现而受到"长拘"，最终在贵人的"筠笼"中渐渐丧失"野性"而趋于"驯扰"，而结句是他渴望精神乃至行迹能够重获自由的一种表达。

三位长者之外，其他唱和者都是年轻一辈的新进诗人。

王安石（1021—1086）至和元年入京，被授群牧判官，他力辞，在欧阳修的劝说下才肯就职②，此后王安石得到欧阳修的举荐与格外欣赏。嘉祐元年，他经常被欧阳修邀请参与名流及欧氏门人的聚会赋诗③。但王安石从进入仕途开始，就一直希望通过个人的能力和努力而争取政治上的地位，不太愿意受到欧阳修等名流的举荐，所以他在与欧阳修的交往中力图

---

① 苏洵《嘉祐集》卷一六，《文渊阁四库全书》本。
② 李焘：《续资治通鉴长编》，上海古籍出版社 1986 年版，第 1634 页。
③ 白兔唱和外，《临川先生文集》尚有卷五《虎图》、卷七《送裴如晦即席分题三首》等诗，皆为同年唱和。

保持距离，有一种倔强的矜持。欧阳修于嘉祐元年九月十二日已经由信都县开国伯升为乐安郡开国侯①，但王安石还称他为信都公；他人的唱和题目都称欧阳修为欧阳永叔，而王安石诗题为《信都公家白兔》②。王安石在诗中铺叙了月宫中白兔的自由快活生活后，写道："去年惊堕滁山云，出入虚莽犹无群。奇毛难藏果见获，千里今以穷归君。空衢险幽不可返，食君庭除嗟亦窘。今子得为此兔谋，丰草长林且游衍。"这个白兔也简直是王安石自己的化身。他是从水晶宫中"惊堕"人间、长着"奇毛"而独特"无群"的，不幸"见获"而归于欧阳修，在欧阳修的庭除上被喂养而感到困窘。他希望欧阳修能为"此兔"考虑，将其放归大自然，让他"游衍"于"丰草长林"之间。他的诗歌技法与表现力远比苏洵高明，思绪表达也比苏洵更为明白。

韩维（1017—1098）于至和二年（1055）八月十六日，经欧阳修等人举荐，由大理评事而为史馆检讨，嘉祐元年秋当仍在任上，他可能也参与了醉酒赏兔宴会，但是他的《南阳集》卷四《赋永叔家白兔》与其他诸人咏物抒怀颇不相同：他用五古大发议论，探讨"天理"、"至理"，将兔子与豺狼比较，试图论述物之美丑大小强弱与福祸之间的关系，惭愧他自己不能像庄子那样汪洋恣肆地阐明观点③。他深为白兔无害却一生忧患而不平："是惟兽之细，田亩甘所宁。粮粒不饱腹，连群落燖烹。幸而获珍贵，愁苦终其生。"无论是野处生活还是被人赏爱，兔子的一生都是"愁苦"的。"人生天地间，万物同一理"④，因此人也如兔子一样"愁苦终其生"。他不像苏洵和王安石那样认为有了自由，人生就可以幸福。他的见解深刻，但他的诗比较枯燥，不像王安石等人那样文采斐然。

刘敞（1019—1068）于嘉祐元年初出使契丹回朝后本为知制诰，但闰

---

① 欧阳修：《欧阳修全集·居士集》，中国书店 1986 年版，第 12 页。

② 王安石：《临川先生文集》卷十，《四部丛刊》本。

③ 他对祸福之理的关注与欧阳修的开宗明义之作《居士集》卷一《颜跖》一致，但观点不同。本诗疑为其兄韩绛作，韩绛与欧阳修此段时间唱和颇多。韩绛嘉祐元年十月二十日以礼部员外郎、知制诰为龙图阁直学士出知瀛州，欧阳修率同列请留朝廷，从之。见《续资治通鉴长编》卷一八四。

④ 韩维：《赠在巳上人》，《南阳集》卷三，《文渊阁四库全书》本。

三月却因避亲（王尧臣）嫌而出知扬州，其外任颇有些无奈。他与欧在此前就关系密切，到扬州后一直与欧保持诗词唱和。这次唱和他可能并未到汴京赏兔，但他博学多闻，其《题永叔白兔同贡甫作》①在此次唱和中用典故最多，《春秋》、《诗经》、《汉书》中的典故都用到了，可见他比王安石更喜欢"以才学为诗"。他的结句是对欧阳修"天资洁白已为累，物性拘囚尽无益"的翻案或劝说："由来文采绝世必见羁，岂能随众碌碌自放原野为。"欧阳修在京任职而颇感"拘囚"，多次自请外任，而刘敞恰好相反，他希望尽快返京②，所以他认为"文采绝世"者就该与碌碌无为者有所区别，就该被朝廷羁縻而重用。

刘攽（1023—1089）皇祐元年（1049）在颍州丁父忧时，即与时守颍州的欧阳修有唱和往来③。《宋史》卷三一九云："攽字贡父，与敞同登科，仕州县二十年，始为国子监直讲。"刘攽嘉祐六年才被欧阳修举荐为国子监直讲，嘉祐元年秋他仍在辗转州县，也可能到汴京待选（嘉祐二年为庐州通判）。刘攽与其兄一样博学，但他更以滑稽戏谑著称，孔平仲《谈苑》卷二云："刘攽贡甫性滑稽，喜嘲谑。"魏泰《东轩笔录》卷八亦云："刘攽博学有俊才，然滑稽喜谑玩，屡以犯人。"他的《古诗咏欧阳永叔家白兔》④除了也用典以显示博学之外，结句活用守株待兔的典故，露出一点"滑稽谑玩"的本性："老翁守株更有待，勿使珍物遗今晨。"他在等着欧阳修那只白兔出逃呢。

裴煜（？—1067）字如晦，与梅尧臣交往唱和颇多。嘉祐元年秋他在京师，参与白兔唱和当在他赴任吴江县令前不久。赴任前夕，有八人分题赋诗为他饯行：欧阳修、梅尧臣、王安石、苏洵以及王安国、焦千之、姚辟、杨褒⑤，其中前四人是白兔唱和的参与者，其他四人可能也参与白兔唱和，但作品不存。裴煜白兔诗今已不存，但从梅尧臣《戏作常娥责》所

---

① 刘敞：《公是集》卷一七，《文渊阁四库全书》本。

② 这一点在嘉祐二年欧阳修《居士集》卷七《奉酬扬州刘舍人见寄之作》中有明确表达："君来一何迟，我请已有素。何当两还分，尚冀一相遇。"

③ 刘德清：《欧阳修纪年录》，上海古籍出版社 2006 年版，第 223 页。

④ 刘攽：《彭城集》卷八，《文渊阁四库全书》本。

⑤ 刘德清：《欧阳修纪年录》，上海古籍出版社 2006 年版，第 228 页。

云"裴生亦有如此作,专意见责心未夷。遂云裴生少年尔,谑弄温软在酒卮",可知他和梅尧臣一样,也不认为白兔有什么神奇之处。他与刘敞、刘攽是同年进士,梅尧臣又称其为少年,则他当与刘敞等人年辈相仿。当时参与唱和的诗人,有些作品可能也像裴煜一样失传。

第二次白兔唱和是在嘉祐二年春,当时欧阳修知贡举,梅挚(995—1059)、韩绛(1012—1088)、范镇(1008—1089)、王珪(1019—1085)四人权同知贡举,梅尧臣为小试官。六人从正月六日入礼部贡院,直到二月十六清明节前后才出院,锁院期间,六人闲暇无聊时以诗歌唱和为乐①,为白兔而唱和是其中一个节目。先是梅挚想起家养的白鹤,写"忆鹤"七律,欧阳修与梅尧臣分别和诗之后②,意犹未尽,尤其是欧阳修,他因梅挚忆白鹤而想到自家白兔,写《思白兔杂言戏答公仪忆鹤之作》③,梅尧臣、王珪唱和以推波助澜,另外三人可能也参与唱和,但其诗今不存。此次白兔唱和现存五首诗中欧、梅各二首,王珪一首,五首诗内容前后相承,均为游戏之作,戏谑气氛比首次唱和浓厚得多。

王珪的诗歌一向被讥嘲为"至宝丹"④,但他《和永叔思白兔戏答公仪忆鹤杂言》⑤却没有多少富贵华丽之语,倒是很朴实甚至生拙地记述了当时唱和情况:"两翁相顾悦有思,便索粉笺挥笔写。有客月底吟影动,猝继新章亦奇雅。大都吟苦不无牵,遂约东家看娅姹。醉翁良愤诋高怀,却挥醉墨几欲骂。我闻此语初未平,随手欲和思殊寡。""两翁"是指欧阳修与梅挚,他二人因各自思念白兔、白鹤而挥毫写诗,"有客"是指梅尧臣,他是"诗老",诗思敏捷,所写"奇雅",而其他几位即王珪自己与韩绛、范镇,他们苦吟不出诗歌,深感痛苦,于是相约到东家看"娅姹"开心。梅尧臣《和永叔内翰思白兔答忆鹤杂言》也有"我虽老矣无物惑,欲去东家看舞姝"之语,可以证明王珪所言不假。但几位唱和人的这种做法,与

---

① 欧阳修:《欧阳修全集·居士集》,中国书店1986年版,第299页。
② 梅挚诗今不存。欧阳修诗见《居士集》卷一二《忆鹤呈公仪》,梅尧臣诗见《宛陵集》卷五一《和公仪龙图忆小鹤》。
③ 欧阳修:《欧阳修全集·居士集》,中国书店1986年版,第43页。
④ 刘攽《中山诗话》、葛立方《韵语阳秋》卷一等均有记载。
⑤ 王珪:《华阳集》卷一,《文渊阁四库全书》本。

欧阳修《思白兔杂言戏答公仪忆鹤之作》所言"纤腰绿鬓既非老者事"完全是唱反调，所以令欧阳修气愤不已，欧阳修《戏答圣俞》中的"须防舞姝见客笑，白发苍颜君自照"，的确是近乎谩骂的诗句。梅尧臣在受到欧阳修这番讥嘲之后，写《和永叔内翰戏答》，倔强而又朴拙地为自己的行为辩解："从他舞姝笑我老，笑终是喜不是恶。固胜兔子固胜鹤，四蹄扑握长啄啄。"梅尧臣认真表明他就是爱女色胜于爱动物，他宁可"便归膏面染髭须"以扮少年，也绝不认为白兔、白鹤胜于"舞姝"。这与他首次唱和时就不认为白兔有什么过人之处的观点前后呼应。几个年高位重的人竟然因为白兔唱和而动肝火，真是太有趣了。两次唱和相隔大约四个月，地点、人物以及写作的氛围都有所不同。欧阳修对首次白兔唱和总的评价是"群诗名貌极豪纵"，从现存十首诗的构思与想象看，的确"豪纵"。以前也有人为白兔写诗文，但是数量很少，欧阳修选择这个唱和对象并让唱和者用古体歌咏，其实是有意激励诗人们开拓诗域、勇于创新，加上老一辈与年轻一辈诗人共同唱和，所以首次唱和有强烈的竞技气息。而第二次唱和除王珪外，以老一辈诗人居多，老友之间的唱和竞技性明显减弱，而游戏性增强。另外，首次唱和的诗人们在咏物时都注重咏怀，因此他们笔下的白兔形象鲜明，文化意味强烈，而且有浓厚的个人情绪色彩。而第二次唱和则因加入白鹤、舞姝以及唱和者的行为，思路与主题都有所变化，白兔的形象性以及个人精神寄托性都有所减弱，突出的是诗人个人的审美情趣与爱好以及对唱和过程的描述。从两次唱和中，我们还有下面更多的发现。

二 白兔唱和的文化意蕴与深层语境

文人养动物，在宋代非常兴盛，几乎可以称之为文人养宠物热，用梅尧臣的话来说就是"物惑"。当时文人喜欢饲养珍稀名贵或者是优雅可爱的禽兽，如宋初李昉养鹤、鹭、白鹇、鹦鹉、孔雀，称之为"五客"，并为其赋诗画图①，林逋"隐居杭州孤山，常畜两鹤，纵之则飞入云霄，盘

---

① 四库本《宋朝事实类苑》卷三四："李昉再入相，以司空致仕，为诗慕白居易之浅初，所居有园林，畜五禽，以客为名：白鹇为闲客，鹭为雪客，鹤为仙客，孔雀为南客，鹦鹉为陇客，各为诗一章，画五客图，传于好事者。"

旋久之，复入笼中"①，留有梅妻鹤子之佳话，都是宋初文人豢养宠物的著名范例。到了欧阳修所处的仁宗、英宗时期，文人豢养动物已是常见现象，梅挚养了白鹤、白鹇，欧阳修也养了白鹤、白鹇、白鹦鹉②等。文人宠物似乎以禽类为主，欧阳修的白兔则属于兽类，这可能是欧阳修邀人为白兔唱和的一个原因。文人饲养宠物与普通人不同的是，在饲养赏玩之余，还常常为这些动物写诗表示赞赏，将对动物的赏玩之情上升到诗歌创作、文化欣赏的高度。

白兔是一种小巧可爱、活泼灵动的动物，其毛色晶莹洁白，所谓"莹若寒玉无磷缁"（刘敞）、"莹然月魄照霜雪"（刘攽）、"宫中老兔非日浴，天使洁白宜婵娟"（王安石）。白兔眼睛殷红灵活，所谓"红眼顾眄珠璘缁"（刘攽）、"走弄朝日光，艳然丹两睛"（韩维）。白兔行动灵活可爱，所谓"初不惊人有时拱"（刘敞），即便在月宫，白兔也是"扬须弭足桂树间，桂花如霜乱后前。赤鸦相望窥不得，空凝两瞳射日月。东西跳梁自长久，天毕横施亦何有"（王安石）的。唱和的诗人们将白兔的这些可爱之处写得栩栩如生，尤其是王安石的描写最为生动。形体与行为可爱的动物易令人赏爱，这可能是大家乐于为白兔唱和的又一原因。但这些原因都未免太显而易见了。据梅尧臣《永叔白兔》所描写的"霜毛半茸、目睛殷红"以及其他诗人的描写看，欧阳修的白兔只不过是一只普通的白色兔子，按梅尧臣所说，是一只"凡卑"的兔子，并没有什么特别，但就这么一只白兔，何以能引起欧阳修以及众多诗人如此巨大的兴致？诗人们是否过于小题大做了？白兔唱和是否还有超越我们现代人所了解的其他文化内涵或更为深层的语境？我们试图在唱和"群诗"中找到一些答案。

梅尧臣、裴煜之所以"拟玉兔为凡卑"，是因为他们认为"百兽皆有偶然白"③，由此而论，白兔之白没什么了不起。但是刘攽不这么认为，他

---

① 沈括：《梦溪笔谈》卷十，《文渊阁四库全书》本。
② 从《居士集》卷六《和梅龙图公仪谢鹇》、卷十二《和公仪赠白鹇》、卷八《答圣俞白鹦鹉杂言》以及刘攽《彭城集》卷八《题欧公厅前两鹤》等诗可以得知。
③ 梅尧臣著，朱东润校注：《梅尧臣集编年校注》，上海古籍出版社1980年版，第898页。

说:"飞若白鹭众不足珍,走若白马近而易驯。古来希世绝远始为宝,白玉之白无缁磷。乃知白兔与玉比,道与之貌天与神。"物以稀为贵,白鹭、白马常见而不足珍,而白兔与白玉一样在当时是稀世珍宝,当然珍贵。刘敞与刘攽观点一致,而且他以历史记载为据来阐发这个观点:"梁王兔园三百里,不闻有与雪霜比。今公畜此安取之,莹若寒玉无磷缁。春秋书瑞不常有,历年旷世曾一偶。"可知白兔不仅是宋代少有,就是宋以前白兔也很少见,汉代梁孝王三百里的兔园都没有听说有白兔,其他时代也只是偶然一见。刘敞博学洽闻,所言极为可信,由此可知白兔在宋代及其以前确实因为稀有而显得弥足珍贵。虽然我国很早就有大量的兔子,而且《诗经》就有《兔罝》篇说明兔子常见,但那时的兔子基本是褐色或者是灰色的,白兔很少见,《抱朴子》有"兔寿千岁,满五百岁则色白"① 之说,"五百岁"才变白的白兔岂是一般人常见的?这无疑是欧阳修以及诸公为白兔唱和的一个重要原因。

刘敞诗中所言"春秋书瑞不常有",还透露了一个历史文化现象:古人长久以来以白兔为祥瑞之物。《瑞应图》云"王者恩加耆老,则白兔见"②,说明王者有恩泽白兔才会出现;《梁书》卷三十《裴子野传》云:"遭父忧,去职,居丧尽礼,每之墓所,哭泣处草为之枯,有白兔驯扰其侧。"说明极孝感天才会出现白兔。白兔是长寿之征,祥瑞之兆,只有在人类行为感动天地时,天地才会将其作为表彰人类的一种奖赏偶然一现,因此不少史书都郑重其事地记录这些祥瑞,《竹书纪年》卷下有"元年,晋献公朝王,如成周,周阳,白兔舞于市"的记载,可能就是刘敞所云的"春秋书瑞"之一。此后正史对白兔的记载不绝如缕。《宋书》卷二九就从"汉光武建武十三年九月,南越献白兔"起,历记此后白兔出现的精确时日地域,一直记载到宋孝武"大明六年六月乙丑,白兔见青冀,二州刺史刘道隆以献"。《魏书》卷一一二也有类似体例的记载。南北朝的史书如此

---

① 《艺文类聚》卷九五,今本《抱朴子》无。南宋人更关注这一点,这次唱和没涉及。叶适"不道奇毛妒霜雪,应知雅意合松椿。龟年鹤岁犹嫌少,献与尊堂别纪春"。林希逸"毛虫虽小著仙籍,云渠千岁皆化白。中山山中衣褐徒,生长何年换颜色"。

② 见《艺文类聚》卷九五,《太平御览》等类书亦收录。

郑重地为"白兔"记录,可见这一时期人们对白兔的重视。欧阳修等人编写的《新唐书》、《新五代史》也记录过白兔事迹,却没有如《宋书》、《魏书》那样集中的记录。但《宋史》卷六六《五行志》则有集中记载:"天圣九年五月宿州获白兔。六月庐州获白兔。明道二年六月唐州获白兔。皇祐三年十二月泰州获白兔。……熙宁元年九月抚州获白兔。十二月岚州获白鹿。四年九月庐州获白兔……"

《宋史》为何如此重视白兔?从《续资治通鉴长编》卷三七太宗至道元年(995)的记载可知一些信息:"乙巳,知通利军钱昭序表献部内赤乌、白兔各一。云:'乌禀阳精,兔昭阴瑞。报火返蕃昌之兆,示金方驯服之征。念兹希世之珍,罕有同时而见,望宣付史馆。'从之。上谓侍臣曰:乌色正如渥丹,信火返之符矣。"白兔被钱昭序视为"昭阴瑞"、"示金方驯服之征"等,都源于秦汉以来传统文化的一贯认识。白兔在月宫中居住,是阴精所集,韩维《赋永叔家白兔》有"太阴来照之,精魄孕厥灵"之说,刘敞《题永叔白兔同贡甫作》有"宁知彼非太阴魄"之句,欧阳修在《答圣俞白鹦鹉杂言》也有此说:"日阳昼出月夜明,世言兔子望月生。谓此莹然而白者,譬夫水之为雪而为冰,皆得一阴凝结之纯精。"①可知这种观念,在宋人心目中早已是根深蒂固。

白兔又是如何成为"示金方驯服之征"?这虽然是钱昭序的附会,但钱昭序确实有切实依据。根据五行对应观念,古人认为西方对应之色是白色,西方是金对应的方位,白兔等白色祥瑞动物常被认为是金精所诞②,是西方也就是金方的象征性动物,而且兔子又是柔弱驯服的象征,所以钱昭序用以代指当时西方的党项族(后来的西夏),所谓金方驯服的征兆。这个说法有充分的五行根据,所以宋太宗以及侍臣、史馆中大臣都接受了这个说法,此后的宋人也都对此深信不疑。因此在宋代俘获白兔,就如同

---

① 欧阳修:《居士集》卷八,《欧阳修全集》,中国书店1986年版,第54页。不少类书汇聚了古代关于白兔的文字记载,此处不一一列举。

② 《晋书·凉武昭王传》:"是时白狼、白兔、白雀、白雉、白鸠皆栖其园圃,其群下以为白祥,金精所诞,皆应时雍而至。"南宋林希逸《竹溪鬳斋十一稿》卷七《戏效梅宛陵赋欧公白兔》:"岂其孕育自卯宫,又是金公付精魄。"

俘获"驯服"的"金方"①。元人所修《宋史》是在宋人观念和记录的基础上润色的,所以才会有如此集中的记录。嘉祐元年滁州人献给欧阳修的白兔,并没有载入史册,这是因为史书中记载的白兔都是各地献给皇帝的,民间的互送不计其中。本应送给皇帝的"驯服之征"却送给了欧阳修,难怪欧阳修和不少唱和者都觉得白兔弥足珍贵。唱和诗没有涉猎这一方面内容,可能是有意回避。

白兔在当时具有稀有、长寿、祥瑞、月精等等积淀了千百年的文化内涵,又被赋予了特定的历史象喻,而这些构筑了诗人们唱和的深层语境。宋代文人在金石古玩、文玩清供、饮食文化等生活情趣之外,更懂得对植物动物等事物的欣赏与品味,他们过着注重细节的精致生活,保持着文人士大夫的优雅情趣,把文人士大夫的生活提高到特别注重文化内涵的层次,这是华夏文化历千年之演进而能够造极于宋世的重要原因。

三 诗思的传统文化束缚与超越

欧阳修之所以首倡以白兔为歌咏对象,是因为这个诗题没有被唐代及其以前诗人大量写过,因此诗人发挥有足够创造力的空间。但是关于白兔的习性、传说以及事迹在文献典籍中有大量记录,譬如白兔在月宫捣药的传说先秦就已经流行,此外,以兔子为祥瑞之物以及肃肃兔罝、狡兔三窟、守株待兔等典故成语也源远流长。又如以兔毫为笔在中国也有十分悠久的历史,尤其是韩愈《毛颖传》以游戏之笔为毛笔立传,更使中山兔毛声名远播。因此,即便是欧阳修之前没有歌咏白兔的诗歌遗产,但是也有足够的传统文化积淀可供诗人们借鉴参考。而文化传统可以成为歌咏白兔命意构思的基石,同时也可以成为对诗人创造力的一种束缚。

首次唱和的诗人们,大多由白兔联想到传说中月宫的玉兔,因此玉兔逃离月宫成为这次诗人们构思和发挥想象的起点。欧阳修《白兔》开篇即

---

① 厉鹗辑《南宋院画录》卷三《萧照瑞应图三卷》第十幅:"上驻磁州,晨起出郊,骑军从行。马首忽白兔跃起,上弯弓一发中之,将士莫不骇服。然兔色之异,命中之,二事皆契上瑞。臣谨赞曰:维是狡兔,色应金方。因时特出,意在腾骧。圣人膺运,抚定陆梁。一矢殪之,遂灭天狼。可以为证。"

云:"天冥冥,云蒙蒙,白兔捣药常娥宫。玉阙金锁夜不闭,窜入滁山千万重。"捣药的白兔在冥冥蒙蒙的夜间,悄然离开了嫦娥所在的琼楼玉宇,"窜入"人间的滁山。在庆历八年砚屏诗唱和中最缺少想象力、最煞风景的梅尧臣①,此次首和《永叔白兔》云"可笑常娥不了事,却走玉兔来人间。……月中辛勤莫捣药,桂傍杵臼今应闲。我欲拔毛为白笔,研朱写诗破公颜",也是顺着月宫的传说写到了嫦娥和桂树以及捣药的杵臼,但是结句的"拔毛为白笔"却在戏言中显露真实与本性,又一次因落到实处而大煞风景。欧阳修显然对其过于落实的说法不太欣赏——"翰林主人亦不爱尔说"。因此,梅尧臣接着作了一首出人意料的诗歌《戏作常娥责》:"我昨既赋白兔诗,笑他常娥诚自痴。正值十月十五夜,月开冰团上东篱。毕星在傍如张罗,固谓走失应无疑。不意常娥早觉怒,使令乌鹊绕树枝。啅噪言语谁可辨,徘徊赴寝褰寒帷。又将清光射我腹,但觉疹粟生枯皮。乃梦女子下天来,五色云拥端容仪,雕琼刻肪肌骨秀,声音柔响扬双眉:'以理责我我为听,何拟玉兔为凡卑。''百兽皆有偶然白,神灵触冒由所推。裴生亦有如此作,专意见责心未夷。'遂云'裴生少年尔,谑弄温软在酒卮。尔身屈强一片铁,安得妄许成怪奇。翰林主人亦不爱尔说,尔犹自惜知不知。'叩头再谢沈已去,起看月向西南垂。"诗中描绘嫦娥先遣乌鹊啅噪、清光射腹,然后她自己仪态万方地在五色云中翩然降临,接着与梅尧臣对话,细节周到,声气活现,整个过程栩栩如生,显示出梅尧臣非凡的想象力,让人们看到梅尧臣诗歌创作的另一面。然而梅尧臣即便在想象中也是理性的,他在与嫦娥的对话中传达的信息是:他并非没有想象力,只是他觉得他自己年事已高,性格又倔强认真,不能随便"妄许"以至于"成怪奇":一只"凡卑"的白兔怎么可能是月宫中的玉兔?梅尧臣依然是老实巴交的,他追求平实的诗歌观念与欧阳修追求新奇的诗歌观念有了分歧,而且逐步明显。然而虽有分歧,但这次欧阳修的不欣赏,对梅尧臣开发想象力起到一个推动作用。王安石《信都公家白兔》开篇一大段,基本是欧阳修、梅尧臣月宫嫦娥之说的翻版,他只是将白兔在月宫中

---

① 详见吕肖奂《创新与引领:宋代诗人对器物文化的贡献——以砚屏的产生及风行为例》,《四川大学学报》(哲学社会科学版)2009年第3期。

的环境和活动写得更为生动一些而已。苏洵《欧阳永叔白兔》虽从飞鹰搏击平原开始，但结语所云"何当骑蟾蜍，灵杵手自捣"，也将落脚点放在月宫传说中。

首次唱和至少有这五首白兔诗（加上裴煜的佚诗当为六首），没有离开月宫中嫦娥玉兔这个古老的传说。虽然这些诗都在传说基础上展开极为丰富的想象，已经够"豪纵"了，但是欧阳修显然不满意这样构思重复、缺少更多创意的唱和，他在给梅尧臣的一封信中说："前承惠《白兔》诗，偶寻不见，欲别求一本。兼为诸君所作，皆以嫦娥月宫为说，颇愿吾兄以他意别作一篇，庶几高出群类。然非老笔不可。"① 欧阳修非常明确地对"诸君"局限于"月宫嫦娥"而不能别出心裁表示不满，希望梅尧臣这样的"诗老"能够打破成规、再出人意料一些。

梅尧臣果然跳出嫦娥月宫之说，另写一篇《重赋白兔》："毛氏颖出中山中，衣白兔褐求文公。文公尝为颖作传，使颖名字传无穷。遍走五岳都不逢，乃至琅琊闻醉翁。醉翁传是昌黎之后身，文章节行一以同。滁人喜其就笼绁，遂与提携来自东。见公于巨鳌之峰，正草命令辞如虹。笔秃愿脱颖以从，赤身谢德归蒿蓬。"这次"重赋"的确是一番新面貌：《毛颖传》中的白兔找到了韩愈的后身欧阳修，自愿将其白毛奉献给他为笔草诏。一个十分巧妙新颖而且圆满的联想，且在不经意中赞扬了欧阳修，果然是"老笔"！但仔细考察，却发现整首诗歌构思又落入其《永叔白兔》结句"拔毛为白笔"的窠臼，而且这个窠臼显然是囿于另一类文化传统——兔毛作笔的束缚。不知欧阳修读后作何感想。

事实上，刘敞、刘攽兄弟以及韩维的三首唱和诗，倒是没有重复月宫传说以及拔毛为笔这两个为时人熟知的传统文化典故，但是他们又被其他的士人熟知的传统文化所束缚，围绕着白兔为祥瑞、弱小之物，他们寻找了更多的传统文化知识、典故、概念来支撑自己的观点，来构思联想。与月宫传说相比，这几首诗歌更落入传统文化的圈套，更缺少个人诗性思维创造性的想象。难道就没有哪个诗人能够挣脱传统文化的束缚，而进行完

---

① 欧阳修：《欧阳修全集·居士集》，中国书店 1986 年版，第 1290 页。

全彻底的创新吗？诗歌因此就要陷落在传统文化深厚的积淀中，而无法超越吗？

欧阳修在首次唱和中，有了挣脱传统文化束缚、追求超越的比较清醒的意识。第二次唱和时，欧阳修自己显然找到了一个超越传统文化束缚的突破口，他不仅引进白鹤（后来还增加了白鹇、白鹦鹉）、舞姝、京师少年作为参照，而且还引进另一艺术门类——绘画中的白兔、白鹤作为陪衬，使得白兔诗（咏物诗）的命意、思路、想象得以拓展。尽管同类比较也还是诗歌创作的思维常规，但是欧阳修的追求超越意识却是难能可贵的。其他诗人并没有在欧阳修的倡导下有所响应，他们"大都吟苦不无牵"，欧阳修试图超越的理想注定无法实现。

事实上，诗人的思维乃至想象，受传统文化影响越深，受到的束缚也就越大，越容易形成一些定式、局限，而诗人常常有超越思维定式与极限的向往。这种超越首先是对文化传统束缚的超越。欧阳修中晚年在诗歌创作理论和实践中，越来越清醒且努力不懈地追求对思维定式与局限的超越：庆历八年（1048）欧阳修首倡的砚屏诗唱和，是他追求这种超越的一个标志，皇祐二年（1050），欧阳修在颍州聚星堂聚会唱和赋《雪》时提出"玉月梨梅练絮白舞鹅鹤银等事，皆请勿用"①，表面上是要抛开诗歌语言中的陈词滥调，追求语言上的超越常规，实际上是在努力追求超越思维定式与局限，正如诗中所言"脱遗前言笑尘杂，搜索万象窥冥漠"——前句是创作时的基本要求，后句是希望达到的目的。嘉祐元年、二年的白兔诗唱和，是欧阳修超越或突破思维定式与局限的更加明确的表达。欧阳修的这种追求差不多是对"笔补造化天无功"的实践，但这种人类思维的自我超越，无论对哪个人而言无疑都太困难了，所以以欧阳修偶然会有"文章损精神，何用觑天巧"②这样无力的叹息、无奈的放弃。然而欧阳修在理论上超越思维定式、突破思维局限的期望，在创作上的身体力行，无疑是宋调初创阶段最有创新意义的追求——尽管宋调并没有沿着这个方向发展。

------

① 欧阳修：《欧阳修全集·居士集》，中国书店 1986 年版，第 370 页。

② 同上书，第 47 页。

　　两次白兔唱和，在诗歌史上声名昭著，以至于后人写到白兔，都会想到两次唱和的典故。叶适《水心集》卷八《和王宗卿白兔诗》云"瑞登韩笔名尤重，喜动欧吟事转神"，就将欧阳修等人的唱和与韩愈的《毛颖传》联系到一起，作为典故吟咏。直到南宋晚期，江湖诗派诗人林希逸还饶有兴致地《戏效梅宛陵赋欧公白兔》，将两次唱和的风雅与意义延伸到了晚宋。

（原载《四川大学学报》2008 年第 2 期）

宋代同题唱和诗的文化意蕴

——以一次有关琵琶演奏的小型唱和为例

宋代诗歌基本是在文人士大夫各种唱和场合中发生与兴盛的，《全宋诗》中差不多三分之一的诗歌是唱和诗。诗歌唱和是宋代文人生活与感情乃至文化交流的最为常见的方式；所以也成为宋代诗歌最为常见的表达方式；因此几乎可以说，没有唱和诗就没有宋代诗歌。唱和诗中，同题唱和最多而且最为引人注目和思考。同题唱和诗不仅具有切磋交流性、游戏性、竞技性，而且具有互补性以及深厚的文化意蕴。

嘉祐二年（1057）十月，欧阳修（1007—1072）、梅尧臣（1002—1060）、韩维（1017—1098）、刘敞（1019—1068）、司马光（1019—1086）等人一次小型的酬唱，就是同题唱和诗的典型范例。这次唱和由欧、梅等人欣赏琵琶女奴弹奏而引起，现存虽然只有五首唱和古诗，却传达出极为丰富的文化内涵。

一　杨褒以及宋代文人的生活情状与雅趣

几首同题唱和诗源自一次偶然的聚会。嘉祐二年十月，欧阳修、梅尧臣等人拜访刘功曹，在刘功曹家的厅堂上听到一个琵琶女奴弹奏《啄木曲》，为其吸引而写诗唱和。欧阳修首倡是《于刘功曹家见杨直讲女奴弹琵琶戏作呈圣俞》[①]，梅尧臣次作《依韵和永叔戏作》[②]。随后，欧、梅将

---

①　欧阳修：《欧阳修全集》，中国书店1986年版，第47页。

②　梅尧臣著，朱东润校注：《梅尧臣集编年校注》，上海古籍出版社1980年版，第981页。

诗寄给韩维、刘敞，韩维写和诗《又和杨之美家琵琶妓》①，刘敞虽时在扬州，也写诗和答作《奉同永叔于刘功曹家听杨直讲女奴弹啄木见寄之作》②。不久，司马光与张圣民拜访杨褒，他们"率意共往初无期"，却因杨褒（字之美）的热情招待而欣赏到那位琵琶妓的弹奏。听过之后，司马光又拜读了欧、梅等人的诗，欣然再和，作《同张圣民过杨之美，听琵琶女奴弹啄木曲，观诸公所赠歌，明日投此为谢》③，将唱和再次继续进行。两次偶然的聚会，本身就反映出宋代文人的情趣好尚：客人率意而往，主人出乐妓而奏乐，宾主欢饮赏听并写诗，这就是宋代文人的雅集与生活趣味。

欧、梅在刘功曹家看到的琵琶妓，是刘功曹从国子监直讲杨褒家借来的，由梅尧臣所说"功曹时借乃许出"可知。国子监直讲是国子监中的低级学官，俸禄无多，而杨褒却是一个极为执着的文艺爱好者和收藏家。欧阳修云"杨君好雅心不俗，太学官卑饭脱粟"；梅尧臣说乐妓"言事关西杨广文，广文空腹贪教曲"；韩维说杨褒"官卑俸薄不自给，买童教乐收图书"；司马光则说杨褒"太学餐钱月几何，客来取酒同醒醉"。由此可知，杨褒官卑俸薄、生计艰难却好客喜酒，尤其喜欢教授童仆乐曲、收藏图书。几首诗歌共同描绘出杨褒安贫乐道（音乐与收藏）的形象。

杨褒在嘉祐年间与欧阳修、梅尧臣、韩维、司马光还有苏颂等人过从甚密，他们之间文酒诗会频繁，欧、梅、韩、司马、苏有不少和韵或次韵杨褒的诗歌，如韩维有《奉和杨直讲除夜偶书》与《答杨之美春日书怀依韵》④，苏颂有《和杨直讲寒食感怀》、《又和春日对酒》⑤，可知杨褒也能诗文，只是现在诗文不存。这些唱和诗歌中也都谈到杨褒，使杨褒爱好音乐的形象更加鲜明，如苏颂《和杨直讲寒食感怀》云"知君退直饶欢趣，每向尊前赏奏音"；《又和春日对酒》云"后院按歌声不歇，雕章得句曲方终"；欧阳修《闻颍州通判国博与知郡学士唱和颇多因以奉寄知郡陆经通

---

① 韩维：《南阳集》卷五，《文渊阁四库全书》本。
② 《两宋名贤小集》卷五二，《文渊阁四库全书》本。
③ 司马光：《传家集》卷二，《文渊阁四库全书》本。
④ 韩维：《南阳集》卷八，《文渊阁四库全书》本。
⑤ 苏颂：《苏魏公文集》卷七，《文渊阁四库全书》本。

判杨褒》云"政成事简何为乐,终日吟哦杂管弦"①;韩维《答杨之美春日书怀依韵》云"檀槽度曲长",都指出乐、诗、酒构成了杨褒的日常生活最普通的内容。

此外,诸诗还都提到了杨褒喜欢收藏,欧阳修说杨褒"奇书古画不论价,盛以锦囊装玉轴";梅尧臣云"翰林先生多所知,又笑画图收满屋";韩维对其收藏写得尤为细致:"有时陈书出众画,罗列卷轴长短俱,破缣坏纸抹漆黑,笔墨仅辨丝毫余。补装断绽搜尺寸,分别品目穷锱铢。……苟非绝艺与奇迹,杨君视之皆蔑如,杨君好古天下无。"杨褒以收藏书画为主,不惜财力与精力,专注于古书画的搜集与鉴别。杨褒经常请欧、梅等人观赏他收藏的书画古玩,而诸人欣赏之余,常常写诗描述品评,如梅尧臣《观杨之美画》②介绍杨褒收藏的不少名家画作"……此画传是阎令为。设色鲜润笔法奇,绢理腻滑鸡子皮。吴生龙王多裂隙,八轴展玩忘晨炊。李成山水晓景移,黄筌花竹雀拥枝。韩干马本摸搭时,神骏多失存毫厘"。欧、梅集中还有不少诗歌谈到杨褒的书画收藏。而刘攽《彭城集》卷七《杨之美弹棋局歌》赞扬杨褒收藏汉魏的"弹棋局",是兴废继绝——"君能兴此亦先觉,辟雍老儒悲绝学"。这些文人都在观赏杨褒收藏中得到了不少乐趣。而杨褒的确是一位沉溺收藏之中而不知疲倦的人物,展示他的收藏是他最为热情的待客之道,梅尧臣曾因一次无意邂逅而被他的热心展示搞得"日高腹枵眼眦睁",以至于告饶推脱:"厚谢主翁意不衰,他日饱目看无遗。"③欧阳修也是位大收藏家,他对收藏的热衷不亚于杨褒,《集古录》就是他收藏的结晶。在《集古录》中,欧阳修经常提到一些藏本出自杨褒,他们在收藏方面可谓志同道合。尽管欧阳修云:"昨日见杨褒家所藏薛稷书,君谟以为不类,信矣。凡世人于事,不可一概,有知而好者,有好而不知者,有不好而不知者,有不好而能知者,褒于书画,好而不知者也。"④但是我们通过杨褒之"好",能够感受到宋代士大夫收藏之"热"。

---

① 欧阳修:《欧阳修全集》,中国书店 1986 年版,第 101 页。
② 梅尧臣著,朱东润校注:《梅尧臣集编年校注》,上海古籍出版社 1980 年版,第 616 页。
③ 同上。
④ 欧阳修:《欧阳修全集》,中国书店 1986 年版,第 1155 页。

稍晚于欧、梅诸人的王辟之《渑水燕谈录》卷九云："华阳杨褒，好古博物，家虽贫，尤好书画奇玩，充实囊中；家姬数人，布裙粝食而歌舞绝妙，故欧阳公赠之诗云：'三脚木床坐调曲。'盖言褒之贫也。"其实杨褒的这种形象，在欧、梅等人的诗歌中早已定型了。杨褒可以说是宋代文人的一种典型。

欧、梅等人十分欣赏杨褒这种生活态度，欧阳修云："人生自足乃为娱，此儿此曲翁家无。"司马光云："人间何物号富贵？纡紫怀金尽虚器。如君自处真得策，身外百愁都掷置。太学餐钱月几何，客来取酒同醒醉。"韩维还将杨褒的生活与富贵而情趣低俗的人生活作了对比："岂无高门华屋贮妖丽，中挂瑶圃昆仑图。青红采错乱人目，珠玉磊落荧其躯。"因此而认同杨褒"以兹为玩不知老，自适其适诚吾徒"。安贫而乐"艺"乐"藏"，自得其乐，超然于功名富贵之外，正是杨褒的生活雅趣，也是宋代文人津津乐道而努力追求的理想生活。

宋代文人的生活形态、生活氛围以及生活态度，是宋代诗歌以及其他文学样式诞生的土壤，而这几首同题唱和诗，让我们能够体验到宋代文人具体的生活，感受到宋代诗歌人文旨趣所产生的具体环境。

二 杨褒家的琵琶妓与宋代文人家的乐妓

宋代文人士大夫有蓄养歌妓舞妓以及器乐乐妓的爱好，富贵文人蓄养乐妓，如欧阳修嘉祐年间作内相时就蓄养八九个乐妓，梅尧臣《次韵和酬永叔》云"公家八九姝，鬟髪如盘鸦"① 可以证明。就连贫寒文人也会尽力蓄养，杨褒就是如此，琵琶妓就是杨褒蓄养的乐妓之一。

文人士大夫家蓄养的乐妓，年龄往往很小，像欧阳修家的"八九姝"，都是"朱唇白玉肤，参年始破瓜"②，也就是十二三岁的女孩子，杨褒家的琵琶妓只有十岁，即欧阳修所云"十岁娇儿弹啄木"。这些女孩子被诗人们称作"女奴"（欧阳修、刘敞、司马光）或"女奚"（梅尧臣）或"妓"（韩维）。如此幼小的乐妓令现代人怵目惊心，但在宋代人那里

---

① 梅尧臣著，朱东润校注：《梅尧臣集编年校注》，上海古籍出版社 1980 年版，第 1076 页。
② 同上。

却习以为常。

当然，宋代其他人家家妓也都如此幼小，只是文人家的家妓不同于其他家妓，在于她们的生活受到文人生活趣味的指导或制约与影响。家妓的生活取决于主人家的生活状况与趣味。杨褒爱好音乐与收藏书画却收入不高，因此，他家的琵琶妓弹奏技艺高超而服饰装扮寒酸，欧阳修笔下的琵琶妓是"娇儿两幅青布裙，三脚木床坐调曲。……客来呼儿旋梳洗，满额花钿贴黄菊。虽然可爱眉目秀，无奈长饥头颈缩"；梅尧臣笔下是"女奚年小殊流俗，十月单衣体生粟。言事关西杨广文，广文空腹贪教曲。……不肯那钱买珠翠，任从堆插阶前菊"；——单衣布裙，满头菊花，在京师寒冷的十月中坐在"三脚木床"上，"体生粟"而"头颈缩"，却能为宾主尽欢而弹奏琵琶。乐妓寒酸背后是主人的困窘，乐妓的高超技艺背后是主人的爱乐雅好与调教。欧、梅的戏谑中带有一丝残忍的讥嘲，令人感受到诗人的不够厚道。韩维笔下"客来呼童理弦索，满面狼藉施铅朱。尊前一听啄木奏，能使四坐改观为欢娱"，要稍微厚道一些，幼小的琵琶妓仓促之间不能从容熟练妆扮，而涂抹得满面狼藉，但她很快就以乐声扭转了客人的注意力。刘敞"翠鬟小女自绝殊，能承主欢供客娱。转关挥拨意澹如，坐人虽多旁若无"，因为并未亲见而出于想象，所以写的是理想化的乐妓。司马光"檀槽锦带小青娥，妙质何须夸绮罗。按弦运拨惊四座，当今老手谁能过"则十分厚道，"小青娥"自具"妙质"，不必用"绮罗"妆扮夸饰，根本不提琵琶妓衣饰的寒酸。在对琵琶妓的描述中，我们不仅看到琵琶妓的形象，而且能够感受到诗人们的不同性情与人生观念。

与寒酸的妆扮形成极大反差的，是幼小琵琶妓的高超技艺，诗人对此有直接赞美，如欧云"娇儿身小指拨硬"；有通过对乐声的描写而赞美，这一点除了韩维之外都有；有用烘托的手法表达，如刘敞"醉翁引觞不汝余，诗老弹铗归来乎。两君韵高尚如此，何况枥上之马渊中鱼"，可以想见琵琶妓的弹奏水平。色艺俱佳是宋代文人对乐妓的基本要求。

宋代官妓、家妓、私妓众多，其中擅长歌、舞、乐的不乏其人，这几首同题唱和诗中描述的只是其中比较特殊的一个家妓而已。众多乐妓促进音乐普及，文人对乐妓和对音乐一样赏爱，不仅促进宋词的产生，而且使得宋诗也沉浸其中。大量的器乐诗在这种环境中产生，因其具体细致的描写，常常比宋词更能让人领略到宋代音乐的细微之处，有更多的史料文化价值。

三 宋代流行的一支琵琶独奏曲——啄木曲

几首唱和诗都注重描写了琵琶妓弹奏的曲子——《啄木曲》，欧阳修描写的最为细致："大弦声迟小弦促，十岁娇儿弹啄木。啄木不啄新生枝，惟啄槎牙枯树腹。花繁蔽日锁空园，树老参天杳深谷。不见啄木鸟，但闻啄木声。春风和暖百鸟语，山路硗确行人行。啄木飞从何处来，花间叶底时丁丁。林空山静啄愈响，行人举头飞鸟惊。"他用诗人的音乐领悟与联想和优美流畅的语言，描绘了《啄木曲》所表达的内容和情感。梅尧臣的描绘是："琵琶转拨声繁促，学作饥禽啄寒木。木蠹生虫细穴深，长啄欹铿未充腹。摆弦叠响入众耳，发自深林答空谷。上弦急逼下弦清，正如螳螂捕蝉声。"刘敞的描绘："空林多风霜霰零，啄木朝饥悲长鸣。口虽能呼心不平，谁弹琵琶象其声。雌雄切直相丁宁，欲飞未飞皆有情。"司马光的联想是："弹为幽鸟啄寒木，园林飒飒风雨和。喙长爪短跃更上，丁丁取蠹何其多。曲终拂羽忽飞去，不觉酒尽朱颜酡。"由此可知，《啄木曲》就是用琵琶模拟春天啄木鸟在园林里啄木治蠹的声音，是人类用乐器仿生的乐曲，而诗人们用诗歌的语言传达出音乐的语言，令人千载之后仍能身临其境。

诗人们都指出《啄木曲》最主要的特点是节奏紧凑而情调欢快，所谓"繁声急节倾四坐"（欧）、"琵琶转拨声繁促"（梅），这种节奏急促的琵琶乐，使得四座欢娱且欢饮，为之倾倒不已。

儒家常以疏越舒缓、平和宁静为音乐的最高境界，文人受到传统乐教教育，也常以此为音乐的审美理想，因为古琴最能体现这种境界，所谓"古声淡无味，不称今人情"[1]，所以他们在器乐中最喜欢古琴，将古琴视为士大夫的乐器，以至于不少士人如欧阳修等亲自弹奏古琴，以古琴修身养性[2]。而琵琶虽然也起源很早，在唐代极为盛行，甚至超过古琴而成为十分流行的乐器，白居易的《琵琶行》以及其他文人有关琵琶的诗文，更

---

[1] 白居易：《白氏长庆集》卷一，《文渊阁四库全书》本。
[2] 吕肖奂：《中有万古无穷音——欧阳修之琴意与琴趣》，《焦作大学学报》2007 年第 1 期。

使琵琶成为具有特殊文化品位的乐器，但是琵琶始终被认为是"乐人"的乐器，而没有成为士大夫亲自操弄和享有古琴般崇高地位的乐器，这固然可能因为琵琶早期出自西域，属于胡乐，不能与华夏正统器乐相提并论，也可能因为琵琶一般繁声促节，不够清雅高雅。但是文人士大夫仍能欣赏琵琶，尤其是在相聚欢会的场合，琵琶比古琴更适合调动众人的情绪。欧阳修、司马光等人虽然有浓厚的儒家文化意识，但仍然为琵琶《啄木曲》的"繁声急节"倾倒，可见审美理想并不排斥多样性的审美需要，不同的场合有不同的审美需求。

《啄木曲》应该是嘉祐年间开始流行的琵琶曲，梅尧臣诗云："坐中宾欢呼酒饮，门外客疑将欲行。主人语客客莫去，弹到古树裂丁丁。内宾外客曾未听，乍闻此曲无不惊。"当时门内门外的宾客闻之而"无不惊"，就是因为这种新声大家都是首次听到。这个曲子从何而来或由何人所作，唱和的文人似乎并不关心，据梅尧臣所言，杨褒教女奴的琵琶曲是"曲奇谱新偷法部"，这个曲子可能正是从"法部"得来，曲谱新奇是其最大的特点。唐玄宗时设法部，专门演奏法曲，与胡部并称，后来"法部"成为宫廷音乐的代称，宋代的"法部"即"教坊"，是指宫廷或官方音乐机构，其乐曲创作与演奏都领导宋代音乐潮流，因此，梅尧臣说《啄木曲》新奇曲谱可能来源于此，但这很难考证。

这支新奇的琵琶曲之所以受到宋代文人赏爱，梅尧臣说是"妙在取音时转轴"，"转轴"即调音变调。刘敞则云"琵琶八十有四调，此曲独得传幺妙"。琵琶八十四调之说来自《隋书》卷十四："先是，周武帝时有龟兹人曰苏祗婆，从突厥皇后入国，善胡琵琶，听其所奏，一均之中，间有七声，因而问之，答云：'父在西域，称为知音，代相传习，调有七种。以其七调勘校七声，冥若合符，一曰婆陀力，华言平声，即宫声也；二曰鸡识，华言长声，即南吕声也；三曰沙识，华言质直声，即角声也；四曰沙侯加滥，华言应声，即变徵声也；五曰沙腊，华言应和声，即徵声也；六曰般赡，华言五声，即羽声也；七曰俟利，华言斛牛声，即变宫声也。'（郑）译因习而弹之，始得七声之正，然其就此七调，又有五旦之名，且作七调，以华言译之，旦者则谓均也，其声亦应黄钟、太簇、林钟、南吕、姑洗五均，已外七律更无调声，译遂因其所捻琵琶弦柱相引为均，推演其声，更立七均，合成十二，以应十二律，律有七音，音立一调，故成七调十二律，合八十四调，旋转相交，尽皆和合，仍以其声考校太乐所奏。"郑译根据龟兹人苏祗婆的胡琵琶所推演的八十四调，成为隋唐及其后音乐的理论宫调。刘敞认为《啄木曲》最能得琵琶所有宫调之精深微妙，所以令人赏爱。唐代盛行的琵琶曲如《赤白桃李花》、《霓裳羽衣曲》，在宋代不再像唐代那样流传，代之而起的是《啄木曲》这样新兴的琵琶曲。梅尧臣《花娘歌》谈到乐妓花娘也会弹奏啄木曲："正抱琵琶稳系膝，辊作轻雷拢作雨。自解弹成《啄木》声，岂唯能写人心语。"① 梅尧臣尤其喜欢《啄木曲》，遇到欢会就想到这只曲子，如《次韵和永叔饮余家咏枯菊》云："但能置酒与公酌，独欠琵琶弹啄木。"② 甚至看到啄木鸟就会想到《啄木曲》，如《啄木》"食蠹非嫌蠹，声来古木高。谁将琵琶弄，写入相思槽"③；《十五日雪三首》云"乳禽饥啄木，谁误拨琵琶"④。由此可知《啄木曲》在宋代的流行程度。

经过欧、梅、韩、刘、司马等人唱和之后，《啄木曲》更加流行，黄庭坚《山谷外集》卷十二《药名诗奉送杨十三子问省亲清江》："春阴满地肤生粟，琵琶催醉喧啄木。"张耒《柯山集》卷四古乐府歌词有《啄木词》云："红锦长绦当背垂，紫檀槽稳横朱丝。美人亭亭面如雪，纤手当弦金杆拨。弹成丁丁啄木声，春林蔽日春画晴。徘徊深枝穿翠叶，玉喙劳时还暂歇。深园断岭人不知，中有槎枒风雨枝。蠹多虫老饱可乐，山静花深终日啄。雄雌相求飞且鸣，高枝砺嘴枝有声。无功忍使饥肠饱，有意却教枯树青。疾弹如歌细如语，曲欲终时情更驻。一声穿树忽惊飞，叶动枝摇不知处。"似乎是为琵琶《啄木曲》填词，或者是借古乐府之名而咏赞当时琵琶《啄木曲》。郭祥正《青山集》卷十二《送吴龙图帅真定》也有"醍醐一饮三百盏，琵琶《啄木》唤舞姝"之句，可知此曲还可以伴舞。南宋

---

① 梅尧臣著，朱东润校注：《梅尧臣集编年校注》，上海古籍出版社 1980 年版，第 236 页。
② 同上书，第 1126 页。
③ 同上书，第 114 页。
④ 同上书，第 659 页。

也常有人提到这支曲子，如王千秋《审斋词》之《好事近》云："十岁女儿娇小，倚琵琶翻曲。绝怜啄木欲飞时，弦响颤鸣玉。"

可能就在琵琶《啄木曲》流行不久，古筝中也出现了《啄木曲》，张耒《柯山集》卷十四有一首诗名为《十二月二十六日旦，闻东堂啄木声，忽记作福昌尉时，在山间，环舍多老木，腊后春初，此鸟尤多，声态不一。今琵琶、筝中所效，既不类，又百不得一二云》，从中可知琵琶、筝已均有《啄木曲》，北宋末南宋初的洪朋《洪龟父集》卷下《戏赠弹筝小妓》"小鬟弹《啄木》，写出林间曲。空闻剥啄声，虚堂耿华烛"，可以证明筝中的《啄木曲》也是仿效林间啄木鸟叫声。比较有意思的是，张耒《啄木词》称赞《啄木曲》不遗余力，而此诗题却指出琵琶、筝仿效啄木声，不仅不像，而且连啄木鸟声的百分之一二都得不到，这实在太矛盾了。

《啄木曲》模仿啄木鸟叫，是一种音乐仿声，这在器乐曲中比较常见。用器乐模仿自然声音，模仿得再真实，也是模仿，当然不可能与原声绝对相同或特别相像，因此，张耒所言的"不类"，是可能的；而他的《啄木词》以及欧、梅、韩、刘、司马等人，赞美《啄木曲》不仅能得啄木之声，而且能传达出曲子与弹奏人的情感，引人联想，更是可能的。模仿是因为人类感受且倾倒于自然的美，而模仿所使用的媒介则传达出模仿者的感受与情感，其好坏的关键固然在于像不像或像百分之多少，但更在于能否传达出自然的情境与作曲人奏曲人的心境。从诸人的描述中，《啄木曲》的流行，正是因为其能传达这一切。张耒两首诗歌的矛盾，可能是因为个人心境变化太大，而影响了评判的标准吧，并非《啄木曲》本身有变化。

仔细考察且比较了五首同题唱和诗，其中传达出的宋代文人生活情状与雅趣、宋代乐奴的生存状态、宋代琵琶及器乐的演奏与流行，都展现出宋代诗歌十分具体乃至深厚的文化意蕴。

（原载《焦作大学学报》2008 年第 3 期）

宋日禅文化圈内的论辩式诗偈酬唱

——《无象照公梦游天台石桥颂轴》解读

日僧无象静照（1234—1306）于宋理宗景定三年（1262）"重阳前五日"即九月初四，到浙江天台山之石桥作茶供之后，写了两首诗偈，引起四十一位名衲的相继酬和，宋度宗咸淳元年（1265），静照返回日本，这期间酬和的诗偈已经累积有八十二首之多，全部收录在《无象照公梦游天台石桥颂轴》①中，静照将其作为珍贵的礼物带回日本。

诗偈又称偈颂，本是僧人们"明心见性的礼赞"②，但当禅僧们将其作为次韵酬唱（只有一人未次韵）的一种形式时，它又具有了特殊的交流及交际功能。而禅僧们一贯擅长的辩驳否定的证悟交流方式，被经意或不经意地移植到酬唱之中，使得这次诗偈酬唱完全不同于士大夫们的诗歌酬唱，因此令人耳目一新。

静照的简洁诗序和两首七绝首唱，至少提供了三个可供酬和者参与讨论的"公案"或"话题"，四十一位禅僧就此三话题展开想象而即兴辩论，不仅将静照的这次参拜变成石桥茶供异象文化的主题讨论，而且变成僧人禅悟过程与境界的勘验辨析。

话题之一：亲见与传说的天台山石桥茶供异象

静照景定元年（1260）到育王山广利寺司知客之职，两年后为何要到

---

① 此颂轴原本存日本，诗偈收录于朱刚、陈钰《宋代禅僧诗辑考》，复旦大学出版社 2012 年版，第 727—735 页。有些字句参考许红霞《〈石桥颂轴〉及其相关联的南宋中日佛教文化交流》加以校正。下文不再一一注出。

② 周裕锴：《禅宗语言》，浙江人民出版社 1999 年版，第 95 页。

天台山石桥做茶供呢？供奉佛、菩萨、罗汉、祖师等神圣尊者的茶礼，称
作奠茶，是宋代特别是南宋各处寺庙普遍的日常礼佛活动，本来不是什么
值得关注的行为，但是，静照所到的天台山石桥，那里的五百罗汉茶供，
几百年来却吸引着僧俗二众的注意力。

　　五代十国时期，尊崇五百罗汉之风日益盛行，各地寺院纷纷建立五百
罗汉堂，天台石桥的五百罗汉崇拜应该也是从这一时期开始的。吴越开国
之君钱镠（852—932）曾颁圣旨在天台山之石桥设斋会，禅宗之法眼宗僧
人永明延寿（904—975）为之作《武肃王有旨石桥设斋会进一诗》①。此一
组六首诗歌中，涉及不少斋会的过程与内容，如"凌晨迎请倍精诚，亲散
鲜花异处清"，"幡花宝盖满清川，祈祷迎来圣半千"，虽未写到石桥是
否有罗汉堂以及煎茶供奉之事，却描写了吴越王亲撒"鲜花"以及用布
满清川的"幡花宝盖"这样的大排场迎接罗汉的过程。这很有可能是石
桥最早迎请五百罗汉的大斋会，是以皇家礼仪大规模祈祷拜迎"圣半
千"的仪式。

　　此后的斋会是否还曾进行不得而知，期间的变化似乎也没有太多记
录。过了一百四十余年，到北宋神宗熙宁五、六年间（1072—1073），日
本入宋僧成寻（1011—1081）参拜了天台山和五台山，他在《参天台五台
山记》这本日记里，记载了自己在天台山石桥以茶供养罗汉一事："辰时
参石桥，以茶供罗汉，五百十六杯，以铃杵真言供养。知事僧惊来告，茶
八叶莲花纹，五百余杯有花纹。知事僧合掌礼拜，小僧实知罗汉出现受大
师茶供。"这说明至少在北宋中期，僧人们已经普遍开始以茶礼敬石桥的
五百罗汉了。而更重要的是，成寻所供全部茶汤都出现了"八叶莲花纹"
这样的异象，的确是令人震惊的事件。北宋斗茶之风兴盛，茶汤之浮沫能
否形成花纹以及花纹停留时间长短，是评判茶叶以及点茶技艺好坏的标准
之一，所以茶汤呈现花纹也并不算特别奇特的事件，但是五百多杯茶汤同
时呈现统一的具有佛教象征意义的"八叶莲花纹"，却是极为难得的、令
人诧异惊奇甚至怀疑的异象。

---

　　①　林表民编：《天台前集别编》，《文渊阁四库全书》本。

天台山石桥的茶供，是否从此而具有了神异魔幻色彩呢？熙宁九年进士及第的姚孳有《石桥》诗云："万派铿鍧走电车，跨岩蚴蟉玉虹斜。灵禽飞下传消息，五百瓯中结茗花。"姚孳之同年楼光的《石桥》云："溪流长卷千重玉，茗椀齐开五百花。"差不多同时，章凭的《石桥》亦云："石梁元自成，茶花随所应。"① 可知在成寻之后，"茗花"、"茶花"异象，已经成为石桥茶供的一个标志。

此后，凡到石桥参拜、游观的僧俗无不为之倾倒迷惑，因而在此留下了许多诗篇。南宋初年，洪适（1117—1184）通判台州②时，其友人桑君就曾经编纂过《石桥诗集》三卷，洪适为之作序云：

> 世传荐茗有肖花之应，异爵振其羽，宝炬舒其光。③

可知茶供的异象不仅广为人知，而且还出现了"异爵"、"宝炬"等更多的异象，共同营造出石桥茶供的神异气氛。

宁宗嘉定元年到理宗淳祐十年（1208—1250），由林师蒇及其子表民等人陆续辑录并刊出的《天台前集》三卷、《前集别编》一卷、《续集》三卷、《续集别编》六卷，收录了大量先唐以及唐宋时期关于天台山及其周边地区的题咏，其中关于石桥茶供的诗歌、诗偈也不在少数，这些诗集对传播天台山石桥的异象文化自然有很多贡献。

此外，陈耆卿等人编纂的成书于宁宗嘉定十六年（1223）的《赤城志》卷二十一《山水门三》云：

> 凡往来人供茗，乳花效应，或宝炬、金雀、灵踪、梵响，接于见闻。

---

① 林师蒇等编：《天台续集》卷中，《文渊阁四库全书》本。
② 当在绍兴十三、四年（1143—1144）。周必大《文忠集》卷六十八《丞相洪文惠公神道碑》云："才数月，忠宣公归自朔方，以忠言忤秦桧，斥补郡，公亦出通判台州。"洪皓绍兴十三年自金回宋。《赤城志》云，洪适绍兴十五年通判台州，在台州时间较长。
③ 洪适：《天台山石桥诗集序》，《盘洲文集》卷三十四，《文渊阁四库全书》本。

石桥茶供的神异色彩还在延续，罗汉之"灵踪"、宝刹之"梵响"都出现了。

天台山本是释道二教并盛之地，到五代十国时期，已经是"仙源佛窟有天台，今古嘉名遍九垓"①。神仙传说可能影响到佛教的神异故事，到南宋末更是仙佛难分。当静照到石桥奠茶时，这些神异故事已经流传了一二百年，差不多是尽人皆知，早就成为俗众的口实、僧众的公案了。南宋盛行的看话禅，常参的是公案之话头，石桥茶供虽非祖师公案中的话头，但从这些累积的传闻中看，却已经是僧俗界共同流行的话头了。

静照到天台山的表层目的就是其诗序所说的"作尊者供"，至于供茶后能不能出现如传闻中的异象，他当然不敢确定，但他绝对是充满期待的，因为那些传闻似乎早已成为司空见惯的现象，谁不希望亲眼目睹一次呢？果然，"崎岖得得为煎茶，五百声闻出晚霞"，五百罗汉之"灵踪"应奠茶而出，满足了静照的心理预期，静照将传闻变成了现实，将虚幻变成了亲见。静照"三拜起来开梦眼，方知法法总空花"，在梦一般的虚虚实实之间领悟到"法法总空花"这一万法皆空的禅理。静照的这首诗偈加上相关的石桥传闻，给参与酬和的僧人留出了亦实亦虚、生新不断乃至胡言乱语的空间。

茶供而供出五百罗汉现身一事，对酬和者而言既是新闻也是旧闻，而这种现身是真是假，是实是虚，真实和虚假的根由都是什么？具有不断生发疑情精神的禅僧们，就这一话头展开了想象和讨论。

毕竟传闻是禅教内部的事情，毕竟传闻被静照变成了亲见，所以不少禅僧似乎都相信静照的诚意感动了罗汉，认为罗汉现身是"圣化冥加诚意远"（字江道洙），因此他们不仅用诗偈描述出罗汉的具体形象，甚至渲染出罗汉现身时的情形与场景，譬如龙山可宣"庞眉雪顶步苍苔，山色空蒙眼未开"；越山简"洗盏浓烹陆羽茶，真空妙相现朝霞"；四明如寄"至诚方酌碗中茶，金锡良琅下紫霞"以及"五百高僧坐绿苔，梦间一睹碧眸开。就中有个庞眉老，昔日亲曾见佛来"；金华白宣"梯山航海献瓯茶，

_____

① 林表民编：《天台前集别编》，《文渊阁四库全书》本。

直得庬眉出绮霞"。这些描述比静照的"声闻出晚霞"更具细节性，因而也更能证明罗汉现身的非虚构性。

但是，并非所有的禅僧都将罗汉的形象想象得那么美好，梓州希革对罗汉的描述就颇另类："桥南个一对痴呆，面孔邹搜擘弗开。不待见仵先勘破，昨宵曾入梦中来。"希革所想见的桥南罗汉是一群"痴呆"，其面孔"邹搜"在一起，难以拆开辨认，之所以不需要验尸的仵作来做勘验，是因为昨夜罗汉们已经事先在梦中通知过静照了。希革对"尊者"如此不尊的描写，无疑颠覆了普通僧俗众对罗汉们的印象。而三山广意"咄哉五百牛蹄迹，今日须还勘破来"，竟将五百罗汉真迹唤作"牛蹄迹"，也是与希革同样的做法。也只有继承了禅宗呵佛骂祖、解构权威精神的禅僧才敢如此大不敬。

具有这种解构精神的禅僧还不止一两个，有些禅僧根本不相信罗汉有形，更不相信罗汉可以现身。庐山惟玑"瀑泻苍崖声有异，桥横古峰水天开。从来尊者无音相，莫向岩前错认来"，竟说罗汉本无"音相"，如何能现身？因此他判定静照所说的"五百声闻"，只不过是将飞流直下的瀑布声"错认"为罗汉。四明如寄"若谓亲逢尊者面，睡眸又翳一重花"，则指出静照所谓的亲见"尊者"，不过是他自己睡眼惺忪加上眼生翳病，造成了视觉上的模糊而已。他们竟不怕首唱者静照生气，也不怕说破了一二百年来石桥传闻的真相。这种逆向而动的否定性酬和，只能是禅宗中人才有的方式。

江左永讷最有意思，他的诗偈讨论的是罗汉缘何现身："堂堂官路贩私茶，作者相逢面若霞。五百声闻少惭愧，无端沾着脑门花。"永讷认为，静照到石桥供茶是向罗汉们行贿，而罗汉则是因受贿而私自现身与静照相见，他还劝罗汉们不要太过惭愧，毕竟只是一时迷惑或一念之差。这种"打诨"，可谓戏言近庄，反言显正。静照的供茶，很难说没有什么目的和私心。不立佛殿，唯树法堂，原是禅宗区别于教门的特点，静照却不远万里到石桥茶供，这本身就是谄神佞佛的行为。罗汉们享用了茶供而现身，正如庐山惟玑所云："兜娄烟暖沦香茶，应供依空出绛霞。"也确实像吃了人的嘴短，因此即便现身，也没有俗人眼中的佛界那样庄严神圣。

东蜀道信云："不展炊巾不供茶，寒烧木佛忆丹霞。可怜尊者不知此，贪看飞流作雪花。"丹霞天然（739—824）在慧林寺烧木佛而御寒，表现出早期禅僧呵佛骂祖的精神，而静照的奠茶，显然违反或背叛了这种精神。但尊者却将静照与丹霞天然相反的行为当作了一回事，加上尊者本身又贪恋石桥瀑布美景色相，所以不断现身。礼佛与呵佛，本是两种极端不同的行为，但尊者似乎无可无不可。

作为天台山本地僧人，天台智月无疑最熟悉石桥茶供"茗花"之事，所以他的诗偈云："三拜殷勤酹薄茶，庞眉雪顶出红霞。玻璃五百皆春色，一盏中呈一样花。"完全是各种文献记载的石桥传闻之诗化，前二句补充了静照所述的罗汉形象，后二句则增添了静照诗偈缺失的"茗花"一事。静照"法法总空花"的比喻，可能是受茶汤所呈现的"茗花"提示，但这种联想比拟的写法比较虚化，而智月却将其落到实处，像是对日僧成寻熙宁茶供记叙的再现，令人恍若穿越时空回到当时场景。

智月对茗花的具体化描写，引起了禅僧们对静照茶供的另一个异象的讨论。事实上，"茗花"就是静照石桥诗偈不言而喻的潜在话头。因为石桥茗花的传闻已经远近皆知，即便没有天台智月的展开铺叙，其他地域的禅僧们也能从静照的"空花"联想到那些文献记载的茗花而将其再现出来。如绝浦了义"五百瓯倾尊者茶，优昙朵朵粲流霞"；灵舟普度"汲来崖瀑煮新茶，紫玉瓯中现瑞霞"；赤城无二"扶桑来献雨前茶，紫气氤氲贯白霞"；万年截流妙弘"莫辞迢递供杯茶，香喷云腴映彩霞"；东嘉大休正念"浓浇一盏雨前茶，满室虚明现晓霞"，无论是具体的茗花形象，还是各种霞光，都证明石桥所供之茶会出现十分特异的现象。而蜀东普应"渡水穿云为荐茶，玻璃影里现飞霞。光明灼烁无多子，犹胜瞿昙拈底花"，竟然认为石桥茶供中"茗花"的开示作用，甚至胜过了世尊在灵山拈花这则公案。这无疑是将石桥茶供几百年茗花传闻的禅宗"本质"拈示了出来。

但是即便对待如此确定的公案，也会有僧人表示异议。例如同是天台僧人的德琏，在描述茶供时云："汲水浓煎上品茶，满空和气结成霞。不知眼里重添屑，一盏中开五叶花。"德琏似乎是有意翻转石桥茶供的公案，诸僧所云的霞光中栩栩如生的"五百声闻"，在德琏看来，不过是由极浓的"上品茶"产生的"满空和气"而形成的彩霞，根本与五百罗汉无关；德琏甚至指出茶盏中的"五叶花"，就像四明如寄否定静照见到罗汉一样，是因静照眼睛进了太多尘屑，以至于看不清楚才生出的模糊相。同在一山的僧人，怎么会对相同的现象与传闻有不同的解释？德琏为什么会对石桥茶供生疑且有意反说？这自然是禅宗怀疑与否定精神的体现。

茗花与罗汉现身作为石桥茶供的异象，早就在历代层积的传闻中变成了一而二、二而一的现象。赤城无二是离石桥不远的僧人，他指出茗花就是罗汉"灵踪"的变形显现："圣者灵踪藏不得，一瓯各现一瓯花。"距石桥颇远的梓州希革也说："灵通将谓有多少，一一杯中灿一花。"字江道侏同意诸位的意旨，云"应身尊特神通现，满盏茶浮白玉花"；时翁普济亦云"各逞神通现瑞茶，非云非雪亦非霞"，他们都将本是两个的异象合二为一。

既然可以合二为一，那么尊者又何必一分为二呢？一些禅僧由此生疑。譬如台峤半云德昂指出"相逢尊者浑如梦，何必重开盏底花"；蜀祖宜也说"尊者从头都见了，何须重现钵罗花"。"尊者"既已亲自现身，又何必变作茗花再次显现？叠床架屋式的一再显现，对参学者而言是否有必要？就连这个问题，禅僧们都生疑发问，真可谓无处不疑。

静照茶供的两个神异见闻就这样被众僧调侃、重构或解构，而石桥几百年的神异传闻也因而遭遇禅僧们的讨论、追问以至于崩塌。本该是顺应、迎合的世俗酬唱，变成了禅僧们的质疑与反驳、调侃，的确是匪夷所思。

话题之二：梦游与传说中的石桥灵洞

静照的天台之旅与他人不同的是，他在茶供之后，还"假榻桥边，梦游灵洞"。这个"灵洞"是真是幻？"梦游"自然是幻，但静照又说他梦中"所历与觉时无异"，以至于他游的"灵洞"亦真亦幻，难以辨别。

尽管天台山有不少实际存在的"灵洞"，如玉京洞、刘阮洞、丹霞小洞①等，但这些洞基本都是道教的洞天，与佛教无关，静照所游自然并非

———————————
① 陈耆卿：《赤城志》卷二十一，《文渊阁四库全书》本。

这些灵洞。

宋代曾在石桥边建先照庵。《赤城志》卷二十八《寺观门》二记载，天台县有"禅院一十有五"、"教院一十有二"、"律院二"、"甲乙院四十有三"。先照庵属于四十三个甲乙院之一："先照庵，在县北五十里，建中靖国元年建，后毁于兵。绍熙四年（1193），复新之①。中有妙音、昙华二亭，应真阁。旧有先照亭②，今废。"先照庵因为就在石桥附近，又被称作石桥寺③，静照应当是在绍熙四年重建的先照庵（或石桥寺）之应真阁里做的五百罗汉茶供，他"假榻"之处当亦在此。

而清代方志所说的"上、下方广寺"，在宋代还只是个传说。南宋人对方广寺传闻，有颇多的记载。如南渡时人林季仲《竹轩杂著》卷五《答宝林长老书》云：

> 顷过石桥，留二绝句。……其二云："今人议论只从多，黄土那能障大河。我有室庐亦方广，归途不向石桥过。"今人游石桥，谓真有方广寺者，何限说。便饶舌，纸尽且休。

可见当时方广寺的传闻之盛。洪适《天台山石桥诗集序》也描述了当时的传说：

> 或遥望楼观，夜出林杪，隐然犹飞锡来往，而闻钟磬声者，浮图氏目之曰方广寺。流俗伴诩，以是为兹山之灵。……其幽奥神秀，异乎人间世者，非开士道场而何？至于奇怪有亡，盖不足为石桥重轻也。

---

① 原注云"详见石桥"，但笔者查石桥一节却未见其谈到先照庵。
② 《天台续集》卷中收录李复圭、叶清臣两首先照亭诗，均写到石桥。
③ 清代纂修的《浙江通志》云："《台州府志》云，'石桥寺，在县北五十里，相传五百应真之境，宋建中靖国元年建，后毁。绍兴四年（《赤城志》云绍熙四年）重建，有观音、应真阁。'今有上、下方广寺。"所云石桥寺，与先照庵史实重叠。见《浙江通志》卷二百三十二《寺观之台州府天台县》七下引《台州府志》（五卷，今不存）。另，清张联元辑《天台山全志》卷六"上方广寺、下方广寺"条记载："景定中，贾似道命僧妙弘（即参与唱和的万年截流妙弘）建昙花亭，既成，供五百圣僧茶，茶瓯中现一异花，中有'大士应供'四字。"

韩元吉绍兴二十七年（1157）赴天台省母兄，作《自国清寺至石桥》①，诗云：

> 出郭天驱气，阴车日亭午。漫漫山中云，犹作衣上雨。仙山八百里，胜概随步武。稽首金地尊，栖心玉京侣。浮空方广寺，楼殿若可睹。石梁泻悬流，下有老蛟怒。我来净焚香，千花发茶乳。拟访林下仙，飞来但金羽。②

国清寺本是隋唐时就兴盛的天台宗的祖庭，到宋代，却已经是天台县十五禅院之，③ 可知南宋时禅宗的兴盛扩张程度。国清寺到石桥一路"胜概"不断，而方广寺却还是"浮空"的若隐若现的传说。

这些诗文都说明方广寺在高宗绍兴时期还都是传闻。作为地方志，陈耆卿《赤城志》卷二十一《山水门三》描述了宁宗、理宗时石桥及传说中的方广寺的情况：

> 石桥在县北五十里，即五百应真之境，相传为方广寺。有石梁，架两崖间，龙形龟背，广不盈咫，其上双涧合流，泄为瀑布。西流出剡中。梁既峭危，且多莓苔，甚滑，下临绝涧，过者目眩心悸。昔僧昙猷欲度梁访方广，忽有石如屏梗之，旧号蒸饼峰。孙绰赋所谓"践莓苔之滑石，搏壁立之翠屏"是也。

可知方广寺在南宋中后期还是一个传说中的"灵洞"。

静照梦游之"灵洞"，亦即他第二首诗偈所云"瀑飞双涧雷声急，云敛千峰金殿开"之"金殿"，可能就是这些文献记载的传说中的方广寺，至少可以说，是传说中的方广寺给了他梦游的提示。

这种将虚坐实的判定，虽不免刻舟求剑的嫌疑，但在当时酬和的诗偈

---

① 韩酉山：《韩南涧年谱》，安徽教育出版社 2005 年版，第 62 页。
② 韩元吉：《南涧甲乙稿》卷一，《文渊阁四库全书》本。
③ 陈耆卿：《赤城志》卷二十八，《文渊阁四库全书》本。

中，的确有僧人将静照梦游之"灵洞"称作方广寺，如钱塘净覃"方广堂前煮石茶"、晋陵道纯"逢人有问梦中事，向道亲从方广来"所说的方广堂、方广，可能还是指先照庵的应真阁，因为应真阁就是为罗汉现身传说而造，方广则是传说中五百罗汉所居处；而绝浦了义"瘦藤孤策上天台，方广云深拨不开"、蜀德全"抬眸虽未见方广"、三山广意"蹈断石梁心未灰，梦回方广眼初开"所云的方广，则无疑是指传说中的方广寺。自然是无人不晓的传说，使禅僧们看到静照所说的"灵洞"与"金殿"，立刻就联想起方广寺。

因而还有不少人将其联想扩展成上界的庙宇。台峤半云德昂"白云影里现楼台，桥畔昙花朵朵开"；商山宗皓"桥横绝壑著三台，风肃秋光玉字开"；天台德琏"危列翠边金磬响，跨飞梁畔户门开"，都将静照梦中的"金殿"更加写实化了。假作真来真亦假，细节的真实将梦境也实化、真化了。而他们所补足的这些部分，自然是一些来自传闻，一些来自想象。

静照梦游的"灵洞"，其实是传闻、想象糅合而成的空间。而在禅僧们即色即空的观念中，所有能见的现象世界终归都是虚幻，何况是梦游所见呢？因此对静照的梦游，不少僧人说他是梦中说梦，如三山师心云"唤醒尊者梦中梦"，万年截流妙弘云"雨雨梦中休说梦"，时翁普济云"梦中说梦非见见"，金华白宜云"梦眼豁空非见见"。人生本就是一场大梦，痴人何必还要做梦、说梦呢？静照岂非过于认假作真、执着于实相或假相一类的名相？任何以理性知识形式为载体的佛法，都是障蔽人自性的东西，容易使人堕入理窟；同样，即便是佛法之感性载体的形象、异象或其他色相，也同样会遮蔽人的自性。如果执迷于这些色相，也是一种拘执，让人不能证悟自性。

东蜀道信云"五百个僧无住地，玉门金殿自何开。若将梦境为真事，高禘不从东海来"，就质疑静照所说的"金殿"的真实性：五百罗汉本无固定住处，怎会有"玉门金殿"浮现？这实际也是质疑盛传众口的方广寺。他还指出，梦境再真实也是虚幻，静照若以梦为真的话，那才是远未开悟，既然如此，则何必不远万里而来，又何必枉费心力呢？

大休正念云"桥横飞瀑跨层崖，尊者相逢笑脸开。机境一时俱裂破，又随烟雨下山来",认为无论是静照亲见还是梦见罗汉,都是短暂的"机境",最后终归破裂,真幻皆空,随烟雨而出山时的静照是一无所得还是有所得,是开悟还是没开悟呢?

金华白宜云"水云踪迹至南台,玉殿琼楼应念开。游戏神通祇这是,莫辞蹋破草鞋来",实际上,无论是应念而开的金殿或玉殿琼楼,还是应供而生的茗花、罗汉,在俗众看来十分奇特神异,而在禅僧看来,都不过是尊者的"游戏神通"而已,都是尊者在用形象、符号体现佛理,开示世人,如果世人不能因此而开悟,这些异象就没有任何意义。

既然神奇的异象只是尊者开示的符号,静照为什么既要亲见茗花罗汉还要梦见灵洞金殿?异象的反复出现,岂非叠床架屋,又有什么特别意义呢?蜀德全云:"鲸波抹过上天梯,烟雾漫漫尽撒开。脚力穷时俱看破,何须梦里又重来。"就奇怪静照既已亲见尊者,而尊者又何须重现梦中?育王物初云:"今日慈云重睹对,丝毫不隔最谲诡。"也奇怪静照怎么会有两次零距离见到罗汉的机会呢,这种重复无疑是最为谲诡怪异的事情。这是在责问尊者还是在责问静照呢?好像二者都有。

静照说他是先供茶,后做梦,而许多僧人都将静照之梦写在茶供之前,如庐山惟玑云:"兜娄烟暖沦香茶,应供依空出绛霞。不是梦中相见了,一瓯争得十分花。"对于禅僧而言,先真后梦,先梦后真,有什么要紧?因果果因循环颠倒,何必较真?真如即梦幻,梦幻即真如,万法皆空,琐细的事实有什么意义?

静照供茶,先将此前的传闻变成眼前的真实,再梦到一回,使传闻、亲见又增加了一重梦幻意味。静照第一首诗偈主要揭示传闻与实见的关系:传闻被实见,则传闻非空,实见亦非空。第二首诗偈则主要揭示传闻、实见与梦见三者的关系:传闻被实见,实见又被梦见,则三者均空。传闻即言、亲见即象、梦见即梦,言、象、梦的表意功能均指向开示,而参学者若执着于三者的真幻虚实之辨,不能领悟其承载的佛理,即是沉溺于名相因果,永远无法开悟。

话题之三:有无价值、是否彻悟的入宋行禅之旅

静照于理宗淳祐十二年(1252,日本建长四年)入宋,曾登禅宗五山

之首的径山兴圣万寿寺，参石溪心月（？—1256）禅师，得到印可，这说明静照在宝祐四年（1256）前已经初悟禅理。那么他景定三年到天台石桥的目的是什么，仅仅是供茶礼拜以表虔诚？石桥供茶礼佛是唐宋僧俗二众屡见不鲜的行为，而且有悖于禅宗的呵佛骂祖精神。那么他是想将石桥传说已久的神异变成亲见？这是僧俗二众因好奇心而产生的普遍愿望，如果仅有此意，他就还停留在世俗的层面，连初悟都没有达到。

静照应该是意识到此前的初悟境界还不够高远，还停留在转凡入圣阶段，而没有达到转圣入凡、凡圣无别的境界，所以是想通过茶供而再求更高的悟境。石桥诗偈是静照再次行禅、心性感悟出现进境后的悟道之作；而诸僧的酬和，既是对静照悟境的勘辨，又是个人参悟的一次实践。

静照的第一首诗偈，写他煎茶后看到茗花、罗汉现身而开悟，悟到的是万法皆空，这一悟境尚属禅僧开悟的初级境界；第二首诗偈主要写他梦游灵洞，所梦见的金殿罗汉与所亲见的一模一样，他因而受到启示，大彻大悟，达到更高的境界。

静照第二首诗偈结尾的两句是："尊者家风只如是，何须赚我东海来。"他首先对"尊者家风"表示轻蔑。在分灯禅时代，各宗各派都有接引参学者的宗风家风或法门，各不相同，而作为上界"尊者"的罗汉，所用的方法竟是反复现身开示，与人世间的禅宗各派立象尽意、用直观姿势姿态示道启悟没什么不同，如是与传闻无别，如是重复，如是简单，有什么值得礼敬？当静照领悟到供茶礼佛的无意义，意识到尊者现身、金殿洞开等异象的无意义，而不像世俗人那样对异象感到新奇、感到荣幸欣喜、感到神圣时，才是破除了俗谛所有的执着迷惑，才是以法眼观万象万物，领悟了禅教之真谛。

静照进而怀疑自己入宋求法的价值：尊者家风不过如此，而且道不远人，一切佛即心，佛国净土本在个人的一念净心、平常心之中，存在即此在，那么不管在哪里都可以明心见性，都可以领悟到本自具足的现量，我又何必远道而来作茶供，又何必"道在迩而求诸远"，越洋渡海自日入宋求禅悟呢？静照使用一个"赚"字，很确切地表达了尊者勾引施骗而他自己上当受骗的感觉。从这两点上看，静照的悟境，的确是百尺竿头更进一步了。

静照最后一联是对"尊者家风"的否定，也是对这次石桥之旅的否定，更是对他自己入宋求法的否定，体现了禅宗呵佛骂祖以解构神圣、否定一切以明心见性的精神。静照对他此次行禅进行了自嘲与自我解构：解构了传闻、实见、梦见的现象世界，解构了自身万里而来的参禅行为、行禅目的。

而静照对石桥之旅乃至入宋之旅之意义与价值的否定、解构态度，其实是他是否达到了彻悟的境界问题，因此引起了酬和者们的热烈讨论。这是此次唱和的最大议题，禅僧们对这一问题做了勘辨。

针对静照的无意义和无价值之说，多数僧人都强调"亲到"、"亲见"的重要性，以肯定静照入宋行禅的必要性和价值意义。时翁普济云："蹈断石桥成两段，才知亲过一回来。"商山宗皓云："只这一回亲到了，须知元不是空来。"台峤半云德昂云："端的一回亲见了，休言赚我入山来。"绝浦了义云："金壁楼台都现了，他年应记过桥来。"

越山简更指出"亲见"胜于"亲到"："当机觌面无回互，亲到何如亲见来。"亲过、亲到、亲见在禅僧开悟上的意义十分重要。沩仰宗祖师之一沩山曾说："觌面相呈，犹是钝汉，岂况形于纸笔？""觌面相呈"与口耳授受从禅宗兴起时就是其主要的传教方式，一切禅理都要通过师徒间面对面的语言形式或非语言形式的交谈而得以传承。静照只有远涉重洋"亲到"石桥，才会"亲见"罗汉尊者，在与罗汉"当机觌面"时，才能感受到尊者无所回互、无所隐藏的开示，才能彻悟。因此静照入山、入宋都是十分值得的，不能过河拆桥，数典忘祖。

还有禅僧从另一角度来讨论静照的这个话题。顺度广焕云："明明大地一天台，铁壁银山面面开。未动脚头孰至顶，不辜辽海驾航来。"他也认为静照没有白来宋朝石桥，只是他用"未动脚头孰至顶"作为论据，是说行禅开悟需要循序渐进的过程，不经过一番亲自辛苦的寻觅，便无法亲证。

金川惟一的和诗云："度马度驴横略彴，一条活路目前开。慈容不隔毫端计，何用从他校记来。"此诗用到赵州从谂接引参学者的典故：

> 问："久向赵州石桥，到来只见略彴。"师口："汝只见略彴，且
> 不见石桥。"云："如何是石桥？"师口："度驴度马。"①

惟一将天台石桥比作赵州石桥，稍带点戏谑嘲讽的口吻，指出静照否定自远而来的价值，是在和尊者计较得失，而没有意识到罗汉慈容"觌面相呈"的意义，不算是真正开悟。

育王物初的和诗，是唯一没有次静照原韵的，其意也比其他诗偈难以理解一些，但他的态度比他人似乎都更严厉：

> 日毂升边不计程，转头已是隔重溟。
> 更遭尊者相勾引，瀑捣飞梁梦未醒。
>
> 诸方门户总经过，恼乱春风有几多。
> 今日慈云重睹对，泛毫不隔最谲讹。

第一首前二句说时间流逝迅疾，也隐喻着静照由日入宋已日久天长，后二句说静照的悟性并非上上等，此前未悟，而上石桥又迷惑于罗汉现身的圈套，连瀑布撞击石桥的宏大声音都不能使之清醒开悟。第二首说静照尽管多方参禅，而所得皆如春风恼人，未曾开悟，直到今日，罗汉两次现身，与之丝毫不隔地见面，这种诡谲得近于涌讹的事情，其实是为了惊醒静照，使之彻悟，但静照还在计较远道而来是否有价值，其计较本身就是执迷、就是未悟。虽然道不远人，但是对于钝根的人而言，需要远道而寻，才能见道。因此物初的言说表面温和迂曲，用了遮诠手法绕路说禅，实质却是勘破分明。

灵舟普度云"更问昙猷在何许，分明犹隔海门来"；万年截流妙弘云"欲问昙猷旧遗迹，千山排闼送青来"。二诗都提到"昙猷"，昙猷是东晋僧人，是天台山佛教的奠基人，他的遗迹在天台山处处可见，尤其是他也曾想度过石桥访问方广寺。② 而普度与妙弘为何要说"犹隔海门"、"千山

---

① 普济：《五灯会元》，中华书局1984年版，第204页。
② 陈耆卿：《赤城志》卷三十五，《文渊阁四库全书》本。

排闷"这样不着边际的话呢？他们其实是说静照尚不能达到昙猷的境界，如果要像昙猷那样出神入化，还需越过千山万水、苦苦寻觅才有可能。因此静照的越洋渡海不仅值得，而且还需继续努力。

多数禅僧从各个方面证实静照禅悟的境界还需要不断努力提高，也都肯定他入宋行禅之旅十分有价值。

结语

周裕锴先生云："在《禅宗颂古联珠通集》中，我们可以看到不少这样的情况，即同一公案，同一话题，禅僧居士各抒新见，由肯定到否定，由否定到肯定，再到否定之否定，大家翻来覆去。正题反做，旧话翻新，成为禅僧居士的颂古表现个性、不拘成说的特有方式之一。"[①] 禅僧的诗偈唱和，虽然不是颂古联珠，但是从首唱者提供世俗"公案"以及"话题"、酬和者就"话题"而"各抒新见"这一点看，与颂古联珠并无差别。

静照在茶供梦游后顿悟自性而写出了偈颂，诸僧则"或托事以伸机，或逆事以矫俗"[②]，就像禅僧集体上法堂参请论辩一样，七嘴八舌，各抒己见。八十多首酬唱诗，从不同角度，用不同方式，解构了石桥传闻神圣奇特的种种异象，既勘验了静照的悟境，也显示出个人的开悟程度。

如果静照的诗偈不提到"东海"，人们可能想不到他是日本人，因为他的诗偈用娴熟的汉语禅语表达了他的见闻与感悟，显示出其熟稔汉语语言文学文化以及禅文化，而南宋江浙闽蜀各地僧人的酬和，无疑是在理解了静照诗偈的内容以及精神境界之后才做出的各种回应，其回应看不到语言、禅理、精神、文化上的差异或障碍，对答如流，博辩无碍。显然，在禅文化圈中，这些禅僧们已经消除了各种差异障碍，超越了时空限制，达到了心智自由沟通、精神深度交流的境界。

参与此次酬唱的大休正念（1215—1289）不久远赴日本，咸淳十年（1274，日本文永甲戌），他见到已经归国的静照，在为此次唱和颂轴作序时他深有感触地说：

---

① 周裕锴：《禅宗语言》，浙江人民出版社 1999 年版，第 357 页。
② 同上书，第 103 页。

　　公昔之寓唐土，亦犹予今之寓日域。行云谷神，动静不以心，去来不以象。情隔则鲸波万里，心同则彼我一如。所以道：无边刹境，自它不隔于毫端；十世古今，终始不离于当念。苟者一念予捳得破，那一步子踏得着，不妨朝离西天，暮归东土；天台游山，南岳普请；高抱峨眉，平步五台；手攀南辰，身藏北斗；大唐国里打鼓，日本国里作舞。田地稳密，神通游戏，摁不出这个时节，亦吾家本分事耳。

　　这其实是禅宗空间意识经过个人亲身实践体会后的再现。

　　禅宗的时空远比世俗的时空"无界"，所以，颂轴中虽有"扶桑"、"东海"等语汇的出现，但静照的诗偈与南宋诸僧的诗偈并没有宋日间的世俗距离，他们在禅意沟通、心智交流上没有任何隔阂障碍；南宋诸僧虽然名号前标有江浙闽蜀各地的地名，但在酬和诗偈中并不见地域色彩，也没有对各自地域的刻意强调表现。这是因为在禅文化世界里，世俗的空间距离并没有那么重要，而心灵的体悟交流是可以跨越任何疆界的。

　　禅僧们努力追求的是"去差别心"，即消除各种差别。他们的唱和不仅消除了空间距离，而且还有意无意地消灭了古今、物我、地位尊卑、关系远近等各种世俗社会中自然的人为的距离和差别，使得他们的酬唱与士大夫文人圈酬唱①十分不同。

　　士大夫文人通常将酬唱当作关系本位社会中的一种交流交际手段，其酬唱常常是为了某个具体甚或是功利的目的，因此十分注意社会地位尊卑差别与人际间的亲疏关系，过度注重唱者、和者的情面等世俗化常情常理，往往为了关系的和谐而趋向于几近同一的情感主题及客套路径，不免充斥阿谀奉承语汇，具有浓厚的社会性、世俗性、应酬性。

　　而没有任何士大夫或其他俗众的加入、纯粹由禅僧进行的酬唱，属于禅宗文化圈内的心智碰撞、精神交流。禅僧们站在方外的立场上，以法眼看世界，以平等观观物我，将酬唱视作参禅悟道或论禅辩道的过程，在对各种既定成说、常说、权威定论的不断生疑中，表达个人见识，完成个性

---

① 吕肖奂、张剑：《酬唱诗学的三重维度建构》，《北京大学学报》（哲学社会科学版）2012年第2期。

化体悟。酬和的禅僧们不在乎是否会因言辞过激、态度相反而得罪首唱者，他们就是要表达与众不同的自己，他们就是要以新见而标新立异，哪怕忤逆他人也在所不辞，完全是方外的精神交流形态，这种形态为酬唱诗学增添了新的力量与元素。

（原载 《西北师范大学学报》 2013 年第 2 期）

元祐更化初同文馆中的品鉴联谊式唱和

嘉祐二年（1057），欧阳修、梅挚等六人在春闱中唱和结集《礼部唱和诗》，其唱和的主题主要在于季节的变化、锁院内的工作流程与个人兴趣爱好（如节物、宠物），虽也谈及六人之间关系且互相称赞，但数量要少得多①。而同文馆十三位唱和者们在元祐二年（1087）三个月锁院期间②，关注的却不是自夏末到深秋的季节变化，即便是对中秋、重阳这些颇为重要的节日也似都不经意，他们最有兴味的话题是唱和对象的形象气质、行为品格以及他们之间的错综复杂的各种关系。这的确是三十年间科举锁院唱和的一大变化，值得探究。

一　互相品鉴式唱和与试官形象

《同文馆唱和诗》③最为突出的特点之一是试官之间的相互品鉴，譬如曹辅云：

> 邓侯相逢十载后，清骨巉岩诗思苦。张晁自是天下才，黄卷聊同圣贤语。蔡子弯弓欲射胡，拔剑酒酣时起舞。何当联袂上霄垠，速致

---

　　① 《礼部唱和诗》已散佚，欧阳修《文忠集》卷四十三《礼部唱和诗序》云其结集时共一百七十三首，根据梅尧臣、欧阳修、王珪别集以及其他文献可辑录出九十余首，占六人唱和数目一半，三人唱和诗尤其是梅尧臣的唱和诗大体全存，梅挚、范镇、韩绛别集今不存，虽不可考，但是根据唱和基本同题的原则，其唱和诗及内容与另外三人相似。

　　② 详情请关注吕肖奂《元祐更化初〈同文馆唱和诗〉考论》、《〈同文馆唱和诗〉诗人事迹考补》、《试官们的生活与视界》等同文馆系列三文。

　　③ 张耒：《张耒集》，李逸安、孙通海、傅信点校，中华书局1999年版，第904—964页。

时康开外户。病夫行矣老江湖，容我徜徉载樽俎。

　　此诗描写了邓忠臣的清瘦苦吟、张耒和晁补之的才大学博、蔡肇的剑气酒魂以及他自己的欲归隐江湖的"病夫"形象。这种一诗评鉴多人的写法很像是汉末品评人物的歌谣，参与唱和者差不多诸人皆有。此外，还有一种一组多首、其中一诗评点一人的方式；再者就是在唱和诗中随处可见的几句品评。这种品鉴式诗歌，虽不像史料那么客观精确，却因其主观情感与各种诗歌修辞手法，更能凸显史料所缺失的人物细节，塑造出更具个性的鲜明形象。在诸人的互相品鉴中，涉及最多、形象也最鲜明的是邓忠臣、蔡肇、曹辅、张耒、晁补之。

　　邓忠臣十分崇拜杜甫，不仅"尝和杜诗全帙"，而且"顷尝注杜诗"①，他勤苦用功，致使身体羸瘦，曹辅称其"邓侯清骨如冰瘦，少日文章苦用心"，邓忠臣自己也自述云"笑我形容太瘦生，我亦悔前用心苦"。张耒有一首诗专门描述邓忠臣的嗜书如命、刻苦攻读："邓侯读书室，编简自相依。胝手焚膏写，疮肩满橐归。业文从古有，忍志似公稀。欲挈空虚箧，从君乞贝玑。"将邓忠臣"业文"之勤苦、志向之坚定的形象具体而生动地呈现出来。

　　邓忠臣吟诗成癖，张耒说他是"邓子诗成癖，全分李杜光。楚风还屈宋，宫体变齐梁"，晁补之则云："平生邓夫子，文墨晚相依。台阁佳声在，湖湘爽气归。诗夸束笋密，发叹莳苗稀。勤苦千秋事，川明水孕玑。""诗夸"一联对邓氏诗歌与头发的比喻加上疏密对比，给人留下很深的印象。张耒也有一诗谈到邓忠臣："邓侯楚山深闺房，名走上国交侯王。朝随日景夜灯光，包揽今古穷炎黄，吐词分范有国香。近君如雪六月凉，又似心醉醍醐觞。"将邓比作白雪和醍醐，令他气爽心醉；晁补之也在另一首诗中云："邓侯韫椟价不偿，有方未试聊贮囊。……愿分神瀵浴骨香，

────────────

① 陈振孙：《直斋书录解题》卷十七。又：刘挚称"忠臣有学问，能文，长于杂记。顷尝注杜诗。久留心《晋史》，故使注之"。《中州集》卷三：吴彦高《东山集》有《赠李东美诗引》云："元祐间，秘阁校对黄本邓忠臣字慎思，余柳氏姨之夫。今世所注杜工部诗，乃慎思平生究竭心力而为之者。"

非我其人惭德凉。"他羡慕邓忠臣早年就能比肩鹓鹭，更向往邓入院前在潭州家乡的神仙居处。在曹辅、张耒、晁补之的诗歌中，邓忠臣的容貌、兴趣、行迹、志向与精神都历历在目。

邓忠臣有《曹子方用"釜俎"字韵赋诗见遗予泪张文潜、晁无咎、蔡天启，因以奉酬，并示四友》，从他个人的角度刻画出"四友"及他个人的形象：

> 长爱陈思咏其釜，几年不见徂南土。揭来相逢翰墨场，夜窗共听空阶雨。
> 跃马蔡卿能啗肥，好书张侯期饮乳。晁令知从博士迁，智囊不厌传经苦。
> 于兹邂逅如夙契，睠我劬劳勤晤语。诗成乍变龙虎文，笔落更惊鸾凤舞。
> 我将隐遁山林姿，公等整顿乾坤户。分同斥鷃抢榆枋，难伴牺牛登鼎俎。

他将曹辅比作陈思王曹植，称蔡肇能"跃马"、张耒"好书"，又说晁补之犹如"智囊"，但入秘书省前却为博士而在太学勤苦"传经"；而他自己则如斥鷃，不足以与诸人相提并论。邓忠臣还随意提到蔡肇、张耒两人的饮食习惯，这个细节十分有趣。

作为苏门中人，张耒和晁补之当时刚刚进入四学士行列，他们很早就互为知音。因此，在相互品评时不惜笔墨。张耒云："晁侯再作班与扬，正始故在何曾亡。江湖十年愿饱偿，夜成《七发》光出囊。苏公后出长卿乡，为君《吴都》无一行。①世有伯乐生骐骥，肯使弭耳随盐商。"在张耒看来，晁补之的文采让文坛领袖苏轼都折服。因此，既已有"伯乐"，"骐骥"肯定不会久居人后。晁补之不仅在次韵这首诗中云："张侯老笔森矛枪，文词楚些遗塞羌。胸中水镜谁否臧，学三百囷羞裹粮。思如决渠万仞

---

① 自注云："苏翰林欲作杭州赋，见无咎杭州《七述》乃止。"

岗，大编小轴山压床。城南买屋君舍旁，疲骖日附骐尾骧。我惭昧道由四
隍，人如燕宋初束装。听君雄辩神扬扬，却思得一愁十亡。"又在另一首
诗中云："雄深张子句，山水发天光。黄鹄愁严道，玄龟困吕梁。爱君豪
颖脱，嗟我病枪囊。骐尾何当附，西风万里长。"他对张耒的诗才以及雄
辩都佩服之至，甚至买舍为邻，一再强调他像"疲骖"一样追附着"骐
骧"一样的张耒。可见二人互相钦佩的程度。

与诸公相互品鉴中塑造的邓忠臣、张耒、晁补之文士形象相比，曹辅
与蔡肇被塑造成文武兼擅的"儒侠"① 形象。

曹辅《次韵无咎戏赠兼呈同舍诸公》自述其元丰从军之前经历云：
"少年落魄走四方，看山听水兴难忘。深林谁复知孤芳，十载江湖称漫
郎。紫溪风月幽思长，绿水如镜烟苍苍。追随豪俊多清狂，春风烂醉胥
山堂。……"虽说是"落魄"，但漫游山水十载之久，诗酒放浪，可谓
"清狂"。晁补之很早就认识曹辅，对其早年颇有些了解："二十年来曹
子方，新诗曾见未能忘。多才善谑称物芳，吴娃席上呼作郎。"可见，曹
辅早年不仅洒脱不羁，还"多才善谑"，深得吴中美女们的仰慕。张耒
在快出锁院时写给曹辅的诗云"赖君谐捷解色庄，还家有日未用忙"，
是对晁补之所云"多才善谑"的补充，可见，曹辅的诙谐捷敏到了同文
馆中还维持依旧。

诸公更感兴趣的是曹辅的从军经历。张耒云："曹侯骐骨双瞳方，
流沙万里不能忘。读书故山兰蕙芳，咳唾不顾尚书郎。参军朔方试所
长，奋髯决策服老苍。愿得一索缚狡狂，凯歌掺馘献明堂。"刻画的是
不随流俗、一心从军以建功立业的曹辅形象。晁补之云："曹子金门等
陆沉，壮年裘马四方心。檄传白羽从沙井，诗写红巾遍武林。""兵甲
胸中无敌国，丝桐世外有知音。"② 赞赏其文能诗、武有谋，不同于当时
一般士人。

蔡肇在元丰间追随王安石时就喜欢谈兵论佛，王安石《示蔡天启三

---

① 苏轼《送曹辅赴闽漕》云："曹子本儒侠。"
② 胡仔《苕溪渔隐丛话》前集卷五十一引《王直方诗话》云："曹辅字子方，尝为省郎，
交游间多以为有智数者，故晁无咎赠诗有'兵甲胸中无敌国'之语。"

首》其一云："蔡子勇成癖，能骑生马驹。铦锋莹鹏鹅，价重百砗磲。脱身事幽讨，禅龛只晏如。划然变轩昂，慎勿学哥舒。"①

同文馆唱和诗人笔下的蔡肇，更是一个有见解有个性、多才多艺、文武双全的形象。张耒特别欣赏蔡肇，用两首七古长诗描述蔡肇的从军经历以及"逼人爽气百步寒"的气质。史书并无蔡肇曾经从军的记载，但张耒《答天启》却云："三年河东走胡马，绝口鱼虾便酪乳。归来万卷付一读，不觉儿曹用心苦。周瑜陆逊久寂寞，千年北客嘲吴语。莫徒彩笔云锦张，要是宝剑蛟龙舞。天兵万百老西北，快马如飞不出户。看公大蠹出麒麟，走取单于置刀俎。"诗中所写，似乎是因蔡肇说过他曾有三年从军河东的经历。因为蔡肇是润州丹阳人，张耒希望他像三国吴将周瑜、陆逊一样，驰骋疆场而威震四方。蔡肇在《再答》一诗中详细描述了一场战争："羌兵昔出皋兰路，欲铲新城无聚土。烟烽照夜气如霞，铁马连群歼成雨。东西两关同日破，股掌婴儿绝哺乳。鼓声十日拔帐归，至今犹说防城苦。当时诸将无奇策，不敢弯弓向胡语。橐驼西来金帛去，孽狐小鼠犹跳舞。"也像是他经历或亲见过这场征战。②

蔡肇的经历加上他经常在试院"论兵说佛"而令诸人折服，如张耒把他描述得神采飞扬："东南蔡子名飞翔，同随天书拜未央。瑰琦宏杰万夫望，颊牙凛凛有风霜，文如神鼎烂龙章。钟山长斋读老庄，论兵说佛两俱忙。不夸得砚文字祥，但愿破敌如颓墙。"晁补之也对他称扬不已："蔡侯饱学困千釜，濯足青江起南土。放谈颇似燕客雄，快夺范雎如坠雨。东城擒羽未足论，柏直何为口方乳。③ 蒋侯山中伴香火，三年不厌长斋苦。平生豪伟有谁同，要得张侯三日语。昼间那自运甓忙，时清不用闻鸡舞。桓荣欢喜见车马，书册辛勤立门户。要当食肉似班超，猛虎何尝窥案俎。"

诸人对张耒、晁补之形象塑造得不那么细致具体，但张耒、晁补之二人却将诸人品鉴描绘得栩栩如生，可见张、晁在这一方面的诗歌水平确实

---

① 王安石：《临川文集》卷三六，影印《文渊阁四库全书》本。
② 蔡肇所写似乎是听闻，与他写曹辅的兰州之战很近似；又似乎是亲历，因为是回答张耒"三年河东走胡马"的，所以不太能确定，暂存疑。
③ 《汉书》卷一上："汉王问：'魏大将谁也。'对曰：'柏直。'王曰：'是口尚乳臭，不能当韩信。'"

在他人之上。应该说，是张耒与晁补之把苏门在元祐初年兴起的唱和习俗直接带入这次锁院，因为他们在进入试院之前就已经参与了西园雅集等以苏轼为主角的一些文人雅集①，在那里深受那种集会氛围影响。

一般的史料不太关注诗人的容貌兴趣、情绪观点，只有自述诗歌以及互相品鉴的唱和诗，其关注点与史料不同，其表达方式也透漏出更多的个人精神层面的信息，所以，弥补了不少史料缺憾，使得诸人形象面目更为清晰起来。相互品鉴式的唱和，是元祐更化初的新风气，有些类似汉末的月旦评，从中可以感受到品评人物的风气在元祐时期的回归。这种回潮伴随着从熙宁、元丰时期兴起的君子小人之辨，是当时政坛朋党渐起之势在诗歌唱和中的直接表现。

二 试官的唱和联谊与关系网络

锁院让十多个官员有了朝夕相处的机会，原来虽有点关系但散居各处不常往来的官员，因特殊工作关系被"锁"在一处，正好可以叙叙交情、联络感情。晁补之云"平生数子天一方，今夕何夕情难忘"，邓忠臣也说"梁宋吴楚各异方，交情一契不相忘"，如围城般的锁院，几乎是"强制性"地促进了试官们彼此之间的关系，但也幸亏有了这些关系，三个月的锁院才会热闹有趣。张耒"赖逢数子美如英"，柳子文"竫然虽复喜斯行，开豁拘怀赖俊英"，耿南仲"满前皆俊彦，何但有三康"，都庆幸有诸位"俊英"的存在，大家才能敞开心怀。

这些试官们的身份基本可以用柳子文的话概括："共是当年廷试客，锁闱今日合如何。"《宋史》云温益"第进士"，但不详何年。其余十人，除孔武仲是仁宗嘉祐八年进士外，九人均为熙宁、元丰中进士，且多同年关系：邓忠臣与李公麟为熙宁三年进士，柳子文与张耒为熙宁六年进士，蔡肇与晁补之为元丰二年进士，耿南仲与余幹、商倚同为元丰五年进士。这种同年关系以及其他各种关系，基本是从他们联谊式的唱和诗题与诗中发现的。

---

① 孔凡礼：《苏轼年谱》，中华书局 2005 年版，第 702—780 页。

　　邓忠臣答和商倚之诗《再呈慎思诸公兼以言怀》云："南宫曾看挥华藻，西馆还来共笑歌。六稔飞光如过隙，人生谁奈老催何。"自注："君平宣义登科六年矣。"① 可知商倚字君平，时任宣义郎，是元丰五年（1082）进士。邓忠臣曾为此年省试试官，与商倚有类似座主门生之谊。而余幹、耿南仲也当与邓忠臣有此关系。

　　邓忠臣与李公麟同为熙宁三年（1070）进士，又在元丰二年（1079）共事，邓有《己未年春，与伯时较试南宫。同年被命者六人，今兹西馆，唯同伯时一人而已，因书奉呈》，诗中云："十载京师五校文，并游多已据通津。再来更锁城西馆，检点同年只一人。"李公麟答和云："忆锁南宫会友文，天梯相摄看云津。白头笑我成今日，青眼逢君尚昔人。"又云"故人情不浅，无乃困悭才"，两人因此而交情深厚。作为元丰二年的试官，则二人与蔡肇、晁补之也有师生关系。师生而同为试官，相较之下，蔡肇、晁补之、商倚、余幹、耿南仲等人自然是年轻有为，而邓忠臣、李公麟不免有仕途沉滞不顺之感。从邓忠臣"十年经五试，抚事意多违"、"屡见高文试泽宫，长年参校愧龙钟"，可知邓忠臣曾先后五次充任试官，这自然让他经验丰富，也让他与元丰中的进士有不少关联。这可能正是邓忠臣在锁院唱和十分活跃的动因。

　　曹辅"邓侯相逢十载后"，可知曹辅与邓忠臣早就相识，是故交。

　　柳子文有《次韵呈文潜学士同年》诗云："才堪斗量君独釜，年少登瀛脱尘土。重闱几日锁清秋，酬唱新篇乱如雨。读书相逢十载前，君家酥酪和腐乳。分题吟思入风云，得意还忘呕心苦。晚将衰飒奉英游，漫记雪窗邀夜语。平生意气杯酒间，我醉狂歌君起舞。即今头白老青衫，但期教子应门户。燕颔从君骨相殊，看君鼎食罗五俎。"张、柳二人十年前就一起读书，且柳子文是张耒家常客，两人当时就曾分题吟诗、醉狂起舞，志趣相投。

　　晁补之十三岁时曾与余幹在毗陵（常州）同学于王安国，对余幹早年颇为了解，赠余幹诗云："异哉余子久弥芳，吴人犹记称周郎。河豚入网

---

① 《文渊阁四库全书》本《柯山集》卷三十有注，其他本无。

荻芽长，宜兴罋画烟水苍。风雩春服真少狂，不愧戴崇升后堂。横戈笔阵
倒千枪，叔鸾独步禹出羌。"描绘出余幹年轻时的潇洒狂放与文采出众。
余幹《次韵赠无咎学士》写到二人早年的相识："毗陵城如金斗方，往事
历历那能忘。相逢童子佩兰芳，秀发人指谁家郎。未几重见突而长。即今
不觉秋蓬苍，嬉笑岂复为儿狂。"晁补之从秀发童子到青年、中年的成长
变化过程如在眼前。

　　蔡肇与余幹除了同乡关系外，两人还均有谈禅的兴致，在锁院中结为
谈禅之友。蔡肇云："矧复约子西城隍，瓦炉梵夹随行装。形骸土木神远
扬，少狂豪气今则亡。剧谈软语志颇偿，模写物象挥锦囊，樽前坐我烟霭
乡。怜君驳跣未著行，侧身六合悲骈骈。"可知余幹到锁院时，已经消解
了年少轻狂的气象，深受禅宗影响而变得平淡超然了。余幹《次韵天启戏
为禅句之作》"秋闱何幸相握手，未厌夜深来叩户"，二人深夜谈禅论道，
可见志趣相投的程度。蔡肇还称赞余幹写诗"独君一扫可得章，滔滔笔力
抵卞庄"，这一点从孔武仲称余幹"拟写秋容须笔力，新诗句句似阴何"
中可以得到证明，两人因为诗禅而走得更近一些。

　　蔡肇不仅与余幹是同乡，与曹辅也是同乡，其诗题《上呈子方乡丈》
即可说明，张耒《赠天启友弟》云"惟我与子旧同乡"①，又说他原来曾
与蔡肇同乡，这种乡谊使得四人关系更为亲近。

　　晁补之《复用方字韵，奉赠同舍慎思、文潜，同年天启》，蔡肇
《敬用无咎学士年兄长韵……》可知晁不仅与邓张是同事，与蔡肇还有
同年之谊。

　　蔡肇与曹辅的同好是"谈兵"。两人都有在西部边塞从军的经历，又
都忧虑宋夏边事，虽年龄差距较大，但仍有共同话题。蔡肇《敬用无咎学
士年兄长韵上呈子方太仆乡丈》用想象描述了曹辅元丰年间参与的一场战
争，当时"曹侯献计取东关，帐下选锋同此语"，但最后因主帅未听其策

---

　　① 《施注苏诗》卷一十七《送曹辅赴闽漕》施宿注云曹辅为海陵人，海陵即泰州，属淮南东
路；而蔡肇之丹阳属润州与余幹之晋陵属常州，属于两浙路，与曹辅之海陵则非同路。三州虽相
隔不远，在江淮之间，但似乎不太可能因此而称为同乡。或许，海陵是晋陵或润州延陵之误？张
耒出生于楚州，属于淮南东路，何时与蔡肇曾同乡，尚待考。

而尽失元丰四年李宪用熙河兵攻克的兰州古城。曹辅《次韵答天启》亦云"临机一失挫铦锋,谁愿忠言如药苦",对主帅不听己言而导致失败的战争充满遗憾。曹辅欣赏蔡肇并对其充满期望:"吾乡蔡子喜谈兵,早岁曾过阿戎语。逸才自擅鹦鹉赋,高韵仍为鹳鹆舞。方略应须敌万夫,徒击韩嫣笑当户。政宜弱冠请长缨,系取单于置高俎。"

曹辅比晁补之年长,但却称晁是"晁侯平日丈人行"。晁补之云:"得官犹领万骈骊,王城对巷如参商。……闻君况有梦虺祥,生女不恶嫁邻墙。"可知两家相距不远。

锁院之前,晁补之曾约张耒去拜访曹辅而未遇。张耒诗云:"眉间黄色是何祥,晁侯约我走门墙。"晁、张之访曹,是听了黄庭坚的建议:"黄君诗力回魁冈,十客未得一登床。携君秀句展我旁,草书纸上蛟龙骧。谓我君舍城东隈,年来长啸弃军装。载酒欲访执戟扬,休日出门如阋亡,坐令耿耿愿莫偿。"黄庭坚欣赏曹辅诗歌,且了解曹辅当时已经弃武从文、落魄汴京城东,可知曹辅与苏门文人早已交情深厚。

同文馆唱和者们从学缘看,有同学、同年者;从地缘上看,有同乡者;从工作上看,有入院前即为同事者;从社会关系上看,有年家兄弟、世交、朋友;从兴趣爱好上看,除了共同为诗友外,还有谈兵、谈禅之友;从政治立场上看,既有倾向新党者也有倾向旧党者,其观点有冲突也有融合,但在锁院唱和中,大家尽量回避冲突而趋于一致。各种人际关系成为联系的纽带,而诗歌次韵唱和正好是他们选择的联谊工具。嘉祐到元祐三十年间,试官们唱和主题的变化,反映的其实是官僚士大夫阶层社会关注焦点与群体生活兴趣的变化,也是政治形势的变化。

三 锁院生活促使诸种关系密切化

锁院生活如耿南仲所言"寝处还相向,过从不患稀",寝食起居一致、亲密无间的生活,促使诸人关系更加密切。邓忠臣、蔡肇、晁补之、张耒《欲知归期近》四首唱和,写出四人的相互了解与依依惜别的厚情意。张耒说四人在"把酒论交里,连房校艺来",邓忠臣"兰室依新润"注云"与文潜、无咎、天启连次",是对"连房校艺"的注解。邓忠臣先有"相期放朝后，连日醉如泥"注云"与文潜、无咎、天启有约"，到了重九日，他又再次重申"到家莫负如泥约，光禄供醽味渐浓"，可见四人的交情经过三个月之后，已经密切到需要经常相约一起烂醉如泥的程度。邓、张、晁三人甚至在开院前一夜，通宵达旦闲话，以免出院后遗憾，邓忠臣有《与文潜、无咎对榻夜话达旦》云三人"对榻不眠谈往事"。

邓忠臣与张、晁三人锁院前本是秘书省同事，邓忠臣云"张侯作诗召清风，渴读如饮雪山乳。笑我形容太瘦生，我亦悔前用心苦。晁子迭唱亦起予，两人终日同堂语。奈何拘学技艺穷，跛鳖欲趁骐骥舞。"三人在秘书省时，就互相唱和对谈甚至嘲戏。

蔡肇次韵张耒《初伏大雨戏呈无咎》云："省中无事骑马归，雨声一洗茅檐苦。急呼南巷同舍郎，听我临风有凉语。"可知蔡肇入院前亦在秘书省任职。蔡肇还有"城南邀我倒余尊"之语，可见"城南"、"南巷"均非虚指。晁补之入院前"城南买屋君舍旁，疲骖日附骥尾骧"，选择与张耒为邻居，以便过从。而蔡肇与张耒、晁补之同住城南，这是他们入院后特别亲近的一个重要缘由。

张耒与晁补之在入苏门之前就已经订交，张耒《依韵奉酬慎思兄夜听诵诗见咏之作》云："昔遇晁公淮水东，士衡已听语如钟。五车讲学知无敌（自注：三句皆属晁子），十载论文喜再逢。"晁补之《再次韵文潜病起》："淮浦见之子，春风初策名。颇讶谪仙人，有籍白玉京。"两人熙宁六年就在淮东相识，当时张耒进士及第春风得意，张耒钦佩晁补之学富五车，而晁补之惊张耒为天人。晁补之《与文潜诵诗达旦慎思有作呈二公》"神交千古圣贤中，尚想铜山应洛钟。倾盖十年唯子旧，知音一世更谁逢。天如蚁磨骎骎旦，谈似缫车矗矗从。"十年间两人互为知音，钦服如旧。

张耒、晁补之在锁院中天天坚持朗诵诗书，令邓忠臣、蔡肇以及其他同事钦佩赞叹。商倚"夜案尚闻涂卷笔，晓堂方听读书声"自注云"每早尝闻无咎诸公读书"；邓忠臣《夜听无咎、文潜对榻诵诗，响应达旦，钦服雄俊，辄用九日诗韵奉贻》更写出张、晁二人诵读之神韵："连床交语响春容，激楚评骚彻晓钟。绕宅金丝神共听，满潭雷雨剑初逢。信知自有江山助，便欲长操几杖从。"蔡肇《次韵慎思贻二公诵诗》云："卧听高斋落叶风，清诗交咏想晨钟。故人厚意论千载，正始遗音仅一逢。胶漆初期在俄顷，云龙莫恨不相从。"也从第三者之眼写出张、晁之间志同道合的亲密关系。邓、蔡二人都深受其精神感染。

邓忠臣"俱是年家情不浅，依兰应许丐香浓"注云："先子与张丈职方、晁丈都官同年。忠臣与应之同年，两家俱有事契。"邓忠臣父亲与张耒父亲、晁应之父亲都是庆历二年进士，晁应之则与邓忠臣均熙宁三年进士。[1] 而晁应之是晁补之的兄弟行。这种"年家"关系在锁院联谊后更加亲密，晁补之云"邻榻邓侯那不共，拥衾百首兴方浓"，可知邓也因邻榻而卧而加入张晁的对谈吟诵活动。张耒有《嘲无咎夜起明灯听慎思诵诗》，可见邓忠臣受晁、张影响开始主动诵诗，邓忠臣答诗解嘲云"参横月转与天高，归士飞心忆大刀。故作楚吟排滞思，吟成风叶更萧骚"。

蔡肇并不避讳曾是王安石弟子，而张耒、晁补之也深知他受王安石赏识，张有诗云："钟山净名老，为子不惜口。颇闻国士荐，固自君所有。唯应功名地，他日容老丑。"对其被王安石目为"国士"之事十分赞赏。晁补之将苏轼赏识张耒与王安石赏识蔡肇相提并论："眉山见张侯，心许出一手。临川得蔡子，千载慰邂逅。"无论政治观点上有怎样的分歧，王安石、苏轼作为国士，他们对后生晚辈的奖掖，都具有同样巨大的作用。新旧党争虽然十分激烈，但各自的才华却足以令彼此欣赏。

蔡肇云："张公晚定交，千仞仰森秀。华堂耿青灯，夜半狮子吼。真龙服内闲，爽气凛群厩。新诗陈五鼎，斟酌皆可口。"他与张耒虽然相识不久，却互相钦服，有相见恨晚之意，没有任何芥蒂。张耒"欲知归期近，屈指不满手。岂无儿女心，惜此良邂逅。蔡郎吾未见，心已想雄秀。那知风雨夜，听此龙剑吼。"虽开院有日，归心似箭，但朝夕相处之情却更值得珍惜。蔡肇也回答说"出门岂无时，官事少邂逅"，出院之后，各自公事繁忙，不会再有如此紧密的空间了。

将近三个月的锁院生活，让诸位唱和者在原有关系上而更加密切。他们计划着锁院之后的相互往来，蔡肇云"此地身拘窘，他时心往来"，温

---

① 张剑：《晁说之研究》，学苑出版社 2005 年版，第 41 页。

益云"从容约归日,访子省闱西",曹辅云"归及黄花在,能忘彩笔题?醉游须烂漫,莫惜锦障泥"。

同是次韵唱和,但与僧人们论辩式唱和不同①,同文馆唱和充满了世俗的气味。人物与关系、互赞与礼仪,是试官们唱和的重心,而禅僧们宁愿在唱和诗里论辩事理。这就是官员与僧人、方内与方外唱和的区别。

(原载《闽江学刊》2013 年第 3 期)

---

① 吕肖奂:《宋日禅文化圈内的论辩式诗偈酬唱》,《西北师范大学学报》2013 年第 2 期。

论宋代分题分韵

——更有意味和意义的酬唱活动形式

分题分韵赋诗活动在南北朝时期（一般认为在齐梁）产生①，经过隋唐发展，唐末五代时期已经屡见不鲜，到了宋代，更是成为个人创作尤其是文人集会上不可或缺的常态行为。

分题分韵可以是个人行为：一个诗人可以自己分题、分韵，譬如欧阳修《文忠集》有《游龙门分题十五首》即个人将龙门的十五个名胜古迹分成十五个题目，一一吟咏，许多别集中的此类组诗都可以称之为个人分题诗；又譬如陈文蔚《克斋集》卷十四有诗题《以"花枝好处安详折，酒盏满时捪就持"为韵，赠徐子融》，就是他自己将邵雍《首尾吟》诗的一联分作十四个韵脚，分别创作十四首诗歌，然后赠给朋友欣赏。宋人别集中这类诗也不少。分题分韵更可以是集体行为：两个以上的诗人相聚，先确定题目和韵脚，定好之后，通过抓阄拈阄的方式，随机选取题目或韵脚，然后按照得到的题目或韵脚同时赋诗，这种行为也可以称作探题探韵。个人分题分韵赋诗，属于独吟型创作；而群聚分题分韵赋诗，属于酬唱型创作。两者在形式上互有借鉴，在起源上难分先后，但在创作形态上却大为不同。独吟型的分题分韵是自发的个人挑战个人创作能力的行为，无时间限制，可以细心推敲；而酬唱型的分题分韵，则是带有强制性的集体竞赛式的创作行为，有严格的时间限制，考验的是诗人即时应变创作能力。本文主要关注的是作为集体行为的分题分韵诗歌创作。群聚分题分韵，不像

---

① 吴承学：《中国古代文体学研究》，人民文学出版社 2011 年版，第 74 页。

赠答、和意、和韵、用韵、次韵唱和那样有唱有和、前呼后应，那种属于历时性、对话式的交流；而是具有组织性、主题性、互竞性，属于共时性、平行对等式的创作交流，是一种竞唱无酬式的酬唱型创作活动。分题分韵既然是个人就可以单独完成的创作活动，又何须群聚多人去分别完成？实际上，这个将一项任务交给多人完成的过程，就是合而分之的艺术游戏。当个人行为变成集体行为时，原本比较纯粹的艺术创作，无疑被人为地赋予了组织合作、娱乐游戏的成分。我们从文人群聚时有意无意、有序无序的分题之"题"与分韵之"韵"上，能够感受到古人分分合合、游心于艺的美感。

宋人继承了前人群聚分题分韵的传统活动形式，并将其发展得更有艺术意味和文化意义。

一 分题之"题"：不同时代文人酬唱活动集体情趣的传承与变化

分题之"题"，即诗歌的题目，而诗歌的题目标注的就是诗歌的题材或主题。集会所分之"题"，表面上看，不过是游戏、娱乐的一种活动内容，其实反映的却是集会者的共同关注点、兴趣点，是文人的群体时尚，所谓集体情趣乃至集体意识、精神。

分题诗在产生之初，即是以咏物分题为主的活动，如南齐谢朓与诸人"同咏乐器"，谢朓得琴，王融咏琵琶，沈约咏篪；又"同咏坐上玩器"，谢朓得乌皮隐几，沈约咏竹槟榔盘；又"同咏坐上所见一物"，谢朓得席，柳恽同咏席，王融咏幔，虞炎咏帘，沈约咏竹火笼。① 所分咏之题，皆是诗人日常所见、所用、所玩赏之物，这表明当时文人集会时就已经开始集体关注乐器、玩器、生活日用器。这种文人的集体情趣，其实一直影响着后代文人。宋代文人集会分题，就继承着这一分题咏物的传统，如韩维《南阳集》卷二有《西轩同诸君探题得"食飣"》，并自注"探西轩物为题"，因"诸君"诗已经散佚，无法得知所探何题，却可以推知应该大多

---

① 谢朓诗与他人分题诗均见《谢宣城集》卷五，影印《文渊阁四库全书》本。

属于轩中所见之饮食类器物；卷八有《北园坐上探题得"新杏"》，可知所探当是园中所见的各种果木；刘昌诗《芦浦笔记》卷十记载胡藏之"尝侍燕席，以桦中果子分题赋诗"，可知这回主题系列是各种食物。这类咏物分题在宋人诗集中很常见，从中可见虽然经过几百年的时间流逝，世事早已是沧海桑田，而文人的集体情趣却仍然沿袭前代，自然物品与人工器物仍然是他们关注的对象，只是所咏之物更加日常化、多样化、新奇化一些。宋人在沿袭咏物分题传统的过程中，也有一些创新意识。譬如魏了翁《鹤山集》卷三《重九后三日，后圃黄华盛开，坐客有论近世菊品日繁，未经前人赋咏，惟明道尝赋"桃花菊"，外此无闻焉。因相与第其品之稍显者，各赋一品，某探题得"桃花菊"》，宋人其实一直在寻找"未经前人赋咏"的题目，但这对已有千年传统的诗坛而言，的确很难开拓出一片新天地。他们大多数做法，只是在丰厚的传统上进行递创。沈遘《西溪集》卷一有《以席间所望见为题得"偃松院"》、《以后圃诸亭观为题得"巽亭"》、《是日观画以画为题得"胡瑰马"》几首诗，可以说是以分题的形式，记录了宋代文人宴饮游观时的各种活动，他们扩大到以亭院为题、以画为题，眼界稍微比前人开阔一些，集体情趣有些细微变化。宋代群聚分题赋诗有相当一部分题目是赏玩字画文玩、古董古迹，如欧阳修《文忠集》卷五十四有《堂中画像探题得"杜子美"》，王安石在欧阳修坐上分赋《虎图》①，姜夔《白石道人诗集》卷下有《与和甫、时甫分题画卷，夔得"剡溪图"》，均是以画为题，可见宋人集会时对各种图画的爱好与鉴赏。宋代文人喜好收藏古董，集会鉴宝成为当时时尚，所以不少分题活动以文玩古董为题，如李廌《济南集》卷四有《分题得"古香炉"》，其他人应当也会分得别样古物。程俱《北山集》卷三《同江、赵、潘集，以钟监、博山炉、黟砚、石屏为题。予得"钟监"，分韵得"金"字。钟监，盖响板也，形制如钟，背作云雷纹，面可监。我曹创为之铭曰："癸巳作钟监，子子孙孙，永保用张。"有篆，甚奇古》，详细记载了当时文人集会鉴赏古董文玩且分题赋诗的情状。从中可以看出宋代文人的集体复古情结与复古

---

① 《诗人玉屑》卷十七引《漫叟诗话》："荆公尝在欧公坐上赋《虎图》，众客未落笔，而荆公章已就。欧公亟取读之，为之击节称叹，坐客搁笔不敢作。"

行为。贺铸《庆湖遗老诗集》卷一《彭城三咏。元丰甲子，予与彭城张仲连谋父、东莱寇昌朝元弼、彭城陈师中传道、临城王适子立、宋城王狂文举，采徐方陈迹分咏之。予得"戏马台"、"斩蛇泽"、"歌风台"三题，即赋焉。戏马台在郡城之南，斩蛇泽在丰县西二十里，歌风台在沛县郭中》，六人分题吟咏彭城各处名胜古迹，贺铸一人得三题，还饶有兴致地介绍其地理位置，像是给地方名胜古迹做宣传广告，反映出当时文人对自身所在地域文化的关注。宋代文人甚至以经书分题，程俱《北山集》卷五有《仲嘉分题得"诗"、分韵得"经"字。是日仲嘉以事先归，代作一首》、《再分题得"易"、分韵得"醉"字一首》，这种集会分题反映出宋代诗人对儒学、理学的热衷程度。

有些集会分题形式曾经十分流行，如唐代盛行的一种分题咏物以送别的活动，李白就有《送祝八之江东赋得"浣纱石"》、《赋得"白鹭鸶"送宋少府入三峡》① 等诗，皎然《杼山集》中此类诗歌颇多。五代宋初这一分题形式大盛，徐铉《骑省集》卷三《送钟员外诗序》详细记录了他和诸君的一次分题赋物送别，让我们对这种形式有更为细节化的了解：

> 岁辛亥冬十月，天子命吾友德林为东府亚尹、太弟谕德。萧君洵诸客饯于石头城。云日苍茫，园林摇落，鳟酒将竭，征帆欲飞。处者眷眷而不能回，行者迟迟而不忍去。烟生景夕，风静江平。君子曰："公足以灭私，子当促棹；诗所以言志，我当分题。"故以"风、月、松、竹、山、石"，寄情于赠别云尔。

六人六首诗歌都保留在徐铉别集中，每人都以所分之"物"为吟咏对象，而主题却是送别。宋初还有王禹偁《赋得纸送朱严》（自注即席探题）、杨亿《即席赋得笔送宗人大著通判广州》（自注毫字），都可以说明这一形式当时的流行状况。但宋代中期以后，这种形式就逐渐减少甚至消失。以前人名句分题，是后代诗人集体向前代经典致敬的行为，唐代比较

---

① 一部分"赋得"是分题分韵的早期名称之一。详参吴承学《中国古代文体学研究》，人民文学出版社 2011 年版，第 76—79 页。

多，如张九龄《赋得"自君之出矣"》，王维《赋得"清如玉壶冰"》、《赋得"秋日悬清光"》，孟浩然《赋得"盈盈楼上女"》，钱起《赋得"寒云轻重色"送子恂入京》，①从中可以看出唐人对汉魏六朝诗歌的热爱与接受取向。宋代也有不少个人沿袭这种做法，常常拟成系列组诗②，这个做法与唐宋的省题诗多以前人诗句为题的科举考试习惯有一定关系③，但宋人似不大喜欢以此分题，偶有一些如徐铉《赋得"风光草际浮"》、刘敞《分题"鸟鸣山更幽"》、苏辙《"落叶满长安"分题》④等，却不常见。这既可以说明文人集体兴趣与个人兴趣不大相同，也可以说明宋人的集体兴趣有所转移。

分题是文人以诗歌创作为娱乐活动内容的智力游戏，分题之"题"，呈现的是文人集会时的共同关注点，反映的是文人集体休闲娱乐生活。仅从所分之"题"考察，可以看出宋代诗人对齐梁隋唐酬唱题材的继承与变化，看出二三百年间文人集会生活的一脉相承与不断发展。

二 分韵之"韵"：游戏规则的从随意无序到刻意有序

早期分韵诗的"韵"字之间，并无多少逻辑严密的次序，当时诗人集会时，常常规定一人"赋韵"，如《南史》卷五十五云"帝于华光殿宴饮连句，令左仆射沈约赋韵"。"赋韵者"安排好韵字之后，参与者采取披钩或抓阄方式分取，所谓"先书韵为钩，坐客均探，各据所得，循序赋之"⑤。当时每位参与分韵赋诗者，所得的多个韵字多属于同一个韵部或相邻韵部，如"《陈后主文集》十卷，载王师献捷，贺乐文思，预席群僚各赋一字，仍成韵。上得盛、病、柄、令、横、映、夐、并、镜、庆十字；宴宣猷堂，得连、格、白、赫、易、夕、掷、斥、坼、哑十字；幸舍人省，得日、谧、一、瑟、毕、讫、橘、质、帙、实十字，如此者，凡数十

---

① 以上分题所用之诗句分别出自徐干《室思》（宋齐人多有同题仿拟），鲍照《白头吟》，江淹《望荆山诗》、《古诗十九首》，陈后主《幸玄武湖饯吴兴太守任惠》。

② 如林希逸《竹溪鬳斋十一稿续集》卷十七、十八《省题诗》。

③ 《文苑英华》卷一八〇——八九收录《省题诗》，诗题中有一半是前人诗句。

④ 分别见谢朓《和徐勉出新林渚诗》、王籍《入若邪溪》、贾岛《忆江上吴处士》。

⑤ 程大昌：《考古编》卷七，《文渊阁四库全书》本。

篇，今人无此格也"①。这些韵字之间没有紧密联系，但赋诗时必一一押到，类似于后世的次韵诗。参与集会的每个人所得之韵也有严格规定，但人与人之间所得的韵部韵字却没有任何有机联系。这就是"古人分韵之法"②。不太在意参与者之间的韵部韵字关系，比较随意，有纯粹的设韵为诗的游戏色彩。以剧韵强韵（又称作险韵僻韵）分韵，也是分韵诗的一大特点，不仅南北朝如此③，唐代直到唐末宋初都还很流行，叶梦得《石林燕语》卷八云："太宗当天下无事，留意艺文，而琴棋亦皆造极品，时从臣应制赋诗，皆用险韵，往往不能成篇……王元之尝有诗云：'分题宣险韵，翻势得仙棋。'"不仅皇帝喜欢以险韵挑战群臣的创作能力，当时的僧人之间也以僻韵或僻题有意"相互为难"，所谓"诗因试客分题僻"④。"赋韵者"只在韵部中挑拣剧韵强韵，各韵之间自然不会有太大关联。之所以如此，就是因为当时分韵的主要目的在于以难押之韵字、韵部考验诗人的创作能力，而尚未顾及押韵以外的意义。

　　齐梁以后的文人集会，逐渐注重参与者所分韵字或韵部之间的关联。"赋韵者"安排韵字时，试图创造一些规则，不纯粹以毫无关联的险韵、僻韵难人。譬如唐人就开了以参与者姓名为韵的先例，如权德舆《送李处士归弋阳山居》，诗题下自注云"限姓名中用韵"。宋代一些诗人集会，继承了这个传统，如李廌有《史次仲、钱子武与余，在报恩寺纳凉分题，各以姓为韵》、谢逸《与诸友访黄宗鲁，宗鲁置酒于思猷亭，席上分韵赋思猷亭诗，各以姓为韵，予得"谢"字》，就是以诗人各自姓氏为韵的范例。谢逸另两首诗《吴迪吉载酒永安寺，会者十一，分韵赋诗，以字为韵，予用"逸"字》、《游文美清旷亭，各以字为韵》，则是将唐人以"名"为韵做法，拓展到"以字为韵"。贺铸有两首分韵诗题，写到聚会诗人互相择取参与者的姓、名、字为韵：《三月二十日，游南台，与陈传道、张谋父、

① 洪迈：《容斋随笔》续笔卷五，《文渊阁四库全书》本。
② 俞樾：《茶香室丛钞》四钞卷一三"古人分韵法"。
③ 详参吴承学《中国古代文体学研究》，人民文学出版社 2011 年版，第 76 页。
④ 此诗句之作者，各处所载不同，有闽僧或南方僧朋多、可朋、有朋、有明等不同说法。刘攽《中山诗话》似最早记载，原文作"闽僧有朋多，诗如……"因此"朋多"似最确。当时人的分题不一定指分"题"，也指分"韵"，见下文论述。

王文举、乙丑同赋，互取姓为韵，予得"陈"字》，《游雍丘燕溪分韵作。丁卯二月，领大匠属治事至雍丘，与故人吴择仁智夫、赵子漪澄之同游，因分韵赋诗，予得"漪"字》。这种分选韵字的方法，不以险韵僻韵难人为目的，而将参与者姓名字加入，加强了分韵规则的有序性，① 增强了参与者与分韵唱和活动的联系，而且增进了参与者之间的关系。

当然，以姓名字为韵，其偶然成分、游戏色彩仍然十分明显，宋代诗人还一直有意无意地寻求更有序、更有意味的分韵形式，以便提高分韵赋诗活动的意义。以已有的诗句、经典句或成语为韵，无疑是分韵诗中最有艺术意味的游戏形式。精心选择出来的"韵句"，将本来没有必要联系的韵字变得关系密切，比以姓名字为韵还要有逻辑关系，有意义。这一点将在后文详细分析。

三　以题为韵：从有序到有意味

一般认为，分题主要是指分选诗歌的题目（题材、主题、标题），基本属于诗歌内容方面的问题；分韵则指分选韵字（韵脚、韵部），属于诗歌形式方面的问题，两者并无太大关联。如严羽《沧浪诗话》之《诗体》云："有分题，有分韵。"但"分题"的语义并非如严羽所说"古人分题，或各赋一物，如云'送某人分题得某物也'。或曰探题"那样明晰，也非我们的定义那样明确。

从宋代诗人的实际用语上看，"分题"一语所指经常十分模糊，譬如杨亿《上元夜会慎大詹西斋，分题得"歌"字》，所得之"歌"是韵还是题？或者既是题又是韵？苏颂《游保宁院练光亭，同丘、程、凌、林四君分题，用"业"字韵》，"业"自然是韵，但分的题却并非"业"，则分题似乎就是指分韵。王安石有《送裴如晦即席分题三首》，注云："以'黯然销魂，惟别而已'为韵，拟'而、惟'字韵作。"显然诗题中的"分题"之"题"，指的就是注解中所说的"韵"。并非宋人的"分题"概念不清，

---

① 此种分韵法还对考证佚名诗人的姓名字颇有用。如《四库全书总目》卷一五八邓深《大隐居士诗集》提要：惟集中有"游罗正仲磬沼分韵诗"题曰"深得一字"，"诸人集贫乐轩赏花分韵诗"题曰"深得把字"，则其名当为邓深。

而是在当时集会活动中，分题与分韵总是有意无意地结合在一起，不可分离，因此造成了分题一词的多义性。分题与分韵既可以分别单独举行，也可以合在一起同时举行。既分题又分韵的活动，显然增加了创作难度。唐代就有既分题又分韵的活动，但当时大多数"题"与"韵"之间没有太大关系，如皎然有《五言赋得"夜雨滴空阶"送陆羽归龙山（同字）》、《五言赋得灯心送李侍御蕚（光字）》、《五言赋得竹如意送详师赴讲（青字）》等，所得的韵字，与所得的题目没有直接关系。一般来说，题与韵之间不需要太多联系，但是频繁的不间断的集会活动促使诗人不断地在题与韵的关系上花样翻新。

宋人计有功《唐诗纪事》卷三十九云："乐天分司东洛，朝贤悉会兴化亭送别，酒酣，各请一字至七字诗，以题为韵。"此序之下，收录了王起、李绅、令狐楚、元微之、魏扶、韦式、张籍、范尧佐以及白居易等九人所赋的八个题目：花、月、山、茶、竹、书、诗、愁，这八个作为题目的字所在的韵部，也就是每首诗歌的所有韵脚必须出自其中的韵部，这就是"以题为韵"。"以题为韵"的说法是否出自白居易的这次聚会之诗序，尚需考察①，但唐代的确已经有"以题为韵"的做法，如元稹就有《赋得"鱼登龙门"，用"登"字》，只是这种做法在唐代还比较少。"以题为韵"的做法可能受到唐代科考时"试赋用韵"的启发。《文苑英华》卷四十九收录唐代五人所做《花蕚楼赋》五首，其题下注云："以花蕚楼赋一首并序为韵。"所作之赋就是依照"花蕚楼"三个字的顺序为韵。从《花蕚楼赋序》可知此次的"试赋用韵"，是在"开元中岁，天子筑宫于长安东郊"不久，则这种做法至少从盛唐就开始了。《容斋随笔》续笔卷十三云："唐以赋取士，而韵数多寡、平侧次叙，元无定格，故有三韵者，《花蕚楼赋》以题为韵，是也。"

北宋中后期，"以题为韵"的做法比较普遍，譬如惠洪《石门文字禅》卷七有《和杜司录"岳麓祈雪"，分韵得"岳"字》，王安礼《王魏公集》卷一有《游集禧中元东轩，分题得"东"字》；谢逸《溪堂集》有《与诸

---

① 白居易：《白香山诗集》卷四十《一字至七字诗》下引《唐诗纪事》为注，而其他白居易诗集或未收录此诗或从《唐诗纪事》辑录。则诗或即唐人做，序却似乎是宋人后加。

友分韵咏古碑，探得"罗池庙记"，以"池"字为韵》，《游宝应寺分咏古迹，探得"颜鲁公戒坛碑"，以"坛"字为韵》。因为这种做法增多，"以题为韵"的说法也就在这个时期出现，如彭汝砺《鄱阳集》卷十有《冬寒围炉，以题为韵，得"寒"字》，綦崇礼《北海集》卷一有《德升尚书赋"溪风亭"二首，以题为韵，顾"风"字某已先作，别赋"溪"字一首》。谢逸《吴子珍家分韵，咏席上果，探得橘子，以"橘"字为韵》。所吟咏诗题中的字，就是诗韵必须使用的字，而这首诗的其他韵脚也必须出自这个字所在韵部。题即韵，韵即题，题与韵密切连接在一起。之所以"以题为韵"，一个原因可能是分韵者想要方便省事，另一个原因则可能是诗人们有意或试图从中找出内容与形式的连接点，以便提升酬唱游戏的趣味性与艺术性。

四　以韵点题：从有意味到有意义

题韵关系起始时比较随意，一题一韵或是同题不同韵，是分题又分韵活动常见的形式，到了分题又分韵的活动日益成熟后，人们不太满足于纯粹技巧性的题韵设置，越来越在意题韵之间的关系，希望寻找到二者之间最有意义的契合点。上节所云之以题为韵，不过是找到了题韵之间最为表面化的联系，而此节所云之以韵点题，才真正使题韵之间有了相互依赖的关系。

宋人集会时，一般会推举一个"主约"者，"主约"者可以自己安排题韵，也可以寻找一个"擅场者"赋题赋韵。安排题韵的"擅场者"必须具备深厚的文学修养或擅长创作，而且十分了解此次聚会的目的、参与的人数等情况，因为他要根据聚会的目的和人数，安排相应的题韵。所安排的各"题"一定是大家都感兴趣、合乎人数并自成系列的，各"韵"则不仅要与人数对等，而且要有文献出处或是一句成语，更重要的是必须符合此次聚会的目的或点明其主题。譬如程俱《北山集》卷二有诗题《与江仲嘉褒、赵叔问子昊、潘杲卿杲分题赋诗，以"颜鲁公、裴晋公、贺监、陈希夷画像"为题，以"我思古人"为韵。余得"裴晋公"、"我"字韵一首》，可知此次聚会四人，所分之题为四幅唐宋名人画像，而韵句"我思

古人"，出自《诗经·邶风·绿衣》"我思古人，俾无訧兮"、"我思古人，
实获我心"。韵句与人数相等，且符合发思古之幽情的酬唱目的，连省略
的《诗经》后句都在暗示主题。这就是以韵点题。卷五还有《同叔问诸人
以"橘栗柿蔗"为题，以"东南之美"为韵，余得"橘"、"美"字韵一
首》，可知四人以当地四种特产为题，韵句出自《尔雅》"东南之美者，有
会稽之竹箭焉"，称颂所咏四物是如"竹箭"一样的"东南之美"，这就
是本次聚会咏物的主题基调。多数聚会酬唱不必分立多个标题，而只有
一个共同的题目，这个题目就是聚会的目的或主题，这就需要擅场者精
心选择韵句来点明。如惠洪《石门文字禅》卷二十四《四绝堂分题诗
序》云：

> 余曰："东坡尝曰'故山去千里，佳处辄迟留'①，此语殆为公今
> 日之游说也。"于是分其字以为韵，赋诗纪事。

惠洪之所以选择苏轼的词句为"韵句"，是因为此次聚会的目的是为
送别张廓然而作："宣和三年秋七月，青社张廓然罢长沙之教官。十五日
渡湘，将北归，馆于道林寺，携家遍游湘山胜处，如人经故乡，恋恋不忍
去。"苏轼的"故山归去千里，佳处辄迟留"正好概括了张廓然对"湘山
胜处"的恋恋不舍，可以说是点题之作。这种用前人诗句、词句或其他经
典语句作为分韵之"韵句"，且兼作或点明聚会之主题的做法，在酬唱之
风与以才学为诗之风并盛的北宋中期兴起且立即风靡，成为最有意义的酬
唱活动样式，也成为此后文人聚会时分题分韵的一个最为常见的活动规
则。譬如送别聚会，这是唐以来传统分韵诗歌之大宗沿袭，其"韵句"一
定与送别的主题气氛有关，邹浩《送裴仲孺为太和尉》注云："时与崔遏
绍、苏世美、乐文仲、王仲弓，以'故人从此去'为韵，分得'去'字"，
其韵句出自杜甫的《送何侍御归朝》"故人从此去，寥落寸心违"。李流谦
《以"春草碧色"分韵，送朱师古知雒县，得"色"字》，韵句出自江淹

· ① 苏轼《水调歌头·安石在东海》："故山归去千里，佳处辄迟留。"因参与集会者十人，所
以有意去掉"归"字。可知"擅场者"会根据聚会现状稍微更改原句。

《别赋》："春草碧色，春水绿波，送君南浦，伤如之何。"这些韵句都点明他们送别的主题在于依依惜别的情感。而有的送别聚会关注的则是被送者本身。如苏轼等人《送范中济经略侍郎分韵赋诗》，与会者八人，用《诗经》中"元戎十乘，以先启行"八个字分韵，韵句与范中济身份与远行目的十分契合。[1] 此外如李流谦《雍资州送行诗序》"大丞相诚之至以侯心熏忧患，果于自去，上乃听，以资中付之。于是蜀之仕于中都者，勇侯之退，而荣其归也，合饮以饯之，以'屡荐不入官，一麾乃出守'分韵赋诗"；度正《性善堂稿》卷一《送王中父制干东归，探韵得"限"字》自注云："分韵用'离别不堪无限意，艰危深仗济时才'。"楼钥《攻媿集》卷一百七《通判姚君墓志铭》："馆阁皆一时名胜，惜君之去，相与饯饮道山，用'风流半刺史，清绝校书郎'分韵赋诗以送之。"从其所用的韵句看，这几组饯别诗的主题，显然更注重被送者的气节、人品与个性。

集会而怀念共同的友人，其分韵的韵句一定足以概括友人的道德品质与性情气质，或者足以表达怀念之情。江西诗派中人谢逸诗集中这类诗题颇多，如《怀李智伯，以洪龟父赠智伯诗"气盖关中季子心"为韵，探得"盖"字》，其中的韵句就令人想见李智伯的豪迈之气；《集西塔寺，怀亡友汪信民，以"言念君子，温其如玉"为韵，探得"念"字》，则刻画出与李智伯气质截然不同的汪信民形象；而其《游西塔寺分韵赋诗，怀汪信民，以渊明停云诗"岂无他人，念子实多"为韵，探得"念"字》，表达的则是对汪信民的思念之情。以韵句点题，令人一眼可知聚会分韵的主题或者中心，由此也了解分韵诗的大体主题指向。谢逸还有几首诗题如《游西塔寺，分韵咏双莲，以"太华峰头玉井莲"为韵，探得"华"字》、《与诸人集陈公美书堂，观雪，以"朔雪洗尽烟岚昏"为韵，探得"烟"字》、《游逍遥寺，咏庭前柏树，以老杜病柏诗"偃蹇龙虎姿，主当风云会"为韵，得"蹇"字》，记录了诸人集会咏物，就所咏之物，而选择与之相关的著名恰当的诗句作为分题之韵句，选择的过程可以看出诗人们的对沈传师、韩愈、杜甫等人诗歌熟悉的程度以及以韵点题的良苦用心。

---

[1] 苏轼有可能是"以韵点题"规则的创始人。尚待进一步考证。

游览分韵之韵句，一定与游览的时节、地点、内容、情绪有关。南宋时期此风更烈，理学家朱熹与其诗友登山临水往往用此方式，如《十月上休日，游卧龙玉泉三峡，用山谷"惊鹿要须野草，盟鸥本愿秋江"分韵得"鸥"字》、《游百丈山，以"徙倚弄云泉"分韵赋诗得"云"字》、《同邱子服游芦峰以"岭上多白云"分韵赋诗得"白"字》、《九日登天湖以"菊花须插满头归"分韵赋诗得"归"字》、《游武夷以"相期拾瑶草"分韵赋诗得"瑶"字》等，这位理学家似乎要炫耀其虽然严肃理性却不失风雅，诗集中颇多这样充满诗意的分韵韵句。其他诗人也多有此种行为，如冯时行《游东郊以"园林无俗情"为韵得"情"字二首》。

节令分题分韵活动，如李流谦《中秋玩月，以东坡诗"不择茅檐与市楼，况我官居似蓬岛"为韵得"似"字》、《峡中重九，以"菊有黄华"分韵得"菊"字》，谢逸《冬至日，陈倅席上分赋"一阳来复"，探得"复"字》，朱熹《岁晚燕集，以"梅花已判来年开"分韵赋诗得"已"字》都在从前人诗句成语中寻找韵句，以说明主题。张孝祥还将这种活动扩展到庆贺宴席上，有《吴伯承生孙，交游共为之喜。凡七人，分韵"我亦从来识英物，试教啼看定何如"，某得"啼""定"字》，正是其诗所谓"得孙当赞喜，唤客便分题"。

与佛禅有关的分韵诗，其韵句一定也要与佛教禅理相关。譬如苏轼有《参寥上人初得智果院，会者十六人，分韵赋诗，轼得"心"字》，所分的韵句来自《圆觉经》，因为在佛教寺院聚会，与会者有僧人，而苏轼等俗众又都与佛禅有缘，所以选择佛经中的成句作为韵句以说明聚会主题。邹浩《宽夫率同诸公谒大悲寺，观所画圣像，以"回向心地初"分韵赋诗，得"初"字》，韵句出自杜甫《谒文公上方》"王侯与蝼蚁，同尽随丘墟。愿闻第一义，回向心地初"；谢逸《游泉庵寺怀璧上人，以"徐飞锡杖出风尘"为韵，探得"徐"字》，韵句出自杜甫《留别公安太易沙门》"先踏炉峰置兰若，徐飞锡杖出风尘"；也都点明方外聚会的目的。诗人们通过取韵句于经典的方式，不仅是向古人和经典致意，而且让其为此情此境的现状服务，让经典穿越时空，发挥出最大的意义。

以韵点题，应该是分题分韵活动中最有意味最有内涵的形式，这种分韵法，不仅讲究韵句出处，更注意照顾到集会的人数、主题。其韵有宽有窄，有平有险，不像早期分韵那样全以险僻难人，也不像以前分韵那样无序或无味，而是找到了题韵之间最大程度的关联，使得纯粹技术性的游戏变得更有艺术趣味，将分题分韵的性质从游戏提升为艺术，因此受到有宋一代文人喜好，成为分韵诗的主导形式。宋人在大量酬唱活动中继承了前人艺术游戏的方式与精神，更以丰厚的才学将分题分韵规则发展得更加有序、有意味、有意义，为酬唱形式艺术做出了贡献。明清人的酬唱规模常常超越前代，但其规则方式却很难超越。杨万里《答建康府大军库监门徐达书》云："或属意一花，或分题一山，指某物课一咏，立某题征一篇，是已非天矣。"指出分题一类的诗歌创作，在创作发生学上属于人为的、具有强制色彩的催生，与传统一贯尊崇的自然流露创作形态相比，略逊一筹。但诗歌创作本来就是人的精神活动，就是人类想要以人工夺天巧的行为，所以"天"与"非天"之说并不足以区分创作形态的细微区别，也无法判定其作品优劣。何况分题分韵经过多少代人的不懈努力，已经发展出巧夺天工的精致形式，仅是这种形式就足以令人欣赏玩味了。

（原载《社会科学战线》2014 年第 3 期）

宋代诗人酬唱圈研究

　　人际关系是指人与人之间的各种关系，包括人伦关系、政治经济等社会关系、文化文学关系等。酬唱关系只是文学关系中的一支。只有诗人才可能产生酬唱关系，而诗人只是文化人亦即士人中的一小部分，更是整个宋代全社会人数的几万分之一，所以有酬唱关系的人从数量来说并不多。酬唱圈研究，其实就是诗人的酬唱关系及其特性、意义研究。

　　我们试图将酬唱圈分为三种，或者说是从三个角度来考察宋代的酬唱圈：一是以个人为中心、他人为客体而构成的个人酬唱圈；二是由聚会、结社为主要表现形式的集群酬唱圈；三是由所有诗人酬唱网络构成的全体酬唱圈。三种酬唱圈其实分为大小不等的三个层级，各自独立而又互相联系，从不同侧面反映出宋代诗人酬唱圈的局部性及总体性特点。

一　个人酬唱圈：酬唱关系与情理表达的"差序格局"法则

　　费孝通指出，中国社会人际关系的特点是"差序格局"，他认为中国人常常以自己为中心，把他人按亲疏远近分为几个同心圆圈：与自己亲近的人，处于与中心越贴近的小圆圈内，圆圈由小近及远大，关系也就由亲到疏，然后以不同的交往法则对待属于不同圈层里的人。① 虽然费孝通的结论，是在考察了 20 世纪 30 年代乡土社会的人际关系时产生的，但实际上，这种近现代人际关系的"格局"，却是由中国几千年的历史文化积淀而成的。至少在宋代，人人就都有这么一个具有"差序格局"的人际关系圈。

---

　　① 详参费孝通《乡土中国》，上海人民出版社 2006 年版。

在关系本位的社会中，每个人都有自己的人际关系，都有自己的社会交往范围，也就是人际关系圈，或称作交游圈。大体上讲，古代"人际交往方式"比较"简单"，不外乎"年（业）、社、乡、宗"四种最基本关系，也即通过科举（从业）、会社、乡里、宗族结成的关系。① 个人交游圈中的人际关系也不外乎这几个方面。若从人际交往之机缘上看，个人交游圈有以血缘而产生的家庭、家族、亲戚成员，有以学缘、道缘、业缘而结识的同学、同道、同行以及师友、上下级等，有以社缘而结识的同社、社友，有以地缘而结识的同乡、外乡人等。每个人都会将这些关系按照亲疏远近、尊卑长幼等法则暗自排列，再用不同态度与方式来处理这些关系。

诗人作为社会人，自然也有个人交游圈。但诗人又是特殊的社会人，即具备诗歌创作素养的社会人，他的交游圈与普通人的交游圈因而有了一些不同：其中能够与他一样具备诗歌创作或阅读素养的（可能只是阅读者），尤其是可以与他用诗歌往来酬唱的文化人即士人，就构成了他的酬唱圈。酬唱圈在规模上不及交游圈，在亲疏远近的圈层上也不完全与交游圈同构。一个诗人的人际关系圈是其酬唱圈形成的基础，但并非全部。一个诗人的酬唱圈，反映了他的一部分人际关系以及全部的诗歌酬唱关系。

个人交游圈的形成与发展，除了如出生之家庭、地位及所在地域等先天因素外，在基本相同的社会文化氛围中，一般取决于个人因素如个人性格、素质、社会身份、社会经历等，尤其取决于个人的人际交往观念与交往能力。个人酬唱圈的形成与发展，同样如此。当然，酬唱圈作为特殊的人际关系圈，还特别受制于个人的创作才能以及交往对象的文学素质。

宋真宗时，宋白将其一生最重要时段与他人的酬唱诗歌编辑成册，并请杨亿为其作序。杨亿在《武夷新集》卷七《广平公唱和集序》中，首先介绍了"广平公"②的社会身份、经历及其综合素质与能力："有若翰林主

---

① 详参周扬波《宋代士绅结社研究》之《引言》，中华书局 2008 年版，第 2 页。
② 宋代称"广平公"者颇多，据《宋史》卷四百三十九《宋白传》看，此处可能指宋白。《直斋书录解题》卷十七云："《广平公集》一百卷。翰林学士、文安公、大名宋白太素撰。"按：《广平公集》今已不存。

人、大宗伯广平公，以才识兼茂、治行第一，登金门，上玉堂，发挥帝谟，润色大业，自太平兴国迄于咸平，凡岁星再周于天矣。而望实益峻，体貌弥笃。入奏武帐，天子冠而后见；退食温室，家人问而不言。挺山甫之将明，推安世之慎密。作文章盟主，实朝廷宗工。天其或者殆以公为儒林之木铎也？"然后介绍了他在任京朝官期间建立个人酬唱圈的情况："而视草之暇，含毫靡倦，形于风什，传于僚友，同声相应，发言成章。乃至文昌正卿、宥密元老、蓬丘之长、兰台之英，争奇逞妍，更赋迭咏，铺锦列绣，刻羽引商，烂然成编，观者皆耸。"

这无疑是一个极具典型意义的高层官僚文人建立个人酬唱圈的范例。个人的"才识"、"治行"等因素决定个人的社会身份与地位，而其社会身份与地位，在某种程度上又决定或限定了他的酬唱对象与范围：一个官员的酬唱圈，基本是由与他有工作或职权关系的僚友和上下级组成。尽管个人酬唱圈的形成，会因个人一生经历以及交往态度不同而异，但同一阶层诗人的酬唱圈之形成也会有不少共性。譬如入仕阶层，其个人酬唱圈的形成过程及规模有大致相似的规律，自然与未入仕阶层有所区别。

当然，杨亿所说的只是一个官员一生中一个阶段酬唱圈的部分状况，并非一个人全时段、全部酬唱状况。一个诗人的一生是一个不断变动的过程，其酬唱圈也随着他的社会身份以及人际关系的变动而不断变化。譬如官员，因为宋代官制有官员三年一磨勘及注授差遣制度，所以士大夫文人中几乎没有一生居住京师或某一地方的情况，其酬唱据点以及酬唱圈也随之变动，著名诗人的酬唱圈更具有名人效应。在个人酬唱圈中，诗人本身的交往观念也往往是开放的、不稳定的，个人酬唱圈因此也是开放的、变化的、动态的，只是其开放、变化程度，因个人因素而有差异。一个官员诗人如此，一个未入仕的诗人如隐士、寒士、僧人、道人、游士、遗民等，也是如此。

宋代几乎没有完全孤立而独吟的诗人，现存宋人的诗集中，多多少少都有酬唱诗歌，甚至一些诗人留存的残篇断句中，也都有酬唱的痕迹或因素。因此可以说，每个宋代诗人都有一个或大或小的酬唱圈。

个人酬唱圈的大小及其酬唱频率高低、酬唱关系的稳固程度，决定一个诗人属于相对的偏独吟型诗人（宋代没有绝对的独吟型诗人）还是酬唱型诗人。即以苏轼、陆游为例，二人分别作为北、南宋大家，但在酬唱圈上，颇不相同。苏轼有一个巨大的、稳固的、各种层级的酬唱圈，从亲朋好友到名公巨卿，酬唱无处不在，他的酬唱诗至少是其独吟诗的两三倍，从这个数量上看，他属于酬唱型诗人；陆游也有酬唱圈，只是其间长期稳固的酬唱关系不太多，他与大多数人交往都是偶然的几首酬唱，他的酬唱圈中倒是也有特别知名的诗人如韩元吉、杨万里、范成大等，但都酬唱数量有限，不像苏轼那样有一个因大量酬唱而形成的声势浩大的苏门，陆游的独吟诗数量超过酬唱诗，"书愤"、"书事"、"述怀"，是陆游诗歌的常见题目。由此可知苏轼是一个乐于与人进行文字交往的人，他的酬唱圈中，与他亲近的内里圈层成员十分密集，与他比较疏远的圈层，也随着他的交游、声名、足迹变化而不断扩大，他代表北宋诗人的酬唱习惯；陆游的酬唱圈，在圈层数量上以及内里圈层的成员密集度上都不及苏轼，外面圈层人数较多而酬唱密度不高，可知他在人际关系上不是特别积极主动，他习惯于以独吟坦露心声、书写自我，他的独吟都很外向很情绪化，但他似乎不太喜欢与其他诗人有过多或过深交往，尤其是晚年，他的酬唱诗数量更少。陆游代表着南宋诗人的某些习惯。南宋诗人也酬唱，却没有像北宋那样形成著名的盟主式的个人酬唱圈，尤其是官僚诗人阶层。

在个人酬唱圈中，交往一方在诗歌创作上的优劣水平，有时比双方社会关系的亲疏远近程度更加重要，因为对于一些诗人而言，社会知音外更需要旗鼓相当或文学素养超过自身的文学知音。宋人称有酬唱关系的人为"诗友"、"唱和之友"、"文字交"等①，与其他人际关系区别对待。因此诗人酬唱圈内的诗歌关系，与其交游圈内的人际关系在亲疏远近上并不完全同构。

虽然一个诗人的酬唱圈与其人际关系圈，在规模与构造上不尽相同，

---

① 如欧阳修《归田录》卷下："圣俞自天圣中与余为诗友，余尝赠以蟠桃诗，有韩孟之戏。"如苏辙《栾城集》卷十《再和十首》"张公诗社见公名"下注："公昔与张伯达为唱和之友。"《宋史》卷三百九十五《陆游传》："范成大帅蜀，游为参议官，以文字交，不拘礼法。""诗友"、"文字交"比唱和之友常见。

但其交往法则却大体一致，基本遵循着"差序格局"。也就是说，酬唱圈中有根据文学关系并夹杂其他人际关系而暗自确定的各种圈层，每个圈层也有不同的情感表达法则。圈层的远近，影响酬唱诗歌情感的表达。根据差序格局，越近的圈层，情感表达越亲密无间，越远的圈层，就越客气礼貌。另外，酬唱者地位尊卑差别越大，情感表达也就越注意礼数，越平等就越随意。这说明，酬唱诗歌的情感表达，完全遵循人际关系交往法则，不可一概而论。因此，在评价酬唱诗歌时，不能以独吟诗歌那种自由随性的、独抒情志的表达模式，而要求评价酬唱诗。

酬唱诗歌对诗人的社会生存能力、交往能力的要求，甚至重于对其文学才能的要求。因此，对于个人酬唱圈的圈主而言，具备文学修养只是参与酬唱的一个基本技能，谙练人情世故，才是其酬唱能否得体的关键。诗人们对人情的概念、关系的建立、具体礼仪行为、社会关系网络及关系的作用、关系与宏观社会结构的关联等社会关系学问题，都要有足够的知识和修养，才能很好地处理人际关系，才能在酬唱时根据不同的人际关系把握表达的分寸。

二　集群酬唱圈：集会、结社与诗歌酬唱之共性及流派

集群酬唱圈的形成大体有三种原因，因而也产生各自不同的特点。

一是偏于社会身份角色交往的集群酬唱，如君臣酬唱、同僚宴会酬唱等。这种酬唱出于诗人对个人社会身份的认同需求，也即出于社会人对社会交往关系的需要。这种集会型酬唱方式具有暂时性、偶然性、即合即散性特点，其酬唱的诗歌表达出的应制性、应酬性、社会需求性、礼仪强制性等共性较强较多。对于个人酬唱圈而言，这种君臣僚友们一般处于外圈层，成员的游离程度较高。这种集群性酬唱，不一定能形成长期稳定的个人酬唱圈，但却能够形成一种办公机构中僚友式或工作式的集群酬唱传统，如翰苑馆阁酬唱、郡斋县斋酬唱等传统，其酬唱的场合以及人员之间的关系即社会文化情境变化较小，而其中具体的酬唱人员却在不断更换变化。

二是偏于个人情感型的交往，一般是父兄子弟、家族成员、亲友或

师友间的集会酬唱，出于诗人的情感认同需要，出于对人伦关系的维持。这类交往依赖于人际情感而存在，长期稳定，其成员往往属于个人酬唱圈的中心圈层，对其酬唱诗歌的评判标准，当是人伦情感的表达深浅程度与方式。

三是偏于文学关系型的集会交往，在这一层交往中，诗人意识到自身的文学身份，出于诗人才艺认同的需求，多是诗人主动求知音赏识的酬唱，一般称作"文字饮"。表达出的是诗人在文学才艺上的同声相应、同气相求、互相欣赏等审美性因素。这类交往是比较纯粹的文学交往，其酬唱的诗歌体现出文学的互补性、竞技性等，是一些诗歌流派产生的重要元素。

但实际上，因为诗人的社会、情感与文学三者的认同交往需求，常常混合在一起，很难截然分开，所以我们很少能将其完全割裂开来，作为三个独立的元素而单独研究。

个人酬唱圈是通过一个人一生的交往酬唱才完成的，集群酬唱圈则不同，多数是多人、一生中比较短暂的经历，如《西昆酬唱集》，就是十多人二三年间酬唱的诗歌结集，《礼部唱和诗》是欧阳修等六人在锁院五十多天的唱和集，《同文馆唱和诗》是张耒等十多人在锁院期间唱和集。过了集中酬唱的这个时间段后，有些人还保持酬唱，有些人就没有什么交集了。也有较长时间的、多人高频率的不同方式酬唱，如苏轼等人的酬唱，被后人编辑成《坡门酬唱集》，这个集群酬唱圈的存在时间就比较长，但比起个人酬唱圈还是显得短暂。集群酬唱圈的诗歌结集当时应该不少，但现存的不多，若要全面探讨两宋的集群酬唱圈，就要考察个人酬唱圈的圈际交叉状况，其中重复、重叠率较高的几个圈层成员，集中在一起，就可以算作是集群酬唱圈。

集会与结社，无疑是集群酬唱圈形成的基础，也是其最常见的活动与表现方式。

宋代各种日常生活或宗教性的集会最为常见，会饮以及醵会（醵饮）是宋代从官方到民间都十分盛行的风气，不同的人群可以因为不同原因而随时随地集会。而士人们的集会，常常与其他民众的集会有所不同，其中诗歌酬唱，就是其区别于其他民众的标志。多个比较固定人员的多次集会酬唱，就会形成一个组织形态不完全稳定的集群酬唱圈，这是集群酬唱圈的常见活动。

结社在宋以前还比较少见，但在宋代及其后却日益发达。宋代官方虽然不提倡民众结党、结社，但是民间却依然有因各种原因和目的结党特别是结社。宋代的会社虽不如后来明代会社那么组织严密、规模宏大、社规严格，但是也有一定的组织有一些社规。周扬波《宋代士绅结社研究》一书，就谈到宋代士绅有因乡村生活、经济合作、民间救济、民间武装、颐养天年以及文艺切磋交流等不同原因与目的而结成的各种会社。[①]诗社或吟社，不过是其文艺会社中的一种，只占其中一小部分。

苏轼《次韵曹九章见赠》云"鸡豚异日为同社，应有千篇唱和诗"[②]，可知士绅无论结成什么性质的会社，诗歌唱和都是其会社中十分重要的一项活动。诗社或吟社自然以诗歌酬唱为主，是集群酬唱圈的最高组织方式。而并非以诗歌酬唱为主要目的的一些士绅组成的会社，如耆老会、学术会社、莲社以及其他文艺会社，像棋社、镜社、茶社、菊集等，也常常会有诗歌酬唱的内容，可以说是诗社的不同表现形式，几乎可看作是主题性诗社或诗社的变种。诗社在唐代以前为数不多，但在宋代已经成为比较普遍的现象，《宋代士绅结社研究》统计出两宋诗社共九十八家，这可能还不是绝对完全的数据，加上三十四个耆老会，还有若干统计不完全的其他会社[③]，可以看出两宋集群酬唱圈的普遍繁荣程度。

集群酬唱圈多数以入仕或致仕的各级官员为主要成员，而以方外之士以及未入仕的布衣或隐逸之士为辅助成员，这从《宋代士绅结社研究》诗社与各种会社的列表中即可以看出。再从现存的集群酬唱圈所酬唱的诗歌看，官员往往是集群酬唱圈的主力军，而后者则尚未完全独立于官员之外，即便北宋初期的晚唐体、南宋后期的江湖诗派，成员以未入仕者为主，也有官员加入并与其中的未入仕者酬唱，对其大力宣传，才使之名播

①　详参周扬波《宋代士绅结社研究》，中华书局 2008 年版。
②　王文学辑注：《苏轼诗集》，中华书局 1982 年版，第 1187 页。
③　详参周扬波《宋代士绅结社研究》，中华书局 2008 年版，第 129、95 页。

诗坛。

集群酬唱圈促成诗人的群体意识自觉，促成诗人创作的一些趋同性。经常性的集会以及活动时间较长的诗社，其成员往往会形成一些共性甚或一个诗派。圈内成员们的人生态度、行为偏好、价值观、个人建构（即形成以及思考问题的方式等）特别是审美取向上的相似性与互补性，决定集群酬唱圈的诗歌发展趋向。集群酬唱圈的酬唱者如果相似性较多，加上相互酬唱时间长，容易形成诗歌观念的一致性，诗歌风格的相似性，这无疑是流派形成的关键，如江西诗派就是如此；酬唱者如果相反性较多，成员可以在异质之中互相欣赏中互相汲取，造成一些互补性、协同性，但因其个性而产生诗歌风格往往差异较大，如苏轼、黄庭坚、秦观在许多方面就颇不相同，所以尽管长期酬唱，却并不能形成一个流派，只是因为经常酬唱，在某些方面产生一些共性。

另外，集群酬唱圈中多数诗人的交游酬唱，并非是纯粹以文学为目的的交往，即便是诗社，也不完全以文学交流为唯一目的，而是正常的社会交往或多种目的的人际交往，即如《宋代士绅结社研究》所云，"更多的诗社则并不以探讨文学技巧为宗旨，而只是藉以追求类似'乐游须结社，倒着接离归'的适意，而对于结社对象的选择心态则是'肯违莲社友，来从竹林贤'，诗社因而成为士绅交游的一种常见方式，是形成士绅群体网络的重要纽带"。对于许多诗人而言，诗歌本身并没有什么意义，只有不断与其他诗人对话交流，才会让诗歌创作变得更有意义。许多诗人只是通过集群酬唱圈，将孤立的个体与诗坛与社会紧密连接在一起。成员们在集群酬唱圈内均处于互动形态，通过诗歌进行多方面的有效沟通，却并不以构成流派为最终目的。这正是宋代集会、结社多而流派少的主要原因。

宋代集群酬唱圈从规模上看，有小型、中型与大型；从时间上看，有短暂型与长久型；从组织形态上看，有封闭型与开放型、变动型与固定型、动态型与静态型；从空间上看，有京师型与地方型，更多的则是跨区域型的；从成员的社会身份上看，有官僚型、隐士型、方外型、综合型；从成员关系上看，有主从型（主盟者的社会身份或文坛地位较高），也有平等型（同僚之间），多是复合型。对集群酬唱圈的总体以及具体研究，将会对整个宋代诗坛有更全面更深入的认识和发现。

三　全体酬唱圈：士人社会以及整个社会之风雅习俗引领者

个人、集群酬唱圈之间的圈际重叠以及纵横交叉，形成一个时空多维延展的酬唱网络，也就是这里所说的全体酬唱圈。而全体酬唱圈的所有成员，无疑是宋代士人社会乃至整个社会之文化风尚的引领者。

诗歌酬唱只能在当时具有较高文化与文学修养的士人阶层中产生，因此考察全体酬唱圈，其实就是考察士人社会中文化及文学发展的整体水平。

从现存酬唱诗歌的作者身份分类看，宋代参与酬唱的人，首先是各级文武（宋代不少武将也能创作酬唱）官僚士大夫，他们是酬唱的主体；其次是皇帝及宫廷、宗室这个地位极为特殊的群体；再次是未入仕的乡绅、寒儒、隐士、巫医星卜等成分颇为复杂的大体被称作"隐逸"者的人群；最后就是一些僧人、道士等宗教界人士，这些人基本是男性，而一些受过教育的女性也偶然参与其中。他们是士人社会的主要构成部分。

我们试图用"士人社会"这个大概念，来涵盖地位、身份、性别、文化程度均有巨大差异的多个层级的文化阶层，以便于论述。

宋代的社会结构比起以前朝代显得较为松动，社会阶层处于稍易变动的状态[1]，士人社会中的"士"，其实不少是由"农、工、商"特别是"农"发展而来的。"农、工、商"三民要想变成"士"，其关键的衡量标准就是是否具备文化与文学修养。范仲淹《四民诗》之《士》云："前王诏多士，咸以德为先。道从仁义广，名由忠孝全。"将道德作为"士"之所以称为"士"的首要条件，但实际上，当时及后世的更多人将"学"视为"士"的本职与标志，二程即认为："士之于学也，犹农夫之耕，农夫不耕，则无所食，无所食则不得生，士之于学也，其可一日舍哉。"[2] 而宋代士人"学"的就是文化与文学，范仲淹所说的"德"，只是所学文化的一个重要部分。

---

① 详参王曾瑜《宋代阶级结构》（增订版），中国人民大学出版社 2010 年版。
② 朱熹编：《二程遗书》卷十八，《文渊阁四库全书》本。

　　文化是士人必备的最基本修养，而文学创作特别是诗歌创作则是衡量士人文化修养以及文化水平高低的最重要标准。而在唐代这一"诗国高潮"之后，古体、律体、杂体等传统诗歌的创作（非民歌民谣）之普及化，到宋代已经达到了令今人瞠目结舌的程度。如果一个士人不会作诗，不会用诗歌酬唱，就可能就会被排斥于士人社会上层之外，至少不会被士人社会上层接纳。诗歌创作在当时已经不是个人文艺才华的一种表现，而是士人们应该具备的文化修养与技能，因此想进入士人社会的受教育者，从小就需要练习这种创作技能。平仄、对仗、押韵等诗歌创作的基础知识，贯穿在士人各级、各个年龄段教育中，即便文化落后的"村学"也都不会轻易放弃这些内容。这无疑为大量的酬唱诗歌涌现，提供了最广泛扎实的基础条件。

　　宋初西昆酬唱盟主杨亿认为，诗歌酬唱是在社会经济文化各方面均臻盛世的语境下盛行的："皇宋二叶，车书混同；端拱穆清，详延俊义。皋夔稷卨，日奉吁俞；枚马严徐，并在左右。礼乐追于三代，文物迈于两汉。"① 正是国家统一，四海清平，"礼乐"、"文物"都发达到登峰造极，润色鸿业的酬唱才得以繁荣昌盛。在这种语境中日渐盛行的诗歌酬唱，就不仅仅是士人间的一种文字交往行为，而且还是整个国家礼乐文化兴盛的标志或表现方式，也即杨亿所谓"藻绣纷错，珠璧炫耀。观咸洛之市，天下之货毕陈；入宋鲁之邦，先王之礼尽在；亦以见一时文物之盛，岂独为鄙夫道路之光"②。

　　在杨亿看来，士人间的诗歌酬唱，已经成为士人社会的一种特有习俗，就像民歌民谣是普通民众习俗一样，都是整个社会"风化"的风向标，从不同侧面反映着当时的社会风气："当使仲尼删诗，取《周南》而居首；班固著论，称西京之得人。盖风化之所系焉，岂徒缘情绮靡而已？"③

　　对诗歌酬唱之意义有这样的认识，并非杨亿一人，而几乎成为宋代士人的共识。熙宁、元丰变法期间，馆阁酬唱之风曾因政治干预而一度消

---

① 杨亿：《武夷新集》卷七《广平公唱和集序》，《文渊阁四库全书》本。
② 杨亿：《武夷新集》卷七《群公赠行集序》，《文渊阁四库全书》本。
③ 同上。

失，被后来的不少士人认为是士大夫风雅习俗的消歇，痛心不已。苏轼《见子由与孔常父唱和诗，辄次其韵。余昔在馆中，同舍出入，辄相聚饮酒赋诗，近岁不复讲，故终篇及之，庶几诸公稍复其旧，亦太平盛事也》云："吾犹及前辈，诗酒盛册府。愿君唱此风，扬觯斯杜举。"① 此后"相聚饮酒赋诗"的酬唱风气盛行不衰，被士人视为这一阶层风雅习俗的标志。

基于这种通识，诗歌酬唱就出现在士人社会文化生活的各个场景中，诸如君臣赏花钓鱼、公私节日庆典、婚丧嫁娶等人生礼仪、送往迎来等交往宴席，几乎无处不在。诗歌的礼仪性功能日益增长，诗歌酬唱已经成为士人社会文化生活中不可或缺的一部分，且引导整个社会共同风雅化。

宋代有识之士意识到"士人"是一个特殊的群体或阶层，因此应该有属于士人这一社会阶层的道德、行为准则以及生活习俗。范仲淹、欧阳修在景祐时期就意识到振励士风的重要性，他们以身作则、以诗文号召，倡导并建设新的士风。范仲淹《四民诗》谈到他自己对士、农、工、商四民的理解，他认为四民自古就有各自理想的道德标准与行为准则以及习俗，但是到了宋初，四民习俗都败坏至极，尤其是"士"人，"学者忽其本，仕者浮于职。节义为空言，功名思苟得"，根本达不到"道从仁义广，名由忠孝全"这一标准，所以他痛心疾首，祈求皇天仁慈，希望整个国家能够达到"上有尧舜主，下有周召臣。琴瑟愿更张，使我歌良辰"② 这样的理想境地。欧阳修认为"士"这一阶层的理想人格就是"古之君子"，并一再强调"古之君子"与"常人"、"众人"不同，"古之君子所以异于常人者，能安常人之所不能安也"③。士人的言行举止都应该成为民之表率：

> 古之君子所以异乎众人者，言出而为民信，事行而为世法，其动作容貌，皆可以表于民也。故紘綖冕弁以为首容，佩玉玦环以为行容，衣裳黼黻以为身容。手有手容，足有足容，揖让登降、献酬俯仰，莫不有容。又见其宽柔温厚、刚严果毅之色，以为仁义之容；

---

① 苏轼：《苏轼诗集》，中华书局 1982 年版，第 1480 页。
② 分别见范仲淹《范文正集》卷一《四民诗》之《士》、《商》，《文渊阁四库全书》本。
③ 欧阳修：《与丁学士》，《欧阳修全集》，中国书店 1986 年版，第 1302 页。

服其服，载其车，立乎朝廷而正君臣，出入宗庙而临大事俨然，人
皆望而畏之，曰，此吾民之所尊也。非民之知尊君子，而君子者能
自修而尊者也。然而行不充于内，德不备于人，虽盛其服，文其容，
民不尊也。①

"古之君子"作为士人社会的理想人格，是宋代士人的楷模和努力方向。
南宋张镃就在此基础上，编撰《仕学规范》以"规范"士人的道德行为。

范仲淹、欧阳修在构建士人社会之精神上具有相当的号召力，但他们
在建设士风时只强调士人的道德行为建设，而似乎有意忽略对士人在文
化、文学上的要求。这恐怕是他们有意矫枉过正，是有鉴于前三朝士大夫
之耽溺于文学创作而"论卑气弱"而已。

事实上，范仲淹、欧阳修在建设新士风之时，虽然对前三朝的士风多
有批评，但并未触及前三朝盛行于士大夫阶层的酬唱之风，相反的，他们
都是酬唱之风的推波助澜者。欧阳修反对士大夫文人不以国计民生为重，
而沉溺于文学创作或纯粹以"文"为职业，他在《答吴充秀才书》中云：
"盖文之为言，难工而可喜，易悦而自足，世之学者往往溺之。一有工焉，
则曰'吾学足矣'。甚者至弃百事不关于心，曰'吾文士也，职于文而已'，
此其所以至之鲜也。"然而他并不反对士人在职事之余或行有余力的情况下
创作诗文，他继承了前三朝诗歌酬唱的风气，将酬唱之风推陈出新并发扬光
大，其《礼部唱和诗序》云："乃于其闲时，相与作为古律长短歌诗杂言，
庶几所谓群居燕处言谈之文，亦所以宣其底滞而忘其倦怠也……则是诗
也，足以追惟平昔握手以为笑乐，至于慨然掩卷而流涕嘘唏者，亦将有
之。虽然，岂徒如此而止也？览者其必有取焉。"不仅谈到了酬唱的小范
围的集群意义，还指出了其具有"览者"应察觉出的更多的社会意义。欧
阳修对"杨刘风采，耸动天下"的倾想，他建立的苏梅等新变派酬唱圈以
及《礼部唱和诗集》都对后世有示范作用。

景祐、庆历的士风建设以及日益兴盛的道学，使后来探讨或研究宋代

---

① 欧阳修：《章望之字序》，《欧阳修全集》，中国书店 1986 年版，第 283 页。

士风的人，都只注意到了宋代士人在道德人格上的追求，而忽略了他们在诗词酬唱上的风雅追求。从宋代各朝的士人酬唱圈看，士人"相聚饮酒赋诗"的酬唱之风有普遍化且愈演愈烈之势。可见，宋代士人在追求道德完善的严肃士风时，并未放弃对诗酒相伴风流潇洒的追求。只是宋人的风流潇洒不同于唐代的狂放不羁，因增加了较多的道德内涵而更显得温文尔雅罢了。

士风引导着士人习俗，士人习俗是介于宫廷习俗与农工商民俗之间的承上启下的连接层。传统的社会理想，如礼义仁智信、气节、情操以及博学、文雅等概念，都是由士人首先号召并努力普及，而后成为全社会的追求目标。

士人通过文化传播引领整个社会的习俗，而诗歌酬唱到宋代无疑已经成为士人传播社会习俗的一种快捷方式。诗歌酬唱从魏晋六朝隋唐时期就日益发展并兴盛，到宋代，已经越来越多的人认为是士人习俗的重要组成部分，甚至成为士人社会文化身份认同的一个标志性符号，进而又引领整个社会的风气。

（原载《国学学刊》2012 年第 3 期）

欧阳修研究

欧阳修诗歌审美追求与创作效果的矛盾

　　人们对欧阳修古文创作的风格、成就、地位有比较明确和基本一致的认识，但是对欧阳修的诗歌创作各方面尤其是风格，却缺少确定、统一的认识，甚至有截然相反的评述，这其中自然有许多原因，而最重要的，无疑是因为欧阳修的诗歌在审美追求和创作效果上，有相当大的差异，这些差异混淆了人们的视线。下面就对这些差异作简单描述并探讨其中的原因。

一　"奇险"的诗歌审美趣味

　　欧阳修虽然反对新奇、僻涩、怪诞的文风，但是却极力倡导险绝、怪巧的诗风，尤其是庆历年间（1041—1048 年）欧阳修对险绝、怪巧的诗风表示了十分浓厚的兴趣。

　　庆历之前，欧阳修就认识石延年和苏舜钦，但对二人的诗风，却并不像对老友梅尧臣的诗风那样欣赏，而到庆历年间，欧阳修的诗歌审美情趣发生了比较大的变化，他与石延年、苏舜钦等人开始往来密切，诗歌酬唱频繁，并对石、苏二人带有雄奇、险怪特点的诗风极力推崇，赞赏之情常常溢于言表，譬如庆历元年（1041 年）《哭曼卿》云："作诗几百篇，锦组联琼琚，时时出险语，意外研精粗。穷奇变烟云，搜怪蟠蛟鱼。"① 就特别拈出石延年的"险语"和"穷奇"、"搜怪"表示赞赏。

　　庆历二年欧阳修《答苏子美离京见寄》云："众奇子美貌，堂堂千人

---

　　①　本文所引欧阳修诗文均据《欧阳修全集》，中国书店 1986 年版，不一一注出。

英。我独疑其胸，浩浩包沧溟，沧溟产龙鼍，百怪不可名。是以子美辞，吐出人辄惊。其于诗最豪，奔放何纵横。众弦排律吕，金石次第鸣，间以险绝句，非时震雷霆。两耳不及掩，百痾为之醒。"又对苏舜钦的"豪"、"奔放"、"险绝"称赏不已。

庆历四年，欧阳修在《水谷夜行寄圣俞子美》中再次对苏舜钦的"苏豪以气轹，举世徒惊骇"表示高度赞赏，并指出梅尧臣的诗歌也不同于以往，"近诗尤古硬，咀嚼苦难嗼"，苏、梅的这两种诗风，显然都不能归入平易或平淡的风格范畴，而多少带着"奇险"或"怪巧"的成分。

庆历五年欧阳修《读蟠桃诗寄子美》云："韩孟于文辞，两雄力相当。偶以怪自戏，作诗惊有唐。篇章缀谈笑，雷电击幽荒，众鸟谁敢和，鸣凤呼其皇。"明确对韩愈、孟郊一派诗歌的"偶以怪自戏，作诗惊有唐"表示艳羡或钦慕，并示意苏舜钦和梅尧臣要效仿韩、孟那样唱和，希望他们也能够以"怪"而震"惊"诗坛。

庆历六年欧阳修所作的《菱溪大石》，不仅模仿韩愈、卢仝的诗风，而且还在诗中发出"卢仝、韩愈不在世，弹压百怪无雄文"的感慨。他对"奇险"、"险怪"诗风的推崇，是愈演愈烈了。

尽管欧阳修没有直接说出诗歌应该以"奇险"为美，但是从他对韩孟诗派以及石延年、苏舜钦、梅尧臣等人这类诗歌风格的赞赏、褒扬中，我们可以感受到欧阳修的诗歌审美趋向。

事实上，欧阳修对"奇险"、"险怪"诗风的推崇，代表了当时诗坛的一种审美思潮。当时与欧阳修志同道合的新变派诗人，如石延年、苏舜钦、梅尧臣等人，他们在相互品评或激赏对方时，常常使用古健、古硬、气雄、气豪、奇怪、奇壮、奔放、险绝、体逸、思峭等这类与"奇险"风格关系密切的语汇。

"奇险"是新变派在明道、庆历年间试图用来震撼和改变当时诗坛风气的一种风格追求，而当时古文创作也有追求奇险的倾向，这使"奇险"成为庆历年间诗文共同的审美追求。欧阳修对庆历年间古文创作上怪怪奇奇的"太学体"，采取严正批判甚至严厉打击的态度，但是对诗歌创作上的"奇险"风格追求却十分热衷和支持。

二 "奇险"的创作尝试

欧阳修不仅推崇"奇险"、"险怪"的诗风，而且也试图创作这种风格的诗歌，他对这种风格的创作尝试，至少在明道年间就开始了。明道元年（1032 年）欧阳修写《黄河八韵寄呈圣俞》，表现出对奇特壮阔事物描摹的兴趣；明道二年《巩县初见黄河》极力铺叙黄河激流惊险，并大段叙写史前和历史上治理黄河的历史；同年在《代书寄尹十一兄杨十六王三》中再次回顾黄河游历。几次写到黄河，尤其是《巩县初见黄河》写得笔势雄阔，气势雄壮，与其同时期的其他诗歌风格不相同。

此后，欧阳修诗歌的"奇险"之风不时出现，如景祐年间（1034—1037 年）欧阳修有《答谢景山遗古瓦砚歌》，由一块"苔文半灭荒土蚀，战血曾经野火烧"的古瓦所作的砚台，联想到铜雀台，联想到汉魏之间的历史，并将这段历史用遒劲的笔力叙写得气势生动，可谓视通万里、思接千载，描绘出"当其盛时争意气，叱咤雷电生风飙"之气象。此外如《和圣俞聚蚊》、《新营小斋凿地炉辄成五言三十七韵》等，都带有一点求奇求怪的倾向。这些"奇险"诗歌是欧阳修自觉或不自觉追求奇险诗风的表现。

庆历年间欧阳修自觉追求"奇险"，"奇险"诗也随之明显增加，如庆历五年《栾城遇风效韩孟联句体》，庆历六年《菱溪大石》、《春寒效李长吉体》，庆历七年《紫石屏歌》（一作《月石砚屏歌寄苏子美》）、《汝瘿答仲仪》，还有《憎蚊》，等等，都有些"奇险"。尤其是与苏舜钦、梅尧臣唱和酬答的诗歌，争奇斗胜，有意"险怪"。欧阳修与苏舜钦酬唱赠答的诗歌往往豪放阔大，设想奇特，词语惊人，如庆历二年《答苏子美离京见寄》，庆历七年的《紫石屏歌》、《寄题子美沧浪亭》（一作《沧浪亭》）等。因为欧阳修了解苏舜钦的个性，"吾奇苏子胸，罗列万象中包含，不惟胸宽胆亦大，屡出言语惊愚凡"，因此他常把苏舜钦当作刺激他自己写"奇险"诗歌的原动力，而他的创作"奇险"诗的目的常常是为了激发苏舜钦更加"奇险"的想象力。与梅尧臣唱和赠答的诗歌则偏于怪巧生新，如庆历七年《别后奉寄圣俞二十五兄》、《汝瘿答仲仪》（梅尧臣有《和王仲仪咏瘿二十韵》），因为梅尧臣"久则涵演深远，间亦琢剥以出怪巧"，他那种带有苦味的古硬怪巧，给了欧阳修不少启发。

庆历以后，欧阳修的"奇险"诗歌有些减少，但也有皇祐二年（1050年）《鹦鹉螺》，嘉祐元年（1056年）《吴学士石屏歌》、《初食车螯》，嘉祐六年《鬼车》等诗，写奇特的事物，用奇险或者阔大的意象，语言也有些新奇生硬，表现出欧阳修对"奇险"风格的一贯爱好。

欧阳修这些有意识创作的"奇险"诗歌，以及他对"奇险"诗风的尊崇，使后人认为欧阳修的诗歌效仿韩愈，诗风以"奇险"为主，如刘克庄《后村诗话》前集卷二云："欧公诗如昌黎，不当以诗论。"① 梁昆也认为欧阳修学韩愈："古文家奉昌黎古文如天日，而于诗，欧公既每以昌黎自况，众人亦每以昌黎推之，故其宗主昌黎无疑。诸家近体尽或不与韩侔者，若古体则多半为韩格。"② 钱基博认为欧阳修学李而得韩："欧阳修……敩李白之振奇，同韩愈之倜诡，非不欲为李也，欲为李而仅得韩也，人巧可阶，天才难为也。"③ 顾随指出："欧文不似韩而好，诗学韩似而不好。"④ 如果仅从欧阳修的主观愿望和努力来看，这些评论的确很有道理。

三　"平易"的创作效果

然而，如果考察欧阳修全部诗作，从其创作实绩和效果上看，这些评判就显得武断，因此并未被普遍接受。更多诗评家认为，欧阳修诗歌的主体风格是平易流畅，如王安石就称"欧诗如玉烛"⑤，叶梦得《石林诗话》卷上也说欧阳修诗歌"专以气格为主，平易疏畅"⑥；今人也指出欧阳修的诗歌"虽有摹拟韩的痕迹，却一般是平易流畅、闲淡容与，风格究竟不同于韩愈"⑦。还有人专门撰文《论欧阳修诗歌的平易特色》，从各个方面证

---

① 刘克庄：《后村诗话》，中华书局 1983 年版，第 22 页。
② 梁昆：《宋诗派别论》，东升出版事业有限公司 1980 年版，第 38 页。
③ 钱基博：《中国文学史》，中华书局 1995 年版，第 515 页。
④ 顾随：《宋诗略说》，《顾季羡先生诗词讲记》，桂冠出版有限公司 1992 年版，第 272 页。
⑤ 陈辅之：《陈辅之诗话》，郭绍虞《宋诗话辑佚》，中华书局 1980 年版。
⑥ 叶梦得：《石林诗话》，何文焕《历代诗话》，中华书局 1981 年版，第 407 页。
⑦ 胡守仁：《论欧阳修诗》，《江西师范大学学报》1985 年第 1 期。

实欧阳修的诗歌主体风格是"平易"①。

奇险和平易是两种完全相反的风格范畴,为什么人们对欧阳修的诗歌主体风格,会有如此截然不同的评判呢?为什么会有与欧阳修的本意如此相反的评判呢?

这固然是因为欧阳修各体诗歌风格不统一:"欧公古诗不尽学昌黎,亦显仿太白;五律往往似梅宛陵;夷陵咏风物排律又逼香山;七律开合动荡,沉着顿挫。"② 这段话描述出欧阳修古诗和律诗(包括五律、七律、排律)创作的效仿对象和基本风格特征:古诗有近似韩愈的"傲诡"或近似李白的"振奇",律诗有近似梅尧臣五律的平淡闲远、有近似白居易的平易浅近、有近似杜甫七律的"沉着顿挫",即本身有古诗的奇险和律诗的平易之区别。现存欧阳修的诗歌,《居士集》有古诗 9 卷 200 余首、律诗 5 卷 260 余首,《居士外集》有古诗 4 卷 110 余首、律诗 3 卷 180 余首——显而易见,律诗比古诗数量多,也就是说属于平易范畴的诗歌多于属于奇险范畴的诗歌。

而更重要的是,因为欧阳修诗歌的创作效果,的确不同于他的审美追求。

且不说律诗,欧阳修比较著名的古诗如《春日西湖寄谢法曹歌》、《啼鸟》、《和王介甫明妃曲二首》等,是不少宋诗选本常选的诗歌,从风格上看,都属于流动自然、摇曳生姿的一类风格,称不上"奇险",人们之所以欣赏这些诗作,完全是因为它们代表了欧阳修诗歌的风格,显示了欧阳修的创作个性。由此可见,欧阳修的古诗中只有一部分努力模仿韩愈的古诗带有"奇险"的色彩,而更多的古诗则与其代表作一样属于平易的风格范畴。

不仅如此,就连那一部分大约三分之一极力模仿韩愈、追求奇险的古诗,也不大相同于韩愈的奇险或险怪,而常常是奇而不险或险而不怪。

韩愈的奇险、险怪诗,在语言方面常常是如戚学标《景文堂诗集》卷四《读韩昌黎诗》所云:"硬语险语兼苦语,杂以奇字斑陆离。……虞彝

---

① 刘宁:《论欧阳修诗歌的平易特色》,《文学遗产》1996 年第 1 期。
② 钱钟书:《谈艺录》,中华书局 1984 年版,第 214 页。

夏鼎嫌典重，往往破碎前人辞。有时任意自作故，穷究所出奚从知。"① 而受韩愈称道、欧阳修也赞赏的卢仝、刘叉、马异比韩愈还要险怪，往往"怪辞惊众谤不已"。

欧阳修则几乎没有语言如此怪异或诡怪的诗歌，他的"奇险"诗与韩愈一派的奇险诗比较起来，根本称不上奇险。《菱溪大石》和《月石砚屏歌寄苏子美》算是欧阳修模仿韩愈、尽力求奇搜怪的诗歌，但是与韩愈的同类作品相比较，也只能算作奇而不怪，因为其中没有"硬语险语兼苦语"，没有"奇字"，也没有割裂典故，更没有生造的词语，字句平常，意思也容易理解，只不过想象稍微丰富一点罢了。正如清人方东树所说，《菱溪大石》"从韩《赤藤杖》来，不如东坡《雪浪石》。'皆云'十四句，平叙中入奇，议以代写"②。《菱溪大石》以平叙为主，在后半部分加入了一点稍微奇特的想象，而就连想象也不如韩愈神奇新颖：韩愈想象赤藤杖是赤龙的胡须、羲和的鞭子，而欧阳修只是把菱溪大石与神话传说中的石头联系起来，严格说来是联想而非想象；描写上也没有韩愈所写的"赤龙拔须血淋漓"那样惨烈怪异和怵目惊心。《月石砚屏歌寄苏子美》以及欧阳修其他"奇险"诗歌也大都如此。

苏洵说韩愈的文章"如长江大河，浑浩流转，鱼鼋蛟龙，万怪惶惑，而抑遏蔽掩，不使自露，而人望见其渊然之光，苍然之色，亦自危避，不敢迫视"；欧阳修的文章"纡余委备，往复百折，而条达疏畅，无所间断，气尽语极，急言竭论，而容与闲易，无艰难劳苦之态"。③ 实际上，韩愈和欧阳修的代表性诗风也差不多有如此明显的差异，这其实是两种不同风格范畴上的差异。

四 "平易"的创作个性

为什么欧阳修极力追求奇险诗风，而其诗歌的总体效果却是平易呢？导致欧阳修诗歌追求和效果之间矛盾的重要原因，是欧阳修的个性。

---

① 戚学标：《景文堂诗集》，《续修四库全书》，上海古籍出版社1995年影印。
② 方东树：《昭昧詹言》卷十二，人民文学出版社1961年版。
③ 苏洵：《上欧阳内翰第一书》，《嘉祐集》卷十一，《四部丛刊初编》本。

韩愈一派的诗人，大都具有狂怪或怪僻的个性，卢仝在《自咏》其三中自称"人间一癖王"，刘叉在《自问》中自称"诗胆大于天"，其他如孟郊、李贺、马异等人都不是精神健全的理性诗人，多少都有点怪异；韩愈受儒家礼教制约较深，虽不像卢仝、刘叉等人那样狂怪、怪异，但其个性中有不少激烈冲动好奇的成分，所以他不仅能够容纳、奖掖那些个性迥异的诗人，而且在写散文化平易诗歌的同时，也能写十分险怪的诗歌。因此可以说韩愈一派险怪的诗歌，源于他们比较狂怪的个性。

而欧阳修早年个性狂而不怪，中年以后又由狂放直率转向洒脱平和，晚年更"以文章道德为一代宗师"。欧阳修宝元二年（1039年）在《答孙正之第二书》中自述"三十以前尚好文华，嗜酒歌呼，知以为乐，不知其非也"。这是比较真实的，他在洛阳作西京留守推官时，曾被朋友们称为"逸老"，过了一段令"山东腐儒漫侧目，洛阳才子争归趋"①的生活。但是仔细考察欧阳修30岁以前的生活，所谓"嗜酒歌呼"，所谓的令"腐儒侧目"，也不过是"人生自是有情痴，此恨不关风与月"的浪漫，是年轻人的狂放风流而已，称不上怪异。而此后不久欧阳修就"识圣人道，而悔其往咎"，欧阳修的个性在"圣人道"的熏染下，逐渐抑制、修正早年的狂放，变成稳重敦厚的儒者，他性格刚直，襟怀坦荡，宽厚待人，乐易和善，以直身行道和不汲汲于富贵、不戚戚于贫贱的健全人格振厉一代士风。

当欧阳修30岁以后意识到早年的狂放之非，而自觉改造个性缺陷时，他已经由感性诗人变成了理性诗人——他是一个理智健全、头脑清醒的理性诗人，了解自己也了解周围的世界，不会完全放松自己而对抗现实社会、追求个性自由，不会标新立异，不会狂怪乖僻，因此也不会写出狂怪诗篇，他是真正的宋型诗人。

欧阳修早年的狂放，已经与狂怪诗风不大相合；中晚年以后的理智稳重，更与险怪诗风格格不入，所以他的诗风也难以奇险狂怪。他对韩孟险怪诗派的偏爱，可能受当时崇异求奇审美思潮的影响，也可能是一种审美

---

① 梅尧臣：《四月一十七日与王正仲饮》，梅尧臣著，朱东润校注：《梅尧臣集编年校注》，上海古籍出版社1980年版，第60页。

心理补偿，或者符合钱钟书先生在《中国诗与中国画》中所云的"嗜好矛盾律"："对一个和自己的风格绝然不同或相反的作家，爱好而不漠视，仰企而不扬弃，像苏轼对司空图的企慕，文学史上不乏这类特殊的事，例如白居易向往李商隐，陆游向往梅尧臣。"① 不管出于什么原因，欧阳修审美追求与创作效果之间的矛盾是显而易见的。

审美追求与创作效果的矛盾，实际上是创作理想与创作个性的矛盾，每个诗人都有自己的创作理想，但是并不是每个诗人都能实现这个理想，他的创作实践受其个性的制约，他的个性决定了他的风格，丰富了文坛，所谓"才有庸俊，气有刚柔，学有深浅，习有雅郑——并情性所铄，陶染所凝，是以笔区云谲，文苑波诡者矣"。虽然诗人的创作个性在形成过程中，会受到外部文化环境的熏染陶冶，而个性一旦形成，外部因素则很难对其产生较大的影响或改变，所谓"辞理庸俊，莫能翻其才；风趣刚柔，宁或改其气；事义浅深，未闻乖其学；体式雅郑，鲜有反其习"②。

不仅外部因素不能改变个性，诗人自己也很难实现自我超越，个人的才气天分制约个人的创作。再大的理想对此也无可奈何，超越自我实际上比超越时代和社会等外部因素更难，所以几乎每个诗人都有创作理想与创作个性的矛盾，尽管矛盾有大有小，但是我们却不能把他的创作理想（理论）等同于创作风格。而事实上，古代文学的研究中常常有这种等同现象出现，这里试图通过揭示欧阳修的矛盾而引起人们对这种现象的关注。

（原载《社会科学研究》2005 年第 2 期）

---

① 《钱钟书散文》，浙江文艺出版社 1997 年版，第 219 页。
② 刘勰：《文心雕龙·体性》，中华书局 1996 年版，第 727 页。

欧阳修对奇险风格的矛盾态度

——兼论其对太学体形成的影响

欧阳修利用嘉祐二年（1057）知贡举的机会，彻底打击文风新奇、僻涩、怪诞的"太学体"，促使整个宋代的古文走上平易流畅的发展道路，这是宋代科举史、文学史上一件大事，人所共知。这一事件有很深远的意义，同时也使不少人认定：欧阳修对新奇、僻涩、怪诞这类属于奇险范畴的风格，是坚决反对和批判的，而事实并非如此。

一　文风求平易而诗风求奇险

欧阳修领导诗文革新运动，开宋调"以文为诗"的先河，他在诗、文创作上都努力学韩愈，因此诗、文在他的创作观念中似乎应该是一致的，没有考察的必要。所以人们一般只注意到，欧阳修的诗文观念和词体观念大不相同，而很少注意他的诗歌观念和古文观念也颇不相同——但这的确是一种误解或者说是一种忽略。实际上欧阳修诗歌观念和古文观念颇不相同，尤其表现在他对待"奇险"这一风格范畴的态度上。

欧阳修在文风上明确反对奇险诘曲，而且立场始终坚定不移。欧阳修从明道二年（1033）《与张秀才第二书》① 开始，就指出古文创作应当做到"其道易知而可法，其言易明而可行"，而批评"及诞者言之，乃以混蒙虚无为道，洪荒广略为古，其道难法，其言难行"一类"诞者"所为；庆历二年（1042）《送黎生下第还蜀》② 教诲黎生云"圣言简且直，慎勿

---

① 《居士外集》卷十六，《欧阳修全集》，中国书店 1986 年版，第 480 页。
② 《居士集》卷一，《欧阳修全集》，中国书店 1986 年版，第 8 页。

迁其求"，对作为古文范本的圣人经典做出"简且直"的断语，希望后生能理解圣人之言的用意；庆历三年（1043）《读张李二生文赠石先生》①称赞张续、李常的文章是"辞严意正质非俚，古味虽淡醇不薄"，对质而不俚、醇而不薄的文风表示赞赏；庆历四年（1044），欧阳修巡行绛州，针对樊绍述极其怪异的文章《绛守居园池》②，写了一首同题诗，十分尖锐地批判樊绍述的文风："异哉樊子怪可吁，心欲独出无古初。穷荒搜幽入有无，一语诘曲百盘纡。孰云己出不剽袭，句断欲学盘庚书。"坚决反对文风的艰涩和怪僻；到嘉祐二年（1057）欧阳修知贡举时，又彻底打击"太学体"，黜落文风新奇、僻涩、怪诞的举子，韩琦《欧阳公墓志铭》③："嘉祐初，权知贡举。时举者务为险怪之语，号为'太学体'，公一切黜去，取其平淡造理者，即预奏名。初虽怨讟纷纭，而文格终以复古者，公之力也。"欧阳修二十余年不遗余力地反对、打击怪诞艰涩文风，最终使整个宋代的古文走上平易流畅的发展道路④。

但是，欧阳修在诗风上却十分推崇"奇险"乃至"险怪"，明道到嘉祐初年（1032—1057），欧阳修在一方面反对新奇、僻涩、怪诞的文风同时，另一方面又极力倡导险绝、怪巧的诗风，尤其是康定、庆历年间（1040—1048），欧阳修这两种尖锐对立的审美情趣，达到了冲突的顶峰。

康定、庆历年间，欧阳修与石延年、苏舜钦等人往来密切，诗歌酬唱频繁，他对石、苏二人带有雄奇、险怪特点的诗风极力推崇，赞赏之情常常溢于言表，譬如庆历元年（1041）《哭曼卿》⑤："作诗几百篇，锦组联琼琚，时时出险语，意外研精粗。穷奇变烟云，搜怪蟠蛟鱼。"就特别拈出石延年的"险语"和"穷奇"、"搜怪"，表示赞赏。

庆历二年（1042）《答苏子美离京见寄》⑥："众奇子美貌，堂堂千人

---

① 《居士集》卷二，《欧阳修全集》，中国书店 1986 年版，第 10 页。

② 《集古录跋尾》卷九，《居士集》卷二，《欧阳修全集》，中国书店 1986 年版，第 1196 页。《唐樊宗师绛守居园池记》亦云："呜呼，元和之际，文章之盛极矣，其怪奇至于如此。"

③ 《欧阳修全集》附录卷二，中国书店 1986 年版，第 1342 页。

④ 详参王水照《王水照自选集·嘉祐二年贡举事件的文学史意义》，上海教育出版社 2000 年版，第 219—223 页。

⑤ 《居士集》卷一，《欧阳修全集》，中国书店 1986 年版，第 364 页。

⑥ 《居士外集》卷三，《欧阳修全集》，中国书店 1986 年版，第 364 页。

英。我独疑其胸，浩浩包沧溟，沧溟产龙鼍，百怪不可名。是以子美辞，吐出人辄惊。其于诗最豪，奔放何纵横。众弦排律吕，金石次第鸣，间以险绝句，非时震雷霆。两耳不及掩，百痾为之醒。"对苏舜钦的"最豪"、"奔放"、"险绝"称赏不已。

同样是庆历四年（1044）巡行河北，欧阳修在《水谷夜行寄圣俞子美》① 中再次对苏舜钦的"苏豪以气轹，举世徒惊骇"以及梅尧臣"近诗尤古硬，咀嚼苦难嗑"表示高度赞赏，而这两种诗风显然都不能归入平易或平淡的风格范畴，而多少带着"奇险"或"怪巧"的成分，这与同年的《绛守居园池》对樊绍述怪异文风的强烈批判形成鲜明对比。

庆历五年（1045）欧阳修《读蟠桃诗寄子美》② 云："韩孟于文辞，两雄力相当。偶以怪自戏，作诗惊有唐。篇章缀谈笑，雷电击幽荒，众鸟谁敢和，鸣凤呼其皇。"则明确对韩愈、孟郊一派诗歌的"偶以怪自戏，作诗惊有唐"表示艳羡或钦慕，并示意苏舜钦和梅尧臣要效仿韩孟。

庆历六年（1046）欧阳修所作的《菱溪大石》③，不仅模仿韩愈、卢仝的诗风，而且诗中还有"卢仝、韩愈不在世，弹压百怪无雄文"的感慨。欧阳修对"奇险"、"险怪"诗风的推崇，是愈演愈烈了。

从欧阳修对韩孟诗派以及石延年、苏舜钦、梅尧臣等人的评论中，可见欧阳修在康定、庆历年间的诗风追求和诗歌审美观念。而欧阳修对"奇险"、"险怪"诗风的推崇，也是与他志同道合的新变派的共同追求，苏舜钦、梅尧臣等人在互相品评诗风时，与欧阳修一样，常常用到古健、古硬、气雄、气豪、奇怪、奇壮、奔放、险绝、体逸、思峭等这类属于奇险风格范畴的词汇④，他们在明道、庆历年间都试图用这种诗风来改变当时诗坛的风气，这在当时诗坛上是一种革新的思潮。

把欧阳修对文风和诗风的态度联系起来，人们很难相信，反对"奇险"、"险怪"文风的欧阳修，正是提倡"奇险"、"险怪"诗风的欧阳修。

---

① 《居士集》卷二，《欧阳修全集》，中国书店 1986 年版，第 11 页。

② 同上书，第 15 页。

③ 《居士集》卷三，《欧阳修全集》，中国书店 1986 年版，第 21 页。

④ 详参梅尧臣著，朱东润校注《梅尧臣集编年校注》，傅平骧、胡问陶《苏舜钦集编年校注》等。

二 文风的平易与诗风的奇险

欧阳修对险怪诗风的推崇，以及他对险怪文风的批判，不仅直接表现在他的文论和诗论里，而且体现在他个人的诗、文创作中。

欧阳修的文风平易自然、流畅婉转，形成别具一格的"六一风神"，这一点众所周知，不必详论，而他的诗风尤其是五古、七古时显奇险险怪或豪放。庆历五年到至和元年（1045—1054）是欧阳修古文平易自然风格的成熟期①，也正是他诗风求奇险的顶峰期，因此这一时期他的文风与诗风差别非常明显。譬如他庆历六年创作的《菱溪石记》②和《菱溪大石》，二者描写的是滁州菱溪同一块大石头，但《菱溪石记》是纪实古文，简洁叙写菱溪的地理位置和名称由来、大石的来历和再发现、利用，娓娓道来，平易流畅；而《菱溪大石》是七言歌行，用大半的篇幅追溯大石的起源，竭力夸张铺叙"纷纭"的"异说"，想象到女娲炼石补天、燧人氏钻燧取火两个神话，又联系到汉使出使西域带回宝玉这个带有史实的传说，思路开阔，想象丰富，有意以"争奇斗异"而"取胜"，豪放纵横，与《菱溪石记》文风截然不同。

再如庆历七年的《紫石屏歌》（一作《月石砚屏歌寄苏子美》)③和《月石砚屏歌序》④也是如此，二者内容相仿，写的是同一块奇石，但对比一下，其写作手法、风格大不相同，尤其是在对紫石（或称月石）的描写上，《歌序》云："一石中有月形，石色紫而月白，月中有树森森然，其文墨而枝叶老劲，虽世之工画者不能为，盖奇物也。……其月满，西旁微有不满处，正如十三四时，其树横生一枝外出，皆其实如此，不敢增损，贵可信也。"寥寥数语，将紫石上奇特的天然图画描述得栩栩如生，但文风

---

① 详参王水照《王水照自选集·欧阳修散文创作的发展道路》，上海教育出版社 2000 年版，第 442—443 页。

② 《居士集》卷四十，《欧阳修全集》，中国书店 1986 年版，第 277 页。

③ 《居士集》卷四（第 27 页）。按砚屏指砚台旁障尘的小屏风。宋赵希鹄《洞天清禄集·砚屏辨》："古无砚屏，或铭砚，多镌于砚之底与侧。自东坡、山谷始作砚屏，既勒铭于砚，又刻于屏以表而出之。山谷有《乌石砚屏铭》。"但欧阳修诗题即有"砚屏"。

④ 《居士外集》卷十五，《欧阳修全集》，中国书店 1986 年版，第 474 页。

平易清新流畅；而《歌》则云："月从海底来，行上天东南。正当天中时，下照百丈潭。潭心无风月不动，倒影射入紫石岩。月光水洁石莹净，感此阴魄来中潜。自从月入此石中，天有两曜分为三。清光万古不磨灭，天地至宝难藏缄。天公呼雷公，夜持巨斧镌嵽嵲，堕此一片落千仞，皎然寒镜在玉奁，虾蟆白兔走天上，空留桂影犹杉杉。"不停留在对图画的客观描述上，而力图用想象将天开图画的过程补充出来，把一块小小的石头写得上天入地，神乎其神，匪夷所思，虽然不像韩愈那样险怪，但奇情异想，使其进入"奇险"的风格范畴。

《菱溪石记》、《月石砚屏歌序》中的欧阳修是"贵可信"的欧阳修，是作为古文家的欧阳修，记、序传达出的是欧阳修的古文观念——以纪实为主，简洁生动、平易流畅；而《菱溪大石》、《月石砚屏歌寄苏子美》中的欧阳修则是"大哉天地间，万怪难悉谈，嗟予不度量，每事欲穷探，欲将两耳目所及，而与造化争毫纤"的欧阳修，是作为诗人的欧阳修。两首歌行传达出的是欧阳修的诗歌观念——以想象为主，奇异险怪、豪放纵横。

虽然欧阳修的诗歌和古文，不都像这几篇诗歌和古文这样区别明显，但是，从他一部分诗、文创作看，他是非常有意识地区别对待诗、文这两种表达形式的，他有明显的"尊体"意识，尤其是在诗文风格上。

三 对石介的批评与赞赏

欧阳修对"奇险"风格的矛盾态度，还表现在他对石介的态度上。石介是欧阳修的同年进士（天圣八年，1030），被时人和后人认为是庆历到嘉祐初年险怪文风的代表——"太学体"的始作俑者，他生性"好异"，常常有过激的言语和行为，是仁宗朝盛行的崇异思潮中①的激进分子和中坚力量。

欧阳修景祐二年（1035）《与石推官第一书》②曾直截了当指出石介个性中"好异以取高"的成分，而且很尖锐地批评石介"自许太高，诋时

---

① 张毅《宋代文学思想史》称之为"追求雄豪奇峭"，中华书局1995年版，第70页。

② 《居士外集》卷十六，《欧阳修全集》，中国书店1986年版，第482页。

太过"的古文和"何怪之甚也"的书法，并对石介的行为所产生的效果非常担心："今足下端然居乎学舍，以教人为师，而反率然以自异，顾学者何所法哉？不幸学者皆从而效之，足下又果为独异乎？今不急止，则惧他日有责后生之好怪者，推其事，罪以奉归，此修所以为忧而敢告也。"

但五年之后，康定元年（1040）石介作《三豪诗送杜默师雄序》①云："近世作者，石曼卿之诗，欧阳永叔之文辞，杜师雄之歌篇，豪于一代矣。"却将欧阳修与石延年、杜默相提并论，并且明显视欧阳修为同道。欧阳修对石延年十分欣赏②，对杜默却颇有微词，在《赠杜默》③ 中委婉批评杜默及其师石介。杜默是石介的得意门生，石介称赞杜默："师雄二十二，笔距猛如鹰，玉川《月蚀》句，意欲相凭陵。"可见杜默曾有意超越卢全《月蚀》诗，而卢全的《月蚀》诗以狂怪著称，欧阳修虽然欣赏卢全能够"弹压百怪"的"雄文"，但未必能接受杜默之"豪"。他对杜默之"豪"，显然不像对石延年的"豪"那样推崇。欧阳修对"豪"有着与石介不同的理解，然而他的《赠杜默》对石介师生的态度过于委婉甚至含糊，不像《与石推官第一书》那样明白坚决，再加上他这一时期对诗、文"奇险"风格日益冲突的审美情趣，却无疑使石介师生大为迷惑，甚至使他们误认为这是对豪纵奇险之风的鼓励和支持。

石介庆历五年（1045）病逝，欧阳修庆历六年（1046）、庆历七年（1047）又分别作《读徂徕集》、《重读徂徕集》④ 为其受诬陷而鸣不平，并盛赞石介在太学的作为和对太学的贡献："昨者来太学，青衫踏朝靴。陈诗颂盛德，厥声续猗那。……施为可怪骇，世俗安委蛇。……忆在太学年，大雪如翻波。生徒日盈门，饥坐列雁鹅。弦诵聒邻里，唐虞赓咏歌。"进而甚至称赞石介"岂止学者师，谓宜国之幡"；对石介的文章也格外看重："我欲贵子文，刻以金玉联。金可烁而销，玉可碎非坚。不若书以纸，六经皆纸传。但当书百本，传百以为千。或落于四夷，或藏在深山。待彼

① 石介：《徂徕石先生文集》卷二，中华书局 1984 年版。
② 见《哭曼卿》、《石延年墓表》（《居士集》卷二十四，《欧阳修全集》，中国书店 1986 年版，第 168 页）
③ 《居士集》卷一，《欧阳修全集》，中国书店 1986 年版，第 5 页。
④ 《居士集》卷三，《欧阳修全集》，中国书店 1986 年版，第 17、19 页。

谤焰熄，放此光芒悬。"治平二年（1065）欧阳修又作《徂徕石先生墓志铭》①再次评价石介："太学之兴，自先生始……其（文）辞博辩雄伟，而忧思深远。"

而与欧阳修政见不同的张方平，则在庆历六年权同知礼部贡举时严厉指责石介："尔来文格失其旧，各出新意，相胜为奇。至太学盛建（指庆历二年），而讲官石介益加崇长，因其好尚，寖以成风，以怪诞诋讪为高，以流荡猥琐为赡，逾越绳墨，惑误后学。"②张方平与欧阳修的观点针锋相对，虽有政治因素在内，不免意气之争，但从石介的个性以及当时的实际情况看，张方平的批评是有道理的。而欧阳修则不免为友人护短，对"石介益加崇长"的"怪诞"之风有所助长。

欧阳修对石介的赞扬，固然有对石介临终遭遇的同情和辩诬成分在内，但更多的是对石介言行、文章的认同，因为在不少问题上，石介一直被欧阳修认作同道，尤其是在"奇险"问题上：石介是积极倡导者，而欧阳修在庆历年间也并不全然反对，并在诗风上还相当赞同"险怪"，只是石介态度比较激烈，欧阳修比较温和，二人在"奇险"的程度和范围也有些差别而已。

庆历时期正是"太学体"形成并逐渐兴盛的时期，欧阳修盛赞石介对太学的贡献，肯定石介的文章，加上这一时期他对奇险诗风的推崇、他的一些效仿韩孟的诗歌创作，无疑对当时日益怪异的"太学体"（包括诗、赋、策、论）有间接甚至直接的影响，对仁宗时期（尤其是庆历年间到嘉祐初）日益兴盛的怪异思潮起到过推波助澜作用。因为欧阳修在这一时期声誉日隆，他的观念和创作都受到时人关注，他在文坛影响越来越大了。

嘉祐二年欧阳修果断痛惩"太学体"，如果仅仅从他对平易文风的一贯坚持看，显得合情合理，但是如果把他的这一行为与他庆历年间盛赞石介、推崇奇险诗风相比，则显得突兀而矛盾。"太学体"是庆历年间文人、诗人"追求雄豪奇峭"思潮的产物，并非某个人的创造，但是石介等人在

---

① 《居士集》卷三十四，《欧阳修全集》，中国书店 1986 年版，第 239 页。
② 《续资治通鉴长编》卷一五八张方平《贡院请诫励天下举人文章》，上海古籍出版社 1986 年版，第 1459 页。张方平《乐全集》卷二十《贡院请诫励天下举人文章奏》与此引文稍有不同。

太学中的"益加崇长",欧阳修以及新变派在诗歌创作和审美上的推波助澜,无疑助长了这种思潮的高涨。

当然,庆历末到嘉祐初十余年间,欧阳修对奇险风格的态度有所转变:文风上更加坚定不移地反对奇险,而诗风上也由推崇韩愈转变到推崇李白,渐趋平易流畅,矛盾态势有所缓和,诗风与文风趋向合流。痛惩"太学体"是欧阳修坚持平易文风的最终体现,也是他对奇险诗风矛盾态度缓和的表现。当他个人完成了对奇险风格态度转变后,又以文坛盟主的地位扭转了庆历时期的崇异思潮,从而使嘉祐时期诗风文风都趋向平易。

[原载《西南民族大学学报》(人文社会科学版)2005 年第 11 期]

欧阳修远佛亲道倾向与晚年出儒入道论

欧阳修以生平坚守儒家思想、力斥佛道二教而著称。"公生平不肯信老、佛"① 与 "欧阳文忠公，平生诋佛、老"②，是欧阳修给后世人留下的大体印象。然而仔细考察，欧阳修对佛教与道教的心态及观念是颇为复杂的，并非简单的"不肯信"与"诋"可以概括；尤其是他对待道教与佛教的态度，实际上一直有很大区别，并非后世人所说的"于二氏盖未尝有别"③，他对道教的"道"以及"神仙"都有自己的见解。欧阳修晚年的人生观、宗教观等都发生了很大变化，特别是早年坚信不疑的儒家思想有所动摇，而更倾向于道教生活，不复固守醇儒的形象。

一　自号"无仙子"到他称"神仙中人"：欧阳修神仙有无说矛盾性的结果

欧阳修《删正黄庭经序》④ 一文，完整表达出他一个时期的道教观包括神仙观。在此文中，他对道教认识的根本出发点是"自古有道无仙"。"有道"，是他一直比较亲近道教的主要原因，而"无仙"，则是他经常怀

---

① 江少虞：《宋朝事实类苑》卷四六，《文渊阁四库全书》本。
② 叶梦得：《避暑录话》卷上，《文渊阁四库全书》本。
③ 同上。
④ 欧阳修撰，洪本健校笺：《欧阳修诗文集校笺》，上海古籍出版社 2009 年版，第 1731 页。洪本健云"(《删正黄庭经序》)原无系年，作年不详"；刘德清《欧阳修纪年录》第 76 页云"原无系年，置景祐三年之作品前，姑系于此（即景祐二年）"。按：欧阳修《集古录》卷十有《黄庭经跋》四篇，非全为永和本《黄庭经》作，却涉及《黄庭经》的四种版本，其三为"其字画颇类颜鲁公"之别本而作，且云"治平丁未闰月三日书"；欧阳修《删正黄庭经序》云其"乃为删正诸家之异"而后作，因此，该文似当在治平四年或其后作。因时间不定，本文采取审慎态度。

疑道教的最大理由。虽然他在文中说"无仙子者，不知为何人也。无姓名，无爵里，世莫得而名之。其自号为无仙子者，以警世人之学仙者也"，但这种欲盖弥彰的体例，一看便知是从陶渊明《五柳先生传》等前人有意隐名传借鉴而来的。其中"无仙子既甚好古，家多集录古书文字，以为玩好之娱"，更是点明了"无仙子"即欧阳修自谓。马端临《文献通考》卷二百二十四《无仙子删正黄庭经》即云："欧阳文忠公序之，意必公所自为，而隐其名耳。"以"无仙子"自号，且有警示世人不当学神仙之术之意，可见欧阳修坚信"无仙"。

既然以"无仙子"这样的自号坚定地否认神仙的存在，欧阳修自然是与道教之神仙是无缘的，然而在宋人的多种笔记小说中，欧阳修却被证实为"神仙中人"，其中《宋朝事实类苑》卷四十六引《西清诗话》的记载最为详尽[1]：

> 颖阳石唐山，一峰特峙，势雄秀独。迢遥通绝顶，有石室，邢和璞算心处也。治平中，许昌龄者，安世诸父，早得神仙术，杖策来居，天下倾焉。后游太清宫，时欧阳文忠公守亳社。公生平不肯信老、佛，闻之，邀致州舍，与语，豁然有悟，赠之诗曰："绿鬓青瞳瘦骨轻，飘然乘鹤去吹笙。郡斋坐觉风生竹，疑是孙登长啸声。"公集中载许道人、石唐山隐者，皆昌龄也。一日公问术，许告以宫室已坏，难复语此，但明了前境，犹庶几焉。与游嵩山、见神清洞事，公默有所契，语秘不传。后公归汝阴，临行，以诗寄之云："石唐仙室紫云深，颖阳真人此算心。真人已去升寥廓，岁岁岩花自开落。昔我曾为洛阳客，偶向岩前坐盘石。四字丹书万仞崖，神清洞鑿锁楼台。云深路绝无人到，鸾鹤今应待我来。"公又尝手书昌龄诗："南庄相见北庄居，更入深山十里余。幽谷每寻樵径上，真心还与世情疏。云中犬吠流星过，天外鸡鸣晓日初。昨日有人相问讯，旋将落叶写回书。"

---

① 葛立方《韵语阳秋》卷十二、阮阅《诗话总龟》卷四五等均有记载，但无此完整。引文中所云欧阳修诗，分别见《欧阳修全集》之《居士集》卷十四《又寄许道人》、卷九《戏石唐山隐者》。

读此，想见其人矣。神清洞，世固详其事，而昌龄尤瑰异。信公真神仙中人也。

从这一段文字看，欧阳修是在治平四年到熙宁元年（1067—1068）出知亳州时，主动邀请颍阳石唐山道士许昌龄相谈并问及神仙之"术"，在许的启发、导引下"明了前境"，豁然开悟，从而得道而成为"神仙中人"的。其中时间、地点、人物、细节、过程、前因后果历历在目，又引欧阳修本人的诗歌以及其手书许昌龄的诗歌为证，证据尤其确凿，足以令人信服。

文中所引欧阳修退居颍州前赠给许昌龄的诗歌中，谈到明道元年（1032）欧阳修首官洛阳时，因游嵩山见"神清洞"之事。此事其实在谢绛当年所写的《游嵩山寄梅殿丞书》中就有十分清楚朴实的记载："自是行七十里，出颍阳北门，访石堂山紫云洞，即邢和璞著书之所。山径极险，扪萝而上者七八里，上有大洞，荫数亩，水泉出焉，久为道士所占，爨烟熏燎，又涂填其内，甚渎灵真之境，已戒邑宰稍营草屋于侧，徙而出之。此间峰势危绝，大抵相向，如巧者为之。又峭壁有若四字云'神清之洞'，体法雄妙，盖薛老峰之比。诸君疑古苔藓自成文，又意造化者笔焉，莫得究其本末。问道士及近居之民，皆曰'向无此异，不知也'。少留数十刻，会将雨而去。"谢绛所说的"石堂山"即笔记中的"石唐山"。可知当时并非只有欧阳修见到了奇异的景象，谢绛以及同行的"诸君"包括尹洙等人，都对悬崖峭壁上偶然出现的"神清之洞"四字甚感奇异，至于猜想其成因并察访其"本末"。谢绛等人称紫云洞为"灵真之境"，亦可见其对前代道士遗迹的敬仰。当时欧阳修二十六岁。此事后来因梅尧臣改谢绛文为诗①等原因而众所周知，即文中所谓"世固详其事"，甚至还成为洛中的名胜故事，以至于苏轼《送范景仁游洛中》诗云："薛书标洞府，松盖偃天坛。"苏轼自注"薛书"一句出于此典。

---

① 详见梅尧臣《希深惠书言与师鲁、永叔、子聪、几道游嵩，因诵而韵之》云："扪萝上岑竂，仙屋何广袤。乳水出其间，涓涓自成溜。凡骨此熏蒸，灵真安可觏。霞壁几千寻，四字侔篆籀。咸意苔藓文，诚为造化授。标之神清洞，民俗未尝遘。"

据文中所云，这件事成为欧阳修晚年证悟前缘之后而悟道的重要契机。《西清诗话》等书的意思是，欧阳修不只是在晚年才莫名其妙突变为"神仙中人"，他实在是在年轻时就有道缘、仙缘，只是他当时没能领悟，所以一生都沉迷于官场红尘之中，直到致仕之前才受到高人许昌龄的点拨，而有出世、出尘之举。

欧阳修从无仙到成仙，其自定义与他定义或者说自塑形象与他塑形象发生如此颠覆性的变化，到底是什么原因呢？是欧阳修自身认识问题还是后人的有意虚构呢？

欧阳修成为"神仙中人"，自然带有某些后世人夸饰乃至虚构成分：一是因为笔记小说家言，总有一些捕风捉影的嫌疑，二是因为道教中人常常有强拉名人入教、入仙以光大本教门庭之举，所以此段话之可信度未免大打折扣。

然而，笔记小说都不约而同引用欧阳修自己的诗歌以证明其本身的自相矛盾，却着实让人深思。若非欧阳修对道教的言论有矛盾，恐怕后人也不会凭空以子之矛攻子之盾。那么欧阳修对道教之神仙说到底还有哪些言论解说，造成了如此巨大的形象反差呢？

实际上，欧阳修对道教的神仙之说，并非从来如其自称的"无仙子"那样绝对否定其存在。欧阳修一向具有怀疑探究精神，即便对他深信不疑的儒家学说，都要质疑经传，何况对道教的神仙之术？他常常以将信将疑的迷茫态度谈到神仙，譬如他明道元年（1032）三月所写的《嵩山十二首·拜马涧》云"昔闻王子晋，把袂浮丘仙。金骏于此堕，吹笙不复还。玉蹄无迹久，涧草但荒烟"，就对神仙传说和仙人事迹充满迷茫而试图一探究竟的心理；嘉祐二年（1057）欧阳修写的《琴高鱼》云"琴高一去不复见，神仙虽有亦何为"，当说神仙无用时，却无意中流露出神仙存在的潜意识；治平四年（1067）欧阳修《赠李士宁》云：

> 吾闻有道之士，游心太虚，逍遥出入，常与道俱。故能入火不热，入水不濡。尝闻其语，而未见其人也，岂斯人之徒欤？

这个水火不能侵身、能作逍遥的"有道之士"，是否就是道教中的神仙？欧阳修似乎从道士李士宁的身上，感受到人可能会修成具有特异功能的近似神仙的"有道之士"。熙宁元年（1068），在参观了亳州太清宫后，欧阳修面对着传说中老子升天时曾骑鹿攀缘过的桧树，写《升天桧》以表达探究不清的迷惑：

> 青牛西出关，老聃始著五千言。白鹿去升天，尔来忽已三千年。当时遗迹至今在，隐起苍桧犹依然。惟能乘变化，所以为神仙。驱鸾驾鹤须臾间，飘忽不见如云烟。奈何此鹿起平地，更假草木相攀缘。乃知神仙事茫昧，真伪莫究徒自传。雪霜不改终古色，风雨有声当夏寒。境清物老自可爱，何必诡怪穷根源。

人若"能乘变化"就会成神仙，但老子既然驾着鹿升天，又何必要假借桧树呢？总是"本人情"而推理的欧阳修，觉得此事不合常理常情，因而半信半疑，最后还是放弃了追究，而享受当前的清境了。同年他写《感事》四首（见第三小节所引），其中第三首再次思考神仙的有无问题，这回的思考，充满了神奇而细致入微的想象，又有理性细节的推测，而结果仍然是不知"仙有无"，只是到最后觉得即便有神仙或修成神仙，也似乎没什么意思而已。从早年到晚年，欧阳修一直都在苦苦思考着神仙是否存在这个问题，却最终也没有找到绝对肯定或否定的答案。可以说，欧阳修潜意识中始终相信神仙的存在，但理性中却因未能亲见而否定其存在，自称"无仙子"只是一时的理性战胜潜意识而已，而"谁知仙有无"，则是他一生都在用理性探究非理性的问题。他对神仙有无的暧昧不明或者说模糊不清的矛盾态度，应该说是他被认为是"神仙中人"的基本理由。

二　于二教其实有别：欧阳修的远佛亲道言行

一般人都认为欧阳修站在儒家立场，对佛教、道教一视同仁。譬如叶梦得为了证明欧阳修晚年开始信奉佛、道，且于佛、道二教"未尝有别"，在《避暑录话》卷上连续记载了两段，前一段与《西清诗话》有些相似，但语气更为肯定：

> 欧阳文忠公，……晚罢政事，守亳，将老矣，更罹忧患，遂有超然物外之志。在郡不复事事，每以闲适饮酒为乐。时陆子履知颍州，公客也，颍且其所卜居，尝以诗寄之，颇道其意，末云："寄语瀛洲未归客，醉翁今已作仙翁。"此虽戏言，然神仙非老氏说乎？世多言公为西京留守推官时，尝与尹师鲁诸人游嵩山，见藓书成文，有若"神清之洞"四字者，他人莫见。然苟无神仙则已，果有，非公等为之而谁？其言未足病也。公既登政路，法当得坟寺，极难之，久不敢请，已乃乞为道官，凡执政以道官守坟墓，惟公一人。

这段话主要谈的是欧阳修晚年倾向道教，他自称"仙翁"，推翻了当年"无仙子"的自号。而后一段话谈的是其晚年渐渐倾向佛教：

> 欧阳氏子孙，奉释氏尤严于它士大夫家。余在汝阴，尝访公之子棐于其家，入门，闻歌呗钟磬誉声自堂而发，棐移时出，手犹持数珠、讽佛名具谢："今日适斋日，与家人共为佛事方毕。"问之，云："公无恙时，薛夫人已自尔，公不禁也。及公薨，遂率其家无良贱悉行之。"汝阴有老书生，犹及从公游，为予言："公晚闻富韩公得道于净慈本老，执礼甚恭，以为富公非苟下人者，因心动。时与法师住荐福寺，所谓颙华严者，本之高弟，公稍从问其说，颙使观《华严》，读未终而薨。"则知韩退之与大颠事，真不诬。公虽为世教立言，要之其不可夺处，不唯少贬于老氏，虽佛亦不得不心与也。

叶梦得亲见欧阳修后人奉佛，且有欧之旧交"老书生"之亲言，可知欧晚年不仅亲道而且亲佛，完全不像青年、中年时那样极端排斥佛、道了。那么欧阳修对佛、道是同样的态度了？

实际上，叶梦得前段话所说的"坟寺"一事，说明欧阳修对佛、老的态度是不同的。欧阳修申请以道教宫观为坟院，在当时是破例之事，因为朝廷定例中，进入两府（中书门下和枢密院）的高官，可以请以佛教寺庙为坟院，欧阳修不信佛教，自然不愿意申请寺院为坟院，而他在艰难抉择后，写奏牍选定了道教宫观，说明他有着明显的远佛亲道倾向。此事因十分特别，而被不少人关注，曾敏行《独醒杂志》卷二云：

> 两府例得坟院。欧阳公既参大政①，以素恶释氏，久而不请。韩公为言之，乃请泷冈之道观，又以崇公之讳，因奏改为西阳宫。今隶吉之永丰。

曾氏不像叶梦得那样认为欧阳修对佛、道一视同仁，而说欧"素恶释氏"，可知一些人从这件事上已经了解到欧阳修远佛亲道的态度。

欧阳修对待佛、道二教的态度的确是不同的，这从他对待僧人与道士的态度上就可以表明。欧阳修与僧人、道士都有交往，譬如僧人秘演、惟俨、惟晤、净照、契嵩，道士李景仙、李士宁、许昌龄等。但在与僧人交往中，他欣赏的是学诗作文以及"虽学于佛，而通儒术"②的僧人，而对其佛教不感兴趣，他甚至会直截了当地跟僧人们说："子佛与吾儒，异辙难同轮。"③"佛说吾不学，劳师忽款关。我方仁义急，君且水云闲。"④将佛学与儒学称为分属"子"与"我"之井水不犯河水之学，区别得清清楚楚，绝不肯融合，且绝不肯学，可见其远佛、排佛的决心。

而在与道士的交往中，欧阳修很少如此决绝。且不说晚年赠予许昌龄的多首诗歌中，对许如山中白云去来无迹的神仙似生活充满艳羡，就是早年对其他道士及其道术也都欣赏备至。他欣赏擅于弹琴的潘道士⑤与李景仙⑥、

---

① 欧阳修嘉祐五年为枢密副使，嘉祐六年闰八月为参知政事，嘉祐七年冬作《曾祖曾祖母祖祖母焚黄祭文》、《皇考太师祭文》、《皇姚太夫人祭文》三道，"遣兄之子庐陵县尉嗣立以告"。请坟院事可能在嘉祐六、七年间。

② 欧阳修：《欧阳修全集》，中国书店1986年版，第285页。

③ 同上书，第26页。

④ 同上书，第397页。

⑤ 同上书，第403页。

⑥ 同上书，第25页。

"能棋好饮"的黄道士①，更喜欢"因言祸福兼忠孝"的刘虚白②，最为特别的是，他对"挟术出入贵人门"③的道士李士宁也称赏有加，治平四年所作的《赠李士宁》云：

> 蜀狂士宁者，不邪亦不正，混世使人疑，诡谲非一行。平生不把笔，对酒时高咏，初如不着意，语出多奇劲。倾财解人难，去不道名姓。金钱买酒醉高楼，明月空床眠不醒。一身四海即为家，独行万里聊乘兴。既不采药卖都市，又不点石化黄金。进不干公卿，退不隐山林。与之游者，但爱其人，而莫见其术，安知其心？

对这样一位正邪难分的道士，欧阳修欣赏其诗酒悠游又能散财独行，却无法判定这样的人是"有道之士"，还是"言不纯师，行不纯德，而滑稽玩世，其东方朔之流乎？"欧阳修一向喜欢"智谋雄伟非常之士"④，这一点颇不同于一般的醇儒。他不仅欣赏道士们的才艺、生活、儒道结合的言论，而且相信世间有庄子所说的那种能作逍遥游的、不同于儒者生活的"有道之士"。

景祐以及庆历前期，正是欧阳修积极参政议政、兴儒排佛的高潮期，为了改变"论卑而气弱"的士风，欧阳修以身作则，提倡儒家积极进取、知其不可而为之的入世精神，而反对佛、道二教的不能"忧天下之忧而忧"的出世行为，但是他在庆历二年（1042）为醴陵的登真宫写的《御书阁记》中，对佛、道二教作了详细的对比：

> 夫老与佛之学，皆行于世久矣。为其徒者常相訾病，若不相容于世。二家之说，皆见斥于吾儒，宜其合势并力以为拒守，而乃反自相攻，惟恐不能相弱者，何哉？岂其死生性命所持之说相盭而然耶？故

---

① 欧阳修：《欧阳修全集》，中国书店1986年版，第105页。
② 同上书，第399页。
③ 脱脱等：《宋史》卷二百《刑法志》，中华书局1962年版。
④ 欧阳修：《欧阳修全集》，中国书店1986年版，第284页。

其代为兴衰，各系于时之好恶，虽善辩者不能合二说而一之。至其好大宫室，以矜世人，则其为事同焉。然而佛能箝人情而鼓以祸福，人之趋者常众而炽；老氏独好言清净远去、灵仙飞化之术，其事冥深，不可质究，则其为常，以淡泊无为为务，故凡佛氏之动摇兴作，为力甚易，而道家非遭人主之好尚，不能独兴。其间能自力而不废者，岂不贤于其徒者哉！

在对比了佛、道二教相同点后，欧阳修又特别指出二者之不同，在对其不同内容与影响的述说中，有明显同情并偏好道教的倾向。道教的"清净远去、灵仙飞化"以及"淡泊无为"不像佛教那样蛊惑人心而被众多世俗人接受，却更能让欧阳修向往和心仪。

当庆历后期欧阳修被贬谪到滁州时，积极入世的"吾儒"思想已经不能完全抚慰他内心的创伤，而他又不愿意从"吾儒"之外的佛学找寻心灵慰藉，所以在庆历七年（1047）无为军李景仙道士为他弹琴时，他既倾倒于李的琴声琴艺，又羡慕李的鹤发童颜，因而向李问养生之道：

郡斋日午公事退，荒凉树石相交加。李师一弹凤凰声，空山百鸟停呕哑。我怪李师年七十，面目明秀光如霞。问"胡以然"笑语我："慎勿辛苦求丹砂。惟当养其根，自然烨其华。又云理身如理琴，正声不可干以邪。"我听其言未云足，野鹤何事还思家。抱琴揖我出门去，猎猎归袖风中斜①。

这可能并非欧阳修首次向道士问道，但的确是他诗文中最早向道士问道的诗歌记录，比起《西清诗话》等笔记中所载的问道许昌龄，要早二十年。可知欧阳修在庆历后期就有亲道问道之举。

李景仙给欧阳修的建议，与欧阳修在《删正黄庭经序》中所表达的思想十分一致。

① 欧阳修：《欧阳修全集》，中国书店 1986 年版，第 25 页。

欧阳修曾收集多种版本的《黄庭经》并细心校订刊行，且云"世传《黄庭经》者，魏晋间道士养生之书也。……乃为删正诸家之异，一以永和石本为定；其难晓之言略为注解，庶几不为讹谬之说惑世以害生"。这是欧阳修在批判中却为道教所作的"功德"。虽然他在文末说"若大雅君子，则岂取于此"，虽然他在另一跋文中说"余非学异说者，哀世人之惑于缪妄尔"①，虽然他始终以《黄庭经》为"吾儒"之外的"异说"，但欧阳修为此经花费了很大心力，在校订注解并为之序跋时，系统学习、了解了道教中最为重要的养生之道，可以说《黄庭经》是欧阳修进入道教领域最重要的门径。"欧阳子尝删正《黄庭经》，朱子尝改注《参同契》，二公大儒，皆不以其说为非，山林独善之士用以养生全年，固未为得罪于名教。"② 能够研读一教的经典，即便不濡染，也能够深入其中得其精粹，何况欧阳修晚年确乎得益于道教不少。

欧阳修在《删正黄庭经序》中通过举例、论证、辨析，将信奉道教的人分为三等："故上智任之自然，其次养内以却疾，最下妄意而贪生。"这与李景仙所说的养生之术完全相同。欧阳修之所以在"吾儒"之外而远佛亲道，最根本的原因就是"其术虽本于贪生，及其至也，尚或可以全形而却疾，犹愈于肆欲称情以害其生者，是谓养内之术"。欧阳修虽对道教的神仙之说半信半疑，但对道教的"养内之术"却一生都深信不疑，这是他一生远佛亲道的基本原因。

三　晚年出儒入道：精神积淀与地域文化的合力作用

欧阳修不仅一生远佛亲道，而且到晚年，更是出儒入道。治平四年（1067），六十一岁的欧阳修写了《感事》四首，认真思考道教与儒教的关系：

> 老者觉时速，闲人知日长。日月本无情，人心有闲忙。努力取功名，断碑埋路傍。逍遥林下士，丘垄亦相望。长生既无药，浊酒

---

① 欧阳修：《欧阳修全集》，中国书店 1986 年版，第 1209 页。
② 王祎：《王忠文集》卷二十，《文渊阁四库全书》本。

且盈觞。

空山一道士，辛苦学延龄。一旦随物化，反言仙已成。开圹见空棺，谓已超青冥。尸解如蛇蝉，换骨蜕其形。既云须变化，何不任死生？

仙境不可到，谁知仙有无？或乘九班虬，或驾五云车。朝倚扶桑枝，暮游昆仑墟。往来几万里，谁复遇诸涂？富贵不还乡，安事富贵欤。神仙人不见，魑魅与为徒。人生不免死，魂魄入幽都。仙者得长生，又云超太虚。等为不在世，与鬼亦何殊。得仙犹若此，何况不得乎？寄谢山中人，辛勤一何愚！

莫笑学仙人，山中苦岑寂。试看青松鹤，何似朱门客。朱门炙手热，来者无时息。何尝问寒暑，岂暇谋寝食。强颜悦憎怨，择语防仇敌。众欲苦无厌，有求期必获。敢辞一身劳，岂塞天下责。风波卒然起，祸患藏不测。神仙虽杳茫，富贵竟何得！

这组诗的前三首分别对道教中的长生说、尸解成仙说、神仙说表示质疑，可以说是全面质疑、反对道教。而最后一首，则着重描写了入世者也即"吾儒"的追求与生活，通过比较，结论是"吾儒"的一切，远不如道教中人即诗中所说的"学仙人"、"林下士"、"山中人"。既然儒家所追求的富贵功名理想与道教所追求的神仙理想一样虚妄不可求得，而儒者所面对的人事复杂辛苦，远过于学道者所面对的自然世界的岑寂辛勤。也就是说，道教、儒教的最终理想不同，实现其理想的途径也不同，但其理想均有不可全然信求之处，其实践的过程也均有各自的艰辛，相较而言，儒教的理想还不如道教，而其实现的道路面对的问题远比道教繁杂。何不脱儒而求神仙相信道教呢？以最后一首的反对儒教，推翻前三首的反对道教，可谓以反制反，欧阳修经过认真深刻的思辨，完成了其人生观、宗教观、世界观的转变。

可以说，经历了一世忧患，过了花甲之年的欧阳修，反思自己作为儒者的入世生活是那样的坎坷艰辛，自愿脱离"吾儒"而亲近出世的道教了。这个曾经坚定不移的儒者，在深思熟虑之后，变成了"神仙中人"。

"寄语瀛洲未归客，醉翁今已作仙翁"①，庆历年间还需要以酒麻醉才能暂时解脱儒者苦闷的"醉翁"，治平、熙宁间几乎变成了全然超然世外的"仙翁"，而这个"仙翁"不需要追究神仙的有无，却已过上了神仙般的生活："在郡不复事事，每以闲适饮酒为乐。"② 不久他又在反复求退中被允致仕，从人生形式上彻底出世为"仙"了。

对于欧阳修而言，不理政事或不过问政事，而能清净度日就是神仙生活。嘉祐四年（1059）他所写的《景灵宫致斋》云：

> 摄事衰年力不强，谁怜岑寂卧斋坊。青苔点点无人迹，绿叶阴阴覆砌凉。玉宇清风来处远，仙家白日静中长。却视九衢车马客，自然颜鬓易苍苍。

已经颇有超然世外的神仙滋味，但尚有不可全然接受的"岑寂"之感，还无法完全忘却红尘中熙熙攘攘的"车马客"，而且这种生活只是偶一为之，到了治平四年（1069）以后，几乎是篇篇诗歌都在述说着清闲悠游的神仙生活，还常以超然的态度悲悯地注视着尘世中奔竞的俗人，常有"仙家千载一何长，浮世空惊日月忙"③ 之类的话语。追求"浮世"功名富贵的日子已然远去，虽说一时成不了仙界的神仙，却可以享受"浮世"里自然无为的人间仙境。

宋代不少人都有早儒晚佛道的倾向，欧阳修的不同处在于，他当年是那样旗帜鲜明地尊儒反佛道，领导着"开口揽时事，议论争煌煌"的参政入世思潮及一代士风，而到晚年却要彻底反转自己的形象，这对他的尊严而言，绝对是严峻的考验。当时以及后世人都关注着这位政治文化文学巨星的思想动向乃至生活细节，连与他关系密切的韩琦都要嘲戏他的亲道之举："韩魏公初见奏牍（指求宫观为坟院的奏章），戏公曰：'道家以超升不死为贵，公乃使在丘垄之侧，老君无乃却辞行乎？'公不

---

① 欧阳修：《欧阳修全集》，中国书店1986年版，第104页。
② 叶梦得：《避暑录话》卷上，《文渊阁四库全书》本。
③ 欧阳修：《欧阳修全集》，中国书店1986年版，第404页。

觉失声大笑。"① 可见他要转变一下思想，面对的公众压力有多么巨大。然而越来越多的世间中伤，迫使他抛弃虚无的尊严，在反复权衡三教得失之后，他还是理性选择了道教作为晚年的精神归宿，尽管不免留下了一些嘲讽或其他种种是是非非的评论。当然，欧阳修并没有完全断绝与儒教的关系，只是晚年精神的天平向道教倾斜而已。

"颍亳相望乐未央，吾州仍得治仙乡。梦回枕上黄粱熟，身在壶中白日长。"② 欧阳修在庆历后期问道，已经有一些以道济儒倾向，到了治平、熙宁年间他出知亳州时，亳州的"仙乡"文化遗产，无疑加速了他脱儒入道的进程。亲临老子的出生地与升仙处以及宋真宗驾临过的太清宫，欧阳修感触良多，写了多首诗歌表达近道的情怀，《升天桧》之外，《太清宫烧香》云："我是蓬莱宫学士，朝真便合列仙官。"昔日翰林学士院的学士，已是儒者心目中的仙人；而到了仙乡亳州，仙人成了真正的"仙翁"；再到太清宫朝拜了太上老君，自然被列入仙官行列。欧阳修在亳州感受到他与道教的缘分，他不仅邀见许昌龄畅谈道术，而且一再思考道教的各种问题。亳州的地域文化触动了他一贯远佛亲道的情绪，个人精神倾向在恰当的时空机缘中得到了启示，成为欧阳修思想大方向转变的契机。

佛、道二教在宋太祖太宗时代，就与政治建立了良性的政教关系③，真宗崇道而未废佛，仁宗时也是佛道兼兴，因此，欧阳修在景祐、庆历时为重振士风而崇儒排佛、道，可以说是十分个人化的行为，在当时并无多少完全支持他的同道，连范仲淹、韩琦、杜衍、富弼等一起积极参政的政治同道，在精神上都多多少少濡染佛道，至少不像他那么排斥佛、道，可知欧阳修在精神上有多孤立。欧阳修的排佛、道言行来源于他一直崇尚的韩愈，但是精神上的尚友古人，在实际生活中未免孤立寂寞，何况仁宗末年以及英宗、神宗时佛、道二教益发昌盛，尤其是佛教大行其道，道教虽不如佛教炙手可热，但也有许昌龄、李士宁这样的道士游走于公卿之间，名盛一时。欧阳修脱儒之后重新选择之际，他还是与大众近佛不同，而选

① 叶梦得：《避暑录话》卷上，《文渊阁四库全书》本。
② 欧阳修：《欧阳修全集》，中国书店 1986 年版，第 104 页。
③ 刘长东：《宋代佛教政策论稿》，巴蜀书社 2005 年版。

择了不太炽热的道教。早年的远佛亲道自然是其入道的关键因素，而道士们的一时引导也如地缘一样产生了一些促进作用。

对于欧阳修来说，三教并非只是宗教或思想、哲学，而是可以付诸实践的人生的追求、态度与方式，因此，选择哪一教就意味着要实践那一教的终极理想与生活方式，欧阳修关于各种宗教的思想并不像虔诚信奉者或专门研究家那么诚敬或深刻，却因其探索、思辨、履践而更显精彩。

（原载《井冈山大学学报》2013 年第 1 期）

欧阳修的集古理念及其集古诗文研究

——兼及北宋官僚士大夫文人的第一次收藏热

欧阳修《集古录目序》云"予性颛而嗜古"，友人韩绛称赞欧阳修云："翰林文章伯，好古名一世。"① 欧阳修的"嗜古"与"好古"，表现在具体行为上就是集古与阅古，集古与阅古之不足，又拓展到以文叙古与以诗咏古。可以说欧阳修的一生都在与"古"周旋纠缠。而人们在谈及他与"古"的关系时，大多数只关注他的疑古精神与其在经学上具有挑战性甚至颠覆性的疑古观点，而忽略了他对"古"的嗜好与行为。"嗜古"与"好古"以及"集古"与"阅古"，是欧阳修"疑古"的基础与前提。

一　《集古录跋尾》与欧阳修的集古理念及历程

欧阳修的"嗜古"，首先表现在他一生致力于对古代金石文字墨本或模本以及古代"书与器"② 搜求与收集上。

《昌黎先生文集》六卷，是欧阳修的最早收藏，当时他十岁③。这个"脱落颠倒无次序"的唐本旧书，是欧阳修从李尧辅家中的"敝筐"中发现并"乞归"进而"藏"的。④ 欧阳修当时并没有明确的"集古"意识，

---

① 韩维：《南阳集》卷四《和永叔小饮怀同州江十学士》。刘德清《欧阳修纪年录》第 262 页云："当为韩绛诗，窜人韩维集。"

② 《南阳集》卷四《和永叔小饮怀同州江十学士》称欧阳修："家无金璧储，所宝书与器。"但欧阳修收集的器物不多。

③ 详参刘德清《欧阳修纪年录》，上海古籍出版社 2006 年版，第 21 页引证。

④ 《记旧本韩文后》，《欧阳修全集》，中国书店（据世界书局 1936 年版影印）1986 年版，第 536 页。

他的这次偶然收藏行为，只是好读书而又家贫无力购书客观条件造成的。而这最初的无意识行为，成为日后欧阳修有意识集古的起点。此后古本书籍一直是欧阳修集古的重心之一。欧阳修还因这次的集古，奠定了后来学韩愈古文以及领导古文运动的基础。

欧阳修对金石铭文与刻文的关注与收藏，也源于十余岁读书期间，这在他的《集古录跋尾》有详细的记载：

> 右孔子庙堂碑，虞世南撰并书。余为童儿时，尝得此碑以学书。当时刻画完好。后二十余年，复得斯本，则残缺如此。因感夫物之终敝，虽金石之坚，不能以自久，于是始欲集录前世之遗文而藏之。殆今盖有十有八年，而得千卷，可谓富哉。嘉祐八年九月二十九日。①

儿童时期的常规书法练习，给欧阳修留下了如此难以磨灭的印记，以至于成为他集录金石文的首要起因，可见欧阳修的确是"性颛而嗜古"。

随着年龄增长以及四方的游历、游宦，欧阳修更加留心书籍与金石文，譬如他在天圣四年（1026）赴汴京考试期间，即留意阅读旅途中遇到的碑文石刻②，接触到碑碣实物；在西京作留守推官时，得《李翱文集》并为之作跋。③

景祐元年到三年期间，欧阳修任馆阁校勘，"某在馆阁时，方国家诏天下求古碑石之文集于阁下"④，这一"国家"行为对欧阳修的个人行为，当然颇有促进性。

但在较长的时间里，欧阳修的集古行为，纯粹属于天性爱好，似乎完全处于无意而为之的状态，他可能尚未认真深入思考过集古的意义与目的。欧阳修开始有意识地集录金石文字，据上所引的《唐孔子庙堂碑》跋文，是在庆历五年（1045），他三十九岁时。从无意好古到有心集古，历

---

① 《唐孔子庙堂碑》，《集古录跋尾》卷一至卷十在《欧阳修全集》，第1089—1216页，下文不一一注明页码。

② 详参《欧阳修纪年录》，上海古籍出版社2006年版，第27页引证。

③ 《书李翱集后》云藏此书，《欧阳修全集》，中国书店1986年版，第531页。

④ 《石篆诗并序》，《欧阳修全集》，中国书店1986年版，第366—367页。

时近三十年，欧阳修的集古理念在此期间逐渐形成，他的集古关注点及重心也逐渐确定在金石文字上。

欧阳修的集古，并不限于金石铭刻文的墨本，他还有一些其他物品的收藏。譬如他至少藏有二鼎，还有朋友寄赠的古瓦砚、澄心堂纸等古代文房用品，他还小心保存着父亲遗留的七贤画，另外还藏有龙头铜枪、至少三把唐制古琴①等古代器物。但他似乎对这些器物的兴致不像对金石文墨本那样大，他更关注古物上的文字，这与同时代其他集古者大异其趣，所以能在当时渐热的集古收藏界独树一帜。

在集古理念与重心确立后，直到熙宁五年（1072）去世，二十七年间，欧阳修无论官职如何变动，事务如何繁忙，身体如何衰病，他都坚持收集金石文并写跋尾，越到晚年，集录跋尾越勤。嘉祐四年（1059），欧阳修说他自己对所有事情都意兴阑珊，而只对金石文字拓片有兴趣："如今只见此等物粗有心情，余皆不入眼也。"②欧阳修去世前的三个月，还为《前汉雁足灯铭》写跋③。《集古录跋尾》可以说是他一生集古历程的总结与书写。

《集古录跋尾》为金石学研究开山之作，后人早已认识并肯定了欧阳修的这一贡献。欧阳修怎样将个人的嗜好变成一门专门的学问？金石文是否有必要集录？尤其是散乱、漫漶、内容毫无可取的金石文要不要集录？全面而无拣择的集录工作有什么意义？个人嗜好与愉悦有什么社会价值？这些问题始终萦绕在欧阳修的心中，让他反复思考。《集古录跋尾》以及与之相关的集古文字最突出的一点，就是记录了这个金石学先驱者的自我怀疑、自我辩解、自我宽慰又自我肯定的心路历程。

韩维有"独耽玩物古所戒，崇尚浮藻政岂先"④之语，反映了当时不少集古者的矛盾心理。的确，"玩物丧志"的戒条，常常使集古的先驱者

---

① 详见《南阳集》卷四《和永叔小饮怀同州江十学士》、欧阳修《答谢景山遗古瓦砚歌》、梅尧臣《永叔寄澄心堂纸二幅》等、朱弁《风月堂诗话》卷上（记载多种欧阳修"室中物"）、欧阳修《七贤画序》、刘敞《公是集》卷一二《和永叔寒夜会饮寄江十》诗下注、欧阳修《三琴记》等。

② 《与王懿敏公仲仪》其五，《欧阳修全集》，中国书店 1986 年版，第 1249 页。

③ 详参刘德清《欧阳修纪年录》，上海古籍出版社 2006 年版，第 472 页。

④ 韩维：《南阳集》卷四《奉同原甫赋澄心堂纸》，《文渊阁四库全书》本。

们心存愧疚。个人玩赏古物的"愉悦",如果对后世有所裨益,将减轻欧阳修这个坚守儒家入世思想、务求有益的儒者的心理负担①。

欧阳修的集古理念,简单而言就是"有益"。但怎样才算是不仅对己有益,而且对他人、对社会、对历史也有益呢?欧阳修对此理念实际上并非一直坚定地自信。在《集古录跋尾》中,他时而坚定认为集古是为了存古,是有利于后世的"有益"行为,但许多情况下是不够自信地强调"非余录之,则将遂泯然于后世矣。余于集古,不为无益也夫","余每著其所以录之意,览者可以察也"②,等等。而他撰写《集古录跋尾》,实质上就是一个追寻集古意义、求证并坚定集古理念、最后确立自信的过程。

《集古录跋尾》在简洁记录或叙写金石文的来历、现存状况、内容形式等题内应有之义外,还有更多的篇幅在书写欧阳修的理性思考与感性追忆:证实金石文的史学价值,显示出作为史学家欧阳修对历史事实的执着;谈论金石文内容涉及的道德是非意义,或因其涉及佛道而加强了儒者欧阳修排斥佛道的力度与深度;评判金石文的书法价值与审美价值,显示作为书法爱好者与评论家欧阳修的判断经验与标准;追忆搜集阅读鉴赏过程中的相关人物,抒发人物俱老或者物是人非的沧桑之感。这些题外之义使得这些短小的实用性极强的"小品文先祖",如同日记一般,记录了欧阳修二十七年间的日常主要生活与人生历史文化思考,活画出一个全面而鲜活的欧阳修,实在比起高文大册更能展示出"六一风神"。欧阳修的集古理念在价值追寻中得到了实现。

欧阳修从"好"与"知"的关系出发,将集古者分为四类:"凡世人于事不可一概,有知而好者,有好而不知者,有不好而不知者,有不好而能知者。"③ 只有"知而好者"才是理性的高明的集古者。欧阳修选择集录金石文墨本正是所谓"知而好者",而他放弃其他门类的收集,可能是因为"好而不知",更是一种理性的集古行为。

---

① 这一节受到艾朗诺《对古"迹"的再思考》启发。艾朗诺认为"欧阳修很肯定地把'愉悦'作为收集的要义",见艾朗诺《欧阳修与宋代士大夫》,上海人民出版社 2007 年版,第 55 页。

② 见《唐安公美政颂》、《唐郑预注多心经》,《欧阳修全集》,中国书店 1986 年版,第1167、1170 页。

③ 《集古录跋尾》卷五《唐薛稷书》。

二 集古酬唱与仁宗朝官僚士大夫之集古鉴宝圈

目前收藏界普遍认为中国历史上第一次收藏热出现在北宋时期，特别是徽宗时期（1101—1126）①，而从欧阳修、刘敞、梅尧臣等人的集古行为与相关诗文看，这次收藏至少在仁宗庆历时期（1041—1048）就已经兴起，到至和、嘉祐间（1054—1063）已经颇具规模了。

欧阳修集古的重心在金石器物上的文字墨本，这些墨本的来源相对器物本身与其他类收藏品较为易得，而且花费也相对较少②。有些墨本就是欧阳修自己亲临实物（主要是碑碣）现场拓印，譬如他在庆历五年任河北转运使时期，就亲见隋郎茂碑、隋钳耳君清德颂、唐陶云德政碑等③。欧阳修在滁州任上，也搜集了境内外的许多碑刻，随后宦游四方也尽力亲临并搜求。碑碣虽然难以搬运收藏，但因其不为当时人广泛认知，其墨本可能不需花太多经费而可以轻易得到。

然而欧阳修虽然游历广泛，但毕竟足迹所到仍有限，所以他曾遍请各地友人熟人帮助搜集。如嘉祐四年，欧阳修曾致书王素，请求他将"蜀中碑文，虽古碑断缺，仅有字者，皆打取来"④。他的不少墨本还来源于了解他有集古爱好的亲朋好友的主动寄赠，这在他的《集古录跋尾》中有详细的记载。譬如韩琦在定州就曾为欧阳修寄赠《唐蔡有邻庐舍那珉像碑》，欧阳修后来又收到他从定州寄的《宋公碑》二本等墨本时云"前在颍，承示碑文甚多"⑤，可见受惠于韩琦还不止此；欧阳修的金文不少由刘敞寄赠，如《韩城鼎铭》、《汉博出盘记》等，特别是嘉祐间，刘敞出守永兴军，开始大量搜集先秦两汉的钟鼎彝器，这不仅是他自己集古的鼎盛期，

---

① 例如《马未都说收藏（玉器篇）》云："中国历史上出现过若干次收藏热，宋代肯定是第一次。"马未都在这本书以及其他书中都指出这次收藏热主要在北宋后期，特别是哲宗、徽宗时期。广义的收藏包括收藏古今物品，狭义的收藏相当于集古。中华书局 2008 年版，第 97 页。

② 艾朗诺《对古"迹"的再思考》谈到欧阳修的集古费用，认为"即使获取铭文所费不多（如用纸，拓印，转运等），保存并随身携带它们近三十年必定花费不菲"。第 56 页。

③ 均见《集古录跋尾》。

④ 《与王懿敏公仲仪》其五，《欧阳修全集》，中国书店 1986 年版，第 1249 页。

⑤ 分别见《集古录跋尾》以及《与韩忠献王》其十，《欧阳修全集》，中国书店 1986 年版，第 1221 页。

也对欧阳修的金文收集起到了很大的帮助，因为他把器物上的文字做成墨本寄给欧阳修，欧阳修云："自公之西，集古屡获异文。"① 正因为此，欧阳修云："余所辑录，自非众君子共成之，不能若此之多也。"②

欧阳修所云的"众君子"，多数是当时官僚士大夫，其中不少是欧阳修的同道或受其影响的集古者或集古爱好者。他们在有意无意之间形成了一个集古鉴宝圈，不仅互相提供对方需要的一些藏品，而且还经常互相招邀聚会鉴宝并为之唱和。譬如刘敞《公是集》卷一二有《招邻几、圣俞、和叔于东斋饮，观孔雀、白鹇，及周亚夫玉印、赫连勃勃龙雀刀、辟邪、宫玺数物，又使女奴奏伎行酒，圣俞首示长篇，因而报之》一首诗题，其中提到的邻几即江休复、圣俞即梅尧臣、和叔即陈绎。刘敞《公是集》卷五还有《和阎都官九月十三日夜对月，是夕某与子华、圣俞、如晦会饮君谟所》一诗，其中"玩古验汉魏"下注云："君谟出汉魏时金错铜机，精丽，有分寸尺度，天下奇物也。"其中子华即韩绛、如晦即裴煜、君谟即蔡襄。从诗题中看，他们交往甚密，常常聚饮并鉴宝赏宝。

刘敞在当时收集的古代器物最多，他曾写《先秦古器记》，记录他所收藏的"先秦古器十有一物"③，而且他经常作为主人邀请友人会饮鉴赏古物，《公是集》卷一八有《与圣俞、君章、枢言、持国饮，因以太公大刀、王莽错刀示之》，梅尧臣的酬唱诗对此次亮宝与鉴宝做了记录："主人劝客饮，劝客无夭妍，欲出古时物，先请射以年。"④ 刘敞在集古圈以博学且善于辨宝而著名⑤，是欧阳修经常请教的后辈畏友之一。

作为欧、刘之友的梅尧臣，是在后世默默无闻而在当时以热心集古、

---

① 以上分别见《与刘侍读原父》其二十六与二十七，《欧阳修全集》，中国书店 1986 年版，第 1271 页。

② 《集古录跋尾》之《唐蔡有邻庐舍那珉像碑》。

③ 刘敞：《公是集》卷三六，《文渊阁四库全书》本。

④ 《饮刘原甫家。原甫怀二古钱劝酒，其一齐之大刀，长五寸半，其一王莽时金错刀，长二寸半》，梅尧臣《宛陵集》卷一六，《文渊阁四库全书》本。

⑤ 参《刘泾州以所得李士衡观察家宝砚相示，与圣俞、玉汝同观，戏作此歌》，刘敞《公是集》卷一八；《刘泾州以所得李士衡观察家号蟾蜍砚，其下刻云："天宝八年冬，端州刺史李元德灵卯石造"，示刘原甫，原甫方与予饮，辨云："天宝称载，此称年，伪也。"遂作诗。予与江邻几诸君和之》，梅尧臣《宛陵集》卷一八。

阅古、咏古享誉圈内的诗人。虽然他自己的收藏似乎不多，但他关于集古、阅古、鉴古的诗歌最多。与欧阳修用文记录集古不同，梅尧臣用大量诗歌记载了当时诸多朋友的集古、阅古情状，记录了第一次收藏热的预热情形。与欧、刘不同，梅尧臣最喜欢收藏书画，他在《观邵不疑学士所藏名书古画》云："野性好书画，无力能自致。"但他因此交结了不少同样喜好收藏书画的朋友，如邵不疑"多奇玩"，他不仅邀梅尧臣到三馆阅览馆藏书画，而且常邀朋友到其家中举行"烹茶、观画、听琴之会"；又如杨褒，他常请欧阳修、梅尧臣等人为他的画唱和；再如朱处仁，梅尧臣到他那里观画留宿，写有《表臣斋中阅画而卧》；还有张刍，梅尧臣有《张圣民学士出御书并法帖共阅之》；还有韩缜，梅尧臣有《观韩玉汝胡人贡奉图》。这些书画藏家之外，梅尧臣还有《吴冲卿鼓契》和《吴冲卿出古饮鼎》，可见吴育是个杂项收藏爱好者①。

刘敞、梅尧臣笔下的这些人物也常常出现在欧阳修的诗文中，譬如《集古录跋尾》谈到《唐虞城李令去思颂》时云："今世以小篆名家如邵不疑、杨南仲、章友直，问之，皆云未尝见也。"《集古录跋尾》还提到更多的集古鉴宝者，如《赛阳山文》提到为此碑文跋尾者六人：吴奎、刘敞、江休复、祖无择、梅尧臣、范镇。这些集古爱好者，常常在公私场合会饮阅古鉴宝，欧阳修也曾邀请友人到家中聚饮鉴宝。至和、嘉祐年间，欧、梅、刘等人相聚鉴宝活动达到鼎盛期，他们的不少鉴古咏古诗多写于这一时期。梅尧臣云"固非世俗欢，自得阅古乐"②，他和刘敞、欧阳修等人，从集古阅古活动中，得到了一般"世俗"人体会不到的乐趣。

欧阳修集古诗歌，都是在与集古鉴宝者往来酬唱中产生的，这可以看出集古鉴宝者之间的互相影响与促进。这里通过欧阳修与圈内好友的几首

---

① 详见《梅尧臣集编年校注》之《观邵不疑学士所藏名书古画》，第 848 页；《二十四日江邻几邀观三馆书画录其所见》，《依韵和邵不疑以雨止烹茶观画听琴之会》，第 847 页；《表臣斋中阅画而卧》，第 860 页；《张圣民学士出御书并法帖共阅之》，第 822 页；《观韩玉汝胡人贡奉图》，第 979 页。

② 《饮刘原甫舍人家，同江邻几、陈和叔学士观白鹇、孔雀、凫鼎、周亚夫印、钿玉宝、赫连勃勃龙雀刀》，梅尧臣著，朱东润校注：《梅尧臣集编年校注》，上海古籍出版社 1980 年版，第 1057 页。

集古鉴宝酬唱诗，来考察当时的集古风气以及集古诗风。

当集古热渐渐兴起时，古代物品就显得异常贵重，亲友之间偶然将其作为寄赠的礼品，便会引起收受方的珍重对待，答谢酬唱诗歌便因此产生。欧阳修的第一首有关集古的诗歌，便是答谢酬唱。景祐四年，他尚无明确的集古意识，友人谢伯初寄赠他古瓦砚并长诗，他回赠《答谢景山遗古瓦砚歌》。古瓦砚在当时是文人间流行的文房用品，宋祁为之写过《古瓦砚赋》，韩琦多次将其作为家乡的特产赠给友人。欧阳修对古瓦砚十分爱惜，"走官南北未尝舍，缇袭三四勤缄包"，因为这枚古瓦砚让他联想到了东汉末年的战乱、三国纷争，想到了铜雀台上的英雄高会，而这正是古器物不同于一般日用品之处①。与日常物品相比较，古代物品本身显得古雅而且负载更多的历史文化内容，阅古本身就是士大夫自认为超越世俗金银珠宝俗好的雅好，那么集古者不必用力超越凡俗，倒是需要更多地超越现实、穿越历史、复活古代生活场景。而谢伯初"长歌送我怪且伟"，也激发欧阳修写出同样"怪且伟"的七古，这种七古风格成为欧阳修后来集古诗歌的主调。

《十国春秋》卷二三云："江南以澄心堂纸、龙尾砚及廷珪墨为文房三宝。"但澄心堂纸在南唐灭亡后五六十年间已经被人遗忘。康定元年（1040），欧阳修偶从"鸾台天宫"处得澄心堂纸，将其中二幅转赠梅尧臣并附书，"书言寄去当宝惜，慎勿乱与人剪裁"，梅尧臣为之赋《永叔寄澄心堂纸二幅》，称其优于"蜀笺"、"剡楮"，并"不忍挥毫"其上。② 五六年后，梅尧臣从宋次道处再得澄心堂纸百幅时，写诗答谢③提及前事云："五六年前吾永叔，赠予两轴令宝之。是时颇叙此本末，遂号澄心堂纸诗。"至和二年（1055）刘敞写《去年得澄心堂纸，甚惜之，辄为一轴，邀永叔诸君各赋

---

① 详参柯霖《凡俗中的超越——论欧阳修诗歌对日常题材的表现》，《欧阳修与宋代士大夫》，上海人民出版社 2007 年版，第 88—100 页。

② 《永叔寄澄心堂纸二幅》，《宛陵集》卷七。欧阳修有答诗，但今不存，参《欧阳修纪年录》，上海古籍出版社 2006 年版，第 115 页，另，欧阳修还曾转赠石延年。《文忠集》卷七十三《跋三绝帖》云："南唐澄心堂纸为世所珍，今人家不复有。曼卿诗与笔称雄于一时，今亦未有继者，谓之三绝，不为过矣。余家藏此，盖三十余年。熙宁壬子正月雨中记，六一居士。"《文忠集》卷一二八《诗话》又云："余尝得南唐后主澄心堂纸，曼卿为余以此纸书其筹笔驿诗，诗，曼卿平生所自爱者，至今藏之，号为三绝，真余家宝也。"

③ 《答宋学士次道寄澄心堂纸百幅》，《宛陵集》卷二七。

一篇，仍各自书藏以为玩，故先以七言题其首》（《公是集》卷一七），欧阳修、梅尧臣、韩维纷纷唱和①，澄心堂纸在赠答酬唱中由此更成为集古者关注的焦点，成为文人文房四宝中的古董极品，这正体现了刘敞"写示千秋永无极"的愿望。然而欧、梅的和诗有些"跑题"，他俩没有因纸而"哀江南"，却因纸而忆及已故的苏舜饮、石延年，再谈到当时文坛，似乎意外发现了古物的另一忆古思今作用。欧阳修其实是有意引发另一话题，免得多次且多首的酬唱一直停留在题内应有之义上，而束缚诗人的思维。

集古鉴宝圈逐渐形成后，欧阳修与他的同道经常举行不定期、规模不等的会饮鉴宝，他们互为宾主，为收集的古代物品酬唱。譬如至和元年（1054）有一场鉴宝小聚，主人欧阳修首唱《与子华、原父小饮，坐中寄同州江十学士休复》，谈及此次聚会，却只说"幸蒙二三友，相与文字间"，未涉及聚会之主题，倒是客人韩绛对此次活动有较为细致的描述：

> 北堂冬日明，有朋联骑至。新尊布几案，二鼎屹先置。
> 大鼎葛所铭，小鼎泽而粹。坐恐至神物，光怪发非次。
> 群贤刻金石，墨本来四裔。纷穰罢卷轴，指摘辨分隶。
> 其中石赞藏，家法非一二。精庄与飘逸，两自有余意。②

可知欧阳修提供的藏品除二鼎之外，主要是他的主题收藏即金石文墨本。另一客人刘敞《公是集》卷一二《和永叔寒夜会饮寄江十》对此次小聚又有所补充：

> 主人文章伯，谈道辄忘倦。每至绝倒处，恨不使君见。
> 鸟迹上古书，龙头塚中器。其人骨已朽，感此相与醉。

刘敞还在"鸟迹"一联下补注"永叔出所收古文碑碣及龙头铜枪示

---

① 《和刘原父澄心纸（一作奉赋澄心堂纸）》，《文忠集》卷五；《奉同原甫赋澄心堂纸》，《南阳集》卷四；《依韵和永叔澄心堂纸答刘原甫》，《宛陵集》卷三五。
② 《和永叔小饮怀同州江十学士》，《南阳集》卷四。

客，以张饮兴也"，他关注到欧阳修的另一收藏"铜枪"。三首酬唱诗互为补充，描述出一场只有宾主三人的鉴宝小聚。他们都念及出守同州的江邻几，是因为江在此前也是经常参与聚饮鉴宝的友人。

欧阳修首唱的重心不在阅古鉴宝上，似乎将此次小聚等同于一般友人间极为普通的聚会，而刘敞也说欧出示古物只是为了"张饮兴"，但据韩绛诗所云，欧阳修其实是经过精心布置，而且三人还认真地鉴宝辨宝。鉴宝只是为了助兴？韩绛诗也说鉴宝活动到后来："兴来辄长歌，欢至遂沉醉。"又据刘敞做主人的几次鉴宝活动①可知，鉴宝在当时往往只是亲朋聚会活动的内容之一，与会者常常将古物与今物（包括人物、动物）一视同仁，像《风月堂诗话》记载欧阳修等人在颍州探题赋诗时，也是古物今物并置，说明这种聚会的随意性与休闲性，也说明集古在当时还不是专门的严肃的行为与学问。

欧阳修的这次首唱虽然没有提及阅古内容，但他后来为韩绛诗中所说的"大鼎葛所铭"，写了七古长诗《葛氏鼎》，从其中"二三子学雕琳球，见之始惊中叹愀。披荒研古争穷搜，苦语难出声呷嗳"看，这首诗写于此次聚会后不久。与会的"二三子"都曾试图为此鼎赋诗，但古鼎这一书写对象，对诗人的语言与思维都极具挑战性，"二三子"的努力似乎均告失败，只有欧阳修写出了与古瓦砚相似的"怪且伟"的诗歌。欧阳修结合古鼎出土地——滑州的传说，尽其所能对古鼎重现人间时震惊世人之场景进行想象摹写，以说明古鼎的高古神奇。刘敞诗中未提及此鼎，欧阳修的《集古录跋尾》也无此鼎铭文墨本的记录，这是较为奇怪的现象，很有可能是他们对其了解认知还不够深入，所以较为谨慎。

欧阳修极少收藏画，因为他认为"画之为物，尤难识其精粗真伪，非一言可达"②，但他喜欢品鉴他人的藏画，譬如他与梅尧臣等人都鉴赏过太学直讲杨褒的藏画，并为其《盘车图》唱和。③梅、欧都详细描述画面内容，称赞其绘画水平，而此画的作者不可断定，参与鉴宝的人认识也不一

---

① 《招邻几、圣俞、和叔于东斋饮，观孔雀、白鹇，及周亚夫玉印、赫连勃勃龙雀刀、辟邪、宫玺数物，又使女奴奏伎行酒，圣俞首示长篇，因而报之》，《公是集》卷一二。

② 《唐薛稷书》，《集古录跋尾》卷五《文忠集》卷一三八。

③ 《观杨之美盘车图》，《宛陵集》卷五十；《盘车图》（一本上题和圣俞，下注呈杨直讲），《居士集》卷六，《欧阳修全集》，中国书店1986年版。

致，梅尧臣云"古丝昏晦三尺绢，画此当是展子虔。坐中识别有公子，意思往往疑魏贤"，但到底是"魏贤"还是隋"展子虔"呢，并无定论，梅尧臣觉得"是亦可以秘，疑亦不可捐"，那就索性"为君题卷尾，愿君世世传"，欧阳修也不对其作者进行判定，而赞扬梅尧臣的题诗将增加此画的价值："乃知杨生真好奇，此画此诗兼有之。乐能自足乃为富，岂必金玉名高赏。朝看画，暮读诗，杨生得此可不饥。"诗人欧阳修可谓含蓄，与其《集古录跋尾》所直言的"褒于书画，好而不知者也"，颇不相同。欧阳修在此诗中还提出了关于诗画关系的见解："古画画意不画形，梅诗咏物无隐情。忘形得意知者寡，不若见诗如见画。"

欧阳修的这些诗歌，涉及文房古董、青铜器、绘画等，都是金石文墨本之外的物事，可见他的集古阅古之兴趣广泛，而这些诗歌，也是《集古录跋尾》与相关集古古文的补充。与同道的赠答、反复、共题三类集古酬唱，也较《集古录跋尾》等更全面诗意地反映出集古鉴宝圈内人的交往与活动细节。

参与集古的人数大量增加，集古的品类多样化与专门化，经常性的会饮品鉴，诗文对集古行为活动的充分表达，专书专集的出现①，说明北宋集古的第一轮热潮已经掀起。

三　欧阳修的同题集古诗文

集古是当时一些官僚士大夫的共同爱好，但执着并坚持"记古"，则是欧阳修最与众不同的行为。《集古录跋尾》就是超越一般集古者只"集"而不"记"的结果。集古只是物质的集聚，而"记古"则需要积聚、鉴赏之外的思考乃至思想，要将物质层面的积聚提升到精神层面的融会贯通。欧阳修通过《集古录跋尾》完成了对集古行为的理性提升。

与《集古录跋尾》以及相关的集古古文相比较，欧阳修的集古诗歌数量要少得多，二者从数量上看几乎不成比例，这表明欧阳修更乐于运用古文"记古"。欧阳修为《唐元积修桐柏宫碑》所作跋尾云："又其文以四言

---

① 欧阳修：《集古录跋尾》；刘敞：《先秦古器记》。

为韵语，既牵声韵，有述事不能详者，则自为法以解之。为文自注，非作者之法。"欧阳修此话虽只是批评元稹的四言韵语，但实际表明了他对诗、文在"述事"这一方面的认识："韵语"因为声韵的限制，在"述事"方面明显略输非韵语的古文一筹。这一理性认识，让他明智地选用古文来进行"述事"成分极浓的"记古"工作。

而他的挚友梅尧臣则恰好相反，梅尧臣乐于运用诗歌"记古"。梅尧臣难道没有像欧阳修那样意识到诗、文在"述事"方面的差别？梅尧臣在明道年间就将谢绛《游嵩山寄梅殿丞书》改写成五言诗《希深惠书言与师鲁永叔子聪几道游嵩因诵而韵之》，他自然早就意识到二者的差异，但是他热衷于"以文为诗"的试验，而且不遗余力将此项试验进行到底。他一直坚持写"述事"诗，其集古诗多是如此，以至于钱钟书批评道："其题画之作，欲以昌黎《画记》之法入诗，遂篇篇如收藏簿录。"① 梅尧臣的诗歌"记古"，显然没有欧阳修古文"记古"成功，因为很少有人知道梅尧臣是集古家，而他也没有因集古诗歌开创画学或其他鉴宝学。可知诗歌在"记古"表达上的局限。

与欧阳修相比，梅尧臣是真正勇敢的"以文为诗"的先驱者，尽管他的试验颇受人诟病。但欧阳修乐于做另一种试验，即尝试用诗、文表达同一题材，在表达时尽量扬长避短，以发挥二者各自的优势。

譬如针对樊宗师的《绛守居园池记》，《集古录跋尾》卷九《唐樊宗师绛守居园池记》云："右绛守居园池记，唐樊宗师撰。或云此石，宗师自书。呜呼，元和之际文章之盛极矣，其怪奇至于如此。"简短"述事"之后，发一简短感慨议论，颇为率性随意。这可能是因为庆历四年（1044），欧阳修巡行至绛州时，参观了樊宗师笔下的绛守居园池，并写过七古长诗《绛守居园池》（《居士集》卷二）：

> 尝闻绍述绛守居，偶来览登周四隅。异哉樊子怪可吁，心欲独出无古初。

---

① 钱钟书：《谈艺录》，中华书局1986年版，第508页。

穷荒搜幽入有无，一语诘曲百盘纤。孰云已出不剽袭，句断欲学盘庚书。

荒烟古木蔚遗墟，我来嗟只得其余。柏槐端庄伟丈夫，苍颜郁郁老不枯。

靓容新丽一何姝，清池翠盖拥红蕖。胡髯虎搏岂足道，记录细碎何区区。

虑氏八卦画河图，禹汤皋陶暨唐虞。岂不古奥万世模，嫉世姣巧习卑污。

以奇矫薄骇群愚，用此犹得追韩徒。我思其人为踌躇，作诗聊谑为坐娱。

文就碑文之墨本而谈，诗则亲临其地见其碑文，主题一致，都是批评樊宗师文过于"怪奇"，但文简诗繁，诗歌在细致描摹、大胆想象、丰富辞藻方面都更胜古文一筹。如果古文也像诗歌这样书写，那就不是平易流畅的欧阳修，而接近怪奇的樊宗师了。

在所有集录的金石文墨本中，欧阳修对李阳冰在滁州琅琊山庶子泉的石篆兴趣最为浓厚，也最为钟爱。庆历五年（1045），欧阳修贬谪滁州，多次亲历石篆所在地，写《石篆诗并序》①：

某启：近蒙朝恩守此州，州之西南有琅琊山唐李幼卿庶子泉者。某在馆阁时，方国家诏天下求古碑石之文集于阁下，因得见李阳冰篆庶子泉铭。学篆者云"阳冰之迹多矣，无如此铭者"。尝欲求其本而不得，于今十年矣，及此来以获焉。而铭石之侧，又阳冰别篆十余字，尤奇于铭文，世罕传焉。山僧惠觉指以示予，予徘徊其下，久之不能去。山之奇迹，古今纪述详矣，而独遗此字，予甚惜之，欲有所述而患文字之不称思。予尝爱其文而不及者，梅圣俞、苏子美也，因为诗一首，并封题墨本，以寄二君，乞诗刻于石：

---

① 《文忠集》卷五三。此外，《欧阳修全集》卷一四九还有《与梅尧臣书》催促梅唱和。晚年又为之跋尾，见《集古录跋尾》之《唐李阳冰庶子泉铭》。

寒岩飞流落青苔，旁斫石篆何奇哉。其人已死骨已朽，此字不灭留山隈。山中老僧忧石泐，印之以纸磨松煤。欲令流传在人世，持以赠客此琼瑰。我疑此字非笔画，又疑人力非能为。始从天地胚浑判，元气结此高崔嵬。当时野鸟踏山石，万古遗迹于苍崖。山祇不欲人屡见，每吐云雾深藏埋。群仙飞空欲下读，常藉海月清光来。嗟我岂能识字法，见之但觉心眼开。辞悭语鄙不足记，封题远寄苏与梅。

以书所代的诗序，述事平实而简淡，而诗歌却尽其所想，从天上到人间，从远古到而今，纵横驰骋，思维的时空变化无端，完全是两种风格，两种手笔。① 这就是欧阳修理论与实践上的诗、文区别。

面对"奇特"的事物，欧阳修常常会对他个人的诗才表示疑虑，他始终对诗歌创作抱有敬畏之心，所以他在个人记述与吟唱之后，还请诗歌畏友苏舜钦、梅尧臣为之赋诗，苏舜钦"铁锁关连玉钩壮，曲处力可挂万钩。复疑蛟虬植爪角，隐入翠壁蟠未伸"② 这样的摹写与比喻，不知是否令欧阳修满意，但他的确领会了欧阳修诗当以奇语称奇物的良苦用心。而梅尧臣《欧阳永叔寄琅琊山李阳冰篆十八字并永叔诗一首，欲予继作，因成十四韵奉答》③ 显然缺少欧、苏的奇异性，他只是重述欧阳修诗序与诗所述内容，仍然保持早年以文为诗的习惯，平淡古至，似乎并没有理解欧阳修力求以奇思妙想、异想天开来描摹奇物古物的用意，他的诗、文观念与欧阳修显然不同。欧阳修后来还将墨本寄给刘敞，刘敞在《永叔附寄滁州庶子泉李监题十二字》④ 中云"惊看龙虎潜光彩，恨使莓苔损角圭。大叫发狂心未足，竹林幽赏负招携"，虽不像欧、苏那样雄奇出奇，但显然超过梅尧臣的淡乎寡味。

"患文字之不称思"，"辞悭语鄙不足记"，都谈及个人的"言"能否"尽意"。诗、文之"言"在"尽意"方面显然是有极大区别的。对于

---

① 详参吕肖奂《欧阳修对奇险风格的矛盾态度》，《西南民族大学学报》2005 年第 11 期。
② 《和永叔琅琊山庶子泉阳冰石篆诗》，《苏学士集》卷四。
③ 梅尧臣著，朱东润校注：《梅尧臣集编年校注》卷二六。
④ 刘敞：《公是集》卷二三。

"怪奇"、"奇"、"古"的物事，欧阳修显然认为古诗比古文更能"尽意"，因为诗歌可以通过描摹以及神奇的联想、想象等方式尽可能地书写其"奇"，而文似乎只适宜于平淡地记录，最多能下点断语、评语。欧阳修的诗、文实践，已经非常接近诗、文的本质区别。

欧阳修对古文与律诗关系的认识与处理，不同于其对待古文与古诗（尤其是七古）。这体现在他为李山甫的《唐崇徽公主手痕诗》所作的跋尾与诗歌中：跋尾对崇徽公主之父仆固怀恩在唐朝嫁二女之事做了考证，主要考察李诗之墨本的史学价值；而《唐崇徽公主手痕和韩内翰》，则表达对崇徽公主和亲回纥的同情与思考①。这首七律平淡理性的风格，与其七古之奇险宏放颇不相同；这首七律也不像其七古那样以奇想奇语制胜，而是以警句高论见长。如果"以议论为诗"也算是"以文为诗"的一种方式的话，那么这首律诗可以称为另一层面的"以文为诗"，但与梅尧臣的"以文为诗"不同。

后世常说欧阳修开宋诗"以文为诗"先河，但从理论与创作看，欧阳修其实十分注意区分各种文体的细微差别，他的创作不仅诗、文、词有别，而且连诗中的古体与近体都有不同的处理方式。"以文为诗"有许多内涵与层面。梅尧臣的以文为诗其实是改文为诗，完全不改变原文的意思与整体结构，只把文句或概括或转换或修改成诗句，像是文之"檃括体"，但欧阳修从未如此简单处理过文与诗之间的关系。钱钟书云："圣俞不具昌黎、玉川之健笔，而欲以文为诗，徒见懈钝。"② 而欧阳修则明显比梅尧臣更具"昌黎、玉川之健笔"，能使诗尽量区别于古文。

（原载《新宋学》第三辑）

---

① 跋尾见《集古录跋尾》。韩绛诗歌今不存，他应该是在观看欧阳修的墨本收藏后就崇徽公主和亲事件首唱，欧阳修酬和之后，刘敞又写《汾州有唐大历中崇徽公主嫁回鹘时手迹，在石壁上，李山甫作七言诗并刻之。子华、永叔内翰皆继其韵，亦同赋》（《两宋名贤小集》卷五六，《公是集》无），后来梅尧臣的侄女婿王畴再唱（不存），梅尧臣又作《景彝率和唐崇徽公主手痕诗》（《宛陵集》卷二八）。

② 钱钟书：《谈艺录》，中华书局 1984 年版，第 508 页。

欧阳修与杜衍的南都唱和析论

杜衍于庆历七年（1047）正月十三日，以太子少师致仕，退居南京（即应天府，今河南商丘），直到嘉祐二年（1057）二月去世。皇祐二年（1050）七月一日欧阳修改知应天府兼南京留守司事，当月二十四日到任，皇祐四年（1052）三月十七日，其母郑氏卒于官舍，欧阳修归颍守制。在应天府不到两年时间，欧阳修常常拜谒杜衍，并与杜衍屡有诗歌唱和。杜衍去世后，欧阳修编辑二人"南都时唱和诗为一卷"[①]，以示纪念。

欧、杜南都唱和诗一卷的具体情况如何，已经不得而知。目前可见的是《居士集》卷十二《纪德陈情上致政太傅杜相公二首》下注："一云《与丞相太傅杜公唱和一十二首》自此而下。"[②] 这十二首律诗可能并非欧阳修唱和诗全部，至少《居士外集》还有一首是欧阳修在南都所作[③]；杜衍因为诗集没有保存，所存更少，除了五老会一首首唱以及评议聚星堂咏雪诗两首外，其他唱诗与和诗都不可见[④]，仅能据欧阳修存诗的题目和内容去推想，因而本文的探析以欧阳修为主。

一　欧阳修作为州府一级最高长官的唱和历程

庆历五年（1045）新政失败后到皇祐四年（1052）的七八年间，欧阳

---

①　欧阳修：《跋杜祁公书》，《欧阳修全集》，中国书店（据世界书局1936年版影印），1986年版，第53页。

②　南都唱和十二首诗，见《欧阳修全集》，中国书店（据世界书局1936年版影印）1986年版，第83—85页。下引《欧阳修全集》，除特殊标明外，均采用此版本。

③　《居士外集》卷六《太傅相公入陪大祀，以疾不行，圣恩优贤，诏书俞允，发于感遇，纪以嘉篇。小子不揆，辄亦课成拙恶诗一首》，见《欧阳修全集》，中国书店1986年版，第393页。

④　杜衍诗，参见《全宋诗》卷一四四，北京大学出版社1998年版，第1596—1602页。

修连续外任，从滁州到扬州到颍州，再到南都，是欧阳修人生仕途再次受到重大打击后的疗伤时期，也是他历任地方长官、作为一方大员的历练成熟期。在此之前，欧阳修也曾到洛阳、汴京、夷陵、河北路任职，但均非州府级最高长官。因此，多地外任对欧阳修而言，不仅是他个人仕途政治的一种新体验，而且也是他与地方官员士人协调沟通和支持、建设、促进地方文教文学发展的一个重要时机。

庆历五年（1045）八月二十一日，欧阳修罢都转运按察使，以知制诰出知滁州，十月二十二日至郡。初到任上，欧阳修心有余悸，曾戒苏舜钦作诗①，但他在滁州三年却创作不断，且与旧友如苏舜钦、梅尧臣、富弼、曾巩等人唱和不绝，其《醉翁亭记》、《丰乐亭记》诸文更令滁州声名大振。欧阳修与当地士民也常常游宴，但其游宴内容基本是如《醉翁亭记》所云"射者中，弈者胜，觥筹交错，起坐而喧哗者，众宾欢也"，并无诗歌唱和。这大概是因为滁州荒远偏僻，人才稀缺，能与欧阳修唱和的士人太少，正像《醉翁亭记》所谓"人知从太守游而乐，不知太守之乐其乐也。醉能同其乐，醒能述以文者，太守也"。欧阳修因而只能独吟或与外地旧游酬唱以排遣内心郁闷。他与滁州官员士人的唱和鲜有所闻，唯有《谢判官幽谷种花》谈到梅尧臣的内弟、谢绛的堂侄谢缜。谢缜是欧阳修的下属，加上梅尧臣、谢绛的关系，应该与欧阳修有很多唱和，但现存却寥寥无几②。欧阳修在滁州任上似乎没有遇到强劲的"诗敌"。

庆历八年（1048）二月，欧阳修离开滁州，二十二日到扬州任上。虽然仍是知州，但扬州的经济历史文化水平、地位远高于滁州，因而移知扬州算是一种升迁。欧阳修到扬州后写信给杜衍、韩琦，决心效法他们，做一个勤政爱民的知州，《与杜正献公》其一写得尤其情真意切：

> 扬古名都，尝多巨公临治。忆为进士时，从故胥公自南还，舟次
> 郡下，游里市中，但见郡人称颂太守之政，爱之如父母，某时尚未登

---

① 苏舜钦：《和永叔琅琊山庶子泉阳冰石篆诗》自注，《苏舜钦集》，上海古籍出版社1981年版。欧阳修的外任经历，详参刘德清《欧阳修纪年录》，上海古籍出版社2006年版。

② 欧阳修到扬州后有《答谢判官独游幽谷》，可知谢缜有赠诗，但谢缜诗无存。

公之门，然始闻公之盛德矣，因窃叹慕不已，以为君子为政，使人爱
之如此，足矣。然不知公以何道而能使人如此，又不知使己他日为
之，亦能使人如此否？是时天圣六年冬也，去今几二十年，而幸得继
公为政于此，以偿夙昔叹慕之心，而其材薄力劣，复何能为？徒有志
尔。相公道德材业著于天下，一郡之政不足多述，因小生之幸，遂以
及之。

　　欧阳修少年时期，杜衍就已经是他的榜样了。然而他在扬州不满一
年，却因"目疾"自请颍州①，深究其背后原因，大概是《与韩忠献王》
其七所云："疏简之性，久习安闲，当此孔道，动须勉强。……龊龊之才，
已难开展，又值罢绝回易，诸事裁损，日忧不济，此尤苦尔。"书信中自
然有自谦成分，但剧郡不易治理却也是实情。

　　然而尽管有多种困难，欧阳修在平山堂暑饮却传为"故事"，令后来者
向往不已："欧阳文忠公在扬州作平山堂，壮丽为淮南第一，堂据蜀冈，下
临江南数百里，真、润、金陵三州隐隐若可见。公每暑时，辄凌晨携客往
游，遣人走邵伯取荷花千余朵，以画盆分插，百许盆与客相间，遇酒行，即
遣妓取一花传客，以次摘其叶，尽处则饮酒，往往侵夜载月而归。……迩来
几四十年，念之犹在目。今余小池，植莲虽不多，来岁花开，当与山中一
二客修此故事。"② 只是这种雅饮也像在滁州游乐一样，没有留下什么唱和
诗。倒是庆历八年（1048）中秋前后，梅尧臣归乡时途经扬州，欧阳修为
之举办赏月会，邀请江淮两浙荆湖发运使许元作陪，才算是与同时同地任
职的官员有些酬唱，据梅尧臣《依韵和发运许主客咏影》、《寄酬发运许主
客》等诗题看，许元能诗多诗，但在欧阳修看来，以许元的创作水平，就
是与自己联合起来，也得事先做好充分准备才能抵挡梅尧臣，所谓"仍约
多为诗准备，共防梅老敌难当"（《招许主客》）。梅尧臣《依韵和欧阳永
叔中秋邀许发运》则客气地回答"曾非恶少休防准，众寡而今不易当"。
欧阳修与许元的唱和没有太多留存，欧在扬州的唱和也仅此而已。

---

① 详参欧阳修《与韩忠献王》其八、《与章伯镇》其四。
② 叶梦得：《避暑录话》卷上，《丛书集成》本。

皇祐元年（1049）正月十三日，欧阳修移知颍州。欧阳修《思颍诗后序》云："皇祐元年春，予自广陵得请来颍，爱其民淳讼简而物产美，土厚水甘而风气和，于时慨然已有终焉之意也。"除了颍州的民风水土，"颍虽陋邦文士众"（欧阳修《雪》）也应是欧阳修留恋颍州的重要原因。欧阳修知颍州期间，不仅下属吕公著通判、张器判官能与他唱和①，在颍州丁父忧的刘敞、刘攽兄弟也成为他的讲学唱和友，加上欧之弟子魏广、徐无党，还有几位处士如焦千之、常秩、王回，让欧阳修看到当地士子的风貌，欧阳修在颍州才感受到了身为地方长官的最大乐趣：仅仅游乐畅饮是不够的，宴饮中能够诗歌唱和，才更优雅有品位。他们多次宴集于聚星堂分韵分题赋诗，用文学上的交流与沟通代替普通的吃喝玩乐：

> 欧公居颍上，申公吕诲叔作太守（应为通判）。聚星堂燕集，赋诗分韵，公得松字，申公得雪字，刘原父得风字，魏广得春字，焦千之得石字，王回得酒字，徐无逸得寒字；又赋室中物，公得鹦鹉螺杯，申公得瘿壶，刘原父得张越琴，魏广得澄心堂纸，焦千之得金星研，王回得方竹杖，徐无逸得月砚屏风；又赋席间果，公得橄榄，申公得红蕉子，刘原父得温柑，魏广得凤栖，焦千之得金橘，王回得荔枝，徐无逸得杨梅；又赋壁间画像，公得杜甫，申公得李文饶，刘原父得韩退之，魏广得谢安石，焦千之得诸葛孔明，王回得李白，徐无逸得魏郑公。诗编成一集，流行于世。当时四方能文之士及馆阁诸公，皆以不与此会为恨。②

七人经常分题分韵作诗，结成诗集流行，可谓诗坛雅事，引领当时地方唱和风骚。

除了分题分韵外，欧阳修还制订出"禁体物语"这一新颖的咏物唱和标准，其《雪》诗下注云"时在颍州作。玉月梨梅练絮白舞鹅鹤银等事，皆请勿用"，简短说明了当时咏雪的禁令规则。诗中所云"颍虽陋邦文士

---

① 欧阳修有《答吕公著见赠》、《答吕太博赏莲》、《酬张器判官泛溪》等诗。
② 朱弁：《风月堂诗话》卷上，《宝颜堂秘笈》本。

众，巨笔人人把矛槊。自非我为发其端，冻口何由开一噱"，可见欧阳修对颍州"文士"的了解程度，以及他自己自觉的"发端"创新意识。

尽管欧阳修知颍州只有一年半左右，但颍州唱和为欧阳修赢得了更大的郡守文采风流声名，这位"文章太守"终于在颍州找到了类似当年西京"七老"交游唱和的乐趣。而正当他乐此不疲与下属、处士、弟子唱和时，却接到了知应天府的任命。

欧阳修在南京任上政务、俗务、人事十分繁忙，正如欧阳发《先公事迹》所云："南京素号要会，宾客往来无虚日，一失迎候，则议论锋起。先公在南京，虽贵臣权要，过者待之如一。由是造为语言，达于朝廷。时陈丞相升之安抚京东，因令审察是非，陈公阴访之民间，得俚语谓公为'照天蜡烛'，还而奏之。"① 然而他并没有放弃颍州时期高涨的唱和雅兴，何况他遇到的是杜衍以及其他致仕闲居官员：一群年龄身份均与颍州唱和圈截然不同的唱和对象。

杜衍对欧阳修诸人的颍州唱和早有耳闻，他多次向欧阳修索读聚星堂诗②，并对其咏雪"白战体"给予很高评价：

> 聚星堂咏雪，约云"'玉月梨花练絮白舞鹅鹤'等事，皆请勿用"。杜祁公览之嗟赏，作诗赠欧公云："尝闻作者善评议，咏雪言白匪精思。及窥古人今人诗，未能一一去其类。不将柳絮比轻扬，即把梅花作形似。或夸琼树斗玲珑，或取瑶台造嘉致。撒盐舞鹤实有徒，吮墨含毫不能既。深悼无人可践言，一旦见君何卓异。"又云："万状驱从物外来，终篇不涉题中意。宜乎众目诗之豪，便合登坛推作帅。回头且报郢中人，从此阳春不为贵。"祁公耆德硕望，欧公为文章宗师，祁公礼所宜厚，然前辈此风，类多有之。所可叹息

---

① 欧阳发：《先公事迹》，欧阳修《欧阳修全集》附录卷五，中国书店（据世界书局1936年版影印）1986年版，第1369页。

② 据欧阳修《太傅杜相公索聚星堂诗谨成》下注"一本云：'太傅相公宠答佳篇，仍索拙诗副本，谨吟成四韵以叙鄙怀'"，可知杜衍评价过聚星堂诗后，还索要其诗副本。南都唱和十二首诗题下均有"一本云"，所云当为唱和时最初题目，入集时改拟成简短诗题。

者，后来无继耳。①

杜衍因此而将颍州唱和与南都唱和连接在一起。杜衍的诗歌应该是对欧阳修"禁体物语"创作的最早评价。

欧阳修对杜衍如此高度的评价十分感激乃至惶恐，因为在此之前这位年长欧阳修三十岁的师长与上司，重视的是欧阳修的政事吏治才能，而很少关注欧阳修的诗歌创作。欧阳修南都唱和十二首诗中，有两首可能就是酬答此二诗②的。《太傅杜相公索聚星堂诗谨成》云："楚肆固知难炫玉，孔门安敢辄论诗。藏之什袭真无用，报以双金岂所宜。已恨语言多猥冗，况因杯杓正淋漓。愿投几格资咍噱，欲展须于欲睡时。"《和太傅杜相公宠示之作》又云："平生孤拙荷公知，敢向公前自炫诗。忧患漂流诚已甚，文辞衰落固其宜。非高仅比巴音下，少味还同鲁酒漓。两辱嘉篇永为宝，岂惟荣耀诧当时。"在欧阳修的谦卑中，是对知音杜衍的无比崇敬。长辈的赏识与晚辈的谦逊是欧、杜南都唱和互动的基础。

地方唱和需要很多条件，譬如地方长官是否热爱交游与文学创作，具备多高的创作素质，其副贰僚属是否同样具备文学素质以及能否与之相处融洽，而更重要的是本地文化教育水平、有无能酬唱无碍的地方"名胜"、士子的向学程度以及是否热衷于创作，等等。欧阳修自景祐起就已经是政坛文坛耀眼的明星，经历了庆历新政，他的政治文学声誉如日中天，他的外任几乎意味着文坛中心由汴京向地方的转移，而滁州、扬州、颍州、南都不同的地域文化尤其是当地当时的人物，给他提供了最为直接又有些偶然的对话沟通语境。离开颍州年轻一辈构成的融洽又充满朝气的唱和圈，欧阳修面对长辈旧交，以新的角色在南都开始了新的唱和。

二 多重身份下各种情感凝聚的唱和诗

面对旧知杜衍，欧阳修有多重身份。欧阳修《纪德陈情上致政太傅杜相公二首》其二云"昔日青衫遇知己，今来白首再升堂"，他后来的《跋

---

① 朱弁：《风月堂诗话》卷上，《宝颜堂秘笈》本。
② 《全宋诗》第1600页将此书所引二诗合为一首，题作《聚星堂咏雪赠欧公》。

杜祁公书》一段话可以说是对此诗句意的详细注解："公当景祐中为御史中丞，时余以镇南军掌书记为馆阁校勘，始登公门，遂见知奖。后十五年，余以尚书礼部郎中、龙图阁直学士留守南都，公已罢相致仕于家者数年矣。"很难详知杜衍景祐中如何"知奖"欧阳修，而欧阳修从此以后就将杜衍当作平生第一知己。贬谪滁州时，欧阳修《与杜正献公》就有"不惟上辜陶钧，实亦惭愧知己"之语；移知颍州，欧阳修表达了"蕞尔小子，蒙德有年，瞻望门墙，何日而已"这样的感恩向往之情；留守南都，给欧阳修提供了瞻望知己门墙的机会，所以他不断登门拜谒求教唱和。杜衍嘉祐二年初去世后，欧阳修的这种感情更加强烈，他主动且谨慎地斟酌杜衍的墓志铭，并多次与杜衍次子杜诉谈论他的想法，《与杜诉论祁公墓志书》其一云："平生知己，先相公最深，别无报答，只有文字是本职，固不辞，虽足下不见命，亦自当作。然须慎重，要传久远，不斗速也。"其二云："修愚鄙，辱正献公知遇，不比他人。公之知人推奖，未有若修之勤者；修遇知己，未有若公知之深也。其论报之分，他事皆云非公所欲，惟纪述盛德，可以尽门生故吏之分。然以衰病，文字不工，不能次序万分之一，此尤为愧恨也。"这种历久弥新的知己之感，使得欧阳修那些看似平淡的诗句充满了感激之情与知恩图报之意。

欧阳修《答太傅相公见赠长韵》"凋零莺谷友"一句下注："修与尹师鲁、苏子美同出门下。"因此他一直自称门生，对杜衍敬仰有加。葛立方《韵语阳秋》卷十八云："欧公与尹师鲁、苏子美俱出杜祁公之门。欧公虽贵，犹不替门生之礼。和祁公诗云：'麈柄屡挥容请益，龙门虽峻许先登。立朝行己师资久，宁止篇章此伏膺。'又云：'公斋每偷暇，师席屡攻坚。善海常无倦，余谈亦可编。'又云：'昔日青衫遇知己，今来白首再升堂。'盖未尝一日忘祁公也。"从中可以看出当时人对欧阳修终身不改门生之礼十分看重。

作为门生，欧阳修将杜衍视为处理政事的导师，他徙知扬州时就表达过效仿杜衍之意，在南都期间更是经常登门求教，所谓"铃斋幸得亲师席，东向时容问治民"。他还详细描述了登门请益的情状，在"善海常无倦，余谈亦可编"下自注云："每接公论议，皆立朝行己之节，至于谈笑之间，亦多记朝廷故事，皆可纪录，以贻后生。"向杜衍虚心求教使得"仰高虽莫及，希骥岂非贤"这样的话语看起来并非虚语。欧阳修还将杜衍视为人生导师，尊重其为人行事："俭节清名世绝伦，坐令风俗可还淳。""凛凛节奇霜涧柏，昭昭心莹玉壶冰。正身尚可清风俗，当暑何须厌郁蒸。"这些看似陈词滥调的溢美之词，其实有很多事实支撑，欧阳修的《太子太师致仕杜祁公墓志铭》云："公自布衣至为相，衣服饮食无所加，虽妻子亦有常节。家故饶财，诸父分产，公以所得悉与昆弟之贫者，俸禄所入，分给宗族，赒人急难。至其归老，无屋以居，寓于南京驿舍者久之。……凡公所以行之终身者，有能履其一，君子以为人之所难，而公自谓不足以名后世，遗戒子孙，无得纪述。"杜衍《新居感咏》云："始营菟裘地，来向濉水湄。城隅最穷僻，匠者宁求奇。卜筑悉由己，轩牖亦随宜。外以蔽风雨，内以安妻儿。燕雀莫群噪，鹪鹩才一枝。因念古圣贤，名为千古垂。何尝广居室，俭为后人师。"可以视作欧阳修诗文的补充。

欧阳修与杜衍还是庆历新政的"朋党"。庆历五年（1045）正月二十八日，范仲淹、富弼罢职外任，二十九日，杜衍罢知兖州，欧阳修三月上《论杜衍范仲淹等罢政事状》[①]，辨杜衍、范仲淹、韩琦、富弼"朋党"之诬而无果，却被视为四人的"朋党"。杜衍不久就从兖州任上致仕，也是无奈之举。庆历新政中，杜衍的所作所为，参与其中的谏官欧阳修知之甚深，感之尤切[②]，失败之后两人都有被贬谪外任的经历，因而更有同道同情之理解，所以欧阳修在诗歌中称杜衍是"貌先年老因忧国，事与心违始乞身"，"事国一心勤以瘁，……风波已出凭忠信，松柏难凋耐雪霜"。杜衍对这些诗句十分欣赏，据《石林诗话》记载："杜正献公自少清羸，若不胜衣，年过四十，须发即尽白。虽立朝孤峻，凛然不可屈，而不为奇节危行，雍容持守，不以有所不为为贤，而以得其所为为幸。欧阳文忠公素出其门，公谢事居宋，文忠适来为守，相与欢甚。公不甚饮酒，唯赋诗唱酬，是时年已八十，然忧国之意，犹慷慨不已，每见于色。欧公尝和公

---

① 题目下注：一作《上皇帝辨杜韩范富书》，庆历五年。《欧阳修全集》，中国书店1986年版，第846页。

② 详参欧阳修《太子太师致仕杜祁公墓志铭》。

诗，有云'貌先年老因忧国，事与心违始乞身'，公得之大喜，常自讽诵。当时以为不惟曲尽公志，虽其形貌亦在模写中也。"

苏舜钦是杜衍的长女婿，与欧阳修同出杜衍门下，又是欧阳修的同道诗友，更是庆历新政的支持者。庆历四年（1044）十一月七日，进奏院事发，欧感叹不能相救；庆历八年（1048）苏舜钦去世，欧阳修深切悼念；皇祐元年（1049）欧阳修《与杜正献公》云："顷自去冬子美之逝，贤人不幸，天下所哀，伏计台慈，倍深痛悼。"唱和诗中更有"凋零莺谷友，憔悴雁池边"的叹息。皇祐三年（1051），欧阳修于杜衍处得苏舜钦遗稿，编成文集十卷且作序①。这层关系无疑也加深了欧、杜感情。

作为知府大尹，欧阳修对杜衍这位身份特殊的"治下之民"，不仅"岁时率僚属候问起居"（《跋杜祁公书》），而且举办"庆老公宴"（详见下文）以示尊崇。欧阳修拜谒杜衍时，常常会在仪仗簇拥下浩浩荡荡光临杜府，这种炫耀式的排场是为了显示对杜衍的尊敬，也是为了以门生的成就加强导师的荣光，所谓"里门每入从千骑，宾主俱荣道路光"。欧阳修有着普通官僚对荣宠的世俗看法，譬如杜衍退居南都期间，仁宗祀明堂，多次诏请他入京陪祭，欧阳修认为这是莫大的荣誉，但杜衍却因疾病而辞行，欧阳修诗云："驿骑频来急诏随，都人相与窃嗟咨。自非峻节终无改，安得清衷久益思。前席盖将求说议，在庭非为乏陪祠。尊贤优老朝家美，他日安车召未迟。"② 他在《太子太师致仕杜祁公墓志铭》的序与铭中也提到此事："天子祀明堂，遣使者召公陪祠，将有所问，以疾不至，而岁时存问，劳赐不绝。……奕奕明堂，万邦从祀。岂无臣工，为予执法。何以召之，惟公旧德。公不能来，予其往锡。"这是他"千骑拥高牙"拜谒杜衍的心理依据。

杜衍作为欧阳修的"治下之民"，曾作"喜雨"诗（今不存）盛赞欧阳修的为政有方，欧阳修《依韵和杜相公喜雨之什》云："岁时丰俭若循

---

① 欧阳修《苏氏文集序》："予友苏子美之亡后四年，始得其平生文章遗稿于太子太傅杜公之家，而集录之，以为十五卷。子美，杜氏婿也，遂以其集归之。而告于公曰……"《欧阳修全集》，中国书店1986年版，第287页。

② 欧阳修：《居士外集》卷六，《欧阳修全集》，中国书店（据世界书局1936年版影印）1986年版，第393页。

环，天幸非由拙政然。一雨虽知为美泽，三登犹未补凶年"，且自注："京东累岁不熟。"表现出一个知府谦逊且忧民的情怀。

欧阳修还将杜衍视作最为强劲的"诗敌"，其《依韵答相公宠示之作》有"平生未省降诗敌"之语，下注云"近数和难韵，甚觉牵强"，表示对杜衍唱诗的降服。南都唱和中的欧阳修十分谦卑，不仅在《太傅杜相公索聚星堂诗谨成》、《和太傅杜相公宠示之作》二诗中自谦，而且在《答杜相公惠诗》中称赞杜衍的唱诗："言无俗韵精而劲，笔有神锋老更奇。"虽说此语不免虚美，但这无疑鼓励杜衍创作的热情。欧阳修还称赞杜衍兼擅"事业"与"篇章"："元刘事业时无取，姚宋篇章世不知。二美惟公所兼有，后生何者欲攀追。"颍州时期知州主导型唱和变作南都时期上下级逆动型唱和。

欧阳修在南都唱和中，兼具知己、同道、门生、故吏、知府、诗友多重身份，每种身份都增加一份情感：理解、尊敬、钦佩、谦逊、感恩、荣耀等叠加累积，凝结成十多首唱和诗厚重的内涵。今人看来不过是泛泛应酬的唱和，如果挖掘出唱和双方的交往相处历史，还原当事人唱和的语境，很难说完全是虚与委蛇的无聊之作。

三 五老会唱和：南都文学崛起的标志性事件之一

作为宋四京之一的南京，历史上或称宋州或称睢阳，至道中（995—997）属于京东路，景德三年（1006）升为应天府，大中祥符七年（1014）才升为南京。四京之中，南京的政治经济文化文学的水平与地位，远不及东都汴京、西都洛阳，只是比庆历二年（1042）才升格为北京的大名府略强一些。刘敞《送欧阳永叔留守南都》以渊博的学识与古雅的语汇描述了欧阳修赴南都时的排场以及南都的政治文化历史状况：

> 白水帝旧里，大火天明堂。王都异丰镐，原庙崇高光。毕命继
> 三后，商邑正四方。保厘自古贵，金日朝论昌。前旌鸟隼旗，左佩
> 麒麟章。陌途乱铙吹，先路交壶浆。风物盛山东，令人忆游梁。缅
> 然严邹徒，赋笔尝慷慨。废池扫清冷，旧苑开荒凉。终留相如坐，

一伴鬼雁翔。①

然而西汉梁孝王时期的梁园风流后世难继，直到欧阳修、杜衍唱和之前，南都的文学文化发展乏善可陈。

王仲咮《南都赋》铺叙了南都在宋初创建的原因与过程：

> 夫大宋之开基也，肇自商丘，大启土宇。创洪图而遗亿代，一帝统而超邃古。万国被德泽，四裔畅皇武。西荡巴蜀，东澹海湑，北指幽蓟，南曜朱垠。天乙七十里而兴王，姬周三十世而卜宅，曾何足云？至于祥符之际，累盛而重熙。增太山之高，禅梁父之基。神祇安妥，日星光辉。宝符瑞应，萃乎斯时。于是巡方，幸亳社，动天辂，备法驾。海夷献珍，黄云覆野。就见百年，存问鳏寡。明壹法度，赦宥天下。当是时也，翠华回驭，龙旆载扬，乃睠兹土，如归故乡。观紫气于芒山，辨白水于南阳，洒翔鸾之神翰，捈鸿藻之天章。于是建南京，陪上国，首诸夏，作民极。对列乎浚郊，相辉乎洛宅。②

在帝王诏命下创建一个陪都不需要太多时间，但是一个都市的文化文学发展却尚需更多的时间和人物。

杜衍于庆历七年（1047）退居南京时已是古稀之年。作为官员、政治家，杜衍致仕之前致力于政事政务，并无多少诗歌创作与唱和，而退居南都之后，他曾与苏颂谈到"吾常见世之学文者为吏而或不事事，言吏政者又有脱略细故而不为文"③，认为二者应该兼擅；他还深感此生最大的遗憾是"独无风雅可流传"，所以开始留意"风雅"之事，积极创作唱和。欧阳修安慰他说"南都已见成新集"④，他还将编写的诗集寄给文彦博，文彦

---

① 刘攽：《彭城集》卷三，《文渊阁四库全书》本。
② 吕祖谦：《宋文鉴》卷十，中华书局1992年版，第122页。
③ 苏颂：《谢太傅杜相公》，《苏魏公文集》卷六十八，《文渊阁四库全书》本（下同）。
④ 欧阳修：《太傅杜相公有答兖州待制之句，其卒章云"独无风雅可流传"，因辄成》。

博称赞他"一轴诗三十，词高气格雄"①。他现存诗歌不多，但基本上是退居南都十年所作。

杜衍退居南都十年，不仅创作意识觉醒，而且还产生了自觉建设地方文化的意识。应天府升作南都后，成了一些致仕官员选择的安度晚年之地，这为五老会的形成提供了条件。杜衍"与宾客太原王公、故卫尉河东毕卿、兵部沛国朱公、驾部始平冯公，咸以耆年挂冠，优游乡梓，暇日宴集，为五老会，赋诗酬唱，怡然相得。宋人形于绘事，以纪其盛"②。在五老会中，杜衍虽然年纪最小，却因在庆历中曾居相位而被视为五老会的中心人物，钱明逸《睢阳五老图诗并序》将杜衍放在五老之首："今致政宫师相国杜公，雅度敏识，圭璋岩庙，清德令望，龟准当世。功成自引，得谢君门，视所难得者则安享之，谓所难行者则恬居之，燕申睢阳。"王辟之《渑水燕谈录》卷五亦云："祁公以故相耆德，尤为天下倾慕。"杜衍退居较其他四人晚，他可能是五老会的组织者。杜衍题五老会画像诗中有"若也睢阳为故事，何妨列向画图看"之语，透露出他试图将五老会发展成南都文化标志的愿望。

五老会之前，南京并无太多声名远播的文学活动，五老会的成员颇有效仿洛阳白居易九老会，希望南都也像西京一样文采风流的意图，朱贯诗云"九老且无元老贵，莫将西洛一般看"，指出五老中因为有杜衍这样的"元老"，其规格自然比洛阳九老更高，以证明南都五老会后来居上。

欧阳修著述创作意识以及发展地方文化的意识比杜衍更早且更强，所以他皇祐二年（1050）七月到南都任职不久，就为五老举办"庆老公宴"。时为南京留守推官的苏颂记载："某顷为南都从事，值故相杜公与王宾客焕、毕大卿世长、朱兵部贯、冯郎中平同时退居府中，作'五老会'。一日大尹庐陵欧阳公作庆老公宴，而王、毕二公以病不赴，中座亦只四人，

① 文彦博《潞公文集》卷四《谢太傅杜相公以近诗三十首寄示》："一轴诗三十，词高气格雄。文通推杂体，吉甫让清风。平日丹青笔，当年造化工。安车有余力，移向二南中。"
② 祝穆《古今事文类聚》前集卷四十五、钱明逸《睢阳五老图诗并序》，《文渊阁四库全书》本。

某时与诸僚同与席末。"① 欧阳修作为地方最高长官，敬老尊老，对五老会活动十分支持，这种府宴有促进五老会发展的作用。

欧阳修借阅了五老会唱和诗并写《借观五老诗次韵为谢》：

> 脱遗轩冕就安闲，笑傲丘园纵倒冠。白发忧民虽种种，丹心许国尚桓桓。冥鸿得路高难慕，松老无风韵自寒。闻说优游多倡和，新篇何惜尽传看。

由此可知欧阳修是五老会唱和诗的最早阅读者和宣传者，五老会活动及唱和诗因为有了他的支持、追和与盛赞而流播四方。

欧、杜及五老会在南都唱和活动的见证人与直接受益者是后学苏颂（1020—1101）。苏颂作为后生晚辈，对欧阳修、杜衍的仰慕感激溢于言表，他在南都与欧、杜也有唱和。② 他后来谈到欧阳修，就会回忆起"早向春闱遇品题，继从留幕被恩知"③ 的两段经历；谈到杜衍，就会想到"几杖初来宅次睢，孤生从此被深知。翘材馆盛亲师益，绿野堂闲奉燕私"④ 的情状。南都"庆老公宴"后五十年，苏颂已经年届八十，在一次宴会上，他"言念往昔，正类今辰"，仍对当日情形以及人物念念不忘："曾览祁公五老诗，仍陪三寿燕留司。今逢北固开尊日，正似南都命席时。喜奉笑言挥麈柄，却惭衰朽倚琼枝。定知此会人间少，五十年才一再期。"⑤ 这种难得的"故事"，已经深入后生晚辈的记忆中，延伸到北宋后期。

皇祐四年（1052）去世的范仲淹、至和二年（1055）去世的晏殊，均有次韵赓和五老会诗，范诗有云"道似皋陶垂德惠，政如傅说起圭桓"，

---

① 苏颂：《润守修撰见招，与左丞王公、大夫俞公东园集会，宾主四人，更无他客。……言念往昔，正类今辰。然自皇祐庚寅（1050）迄今元符己卯（1099），整五十年矣。抚事感怀，辄成七言四韵》，《苏魏公文集》卷十二，《文渊阁四库全书》本。

② 如《府尹欧阳公以临书智信篇为贶，谨以长句酬谢》、《谢太傅杜相公惠吴柑》、《太傅相公以梅圣俞寄和建茶诗垂示，俾次前韵》等，均见《苏魏公文集》卷六。

③ 《苏魏公文集》卷十四挽辞《欧阳文忠公二首》其二。

④ 《苏魏公文集》卷十四挽辞《司徒侍中杜正献公五首》其五。

⑤ 《苏魏公文集》卷十二。

晏诗有云"百日秉枢登相府，千年青史表旌桓"①，二人都曾与杜衍共事，对杜衍都有深入的了解。他们应该是从杜衍处了解到五老会诗。晏诗结句云"逍遥唱和多高致，仪像霜风俾后看"，也指出杜衍的行为故事将会流传久远。

后任南都知府的钱明逸于至和三年即嘉祐元年（1056）中秋，从杜衍处得观南都人为五老的画像以及唱和诗而作的《睢阳五老图诗并序》，是对前此的唱和活动的总结："昔唐白乐天居洛阳，为九老会，于今图识相传，以为胜事。距兹数百载，无能绍者。以今况昔，则休烈巨美过之。明逸游公之门久矣，以乡间世契，倍厚常品，今假手留钥，日登翘馆，因得图像，占述序引，以代乡校咏谣之万一。"也将五老会视作南都文化兴盛的标志性事件。

此后，五老会诗的次韵和者与追和者尚有：张商英、富弼、韩琦、胡瑷、苏颂、邵雍、文彦博、司马光、张载、程颢、程颐、苏轼、黄庭坚、苏辙、范纯仁等十五人，几乎涵盖北宋中后期的儒林文苑政坛名流。而南宋绍兴以后为五老会画像诗歌题跋者有蒋璨、杜绾、钱端礼、胡安国、朱熹、吕祖谦、王铚、季南寿、谢觐、洪迈、张贵谟、游彦明、范成大、欧阳希逊、谢如晦、俞端礼、何异、朱子荣（他从毕氏家族换得绘画及题诗）等十八人，其中既有五老、钱明逸之后代子孙如杜绾、钱端礼、朱子荣，又有硕儒名臣名士。元明清的题跋也源源不断。画像以及大量的唱和、追和、题跋，将睢阳五老故事流传久远，变成睢阳的文化与文学典故，久盛不衰。

［原载《吉林师范大学学报》（人文社会科学版）2014 年第 6 期］

---

① 范仲淹、晏殊和诗证明现存五老会诗是皇祐四年前作品，并非至和三年钱明逸作序时才唱和，五人创作时的岁数也并非序所标注的年龄。现存五老会五首诗可能是欧阳修在南都任职时期五老所作。明赵琦美《赵氏铁网珊瑚》卷十三（《文渊阁四库全书》本）收录了大量的睢阳五老图题画诗，后来的画谱类书都沿袭收录并累代增加。下文所列唱和追和题跋名单也见于此书。

陆游研究

钱钟书的陆游诗歌研究述略

——文学本位研究的范例与启示

钱钟书先生在《谈艺录》、《宋诗选注》、《管锥编》中，对陆游都有很多精到的评价和论述①。认真综合分析这些评价论述，会使我们对陆游诗歌有更全面深入的认识，并且对钱钟书先生的诗学思想和评价标准有更加深入的了解，也会使我们学到认知和评价诗歌的方法，学到怎样做文学的"文学性"研究。下面就作一个尝试。

钱先生首先从成就与地位上论述陆游，指出陆游是诗歌创作的"大家"，是与杨万里一起如同"江河"一样"万古"② 流芳的诗人，这是不容置疑的。因此清人杭世骏所云"子无轻放翁，诗文至此，亦足名家"，是比侮辱还要更甚的"谬恭"。陆游在诗歌史上的地位当时就已经确立，而且得到了元明清至今近千年的考验与接受，这一点没有必要详细论述，所以钱先生在叙述中一带而过，但他批评杭世骏的寥寥数语，却使人们对陆游的成就和地位更加确信无疑。

钱先生对陆游的生前身后名的变化，与杨万里做了一个对比：陆和杨在当时诗坛上的地位大体相当，他们与尤袤、范成大都在"南宋时所推重的'中兴四大诗人'"③ 之列，当时都有不少追随者。而在四大诗人中，杨万里的诗名甚至超过陆游，所谓"九州四海一诚斋"（王迈《臞轩集》卷

---

① 《谈艺录》《宋诗选注》二书论述较集中详细，《管锥编》较少较分散。本篇以前两种为主。

② 原句："放翁诚斋，江河万古。"用杜甫《论诗六绝句》中语："尔曹身与名俱灭，不废江河万古流。"

③ 钱钟书：《宋诗选注》，人民文学出版社 1989 年版，第 158 页。

十六《山中读诚斋诗》)。《谈艺录》列举了当时推崇杨万里的人及诗句,如张镃、周必大、王迈、项安世等。① 王迈对杨万里"倾倒之至,意中直不数放翁",项安世"亦推诚斋空扫前人、独霸当时"。陆游也自谦云:"我不如诚斋,此论天下同。"② 但是他们在后世的声名待遇却十分不同:"宋代以后,杨万里的读者不但远少于陆游的,而且比起范成大的来也数目不如。""放翁万首,传诵人间,而诚斋诸集孤行天壤数百年,几乎索解人不得。"③ 陆游在后世的声名远远超过杨万里。这个对比无疑突出了陆游诗歌的长久魅力以及陆游的成就与影响。为什么会有这么大的变化,自然有各方面的原因。作家的生前身后名不同,是文学史上一个常见的现象,这涉及诗歌接受学的问题。钱先生对诗人接受史更为关注,而对接受环境心理等问题显然没有过多的兴趣。

钱先生对陆游和杨万里的诗歌成就及特点所作的比较论述,已经成为经典,经常被人引用。与杨万里那种"拓境宇、启山林"具有开拓性、创新性相比较,陆游只是能够"铺锦增华"、"与古为新"的集大成式诗人。如果以开拓性、创新性作为评价作家成就的最高标准,那么陆游不及杨万里。"在当时,杨万里却是诗歌转变的主要枢纽,创辟了一种新鲜泼辣的写法,衬得陆和范的风格都保守或者稳健。因此严羽《沧浪诗话》的'诗体'节里只举出'杨诚斋体',没说起'陆放翁体'或'范石湖体'。"④陆游没有创造出"陆放翁体",主要是他对前人的继承大于他个人的创新,他的诗歌不像杨万里那样个性突出,因此他在南宋并非扭转诗歌"转变的枢纽"。从诗歌发展史上考察,他的贡献没有杨万里那样大,南宋中后期的诗歌,尤其是江湖诗派的诗歌,主要沿着杨万里开创的方向向通俗化、白话化发展。如果没有明清诗歌的再次雅化,诗歌的白话进程肯定会提早完成,杨万里的影响也肯定比陆游更大⑤,但实际上传统诗歌的审美标准很难一时扭转,陆游的创新性虽不如杨万里,但他也不像杨万里那样远离

① 钱钟书:《谈艺录》,中华书局1984年版,第121—122、446—447页。
② 陆游:《剑南诗稿》,《陆放翁全集》,中国书店1986年版,第762页。
③ 钱钟书:《宋诗选注》,人民文学出版社1989年版,第158页。
④ 同上。
⑤ 事实上五四文学革命时期及其后,胡适、周作人等人直接将杨万里作为白话诗的源头。

甚至背离传统，因此陆游比杨万里更受传统、更受后人的接受，这是陆游在明清影响大于杨万里的重要原因。

陆游的最大特点是能在继承传统基础上有所创新。陆游善于继承前人的文学遗产，他对前代的大小家数、本朝大小诗人的诗歌，都曾仔细阅读，悉心揣摩，然后或点铁成金，或推陈出新，取得比前人时贤略胜一筹的效果。钱先生在《谈艺录》中列举了许多陆游在前人诗句上创新的诗句，尤其对"放翁颇钩摘皮陆诗中新异语"、"放翁沾丐本朝名作"做了详细的论证。《宋诗选注》在注释陆游"山重水复疑无路，柳暗花明又一村"这一名句时，更突出了陆游这一特色："这种景象前人也描摹过，例如王维《蓝田山石门精舍》：'遥爱云木秀，初疑路不同；安知清流转，忽与前山通。'柳宗元《袁家渴记》：'舟行若穷，忽又无际。'卢纶《送吉中孚归楚州》：'暗入无路山，心知有花处。'耿沣《仙山行》：'花落寻无径，鸡鸣知有村。'周辉《清波杂志》卷中载强彦文诗：'远山初见疑无路，取经徐行渐有村。'还有前面选的王安石《江上》（指"青山缭绕疑无路，忽见千帆隐映来"）。不过要到陆游这一联才把它写得'题无剩义'。"这正是钱先生说的"人所曾言，我善言之，放翁之与古为新也"。"与古为新"在陆游作品中表现得十分具体。面对前人丰厚的文学遗产，如何继承、超越是宋代诗人一直努力探讨的问题，陆游的答案不同于欧阳修、梅尧臣、王安石、苏轼、江西诗派，也不同于杨万里，他能在百尺竿头更进一步，尽管这一步没有杨万里那样巨大，但是在诗歌史上已经难能可贵。

钱先生指出陆游诗歌在题材、内容或主题上主要有两大方面："一方面是悲愤激昂，要为国家报仇雪耻，恢复丧失的疆土，解放沦陷的人民；一方面是闲适细腻，咀嚼出日常生活的深永滋味，熨帖出当前景物的曲折的情状。"陆游近万首诗歌，其题材不限于这两方面，但这两方面题材在《剑南诗稿》中的确表现得最为突出。

钱先生显然不太欣赏陆游第一个方面的诗歌，其主要原因是"放翁爱国诗中功名之念，胜于君国之思，铺张排场，危事而易言之。舍临殁二十八字（指《示儿》），无多佳什，求如文集《书贾充传后》一篇之平实者少矣"。陆游"爱国诗"中表现出过多的对个人建功立业的向往，以至于

"功名之念"过于强烈，压倒或掩盖了其爱国情怀。因此，其"爱国诗"远不如杜甫忠君爱国诗歌那样"挚厚流露，非同矫饰"，甚至不如他自己的文章那样"平实"。钱先生在《谈艺录》的补订里对此有更为详细精彩的补充说明："放翁谈兵，气粗言语大，偶一触绪取快，不失为豪情壮慨。顾乃丁宁反复，看镜而频叹勋业，抚髀而深慨功名，若示其真有雄才远略、奇谋妙算，殆庶孙吴、等侪颇牧者，则似不仅'作态'，抑且'作假'也。"补订中对其"危事而易言之"、"自负甚高，视事甚易"、"文士笔尖杀贼，书生纸上谈兵"更是列举集中大量诗句证实，且颇带讽刺意味。《谈艺录》对陆游爱国诗的缺点直言不讳，而他所总结的观点的确击中了陆游"爱国诗"的诗病。

20 世纪 50 年代末，钱先生受到时风冲击，"在当时学术界的大气压力下，我企图识时务、守规矩，而又忍不住自作聪明，稍微别出心裁"①，他尽力从陆游爱国诗歌中寻找优点。在《宋诗选注》中，钱先生回溯北宋初年以后的爱国诗篇写作状况，指出陆游与其他爱国诗篇不同之处是："他们（指陈与义、吕本中、汪藻、杨万里等）只表达了对国事的忧愤或希望，并没有投身在灾难里，把生命和力量都交给国家去支配的壮志和弘愿，只束手无策地叹息或者伸手求助地呼吁，并没有说自己也要来动手，要'从戎'、要'上马击贼'，能够'慷慨欲忘身'或者'敢爱不赀身'，愿意'拥马横戈'、'手枭逆贼清旧京'。"陆游爱国诗篇中把亲自做一个战士驰骋疆场的决心表达得"淋漓酣畅"，这是前人同类诗篇中少见而且表达不够痛快的，甚至是杜甫诗歌"缺少的境界"，从这一点上可以看到陆游继承前人并有所开拓的"别开生面"的成就。另外，钱先生还指出"爱国情绪饱和在陆游的整个生命里，洋溢在他的全部作品里。……这也是在旁人的诗集里找不到的。"这两个优点与《谈艺录》所云多少有些背离，或者说态度、语气有所不同，让我们感受到"意识形态的严峻戒律下"②学者的进退维谷。另一方面也看到即便在"戒律"制约下，钱先生还能"别出心裁"，还有做学问的一丝不苟——仍然要找出大量的材料，仍然要

---

① 钱钟书：《模糊的铜镜》，《钱钟书论学文选》，花城出版社 1990 年版，第 60 页。

② 同上。

通过比较得到切实可信的结论。钱先生 1988 年《模糊的铜镜》——香港版《宋诗选注》前言中谈到这本书云："它既没有鲜明的反映当时学术界的正确'指导思想'，也不爽朗地显露我个人在诗歌里的衷心爱好。"所以，这里与《谈艺录》有些差别的地方，透露出言不由衷的消息，但所言仍是大体有据。

对于陆游两大方面的创作，钱先生无疑认为陆游第一方面的艺术水平不如第二个方面，他确信陆游更"工于写景叙事"，而并不"工于""爱国诗"。陆游对后代影响最大的也是其写景叙事诗——"模山范水，批风抹月，美备妙具，沾丐后人者不浅"。这与新中国成立后以至目前大多数人总是以爱国诗歌作为陆游最高成就的观点相背离。

钱先生把陆游的写景诗与杨万里同类诗作比较，以说明两人各自特色，指出陆游善于"以入画之景作画，宜诗之事赋诗"、"善写景"、"如画图之工笔"，虽然不如杨万里那样"新鲜泼辣"、那样"创辟"，但是也很有特色，很有成就。"铺锦增华"、"与古为新"在陆游"写景叙事诗"中表现尤其突出。

钱先生还从陆游诗歌在宋元明清的接受历史的角度谈到这个问题。陆游诗歌最受元明清人欢迎的，也主要是其"写景叙事"之作，而非"爱国诗"："这两个跟他（陆游）时代接近的人（指苏洞、林景熙）注重他作品的第一个方面（指爱国主题）。然而，除了明代中期他很受冷落以外，陆游全靠那第二个方面去打动后世好几百年的读者，……就此造成了陆游是个'老清客'的印象。当然也有批评家反对这种一偏之见，说忠愤的诗才是陆游集里的骨干和主脑，那些流连光景'和粹'的诗只算次要。可是这个偏向要到清朝末年才矫正过来。"元明清时期大部分时间人们都欣赏陆游的"第二个方面"——"流连光景'和粹'的诗"，这除了接受的时代环境与接受的文化心理等方面因素之外，恐怕只能说明陆游这一方面的诗歌写得更好、更有魅力。

《谈艺录》还指出："放翁诗余所喜诵，而有二痴事：好誉儿、好说梦。儿实庸才，梦太得意，已令人生倦矣。复有二官腔：好谈匡救之略、心性之学。一则矜诞无当，一则酸腐可厌。"这段话是对陆游诗歌上述两大方面题材内容的一个补充。"二痴事"中"好说梦",说的大多是收复失地之梦,最能见出其"危事而易言之"的特点。"二官腔"中的"匡救之略"也可划归"爱国诗",其"矜诞无当"也一同其他次类的爱国诗。而"二痴事"中"好誉儿",属于"日常生活"情事中的一个比较特殊的题材。陆游集中的确有不少寄儿、示儿之作,这些作品对诸儿疼爱有加,乃至褒扬不已,体现出陆游"天资和易"的性情以及真切的父爱。但是陆游的儿子却有负乃翁厚望,其中一子不仅仅是个"庸才",甚至是个恶棍,"《吹剑录》外集载其子贪酷杀民烧屋等事",这使得陆游的褒扬不免落空且令人怀疑。"二官腔"中的"心性之学",可算作是爱国诗的一个分支,但又有些特别,几乎可以从中独立出来。因为此类诗歌中,刻画出陆游"好正襟危坐,讲唐虞孔孟,说论语孝经,诵典坟而附洙泗"的形象,与其爱国诗豪情奔放不同,与其写景诗闲适细腻也不同,而是严肃正经,以至于"酸腐可厌"。这一点主要是受到朱熹以及南宋道学盛行风气的影响。

陆游诗歌从题材上看分两大类,由于他对两种题材的情感处理不同,也形成了两大类不同基调(或情调):爱国诗"悲愤激昂",写景叙事(或日常生活)诗"闲适细腻"。这两种情调在《剑南诗稿》中并行不悖,展现了一个情感丰富、兴趣多面的陆游。

钱先生认为陆游诗歌创作的总体风格和特色是"工饬温润"、"流易工秀"、"不僻不奥,具休文之'三易'"。尤其是陆游的五七律在写景叙事时,常常有近似晚唐人的"工细圆匀";其七律在抒发吊古伤时爱国情怀时,模仿杜甫七律"雄阔高浑,实大声弘"的风格,也是"逸丽有余,苍浑不足"[①]。"流易"、"工饬"、"秀"乃至"丽"(包括温润)是陆游诗歌最大特色。然而除了"流易"(流畅平易)之外,当代大多数人忽略了其余的两方面,而钱先生对这两方面论述很深入。

陆游诗歌之"工饬",主要表现在对偶上。钱先生指出:陆游诗歌最擅胜场的是其对偶的工妙——"比偶组对之妙,冠冕两宋",这是对陆游的最高评价。两宋工于对偶的诗人很多,如王安石、苏轼、黄庭坚都有不

---

① 钱钟书:《谈艺录》,中华书局1984年版,第118、115、121、124、174页。

少脍炙人口的名对佳联，但是陆游却能在继承的基础上超越他们，在"比偶组对"方面独擅胜场，这十分难得。钱先生认为这并非他自己的一家之言，《宋诗选注》云："非常推重他的刘克庄说他记闻博，善于运用古典，组织成为工致的对偶，甚至说古人好对偶被放翁用尽，后来许多批评家的意见也不约而同。"陆游对偶的最大特点就是"组织成语见长"，既能显示出广博的学问，又能见出巧妙的组织才能，所谓"美具难并"。因此清人才特别喜欢在陆游诗歌中摘取佳联，如"《瓯北诗话》摘放翁佳联，分为使事、写怀、写景三类"。"像旧社会里无数客堂、书房和花园中挂的陆游诗联都是例证。""又李慈铭《越缦堂日记》同治八年十二月初六日摘陆游句：'此等数百十联皆宜于楹帖。'"这恐怕是陆游生前所始料未及的。

陆游的"秀"、"丽"，是指其有"藻绘"、"组绣"之功。陆游自叙作诗经历云："我初学诗日，但欲工藻绘。中年始少悟，渐欲窥宏大。"① 当他中年意识到"组绣纷纷衒女工，诗家于此欲途穷"② 时，就下决心改变早年的"藻绘"，但是彻底改变早年的习气是很困难的，因此，陆游中年以后的作品仍没有全然去除掉"藻绘"与"组绣"，只是减轻了"藻绘"与"组绣"的程度，变成"秀"、"丽"了。钱先生又做了一点补充，认为陆游也有一些"朴质清空的作品"，但这类作品并非陆游诗歌的主流。

陆游从主观上非常推崇"朴质清空"的风格（或者说"朴质清空"是陆游的诗歌理想），钱先生指出，陆游在古代诗人中最推崇的是与他风格截然相反的梅尧臣："其于古今诗家，仿作称道最多者，仿作称道偏为古质之梅宛陵。……抑自病其诗流易工秀，而欲取宛陵之深心淡貌为对症之药耶？"《宋诗选注》也说陆游"很讲究组绣、藻绘而最推重素朴平淡的梅尧臣"。但是由于早年的积习，以及陆游的个性与梅尧臣非常不同，因而陆游的诗歌风格与梅尧臣几乎是相反的。由此可以看出，诗人的创作效果与其审美理想常常是有矛盾的。但是大多数研究者，往往根据陆游的审美追求，就断定陆游中年以后的诗歌已经做到"朴质清空"，这无疑是将诗人的追求与效果之间的关系简单化地等同起来了。

---

① 陆游：《剑南诗稿》，《陆放翁全集》，中国书店 1986 年版，第 1076 页。
② 钱钟书：《管锥编》，中华书局 1986 年版，第 314 页。

不仅是创作效果与创作理想有矛盾，陆游诗歌所表达的思想及其他一些方面，都或多或少有冲突甚至矛盾之处。陆游诗歌继承了宋诗以议论为诗的特点，喜欢在诗歌里表达自己的思想、见解。钱先生综合考察了其见解与观点，却发现陆游的思想或观点经常矛盾百出："诗中议论，亦复同病（指相犯）。好正襟危坐，讲唐虞孔孟，说论语孝经，诵典坟而附洙泗，攘斥佛老百家，谓为淫词异端，至以步兵非礼法为可诛，以宣尼推老子为虚妄，而丹灶道室，尺宅寸田，言之津津。谓辟佛可笑，如愚公移山；谓老子只言清净，丹经丹方皆糟粕无用；而又曰'人间事事皆须命，惟有神仙可自求'，'子有金丹炼即成，人人各自具长生'。"① 儒、释、道三方思想，在陆游的诗歌里并没有得到有机融合，而表现得非常冲突，可见陆游并非有完整思想体系的思想家，他只是一个兼容并蓄了各种思想而又不免矛盾的诗人。

此外，陆游在论诗论文还有论政事以至立身行事等方面，都不乏矛盾之处，如他"颇效法晚唐诗人而又痛骂他们"②，就是其论诗矛盾的表现之一。钱先生对其矛盾之处列举了不少例证，并认为产生如此矛盾的主要原因是"其论诗、文，好为大言，正如其论政事耳，……皆不特快口扬己，亦似违心阿世"③ ——与陆游豪爽外露的个性以及有点媚俗的心态有关。然而，无论有多少矛盾，陆游都不失为一个有真性情的诗人："放翁一时兴到，越世高谈，不独说诗。自语相违，浑然不觉，慨然不惜，粗疏而益妩媚矣。"陆游并非严谨到滴水不漏的道学家，正是因为他常常有"一时兴到，越世高谈"的冲动与表现，才会成为诗人。因此，各种矛盾集中到一起，显露出陆游诗歌及其个性"粗疏"的一面，同时也使陆游作为诗人显得更加"妩媚"动人。

钱先生还从陆游的性格出发，论述陆游的创作："放翁高明之性，不耐沉潜，故作诗工于写景叙事。……殆夺于外象，而颇阙内景者乎。"陆

---

① 钱钟书：《谈艺录》，中华书局 1984 年版，第 128、453—454 页。
② 陆游：《剑南诗稿》，《陆放翁全集》，中国书店 1986 年版，第 173 页。钱钟书：《谈艺录》，中华书局 1984 年版，第 123—125 页。
③ 钱钟书：《管锥编》，中华书局 1986 年版，第 1442 页。

游不属于善于内省、思虑深沉的内向型诗人，因此他的诗歌并不以思想深刻周密、表达沉着冷静见长，而是以外向型的"写景叙事"取胜。他的诗歌情感外露，痛快淋漓，与"以筋骨思理见长"的典型"宋调"颇为不同。钱先生从陆游自述其顿悟诗法的诗句入手，指出"自羯鼓手疾、琵琶弦急而悟诗法，大可著眼。二者太豪太捷，略欠渟蓄顿挫，渔阳之掺，浔阳之弹，似不尽如是。若磬笛琴笙，声幽韵曼，引绪荡气，放翁诗境中，宜不常逢矣"。陆游诗歌如同快节奏敲击、弹奏的羯鼓琵琶声，豪放便捷，而缺少传统审美情趣中最为看重的"磬笛琴笙"之音。"太豪太捷"之病，在陆游爱国诗中表现最为明显。

钱先生用大量诗句论证了陆游诗"太工巧"、"不无蹈袭之嫌"、"不免轻滑之病"、"欲以学力为太白飞仙语"却"失之易尽"等缺点，指出："放翁多文为富，而意境实尟变化。古来大家，心思句法，复出重见，无如渠之多者……皆屡用不一用，几乎自作应声之虫。似先组织对仗，然后拆补完篇，遂失检点。虽以才大思巧，善于泯迹藏拙，而凑填之痕，每不可掩。往往八句之中，啼笑杂沓，两联之内，典实丛叠，于首击尾应、尺接寸附之旨，相去甚远。文气不接，字面相犯。……其制题之宽泛因袭，千篇一律，正以非如此不能安插佳联耳。"① 陆游存诗为两宋诗人之冠，作品水平不免良莠不齐，而贪多又使其诗歌在"心思句法"上大量重复，加上个性中的"粗疏"以及追求佳句的偏好，使他的作品常常有句无篇，不够精细完美。

从以上的大体概括中，我们可以领略到：钱先生的陆游研究是非常全面而深入的，使我们了解到陆游诗歌的各个方面，并且纠正了单凭几首代表作或者片面介绍而引起的一些误解。

由此我们还了解到：钱先生有他自己一整套完整、明确而且高超的诗歌评价与审美标准，这个标准是当前许多不太熟悉与理解古代诗歌的诗评家以及古代文学的研究者们最为缺乏的。因为有了这套标准，钱先生又通过深入"文心"，才能对古代诗人的风格、特色、成就、优点缺点、继承

---

① 钱钟书：《谈艺录》，中华书局 1984 年版，第 125—128 页。

与创新、地位等的界定和评说，不但言之有据，而且下语十分有分寸、精确恰当。

当然，根据个人主观的审美标准所作的评判，能否得到大众的接受，还要看这个标准是否客观。钱先生对诗歌有浓厚的个人兴趣，但是他在评判诗歌时，则很少以兴趣影响理性。例如从个人兴趣上讲，钱先生似乎更欣赏杨万里，但个人爱憎并没有影响他的评判标准，他指出杨万里有长处但也同样有缺点："杨万里的主要兴趣是天然景物，关心国事的作品远不及陆游的多而且好，同情民生疾苦的作品也不及范成大的多而且好，相形之下，内容上见得琐屑。他的诗多聪明、很省力、很有风趣，可是不能沁入心灵，他那种一挥而就的即景写法也害他写了许多草率的作品。"[①] 谈到任何一个作家，钱先生都能客观地指出其优劣与高低，因此可以看出他的标准虽然是个人的、主观的，但更是客观的、普遍的，能够令人信服的。虽然他说"我个人学识上的缺陷和褊狭也产生了许多过错"[②]，但他的"缺陷和褊狭"无疑比普通研究者少得多。

更重要的是钱先生在研究陆游以及其他众多诗人时，采用的都是实证的方法与比较的方法：他的每一个结论或评述，都旁征博引大量的诗句或事实来证明，使人信服；不仅如此，他还找出许多参照体来作比较，譬如将陆游与杨万里、杜甫、欧阳修以及大量的晚唐诗人诗句作比较，几乎每个论点都是通过多方细致比较才得到，使微小的差别在大量细致的比较中显现出来，更使人不仅叹服，甚至叹为观止。

钱先生常用的研究方法并不奇特新异，但是他所得出的结论与观点却令人耳目一新、心服口服。由此可见，研究方法并非学术研究的重心，而学者的见识、才学、根底才是研究的关键。

之所以称钱先生的研究是文学本位研究的范例，就是因为钱先生在研究诗人时，时刻关注的是诗人的作品，是作品的"文学性"，而排除与"作品"和"文学性"无关的因素。他的研究，与其他人从社会学、文献学、史学、文化学等角度入手研究文学不同，与以文学作品去论证社会

---

① 钱钟书：《宋诗选注》，人民文学出版社1989年版，第162页。
② 钱钟书：《模糊的铜镜》，《钱钟书论学文选》，花城出版社1990年版，第60页。

学、文献学、史学、文化学等其他学科的研究也不同，是真正的以文学为本位的研究。

这种文学本位研究，建立在对其他各种社会科学的广泛了解之上，建立在对文学作品细致阅读、熟练把握、博闻强记的基础之上，尤其建立在深入理解作家的"文心"、娴熟掌握文学的"文学性"之上，对于钱先生来说是轻而易举的事，但对目前的大多数文学研究者来说，无疑太高难了。因此这个范例，才成为文学研究的一种理想或目标。

（原载《四川大学学报》2006 年第 6 期）

陆游双面形象及其诗文形态观念之复杂性

——陆游入蜀诗与《入蜀记》对比解读

入蜀对于陆游而言无疑是人生极为重要的宦游事件，因此，他不仅用"雅洁"① 的古文记录了"乾道六年闰五月十八日自山阴启行，十月二十七日抵夔州"② 期间每日的经历见闻，而且还用五六十首诗歌抒发他的情绪与感想。③ 诗与文的结合，使得陆游的这次宦游具有多层次意义，且互补互证，精彩纷呈。

如果仅从《入蜀记》④ 来看，陆游的这次宦游可以称得上是吴越、荆楚、三巴自然山水以及习俗文化，尤其是诗歌追忆与历史印证之旅；而如果再从入蜀诗考察，这次宦游则完全可以说是陆游的精神之旅。

一　入蜀诗文中的双面陆游

《入蜀记》客观、冷静记录了绍兴到夔州一路的山川、习俗、人物、文化⑤，展现的是陆游理性、深思、好学、好交游的形象，基本上没有流露陆游对此次宦游的不满情绪；而入蜀诗特别是进入夷陵以前的诗，则与该时期的日记截然不同，呈现出的是一个十分情绪化的陆游形象，诗中充满悲伤、无奈、怨恨等消极情绪。

---

① 《四库全书总目》卷五八，《文渊阁四库全书》本。
② 同上。
③ 陆游：《陆放翁全集》，中国书店1986年版，第23—32页。
④ 同上书，第264—298页。
⑤ 《入蜀记》研究者颇多，成果丰富，本文不再赘述。

从"乾道五年十二月六日得报差通判夔州"①之后近半年的时间里，陆游都迟迟不肯赴任，个中原因，在《入蜀记》里他只用"久病"二字说明，但在他此一时期的诗歌里，才可以看到更多的更真实的情状。《将赴官夔府书怀》中，陆游首先表达个人"喜山泽"的志向以及因为饥寒不得已而仕宦的苦衷，叙写中对宦途不得志充满哀怨和自怜，而对此次任命更是觉得无比凄惨，"终然敛孤迹，万里游绝徽"。官职低微无作为、仕途坎坷、路途遥远，是陆游畏惧入蜀的首要原因。随后他更细致描述了"想象"中的夔州风土人情：

> 民风杂莫猺，封域近无诏。凄凉黄魔宫，峭绝白帝庙。又尝闻此邦，野陋可嘲诮。通衢舞竹枝，谯门对山烧。浮生一梦耳，何者可庆吊。但愁瘿累累，把镜羞自照（自注：夔民多瘿，无者十才一二耳）。

"想象"中的可怖山川与鄙陋习俗，以陆游之阅读广泛程度而言，自然得之于文献记载，而这些材料留下的概括又具体的印象，成了陆游的精神负担。由此可知，对目的地地貌习俗的鄙视更是陆游恐惧远游的又一重要原因。居住在畿辅之地，享受着近畿的繁华热闹，加上从小又受到优越的越中习俗文化的熏陶濡染，陆游自然对偏僻且传说中十分落后鄙野的三巴感到恐惧。仅从这一首诗歌看，陆游所透露出的想法、情绪与精神状态，确实比日记更加丰富且栩栩如生。

在入蜀前的近半年内，陆游当然没有完全沉浸于哀怨与畏惧中，他还积极做了一些努力，希望命运有所改变，例如他写诗给梁克家参政（《投梁参政》），委屈万分地诉苦道："残年走巴峡，辛苦为斗米。远冲三伏热，前指九月水。回首长安城，未忍便万里。"他希望得到梁克家的垂怜，但更希望梁克家帮助他弃文从武，将他收留在抗金前线将军的幕府之中，那时即便是"覆毡草军书"，他也会"不畏寒堕指"。这个愿望表明陆游并非贪生怕死、好逸恶劳之人，他之所以不愿远赴夔州，只是因为"通判"之

---

① 陆游：《陆放翁全集》，中国书店1986年版。

职实在不能实现他的理想。在证实一切努力都是徒劳之后,陆游才不得已冒着暑热出发。《入蜀记》里对此只字不提。

带着这些消极悲观的情绪上路,入蜀必定是凄楚哀怨的,但是陆游从一开始就保持着绝对清晰的诗、文书写分离观念:《入蜀记》随着时间、地理、游历、见闻的顺序而"雅洁"地展开,没有一丝伤感与怨望,阅读起来令人愉悦,自然、人文、考据、古今诗人诗句印证,无一不使人增长知识、积累审美经验,且使人体会到卧游乐趣;而入蜀诗却截然相反,完全是情绪化写作。

《入蜀记》是从宦游第一天即闰五月十八离家就开始创作的,而入蜀诗则直到六月十日至平江府夜泊枫桥才开始。迟迟不肯作诗,可能是忙于离别的应酬以及尚在熟悉的吴越文化区域行进吧。《入蜀记》此日的记载十分简洁:"十日,至平江,以疾不入。沿城过盘门,望武丘楼塔,正如吾乡宝林,为之慨然。宿枫桥寺前,唐人所谓'夜半钟声到客船'者。"白天"为之慨然"的只是吴地的楼塔与越中家乡的楼塔没有区别,淡淡的思乡情绪偶一流露,但不加渲染;到了晚上的《宿枫桥》:"七年不到枫桥寺,客枕依然半夜钟。风月未须轻感慨,巴山此去尚千重。"感慨与忧惧就显得意味深长,因为"七年"与"千重"借着绝句的一唱三叹之功能而撼动人心。

《宿枫桥》还算是轻轻的慨叹,接下来陆陆续续的诗歌,则是无一例外地哀伤、忧怨、畏难、无奈:

> 半世无归似转蓬,今年作梦到巴东。身游万死一生地,路入千峰白嶂中。(《晚泊》)
> 归燕羁鸿共断魂,荻花枫叶泊孤村。(《雨中泊赵屯有感》)
> 局促常悲类楚囚,迁流还叹学齐优。(《黄州》)
> 西游处处堪流涕,抚枕悲歌兴未穷。(《武昌感事》)
> 露泣啼螀草,潮生宿雁汀。经年寄孤舫,终夜托丘亭。(《夜思》)
> 乡遥归梦短,酒薄客愁浓。(《江陵道中作》)
> 伤心到处闻砧杵,九月今年未授衣。(《初寒》)

饥鸿垂翅掠舟过，此意与我同凄恻。（《醉歌》）

此去三巴路，无猿亦断肠。（《秋风》）

青山不减年年恨，白发无端日日生。（《塔子矶》）

节物元非恶，情怀自鲜欢。暮年更世事，唯有醉江干。（《早寒》）

昔人勋业地，搔首叹吾衰。（《公安》）

不为山川多感慨，岁穷游子自销魂。（《大寒出江陵西门》）

可怜万里觅归梦，未到故山先自迷。（《马上》）

西游六千里，此地最凄凉。骚客久埋骨，巴歌犹断肠。（《松滋小酌》）

直到十月六日《荆门冬夜》之后，进入峡州夷陵地界，诗歌中"断肠"、"凄凉"的字眼与情绪才逐渐减少和淡化。

而在此之前的诗歌中，几乎看不到一点亮色，不仅情绪与日记各异，就连自然与人文景观也被覆盖了太多的惨淡与凄凉，完全与日记不同，譬如：

（九月）十六日，过白湖，渺然无津。抛江至升子铺，有天鹅数百，翔泳水际。日入，泊沙市。自公安至此六十里，自此至荆南陆行十里，舟不复进矣。老杜诗云"买薪犹白帝，鸣橹已沙头"，刘梦得云"沙头橹干上，始见春江阔"，皆谓此也。

充满诗意的风景引起诗人对前贤诗歌的追忆，日记里陆游的形象悠游自在、诗意盎然。而同日的《沙头》诗中：

游子行愈远，沙头逢暮秋。孙刘鼎足地，荆益犬牙州。鼓角风云惨，江湖日夜浮。此生应衮衮，高枕看东流。

羁旅行役的哀伤、悲秋吊古的情怀一到诗里，就似乎不自主地弥漫开来。再如《江上》：

　　江上霜寒透客衣，闭窗赢卧不支持。羁孤形影真相吊，衰飒头颅已可知。潦缩稳经行雨峡，竹疏剩见挂猿枝。清樽可置须勤醉，莫望功名老大时。

孤寂衰飒，更是不胜悲凉。特别是关于李白墓的日记与诗歌，差别十分明显：

　　（七月）十七日，郡集于青山李太白祠堂，二教授同集。祠在青山之西北，距山尚十五里。墓在祠后，有小冈阜起伏，盖亦青山之别支也。祠莫知其始，有唐刘全白所作墓碣及近岁张真甫舍人所作重修祠碑。太白乌巾白衣锦袍。又有道帽氅裘，侑食于侧者，郭功甫也。……坐间信伯言，桓温墓亦在近郊，有石兽石马，制作精妙，又有碑，悉刻当时车马衣冠之类，极可观。恨不一到也。

客观叙写细致入微，具体可感，除了游赏、探究、好奇外，再无一句其他情绪。而同时所作的《李翰林墓》则云：

　　饮似长鲸快吸川，思如渴骥勇奔泉。客从县令初何有，醉忤将军亦偶然。骏马名姬如昨日，断碑乔木不知年。浮生今古同归此，回首桓公亦故阡。

钦佩李白才情之外，主要是对诗人与豪杰终归一丘的悲叹，浮生如梦、古今同慨的悲凉笼罩了这一人文景观。

　　当涂有李白及被视为李白后身的郭祥正遗迹，黄州有三国与苏轼的遗迹，江陵府有楚国与屈原的遗迹，陆游亲临胜地，日记都是客观的记述，而诗歌却都是怀古伤今，不胜唏嘘。或许这些人物与史实本身，蕴含着丰富的情感积淀，激发了情绪化的陆游更多的情感，然而面对同样的"素材"，陆游诗、文何以有如此大的反差？以文纪行、以诗抒情，陆游从一开始是有意还是无意"尊体"？陆游对诗、文有着怎样的理解？考察完陆游入蜀后期的诗文再进行探讨。

当然，诗、文的反差，不仅呈现出陆游对待这次入蜀宦游的多种情绪情感，而且塑造出了一个双面陆游的形象，或者说使陆游的形象更加立体化。而如果单从诗或文看，就无法如此全面看到陆游形象。这是诗、文对比解读的最大优点。

二　入蜀诗文的双面陆游渐趋合一

过了江陵府，进入峡州夷陵前后，陆游诗歌中的情绪逐渐平息，慢慢与日记中的情绪趋于一致了。尽管还会有一些哀伤的意绪，如《黄牛峡庙》云"我行忽至此，临风久呜唈"，《新安驿》云"孤驿荒山与虎邻，更堪风雪暗南津。羁游如此真无策，独立凄然默怆神"。但与此前相较，这种悲伤感情还是减少了一些。

可能是漫长而艰辛的行程，在一点点消磨了诗人的意志抱负同时，也消磨了诗人的忧伤哀愁吧，诗歌中的陆游渐渐平和起来，时不时流露出一点见惯不惊、老于江湖的口吻：

> 无劳问亭驿，久客自知津。（《移船》）
> 暮暮过渡头，旦旦走堤上。舟人与关吏，见熟识颜状。（《将离江陵》）

陆游观察起他人的生存状况，能用下层百姓更加危险糟糕的处境来安慰自己了，如《过东澪滩入马肝峡》云"犹胜溪丁绝轻死，无时来往驾舸艚"。

游历中，心智逐渐成熟、心态也慢慢放松的陆游，重新思索这次宦游的意义：

> 从来乐山水，临老愈跌宕。皇天怜其狂，择地令自放。（《将离江陵》）
> 西游万里亦何为，欲就骚人乞弃遗。（《巴东遇小雨》）

　　换一个心情思考后，陆游觉得这次"西游"甚至是上天为了满足他热爱山水的愿望而作的眷顾般的安排，而他个人其实也想借此"西游"向前辈诗人致敬学习，于是，他不再怨天尤人，安心起来，诗歌里也有兴致观赏起山水了：

　　　　道路半年行不到，江山万里看无穷。(《水亭有怀》)

　　而且当发现抱怨哀伤都无济于事时，陆游学会了享受游历的过程，变得随遇而安：

　　　　霜余汉水浅，野迥朔风寒。炊黍香浮甑，烹蔬绿映盘。心安失粗粝，味美出艰难。惟恨虚捐日，无书得纵观。(《旅食》)
　　　　竹枝本楚些，妙句寄凄怆。何当出清诗，千古续遗唱。(《将离江陵》)

　　此心安处是吾乡，乡居时嗜书、嗜诗的兴趣在"心安"中都回归了。诗歌不再完全是分担或发泄不良情绪的载体，而有了更多的内容。情绪稳定的陆游，诗歌视野也变得开阔了。
　　进入夷陵的陆游，时时想到先辈欧阳修。实际上，用日记与诗歌同时纪游，创始于欧阳修。欧阳修景祐三年贬谪夷陵时，创作日记《于役志》以及不少纪行诗，记录自汴京到夷陵的行程与心路历程。陆游在《入蜀记》中多次提到《于役志》，表明有向欧阳修致敬并效仿之意。自十月三日《晚泊松滋渡口》开始，陆游就沿着欧阳修当年的足迹前行，他时时想到欧阳修的诗句；到了夷陵，陆游更是把欧阳修诗、文中涉及的地方都寻访了一遍，寻访过程中，他与欧阳修晤面于千古之下，精神状态都为之一变。《入蜀记》云：

　　　　欧阳公自荆渚赴夷陵，而有下牢、三游及虾蟆碚、黄牛庙诗者，盖在官时来游也。故《忆夷陵山》诗云："忆尝祗吏役，巨细悉经

觑"。其后又云"荒烟下牢戍，百仞塞溪漱。虾蟆喷水帘，甘液胜饮
酎。亦尝到黄牛，泊舟听猿狖"也。

不知是要向欧阳修学习还是想与其媲美，陆游也写下《系舟下牢溪游
三游洞二十八韵》、《三游洞前岩下小潭水甚奇取以煎茶》、《虾蟆碚》、
《黄牛峡庙》等诗，其中失意凄凉情绪大大减少，不再以个人情绪笼罩于
风景之上，而显得闲暇适意，笔触圆熟而流丽，如《虾蟆碚》云：

> 不肯爬沙桂树边，朵颐千古向岩前。巴东峡里最初峡，天下泉中
> 第四泉。啮雪饮冰疑换骨，掬珠弄玉可忘年。清游自笑何曾足，迭鼓
> 冬冬又解船。

兴致盎然地描述如虾蟆状的石碚之后，还将这次的"西游"上升为
"清游"，而且游兴盎然地继续催舟前行。这在十月前的纪行诗中极为少
见。而一贯冷静细致的《入蜀记》关于此段的记载，更加补足了诗意：

> （十月）九日，微雪，过扇子峡。重山相掩，政如屏风扇，疑以
> 此得名。登虾蟆碚，水品所载第四泉是也。虾蟆在山麓，临江，头鼻
> 吻颔绝类，而背脊疱处尤逼真，造物之巧，有如此者。自背上深入，
> 得一洞穴，石色绿润，泉泠泠有声自洞出，垂虾蟆口鼻间，成水帘，
> 入江。

诗、文各具其妙而相得益彰。诗人情绪合一后，诗、文的笔调与风格
也变得非常相近。欧阳修贬谪夷陵时期的生活、诗文以及他所倡导的宋代
士人精神，对到此宦游的陆游，可能真的发生了一些影响。

到了巴东，常常"断肠"的诗人，反而诗意联翩，即便在《巴东遇小
雨》，也毫无凄凉之感，而是"暂借清溪伴钓翁，沙边微雨湿孤篷。从今
诗在巴东县，不属灞桥风雪中"，决心视偏僻的"巴东"为诗意的"灞
桥"。到了《秋风亭拜寇莱公遗像》之时，陆游也不再像参观李白墓时慨

然哀叹，而是充满了敬仰向往："豪杰何心后世名，材高遇事即峥嵘。巴东诗句澶州策，信手拈来尽可惊。"寇准巴东诗歌的哀怨凄婉，也没有影响到陆游的情绪，他"选择"接受的是寇准的"材高"，甚至喟叹自惭诗才有限，无法企及寇准，"到此宛然诗不进，始知才分有穷时"（《巴东遇小雨》）。寇准对巴东山水的迷恋及其潇洒行为使陆游感动，而当时的巴东县令安贫爱闲的态度也触动了陆游：

> 寇公壮岁落巴蛮，得意孤亭缥缈间。常倚曲阑贪看水，不安四壁怕遮山。遗民虽尽犹能说，老令初来亦爱闲。正使官清贫至骨，未妨留客听潺潺。（《巴东令廨白云亭》）

情绪稳定后的陆游，更能坦然接受自然、人文的积极层面影响，主观型诗人对山水人文的移情作用，变成"被移情"了。

唐五代诗人入蜀，主要从北线即所谓"蜀道"，入蜀的大都是北方人，从东线即"峡路"入蜀的人较少，而吴越地区入蜀的人更少①；五代十国以至宋代，吴越地区经济、文化日益发达后，吴越人更对经济文化较为落后的巴蜀充满畏惧，陆游诗歌的情绪其实代表了吴越人对巴蜀的一贯态度。而夔州的山川地貌、风土人情，虽然不比临行前想象中更好，但陆游真正亲临后，也并非传说中那么可怕。

五个多月的长途旅行，陆游参观考察了无数的名胜古迹，目睹了不同的习俗文化，经历了种种的艰难险阻，他的内心发生了不少变化，精神也得到了陶冶锻炼，到达目的地时，他也完成了这次精神之旅，消极情绪得到了转化或消解，分裂的精神与形象合二为一，分担不同情绪的诗、文也趋向一致。

三 陆游诗文观与宋代诗文的理性精神

当然，从本质上讲，陆游基本属于充满激情或者说十分情绪化的诗

---

① 张仲裁：《唐五代文学家入蜀考论》，博士学位论文，四川大学文新学院，2009 年。

人，他整个人生的精神之旅，并没有随着这次身体上的"西游记"而彻底
修炼完善提高，他的情绪化"性分"始终没有彻底改移，他入蜀后所作的
《春愁曲（客话成都戏作）》① 亦云：

> 伏羲至今三十余万岁，春秋岁岁常相似。外大瀛海环九洲，无有
> 一洲无此愁。

因为夸大"春愁"的永恒且无处不在，而受到范成大的善意婉讽，范
成大作《陆务观作春愁曲悲甚，作诗反之》②：

> 东风本是繁华主，天地元无着愁处。诗人多事惹闲情，闭门自造
> 愁如许。

与陆游相比，范成大的诗歌就没有那么多主观化、情绪化的内容，他
的《吴船录》与出蜀纪行诗都比较客观而关注外在事物，充满悲天悯人的
情怀，范成大基本上属于理性诗人。但陆游并未因范成大的微讽，而改变
他自己的"春愁"观念，他后来更作《后春愁曲》③ 云：

> 当时说愁如梦寐，眼底何曾有愁事。朱颜忽去白发生，真堕愁城
> 出无计。

竟说他晚年才真正识尽愁滋味，而堕入了坚不可摧的"愁城"。他的
"愁"始终"无计可消除"，是他"性分"中不可祛除的一个要素。

入蜀诗的哀怨忧愁，与其抒写爱国情怀时的慷慨激昂、热烈奔放一
样，都是陆游最为本真的个性流露。可以说，陆游几近三分之二的诗歌，
都充溢了个人的喜怒哀乐，给人留下最基本的印象是：他是外向型诗人，

---

① 陆游：《陆放翁全集》，中国书店 1986 年版，第 74 页。
② 范成大：《石湖诗集》卷十七，《文渊阁四库全书》本。
③ 陆游：《陆放翁全集》，中国书店 1986 年版，第 262 页。

"高明之性，不耐沉潜"①，他的诗歌接近于唐音而区别于宋调。

然而，"陆氏古文仅亚于诗，亦南宋高手，足与叶适、陈傅良骖靳"②。陆游的古文始终如一坚持理性客观与"雅洁"，极少在"古文"里表达各种过度的情绪，因此，情绪化的诗人却始终是十分理性的文人。

那么陆游到底是个情绪化、外向型的人，还是理性化、内敛型的人呢？应该说，情绪化与外向型是陆游的主导性格，但是他这种"性分"，显然不符合宋代士大夫文人的整体精神追求，也不符合宋代主流文坛"意气未宜轻感慨，文章尤忌数悲哀"③追求，不符合宋代主流诗坛以理节情、追求平淡冲和的审美标准，更不符合南宋理学日益高涨的理性精神。因此陆游在南宋，无论在仕途还是诗坛都并不十分平坦顺利。

当个人性格与时代审美潮流发生冲突时，常常需要个人主体意识或意志的适当调适，敏感的陆游应该很早就意识到了这一点，所以，他有意无意地调整个人性格，尽量去适应时代思潮。首先调整的可能就是文体观，尤其是"古文"观。陆游至少在入蜀之前就已经形成对诗、文不同的书写观念，尽管这一观念并没有明确地表达，但他入蜀的诗、文创作表明了他的诗、文不同理念。

逐渐地，陆游对诗歌的创作审美观念也作了相应的调整。嘉定元年二月，陆游在为曾季貍所写的《曾裘父诗集序》④中，表明了他的诗歌观点：

> 古之说诗曰言志。夫得志而形于言，如皋陶、周公、召公、吉甫，固所谓志也。若遭变遇谗、流离困悴，自道其不得志，是亦志也。然感激悲伤，忧时悯己，托情寓物，使人读之，至于太息流涕，固难矣。至于安时处顺，超然事外，不矜不挫，不诬不怼，发为文辞，冲澹简远，读之者遗声利，冥得丧，如见东郭顺子，悠然意消，岂不又难哉？

---

① 钱钟书：《谈艺录》，中华书局1984年版，第130页。
② 钱钟书：《管锥编》，中华书局1986年版，第1442页。
③ 王安石撰，李壁笺注：《王荆文公诗笺注》，中华书局上海编辑所1958年版，第427页。
④ 陆游：《陆放翁全集》，中国书店1986年版，第88页。

陆游将诗可以言的"志"分为三个层面，第一个层面是他努力也达不到的，因为他不"得志"；第二个层面是他不需要压抑个性、不需要刻意努力就可以达到的；而第三个层面可以说是整个时代的诗歌审美标准，对他而言，虽然难以达到，但他可以通过修炼、调整身心而达到，而在修炼与调整中，陆游理性与内敛的一面得到培养和不断增长。

除了入蜀后期的诗歌之外，陆游几近三分之一的日常生活诗歌多安静平和、平夷妥帖，如"矮纸斜行闲作草，晴窗细乳戏分茶"①，"重帘不卷留香久，古砚微凹聚墨多"②，等等，这些诗句接近陆游审美标准的第三层面，也塑造出陆游闲适平和的形象，而这种形象更能得到南宋诗坛文坛的接受，这可能是陆游在当时也能占据主流诗坛的重要原因之一。

将诗、文两种文体结合起来考察，再联系到其诗歌的复杂多面性，我们发现陆游其实是极为冲动而又能平和、极为感性而又能理性的"人"，因此，他才比范成大、杨万里诗歌题材与风格都更加丰富多彩，他也才能够集唐音、宋调之大成。而陆游这种创作形态与观念的复杂性及其发展历程，既体现出时代审美标准对个人"性分"的制约与影响，也体现了个人"性分"能够在时代审美主潮中得以表现与适当调控。

（原载《绍兴文理学院学报》2011 年第 1 期）

---

① 陆游：《陆放翁全集》，中国书店 1986 年版，第 300 页。
② 同上书，第 487 页。

地域文化的文学书写

——陆游关于梁益地区的创作

陆游乾道九年六月二十一日在成都所作的《东楼集序》云："余少读地志，至蜀、汉、巴僰，辄怅然有游历山川、揽观风俗之志，私窃自怪，以为异时或至其地以偿素心，未可知也。"① 因此，八年的梁益地区生活②，可算是冥冥之中上天有意一偿陆游"素心"的安排。八年之中，陆游在梁益地区写了大量诗文词，而离开梁益之后的三十余年间，追忆梁益地区又成为陆游写作的一个重要主题。这些作品向当时以及后人讲述着南宋时期西部地区的山川风俗、历史文化，至今让生活与游历这一地区的人们仍能感受到穿越八百多年时空而依然鲜活的浓厚的历史人文气息。

地域书写一直是历代诗人们的创作热点，诗人们与地理学家们的地域书写在方式态度上均不相同，陆游的梁益书写，无疑是最具诗人气质、最具个性色彩的地域书写。

一 故乡吴越文化视域中的蜀汉巴僰

梁益地区由陆游所说的"蜀、汉、巴僰"组成。陆游从代表巴僰文化

---

① 陆游：《陆放翁全集》，中国书店 1986 年版，第 78 页。本文引用的诗文均出于此书，因引文较多，只标诗题，恕不一一注明卷数、页码。

② 陆游从乾道六年（1170，46 岁）闰五月十八日离山阴赴夔州通判，到淳熙五年（1178，54 岁）春别蜀东归。期间于乾道八年三月到兴元府，同年十一月二日启程赴成都。实际在梁益时间不足八年。但陆游谈到这段经历，常自云九年或十年，如《遣兴》云"西州落魄九年余"，《新滩舟中作》云"九年行半九州岛地"，《南烹》云"十年流落忆南烹"，等等。陆游的梁益地区书写，研究论文颇多，此处不一一列举。

的夔州，到了代表汉文化的兴元府①，最后又在构成蜀文化主体的成都、蜀州、嘉州各地任职生活，了却了他的"素志"。对于上天如此眷顾个人"素志"的如意安排，陆游既然在梁益生活期间就已感知，自然应该欢欣鼓舞、兴高采烈才对，但是细读陆游在梁益生活时期所写的作品，却并非如此，其中至少有三分之二的作品都充满哀怨忧愤的情绪，都在表达他对梁益地区许多方面的不满甚至鄙视。

陆游的哀怨与不满，一部分源于南宋中期东西部地区政治、经济、军事、历史、地理、风俗习惯等各方面的客观差异。作为一个出自繁华富庶、靠近京畿之地的越中山阴人②，陆游向西部"位移"③时，已经46岁，其生活态度、习惯方式、人生观乃至世界观等，都已经在当时东部地区较为发达的吴越文化中浸淫滋养而成，已经成熟稳定的"先认识结构"左右着他的位移，注定着他带着"越人之眼"而面对西部的蜀汉巴夔文化。

吴越文化已经凝聚在陆游的血液中，成为他生命中不可或缺的组成部分，无论他"位移"何方，吴越的一切都会在他的脑海与眼前。梁益地区的山水、物产、习俗，都只能让他怀念故乡。在夔州时，他的《初夏怀故山》云"镜湖四月正清和，白塔红桥小艇过。梅雨晴时插秧鼓，苹风生处采菱歌"；到了《夔州重阳》，他"但忆社醅授菊蕊"，在他乡的每个节序陆游看到的却依然是家乡的美景与风物。在兴元府时，他写《送范西叔赴召》云"杜陵雁下悲徂岁，笠泽鱼肥梦故乡"，即便是在这片能遂他心意的地方，他还是要梦到故乡。赴剑南时，他庆幸中途能喝到家乡的茶："我是江南桑苎家，汲泉闲品故园茶。只应碧缶苍鹰爪，可压红囊白雪芽。"④其详细的自注"日铸贮以小瓶蜡纸丹印封之，顾渚贮以红蓝缣囊，皆有岁贡"，正见他对故乡茶文化的熟悉热爱；《思归引》又想到故乡"莼

---

① 陆游又多称之为汉中、梁州、南郑、山南、南山等。

② 陆游自称家乡为吴中、越中、吴越、江南等，如《成都行》自称"吴中狂士游成都"，《露坐》"岂知三十年，竟作越中叟"，《春游》"镜湖春游甲吴越"，《杂感十首以野旷沙岸净天高秋月明为韵》其一"我昔游剑南……万里望吴越"；《南沮水道中》云"家山空怅望，无梦到江南"；所以本文中的几个概念通用。

③ 之所以用"位移"概念，是想暂时遮蔽出行的目的与原因之类的人文性因素。

④ 《过武连县北柳池安国院，煮泉试日铸、顾渚茶。院有二泉，皆甘寒。传云唐僖宗幸蜀在道不豫，至此饮泉而愈，赐名报国灵泉云》。

丝老尽归不得"。到了嘉州，他在《社前一夕未昏辄寝中夜乃得寐》云"若耶溪上苹花老，倦枕何人听越吟"；到了《社日》又云"伤心故里鸡豚集，父老逢迎正见思"，他的思乡时日越来越密集，情境也越来越具体。思乡使得"东望"与"东归"①成了陆游在梁益地区凝定的姿态与唯一的向往。日益密集浮现的具体故乡情境，其实就是陆游在异乡时刻存在并时时显露的"先认识结构"，这个结构使他无法融入异乡。

陆游在梁益地区生活时，一直自称"寓公"或"远客"、"羁客"②，这是他对个人身份的定义或认定，意味着他始终是个"异乡人"、"局外人"，他在此间的居留是短期的、处于客位的，即便在梁益生活时间再长，这个异乡也不可能成为他的永久性居留地。因此他虽然也能偶然入乡随俗地生活，但从心理上却从未将自己融入西部地区。"西州"③是陆游对巴蜀地区客观的称呼，而"边州"、"边城"则多少带点轻视意味儿，陆游《醉中作》云"曾赐琳腴白玉京，狂歌起舞蜀人惊"，他颇有不同于或优越于本土人的感觉，其"狂"总带着有意癫狂求异以惊动西州或边州人耳目的意图。

陆游常常自觉不自觉地以一个越人之眼，比较着、衡量着梁益地区的各个方面，而他的比较与衡量中总带着一些政治、经济、文化各方面的优越感。这种与生俱来的优越感，让陆游在远离政治文化中心的梁益地区生活以及书写时，时常具有一种有意无意地居高临下式的审视与判断，将原本可以更加客观的比较衡量，变成带有明显偏爱色彩的俯视性考量。

夔州及其周边的巴僰文化在南宋时相对贫困落后，陆游在《云安集序》中云："顾夔虽号大府，而荒绝瘴疠，户口寡少，曾不敌中州一下

---

① 如《长木晚兴》云"故巢东望知何处"，如《林亭书事》云"角声唤起东归梦"。
② 如《八月二十二日嘉州大阅》"陌上弓刀拥寓公"，《何元立示九日诗卧病累日乃能次韵》"寓公那得称遨头"，《嘉州守宅旧无后圃因农事之隙为种花筑亭观甫成而归戏作长句》云"寓公虽作一月留，梅发东湖归思乱"。《试院春晚》"远客愁多易断魂"，《秋思》"白头羁客恨依依"，《九月三十日登城门东望凄然有感》"经年作客向夔州"，《醉中到白崖而归》"行路八千常是客"等。
③ 陆游有诗题《初入西州境述怀》，其《遣兴》有"西州落魄九年余，濯锦江头已结庐"，其《叙州》之《锁江亭》有"浣花行乐梦西州"，《秋日怀东湖》云"边州客少巴歌陋"，《泸州使君岩在城南一里》云"云间刁斗过边州"，《醉中感怀》云"只今憔悴客边城"。

郡。"所以在夔州任职两年多,陆游的诗文中充斥的是"蛮荒"、"蛮方"
"蛮烟""蛮僮""瘴乡"①之类的词汇。与夔州相近的万州,在陆游看来,
更是"峡中天下最穷处,万州萧条谁肯顾"(《偶忆万州戏作短歌》)。而
《涪州》也是"官道近江多乱石,人家避水半危楼。使君不用勤留客,瘴
雨蛮云我欲愁"。蛮荒萧条是陆游对夔州及代表的巴蜀文化的总体判断。
这固然反映了巴蜀文化当时的客观现状,但也有陆游以吴越文化为参照而
考量的因素。

陆游称夔州的百姓为"峒人"与"峒民"②。峒民不事耕稼以及峒女
老大不嫁的习俗,都不同于吴越地区,而令陆游有些同情与悲悯:"峡中
山多甲天下,万嶂千峰通一罅。峒民无地习耕稼,射麋捕虎连昼夜。女儿
薄命天不借,青灯独宿江边舍。黎明卖薪勿悲咤,女生岂有终不嫁。"
(《书驿壁》)夔州的不少风土习俗甚至百姓的形象都让他难以接受,如他
在《蹋碛》中就对夔州的人日活动颇为鄙夷:"鬼门关外逢人日,蹋碛千
家万家出。竹枝惨戚云不动,剑器联翩日将夕。行人十有八九瘿,见惯何
曾羞顾影。"有些吴越地区的风土习俗,夔州竟然没有,如《乡中每以寒
食立夏之间省坟,客夔,适逢此时,凄然感怀》,其中"松阴系马启朱扉,
粔籹青红正此时"的场景,也会让陆游感到夔州因缺少敬奉先人之礼俗而
不够儒雅文明。

陆游《游卧龙寺》一诗描述他追随夔州的峒民"晓发鱼复走瞿唐",
游观当地人认为最宏大的卧龙寺,结果却令他十分失望:"过江走马十五
里,小寺残僧真蕞尔。投鞭入门一为笑,僻陋称雄有如此。"之所以觉得
其寒酸简陋,是因为陆游见过家乡所在的吴越地区更为壮观的寺庙:"君
不见天童、径山金碧浮虚空,千衲梵呗层云中。"故乡佛教建筑的雄伟,
标志着吴越地区经济、宗教的发达,而夔州,仅从一个小寺庙就可见其各
方面的贫穷落后。

---

① 《初夏怀故山》"淹泊蛮荒感慨多";《寒食》"又向蛮方作寒食";《久病灼艾后独卧有
感》"卧闻鸢堕叹蛮烟";《林亭书事》"约束蛮僮收药裹";《谢张廷老司理录示山居诗》"憔悴经
年客瘴乡"。
② 如《游卧龙寺》"峒人争趁五更市"等。

　　历史上的蜀、汉、巴僰，在南宋时虽然已经逐渐融合，却仍有一些差异。成都及其周边地区如绵州、蜀州、嘉州等地的蜀文化，在不少方面明显超过巴僰以及汉文化，这一地区在当时可以称作西部的经济文化中心，但是，陆游以越人之眼考量，这些地方的文明程度显然还与东部地区有相当的距离。陆游《范待制诗集序》云："石湖居士范公待制敷文阁来帅成都，兼制置成都、潼川、利、夔四道。成都地大人众，事已十倍他镇，而四道大抵皆带蛮夷，且北控秦陇，所以临制捍防，一失其宜，皆足致变。"成都"四道"发展虽不平衡，但却"皆带蛮夷"，其文化自然未免受"蛮夷"的制约或影响而相对落后。譬如属于成都府路的嘉州，陆游就对其"带蛮"且接近楚、巴文化颇不以为然，其《久客书怀》云"欸乃声饶楚，呕哑句带蛮"自注"嘉州带袁董诸蛮"，《登楼》云："歌声哀怨传三峡，行色凄凉带百蛮。"又自注云："嘉阳近诸蛮。"陆游还在《秋日怀东湖》直接批评当地流行的"巴歌"过于简陋粗陋不足以解愁："边州客少巴歌陋，谁与愁城略解围。"嘉州的楚声、蛮句、巴歌皆非京畿乃至吴越正声，在陆游眼中显然属于不新潮、不发达的西部边州文化。

　　最有意思的是，陆游总带着以故乡吴越文化压倒梁益文化的好胜心理。譬如晚唐罗隐曾在《魏城逢故人》（《罗昭谏集》卷三）诗中夸赞绵州的一个县驿风景优美，陆游颇有点不服气，作《绵州魏成县驿，有罗江东诗云"芳草有情皆碍马，好云无处不遮楼"，戏用其韵》："未许诗人夸此地，茂林修竹忆吾州。"有意用王羲之《兰亭集序》中的话语来夸耀家乡的自然风貌，以表达故乡自魏晋以来人文即已兴盛的优越感。

　　东西部物产不同，本来没有什么稀奇，但陆游也能从中得到越人的优越感，如他在夔州所写《林亭书事》云："野艇空怀菱蔓滑，冰盆谁弄藕丝长。角声唤起东归梦，十里平湖一草堂。"在首联的自注中，陆游还特意提到"峡中绝无菱藕"，以表示缺憾。东西部生产技术的差异，更滋生陆游的故乡自豪感，他在嘉州时作《出城至吕公亭按视修堤》"寓公仅踵前人迹，伐石西山恨未能"，并自注云："西州筑堤，织竹贮江石，不三年辄坏。意谓如吴中取大石砻成，则可支久。异日当有办此者。"在水利技术层面上，"西州"显然劣于"吴中"等东州，他很想用东州的先进技术改进"西州"的落后生产习惯。

南宋时期，东西部文化差异及差距客观存在，而陆游以东部吴越文化的视角考量西部，将一些差异也变成差距，无疑加深了其差距的尺度，增加了地理学的人文情感因素。

因为作为位移主体的陆游，始终认为他所在的移出场无论哪一方面都较其所向的移入场文明程度更高，使其产生了巨大的心理落差，所以，陆游对移入场梁益地区的个人生活，当时和过后的一段时间颇为消极厌倦悲观，他在《将至金陵先寄献刘留守》称"梁益羁游道阻长"，《出游》云"万里崎岖蜀道归"，都抱怨位移的道路遥远而崎岖；《遣兴》云"西州落魄九年余"，《初到蜀州寄成都诸友》云"流落天涯鬓欲丝"，《南烹》云"十年流落忆南烹"，一再将其梁益生活概括为"流落"、"落魄"，而不胜悲凉自怜。

二　主观型诗人笔下地域文化的情绪化书写

陆游在夔州时曾作《风雨中望峡口诸山奇甚戏作短歌》，一度认为"白盐赤甲天下雄，拔地突兀摩苍穹"这样的景致过于雄健而直露，所谓"凛然猛士舞长剑，空有豪健无雍容"，并因此而发出"不令气象少渟滀，常恨天地无全功"的感叹，但在一个风雨大作的日子，他却忽然发现了云遮雨罩中白盐赤甲景象的奇妙："今朝忽悟始叹息，妙处元在烟雨中。"平时不太美的景致，之所以会在通常令人悲伤的风雨中而变得完美可人，除了上天的帮助外，主要应该是陆游创作时的精神状态在起作用，是他的情绪由身在蛮乡的一贯低沉消极而偶然变得平和愉悦了。

稍后，陆游在成都时作《登塔》一诗，说他自己"冷官无一事，日日得闲游"，面对千尺高塔上所见到"雪山西北横，大江东南流。画栋云气涌，铁铎风声遒"的雄壮伟丽景象，他却"旅怀忽恻怆，涕下不能收。十年辞象魏，万里怀松楸。仰视去天咫，绝叫当闻不。帝阍守虎豹，此计终悠悠"。如此壮丽的景致，没有让陆游心胸开阔或变得愉悦，只徒增了他去国怀乡的愁苦悲怆。可见，当陆游创作时的情绪恶劣时，无论所见景致多么引人入胜，都不足以改变其心境。

　　仅从这两首诗歌看，陆游的创作心态虽不能改变客观景致本身，却可以改变他自己当前对景致的美恶感受；而景致本身的美恶，则无法改变他一时的心境好坏。两首景致相似却创作心境相反的诗歌，证明个人的即时创作心境或情绪，是陆游观看与书写地域景致的关键元素。

　　而陆游基本上属于主观型或情绪化的诗人，创作时的心境或情绪决定他作品的情调，因此他的喜怒哀乐等各种情绪，都直白且外露地表现在他所有的作品里。① 他的梁益地域文化书写也不例外。陆游在梁益地区生活时创作的诗歌主调是哀怨忧愤，主要是因为他这一时期的情绪一直比较消沉悲观。

　　形成或决定陆游这一长期消极情绪的，不是一时的外物或外景，而是除了地域差距外他的个人境遇。梁益地区八年所任的官职，在陆游的心目中，不是冷官就是闲官。夔州通判、蜀州知州、嘉州知州、参议官、干办官、祠官等，尽管品阶有高低变化，执掌事务也颇不同，但对于人到中年（46—52 岁）、官宦世家出身、一心想建功立业的陆游而言，都不免远远低于其期望值。他写《晚登望云》云"一出修门又十年，辈流多已珥金蝉"，只有"珥金蝉"这样的京华高官显宦才是真正的位尊望隆，西州或边州的中低级官职，只能加深他沉滞他乡而无所作为的忧怨心绪。官职与个人期望的心理落差，使他情绪低落，精神状态不佳，时时移情甚或迁怒于所处的偏远地域，左右着他当下地域书写忧愤哀怨的基本情调。

　　在梁益时期，能够偶尔改变一下陆游情绪心境的，可能是他"游历山川、揽观风俗"的"素志"，可能是他个人精神修炼、修养的努力，也可能是他一时的理性克制或战胜了一向任性而动的情性。当陆游偶然抛开吴越文化或京畿生活的优越感，抛开个人流落、落魄的自定义悲凉心态，也能愉悦地欣赏并书写西州的自然人文之美态。即便是蛮荒之地夔州，也能发现令他赏心悦目的美景与物产：

　　峡云烘日欲成霞，瀼水生纹浅见沙。（《寒食》）

---

　　① 详参吕肖奂《陆游的双面形象及其诗文之形态与观念》，《陆游与鉴湖》，人民出版社2011 年版，第 61—72 页。

江边沽酒沙上卧，峡口月出风吹醒。（《蹋碛》）

曲径泥新晚照明，小轩才受一床横。翩翩乳燕穿帘影，蔌蔌新篁解箨声。（《初夏新晴》）

瀼西黄柑霜落爪，溪口赤梨丹染腮。熊肪玉洁美香饭，鲊脔花糁宜新醅。（《秋晴欲出城以事不果》）

当陆游一时的创作心境达到相对平和的境界时，他甚至有"平生幽事还拈起，未觉巴山异故乡"（《林亭书事》）的平等感悟。因此在梁益时期，陆游的情绪也并非全是哀愁伤感，他笔下的地域也并非都笼罩着惨淡悲凉。

移入场的被动接受还是主动选择，是影响很多作家地域书写的一个因素，对于主观型诗人陆游而言，这点尤为重要。而陆游在梁益地区的宦游生活，除了兴元府基本属于主动选择外，夔州以及成都、蜀州、嘉州各地都属于被动接受，因而他对梁、益二地书写的主要情调有明显的不同。上级任命的不可抗拒、个人生活命运的不可掌控，认命的被动无奈心态，让陆游的巴夔、蜀地书写以悲伤为主调。而兴元府，从地理位置上讲更属于"边州"，除军事地位比较重要外，其经济、文化各方面显然不如蜀，但陆游对其书写却显得热情高涨、兴高采烈。

陆游对兴元府的山川地理形势以及风俗习惯、历史遗迹，都更有认知且认同的兴致。兴元府"西望接蜀道，北顾连秦中"（《次韵张季长题龙洞》）、"地连秦雍川原壮，水下荆扬日夜流"（《归次汉中境上》）的战略形势令他精神为之一振，"岂知高帝业，煌煌汉中起"（《先主庙次唐贞元中张俨诗韵》）① 以及近郊的"将军坛"、"丞相祠"（《山南行》）等先贤遗迹令他激动不已、浮想联翩，"平川沃野望不尽，麦陇青青桑郁郁。地近函秦气俗豪，秋千蹴鞠分朋曹。苜蓿连云马蹄健，杨柳夹道车声高"（《山南行》）。这里的丰富物产、豪纵风气都开阔他的眼界与心胸，使他激情飞扬。这里的一切都不仅比夔州甚至比其家乡都更尽如人意。他喜欢

---

① 《次韵张季长题龙洞》"谪堕尚远游，忽到汉始封"，也强调汉中是汉高祖刘邦的始封之地。

"呼卢喝雉连暮夜，击兔伐狐穷岁年"（《风顺舟行甚疾戏书》）的赌博游猎生活，享受这里的"醅酒芳醇偏易醉，胡羊肥美了无膻"（《书事》），甚至觉得这里连残春的"游絮"、"飞鸢"都比别处要"凭陵"与"跋扈"（《南郑马上作》）。

之所以如此，都是因为梁州这个移入场是他个人的主动选择，他仿佛第一次掌握了命运的主动权，他理想中"上马击狂胡，下马草军书"（《观大散关图有感》）的生活方式似乎就在这里可以得到实践，他收复中原、一统天下的理想也只能在这里才可以实现。主动选择使陆游拥有了欢快的情绪与良好的精神状态，因而使他的地域书写情调高昂。诗人的主观愿望是否得到满足，决定了他的情绪或心境，而其情绪与心境又决定着其地域文化书写。

情绪化的地域书写，具有浓烈的即时性、个人化或个性化色彩，究竟能有多少可信度，令人生疑，但实际上，在陆游笔下，不同地域的景致本身的"巨细丑妍"是客观不变的，变化的只是他自己的情绪而已，所以我们尽可以相信其地域书写的真实可靠性，被他挥洒于其中变化万端的各种情绪而感染。①

三　时空转换下的梁益书写主调变化

陆游的地域书写，比其他作家受时空转换的影响更明显。钱钟书云："至放翁诗中，居梁益则忆山阴，归山阴又恋梁益，此乃当前不御，过后方思，迁地为良，安居不乐；人之常情，与议论矛盾殊科。"② 在时间的流逝与空间的转变中，陆游关于梁益的地域书写在内容和情绪等方面都发生了不小的变化，而有些变化因记忆模糊或创作心态改变甚至会前后矛盾，虽非"议论矛盾"，却是许多细节或情绪上的矛盾。③

---

① 莫砺锋《论陆游写景诗的人文色彩》强调陆游写景诗的主观性，如"强烈的主观情志的投射是陆游写景诗具有浓烈人文色彩的根本原因"（第5页），"因为陆游写景时往往是以自我为主导，很少有纯属客观的描写，所以景物自身的巨细丑娇并不能影响诗人的诗兴"（第5页），等等。该文收录在《陆游与鉴湖》，人民出版社2011年版，第1—17页。

② 钱钟书：《谈艺录》，中华书局1984年版，第129页。

③ 如钱钟书《宋诗选注》，第191—192页考证其畏虎与射虎矛盾等。《宋诗选注》，人民文学出版社1958年版。《管锥编》第1442—1443页考证其多处矛盾。

陆游很少活在当下，他不是活在过去就是活在将来与梦境（如大量的梦境诗），活在过去就是活在特有的时空记忆中。而特有的时空记忆总是过滤掉已往时空中的不愉快而保存一切的美好，尤其是当当下的生活不够如意时，两下比较后，两者的差距会被无限放大。陆游在西州时，时不时追忆起任职京师且受君王眷顾的荣宠，如其《醉中感怀》云"早岁君王记姓名，只今憔悴客边城"，《感事》又云"清班曾见六龙飞，晚落天涯远日畿"，一再强调"早岁"与"只今"、"晚"之间的时间距离，"边城"、"天涯"与"日畿"之间的空间距离，使其间似有无法逾越的天壤之别，无疑加大其心理落差，加深其"流落"、"落魄"边州的感受，使其无法安于边州生活。其《感事》云"边月空悲新雪鬓，京尘犹染旧朝衣"，就可见空间距离所造成的心理落差，竟使陆游觉得边州的月亮都不及京城的尘土那么善解人意。

即便是同样一件事，当其发生的时间、空间不同，对陆游而言都会产生截然不同的情绪效果，譬如他在嘉州所写的《迎诏书》云："忆瞻銮仗省门前，扇影鞭声下九天。寂寞嘉州迎诏处，忽闻鼓吹却凄然。""鼓吹"之声比"扇影鞭声"应该更为热闹，而陆游却感到特别寂寞凄凉，可见他对时间之今昔、空间之优劣的意识多么根深蒂固。

陆游在梁益时，总以过去与故乡的美好，而反观反衬当前与他乡的落魄，但他离开西州不久，到了叙州，就开始追忆成都等"西州"的美好生活，所谓"浣花行乐梦西州"（《叙州》之《锁江亭》），"行乐"与"流落"显然有些冲突。

当他回到故乡，发现故乡的生活既不像梁益时期记忆中的那般纯粹美好，也并未发生期望中那样巨大的变化，加上"径归朝凤阙"（《遣兴》）的美梦破灭，不久是"微官行矣闽山去，又寄千岩梦想中"（《归云门》），所以他回到故乡不久就写了《怀成都十韵》：

> 放翁五十犹豪纵，锦城一觉繁华梦。竹叶春醪碧玉壶，桃花骏马青丝鞚。
>
> 斗鸡南市各分朋，射雉西郊常命中。壮士臂立绿绦鹰，佳人袍画金泥凤。

椽烛那知夜漏残，银貂不管晨霜重。一梢红破海棠回，数蕊香新早梅动。

酒徒诗社朝暮忙，日月匆匆迭宾送。浮世堪惊老已成，虚名自笑今何用。

归来山舍万事空，卧听糟床酒鸣瓮。北窗风雨耿青灯，旧游欲说无人共。

成都的一切地、人、事、物都那样的妙不可言、令人留恋，而故乡却是万事皆空、凄凉冷清。时空的转换，竟至于使陆游对故乡与他乡的情怀翻转乃至颠倒。当前与过后、此地与彼地这些时间、空间元素，对陆游情绪精神的影响竟然如此巨大。

陆游后来的生活多数如他在《湖村秋晓》所云"剑阁秦山不计年，却寻剡曲故依然"，不过是"坏壁尘埃寻醉墨，孤灯饼饵对邻翁"（《归云门》）、"尽收事业渔舟里，全付光阴酒榼边"（《湖村秋晓》），只是寻常甚或有些落魄的日子，追忆远去的梁益生活，就成为他当前生活的美景和力量，所以他对梁益的追忆诗歌益发美好，美好到甚至引起故乡人的嗔怪嫉妒。① 追忆中的西州山水物产、人情习俗都是那样尽如人意，如同天堂，而他在那里的生活更是耽于酒色宴饮、及时行乐的八年，是放浪豪纵、丰富多彩的八年，与当时在西州所说的流落、落魄的生活全然相反。

当然，个人晚年的遭际只是陆游追忆梁益的原因之一，而时空本身对其身心变化的力量和作用也不可忽视。时间流逝、空间变换对个人而言，都具有对过去时空的过滤性、沉淀性作用，过去时空中所有的负面情绪往往会被时空过滤器淘汰，余下的尽是种种美好积极的情境。陆游《偶忆万州戏作短歌》："渐老定知欢渐少，明年还复忆今年。"这种明确的时间有限、欢乐渐少意识，是陆游不断追忆梁益之好的一个原因。

不足八年的梁益生活，被陆游在不同时空或称作九年或称十年，他在有意无意增加其时间跨度；故乡与异乡、东州与西州的空间距离，也被陆

---

① 其诗题有《乡人或病予诗多道蜀中遨乐之盛，适春日游镜湖，共请赋山阴风物，遂即杯酒间作四绝句，却当持以夸西州故人也》。

游在不同的时空从六千里、七千里、八千里增至万里。不同时空下的时空增减，反映着陆游对梁益生活的不同情绪。

陆游在梁益生活时所写的作品以忧怨哀伤为主调，回到故乡山阴追忆梁益生活时所写作品却以欢喜快乐为主调。其主调的矛盾冲突不免令人产生疑问：哪种主调更真实？陆游在梁益地区到底过着怎样的生活？他对梁益地域的书写有多少真实性、可欣赏性？

将陆游当前与过后、此地与彼地的不同书写综合起来看，才可以了解陆游在梁益地区的生活与情绪的全部。

与地志相比，陆游感悟式的概括虽非推理性论证，却有着诗人的亲历亲证与直观领悟；其艺术性的描绘虽非绘图般真实，却优雅地传达出山水的姿态、物产的美感、习俗的特性、史迹的遗存，令人感同身受；其情绪化、个性化的书写让人在地域文化书写中时时看得到陆游的多种形象与精神风貌。

"放翁一时兴到，越世高谈，不独说诗。自语相违，浑然不觉，慨然不惜，粗疏而益妩媚矣。"① 作为主观型、情绪化诗人，陆游不同于理性型诗人的平淡、克制、始终如一；作为性情中人、平常人，率性、随意、狂放的陆游更不同于圣人、理学家。他的意义正在于"粗疏而益妩媚"，他的地域书写特点也正在于他的个性化与艺术化。

诗人的地域文化书写，掺杂着太多太复杂的创作主体的个人因素，而陆游对梁益地区的书写，更因其中年与晚年漫长的时间跨度、梁益与山阴巨大的空间距离、个人经历与情绪心态等各种主客观因素的不断变化，从而具有时限性、随意性、变化性的书写特点。这一切使得陆游的梁益书写，成为典型意义上的地域文化极具文学性艺术性的个人书写，不仅值得阅读，而且值得探讨。

[原载《绍兴文理学院学报》（哲学社会科学）2013 年第 2 期]

---

① 钱钟书：《谈艺录》，中华书局 1984 年版，第 451 页。

邵雍、范成大研究

《伊川击壤集》三题

邵雍的《伊川击壤集》在诗人看来，固然是诗家旁门，不入雅道，即便在一些理学家看来，也绝非正宗。程朱后学真德秀《文章正宗》"皆以文公之言为准"①选诗文，"凡《太极图说》及《易传序》、《东西铭》、《击壤诗》等作皆不复录"②，将《击壤诗》与《太极图说》等理学论著相提并论而排除于《文章正宗》之外，其观点极为鲜明，且并非一家之私言。评论理学诗派的人也多数赏识朱熹的诗，而对《击壤集》不以为然，如"《雪桥诗话》曰：'吴云称朱子不堕理障为正宗，若邵子击壤体，流弊至太极图，变为恶道矣。'故论其品格，则近晦翁者为高；论其势力，亦近击壤者为小"③。

《伊川击壤集》何以使后世少赏音？何以既不能取悦诗人、诗评家，也不能取悦一些理学家、理学诗人？本文试图从三个方面评说。

一 "篇篇只管说乐"

朱熹认为"康节之学，其骨髓在《皇极经世》，其花草便是诗"④。的确如此，邵雍的诗是其学问的"花草"，有人甚至认为其诗比其文更好地传达了他的学问思想："康节以品题风月自负，然实强似《皇极经世》书。"⑤《击壤集》押韵又对仗，读起来确实比《皇极经世》轻松灵便。既然如此，

---

① 真德秀：《文章正宗·纲目》，《文渊阁四库全书》本。
② 吴讷：《文章辨体序说·凡例》，人民文学出版社1962年版。
③ 梁昆：《宋诗派别论》，台北东升有限公司1980年版。
④ 黎靖德编：《朱子语类》卷一百，中华书局1994年版。
⑤ 黎靖德编：《朱子语类》卷一百季通语，中华书局1994年版。

人们为什么要批评它呢？

首先因为它"正言义理"。传统观念的诗，可以"缘情"，可以"言志"，但不可以"言义理"，尤其是"正言义理"，这一点不仅诗人视为理所当然，"以明义理为主"① 的理学诗人也不敢反对，真德秀云："三百五篇之诗，其正言义理者盖无几，而讽咏之间，悠然得其性情之正，即所谓义理也。后世之作，虽未可同日而语，其间兴寄高远，读之使人忘宠辱，去鄙吝，翛然有自得之趣，而于君亲臣子大义亦时有发焉。其为性情心术之助反有过于他文者，盖不必颛言性命而后为关于义理也。"② 《击壤集》至少有四分之三的诗"正言义理"，不少诗通篇讲理，最为人诟病。尽管宋代的诗歌观念已与六朝隋唐不大相同，不少诗人"以义理为诗"大讲事理、物理、道理，理学诗人更是继承了邵雍的衣钵写言理诗，但宋人仍然不能接受《击壤集》中那么多"正言义理"的诗，可知宋人的诗歌观念并未彻底改变，而后来的诗人、诗评家也没用全新的诗歌观念衡量《击壤集》及其他言理诗。《击壤集》因"正言义理"而"堕理障"，受到批评，这一点众所周知，此不详论。

宋代理学家们批评《击壤集》还有一个重要原因，这个原因与"康节之学"有关。《朱子语类》卷一百："直卿云：'其诗多说闲静乐底意思，太煞把做事了。'"又："（朱熹曰）这个未说圣人，只颜子之乐亦不恁地。看他诗，篇篇只管说乐，次第乐得来厌了。圣人得底如吃饭相似，只饱而已。他却如吃酒。""邵尧夫六十岁，作《首尾吟》百三十余篇，至六七年间终。渠诗玩侮一世，只是一个'四时行焉，百物生焉'之意。"朱熹说《击壤集》"篇篇只管说乐"，的确是抓住了其特征，邵雍无时无地、无所不乐。他的诗洋溢着祥和的气氛，安乐的情调。兹举数例：

> 人间好景皆输眼，世上闲愁不到眉。（卷六《清风短吟》）
> 千首拙持难著怨，一樽芳醑别涵春。（卷六《思山吟》）
> 肯教襟抱落闲愁。（卷八《岁暮自贻》）

---

① 真德秀：《文章正宗·纲目》，《文渊阁四库全书》本。
② 同上。

春看洛城花，秋玩天津月，夏披嵩岑风，冬赏龙山雪。（卷十二《闲适吟》）

安莫安于王政平，乐莫乐于年谷登。（卷十三《安乐窝铭》）

经书为事业，水竹是生涯。恨为云遮月，愁因风损花。恨愁花月外，何暇更知他。（卷十三《愁恨吟》）

乐天为事业，养志是生涯。（卷十七《击壤吟》）

理学家以儒家圣人人格为理想人格，以实现圣人的精神境界为人生终极目的，邵雍也不例外。但什么是圣人的精神境界，怎样才能达到这种境界，理学家们的回答并不相同。周敦颐"每令（程颢）寻颜子仲尼乐处，所乐何事"①，他说"颜子'一箪食，一瓢饮，在陋巷，人不堪其忧，而不改其乐。'夫富贵，人所爱也，颜子不爱不求，而乐于贫者，独何心哉？天地间有至贵至富可爱可求而异乎彼者，见其大而忘其小焉尔。见其大则心泰，心泰则无不足。"②程颢"自再见周茂叔后，吟风弄月以归，有吾与点也之意。"③周敦颐、程颢代表了理学中的洒落派，周敦颐"胸中洒落，如光风霁月"④尤为人称道。程颐则从孔子所说的"居处恭，执事敬"⑤中得到启发，认为圣人"恭敬"，所以他说："俨然正其衣冠，尊其瞻视，其中自有个敬处。"⑥朱熹继承程颐的思想，说"敬不是万物休置之谓，只是随事专一谨畏，不放逸耳。"⑦程颐、朱熹代表了理学中的敬畏派，他们庄重严肃，言行谨畏不逾礼。

邵雍"安乐逍遥"的境界，与周程洒落派相近，与程朱敬畏派则大异其趣。邵雍命其居处曰安乐窝，自号安乐先生，认为"学不至于乐不可以谓之学"⑧，康节之学可谓乐学。虽然他受道家、道教思想影响较深，但他

① 程颢、程颐：《二程集·程氏遗书二上》，中华书局1981年版。
② 周敦颐：《周敦颐集·通书·颜子第二十三》，中华书局1990年版。
③ 程颢、程颐：《二程集·程氏遗书二上》，中华书局1981年版。
④ 周敦颐《周敦颐集》附朱熹《周敦颐事状》引黄庭坚语，中华书局1990年版。
⑤ 《论语·子路》，杨伯峻：《论语译注》，中华书局2002年版。
⑥ 《二程集·遗书十八》。
⑦ 《朱子语类》卷十二。
⑧ 《皇极经世绪言》卷八下《观物外篇》，中华书局聚珍仿宋版。

的"乐"仍是儒家之"乐",他说"自有吾儒乐,人多不肯循。以禅为乐事,又起一重尘。"①他的诗是他这种思想的"花草"。作为敬畏派代表的朱熹对"康节之学"有取有舍,对康节之诗也如此:邵雍可以"乐",但未免"乐"得过头了,"乐"得让人厌倦,孔圣人不至于此,连颜回也乐不到这种境地,邵雍比起周、程的"孔颜乐处"太有过之了。直卿的"太煞把做事",则指责邵雍太煞有介事,太作意了,不够自然,且与朱熹"玩侮一世,只是一个'四时行焉,万物生焉'之意"相通。叶适《习学纪言序目》卷四七说:"邵某以玩物为道,非是。孔子之门惟曾皙。"邵雍从曾皙处受益而至于"以玩物为道",以诗"玩侮一世",因而不被理学家们接受。

　　邵雍诗的安乐情调是有意为之。邵雍说:"阅读古人诗,因看古人意。古今时虽殊,其意固无异:喜怒与哀乐,贫贱与富贵。惜哉情何物,使人能如是。"②他对古诗溺于"情"感到惋惜。在《击壤集自序》中他说:"近世诗人,穷蹙则职于怨慕,荣达则专于淫佚,身之休戚发于喜怒,时之否泰出于爱恶,殊不以天下大义为言者,故其诗大率溺于情好也。噫,情之溺人也甚于水。"此序作于英宗治平三年(1066),表示出对"近世"之诗"溺于情好"不满。基于对古、今诗风都很不满,邵雍不像欧阳修、梅尧臣那样提倡复古,而是提出以"性"代"情",从这个意义上讲,邵雍比欧、梅等诗人更能触及诗的根本问题,在诗言志、缘情说之外,提出了诗缘性。他认为"性公而明,情偏于暗"③,以"偏于暗"的"情"写诗,则喜怒哀乐无不外发,以"公而明"的"性"写诗,则和平安乐,他的诗就是这一理论的履践。

　　邵雍的诗论与诗风顺应了范仲淹、欧阳修庆历年间倡导的士风、文风主潮,是宋调的有机组成部分。但是邵雍认为,"君子之学以润身为本,其治人应物皆余事也"④。他的诗多"润身"之言,与欧阳修等人的"开

---

① 邵雍:《伊川击壤集》卷八《再答王宣徽》,《四部丛刊》本。
② 邵雍:《伊川击壤集》卷十四《读古诗》,《四部丛刊》本。
③ 《皇极经世绪言》卷八下《观物外篇》,中华书局聚珍仿宋版。
④ 同上。

口揽时事，论议争煌煌"极不相同，加上他的"正言义理"、未尝出仕等原因，他的诗没引起诗坛很大反响。他过于注重"润身"，使得理学家们也批评道："他都是个自私自利的意思，所以明道有'要之不可以治天下国家'之说。"① 邵雍"篇篇只管说乐"，其"乐"中"自私自利"的成分太多，以至于无法融汇于那个时代，融入诗流、文流。

南宋时，理学日益严谨、严肃，"近日学者有厌拘检、乐舒放，恶精详、喜简便者，皆欲慕邵尧夫之为人"②。邵雍"简便"的学风与"舒放"的人生态度作为程朱理学的反动而流行，但随着程朱理学逐渐成为正宗，邵雍的学问与诗风影响力就渐渐减小了。

二 "诗史"、"诗画"

理学家的诗论中重道轻文的倾向，人所共知，邵雍的一些诗句也被视为重道轻文的依据之一，如：

> 殊无纪律诗千首。（卷六《和赵充道秘丞见赠》）
>
> 林下闲言语，何须更问为。自知无纪律，安得谓之诗。（卷十二《答人吟》）
>
> 林下闲言语，何须要许多。几乎三百篇，足以备吟哦。（卷十六《答宁秀才求诗吟》）
>
> 兴来如宿构，未始用雕镌。（卷十六《谈诗吟》）
>
> 平生无苦吟，书翰不求深。（卷十七《无苦吟》）

但仔细考察这些诗句，有些是自谦的话，如"林下闲言语"两用，都是答人求诗、问诗所说，是自指其诗，与程颐批评杜甫"穿花蛱蝶深深见，点水蜻蜓款款飞"为"闲言语"不同；有些是自谦中带有几分自负，如"兴来如宿构"、"平生无苦吟"都是说他自己的诗非苦搜冥想而来，所以虽不够精雕细镌，但无艰难劳苦之态，所谓"命题滥被神机助，得句谬

---

① 黎靖德编：《朱子语类》卷一百，中华书局1994年版。
② 同上。

为人所传"(卷九《安乐窝中四长吟》);"无纪律"两用,是自谦也是自得,他自己的诗确实不合传统要求的"纪律",但从他的语意中看,是他不屑不愿,并非不能。

邵雍更多的诗句是"以品题花草自负":

> 松桂操行,莺花文才。江山气度,风月情怀。(卷十二《自作真赞》)

> 尧夫吟天下,拙来无时去无节,如山川行不彻,如江河流不竭,如芝兰香不歇,如箫韶声不绝。也有花也有雪,也有风也有月。又温柔又峻烈,又风流又激切。(卷十八《尧夫吟》)

> 尚收三百首,自谓敌琼瑰。(卷十八《六十六岁吟》)

> 胸中风雨吼,笔下龙蛇走,前后落人间,三千有余首。(卷十七《失诗吟》)

从他的自负中,可以感受到他所说的"闲言语"、"无苦吟"、"无纪律"都并非肺腑之言。

邵雍对诗歌创作的执着也非其他理学家可比:

> 年来得疾号诗狂,每度诗狂必命觞。(卷五《后园即事》三首其一)

> 行年六十六,不去两般事:用诗赠真宰,以酒劝象帝。(卷十七《不去吟》)

《击壤集》中这种诗句比比皆是,尤以其《首尾吟》一百三十五首最为集中,这些诗均以"尧夫非是爱吟诗"为首句、尾句,第二句多以"诗是尧夫××时"为句法,如"兴有时"、"得意时"、"知励时"、"出入时"、"语道时"等,说明他自己行走坐卧、喜怒哀乐——无时无刻都不能不作诗,作诗已经成为他生命的一部分,无法割舍,这一点没有哪个理学家甚至诗人敢这样声明。

有时邵雍面对着某种指责而产生困扰，但他很快就为作诗找到了必要理由：

> 钦之谓我曰："诗似多吟，不如少吟；诗欲少吟，不如不吟。"我谓钦之曰："亦不多吟，亦不少吟；亦不不吟，亦不必吟。其兰在室，不能无息；金石振地，不能无声。"（卷十二《答傅钦之》）
>
> 久欲罢吟诗，还惊意忽奇。坐中知物体，言外到天机。得句不胜易，成篇岂忍遗。安知千万载，后世无宣尼？（卷十七《罢吟吟》）
>
> 文章天下称公器，诗在文章更不疏。（卷九《谢富相公见示新持一轴》其二）
>
> 儒家所尚者，行善与文章。（卷十六《长子伯温失解以诗示之》）

所以邵雍越到晚年，越勤于作诗。这与"素不作诗"① 的程颐，"今言诗不必作"、"作诗果无益"② 的朱熹，"作诗足以病学"③ 的欧阳守道何其不同。这一点足以使认为"诗非玩物之尤者乎"④ 的理学家们难以忍受，视为非类。

邵雍对诗的功能、作用的认识也与其他理学家大异：

> 优游情思莫如诗。（卷二《和人放怀》）
>
> 曲尽人情莫如《诗》。（卷十五《观〈诗〉吟》）
>
> 好景尽将诗记录。（卷十一《安乐窝中吟》）
>
> 四时雪月风花景，都与收来入近编。（卷十三《答人吟》）
>
> 鬼神情状将诗写。（卷十六《诗酒吟》）
>
> 何故谓之诗，诗者论其志，既用言成章，遂道心中事。（卷十一《论诗吟》）

---

① 张伯行编：《二程语录》，《正谊堂全书》本。
② 朱熹：《晦庵诗说》，《谈艺珠尘》本。
③ 欧阳守道：《巽斋文集》卷十二《送谌自求归建昌序》，《文渊阁四库全书》本。
④ 同上。

诗者人之志，非诗志莫传。(卷十八《谈诗吟》)

邵雍认为诗比任何文体或其他形式都能更好地抒情、写景、言志。除了这些零散的论诗语句外，邵雍有三首五古详尽铺陈排比诗的功能、作用：

画笔善状物，长于运丹青，丹青入巧思，万物无遁形。诗画善状物，长于运丹诚，丹诚入秀句，万物无遁情。诗者人之志，言者心之声，志因言以发，声因律而成。多识于鸟兽，岂止毛与翎，多识于草木，岂止枝与茎。不有风雅颂，何由知功名，不有赋比兴，何由知废兴。观朝廷盛事，壮社稷威灵，有汤武缔构，无幽厉欹倾。知得之艰难，肯失之骄矜，去巨蠹奸邪，进不世贤能。择阴阳粹美，索天地精英，籍江山清润，揭日月光荣。收之为民极，著之为国经，播之于金石，奏之于大庭。感之以人心，告之以神明，人神之胥悦，此所谓和羹。既有虞舜歌，岂无皋陶赓，既有仲尼删，岂无季札听。必欲乐天下，舍诗安足凭。得吾之绪余，自可致升平。(卷十八《诗画吟》)

史笔善记事，长于炫其文，文胜则实丧，徒憎口云云。诗史善记事，长于造其真。真胜则华去，非如目纷纷。天下非一事，天下非一人，天下非一物，天下非一身。皇王帝伯时，其人长如存，百千万亿年，其事长如新。可以辨庶政，可以齐黎民，可以述祖考，可以训子孙。可以尊万乘，可以严三军，可以进讽谏，可以扬功勋。可以移风俗，可以厚人伦。可以美教化，可以和疏亲。可以正夫妇，可以明君臣，可以赞天地，可以感鬼神。规人何切切，诲人何谆谆，送人何恋恋，赠人何勤勤。无岁无嘉节，无月无嘉辰，无时无嘉景，无日无嘉宾。樽中有美禄，坐上无妖氛，胸中有美物，心上无埃尘。忍不用大笔，书字如车轮。三千有余首，布为天下春。(卷十八《诗史吟》)

史笔善记事，画笔善状物，状物与记事，二者各得一。诗史善记意，诗画善状情，状情与记意，二者皆能精。状情不状物，记意不记事，形容出造化，想象成天地。体用自此分，鬼神无敢异，诗者岂于

此，史画而已矣。（卷十八《史画吟》）

他认为诗兼有史、画二者的职能，而且比史、画更有意义和价值，更具优越性。他把诗提高到无与伦比的地位，称颂夸大诗的功能和作用，这一点可谓前无古人，后无来者。他之所以热衷而执着于诗的创作，正基于他对诗的这种认识。不少理学家不能接受他，也与此极有关系。

三　"吟咏千篇亦造微"

理学家们认为"作文害道"、"诗道相妨"①，多数不是觉得诗本身罪大恶极，而是觉得诗有诗的规则，作诗太费功夫。譬如程颐反对作诗，他说"凡为文不专意则不工。若专意则志局于此，又安能与天地同其大也。《书》云'玩物丧志'。为文亦玩物也。""既学（诗）时须是用功方合诗人格，既用功，甚妨事。"② 程颐认为诗有"诗人格"，即承认诗有诗的艺术规律。邵雍与程颐等人相同处在于他也指出"艺虽小道，事亦系人，苟不造微，焉能入神"（卷十八《小道吟》），但他不像程颐等人那样认为诗会因此而妨道、害道，所以他放胆作诗，用心"造微"，与他往来酬唱极多的富弼，就夸奖他"贯穿百代常探古，吟咏千篇亦造微"（卷九附富弼《和安乐窝中打乖吟》）。

邵雍在《伊川击壤集自序》中声明"所作不限声律"，后来又多次说他的诗"无纪律"，其"声律"、"纪律"指的是诗的平仄、押韵等声律规范和修辞技巧等方面的常规，考察《击壤集》中的诗，比较符合邵雍的说法，但这并不是说《击壤集》不讲求艺术技巧，一无可取，相反，正是由于邵雍无视或超越了一些"声律"、"纪律"，他的新变与独创比起恪守传统诗律而"望今制奇，参古定法"的诗人们都要大胆出奇得多。而对于他的新变与独创，诗人、诗评家们大都忽略了，只有钱钟书先生在《谈艺录》里揭示颇多。

钱先生在详述诗用语助之源流时说："宋人诗中有专用语助，自成路

① 《二程语录》，《正谊堂全书》本。
② 同上。

数，而当时无与于文流者，邵尧夫《击壤集》是也。"① 诗用语助渊源甚早，自欧阳修、梅尧臣、苏舜钦等人"以文为诗"始，宋诗用语助蔚然成风，邵雍与欧、梅、苏年辈相仿而稍晚，其《击壤集》诗多作于治平、熙宁（1064—1077）年间，正是"以文为诗"风气炙热之时，受其影响，加上诗歌观念的"开放"，邵雍比欧、梅、苏等人在这一方面变本加厉，"专用语助，自成路数"，形成诗史上一大奇观。《击壤集》中的"语助"所在皆是，尤"好于近体起结处，以语助足凑成句"②，不必举例说明。此后的理学家作诗汲取了一些邵雍的教训，用语助虽不像邵雍如此泛滥，但较之"诗人之诗"还是多得多，这是理学诗"无当风雅"③ 的原因之一。"诗用语助"是"以文为诗"的重要表现之一，颇为贬抑宋诗的人诟病，《击壤集》因而成为众矢之的，其缺点毋庸讳言，但大量的"语助"使《击壤集》如散文般地平易流利，明白如话地表达了其思想观念，易于诵读，便于理解，却是"诗人之诗"不易做到的。钱先生将喜用语助的理学诗派与"以语助为诗诀"④ 的竟陵派作了一个比较："盖理学家用虚字，见其真率容易，故冗而腐；竟陵派用虚字，出于矫揉造作，故险而酸。一则文理通而不似诗，一则苦做诗而文理不通。"⑤ 邵雍是理学家中"专用语助"的诗人，他用语助正是"真率容易"、"文理通"却不免"冗而腐"、"不似诗"。这是他虽顺应了诗歌主潮却不入雅道的又一原因。

钱先生谈及律诗对仗时云："作者殊列，诗律弥苛，故曲折其句法以自困，密叠其字眼以自缚，而终以因难见巧，由险出奇，牵合以成的对。……窃谓诗人矜胜，非特古诗押韵如是，即近体作对亦复如是。因窄见工，固小道恐泥，每同字戏；然初意或欲陈样翻新，不肯袭常蹈故，用心自可取也。古名家集中，几无不有此。……其格式较夥者，则推五家。"⑥ 所列五家是：白居易、李商隐、杜荀鹤、邵雍、杨万里，其中邵雍是唯一的理学诗人。

① 钱钟书：《谈艺录》，中华书局 1984 年版，第 77 页。
② 同上书，第 180 页。
③ 同上书，第 77 页。
④ 同上书，第 78 页。
⑤ 同上。
⑥ 同上书，第 186 页。

"邵尧夫寄意于诗，驱遣文字，任意搬弄，在五七字中翻筋斗作诸狡狯。除当句对（如《和魏教授》：游山太室更少室，看水伊川又洛川）不计外，如《和吴沖卿》云：'人人可到我未到，物物不妨谁与妨。'《恨月吟》云：'栏干倚了还重倚，芳酒斟回又再斟。'《南园花竹》云：'因把花行侵竹种，且图竹径对花开。'《弄笔吟》云：'弄假像真还是假，将勤补拙总输勤。因饥得饱饱犹拙，为病求安安未真。'《喜春吟》云：'酒因春至春归饮，诗为花开花谢吟。花谢花开诗屡作，春归春至酒频斟。'《安乐窝中吟》云：'日月作明明主日，人言成信信由人。'《首尾吟》云：'一盏两盏至三盏，五题七题或十题。因月因花因兴咏，代书代简代行移。能知同道道亦得，始信先天天勿违。已著意时仍著意，未加词处与加词。'皆掉臂径行，不受格律桎梏。后来白沙、定山虽亦步趋，都无此恣肆。"①

读了这些例句，很难说邵雍的诗果如其自道："未始用雕镌"、"任真语言省思量"（卷五《后园即事》三首其一），其新奇、多样、工巧的对仗，可以说是费尽心机、刻意矜胜而作。只是他在修辞技巧上的用心加意与一般诗人有些不同罢了：他"不限声律"、"不受格律桎梏"，过于"恣肆"、"掉臂径行"，以至于不为太多人理解。事实上治平、熙宁年间，正是宋诗近体新变的起始阶段，欧阳修、苏轼以古文笔调入近体，使近体趋于流动潇洒；王安石致力于近体对仗的严整工巧；邵雍则比他们都要激进敢为，然而他没有引起诗坛的注意。

由《谈艺录》所引例可见，邵雍的近体对仗常用复迭错综的修辞手法，不仅如此，邵雍其他体诗也常用这种手法，除上文引的《诗史吟》、《诗画吟》、《史画吟》等诗外，再举数例：

"风林无静柯，风池无静波，林池既不静，禽鱼当如何。"（卷八《偶书吟》）

"长莫长于天，大莫大于地，天地尚有极，自余安足计。"（卷十二《谢傅钦之学士见访》）

---

① 钱钟书：《谈艺录》，中华书局 1984 年版，第 188 页。

"物为万民生，人为万物灵，人非物不活，物待人而兴。"（同上
《接花吟》）

"一般颜色一般香，香是天香色异常。"（卷十九《牡丹吟》）

复迭错综法是《诗经》中常用的修辞手法，不胜枚举，《诗经》以后
的诗歌总体向言简意赅发展，越来越文人化，近体诗尤忌重复，很少有诗
人大量运用这种手法写诗，邵雍显然受《诗经》影响很大。他的复迭错综
与《诗经》有些不同：《诗经》复迭部分多，错综部分少，有时是整句整
句复迭，比较质朴单纯；《击壤集》复迭、错综部分差不多相当，或者错
综部分较多，比较灵活巧妙。但其共同点是具有民歌风味，与"诗人之
诗"有较大差异。邵雍说作诗"不止炼其辞，抑亦炼其意，炼辞得奇句，
炼意得余味"（卷十一《论诗吟》）。他对近体对仗格式多变的追求，对复
迭错综手法的执着，都是"炼辞"的结果。

钱先生还说："且尧夫于律，匪特变化对联，篇章结构亦多因革。如
《首尾吟》起结语同；《四长吟》中间以'一编诗'、'一部书'、'一炷
香'、'一樽酒'平头铺作两联；《春水》长律起四联；又《花前劝酒》、
《春秋》二首，均拈出两字，于五律中参差反复，辘轳映带，格愈繁密，
而调益流转。"① 律诗的"篇章结构"比较固定，受"声律"、"纪律"束
缚的诗人尽管力求新变，但在这一方面收效甚微；较晚于邵雍的黄庭坚、
陈师道也不如邵。邵雍则摆脱约束，腾挪跳掷，极尽变化之能事，有不少
创格，对律诗结构贡献良多。

邵雍有些诗句如"清泉篆沟渠，茂木绣霄汉"（卷十四《六十五岁新
正自贻》）、"不信岁华能撼老"（卷八《和君实端明花庵二首》）等，也炼
动词，其确切别致，与"诗人之诗"无异，这说明他如果留意"声律"、
"纪律"，也会创作出"诗人之诗"，但他却有意"不限声律"、"殊无纪
律"，使其诗大异。

由上面所言可知，邵雍的诗并非在艺术上毫不讲究或者随心所欲信口

---

① 钱钟书：《谈艺录》，中华书局1984年版，第189页。

乱道，他的诗按传统诗歌的声律、纪律以及审美标准来看，确实"殊无纪律"，但换个角度审视，邵雍的诗无疑是一种"新体"，有另一种"纪律"——一种比东坡体、荆公体、江西诗派都更加"百态新"的"纪律"。

邵雍的"击壤体"在宋代理学家们那里较少知音，到了明代，"阳明心学即行，白沙、定山莫不以玩物为道"①，"以玩物为道"的陈献章（白沙）、庄昶（定山）发现了"以玩物为道"的邵雍，"二家之师《击壤集》，夫人皆知。《白沙集》卷五《随笔》所谓：'子美诗中圣，尧夫更别传'，又卷六《次韵廷实见示》所谓'《击壤》之前未有诗'。《定山集》卷四《与王汝昌魏仲瞻雨夜小酌》所谓'赠我一杯陶靖节，答君几首邵尧夫'。"② 陈、庄不仅赏识《击壤集》的"乐"，而且步趋其"纪律"，但受传统诗学制约较邵大，"皆视祖师稍为雅饬，语助不如康节之滥"③、近体对仗也"无此（邵诗）恣肆"。"击壤体"并未向更自由发展。诗人们一直认为《击壤集》是诗家旁门左道，无视其独创，极少有人从中取资，杨万里"诚斋体"活泼诙谐，不知是否从中得到启发。"倘有诗人，能善用诸格，未尝不彬彬然可亲风雅也。"④ 但没有多少诗人借鉴邵雍的"纪律"而加以润色，使其"可亲风雅"。《伊川击壤集》没有成为传统诗歌大变的契机，十分可惜，由此也可见传统诗歌及其观念的稳定性。

（原载《新国学》第一卷）

---

① 钱钟书：《谈艺录》，中华书局 1984 年版，第 237 页。
② 同上书，第 233 页。
③ 同上书，第 77 页。
④ 同上书，第 189 页。

悲悯众生的情怀

——范成大诗歌的基调和根源

范成大以其《四时田园杂兴六十首》和众多描写农村、农民生活的诗歌而著称，被称作田园诗的集大成者；又以其出使金国不辱使命并有纪行诗七十二首，被称作爱国诗人。的确，关心农村、热爱国家是范成大诗歌的重要内容，而这些并不能概括范诗全部。综观范诗，弥漫其中的是其泛爱众生的慈悲心态，是其悲悯众生的情怀。

小虫与我同忧患

范成大泛爱和悲悯的"众生"，包括自然万物，自然万物在他的诗歌里不仅仅是观赏的对象，也不仅仅是寄托情感的对象，而常常是与他自己或者说与人类一样有着喜怒哀乐、七情六欲的同伴。

看到窗前的木芙蓉在寒风中一花独放，范成大感受到的是"辛苦孤花破小寒，花心应似客心酸"①，他以一己之"客心"而推测"花心"，就能体会到"花"的"辛苦"和辛"酸"。因为了解"花心"的辛苦和辛酸，他惜花如命，"赏花不许轻攀折"②，但当他担心"花"会受到风雨欺凌，他又辛苦将花"攀折"回家插入花瓶，整日在家"烛照香熏"地怜惜，却又怕"花"和像他一样爱花的人不理解，殷殷解释："满瓶插画罢出游，莫将攀折为花愁。不知烛照香熏看，何似风吹雨打休。"③ 有哪个诗人像范

---

① 《窗前木芙蓉》，《范石湖集》卷一，中华书局 1962 年版，第 5 页，下引范集同。
② 《连夕大风凌寒梅已零落殆尽三绝》之二，卷三十三，第 444 页。
③ 《春来风雨无一日晴好因赋瓶花二绝》之一，卷二十六，第 367 页。

成大对"花"这样体贴入微？

听到大雁的一声鸣叫，范成大会像听到久别的故人呼唤一样："新雁如故人，一声惊我起。……'风高吹汝瘦，旅伴今余几？'"① 殷勤问讯别后大雁的旅况，关心大雁的安危疾苦。范成大由桂林入蜀时，行走在荆渚大堤上，看到人烟稀少、满目荒凉，哀悯一棵劫后余生的大树："独木且百岁，肮脏立水浒：当年识兵烬，见赦几樵斧？摩挲欲问讯，恨汝不能语。"②

尤其是淳熙四年范成大离开成都，经过都江堰时，有感于当地"民祭赛者率以羊，岁杀四五万计"③ 的祭江习俗，痛惜那些无辜无助的生命，因此痛心地为哀哀无告的"羊"祈祷上苍："妄欲一语神岂闻？更愿爱羊如爱人。"④ 尽管范成大知道当地人认为"刲羊五万大作社，春秋伐鼓苍烟根"的行为可以使"西州粳稻如黄云"、"成都火米不论钱"⑤，但是牺牲众羊的生命换取众人的丰收，还是过分残忍了，因为羊具有与人同样的生命，同是"神"的子民，神应该"爱羊如爱人"。

范成大爱惜、怜悯各种卑微的生物："静看檐蛛结网低，无端妨碍小虫飞。蜻蜓倒挂蜂儿窘，催唤山童为解围。"⑥ 他会让"山童"为蜻蜓、蜜蜂这类受窘的"小虫"解围。他会充满爱心地观察微小的生命，甚至为"橘蠹"这样的蛀虫蜕变而欣喜不已："橘蠹如蚕入化机，枝间垂茧似蓑衣。忽然蜕作多花蝶，翅粉才干便学飞。"⑦ 他甚至为众人憎恶的蚊子辩护："白鸟营营夜苦饥，不堪熏燎出窗扉。小虫与我同忧患：口腹驱来敢倦飞？"⑧ 有谁会像范成大这样对叮咬人类的蚊子充满同情？只有虔诚的佛教信徒才会舍身饲蚊。

范成大认为"花心应似客心酸"，认为"小虫与我同忧患"，众生都是造物主的"儿戏"，是天地间的"刍狗"，所以应该同病相怜，而不应该互相鄙

---

① 《九月三日宿胥口始闻雁》卷二，第 16 页。
② 《荆渚堤上》卷十五，第 203 页。
③ 《离堆行》小序，卷十八，第 247 页。
④ 《离堆行》卷十八，第 247 页。
⑤ 二句均见《离堆行》卷十八，第 247 页。
⑥ 《四时田园杂兴六十首》之秋日第四，卷二十七，第 375 页。
⑦ 《四时田园杂兴六十首》之秋日第三，卷二十七，第 375 页。
⑧ 《次韵温伯苦蚊》卷六，第 67 页。

视、残杀。正是如此的平等观,使他的诗歌对天地万物都充满爱心和关怀。

范成大对"物"的态度,不同于儒家天地间以人为贵的思想,譬如他对"羊",不像孔子在"厩焚"之后只问"伤人乎?不问马"① 那样贵人轻物,他对"物"的态度,具有庄子所云"以道观之,物无贵贱"② 的齐物论思想,或者说具有佛教众生皆苦、众生平等的观念。

杨万里写山水花鸟、自然万物的诗歌,比范成大要多,而且特色明显,他的这类诗歌活泼有趣、新鲜轻快,他诗歌中的自然万物充满灵性。范成大在这一方面与杨万里有点相似,但是却不尽相同,他没有杨那么灵动,却比杨更多仁厚的珍爱。这与他们对待万物的观念不同有关:杨万里与万物打成一片,万物是活泼泼的性灵,他与万物一起分享着愉快的生命,他的自然诗歌始终洋溢着欢快喜悦的情调;而范成大用悲天悯人的态度对待一切,他哀怜众生,他的自然诗歌总带点哀伤或怜悯的感情。杨万里诗歌体现了禅宗活泼自在、透脱无碍的精神,而范成大则不同。

吾观舟中子,一一皆可哀

当然,范成大最悲悯的还是人类自身。无论贫富贵贱,人类都有种种近似或不同的悲哀痛苦、失意无奈。众生皆苦,人类不会因为身份、地位、财富的不同而能逃脱这样天赐或者命定的苦难,因此范成大对无法逃脱"天命"、苦难的各个阶层人士,都充满同情和怜悯。他站在杭州东北的长安闸上,俯视水道中熙熙攘攘往来不断的船只,悲伤地吟唱:"吾观舟中子,一一皆可哀:大为声利驱,小者饥寒催。古今共往来,所得随灰飞。"③ 年轻的范成大竟然有着这样悲悯众生、超越红尘之外的人生境界——因为为"声利"和为"饥寒"所驰驱的人同样悲哀,所以范成大对二者都一样悲悯。范成大后来站在四川垫江东北的山顶上,再次俯瞰人间:"素烟渺陆海,中有人所寰。想见地上友,启明膏火煎。"④ 对整个人类都悲悯不已。

---

① 《论语·乡党》,杨伯峻《论语译注》,中华书局 2002 年版,第 105 页。
② 《庄子集释》卷六下《秋水》第十七,中华书局 1961 年版,第 577 页。
③ 《长安闸》卷一,第 6 页。
④ 《残夜至峰顶上》卷十六,第 225 页。

范成大在释褐后不久任徽州司户参军时就认识到："官路驱驰易折肱，官曹随处是愁城。"① 此后四方宦游、奔走不定更加深了他的认识。他常常以各种不同人物的眼光或身份，来打量或审视自己以及自己的官僚同类。在宦途上奔走时，他与在商途上奔走的商人相遇对话：

> 道逢行商问："平生几芒屩？""赪肩走四方，为口不计脚。劣能濡箪瓢，何敢议囊橐？""我亦縻斗升，三年去丘壑。二俱亡羊耳，未用苦商略。"②

作为地位远高于商人的官僚士大夫，范成大没有表现出什么优越感，而感觉到与"行商"一样的辛苦无奈，两人一"为口"，一为"斗升"而"走四方"，都丧失了生活的本真和乐趣，何必较量什么高下优劣之分呢？在由桂林入蜀的荒凉崎岖山路上，范成大听到"山民"的询问：

> 山民茆数把，鬼质犊子健。腰镰走迎客，再拜复三叹。谓"匪人所蹂，官来定何干？倘为饥火驱，平地岂无饭？意者官事迫，如马就羁绊？"我乃不能答，付以一笑粲。③

这些生活艰辛、穷居僻壤的"山民"，竟然询问范成大为何深入无人行走之地，让范成大感慨万千而无言以对，到底是"官"同情"民"，还是"民"同情"官"，还是"官"、"民"都值得同情？是"山民"在询问范成大，还是范成大在质问他自己？"官""民"同样的无奈可哀。

还有玉堂直舍的老兵、檐前炙背的老农、群聚围观的村媪，都曾站在平民的立场上对官僚阶层的生活表示不屑一顾或怜悯：

> 传呼九门开，奔走千官忙：若若夸组绶，纷纷梦黄粱。微闻铃下

---

① 《次韵温伯谋归》卷六，第 66 页。
② 《竹下》卷七，第 81 页。
③ 《蛇倒退》卷十五，第 207 页。

驺，窃议马上郎："但计梦长短，宁论己行藏。"①

炙背檐前日似烘，暖醺醺后困濛濛："过门走马何官职？侧帽笼鞭战北风"。②

村媪群观笑老翁："宦途何处苦龙钟？霜毛瘦骨犹千骑，少见行人似个侬。"③

可以看出，范成大非常善于借助平民百姓的立场和语言，来反观自己以及自己所处阶层的生活状态。实际上，平民百姓未必敢或未必会如此直截了当地对官员表示讥讽，有些话语可能出自范成大的推测，因为范成大常常自省自己的"羁官"生活，对自己这种无可奈何、奔波不定的生活充满哀叹："吾生一叶寄万木，况复摇落浮沧溟。鱼蛮尚自有常处，羁官方汝尤飘零。"④ 他甚至慨叹"羁官"生涯不如漂泊江湖的渔民。正因为如此，他才会一再引用或设想出平民百姓的语言，来讥刺"羁官"生活。

不管这些语言是真正出于百姓之口，还是范成大根据实际情况的猜测代言，它们都表明了范成大对自身官场生涯的清醒认识。人们在这些带点自嘲的口吻中，可以体察到范成大对官僚阶层生活的无奈和同情。

"羁官"生活是无奈可哀的，而其他阶层也非生活在"乐土"之上，那些为"饥寒"驱使的人们比为"声利"驱使的人们更加辛酸，因为他们是为了人类的基本生存，他们的境遇更为艰辛悲苦，更值得哀怜。因此范成大的诗歌中出现了南宋社会各个阶层的人物，尤其是下层社会众生相，譬如山丁山民、峡农吴农、桑姑盆手等各种生活在土地上的农民，鱼蛮、罾户、钓徒、采菱人等各种生活在水上的渔民，此外，更重要的是还有许多行商、贩夫、卖卜者、鬻鱼菜者、卖药者、饼师、河市歌者、园丁等各式商贩和手工艺者——这些人离开了土地，以手艺和辛劳养家糊口，比农民和渔民似乎还要无依无靠。范成大从不客观描绘这些人物形象，也绝不

① 《玉堂寓直晓起书事记直舍老兵语》卷十一，第 135 页。
② 《四时田园杂兴六十首》之冬日第二，卷二十七，第 376 页。
③ 《余杭初出陆》卷二十九，第 400 页。
④ 《连日风作洞庭不可渡出赤沙湖》卷十五，第 197 页。

鄙视这些卑微的生命以及他们的生活，而是满怀伤感和哀悯。

范成大最为同情、关心的是经济地位最低的农民，他有大量的诗歌描述农民的各方面生活，他对农村农民的熟悉、热爱，有时甚至使人感觉到他自己似乎始终是个农民，他对农民的悲悯众所周知，这里略举几例：

> 遥怜老农苦，敢厌游子倦？①
>
> 东屯平田粳米软，不到贫人饭甑中。②
>
> 眼看漂尽小家田。③
>
> 峡农生甚艰，斫畲大山巅。赤埴无土膏，三刀财一田。……我知吴农事，请为峡农言：……不辞春养禾，但畏秋输官。奸吏大雀鼠，盗胥众螟螣。④
>
> 老身穷苦不须忧，未有分毫慰此州。但得田间无叹息，何须地上见钱流。⑤

虽然土地有肥沃贫瘠的不同，但生长在土地上的农民都一样生活艰辛，他们终年辛勤劳作而常常食不果腹，所以范成大对他们十分怜悯。范成大熟知农事，他深知天时对稼穑的重要性，所以他常常设身处地，为农民而关心天气变化：

> 快晴信是行人愿，又恐田家曝背耕。⑥
>
> 登高事了从教雨，刈熟人忙却要晴。莫道西成便无虑，大须浓日晒香粳。⑦
>
> 秋来只怕雨垂垂，甲子无云万事宜。获稻毕工随晒谷，直须晴到

---

① 《大暑舟行含山道中雨骤至霆奔龙挂可骇》卷二，第23页。
② 《夔州竹枝歌九首》之六，卷十六，第220页。
③ 《围田叹四绝》之一，卷二十八，第393页。
④ 《劳畲耕》卷十六，第217页。
⑤ 《次韵汪仲嘉尚书喜雨》卷二十一，第301页。
⑥ 《没水铺晚晴月出晓复大雨上漏下湿不堪其忧》卷十六，第235页。
⑦ 《晓起闻雨》卷二十，第290页。

入仓时。①

一个官僚士大夫这样细心周到地为农民着想，确实令人感动。

不仅如此，那些社会地位向来不如农民、一直受到士人歧视的小市民，范成大也十分关心他们的饥寒冷暖。范成大晚年生活优裕稳定，但是他的关注范围却日益广泛而且深入细致，左邻右舍的生活以及室外的各种声音都牵动着他的心：

南邻炭未买，北邻绵未装……频年田薄收，十家九空囊。②

岂是从容唱渭城？个中当有不平鸣。可怜日晏忍饥面，强作春深求友声。③

冲雨贩夫墙外过，故应嗤我是何人！④

他的日常起居甚至以室外的种种声响为时间节奏：《自晨至午，起居饮食皆以墙外人物之声为节，戏书四绝》，他能够熟悉辨别各种人声音中的感情，尤其是在风雨严寒中，他听到了那众多悲哀无助的呼叫：

静夜家家闭户眠，满城风雨骤寒天。号呼卖卜谁家子？想欠明朝籴米钱！⑤

饭箩驱出敢偷闲？雪胫冰须惯忍寒。岂是不能扃户坐？忍寒犹可忍饥难。

忧渴焦山业海深，贪渠刀蜜坐成禽。一身冒雪浑家暖，汝不能诗替汝吟。

啼号升斗抵千金，冻雀饥鸦共一音。劳汝以生令至此，悠悠大块

① 《四时田园杂兴六十首》之秋日第六，卷二十七，第375页。
② 《重阳后半月天气温丽忽变奇寒晦日大雪乡人御冬之计多未办》卷二十六，第380页。
③ 《咏河市歌者》卷二十六，第361页。
④ 《枕上有感》卷二十五，第358页。
⑤ 《夜坐有感》卷二十五，第358页。

亦何心？①

十口啼号责望深，宁容安稳坐毡针？长鸣大吒欺风雪，不是甘心
是苦心。②

世无辟寒香，谁能不龟手？怜人索米归，衾裯无恙不？

贫人寒切骨，无地兼无锥。安知双彩胜，但写入春宜。

贩夫博口食，奈此不售何？无术慰啼号，汝今一身多。③

这些啼饥号寒之声，让范成大无法安眠，他责问天地，甚至埋怨自己
不能救民于水火之中，忧虑悲伤的情绪弥漫在他的诗歌里。

乾道六年在出使金国的长途跋涉中，范成大百感交集，沦陷区的山水
和百姓都让他痛心不已，他目睹"明府牙绯危受杖"的情形，更加感受到
"栾城风物一凄然"④；而"女僮流汗逐毡軿，云在淮乡有父兄。屠婢杀奴
官不问，大书黥面罚犹轻。"⑤ 这种情况，又怎能不使范成大怵目惊心？乾
道九年，范成大帅桂林时，善待边民，后来杨万里帅广东，他还希望杨万
里也能对边民一视同仁："应把周南视九夷。"⑥ 范成大的仁爱不受地域的
限制。

范成大对"人"的态度，与儒家仁者爱人的思想接近，但是有一些差
别。儒家比较强调人的等级，讲求尊卑有序，譬如朱熹《西铭论》云：
"天地之间，理一而已，然乾道成男，坤道成女，二气交感，化生万物，
则其大小之分、亲疏之等，至于十百千万而不能齐也。不有圣贤者出，孰
能合其异而反其同哉！"⑦ 人是不齐的，因此儒家思想中比较轻贱工、商阶
层，并且严于华、夷之辨，而范成大对士农工商以及边民（夷）则一视同
仁，同样充满悲悯。

---

① 《雪中闻墙外鬻鱼菜者求售之声甚苦有感三绝》卷二十六，第 361 页。
② 《墙外卖药者九年无一日不过吟唱之声甚适雪中呼问之家有十口一日不出即饥寒矣》卷三
十三，第 440 页。
③ 《严子文以春雪数作用为瑞不宜多为韵赋诗见寄次韵》卷二十六，第 365 页。
④ 《栾城》卷十二，第 154 页。
⑤ 《清远店》卷十二，第 156 页。
⑥ 《次韵杨同年秘监见寄二首》之一，卷二十二，第 314 页。
⑦ 《张载集》，中华书局 1978 年版，第 410 页。

范成大对"人"的态度也不同于老庄思想，庄子重视人对外在物累的超越和内在心灵的提升，尊重"至人、真人、神人"这些具有理想人格的人，而轻视"俗人"，但是范成大悲悯的则正是那些为生存而挣扎的"俗人"。

范成大对"人"的态度更接近佛教众生皆苦的观念。《法华经》云："三界如火宅。"佛教有三苦、八苦、无量诸苦之说，如八苦指生苦、老苦、病苦、死苦、爱别离苦、怨憎会苦、求不得苦、五蕴炽盛苦。众生在这些"苦"方面是平等的，这些"苦"无法逃脱，因此应当互相怜悯，而不应当互相鄙视。

悠悠大块亦何心？

因为悲悯众生，范成大常常把"天"、"神"、"大块"、"造物"、"化儿"看作众生的主宰者甚至对立面——他们主宰着众生的命运，有着无上的生杀予夺的权力，有时会不够仁慈地戏弄众生，使众生的生活更加水深火热。在天人关系中，范成大无疑是站在人的立场上的。

范成大经常祈求上苍怜悯众生。为了农民的生活，他求上天赏赐"一晴"："麦头熟颗已如珠，小厄惟忧积雨余。丐我一晴天易耳，十分终惠莫乘除。"[①] 他像大臣上奏皇帝一样上奏天公："笺诉天公休掠剩，半偿私债半输官。"[②] 希望"天公"给饱受折磨的农民留一条生路。在《与王夷仲检讨祀社》中，范成大为"去年岁大侵，小家甑生尘。疫鬼投其衅，虐其溺与焚"[③] 这些劫后余生的百姓呼叫："神兮率旧职，为国忧元元。"期望"神"能够"自今岁其有，驱疠苍烟根"。

对于人力无法挽救的人为灾难，范成大祈求"天"、"神"垂顾拯救。面对血腥的屠宰，范成大"妄欲一语神岂闻？更愿爱羊如爱人。"[④] 面对战争之后多年的满目疮痍，范成大责问："谁使至此极？天乎吾请祷。"[⑤] 他

---

① 《刈麦》卷七，第86页。
② 《四时田园杂兴六十首》之秋日第五，卷二十七，第124页。
③ 《与王夷仲检讨祀社》卷十，第124页。
④ 《离堆行》卷十八，第247页。
⑤ 《潺陵》卷十五，第202页。

多么希望上苍能够拯救哀哀无告的生灵。

范成大认为"造物"是伟大的，因为它创造了庄严优雅的世界："世界真庄严，造物极不俗。"① 但是"造物"的"神仙"们又往往是冷漠无情的，他们高高在上，冷眼旁观甚至带点讥笑的表情，看着地上行人在崎岖危险的峡谷穿行："神仙坐阅世，应笑行人行。"②

不仅如此，创造万物的神灵甚至并不仁慈，经常"作剧"（戏弄）众生，所以范成大常常带点怨气地称呼这个神灵为"化儿"——造化小儿，譬如"化儿任恶剧，欢伯有奇怀"③。范成大一生被疾病折磨，晚年更是沉疴难医，他曾悲伤地抱怨："化儿幻我知何用？只与人间试药方。"④ 当范成大听到"鬻鱼菜者"悲苦的叫声，想到他饥寒交迫的生活，甚至怨愤地质问"大块"⑤："劳汝以生令至此，悠悠大块亦何心？"⑥

范成大的天命观，接近儒家"敬鬼神而远之"的天命观，但儒家对天命讲求敬畏或顺从不违，所谓"君子有三畏：畏天命，畏大人，畏圣人之言。小人不知天命而不畏也，狎大人，侮圣人之言"⑦。所谓"子曰：不怨天，不尤人"⑧。而范成大却因为个人疾病和他人悲惨生活而不"畏天命"甚至"怨天"，与儒家思想多少有些背离。

对于现世众生的苦难，范成大不像儒家思想那样追究天人感应、福善祸淫，更不像佛教那样追究因果报应，也不像道家那样讲求祸福相依，而常常将众生现世的苦难，归咎于上天（造物）本身的无情和无心。这一点可能与范成大一生无法摆脱的疾病有关。范成大从不认为他自己的疾病（即"病苦"）源于上天的惩罚或善恶因果报应，他写过一篇《问天医赋》⑨，详论人

① 《回黄坦》卷七，第 92 页。
② 《白狗峡》卷十六，212 页。
③ 《立春大雪招亲友共春盘坐上作》卷二十六，第 365 页。
④ 《病中绝句八首》之三，卷四，第 46 页。
⑤ 《庄子集释》卷一下《齐物论》成玄英疏："大块者，造物之名，亦自然之称也。"中华书局 1961 年版，第 46 页。
⑥ 《雪中闻墙外鬻鱼菜者求售之声甚苦有感三绝》卷二十六，第 361 页。
⑦ 《论语·季氏》，杨伯峻《论语译注》，中华书局 2002 年版，第 177 页。
⑧ 《论语·宪问》，杨伯峻《论语译注》，中华书局 2002 年版，第 156 页。
⑨ 《问天医赋》卷三十四，第 448 页。

类疾病的缘起，面对"天医"，他悲痛又慷慨地陈述：大多数疾病是因为
人类自身生活不够节制造成的，譬如过分纵欲、过分钟情、过分娇气，但
是还有一些疾病并非人类自身的过错，所谓"造化为炉，人物为象。洪钧
无心，大放厥豵。元阳之气，可斤可两。人受其中，有瘠有腴。故有禀生
多艰，形枯德腴。委随惰窳，命也何如？……天实为之，非人速辜。臣也
不肖，殆类此乎？"对众生的苦难，"造化"、"洪钧"实在难辞其咎。"天
实为之，非人速辜"是范成大"怨天"的重要原因。同样，推己及人，范
成大因此也不认为现世众生的"众苦"，全都是出于人为的原因，而更多
的是因为造物的"作剧"。从这一点上讲，范成大无疑是超越三教的。

身世略如僧在家

从范成大诗歌中所反映出对物、人、天的态度看，范成大的思想是
朴素且杂糅的，各种哲学与宗教对他都有不同程度的影响，但他又不拘
于一家成说，常常用实用的态度来对各种思想加以合理取舍。他没有系
统化的思想理论，算不上思想家，在南宋朱子道学、陆九渊心学、浙东
功利学派等新儒学百家争鸣的时代，范成大与这些学派基本没有关系，
在南宋诗歌"四大家"中，范成大受理学影响最浅，而受佛教、道教影响
比较深，这一点众所周知，所谓"公喜佛老"①，尤其是佛教，几乎成了他
晚年的精神支柱。

范成大的悲悯情怀，可以说是出于天性，他的好友周必大云："公天
性孝友，……历典名藩，所至礼贤下士，仁民爱物，凡可兴利除害，不顾
难易，必为之。"② 这也是他的佛教信仰造成的。

范成大幼年即丧父母，"少孤为客早"，过早体验到生命无常、人情冷
暖，加上他从小体弱多病，所以他很早就体味到人世的种种苦难，而且很
早就信仰佛教。他在二十九岁中进士仕宦之前，读书荐严寺，就自号"此

---

① 黄震：《黄氏日钞》卷十七《读范石湖集》，《杨万里范成大资料汇编》，中华书局1964
年版，第151页。
② 《资政殿大学士银青光禄大夫范公神道碑》，《杨万里范成大资料汇编》，中华书局1964年
版，第121页。

山居士"，又将居处命名为"宴坐庵"，取《维摩经》"心不住内，亦不住外，是为宴坐"之意，并写《宴坐庵四首》以明心志。其一云："衲被蒙头笼两袖，藜床无地著功名"①，写他自己自甘清贫，而对"功名"不屑一顾。他在"宴坐庵"的生活很像一个僧人："跏趺合眼是无何，静里惟闻鸟雀多。俗客扣门称问字，又烦居士起穿靴。"他早年所作的《放鱼行》云："嗟予赎放岂徼福，忍把汝命供吾饕。"② 既说明他天性仁慈，又说明他很了解佛教的放生求福之说。此后宦游万里艰难奔波的生活，更加深了他的佛教信仰，他晚年又号石湖居士，更像一个僧人，所谓"人生宁有病连岁？身世略如僧在家。"③ 他不仅居家生活"如僧"，而且还常到天平山寺里与老僧一起礼佛参禅："从今半座须分我，共说昏昏一觉禅。"④

因此范成大诗歌不仅从佛经里汲取了许多典故、语汇⑤，而且深受佛教思想影响，但是，范成大所受的影响不像其他士人、诗人。一般士人学佛参禅，主要目的是关注自身、关注内心的平和清净或愉悦，从王维、白居易到苏轼、黄庭坚，无论他们是渐悟还是顿悟，无论他们参的是南宗禅还是北宗禅，是寂照禅还是文字禅，他们要悟的是"自性"，悟出"自性"便是解脱、超脱、透脱⑥。而范成大的佛教信仰，则是由悟自性到悟众生，从关心自己内心到关爱人世，与其他士人有所不同，他受大大乘佛教中的大慈大悲、普度众生思想更深刻一些。

大乘佛教强调利他，普度一切众生，提倡以六度为主的菩萨行，大乘中观派经典之一《大智度论·卷二十七·释初品中大慈大悲》云："大慈大悲者，四无量心中已分别，今当更略说：大慈，与一切众生乐；大悲，拔一切众生苦。"这就是"大慈大悲"。

范成大从这种佛教信仰中得到的是，智者应该具有大慈大悲的心愿，

---

① 《宴坐庵四首》卷二，第 17 页。
② 《放鱼行》卷一，第 2 页。
③ 《翻袜庵夜坐闻雨》卷二十八，第 386 页。
④ 《再游天平有怀旧事且得卓庵之处呈寿老》卷二十八，第 390 页。
⑤ 钱钟书《宋诗选注》云范成大是黄庭坚以后、钱谦益之前用佛教典故最多最内行的诗人。
⑥ 当然士大夫学佛参禅并非都只是关注自性自身，不少士大夫也接受佛教多方面观念，只是在诗歌中表现不明显。

用"悲观"和"慈观"的态度观察众生①，到晚年他疾病加剧，沉疴难医，他开始广种"悲田"②，想以悲悯之心施惠于贫穷的人，以求得无量之福，所以悲悯情怀更加深重广博。

正因为如此，我们看到，范成大的诗歌风貌与其他人诗歌的风貌不大相同：不但不同于王维的静谧空寂、白居易的乐天闲适、苏轼的旷达超然、黄庭坚的神清骨寒，而且不同于同时也受佛禅思想影响的诗人杨万里。杨万里明显继承了白居易、苏轼等人参禅悟道以观照自性的传统，而范成大的佛禅思想更多带有民间佛教信仰的特征，与一般士大夫的佛禅思想有所不同，这使他的诗歌表现出更多平民化、通俗化色彩。这是佛禅思想在诗歌中的另一种表现。

（原载《宋代文学丛刊》第十一期）

---

① 《法华经·普品门》："悲观及慈观，常愿常瞻仰。"注云："以大悲人观众生苦，拔其苦难，名曰悲观。"

② 三福田之一。赵彦卫《云麓漫钞》卷三："释氏《法论》：供父母曰恩田，佛僧曰敬田，贫穷曰悲田"。

诗歌与古琴研究

韩愈琴诗公案研究

——兼及诗歌与器乐关系

　　韩愈在元和十一年（816）创作的《听颖师弹琴》，与白居易于元和十年（815）创作的《琵琶行》，分别作为描写琴与琵琶的经典之作而享誉当时与后世。然而250年后，欧阳修与苏轼却对韩愈《听颖师弹琴》描摹的是琴声还是琵琶声提出异议。苏轼熙宁五年（1072）作《听贤师琴》一诗，自注云："欧阳公尝问仆，琴诗何者最佳？余以韩愈《听颖师琴》答之。公言此诗固奇丽，然自是听琵琶诗，非琴诗。余退而作杭僧惟贤诗，诗成欲寄公，而公薨。至今以为恨。"① 当时欧阳修刚刚去世，苏轼37岁。苏轼还曾将韩愈此一琴诗隐括为听琵琶之词，以表示对欧阳修观点的支持。② 从此，人们对韩愈琴诗的争议一直持续到明清，形成了一桩音乐文学史上的著名公案。

　　两宋时期蔡絛《西清诗话》、许𫖮《彦周诗话》、吴曾《能改斋漫录》、胡仔《苕溪渔隐丛话》等诗话笔记，元明清时期不少文章都记载或转载了欧苏之论，并增加了他人和作者自己的许多见解观点，或支持欧苏，或反对欧苏，而支持与反对的角度、视点又都颇不相同，形成了嘲韩派和挺韩派。嘲韩派以欧阳修、苏轼为代表，认为韩愈所写的听琴诗，并

---

　　① 此段记录文献颇多且相似。此处引自苏轼撰、孔凡礼点校《苏轼文集》，中华书局1986年版，第2243—2244页。

　　② "东坡尝因章质夫家善琵琶者乞歌词，亦取退之《听颖师琴诗》稍加隐括，使就声律，为《水调歌头》以遗之。其自序云：'欧公谓退之此诗最奇丽，然非听琴，乃听琵琶耳，余深然之。'"胡仔纂集、廖德明校点：《苕溪渔隐丛话》前集卷十六，人民文学出版社1962年版，第103—105页。

未写出琴声特色，读起来如同听琵琶，明人张萱等支持欧苏等人观点，清人由此还引申出韩愈琴诗所写是"三分琵琶七分筝"① 的说法；挺韩派则以琴僧义海、许颚、吴曾以及吴曾提到的"善琴者"、晁补之、洪庆善等人为代表，他们认为韩愈琴诗就是琴诗，并从不同角度论证，清人何焯、薛雪等也属于此派。

嘲韩派与挺韩派都观点鲜明，但是两派的论据与论证角度，以及两派成员各自的论据与论证角度都不相同，牵涉到对古琴"正声"与"间声"（别调）的认识问题，古琴与琵琶、筝等弹弦乐器的表现性能之共性与特性问题，还有古琴的弹奏技巧与诗歌的表现功能意义问题，等等。不仅如此，人们还由对韩愈琴诗的争议，而上升到对整个器乐诗的争议，上升到对诗歌与器乐关系问题的讨论。

一 嘲韩派之立场：文人琴之"正声"

据苏轼《听贤师琴》自注，对韩愈琴诗首先提出异议的是欧阳修。然而欧阳修虽有不少谈琴论琴的诗文，现存的诗文中却没有谈及韩愈此诗的言论②，因此有人怀疑此异议并非欧阳修提出，如宋林駉《古今源流至论》后集卷一《韩文》云："《听颖师弹琴》一诗，盖奇作也。或者妄托文忠公，以此为听琵琶之诗，既议韩公又诬欧公。"何焯《义门读书记》卷三十《听颖师弹琴》也云："题注载，六一居士以为此只是琵琶云云。按必非欧公语。"可是苏轼与晚年欧阳修过从甚密，因此在其过世前后记录二人偶然间的"闲话"，应可信，只是因无第三者在场，苏轼之语显得孤立无援。

苏轼在与欧阳修问答之际，还持有韩愈琴诗为古今第一琴诗的观点，但受欧阳修"点拨"之后，则成为欧阳修的忠实支持者，并多次宣扬欧阳修的观点。

欧、苏为什么说韩愈听琴诗是听琵琶诗呢？他们的根据何在？

---

① 《御选唐宋文醇》卷二十五欧阳修《送杨寘序》后评："古之善言琴者，惟韩退之《听颖师弹琴诗》，然未免'三分琵琶七分筝'之诮。"

② 吕肖奂：《中有万古无穷音——欧阳修之琴趣与琴意》，《焦作大学学报》2007 年第 1 期。

欧阳修对"琴"的理解，早年到晚年有所变化。他早年强调琴的济世功能，比较欣赏跌宕起伏甚至激越轩昂的琴声："经纬文章合，谐和雌雄鸣。飒飒骤风雨，隆隆隐雷霆。无射变凛冽，黄钟催发生。"① 而到了晚年，他更强调琴的自娱与自适功能，也更欣赏琴的古淡疏越、平和清幽的风格。因此，当他晚年审视韩愈琴诗时，诗中所写的那种大起大落、变幻多端的乐声，就觉得无论如何也不应该是"琴"所奏出，而只能是"琵琶"这种乐器才能表现的了。这可能就是欧阳修对韩愈琴诗提出异议的根据。苏轼以《听贤师琴》来表明他对欧阳修判断的理解："大弦春温和且平，小弦廉折亮以清。平生未识宫与角，但闻牛鸣盎中雉登木。"② 在一系列关于琴声的典故中，苏轼对"贤师"之琴声的感受是温平清亮，他认为这是琴声的正宗，也是听琴诗与听琵琶诗的区别。苏轼对琴之"正声"有更为明确不变的认识，他在多首诗中都表明他对琴声的看法与审美标准：

> 自从郑卫乱雅乐，古器残破世已忘。千年寥落独琴在，有如老仙不死阅兴亡。世人不容独反古，强以新曲求铿锵。微音澹弄忽变转，数声浮脆如笙簧。无情枯木今尚尔，何况古意堕渺茫。(《舟中听大人弹琴》)
>
> 至和无攫醳，至平无按抑。不知微妙声，究竟从何出。散我不平气，洗我不和心。(《听僧昭素琴》)

苏轼始终将"古意"、"微音澹弄"、"至和"、"至平"视为琴之"正声"，并将其发扬光大为士大夫文人主流的古琴意识。"文人琴"从此像文人画一样日益发展。根据欧阳修和苏轼对古琴的理解和审美标准推断，他们提出的韩愈琴诗并非琴诗，实际指琴诗所描写的琴声，绝非琴之"正声"。欧、苏"异议"的"潜在"论据，得到明人张萱的发明。张萱《疑耀》卷七《颖师弹琴诗》云：

---

① 欧阳修：《江上弹琴》，《欧阳修全集》，中国书店 1986 年版，第 350 页。
② 苏轼撰，王文诰辑注，孔凡礼点校：《苏轼诗集》，中华书局 1982 年版，第 381 页。

余有亡妾善琴亦善琵琶，尝细按之，乃知文忠之言非谬，而僧海非精于琴也。琴乃雅乐，音主和平，若如昌黎诗儿女相语，忽变而战士赴敌，又如柳絮轻浮，百鸟喧啾，上不分寸，失辄千丈，此等音调，乃躁急之甚，岂琴音所宜有乎？至于结句"泪滂满衣、冰炭置肠"，亦惟听琵琶者或然，琴音和平，即能感人，亦不宜令人之至于悲而伤也。故据此诗，昌黎固非知音者，即颖师亦非善琴矣。

张萱从当时琴与琵琶的演奏实践所体现的"琴乃雅乐，音主和平"出发，认为韩愈琴诗所表达的"躁急"、"悲伤"情绪与琴之雅乐正声不符，而支持欧、苏观点。清人张英《文端集》卷四十五《笃素堂文集》九《杂著·聪训斋语》又将此种论点演绎得更为透彻：

昌黎《听颖师琴诗》，有云"昵昵儿女语，恩怨相尔汝。忽然势轩昂，猛士赴战场"，又云"失势一落千丈强"，欧阳公以为琵琶诗，信然！予细味琴音如微风入深松，寒泉滴幽涧，静永古澹，其上下十三徽，出入一弦至七弦，皆有次第，大约由缓而急，由大而细，极于和平冲夷为主，安有"昵昵儿女"忽变为金戈铁马之声？常建《琴诗》："江上调玉琴，一弦清一心，泠泠七弦遍，万木沉秋阴。能令江月白，又令江水深，始知枯桐枝，可以徽黄金。"真可谓字字入妙，得琴之三昧者。味此，则与昌黎之言迥别矣……大抵琴音以古淡为宗，非在悦耳。心境微有不清，指下便尔荆棘。清风明月之时，心无机事，旷然天真，时鼓一曲，不躁不懒，则缓急轻重合宜，自然正音出于腕下，清兴超于物表……未深领斯妙者，自然闻古乐而欲卧，未足深论也。

从宋代到明清，随着"文人琴"观念的发生、发展，嘲韩派的论点论据日渐明晰，他们将清微淡远、和平古拙定为琴的"正声"或本色、主流风格，并据于此断定韩愈所描述的琴声非"琴乐"。

二 挺韩派之辩驳：琴诗与琴声、琴技关系探讨

最初反对欧、苏之说而力挺韩愈琴诗定为琴诗的，是琴僧义海。蔡絛的《西清诗话》记载：

> 或以问海。海曰：欧阳公一代英伟，何斯人而斯误也？"昵昵儿女语，恩怨相尔汝"，言轻柔细屑，真情出见也；"划然变轩昂，勇士赴敌场"，精神余溢，耸观听也；"浮云柳絮无根蒂，天地阔远随飞扬"，纵横变态，浩乎不失自然也；"喧秋百鸟群，忽见孤凤凰"，又见颖孤绝，不同流俗下俚声也；"跻攀分寸不可上，失势一落千丈强"，起伏抑扬，不主故常也。皆指下丝声。

义海是通过分析韩诗描写琴声内涵确定之所指，以证实韩诗表达出的是琴具有的独一无二的"妙处"。他的关注点是诗句所传达的琴声效果、印象以及情绪、精神内涵。他对琴诗的诗意阐释无疑是精准的。然而义海并未抓住欧、苏嘲韩的关键所在。欧、苏作为诗人并非不懂韩诗每句所表达的意思，也并非不理解韩诗中颖师琴声的精神风格。欧、苏称赞此诗已极"奇丽"，然而诗句描摹的琴声如果越"奇丽"，那就离琴声之古淡越远。因此尽管义海力挺韩诗，并准确地阐释出韩诗诗意，但其阐释却从一开始就弄反了方向，不仅不能反驳欧、苏的观点，反而给欧、苏提供了证据：因为从"轻柔细屑"忽然变为"耸观听"，又从"纵横变态"继续发展到"起伏抑扬"，这种大起大落、大开大合的声调与情绪，在欧、苏看来，不应该是古琴，而是琵琶。

吴曾等人是支持义海的挺韩派，但他们的论据与义海不同：

> 余谓义海以数声非琵琶所及，是矣；而谓真知琴趣，则非也。昔晁无咎谓，尝见善琴者云："浮云柳絮无根蒂，天地阔远随飞扬"为泛声，轻非丝、重非木也。"喧啾百鸟群，忽见孤凤凰"为泛声中寄指声也。"跻攀分寸不可上"为吟绰声也。"失势一落千丈强"为历声

也。数声琴中最难工。洪庆善亦尝引用，而未知出于晁。是岂义海所知，况西清耶？①

吴曾以及文中所云的晁补之、洪庆善的说法，还有许顗相似的说法②都是从"善琴者"得来，他们都是"善琴者"说法的拥护者。"善琴者"等与义海不同，他将韩愈琴诗的句意落实到弹琴所用特殊指法、手势、技法所产生的声音上，用了"泛声"、"泛声中寄指声"、"吟绎声"、"历声"（许顗称为"顺下声"）四种弹琴者才熟知的专业术语，以说明韩愈诗歌的确表达的是琴乐而非琵琶乐。后世也有支持"善琴者"等人的观点，如清人薛雪曰：

> 颖师弹琴，是一曲泛音起者，昌黎摹写入神。乃以"昵昵"二语为似琵琶。则"跻攀分寸不可上，失势一落千丈强"，除却吟猱绰注，更无可以形容。琵琶中亦有此邪？③

薛雪又加上了后世常用的弹琴技法"吟猱绰注"以说明琴诗描述的准确性。术语的引用，使得他们的论证显得颇为专业。将诗句落实到弹琴技法上，固然可以证明所弹是"琴"，但这种个人感受性的"落实"，却似乎缺乏学理性或推理性依据，韩愈果然描摹的是善琴者所说的"四声"？那么颖师所弹不是一只或几只完整的琴曲，而只是四种指法手势或技法表演？"四声"果真是古琴所独具而其他弹弦或弹拨乐器所无？若是古琴独具，为何只有颖师才弹得出而其他善琴者均不能掌握？"四声"果然是古琴"最难工"的声音，难道其他琴人都不能掌握？韩愈感悟并描摹的就只是"四声"？其他赏琴写诗者也多是"善琴者"如欧阳修、义海，就没有感受到这一点？

其实已有人对"四声"说提出异议，譬如清人何焯《义门读书记》卷

---

① 吴曾：《能改斋漫录》卷五，上海古籍出版社 1979 年版，第 122—124 页。
② 许顗：《彦周诗话》，载何文焕辑《历代诗话》（上），中华书局 1981 年版，第 392—393 页。
③ 薛雪：《一瓢诗话》，载丁福保辑《清诗话》（下），上海古籍出版社 1978 年版，第 699 页。

三十《听颖师弹琴》即云："按义海之云，固为肤受；洪氏所载，则此数声者，凡琴工皆能，昌黎何至闻所不闻哉？'失势一落千丈强'，与历声尤不肖，真妄论也。"何焯也属于挺韩派，但他却反对义海以及吴曾、洪庆善等人的论据。他认为"四声"并非古琴弹奏者"最难工"之声，而是普通"琴工"均可弹奏出的声音，其所用技法并不难。那么如此普通的技法，并非颖师所独有，韩愈何必费力描摹呢？尤其是"失势"一句，表现的并非古琴的"历声"，那么其他三句可能也并非真正摹写的是善琴者所说的三声。由宋至清古琴的技法以及声音，有传承有变化，何焯所云，可能是因为清代弹琴技法有了变化，与宋代不同，但潜藏的意思其实是说"善琴者"等人所言诗句与技法的对应关系，并不那么准确。

善琴者、晁补之等人的"四声说"或技法说，仅貌似专业。"善琴者"懂得"琴"的技法，却不懂得"琴诗"的诗意，将诗句与具体琴技对应，不免有过度阐释诗意之嫌，不可令人完全信服。

挺韩派的两种论证，都未能抓住嘲韩派之所以嘲韩的关键立场，因此显得辩驳无力，没有达到预期效果。但他们的多向辩驳却提出了器乐诗相关的其他问题。

三　错位的交锋：观点的对峙与辩驳的交叉

嘲韩派与挺韩派虽观点针锋相对，但无当面和正面交锋，所以论证方向、焦点或锋芒有些错位。

首先，挺韩派的义海，没有找到欧、苏等嘲韩派的立场与论据所在，所论有些无的放矢。他们的争论焦点应该是琴的正声与间声关系，但因欧、苏观点没有表明，义海也没有触及问题的本质，反驳显得无力。义海其实已经接近了欧、苏的"问题"，但是却没有将他自己的"立场"述说明白。

义海是太宗朝琴待诏朱文济之弟子慧日夷中的弟子[1]，他的辩驳代表了一部分宋代宫廷琴师以及琴僧观点，与欧、苏等代表的文人对琴的理解有所不同。很显然，义海与欧、苏一样感受到韩愈琴诗传达出了琴声的精

---

[1] 沈括：《乐律》，载胡道静校注《新校正梦溪笔谈》之《补笔谈》（上），中华书局1963年版，第291页。

神与风格，但与欧苏等人不同的是，义海非常赞赏并且认为只有"琴"才具备这样独一无二的精神与风格。虽然沈括说"海之艺不在于声，其意韵萧然，得于声外，此众人所不及也"。但义海对琴的理解，绝非"意韵萧然"所能概括。颖师"纵横变态"、"起伏抑扬，不主故常"的琴声，是与"意韵萧然"相反的风格，而义海却能接受欣赏。与义海同师夷中的另一琴僧知白，曾为欧阳修弹奏《平戎操》，欧阳修对其作为僧人却弹奏充满杀伐之气的《平戎操》有些不解①，可知在北宋以欧、苏为代表的文人与以义海、知白为代表的琴僧，对琴的风格与表现力有不同的理解。

实际上，韩愈所写颖师的大起大落的琴声，至迟在中唐，已经属于"间声"、"别调"或另类。中唐的乐坛正如白居易所言"人情重今多贱古，古琴有弦人不抚"②，古琴在当时乐坛已经十分寥落。而古琴寥落的主要原因是白居易所言："丝桐合为琴，中有太古声。古声淡无味，不称今人情。"③ 由此可知，造成古琴不再盛行的"古声淡无味"，正是当时古琴的主流风格。而颖师所弹的古琴，无论在韩愈还是在李贺的笔下④，都不是如此"古声淡无味"的。颖师所弹之琴，应是当时琴坛上崛起的新兴琴风，是"古声淡无味"的反动，因此引起了韩愈、李贺等人的关注。南宋俞德邻《佩韦斋集》卷十八《辑闻》就关注到这一点：

> 韩退之听颖师琴诗，极模写形容之妙，疑专于誉颖者，然于篇末曰："推手遽止之，湿衣泪滂滂。颖乎尔诚能，无以冰炭置我肠。"其不足于颖多矣。《太学听琴序》则曰："有一儒生抱琴而来，历阶而升，坐于尊俎之傍，鼓有虞氏之南风，赓之以文王宣父之操，优游怡愉，广厚高明，追三代之遗音，想舞雩之咏叹，及莫而退，皆充然若有所得也。"何尝有"推手遽止之"之意？合诗与序而观其去取较然，抑又知琴者本以陶写性情，而冰炭我肠，使泪滂而衣湿，殆非琴之正也。

---

① 欧阳修：《听平戎操》，《欧阳修全集》，中国书店 1986 年版，第 361 页。
② 白居易：《白居易集》卷三《五弦弹》，中华书局 1979 年版，第 69 页。
③ 白居易：《白居易集》卷一《废琴》，中华书局 1979 年版，第 6 页。
④ 李贺：《听颖师弹琴歌》，《李贺诗集·外集》，人民文学出版社 1998 年版，第 374 页。

　　俞德邻通过韩诗与韩序的比较，认为韩愈已经意识到颖师所弹非琴的"正"声。还有更多的人指出颖师所弹、韩愈所形容的是琴声之"别调"，明人陆时雍《唐诗镜》卷三十九《听颖师弹琴》即云："倔强低昂仿佛略尽，然此非高山流水之音也。将令阳春白雪，俱作楚宫别调耳。"也已经体会到颖师琴声的"倔强低昂"之"别调"特色。

　　古琴在唐代以前还不是"古声淡无味"的世界，尤其在汉魏时期，古琴的表现力极强，譬如嵇康临行前所弹的《广陵散》，就是"慷慨激昂与怨恨凄感交织，抑郁性情绪与抗争性情绪交织，有杀伐之气，与中正和平清微淡远之意境相反"。朱熹《朱文公文集·紫阳琴铭》云："琴家最取《广陵散》操，以某观之，其声最不平和，有臣凌君之意。"嵇康的《琴赋》中有一节就摹写出"最不平和"的琴声，并对韩愈琴诗产生影响：

　　　　方世举曰：嵇康《琴赋》中已具此数声。其曰"或怨沮而踌躇"，非"昵昵儿女语"乎？"时劫掎以慷慨"，非"勇士赴敌场"乎？"忽飘飘以轻迈"、"若众葩敷荣曜春风"，非"浮云柳絮无根蒂"乎？"嘤若离鹍鸣清池，翼若浮鸿翔曾崖"又"若鸾凤和鸣戏云中"，非"喧啾百鸟群，忽见孤凤凰"乎？"或参谭繁促，复叠攒仄，（从横骆驿，奔遁相逼）拊嗟累赞，间不容息"，非"跻攀分寸不可上"乎？"或乘险投会，邀隙趋危"、"或搂擽擉捋，缥缭潎洌"，非"失势一落千丈强"乎？公非袭《琴赋》，而会心于琴理则有合也。①

　　方世举将韩诗的源头追溯到嵇康赋，可见二者在琴声描摹上的对应关系，也可知颖师所弹，继承的是汉魏琴音传统，而非同时期白居易所听到的和平之音。

　　先秦以至汉魏六朝时期，古琴流行于各个社会阶层，题材内容广阔多样，能表达丰富的情绪，而到了唐宋，尤其进入宋代，古琴只在宫廷、士大夫文人、僧人道人中流行，其题材与情绪都趋于狭窄与单调。宋代是士

---

　　① 方世举语，转引自屈守元、常思春主编《韩愈全集校注》，四川大学出版社 1996 年版，第 720 页。

大夫文人琴复兴或"重建"的时代，欧、苏等北宋士大夫文人在白居易所云的"古声淡无味"的基础上，有意确立文人琴之"琴乃雅乐，音主和平"审美标准，而在此标准形成之际，义海、"善琴者"以及晁补之、洪庆善、吴曾等人，可能尚未意识到或尚不能接受这个标准，因此也没有理解欧、苏等人的用意，没有针锋相对提出他们的反对根据。"文人琴"的审美观念，到南宋及元明清，已经发展成古琴的绝对主流，更多的人站在"文人琴"的立场上，将欧、苏的观点日益阐明，而很少有人指出古琴还有另外一种先秦汉魏视作正声而唐宋渐视为别调的传统。

嘲韩与挺韩之争，本质上是正声与别调之争，但是因为能够接纳包容"别调"的挺韩派之立论一直比较含混，所以双方的交锋从一开始就有些错位，致使真正的焦点被遮蔽。其次，双方的焦点还集中在琴乐为何似琵琶乐、琴与琵琶等弹弦乐器有无共同之处等问题上，这牵涉的其实是古琴、琵琶等不同器乐的表现性能及其关系。

琴与琵琶是不同的乐器，无论外形还是演奏技法、演奏出的音质音色，区别十分明显，因此即便对于稍有传统器乐常识者而言，两者的区别都是不言而喻的。嘲韩派与挺韩派自然明白这一点，只是挺韩派更强调"琴"的独特性，强调韩诗所写之声为"琴"所独具而其他器乐所无。而欧、苏等嘲韩派则恰好相反，强调韩诗所写并非琴声独具而是琵琶也可有之声，指出琴与琵琶其实有不少共性。

古琴、琵琶以及筝等同属于弹弦或弹拨乐器，这类乐器在弹奏手法以及声音上，除了各具个性外，的确还具有不少共性，因此三者常常彼此涵盖，很难完全区分开来。《唐国史补》卷下云："于頔司空尝令客弹琴，其嫂知音，听于帘下曰：'三分中一分筝声，二分琵琶声，绝无琴韵。'"这段话虽是贬低弹琴者的水平而赞扬听琴者的标准，但人们从中也能断定"则琴声中，诚或有似琵琶者"①，"琴中固备有筝、琶之声"。②

弹弦或弹拨乐器的共性，连低水平的弹奏者都难以弹奏出其区别，而

---

① 方世举语，转引自屈守元、常思春主编《韩愈全集校注》，四川大学出版社 1996 年版，第 720 页。

② 何焯：《义门读书记》卷三十，中华书局 1987 年版，第 515 页。

颇具欣赏能力的听者，甚至能从琴声里听到筝、琵琶声，因此普通的听众，如果不熟悉乐器又不亲见弹奏的人，就更是无法辨别其声音所自所属了。这些共性，正是欧、苏等嘲韩派认琴声为琵琶声的立论基础。

此外，尽管琴与琵琶都属于弹弦或弹拨乐器，但琵琶却一直被文人视为"俗乐"，不可与古琴同日而语。流行于文人阶层外的琵琶，有着不同甚至相反于古琴的审美标准。从白居易《琵琶行》所描摹的琵琶乐可知，情绪大起大落、音节急促变化是中唐十分流行的琵琶"正声"。《蔡宽夫诗话》云："乐谱琵琶曲有转关、六幺，其声调闲婉；又有护索、梁州，其音节闲繁。"诗话所云的闲婉、闲繁，后世称之为文曲、武曲，而"闲繁"的武曲其实一直是琵琶的"正声"，也是琵琶以及羌笛、秦筝之类"俗乐"远比古琴盛行的重要原因。[①]

赵抟《琴歌》云："琴声若似琵琶声，卖与时人应已久。"当颖师的"琴声确似琵琶声"时，无疑符合了大众的审美趣味，却离文人的趣味更远了。嘲韩派从韩诗中正看到了这一点。琵琶以及秦筝、羌笛等流行乐或"俗乐"的"正声"，却是琴的"别调"。从这个意义上讲，琴与琵琶的"正声"标准虽然相反，但更见其相通之处。嘲韩派的意思是韩愈琴诗描写的是琴的别调、琵琶的正声。

嘲韩派立足于琴之正声，批评韩愈琴诗所写非琴。问题在于以偏概全、以宋律唐，不愿意接纳琴的多样风格，或承认唐代还存在颖师那样的琴风。挺韩派似乎意识到了古琴正声之外的多种风格，但没有更深刻的认识与更明确的阐释，因此在关于琴之正声与别调问题上双方没有正面地激烈交锋。

在对琴与琵琶的表现性能上，嘲韩派关注到了二者在弹拨技法与声音的共性以及古琴正声与琵琶别调之间的相似性，因此其命题或异议可以成立，且有启发性。挺韩派力图寻求琴的独特性，说明琴与琵琶的区别，但仅从诗意或琴技上论证，没有抓住问题实质。

嘲韩派与挺韩派的共同缺陷是，双方都没有将重心放在韩愈琴诗所写

---

① 白居易：《白居易集》卷一《废琴》："何物使之然，羌笛与秦筝。"中华书局 1979 年版，第 6 页。

的"颖师"与"琴"上：颖师弹琴的个人特色是什么？颖师所弹的是什么琴曲？是一首还是两首、多首？这首或这些琴曲本身具有什么特点？双方都不曾关注这些问题，没有把韩愈琴诗当作器乐诗的一种独特个体来对待，而仅凭各自的欣赏、阅读经验以及个人既定标准来判定，显得过于武断。

四　双方辩论的升级：诗歌能否表现器乐？

无论是嘲韩派还是挺韩派，立足点都是琴诗——器乐诗之一，他们应该说都比较相信诗歌能够表现器乐，尤其是挺韩派，认为诗歌有时能够准确无误地表现器乐，如韩愈琴诗。而嘲韩派虽认为诗歌表达音乐会有偏差亦如韩愈琴诗，但也相信诗歌可以表达器乐，欧、苏等人都试图创作新的器乐诗，来证明器乐诗可以准确表达器乐，然而就连苏轼自认为所写的真正琴诗，也被义海嘲笑为非琴所独有："东坡后有听惟贤琴诗'大弦春温和且平，小弦廉折亮以清，平生未识宫与角，但闻牛鸣盎中雉登木'云云，亦未知琴。春温和且平，廉折亮以清，丝声皆然，何独琴也？牛鸣盎中雉登木，概言宫角耳，八音皆然，何独宫角也。闻者以海为知言。"[1]

的确，琴与琵琶、筝等同类乐器在某些方面具有相似性，而以表现各种乐器为主的器乐诗，作为截然不同的另一种载体或媒体，又经过了"听者"的重新创造，能否表现器乐的各自特点？也就是说诗歌能否表现音乐？

胡仔《苕溪渔隐丛话》前集卷十六《评古今琴诗》在列举了唐、宋诗人大量器乐诗之后，提出诗歌不能准确表达器乐的观点：

> 古今听琴、阮、琵琶、筝、瑟诸诗，皆欲写其声音、节奏，类以景物、故实状之，大率一律，初无中的句，互可移用。是岂真知音者？但其造语藻丽为可喜耳……永叔、子瞻谓退之听琴乃是听琵琶诗，僧义海谓子瞻听琴诗丝声八音宫羽皆然，何独琴也。互相讥评，

---

[1] 吴曾：《能改斋漫录》卷五，上海古籍出版社 1979 年版，第 122—124 页。

终无确论。如玉溪生《锦瑟》诗云："庄生晓梦迷蝴蝶，望帝春心托杜鹃。沧海月明珠有泪，蓝田日暖玉生烟。"此亦是以景物故实状之，若移作听琴、阮等诗，谁谓不可乎？

胡仔认为唐宋大量的器乐诗，都没有表现出不同乐器的不同特点，因此器乐诗只有诗歌语言（造语藻丽）的意义，对器乐、音乐领域而言，并没有太大的价值。胡仔的这一观点，实际上是嘲韩派以及义海嘲苏轼等——诗歌表现器乐不够明晰有别之说——的进一步发展。

的确，同类乐器在表现性能、演奏以及乐曲上，常常具有相同或相通之处，这无疑会造成听者在听觉上的一些混淆。而器乐诗作为听者的再创造作品，又经过了听者的独特感受、情绪、理解、思考、想象、再创作，因此自然不可能是器乐的再现；而且诗歌与器乐所用的"语言"，是两种可以相通却绝不同质的语言，两种语言诉诸人们感觉是不可重合的，诗歌语言不可能把不同器乐的特殊音质音色精确表达，从这个意义上讲，诗歌确实不能精准地再现器乐。

但是，作为器乐的听者或欣赏者的诗人，用诗歌语言捕捉并感性化、美化或幻化了器乐的"声音、节奏"，将音乐语言转化为诗歌语言，"再造"新的艺术品，当更多的听者不能亲临现场或者器乐及其演奏者已经消失、无法重现时，再读器乐诗，诗人笔下的"景物、故实"以及"藻丽"的词语，引发出读诗者的亲临感、新感悟、再想象、再阐释等，又绝非器乐不可再生的短暂生命本身所能达到，从这个意义上讲，器乐又需要依赖诗歌而将其保存久远，需要相对长久并广泛流传的诗歌语言激活或唤醒后人对器乐的重新想象，诗歌因此又成为保存器乐的重要工具，器乐诗对器乐、音乐的"再造"价值及其存在意义也是不容忽视的。

（原载《社会科学战线》2011 年第 3 期）

从琴曲到词调

——宋代词调创制流变示例

　　庆历六年（1046），欧阳修（1007—1072）在滁州创作《醉翁亭记》①。此文一出，"天下莫不传诵，家至户到，当时为之纸贵"②。不久，太常博士沈遵③慕名前往滁州，在游赏醉翁亭及其周边山水后，用琴弦谱写琴曲《醉翁吟》三叠，这首琴曲后来在欧阳修等人的关注下，引起了几乎与《醉翁亭记》一样大的轰动：士大夫文人纷纷为其填词，最后苏轼又使其成为词调《醉翁操》，成为乐坛以及文坛上的一段佳话。有多少人为琴曲《醉翁吟》填辞？琴曲《醉翁吟》又是如何成为词调《醉翁操》的呢？

一　琴曲《醉翁吟》与楚辞体《醉翁吟》

　　关于沈遵如何创作琴曲《醉翁吟》，欧阳修嘉祐元年（1056）所作的

---

　　①　欧阳修：《欧阳修全集》，中国书店 1986 年版，第 276 页。
　　②　朱弁：《曲洧旧闻》卷三，中华书局 2002 年版，第 120 页。
　　③　关于沈遵的生平，现存资料比较少。王安石《临川文集》卷九十九《仙居县太君魏氏（沈遵之母）墓志铭》算是比较详细的："于是时，太君年十九，归沈氏。归十年，生两子，而沈君（沈遵之父）以进士甲科为广德军判官以卒。太君亲以《诗》《论语》《孝经》教两子。两子就外学，时数岁耳，则已能诵此三经矣。其后子迥为进士，子遵为殿中丞，知连州军州。而太君年六十有四以终于州之正寝，时皇祐二年六月庚辰也。嘉祐二年十二月庚申，两子葬太君江阴申港之西怀仁里。于是遵为太常博士、通判建州军州事，而沈君赠官至太常博士。"沈遵之母魏氏景德二年（1005）归其父，十年（1005—1014）间生两子，而沈遵为幼子，由此可推断，沈遵生于大中祥符七年（1014）。沈遵为江阴人，曾为殿中丞、知连州军州，嘉祐二年前后为太常博士、通判建州军州事。据苏轼元丰五年（1082）所写的《醉翁操》序云："后三十余年，翁既捐馆舍，而遵亦没久矣。"则沈遵可能卒于熙宁年间（1068—1077）或更早。另外，沈遵有可能与"吴兴三沈"中的沈遘、沈辽属于同辈。

《赠沈遵》（一作《赠沈博士歌并序》）以及《醉翁吟并序》（一作《醉翁述》）的"序"中有大体相同的叙述：

> 予昔于滁州作醉翁亭于琅琊山，有记刻石，往往传人间。太常博士沈遵，好奇之士也，闻而往游焉，爱其山水，归而以琴写之，作《醉翁吟》一调。惜不以传人者五六年矣。[①]

> 余作醉翁亭于滁州（一作"余于滁作醉翁亭有"），太常博士沈遵（一有"者"字），好奇之士也，闻而（一本作"尝"）往游焉，爱其山水，归而以琴写之，作《醉翁吟》三叠。[②]

二序都介绍了琴曲《醉翁吟》"一调"、"三叠"的作者、产生的原因和过程。从前序所云"惜不以传人者五六年矣"看，则沈遵的《醉翁吟》作于皇祐元年或二年（1049—1050），欧阳修当时已经离开滁州一两年了。[③]

沈遵的琴曲《醉翁吟》在创作之初，并没有引起士大夫文人广泛的注意。至和二年（1055），沈遵追随奉使契丹的欧阳修，在恩州和冀州之间为欧阳修弹奏《醉翁吟》时，欧阳修被其诚意与琴声深深打动，但当时在出使途中，所以欧阳修并未给予沈遵更多的揄扬。直到嘉祐元年（1056）二月，欧阳修回京后，不仅写了一首七言歌行体的《赠沈遵》（一作《赠沈博士歌并序》），而且写了一首楚辞体的《醉翁吟并序》（一作《醉翁述》）。二首"歌""辞"之序对此也有大体相同的描述：

> 去年冬，予奉使契丹，沈君会予恩、冀之间，夜阑酒半，出琴而作之。予既嘉君之好尚，又爱其琴声，乃作歌以赠之。[④]

> 去年秋（一无"秋"字），余奉使契丹，沈君（一作"子"）

---

① 欧阳修：《欧阳修全集》，中国书店1986年版，第40页。

② 同上书，第113页。

③ 据胡柯《庐陵欧阳文忠公年谱》，庆历八年（1048）二月离开滁州到扬州。则王辟之《渑水燕谈录》卷八以及苏轼《醉翁操序》所云"（翁）既去十年"而沈遵始作《醉翁吟》，不妥。

④ 欧阳修：《欧阳修全集》，中国书店1986年版，第40页。

会余（一作"于"，一有"于"字）恩、冀之间，夜阑酒半（一无此四字），援琴而作之。有其声而无其辞，乃为之辞，以赠（一作"遗"）之。①

沈遵及其《醉翁吟》才引起人们的注意。

欧阳修前一首是赠给琴曲作者沈遵的，所以时时提及"沈夫子"，并对沈遵及其创作琴曲充满赞赏之情。而后一首是为琴曲填辞的，所以以写醉翁自己与滁州山水鸟兽的情感为主：

始翁之来（一作"翁之来兮"），兽见而深伏，鸟见而高飞，翁醒而往兮醉而归。朝醒暮醉兮无有四时，鸟鸣乐其林，兽出游其蹊，咿嘤啁哳于翁前兮醉（一有"而"字）不知。有心不能以无情兮，有合必有离。水潺潺兮，翁忽去而不顾。山岑岑兮，翁复来而几时？风袅袅兮山木落，春年年兮山草菲。嗟我无德于其人兮，有情于山禽与野麋。贤哉沈子兮，能写我心而慰彼相思。

这首楚辞体的歌辞以铺叙以及渲染、衬托的手法，抒写了欧阳修与滁州的感情，最后一句则称赞沈遵琴曲的作用。琴曲《醉翁吟》因此有了歌辞。

就在欧阳修为《醉翁吟》填辞时，其友人梅尧臣（1002—1060）也为《醉翁吟》填了一首辞：

翁来，翁来，翁乘马。何以言醉，在泉林之下。日暮烟愁谷暝，蹄耸足音响原野。月从东方出照人，揽晖曾不盈把。酒将醒未醒，又把玉斝向身泻，翁乎醉也。山花炯兮，山木挺兮，翁酩酊兮。禽鸣右兮，兽鸣左兮，翁魍鹅兮。虫蜩嚎兮，石泉嘈兮，翁酕醄兮。翁朝来以暮往，田叟野父徒倚望兮。翁不我搔，翁自陶陶。翁舍我归，我心

---

① 欧阳修：《欧阳修全集》，中国书店1986年版，第113页。

依依。博士慰我，写我意之微兮。①

梅尧臣填的也是楚辞体，内容与欧阳修近似。欧阳修《居士外集》卷二十三《跋醉翁吟》云：

> 余以至和二年奉使契丹，明年改元嘉祐，与圣俞作此诗。后五年，圣俞卒。作诗殆今十有五年矣。而圣俞之亡，亦十年也。阅其辞翰，一为泫然，遂轴而藏之。熙宁三年五月十三日。②

可知欧、梅同时为《醉翁吟》填辞，因此欧阳修对这首"诗"（《醉翁吟》）充满感情。据欧阳修《居士集》卷六《答圣俞》可知梅尧臣于嘉祐元年夏末除母忧至汴京，因此这两首楚辞体琴曲当均在此年夏末至年底所作。

嘉祐二年（1057），沈遵通判建州③，梅尧臣、刘敞赠诗饯行，欧阳修又写了一首《赠沈博士歌》④，而欧的这首歌不仅题目与《赠沈遵》（一作《赠沈博士歌并序》）有些相似，且又"一作《醉翁吟》"。欧阳修一共三首与沈遵及其琴曲《醉翁吟》相关的诗歌，却在题目以及小序上有重叠之处，使得三首诗之间有些纠缠，而三首作品都收录在欧阳修父子亲手编定的《居士集》中，很是奇怪。黄震《黄氏日钞》卷六十一评述《赠沈博士（遵）歌》时云："言琴调《醉翁吟》也。云：'我昔被谪居滁上，名虽为翁实少年。'前诗又云：'我时四十犹强力，自号醉翁聊戏客。'"他所谓"前诗"，指的就是《赠沈遵》。将三诗对比，则可知两首赠沈遵的歌，虽然时间上有先后且都与《醉翁吟》有关，但后者诗题"一作《醉翁吟》"

---

① 梅尧臣著，朱东润校注：《梅尧臣集编年校注》卷二十六，上海古籍出版社 1980 年版，第 82 页。题下注云：此琴曲也。二字至七字增减。诗后校云：诗见残宋本，他本皆无。《全宋诗》卷二六一，第 3193 页收录。

② 欧阳修：《欧阳修全集》，中国书店 1986 年版，第 540 页。

③ 王安石：《仙居县太君魏氏墓志铭》，《临川先生文集》，《四部丛刊》本，卷九十九。

④ 《居士集》卷七，《欧阳修全集》，第 45 页。与此同时，欧阳修的友人刘敞写了《同永叔赠沈博士》（《公是集》卷十六），梅尧臣写《送建州通判沈太博》（《宛陵先生集》卷五十三）。

却是不妥当的，因为《醉翁吟》必是以醉翁经历情感为主，所以只有楚辞体的那首才可以称作《醉翁吟》。

欧阳修、梅尧臣、刘敞（1019—1068）的赠歌与歌辞，大大提升了沈遵及其《醉翁吟》的声誉，沈遵的《醉翁吟》最初是"绝调众耳多不省，醉翁一闻能别音"①，至此才声名大震。为《醉翁吟》填辞的大有人在，据孙觌《鸿庆居士集》卷二十二《滁州重建醉翁亭记》云："当是时，功名震天下，流风余韵，蔼然被于淮壖楚甸间，一时巨儒宗公、高人胜士声气相求，大篇杰句发于遐想，如富郑公、韩康公、王荆公皆赋《醉翁吟》，以不克造观为恨。"但富弼（1004—1083）、韩绛（1012—1088）、王安石（1021—1086）现存的诗歌中，虽有寄题醉翁亭一类的诗歌，却没有《醉翁吟》。倒是与王安石关系非常密切的王令（1032—1059），有一首《效醉翁吟》（一本云《寄题醉翁亭》）②，也是楚辞体：

> 山岩岩兮谷幽幽（一本作山巉巉兮木修），水无人兮自流。始与谁兮乐此，昔之游者兮今非是。清吾樽兮洁（一本作涤）吾斝，欲御以酒兮谁宜寿者。山麛春兮野鹿游，亭无人兮飞鸟下。喜公有遗兮乐相道语，从人以游兮告以其处。高公所望兮卑公所游，公为庐兮燕笑以休。摭（一本作撷去声）山果以侑酒，登溪鱼而供羞。仰春木以塞（一本作搴）华，俯秋泉而漱流。公朝来兮暮去，肩乘舆兮马两御。来与我民兮不间以处，谁不此留兮公则去遽。花垂实兮树生枝，我公之去兮今忽几时。知来之不可望（一本作愿）兮，悔去而莫追。人皆可来兮公何不归，青山宛宛兮谁为公思。

王令在嘉祐四年去世，所以他所"效"的《醉翁吟》当作于嘉祐元年到四年之间。

欧阳修、梅尧臣、王令的《醉翁吟》都是楚辞体，句式变化比较多，换韵灵活，且各不相同，内容都是突出醉翁与滁州的关系，而欧、梅在最

---

① 刘敞：《同永叔赠沈博士》，《公是集》卷十六，《文渊阁四库全书》本。
② 王令：《广陵集》卷二，《文渊阁四库全书》本。

后都点及沈遵谱写琴曲的作用。最初根据琴曲《醉翁吟》而填的"辞"，就是这种楚辞体的"辞"。

二　从《醉翁吟》到《醉翁操》

为琴曲《醉翁吟》填辞，当然首先要照顾到琴曲的音调、节奏、韵律。欧阳修会弹琴，他的诗歌常常叙写他弹琴的情景以及感想，如《居士集》卷四有《弹琴效贾岛体》①，卷八有《夜坐弹琴有感二首呈圣俞》②，《居士外集》卷一有《江上弹琴》③。他最擅长弹古曲《流水》④，他甚至用弹琴来疗疾："予尝有幽忧之疾，退而闲居，不能治也。既而学琴于友人孙道滋，受宫声数引，久而乐之，不知疾之在其体也。"⑤ 正因为深于琴，欧阳修才特别欣赏沈遵的琴曲，才为其填辞，而他的填辞应该是遵守了琴曲的声调节奏韵律的。另外，欧阳修也以擅长小词而著称，他为什么不为琴曲填词，而为其填楚辞体歌辞呢？这是比较奇怪的。

《醉翁吟》出现近三十年后，大约是元丰五年（1082），苏轼作《醉翁操并引》（一本作《醉翁引并引》）⑥ 云：

> 琅邪幽谷，山水奇丽，泉鸣空涧，若中音会。醉翁喜之，把酒临听，辄欣然忘归。既去十余年，而好奇之士沈遵闻之往游，以琴写其声曰《醉翁操》，节奏疏宕而音指华畅，知琴者以为绝伦，然有其声而无其辞，翁虽为作歌，而与琴声不合，又依楚辞作《醉翁引》。好事者亦倚其辞以制曲，虽粗合均度，而琴声为辞所绳约，非天成也。⑦

---

① 欧阳修：《欧阳修全集》，中国书店 1986 年版，第 26 页。
② 同上书，第 56 页。
③ 同上书，第 350 页。
④ 同上书，第 55 页。
⑤ 同上书，第 290 页。
⑥ 孔凡礼：《苏轼年谱》，中华书局 1998 年版，第 554 页。
⑦ 《文渊阁四库全书》本《东坡全集》卷三十二《琴操一首》作《醉翁引并引》，《东坡诗集注》卷三十二、《苏诗补注》卷四十八以及其他版本均作《醉翁操并引》。《苏轼诗集》无，《全宋词》收录。下引同出。

　　这段话首先是"既去十余年"与欧阳修《赠沈遵序》所云不合，曲解了欧嘉祐元年才填辞的意思。其中"翁虽作歌"，指的显然是《赠沈遵》和《赠沈博士歌》，这两首诗歌是酬赠之作，本非为琴曲填辞，所以自然"与琴声不合"。最重要的是，据苏"引"所云，欧阳修"又依楚辞作《醉翁引》"——《醉翁引》是"依楚辞"而作，并非"依琴曲"所填的辞，是先有《醉翁引》，后来又有一位"好事者"（绝非沈遵）"亦倚其辞以制曲"，为《醉翁引》谱了新曲——可见这首《醉翁引》是先有辞后有曲，并非欧阳修的《醉翁吟》。但现存的欧阳修别集中，并没有《醉翁引》，而只有《醉翁吟》，这首《醉翁吟》虽又称《醉翁述》，却没被称作《醉翁引》，且这首《醉翁吟》又正是楚辞体。当时人（梅尧臣、刘敞、王令等）也只说过《醉翁吟》，而从没有提过《醉翁引》。很显然，苏"引"所说的《醉翁引》其实应该就是《醉翁吟》。但苏轼为什么要无视《醉翁吟》而编造《醉翁引》呢？可能是苏轼不满欧阳修给《醉翁吟》的填辞，却不便直说，而编造了《醉翁引》。也可能苏轼没读过欧阳修的《醉翁吟序》，的确不知道欧阳修的《醉翁吟》就是给琴曲《醉翁吟》填的辞，所以才会与欧阳修《醉翁吟序》中所云"有其声而无其辞，乃为之辞"恰好相反。要不然欧"序"与苏"引"为什么会有这样大的冲突呢？这实在是无法辨明的公案。更重要的是，欧阳修多次说明沈遵所作的琴曲之名为《醉翁吟》，梅尧臣、刘敞的赠歌中也都称作《醉翁吟》，而在苏"引"中则被称为《醉翁操》，这个变化虽然有据——所有的琴曲都可以称作琴操，《醉翁吟》因此可以称作《醉翁操》，但是苏轼并没有经过这样的论证过程，径直将其称作《醉翁操》，也是比较奇怪的。总之，事隔三十余年，一件雅事的细节变化了这么多，苏"引"与欧"序"多有冲突，是苏轼失之于详查，还是有意为之？苏"引"是否是苏轼所作？还是后人根据《渑水燕谈录》卷八所写？而王文诰《苏文忠公诗编注集成总案》卷三十五却引用的是石刻苏轼《醉翁操》的真迹，说明苏轼的"引"与"词"都是真实的。这里且不详究。

　　无论如何，苏轼一笔抹倒了欧阳修的《醉翁吟》，且无视梅尧臣、王令等人的《醉翁吟》，而是重起炉灶，将沈遵的《醉翁吟》称作《醉翁操》，重新填了新词：

> 后三十余年，翁既捐馆舍，而遵亦没久矣。有庐山玉涧道人崔闲，特妙于琴，恨此曲之无辞，乃谱其声而请于东坡居士，以补之云：琅然、清圆、谁弹，响空山、无言。惟翁醉中知其天。月明风露娟娟，人未眠，荷蒉过山前，曰有心也哉、此贤。 醉翁啸咏，声和流泉。醉翁去后，空有朝吟夜怨。山有时而童巅，水有时而回川，思翁无岁年。翁今为飞仙，此意在人间，试听徽外三两弦。

在欧阳修、沈遵都已经谢世后，苏轼根据沈遵之客崔闲所记之谱，而重新为琴曲《醉翁吟》填词。这次是一韵到底，且不再是楚辞体，而是非常接近于宋词的"词"了。

苏轼为由沈遵《醉翁吟》而演化为崔闲《醉翁操》填词一事，却绝对是真实的，因为黄庭坚《豫章黄先生文集》卷二十六就有《跋子瞻醉翁操》："人谓东坡作此文，因难以见巧，故极工。余则以为不然，彼其老于文章，故落笔皆超轶绝尘耳。"黄庭坚还见过苏轼手书《醉翁操》的真迹，并听说《醉翁操》在蜀地十分盛行。《山谷集·别集》卷一《元师自荣州来追送余于泸之江安绵水驿，因复用旧所赋此君轩诗韵赠之，并简元师从弟周彦公》诗后跋云："余旧得东坡所作《醉翁操》善本，尝对元道之。元欣然曰：往尝从成都通判陈君顾得其谱，遂促琴弹之，词与声相得也，蜀人由是有《醉翁操》。然词中之微旨，弦外之余韵，俗指尘耳岂易得之？建中靖国元年正月辛未江安水次偶住亭书。"苏轼的《醉翁操》一出，立刻盖过欧阳修等人的《醉翁吟》，而一时风靡所及，令后人几乎不知欧、梅、王的楚辞体《醉翁吟》了。

就在创作了《醉翁操》十年以后，苏轼元祐七年（1092）《书醉翁操后》云：

> 二水同器有不相入，二琴同手有不相应。今沈君信手弹琴而与泉合，居士纵笔作诗而与琴会。此必有真同者矣。本觉法真禅师，沈君

之子也，故书以寄之。愿师晏坐静室，自以为琴而以学者为琴工，有能不谋而同、三合无际者，愿师取之。元祐七年四月二十四日书。①

这段跋与苏"引"有矛盾之处：跋所云"沈君"弹琴，与《醉翁操并引》所云的沈遵已经"没久矣"矛盾。如果说《书醉翁操后》是为欧阳修的《醉翁吟》而非苏轼自己的《醉翁操》所作，那么"居士"就是六一居士欧阳修，但"居士纵笔作诗而与琴会"与"翁虽为作歌，而与琴声不合"一节冲突？那么"沈君"是"崔君"之误？这让人怀疑此跋的真实性。

可是《书醉翁操后》又似乎是真实的，因为此文的后半部分在当时就有回应。有个"平生最爱醉翁诗，游遍琅琊想醉时"②的诗人郭祥正，看过苏轼给本觉法真禅师写的《醉翁操》，对苏轼之作颇不以为然，直截了当地指出苏轼之作"未工"，并重新填词。他说："吾甥法真禅师，以子瞻内相所作《醉翁操》见寄，予以为未工也。倚其声作之，写呈法真，知可意否？谢山醉吟先生书。"③"法真"就是苏轼《书醉翁操后》所云的"本觉法真禅师"，就是沈遵之子、郭祥正之甥，俗名沈济④。这可以证明《书醉翁操后》是苏轼所作。此跋只是前半部分有些可疑而已。

郭祥正的词是根据本觉法真所寄的苏轼《醉翁操》词所作，所以他所说的"倚其声作之"，当是词谱而非琴曲谱。郭词是：

> 泠泠、潺潺、寒泉，泻云间、如弹。醉翁洗心逃区寰，自期猿鹤俱闲。情未阑，日暮造深源，异芳谁与搴、忘还（泛声同）。　　琼楼玉阙，归去何年。遗风余思，犹有猿吟鹤怨。花落溪边萧然，莺语林中清圆，空山春又残。客怀文章仙，度曲响涓涓，清商回徵星斗寒。⑤

---

① 陶宗仪：《说郛》卷一百苏轼《杂书琴事》。苏轼著，孔凡礼点校：《苏轼文集》卷七十一题跋收录，中华书局1986年版，第2249页。孔凡礼：《苏轼年谱》卷三十一，中华书局1998年版，第1037页。

② 郭祥正：《青山集》卷二十七，《文渊阁四库全书》本。

③ 徐硕：《郭祥正效东坡作醉翁操》，《至元嘉禾志》，《文渊阁四库全书》本。

④ 孔凡礼：《苏轼年谱》，中华书局1998年版，第1038页。

⑤ 郭祥正：《青山集》卷一《醉翁操》。《全宋词》第370页收，但标点不同，此依苏轼词标点改。

共九十一字，平仄同苏词，也是元寒删先韵，可见是依苏轼词的格律谱所填。

但是郭祥正的自负之作却没有引起太多反响，以至于陆游《入蜀记》云："四日热甚，午后始稍有风。晚泊本觉寺，前寺故神霄宫也，废于兵火，建炎后再修，今犹甚草创。寺西庑有莲池十余亩，飞桥小亭，颇华洁。……亭中有小碑，乃郭功甫元祐中所作《醉翁操》，后自跋云：'见子瞻所作未工，故赋之。'亦可异也。"① 引起陆游诧异的自然是郭祥正的自负，而不是其《醉翁操》词本身。然而郭祥正此词写得虽不能说超过苏轼，但也可以与苏轼媲美。可以说是郭祥正首先效仿苏轼，使《醉翁操》的格律形式得以确立。

三　词调《醉翁操》

《御定词谱》卷22苏轼《醉翁操》（双调。九十一字。前段十句，十平韵。后段十句，八平韵）词后云："此本琴曲，所以苏词不载。自辛稼轩编入词中，复遂沿为词调，在宋人中亦只有辛词一首可校。此词以元、寒、删、先四韵同用。辛词以东、冬、江三韵同用。犹遵古韵，填者审之。"这个说法已经被后世研究者接受。辛弃疾（1140—1207）的《醉翁操》云：

　　长松、之风、如公，肯余从、山中。人心与吾兮谁同，湛湛千里之江上有枫。噫、送子于东，望君之门兮九重。　　女无悦己，谁适为容。不龟手药，或一朝兮取封。昔与游兮皆童，我独穷兮今翁。一鱼兮一龙，劳心兮忡忡。噫、命与时逢，子之所食兮万钟。②

辛弃疾这首《醉翁操》也是91字，但在句读以及句式平仄上有所不同。《御定词谱》卷22苏轼《醉翁操》下又云：

---

①　陆游：《陆放翁全集》，中国书店1986年版，第264页。

②　辛弃疾著，邓广铭笺注：《稼轩词编年笺注》，上海古籍出版社1993年版，第263页。

按辛词前段第六句"人心与我兮谁同","我"字仄声。第七、八句"湛湛千里之江上有枫"下"湛"字、"上"字俱仄声。第九、十句"噫、送子于东,望君之门兮九重","噫"字、"君"字、"门"字俱平声。后段第四句"或一朝兮取封","或"字仄声。第五句"昔与游兮皆童","昔"字仄声。第七句"一鱼兮一龙"上"一"字仄声。第九、十句"噫命与时逢,子之所食兮万钟","噫"字平声,"所"字仄声。谱内可平可仄据此。

《词律》卷十三对此词的句读平仄用韵有些说法,有不同看法:

> 起处三句皆两字,第三句三字,第四句两字。稼轩效之云:"长松、之风、如公,肯余从、山中"是也。《图谱》以首句次句为两字,而以"谁弹响"作三字句,"空山无言"作四字句,得无供人喷饭乎?《词汇》又将"三两弦"改作"两三弦",盖以此句为拗,而改作七言诗句法耳,亦奇。又以"今"字讹作"既"字,不特"既"字去声失调,而文义亦差,皆失考之故也。按"和其天",向来传刻皆然,或谓"知"字之讹,"娟"字,余谓是"涓"字,附记以俟识者。按稼轩本仿此而作,与此异者,"月明"作"湛湛",第二"湛"字去声,或不拘。"日有心"句作"望君之门兮九重","君门"二字平声,想此二字平仄皆可用,但不可用去声耳。"娟"字稼轩用"江"字,非失韵,本集常有借叶字也。"听"字平声读。观稼轩用"之"字可知。

其实,后代对苏、辛《醉翁操》的格律以及句读一直都没有统一的认识。

另外,《御定词谱》所云的《醉翁操》"自辛稼轩编入词中,复遂沿为词调,在宋人中亦只有辛词一首可校",是不妥当的。除了郭祥正最先将《醉翁操》用为词调外,在辛弃疾之前或同时,楼钥(1137—1213)就有两首《醉翁操》,而且是两体不太相同。《攻媿集》卷六《和东坡醉翁操韵咏风琴》云：

> 泠然、轻圆、谁弹，向屋山、何言。清风至阴德之天，悠扬余响婵娟。方昼眠，迥立八风前，八音相宣、知孰贤。　　有时悲壮，铿若龙泉。有时幽杳，仿佛猿吟鹤怨。忽若巍巍山颠，荡荡几如流川，聊将娱暮年。听之身欲仙。弦索满人间，未有逸韵如此弦。

这是与苏轼《醉翁操》相同的形式。而同书同卷的《七月上浣游裴园醉翁操》云：

> 茫茫、苍苍、青山，绕千顷、波光。新秋露风荷吹香，悠扬，心地倏然、生清凉。古岸摇垂杨，时有白鹭、飞来双。　　隐君如在，鹤与翱翔，老仙何处、尚有流风未忘。琴与君兮宫商，酒与君兮杯觞。清欢殊未央，西山忽斜阳。欲去且徜徉，更将霜鬓临沧浪。

这是押七阳韵的《醉翁操》，虽大体与前一首相同，但句读及句式与苏、郭、辛又有些区别，或可算是又一体的《醉翁操》。另外，楼钥将郭祥正及以前的《醉翁吟》、《醉翁操》的内容都改变了——不再是写醉翁与滁州与沈遵，而是咏风琴、写个人游园所见了。而且他的下阕中出现两个"兮"字，不知是否继承了楚辞体《醉翁吟》的余风。当然，与郭祥正、楼钥相比较，辛弃疾《醉翁操》的改变要更大些，是从内容到形式到风格的改变。

辛弃疾《醉翁操》序云："顷予从廓之求观家谱，……又念廓之与予游八年，日从事诗酒间，意相得欢甚，于其别也，何独能恝然。顾廓之长于楚词而妙于琴，辄拟《醉翁操》，为之词以叙别。"[1] 辛弃疾没有讲到他的《醉翁操》与欧阳修、苏轼的关系，也不知道他是否读过欧阳修等人的楚辞体《醉翁吟》，但是他因为"范廓之长于楚词"，而把楚辞体《醉翁

---

[1]　辛弃疾著，邓广铭笺注：《稼轩词编年笺注》，上海古籍出版社1993年版，第262页。

吟》与词体《醉翁操》结合起来，却似乎是不求与古人合而自然与之相合的做法，很是巧妙，也很是创新。《词律》卷十三云：

> "荷蒉"句，稼轩云"噫送子于东"；"空有"句，稼轩云"或一朝兮取封"，汲古刻本集，落"于"字、"兮"字，因使此调只存八十九字，人不可为此误也。

汲古刻本之所以去掉"于"、"兮"，可能是不明白词体《醉翁操》之前还有楚辞体《醉翁吟》，而辛弃疾在词体中融入了楚辞体。

楚辞体的《醉翁吟》在欧阳修《居士集》卷十五中被称作"杂文"，又被欧阳修《跋醉翁吟》称作"诗"，但《全宋诗》却未收此诗，在王令《广陵集》中与其他的赋、诗收在一起，其文体分类比较复杂，但一般来说，《醉翁吟》常被视为诗或文中的杂体，而从来没有被视作词；而词体的《醉翁操》则有时被视作诗，有时被视作词，苏轼的《醉翁操》明清以前大都收录在诗集里，所以《四库全书总目》卷一百五十四在批评查慎行《补注东坡编年诗五十卷》时就指出："《渔父词》四首，《醉翁操》一首，本皆诗余，乃列之诗集，则体裁未明。"其实这并不是查慎行一人"体裁未明"，《醉翁操》在很长一段时间里都是"体裁未明"。

按理说，《醉翁吟》与《醉翁操》都是为琴曲《醉翁吟》填写的歌词，都可以称作"词"，但人们为什么一直将其或视为文，或视为诗，或视为词，对其"体裁"总是"未明"呢？这牵涉的是文体的定义与演变问题，十分复杂，这里就不一一述说。只以目前的文体观念来看，楚辞体《醉翁吟》应与楚辞一样分类，一般被称为诗，而词体的《醉翁操》则因为其具备"词"的特征而属于词。

宋代词调、词牌、词谱的来源有多种，而像《醉翁操》这样在有宋一代的创制演变就如此复杂的却不多，所以值得考察。另外，琴曲《醉翁吟》的歌词，由最初的楚辞体《醉翁吟》，演变成后来的词体《醉翁操》，虽是一个文学配合音乐（词配乐）的个案，但是从这个个案中，我们却具体细致地了解到了文学是如何与音乐结合的，文人是如何通过多种尝试而选择了词体的。我们也由此可以推断，文人（柳永除外）为新创作的乐曲填词在嘉祐初年还是摸索阶段，而到了元丰年间则已经比较成熟了。

中有万古无穷音

——欧阳修之琴趣与琴意

欧阳修一生不仅喜欢弹琴、听琴、藏琴，而且喜欢写琴诗琴文——以记琴声与琴事，以论琴意与琴理。从欧阳修现存的诗文中，我们不仅可以看到一个作为琴人的欧阳修，而且可以看到一个作为琴论家的欧阳修。欧阳修在音乐史特别是在音乐思想史、音乐美学史上占有重要的地位，但是文学史研究者却常常忽略这一点，即便是研究词（别称琴趣外篇）这样与音乐密切相关的文体，也很少有人联系到欧阳修的音乐造诣。因此，我们有必要对欧阳修在音乐方面的成就进行探讨。

一 尽识琴中趣

欧阳修《三琴记》云："余自少不喜郑卫，独爱琴声。"[①] 琴在先秦至六朝的音乐中占有极为重要的地位，但到了唐代，由于琵琶、羌笛、秦筝等其他器乐的繁盛，琴的地位逐渐衰微，欣赏琴音的人日益稀少，琴成为不合时尚的"古"器。盛唐时唐玄宗就不喜欢古琴，到了中唐，白居易就多次慨叹"人情重今多贱古，古琴有弦人不抚"，"丝桐合为琴，中有太古声。古声淡无味，不称今人情。玉徽光彩灭，朱弦尘土生。废弃由来久，遗音尚泠泠。不辞为君弹，纵弹人不听。何物使之然，羌笛与秦筝"[②]。到了宋代，古琴仍旧不是"显"乐，不是广泛流行的器乐，仍旧只有少数士大夫文人热爱琴艺，而欧阳修是少数中的一个。同白居易一样，欧阳修认

---

① 《居士外集》卷十四，《欧阳修全集》，中国书店1986年版（下引同），第461页。
② 《白居易集》卷三《五弦弹》（第69页），卷一《废琴》（第6页），中华书局1979年版。

为琴保留了传统之"古"："古人不可见，古人琴可弹。弹为古曲声，如与古人言。"① 弹琴就是与"古"人对话，就是进入上古淳厚古朴世风的方式。与"琴声"相对的"郑卫"，无疑是指当时流行的、通俗的音乐，欧阳修曾为当时流行的燕乐填小词，也写听奚琴、琵琶、筝等器乐诗②，可见他并非不涉"郑卫"，只是"不喜"而已。

与一般士大夫"爱琴声"不同，欧阳修的喜爱是付诸实践的。他年少时就学习过弹琴，因此，他在天圣五年（1027）21岁下第南归时，就写下"挥手嵇琴空堕睫，开樽鲁酒不忘忧"这样抚琴伤感的诗句；天圣九年（1031），欧阳修任西京留守推官时，曾经"拂琴水鸟惊"；明道二年（1033）他赴随州省亲，作《江上弹琴》云："江水深无声，江云夜不明。抱琴舟上弹，栖鸟林中惊。游鱼为跳跃，山风助清泠。境寂听愈真，弦舒心已平。用兹有道器，寄此无景情。"描述出寂静夜晚江上独自弹琴的意境与感受。此后在景祐贬谪夷陵、庆历贬谪滁州期间，欧阳修更是经常弹琴为乐。后来随着官职升迁，事务繁杂，心境无法清净，欧阳修弹琴时间减少，但依旧偶然为之。他嘉祐五年（1060）《奉答原甫见过宠示之作》中云："自从还朝恋荣禄，不觉鬓发俱凋残。耳衰听重手渐颤，自惜指法将谁传。偶欣日色曝书画，试拂尘埃张断弦。娇儿痴女绕翁膝，争欲强翁聊一弹。紫微阁老适我过，爱我指下声泠然。"回忆起夷陵、滁州时期的弹琴之乐，想到"还朝"以来琴事久废，欧阳修不免伤感。熙宁二年（1069），欧阳修总结一生弹琴以及藏琴经验，提出了琴之乐"在人不在器"的观点："官愈高，琴愈贵，而意愈不乐。在夷陵时，青山绿水，日在目前，无复俗累，琴虽不佳，意则萧然自释。及作舍人、学士，日奔走于尘土中，声利扰扰盈前，无复清思，琴虽佳，意则昏杂，何由有乐？乃知在人不在器，若有以自适，无弦可也。"③ 官高、琴贵都是外在的因素，只有内

① 《居士集》卷四《弹琴效贾岛体》，《欧阳修全集》，中国书店1986年版，第26页。
② 欧阳修有《欧阳文忠公近体乐府》《醉翁琴趣外篇》。卷四《试院闻奚琴作》（第374页），卷七《于刘功曹家见杨直讲褒女奴弹琵琶戏作呈圣俞》（第47页），卷十二《李留后家闻筝坐上作》（第87页）等。
③ 《书琴阮记后》之《续记》，宋刻本欧集卷七十三后续添，转引自刘德清《欧阳修纪年录》，上海古籍出版社2006年版。

心的清净才是弹琴可乐的关键。

欧阳修一生弹过不少琴曲，也听过不少琴曲，而他最喜欢的则是《流水》。《三琴记》云："尤爱小《流水》曲。平生患难，南北奔驰，琴曲率皆废忘，独《流水》一曲，梦寝不忘，今老矣，犹时时能作之。其他不过数小调弄，足以自娱。"他之所以特别喜欢《流水》，在《奉答原甫见过宠示之作》中可以得知其原因："不作《流水》声，行将二十年。吾生少贱足忧患，忆昔有罪初南迁（指贬谪夷陵）。飞帆洞庭入白浪，堕泪三峡听流泉。援琴写得入此曲，聊以自慰穷山间。中间永阳（滁州）亦如此，醉卧幽谷听潺湲。……语君此是伯牙曲，自古常叹知音难。"琴曲《流水》传说是战国时期伯牙所作，明朱权《神奇秘谱》中《流水》小序云："《高山》、《流水》两曲，本只一曲，……至唐分为两曲，不分段数。至宋分《高山》为四段，《流水》为八段。"欧阳修所弹所赏爱的可能就是八段的《流水》，因为《流水》中注入了厚重的个人情感，融入了个人的身世和感悟，所以欧阳修才尤为钟情此曲。他向刘敞弹奏过《流水》，刘敞十分欣赏其"指下声泠然"，曾写诗赞赏（刘诗今不存），由此可以想见欧阳修弹奏《流水》的娴熟技艺与精神状态。

欧阳修《三琴记》所说的"琴曲不必多学，要于自适"，在当时弹琴的文人中可能是比较普遍的现象，如范仲淹最钟情的琴曲是《履霜操》："范文正公喜弹琴，然平日止弹《履霜》一操，时人谓之范履霜。"① 因为文人弹琴基本是自娱自乐，他们只是寄情于琴，所以没有必要弹太多的曲子，大多是根据自己的兴趣选择少数琴曲。至今不少琴人仍然信奉这一宗旨。现存的琴谱据估计多达 3000 首，但是目前琴人能够弹出的也不过一百余首，除了琴谱难识、不易打谱外，长期以来多数人尊奉"琴曲不必多学，要于自适"的信条也是重要原因。

因爱琴和弹琴，欧阳修还收藏了一些古琴。虽然《六一居士传》谈到"六一"之义时云"有琴一张"，但实际上欧阳修收藏的古琴不止一张。嘉祐七年欧阳修所作的《三琴记》云："吾家三琴，其一传为张越琴，其一

---

① 陆游：《老学庵笔记》卷九，《文渊阁四库全书》本。《琴操》云："尹吉甫子伯奇无罪，为后母所谗而见逐，自伤作《履霜操》。"

传为楼则琴，其一传为雷氏琴，其制作皆精而有法，然皆不知是否。"尽管有些存疑，但欧阳修大体可以肯定这三张琴都是名家制作的古琴，非常珍贵，"今人有其一已足为宝，而余兼有之"，因此欧阳修特别赏爱而且知足。尤其是"雷氏琴"，尤为珍贵。欧阳修在《六一诗话》中还谈道："余家旧畜琴一张，乃宝历三年（827）雷会所斫，距今二百五十年矣，其声清越如击金石。"唐代四川雷氏家族以斫琴闻名，雷会正是雷氏家族成员，此琴在当时就是稀世珍宝，何况又加上 250 年的历史。

一般人收藏琴，关注的是琴身与琴弦的质地，而欧阳修到晚年因为目疾而视力衰退，所以多次提到琴晖（亦写作徽）的质地。琴晖是琴的泛音位标志，共十三点，常用金玉宝石为之以显示其珍贵，而欧阳修欣赏的是比较普通的石晖："金晖其声畅而远，石晖其声清实而缓，玉晖其声和而有余。……然惟石晖者，老人之所宜也。世人多用金玉蚌饰晖。此数物者，夜置之烛下，炫耀有光，老人目昏，视晖难凖。惟石无光，置之烛下，黑白分明，故为老者之所宜也。"① 金玉虽宝贵，但如果不适合个人的具体情况，也就失去了其应有的价值或意义。这是欧阳修晚年自适自娱观念的一个体现。

除了弹琴自适、藏琴自娱外，欧阳修还结交了一些琴人，或向他们学习，或听他们弹琴，或为他们写诗文，让人们了解到当时琴人的活动与交往情况：这些琴人有的是士大夫文人，有的是僧人、道人，很少有专职的琴师或其他阶层的人士，这固然是欧阳修的交往所限，但也可以看出当时古琴的流传范围。

士大夫文人是"琴"的主要弹奏者、传播者和赏识者。先秦两汉乃至六朝"士无故不彻琴瑟"②，唐宋以后"琴"流行的范围缩小，士大夫文人更成为琴的演奏欣赏主体。比欧阳修年辈晚些的陈旸，其《乐书》卷一百一十九《琴瑟下》云："形而上者谓之道，形而下者谓之器。琴者，士君子常御之乐也。朴散而为器，理觉而为道，惟士君子乐得其道，而因心以会之，盖将终身焉，虽无故斯须不撤也，故能出乎朴散之器，入乎觉理

---

① 欧阳修：《三琴记》。《试笔·琴枕说》（第 1047 页）也有大体相似的叙述。
② 《礼记正义》卷四，北京大学出版社 1999 年版，第 120 页。

之道，卒乎载道而与之俱矣。"欧阳修也曾称琴为"有道器"。士大夫文人往往通过此"器"而体验"道"。

欧阳修可能在天圣八年前后学琴于友人孙道滋①。景祐三年（1036），欧阳修赴贬所夷陵时所作的《于役志》中多次提到"道滋鼓琴"，庆历七年（1047）《送杨寘序》也提到"且邀道滋酌酒进琴以为别"，可见孙与欧阳修来往密切，欧阳修弹琴受其指导和影响。另外，欧阳修庆历年间所作的《醉翁亭记》声名远播，太常博士沈遵慕欧阳修之名，不仅赴滁州而作琴曲《醉翁吟》，还在至和二年（1055）在恩州、冀州之间为欧阳修弹奏了这首琴曲。作为回报，嘉祐元年（1056）欧阳修为此琴曲填辞，还写了两首长诗赠沈遵②，对沈遵的琴艺赞不绝口，对其超然物外、游心琴酒的人生态度也十分欣赏："爱君一尊复一琴，万事不可干其心。"宋代士大夫文人会弹琴的并不太多，像沈遵这样不仅会弹琴而且会创作琴曲的更为少见，因此，这位琴友在欧阳修的交游圈中声名大振，梅尧臣、刘敞等人都写诗相赠。

除了士大夫文人，会弹琴的还有僧人以及道人。宋代有一个著名的琴僧系统，欧阳修宝元二年（1039）到襄城拜访梅尧臣时，曾见到其中的一个琴僧知白，并听其弹奏《平戎操》，欧阳修对知白的琴艺表示赞赏，但对其作为僧人却弹奏充满建功立业入世精神的《平戎操》有些不解。《居士外集》卷三《送琴僧知白》云："吾闻夷中琴已久，常恐老死无其传。夷中未识不得见，岂谓今逢知白弹。遗音髣髴尚可爱，何况之子传其全。"知白是著名琴僧慧日夷中的弟子，得其真传，而慧日夷中的弟子中最出名的是义海。沈括《梦溪笔谈》补笔谈卷上云："兴国中，琴待诏朱文济鼓琴为天下第一，京师僧慧日大师夷中尽得其法，以授越僧义海。海尽夷中之艺，乃入越州法华山习之。谢绝过从，积十年不下山，昼夜手中不释弦，遂穷其妙。天下从海学琴者辐辏，无有臻其奥。海今老矣，指法于此

---

① 或更早。孙道滋可能就是欧阳修《书琴阮记后》所云的"同年孙植"，皇祐元年（1049）前后去世。韩琦《安阳集》卷一有《答孙植太博后园宴射》。

② 欧阳修：《欧阳修全集》，中国书店1986年版，卷十五《醉翁吟》并序（第113页），卷六《赠沈遵》（第40页）以及卷七《赠沈博士歌》（第45页）。

遂绝。海读书，能为文，士大夫多与之游，然独以能琴知名。海之艺不在于声，其意韵萧然，得于声外，此众人所不及也。"义海曾对欧阳修所说的韩愈《听颖师弹琴》非琴诗不满，引起一段琴诗公案①。由此可知，欧阳修与这个琴僧系统有往来，而且有些见解颇不同。

弹琴的道士虽不像僧人那样著名，但在宋代仍是不乏其人。欧阳修接触到的弹琴道士除了《赠无为军李道士二首》所云能弹出"中有万古无穷音"的李景仙外，还有常到颍州会老堂拜访欧阳修并为其弹奏《越江吟》的潘道士，可知宋代的道士也是古琴的传播者。

僧人、道人实际上也可以算是特殊的士人阶层，因为他们往往在宗教知识之外而具备其他方面的知识与技能，与文人士大夫有比较频繁的来往。他们对琴的理解与文人士大夫有所不同，因而能够互相促进，发展繁荣"琴"文化。

二 能得琴意斯为贤

欧阳修不仅仅只是弹琴、藏琴，与琴人往来，并深得"琴中趣"，他还从这些琴事中体悟到很多道理。他在诗文中多次提到"琴意"，如：

> 琴声虽可状，琴意谁可听。
> 琴声虽可听，琴意谁能论。
> 君虽不能琴，能得琴意斯为贤。②

欧阳修的"琴意"是什么？隋王通《中说》卷六《礼乐》云："子游汾亭，坐鼓琴，有舟而钓者过曰：'美哉琴意，伤而和，怨而静，在山泽而有廊庙之志。非太公之都磻溪，则仲尼之宅泗滨也。'"欧阳修早期对"琴意"的认识，基本在王通这种礼乐思想范围之内。而且因鉴于六朝以

---

① 蔡條《西清诗话》以及吴曾《能改斋漫录》都有记载讨论，另见吕肖奂《韩愈琴诗公案研究》。
② 分别见欧阳修《外集》卷一《江上弹琴》，欧阳修《居士集》卷四《弹琴效贾岛体》（第26页）、卷八《奉答原甫见过宠示之作》（第55页）。《欧阳修全集》，中国书店1986年版，第350页。

及唐代"琴意"儒家思想的淡薄与缺失，欧阳修比前代人更强调琴音儒家思想和意义。

与其诗文倡导复古一样，欧阳修在"琴"上也倡导复古，他的"古"是指西周以前的"古"，亦即儒家理想中的"古"。明道二年（1033），欧阳修在《江上弹琴》中形容他自己所弹出的琴声是"咏歌文王《雅》，怨刺《离骚经》。二《典》意澹薄，三《盘》语丁宁"——他的"琴声"竟如同周文王的《雅》、屈原的《离骚经》、《尚书》的二典（《尧典》与《舜典》）与三盘（即《盘庚》上、中、下）等经典。在这个比附中，欧阳修赋予了琴声厚重的承载，使得其琴声有了如同儒家经典般的意义。到了庆历七年（1047），欧阳修在《送杨寘序》中更加明确地指出琴音的经典意蕴："其（琴）忧深思远，则舜与文王、孔子之遗音也；悲愁感愤，则伯奇孤子、屈原忠臣之所叹也；喜怒哀乐，动人心深而纯古淡泊，与夫尧舜三代之言语、孔子之文章、《易》之忧患、《诗》之怨刺，无以异。"欧阳修再次将琴音与上古言语、圣人文章以及《周易》《诗经》等儒家经典相提并论，以说明"琴意"。在欧阳修看来，琴在音乐中相当于古代的圣贤，琴声或琴音则如同圣经。虽然此前人们也一再强调琴声的作用，但很少有人将其提升到如此难以企及的高度，因此，南宋真德秀曾一度认为欧阳修的这种论调有些过分："始予少时读六一居士序琴之篇（指《送杨寘序》），……为之喟然，抚卷太息曰：'琴之为技，一至此乎？'"① 在所有的器乐中，士大夫始终认为琴的地位最高，但是如果将琴与最受尊崇的儒家经典相提并论，道学家还是一时无法接受的。真德秀直到晚年听到萧长夫"雍雍乎其《熏风》之和，愔愔乎其《采兰》之幽，跌荡而不流，凄恻而不怨"的琴声之后，才感叹道"信六一居士之言有不可欺者"，才能接受欧阳修的这个论调。由此可知，欧阳修对琴之定位，是高于前人定位的。

"琴意"如儒家经典一样深奥，很少人能够领悟得到，欧阳修在深感知音难觅时，庆历七年曾经"横琴置床头，当午曝背眠"，在午眠时他

---

① 真德秀《西山文集》卷二十七、刘爚《云庄集》卷五均有《赠萧长夫序》，一般选集作真德秀。

"梦见一丈夫，严严古衣冠。登床取之坐，调作南风弦。一奏风雨来，再鼓变云烟。鸟兽尽嘤鸣，草木亦滋蕃。乃知太古时，未远可追还。"① 欧阳修梦到的穿着"古衣冠"的"丈夫"就是舜②，舜为他弹奏《南风》，让他感受到琴声改变自然、治理天下的力量，让他坚信"太古"琴音以及"太古"平和淳朴的社会去人不远，可以追还。不是欧阳修在夸大"琴"的力量，他不过是将儒家"移风易俗，莫过于乐"的说法发扬光大而已，因为舜歌《南风》而天下大治是从《礼记·乐记》就有的记载。陈旸的《乐书》卷一百五十五《歌琴》云："夫作五弦之琴，歌南风之诗，实自舜始也。盖南风，生养之气也；琴，夏至之音也；舜以生养之德，播夏至之音。始也，其亲底豫而天下化；终也，其亲底豫而天下之为父子者定。然则所谓琴音调而天下治，岂不在兹欤？"

欧阳修对琴的社会功用强调，是对儒家礼乐思想的重申与发扬。与他同时的范仲淹曾更明确地指出："乃知圣人情虑深，将治四海先治琴。"③ 可知强调琴声的社会功能是北宋论琴者的共同特点。欧阳修及范仲淹等人为日益出世、日益个人化的"琴意"注入了更多的入世、社会化的内容，使得琴意经过六朝唐代的变化后而向传统有所回归。欧阳修这些关于"琴意"的论述主要是庆历八年以前所作，他当时政治热情高涨，充满济世情怀，因此，对"琴意"的认识就像对诗文以及其他文学艺术形式一样。

欧阳修晚年对一些有关琴的记载表示质疑。嘉祐四年（1059）《夜坐弹琴有感二首呈圣俞》其二云："瓠巴鱼自跃，此事见于书。师旷尝一鼓，群鹤舞空虚。吾恐二三说，其言皆过欤。不然古今人，愚智邈已殊。奈何人有耳，不及鸟与鱼。"欧阳修所云二事一出于《列子》卷五："瓠巴鼓琴而鸟舞鱼跃。"一出于《史记》卷二十四："师旷不得已，援琴而鼓之，一奏之有玄鹤二八集乎廊门，再奏之，延颈而鸣，舒翼而舞。"欧阳修怀疑前人夸大了琴声的效果，这其实是在怀疑前贤所说的琴的功用。善于疑古

---

① 欧阳修：《居士集》卷四《弹琴效贾岛体》，《欧阳修全集》，中国书店1986年版，第26页。
② 《礼记正义》卷三十八《乐记》云："昔者，舜作五弦之琴以歌《南风》。"北京大学出版社1999年版，第1099页。
③ 范仲淹：《范文正集》卷二《听真上人琴歌》，《文渊阁四库全书》本。

的欧阳修，在经过多年的人生历练后，冷静下来，更加理性地思考"琴意"的内涵。

也是在嘉祐四年，欧阳修表示最欣赏陶渊明琴无弦而自乐的境界："吾爱陶靖节，有琴常自随。无弦人莫听，此乐有谁知。君子笃自信，众人喜随时。其中苟有得，外物竟何为。寄谢伯牙子，何须钟子期。"①像陶渊明那样对着无弦琴就能自得其乐，又何必像伯牙那样非要有个知音？欧阳修无疑更欣赏琴的自娱功能了。

事实上，即便是在早年，欧阳修非常强调琴的经典内涵、社会功能时，他也没有忽略过琴的自娱性功能。天圣七年（1029），欧阳修在国子监应试时，第二道对策中云："盖七情不能自节，待乐而节之；至性不能自和，待乐而和之。"②无论是从群体角度出发还是个人角度出发，欧阳修都是相信"音之移人"的，他相信音乐对人的情感会发生"节之"、"和之"等作用，因此无论是群体还是个人，都需要或者离不开音乐。这个音乐观是欧阳修"琴意"论的基石。

琴无疑是音乐中最能体现"节之"、"和之"等作用的乐器。庆历七年，欧阳修结合个人学琴、弹琴的心得，在将琴比附于儒家经典的同时，非常明确地指出琴声能够疗疾："予尝有幽忧之疾，退而闲居，不能治也。既而学琴于友人孙道滋，受宫声数引，久而乐之，不知疾之在其体也。"③欧阳修的理论根据是："夫疾生乎忧者也，药之毒者能攻其疾之聚，不若声之至者，能和其心之所不平。心而平，不和者和，则疾之忘也，宜哉。"同年，欧阳修的琴声疗疾说又在无为军李景仙道士那里得到了印证提升："我怪李师年七十，面目明秀光如霞。问胡以然笑语我：慎勿辛苦求丹砂。惟当养其根，自然烨其华。又云理身如理琴，正声不可干以邪。"④代表"正声"的琴音能够使人心气平和，使人抵抗"邪"声的侵入，是极为有效的治疗心理疾病的方法。琴声因此不仅能疗疾，而且能够养身养生。李

① 《夜坐弹琴有感二首呈圣俞》其一，《居士集》卷八，第56页。
② 《外集》卷二十五《国学试策三道》，第556页。
③ 《居士集》卷四十二《送杨寘序》，第290页，下句引同。
④ 《居士集》卷四《赠无为军李道士二首》其二，《欧阳修全集》，中国书店1986年版，第25页。

道士的"养其根"以及"理身如理琴"说，为欧阳修儒家色彩极其浓重的"琴意"论，增加了道教养生之理，使其融会了道教成分。此后，欧阳修的"琴意"论中社会化功能逐渐衰退，而个人化功能不断增强。嘉祐七年，《三琴记》再三谈到"足以自娱"、"要于自适"。大约同时或稍后所作的《试笔·琴枕说》云："昨因患两手中指拘挛，医者言唯数运动以导其气之滞者，谓唯弹琴为可，亦寻理得十余年，已忘诸曲。物理损益相因，固不能穷，至于如此。老庄之徒多寓物以尽人情，信有以也哉。"养生自适色彩更加浓厚。"琴意"中早年的儒家济世思想在此消失殆尽，而让位于"老庄之徒"的道家思想与道教理论了。可见，欧阳修的"琴意"不仅是指琴声中寄托的情意，而且还包含琴声的深刻内涵及意义。

从琴事中领略琴趣与琴意，欧阳修对琴、对音乐的理解绝非只是一般文人士大夫那种形而上的感受，因此，《醉翁琴趣外篇》以及他的其他"乐府"小词，可以说是他琴趣琴意之外行有余力的另一种音乐实践。

诗歌与异域文化

高丽文化在宋朝的认知度与接受度

——地域与阶层在认知与接受域外文化上的差异

虽然宋人颇有收复汉唐故地、建立大一统强大帝国的雄心，如石介《徂徕集》卷二《观棋》所云："安得百万骑，铁甲相磨鸣。西取元昊头，献之天子庭。北入匈奴域，缚戎王南行。东逾沧海东，射破高丽城。南趋交趾国，蛮子舆檊迎。尽使四夷臣，归来告太平。"但是这种雄心壮志始终未能实现。宋人只能接受国土缩小的现实，同时也在无奈中逐渐认知并接纳了"四夷"的客观存在，及其大体同质而部分异于"华风"的文化。

在与五六十个国家与地区的交往中①，当时朝鲜半岛上的高丽朝②，无疑是除宋之强邻辽、金、夏外，与宋朝相互往来最多的国家。宋与高丽，无论是官方使节往来，还是民间商贾贸易，其繁盛程度，都是其他国家乃至同样深受汉文化影响的日本无法比拟的。因此研究宋文化与异域文化之间的关系，可以从与其关系稍微平等的高丽入手。

高丽文化属于"汉文化圈"，汉文化的输出与高丽人对汉文化的吸收，在宋与高丽之间的交往中自然非常重要，且已经被双方学界关注。③ 但是双向交流中，高丽文化的输入与宋人如何认知、接纳高丽文化，却很少被

---

① 黄纯艳：《宋代海外贸易》，社会科学文献出版社 2003 年版，第 18—61 页。

② 朝鲜半岛上的高丽朝（918—1392）在宋代（960—1279）诗文中或被称作新罗、朝鲜、高句丽、三韩、鸡林，均沿用旧称，皆指今朝鲜半岛上的朝鲜和韩国。本文主要以宋代诗歌中的高丽形象为研究对象。

③ 参见王水照主编《宋代文学通论》之宋代文学与"汉文化圈"，河南大学出版社 1997 年版，第 564—605 页。金周淳《苏轼对高丽汉诗的影响》，《第五届宋代文学国际研讨会论文集》，暨南大学出版社 2009 年版，第 658—669 页。

研究界涉及。

一　海接三韩诸岛近：宋代沿海地区的高丽气息

宋代海上贸易交往基本替代了唐朝及其以前的陆上贸易交往，沿海港口城市因此较内陆地区首先受到海外文化影响。"唐代主要贸易港有交州、广州、泉州、扬州等四大港。而宋代北自京东路，南至海南岛，港口以十数，数量有明显增长。这些港口不再是零星的点状分布，而是受区域经济和贸易状况的影响，大致可以分为广南、福建、两浙三个相对而言自成体系的区域，各区域中港口大小并存，主次分明，相互补充，形成多层次结构。此外，京东路的登州、密州港的贸易一度也有所发展，但存在时间较短，规模也远逊于闽浙等路。"①

沿海港口城市是海外贸易集散地，外来人物、物品远远多于内地，外来文化以及观念都在这些地区首先产生影响。生长于沿海以及到这些港口城市所在地区游览、任职的官僚文人，都首当其冲地感受或接触到海外文化。高丽是最亲近宋朝的"海外"。

就连登临海边亭阁楼台、海岛高峰，诗人们都会感受到高丽所去不远而生出一番遐想。苏轼《和人登海表亭》云："谯门对耸压危坡，览胜无如此得多。尽见西山遮岱岭，迥分东野隔新罗。"其所登之海表亭在何处虽已"失考"②，但可以令苏轼联想到"新罗"，应该就在北方邻近高丽的海边某处。然而宋人似乎只要到达自北而南海岸线上任何一地，都能感受到高丽的存在，譬如许纶在浙江处州游览仙都山，就听说此山距高丽不远："我来古括经行熟，欲到仙都有底难。漫道蓬莱环弱水，始知方丈近三韩。"最令人诧异的是蔡襄与曾巩，他们在福建沿海，也都说可以望见高丽州岛，如"三韩空琐碎（自注：福人云高峰晴海，见新罗州岛），万落自埃尘"；"莫问吾亲在何处，举头东岸是新罗（自注：福州

---

① 参见黄纯艳《宋代海外贸易》，社会科学文献出版社2003年版，第19页。《宋代海外贸易》第162页："进口品除了在市舶司所在地销售外，主要的销售市场是京城、四川和东南地区。"外来文化通过进口品的交易与消费，在销售区域也会产生一些影响，生活在进口品销售区域的宋人，在消费进口品时也在认知海外的文化。这一点尚需专章探讨。

② 查慎行：《苏诗补注》，《文渊阁四库全书》本，卷四十七。

际海，东海即新罗诸国，《图经》亦云长溪与外国接界）"。这些说法在
今人看来难以置信，但宋人深信不疑，让人领略到高丽气息在海岸线上
的绵长与浓厚。

沿海港口往往有官方设立的佛寺及海神庙，为往来使节与商人等信奉
佛教、海神提供祭祀场所。① 苏轼知密州时，出使高丽归来的杨景略，建
议在密州的繁华商业区板桥建立海神庙，因为他"顷年三韩使，几为鲛鳄
吞"②，官方非常理解海上往来人的出生入死，因此常常在寺庙为使节或海
商们祈风和祭海③，官僚诗人有时是这些活动的主持者，有时会参与或亲
眼目睹这种仪式，如王十朋《梅溪集》后集卷十七《提举延福祈风道中有
作次韵》云："雨初欲乞下俄沛，风不待祈来已薰。瑞气遥看腾紫帽，丰
年行见割黄云。大商航海蹈万死，远物输官被八垠。赖有舶台贤使者，端
能薄敛体吾君。"从中可以看到官僚诗人对海外贸易的认识与观念，已经
不同于传统的儒家薄商传统。身处于海外贸易前沿的官僚士大夫，观念上
也会有一些改变，这可以看作是港口海外文化盛行的一点影响。

京师与沿海港口城市以及高丽使臣沿途经过的各地，一般设有高丽
馆，专门接待高丽使节④，有些亭馆修建得颇为奢华，苏轼《元丰七年有
诏京东、淮南筑高丽亭馆，密、海二州骚然有逃亡者。明年，轼过之，叹
其壮丽，留一绝云》："檐楹飞舞垣墙外，桑柘萧条斤斧余。尽赐昆耶作奴

---

① 如张邦基《墨庄漫录》卷五云："予在四明时舶局日，同官司户王璪粹昭郡檄往昌国县宝
陀山观音洞祷雨，归为予言：宝陀山去昌国两潮，山不甚高峻，……有一寺，僧五六十人……三
韩、外国诸山在杳冥间，海舶至此，必有祈祷。寺有钟磬铜物，皆鸡林商贾所施者，多刻彼国之
年号，亦有外国人留题、颇有文采者。"宝陀山就是现在的普陀山，因为距当时港口城市四明（明
州）较近，是各国尤其是高丽商贾往来祈祷之所。《说郛》卷十五下《孙公谈圃》卷上："吕相端
奉使高丽，过洋，祝之曰：'回日无虞，当以金书《维摩经》为谢。'比回，风涛辄作，遂取经沉
之。闻丝竹之声起于舟下，音韵清越，非人间比，经沉，隐隐而去。崔伯易在礼部求奉使高丽故
实，遂得申公事。故杨康功、钱勰皆写此经往，丰稷为杨掌笺表，言：'东海洋，龙宫之宝藏所
也，气如厚雾，虽无风，亦有巨浪，使人卧木匣中，虽荡而身不摇，食物尽呕，唯饮少浆。舟前
大龟如屋，两目如巨烛，光耀沙上，舟人以此卜之，见则无虞也。'"当时使节们信奉以《维摩
经》沉水，才可以祈求到风平浪静。
② 苏轼著，孔凡礼点校：《苏轼诗集》，中华书局1982年版，第1938页。
③ 黄纯艳：《宋代海外贸易》，社会科学文献出版社2003年版，第81页。
④ 这些亭馆在高丽使节不到时，也会接待国内官员，如张耒《柯山集》卷六《离楚夜泊高
丽馆寄杨克一甥四首》就是如此情形。

婢，不知偿得此人无。"① 苏轼反对神宗时期高规格接待高丽使臣，所以对其劳民伤财颇有异议。但王安石对海外贸易显然有浓厚的兴趣，他应该是神宗时期恢复宋与高丽关系的积极倡导者，熙宁元丰高规格接待高丽使臣以及各地修建高丽馆，应该出自他的建议。王安石《予求守江阴未得，酬昌叔忆江阴见及之作》云："黄田港北水如天，万里风樯看贾船。海外珠犀常入市，人间鱼蟹不论钱。"② 描写的江阴黄田港口是一片繁华之地，繁荣的海外贸易自然是他十分乐意看到的景象，所以他为不能到那边港口做官而感到遗憾。作为新、旧党代表的王安石与苏轼，对海外关系与海外贸易的认识与态度有如此大的差异，可能与他们生长的东南沿海与西南内陆的环境有关。

港口城市浓厚的海外气息，让生长于其中的官僚诗人深受熏染。明州是高丽进入宋朝的最主要港口，生长于明州的楼钥、史浩等人，对高丽以及明州的海外关系贸易就十分关注，《攻愧集》卷五十七《沿海制置司参议厅壁记》云："四明为东南大邦，海市三垂，北通海岱，东控高丽、日本诸国。高皇南巡，驻跸临安，尤为控扼要地。始置沿海置制使，寻命守臣兼之，凡闽浙淮东濒海之州皆隶焉。" 史浩《鄮峰真隐漫录》卷十四《代人谢除知明州表》："矧四明庶富之邦，实三韩扼控之地。"卷二十四《贺李显谟知明州启》："乃四明洞天之地，东连溟渤，接三韩箕子之乡。"地缘使他们都颇关注海外尤其是高丽的文化。据《宝庆四明志》卷三《库务》记载，宋代明州港口用杜甫《洗兵马》作进口商品仓库名："寸地尺天皆入贡，奇祥异瑞争来送。不知何国致白环，复道诸山得银瓮。" 这种商业与诗歌结合的气氛，无疑滋养着生于斯长于斯的诗人们的观念与精神。他们对家乡的地理环境、商业气氛从小就耳濡目染，因此能够对高丽及海外文化抱着开明的态度。

在明州为官以及到过明州的人，也都能感受到那里的高丽及海外气息。范成大《石湖诗集》卷二十一《初赴明州》云："四征惟是欠东征，行李如今忽四明。海接三韩诸岛近（自注：昌国县图障于海中，题字云：

---

① 苏轼著，孔凡礼点校：《苏轼诗集》，中华书局1982年版，第1378页。
② 王安石著，李壁笺注：《王荆文公诗笺注》，中华书局1958年版，第436页。

自此与高丽国接界。盖宇内极东处也），江分七堰两潮平。"与高丽接壤，使得范成大在明州期间就关注高丽问题。到明州游览的陈造，登招宝山赋诗云："一鹭风烟上，三韩指点中。地随山共尽，天与水无穷。"毛翊送人过四明，立刻想到其文名会像白居易那样远播高丽："从此文名沧海阔，好风三日到鸡林。"①

除了四明外，沿海不少城市港口都充满高丽以及海外气息，杨蟠称赞温州云："一片繁华海上头，从来人唤小杭州。"②引苏轼《乞令高丽僧从泉州归国状》云："窃闻泉州多有海舶入高丽，往来买卖。"③这些气息让身临其境的人或多或少地关注到海外贸易，并引起思考或向往。赵汝适提举福建路市舶时所作《诸蕃志》，就是身在其地而关注海外贸易之作。

沿海地区的海外观念，影响最大的可能是中下层百姓。姚勉《雪坡集》卷十九《赠邮文秀才》云："尚欲效学鸡林商，遍索伟制丰行装。"从唐朝就建立起声名的鸡林书商④，在宋朝依旧是营销书籍最为成功的商人，他们的成就鼓励影响到宋朝"秀才"们，使宋朝的"秀才"们也弃学从商，做起文化贸易。姚勉《雪坡集》卷二一还有一首《赠王生》，是为一位"能雕能染"的手工艺人却转学"邮文"而作："三年刻楮多苦心，不龟手方只百金。近来自笑巧成拙，舍去二艺趋鸡林。"可以看到高丽书商文化对宋朝的影响。江湖诗派诗人生活或游走于浙江、福建的沿海，对高丽等海外文化及其影响程度最有感受。

还有不少农民受到海外文化影响而转为海商，刘克庄《后村集》卷十二《泉州南郭二首》云：

闽人务本亦知书，若不耕樵必业儒。唯有桐城南郭外，朝为原宪莫陶朱。

海贾归来富不赀，以身殉货绝堪悲。似闻近日鸡林相，只博黄金

① 杨万里：《诚斋集》，《文渊阁四库全书》本。
② 黄纯艳：《宋代海外贸易》，社会科学文献出版社2003年版，第22页。
③ 苏轼著，孔凡礼点校：《苏轼诗集》，中华书局1986年版，第858页。
④ 《旧唐书》卷一六六《白居易传》云："又鸡林贾人求市颇切，自云'本国宰相每以一金换一篇，甚伪者，宰相辄能辨别之'。自篇章已来，未有如是流传之广者。"

不博诗。

泉州作为港口城市，其开放的商业观念与外来文化，致使附近南郭村的农夫樵夫不再以耕樵儒业为本，儒家传统思想受到极大冲击，而外来的商业观念影响的是新的生活观念与追求。姚勉、刘克庄等士人对此表示惋惜和不解，表明士大夫文人还在坚持儒家正统耕读生活观念，然而，百姓的观念改变之大，却表明海外商业文明首先渗透到宋朝社会的底层。

高丽及其代表的海外商业文化，首先在宋朝沿海城市地区流行，在那里，无论是官僚文人还是底层秀才、手工艺人、农民都能感受到其冲击力。短期的观感或长期的濡染，以及所处的阶层差异，影响到每个人对高丽文化的认知、接受程度。尽管认知接受程度不同，但高丽气息以及海外文化在沿海地区的流行度与接受度，无疑处于整个宋朝的前沿。

二　海上人烟来眼界：宋朝诗人对高丽物质文化的认知与接受

对于足不出国门的绝大多数宋人而言，高丽物产无疑是他们认知、接受高丽文化最为直接的渠道。宋朝诗人们对高丽物产的认知与接受从容而理性，他们在对待域外文化的态度上，不像普通民众那么轻易，也不像商人那样功利，因此，他们的态度不仅代表了士大夫文人，也代表宋朝官方对高丽文化的认知度与接受度。

高丽的文房用品、佛教用品、日常用品、土特产以及工艺品，乃至绘画、音乐，进入诗人的视野，成为诗人们歌咏的对象。对于好学的宋代诗人而言，高丽物产带给他们的是比书本更为直接可感的丰富知识。诗人们对高丽物产及其承载的文化认知与接受可分四个方面。

与普通受众一样，诗人们首先认知与接受的是高丽物品的实用性。进口的高丽物产大多是实用品，与从东南亚各国进口的奢侈品颇不同，因此首先被宋人认知接受。尤其是文房物事，其使用价值最先呈现。韩驹得到友人馈赠的高丽纸墨，赞赏酬答之后便立即使用："引纸磨墨寒生风。"①

---

① 韩驹：《陵阳集》卷一《谢钱珣仲惠高丽墨》。高似孙《剡录》卷六上《剡砚》引《鸡林志》曰："高丽纸治之紧滑，不凝笔，光白可爱，号白硾纸。"

杨万里曾经看到蔡襄、欧阳修留存在高丽纸上的笔迹："三韩玉叶展明蠲，诸老银钩卷碧鲜。"① 高丽纸墨与宋代书法家的墨宝一样珍贵，因此文人们对其十分珍惜，高丽纸常被送给大书法家求其墨宝，黄庭坚就多次受到这种求赠。② 高丽笔也是文人珍重使用的文具，何去非《次韵翟公巽猩猩毛笔》云："数管友十年，闭门赋《三都》。"这些近于"华风"的物品，其实用性对宋代文人来说并不陌生。高丽的日用品如高丽盆、瓶也深受欢迎，如苏轼就将其喜爱的仇池石"盛以高丽盆，藉以文登玉"，并于其下自注云："仆以高丽所铸大铜盆贮之，又以登州海石如碎玉者附其足。"③以表示石与盆、玉俱贵。高丽土特产，也被更多宋人认识且消费。南宋诗人笔下描述的有新罗参（紫团参）、高丽松花、新罗松实这些土特产。杨万里《诚斋集》卷二十《谢岳大用提举郎中寄茶果药物三首》中写到高丽紫团参："入手截来花晕紫，闻香已觉玉池肥。旧传饮子安心妙，新捣珠尘看雪飞。"张栻《南轩集》卷三《李仁甫（焘）用东坡寄王定国韵赋新罗参见贻亦复继作》："美荫背幽壑，灵根发奇颖。艰难航瀚海，包裹走湖岭。……愿持紫团珍，往扣黄庭境。……悬知药笼中，此物配丹鼎。从今谈天舌，不用更浇茗。"可知高丽参在南宋时已成为士大夫十分珍视的药品与补品。曾几《茶山集》卷三《谢柳全叔县丞寄高丽松花》"三韩华萼手自开，其间琐碎如婴孩"，描写到可以食用的高丽松花。而高丽松子在宋朝比松花更长久流行。宋初陶谷《清异录》卷上《玉角香》云："新罗使者每来，多鬻松子，有数等：玉角香、重堂枣、御家长、龙牙子。"松子即松实，到了南宋，依然是受人欢迎的高丽物产，杨万里《诚斋集》卷二十《谢岳大用提举郎中寄茶果药物三首》其三即题写高丽新松实如何受到当时人们的欢迎："酒边腒腩牙车响，座上须臾漆楄

---

① 杨万里：《诚斋集》卷二十四，《文渊阁四库全书》本。

② 《山谷外集》卷十《与王立之四帖》："高丽纸得暇即写。"《山谷集》卷二十九《跋与徐德修草书后》："又送高丽墨三丸，皆六年随贡使精品也。德修耽玩笔墨，甚于嗜欲，其为求予书，乃能顿舍世间深重恩爱。"

③ 《东坡全集》卷十六《仆所藏仇池石，希代之宝也。王晋卿以小诗借观，意在于夺，仆不敢不借，然以此诗先之》。《东坡全集》卷三十九《万石君罗文传》云："其后于阗进美玉，上使以玉作小屏风赐之，并赐高丽所献铜瓶为饮器，亲爱日厚，如纯辈不敢望也。"高丽铜器精美实用，是神宗、哲宗朝深受宋人欢迎的进口产品。

空。"高丽物品的实用性，首先得到诗人们的认知与接受。诗人们与普通百姓不同的是，他们在实用性之外，还能够认知与接受的是高丽物品的观赏或赏玩性。

异域物品毕竟为数不多，物以稀为贵，因此对于大多数诗人而言，高丽物品如同其他珍玩，且因产地遥远，能激发出他们更大的玩赏情趣，梅尧臣的"且作异土玩"①，也即孔武仲《内阁钱公宠惠高丽扇，以梅州大纸报之，仍赋诗》所云的"但将远趣醒耳目"（《清江三孔集》卷六），代表宋诗人对待高丽物品的基本态度。对于梅尧臣而言，新罗墨像"西域筇"一样，都是异域舶来的稀见物品，只能作为珍品把玩。② 张耒《柯山集》卷六记载了一次休沐日鉴赏高丽墨的小型文人雅集：《休日同宋遐叔诣法云，遇李公择、黄鲁直。公择烹赐茗、出高丽盘龙墨，鲁直出近作数诗，皆奇绝。坐中怀无咎有作呈鲁直、遐叔》，在宁静的寺庙中，高丽的盘龙墨与黄庭坚的诗歌一样，成为诗人与僧人们品尝御赐佳茗时最好的把玩对象："黄子发锦囊，句有造物功。握中一寸煤，海外千年松。"鉴赏异域物品成为宋代文人生活中的雅趣之一。毕仲游也记载了一次友人专邀的品赏书帖文玩的活动："珍怪渐倾写，宝墨来三韩。"③ 孔武仲《内阁钱公宠惠高丽扇，以梅州大纸报之，仍赋诗》云："得公团扇未及用，挂向空堂神骨清。但将远趣醒耳目，不独暑月排歊蒸。"高丽扇更重要的价值是可以醒目怡神。这种品鉴异域珍玩的文人雅趣，与普通百姓消费是颇为不同的，所谓"期为高人知，匪效男女欢"④。因此高丽物品及其承载的高丽文化对诗人们来说，其认知与领受程度要比一般民众高。

诗人们往往在玩赏之余，对这些异域物品赋诗称赞。新罗墨、高丽猩猩毛笔、三韩纸等文房物事，被视为异域珍品而在诗人的笔下熠熠生辉。诗人书写最多的是高丽墨。梅尧臣庆历八年得到祖无择惠赠的高丽墨，以间杂"怪巧"的笔法写诗酬答："海上老松死，霹雳烧瘦龙。胡人犀皮胶，

---

① 梅尧臣著，朱东润校注：《梅尧臣集编年校注》，上海古籍出版社1980年版，第426页。
② 同上。
③ 毕仲游：《西台集》卷十八，《文渊阁四库全书》本。
④ 杨万里：《诚斋集》卷十八，《文渊阁四库全书》本。

团煤烟膏浓。色夺阳乌翅，来涉溟渤重。"神化了高丽墨的制作原料、质地及工艺。江西诗派诗人韩驹、谢薖都曾为新罗墨作诗，由谢薖《竹友集》卷三《陈循中求赋高丽墨诗为作长句》，可知为高丽墨赋诗在北宋后期已经成为文人的一种时尚。钱勰以出使带回的高丽猩猩毛笔写五古首唱，黄庭坚、孔武仲同时以五古赋和，黄庭坚另有二首七绝戏咏，苏辙次韵，这是关于高丽猩猩毛笔的首次唱和，高丽毛笔因这些声名卓著的诗人而声名远播。① 后来的翟公巽、何去非也曾为猩猩毛笔赋诗②，而韩驹"王卿赠我三韩纸，白若截肪光照几。钱侯继赠朝鲜墨，黑如点漆光浮水"，是同时对高丽纸与墨的夸赞。黄庭坚"猩毛束笔鱼网纸，松柟织扇清相似"，更在称赞高丽松扇时顺带称赞了高丽纸、笔皆清雅可玩。北宋时期诗人吟咏高丽文房用品的诗歌颇多，且在神宗、哲宗、徽宗朝不断掀起高潮。由此也可推知，北宋中后期高丽文具在宋朝文人间流行的程度。诗人们还对制作精良、深受高丽与宋朝高僧们欢迎的高丽磨衲称道不已，如李彭《日涉园集》卷十《游云居四首》云："鸡林磨衲度帧沟，海外风烟在上头。针孔线蹊谁善幻，千岩万壑斩新秋。"曹勋《松隐集》卷二十八《施磨衲与惠因长老》云："宝华粲缛并文绮，金针细衲成帖相。衣裓一一如来法，一一针孔藏妙用。经历百千无退转，佛光律仪不曾失。"在这些称颂中，可以看出高丽手工业水平的高超，也可知诗人们的认知度。高丽的画作与音乐、乐器也受到宋人关注③，譬如高丽音乐曾在神宗元丰五年元宵节朝廷庆贺宴会时，由高丽人进奏④，群臣应制神宗的诗歌中曾提及此事，王珪有"一曲升平人尽乐，君王又进紫霞杯"之语，王安礼也有

---

① 钱勰原唱不存。《山谷集》卷九《和答钱穆父咏猩猩毛笔》；《清江三孔集》卷五孔武仲《猩猩毛笔与黄鲁直同赋》；《山谷内集诗注》卷三《戏咏猩猩毛笔二首》（注云黄庭坚有跋）；苏辙《栾城次韵一首》。

② 张邦基《墨庄漫录》卷五："翟三丈公巽少年侍龙图出守会稽时，尝赋猩猩毛笔，诗甚奇妙，何去非次韵和之云。"

③ 郭若虚《图画见闻志》卷六《高丽国》云："至于伎巧之精，他国罕比，固有丹青之妙。钱忠懿家有着色山水四卷、长安临潼李虞曹家有本国八老图二卷。及曾于杨褒虞曹家，见细布上画行道天王，皆有风格。"

④ 此事《侯鲭录》卷二、《韵语阳秋》卷二等均有记载。高丽献乐多次。《宋史》卷四八七："（熙宁）九年，复遣崔思训来，命中贵人仿都亭西驿例治馆，待之寖厚，其使来者亦益多，尝献伶官十余辈，曰夷乐，无足观，止欲润色国史尔。"

"凤阙张灯天上坐,鸡林献曲海边来"①。《挥麈录》后录卷七:"元祐初
(当为元丰末)杨康功使高丽,别禁从,诸公问以所委,皆不答。独蔡元
度曰:'高丽磬甚佳,归日烦为置一口。'不久康功言还,遂以磬及外国奇
巧之物遗元度甚丰,他人不及也。"蔡卞在当时能够知道高丽磬很好,这
说明他对高丽一些乐器、器乐颇有研究。

高丽扇既是实用品又是可以把玩的物品,深受诗人们喜爱,苏门师友
在接受钱勰馈赠的高丽松扇后,有一次规模颇大的唱和,钱勰首唱,张
耒、苏轼、黄庭坚、孔武仲②纷纷和诗,现存诗尚有六首,据其诗描述所
看,钱勰送给朋友们的高丽扇是质地为松树、样式为圆团的扇子。③ 此后
周紫芝《太仓稊米集》卷十六有《(冯)远猷家高丽松扇》,描述扇面有
"双鸾织花大如月",则松扇与画扇颇有相似之处,二者都有"画",只是
松扇之"画"非画出,而是织出,这是松扇与画扇的区别。黄庭坚《山谷
集》卷九《谢郑闳中惠高丽画扇二首》之二描写的就是画扇:"频汀游女
能骑马,传道蛾眉画不如。"这种画扇可以呈现高丽的绘画水平。而华镇
《云溪居士集》卷九《高丽扇》云:"排筠贴楮缀南金,舒卷乘时巧思深。
何必月团裁尺素,自多清爽涤烦襟。挥来振鹭全开羽,叠去骈桐未展心。
利用已宜勤赏重,更堪精制出鸡林。"描写的则是折叠纸扇④。高丽三四种
扇子都进入诗人的视野,留给诗人的印象是高丽手工制作技艺精湛、手工

---

① 王珪:《华阳集》卷四《恭和御制上元观灯》;王安礼《王魏公集》卷一《恭和御制上元
观灯》。

② 详见《东坡全集》卷十六《和张耒高丽松扇》,黄庭坚《戏和文潜谢穆父松扇》以及
《次韵穆父赠高丽松扇》二首,孔武仲《清江三孔集》卷六《钱穆仲有高丽松扇,馆中多得者,
以诗求之》、《内阁钱公宠惠高丽扇,以梅州大纸报之,仍赋诗》二首。

③ 徐兢《宣和奉使高丽图经》卷二十九云:"松扇,取松之柔条细削成缕,搥压成线,而后
织成,上有花文,不减穿藤之巧。唯王府所遗使者最工。"王云《鸡林志》云:"高丽松扇,揭松
肤柔软者缉成,文如樱心,亦染红间之,或言水柳皮也。"邓椿《画继》卷十《杂说》:"高丽松
扇如节板状。其土人云非松也,乃水柳木之皮,故柔腻可爱。其纹酷似松柏,故谓之松扇。东坡
谓高丽白松理直而疏,析以为扇,如蜀中织棕榈心,盖水柳也。"三人对高丽松扇的质地与工艺介
绍不同,可知当时宋人对高丽松扇质地工艺还不够熟悉了解。

④ 邓椿《画继》卷十《杂说》所云:"又有用纸而以琴光竹为柄,如市井中所制折叠扇者,
但精致,非中国可及。展之广尺三四,合之止两指许,所画多作士女乘车跨马踏青拾翠之状。又
以金银屑饰地面,及作云汉星月人物,粗有形,似以其来远,摩擦故也。其所染青绿奇甚,与中
国不同,专以空青海绿为之,近年所作,尤为精巧。"

制品玲珑精巧。

认知与接受高丽物品的实用性、观赏性的同时，诗人们还能联想到高丽自然风貌、高丽的佛教及各方面的文化，加强认知接受的深度广度。孔武仲诗"大荒茫茫最宜松，直从旷野连深宫。听声卧影已不俗，况作团扇摇清风"，就从松树团扇的制作联想到高丽漫山遍野的松树。杨万里《诚斋集》卷二十《谢岳大用提举郎中寄茶果药物三首》其三所云的"三韩万里半天松，方丈蓬莱东复东。珠玉炼成千岁实，冰霜吹落九秋风"，也在食用松实时，联想到万里仙山之外有着高入云天的松树的高丽。高丽磨衲，让诗人们联想到高丽佛教文化的兴盛以及两国佛教的同源与交流，曹勋《松隐集》卷二十八《施磨衲与惠因长老》："三韩山川悉汉地，其中佛法亦复然。王子义天不思议，剪除须发作佛事。"韩驹《陵阳集》卷一《谢钱珣仲惠高丽墨》："殷勤二物从来远，裨海环瀛眼中见。若欲挥写藏名山，不如却作谈天衍。"高丽物品引发诗人们对高丽的想象，并成为诗人们聊及海外的谈资。这是诗人们在认知、接受高丽物品时能够达到的高于普通受众的又一境界。

此外，对于好学深思的宋代诗人而言，高丽器物是他们获得异域知识的重要源泉，格远物而致深知，胜于读书，黄庭坚《山谷集》卷九《谢郑闳中惠高丽画扇二首》云："海上人烟来眼界，全胜博物注鱼虫。"在黄庭坚与一些诗人看来，"宝扇真成集陈隼，史臣今得杀青书"，远方的器物如同"集陈隼"、"杀青书"一样值得仔细研读。宋人在仔细研读高丽器物时，探究其利弊优劣，并加以改良。譬如高丽人用老松烟（又称松煤）与麋鹿胶（或犀皮胶、鹿角胶）制墨，虽然好用，但到北宋神宗、哲宗时期，苏轼等文人认为"高丽墨若独使，如研土炭耳"①，而墨工潘谷、文人兼墨工苏澥（浩然）等人也嫌高丽墨黑而不亮，因此他们将高丽墨打碎，取其松烟之长，而融入国产材料中制墨，墨色更佳绝，是为贡品。苏轼《孙莘老寄墨四首》之一云"徂徕无老松，易水无良工。珍材取乐浪，妙手惟潘翁"，就对"潘谷作墨，杂用高丽煤"② 称道不已。这种融合高丽与

---

① 苏轼著，孔凡礼点校：《苏轼诗集》，中华书局 1986 年版，第 2229 页。
② 《东坡全集》卷十四《孙莘老寄墨四首》之一自注。苏轼《书王君佐所蓄墨》又云："今时士大夫多贵苏浩然墨，浩然本用高丽煤杂远烟作之。"

宋朝材料工艺之长的墨,也深得高丽人喜爱:"神庙朝,高丽人入贡,奏乞浩然墨。诏取其家,浩然止以十笏进呈之。"① 文人与墨工共同的改造,成就了宋丽文化交流史的一段佳话,宋代诗人不断传颂,如韩驹云"旧传绩溪多老松,奚超既死松亦空。易水良工近名世,真材始不归潘翁"②,是对苏轼那首五言诗的夺胎换骨。谢薖《竹友集》卷三《陈循中求赋高丽墨诗为作长句》:"老松收烟琢玄玉,可试洮州鸭头绿。来从万里古乐浪,传到麻源第三谷。要须岱郡鹿角胶,捣成方解土炭嘲。请君摩研新诗作,一弄潺湲吊康乐。"更将工艺改良的佳话变成了典故。差不多同时,黄庭坚也记录了笔工吕大渊改造高丽猩猩毛笔一事。③ 两则改造高丽笔墨的故事,让我们了解到宋代文人在文具制作使用上精益求精的程度,更了解到宋人对待外来物品能够取其精华、去其糟粕的理性接受态度。

由初步接触高丽物品的实用性,到了解其玩赏性,再到进一步联想到高丽风光与文化,最后到理性地去粗取精,宋代诗人对高丽物质及其文化的认知接受可谓步步深入。宋代诗人能够一定程度地改变对海外"蛮夷"的轻蔑心理,而自愿自觉提升对高丽文化的认知度接受度,在那个华夷大防的年代实在难能可贵。

对异域文化的认知度与接受度,取决于异域物品的流行程度以及流行地域,更取决于接受者的心理、眼界及其文化素质。沿海地区代表异域文化在宋朝最为流行的地域,而诗人则代表异域文化接受者的最高文化层次,二者体现的是整个宋朝对高丽文化认知与接受的最高程度。

[原载《江西师范大学学报》(哲学社会科学版)2011 年第 2 期]

---

① 何薳:《春渚纪闻》,《文渊阁四库全书》本,卷八。
② 韩驹:《陵阳集》,《文渊阁四库全书》本,卷一。
③ 《山谷别集》卷六《笔说》云:"大渊又为余取高丽猩猩毛笔解之,拣去倒毫,别捻心为之,率十得六七,用极善。乃知世间法,非有悟处,亦不能妙。"

外交往来的史性叙事与诗性叙事

——金人出使高丽之相关诗词文的叙事学解读

金建立（1115）之前，高丽（918—1392）就因"（完颜）部族日强，兵益强悍，年谷屡稔"①，而派使节与之通好。金太宗灭辽不久（1126），尚未灭北宋，就迫使高丽臣服称藩，自此两国之间外交往来持续不断，直到卫绍王大安三年（1211），蒙古攻金，直逼金西京大同府，金与高丽使节往来才被迫结束。金与高丽近百年的交往大事，大都记载于《金史》卷六〇、六一的《交聘表》以及卷一三五《高丽传》中，此外，《金史》的本纪、列传等，也有比较零星的记载。而现存的金骈文散文，除了一些诏书、册文外，极少有关于金与高丽事务的记载。

在史书的宏大叙事中，非国家大事、要事的次要事务，或者具体性、个人性、细节性较强的事务，常被一笔带过或被忽略不计，而有关金与高丽之间外交事务的其他文献数据又保存极少，为后人了解两国关系以及历史人物等事务留下很大的空缺。因此有关两国交往的诗词等文学性强于历史性的作品，就成为弥补或填补这些空缺的极好文本。

然而以诗词为主的诗性叙事，与以史书为主的史性叙事，有很大不同。当史性叙事与诗性叙事同时叙写一件具体事件事务时，我们会发现很多由文体差别带来的更为丰富的信息；当史性叙事缺失而只有诗性叙事时，诗性叙事的浓缩性与立体性，除了在一定程度上弥补史性叙事的缺失

---

① 《金史》卷六〇《交聘表》（上）。

之外，还能引起史实之外的联想与想象，提供给读者历史价值以外的审美美感。而诗性叙事中的诗与词，在叙事上也不完全相同。从叙事学角度仔细考察、解读不同文体的具体文本时，常常得到的是比叙事学理论远为丰富、细致的结果。

一　他叙中的人事：史传体之史性叙事与送别金使的诗性叙事

（一）叙写"人"事：以人物为叙事视点的史性与诗性叙事

韩昉（1082—1149）天会四年（1126）出使高丽，是金与高丽外交史上的一件大事。金太宗曾于登基后不久的天会元年（1123）十二月，就试图令高丽臣服于金，但高丽对其派去的使节高随等人"接待之礼不逊"，而当时金太祖新亡、"辽主未获"①，金国势力还不足以令高丽臣服，太宗只好作罢。三年后，金国国力增强，太宗再次派遣使节出使高丽，韩昉"充高丽国信使"，他以过人胆识与博学善辩，迫使高丽进呈臣服于金的"誓表"，确立了两国之间的"君臣"关系，从而颠覆了太祖前金臣服于高丽的历史。②

但这件事在《金史》卷六〇《交聘表》甚至没有记录，只有一句似与此事结果有关："六月，高丽使奉表称藩。优诏答之。"韩昉以及整个事件过程，均被忽略不计。因为《交聘表》记录的是金与南宋、夏、高丽三国交往的大事，所以在这种宏大的史性叙事中，个人的具体经历的确微不足道。然而在韩昉的个体生存发展史中，这件事无疑是影响其一生命运的最重要事件，值得大书特书，因此《金史》卷一二五《韩昉传》中，占篇幅最多的就是这件事。《韩昉传》是典型的传统的史传体叙事，具备所有史性叙事六大要素：人物、时间、地点、原因、经过、结果，一一叙写，除了原因为插叙外，整体叙事手法为顺叙。叙事重心在围绕"誓表"的交涉经过，而整个经过由韩昉与高丽外交家的对答展开，以"记言"表现事件的进程，并由此塑造出人物的个性形象，叙事者不加任何个人评判语言，但韩昉的处理国家事务的能力才干以及果敢

---

① 《金史》卷六〇《交聘表》（上）。
② 《金史》卷六〇《交聘表》（上）云："金人出于高丽，始通好为敌国，后称臣。"

强势的个性凸显在人们眼前。① 史传体的叙事简洁明了，其具体性、完整性、客观性都非诗性叙事可比。有了这种史性叙事，诗性叙事似乎根本不需要存在，而现存吴激（1090—1142）的两首诗词，恰好是这次出使事件的诗性叙事。

吴激《送韩凤阁使高丽》只存一联："海东绝域皇华使，天上仙官碧落卿。"② 就此一联所传达的事件"有效"信息量看，远不如史传体的史性叙事，对史实几乎无用。但诗性叙事的语词语调所潜藏的文外的、相关的文化信息，以及诗人的个人情感信息蕴含量，则比史性叙事远为丰富：虽说金与高丽均在东北，但在"南朝人"吴激眼中，高丽仍是"海东绝域"；韩昉以"知制诰充高丽国信使，"在吴激看来是如同天上仙官般的"皇华使"，潇洒而令人艳羡；吴激出使金国被扣留，按理说对出使异国应该不那么羡慕，但此时韩昉代表的是"上国"，与吴激当年代表的"弱国"不可同日而语，因此吴激才会在诗中流露出如此强烈的艳羡之情。

吴激有一首《满庭芳》③ 也是送人出使高丽之作：

> 射虎将军，钓鳌公子，骑鲸天上仙人。少年豪气，买断杏园春。海内文章第一，属车从、九九清尘。相逢地，岁云暮矣，何事又参辰。　　沾巾。云雪暗三韩、底是方丈之滨。要远人都识、物外精神。养就经纶器业，结来看、开阖平津。应怜我，家山万里，老作北朝臣。

这首词的叙事视点与史传体的史性叙事、诗歌的诗性叙事一样，都是出使的"人物"，但其叙事的意图、角度、方式、语气，却与史性叙事完全不同，而与诗歌的诗性叙事相近。诗与词在"叙事"的诸多方面颇为接近，尤其是吴激的这首词，其叙事的主题与情调都非常接近那首诗，可以视作那句残联的补充。"吴蔡体"深受苏轼影响，有"以诗为词"倾向，吴激的这两

---

① 《金史》将韩昉列入《文艺传》，而非大臣传，是因为他的"文艺"，即便是这个外交事件，起作用的是韩昉对"古礼"的熟悉以及文辞的合理得体，"文艺"是外交成功的重要手段之一。

② 吴激：《中州集》卷一。

③ 《永乐大典》卷一四三八一《寄字韵》引。

首诸多方面近似的诗与词，便是"以诗为词"抑或"诗词一体"的明证。

与史性叙事者完全陌生面向读者，因而一般采用第三人称冷静客观的叙事视角不同，诗词特别是赠答友人类诗词，其诗性叙事者面向的首先是熟悉的或近距离的受赠者即第一读者，而并非"赠品（即诗词）"的其他广大受众，因此他们常采用第一人称叙事视角，面对第二人称"你"，在"我你"之间，即赠者与受赠者之间，形成零距离或近距离的时空叙事，这种共时性文体，其情绪性、私密性的程度，当然超过史传体史性叙事那种穿过遥远时空的比较客观的表述。这种情绪性与私密性的叙事，因为有意忽略"真相"，而造成"真相"的迷离。

送别友人类诗性叙事的意图，往往只是为了宠行和祝愿，因此叙事诗常常会有意使用与友人相关的典故，或使用华美、富赡、夸张的语言、语调，以便拉开"叙"与"事"也即"表达"与"真相"的距离，从而取得更多的审美效果。就赠词者与受赠者而言，"真相"是十分明晰的，但对于其他受众尤其是千百年后的读者而言，"真相"则是十分含混模糊的，因为美化了的、主观化了的"表达语词"遮蔽了人物身世以及事件的"真相"。

如果诗性叙事具备传统史性叙事所有完整的六大要素，就会上升为叙事诗。但传统诗性叙事大多数只会关注到其中一两个或稍多的叙事要素，但像吴激的这两首诗词，均以"人物"这个叙事要素为主，而有意无意淡化或省略了其他要素，因而只是具有叙事成分的诗性叙事，而非叙事诗。因为传统诗歌从魏晋以后就日渐轻视叙事，所以诗性叙事在处理诗歌中的叙事要素时，为了与史性叙事有所区别或者更具有审美价值，叙事者在书写过程中，常常有意识地将叙事要素"潜藏"起来，而通过跳跃性或者错综的变化安排，将倒叙、插叙、预叙等叙事手法结合，以避免过于线性、过于单调与显豁无味。

以"人物"为主的史性、诗性叙事，叙写出的人物形象相近相似，但叙写的方式完全不同：史传体史性叙事以事件过程为主，客观简洁，令读者从所叙事件中领略人物的形象；而诗性叙事则以比拟、想象等方式，主观而华美，直接塑造出人物形象。在塑造人物时，诗性叙事往往不如史性叙事那么含蓄。

从史性叙事角度看，吴激词所云，不过是赠者与受赠者在岁暮某地相遇，叙旧之后，祝福相别，赠者在艳羡之余自哀自怜，而受赠者继续前往三韩而已。词所叙的只是一个简单的生活片段，构不成有完整意义的"事件"，几乎不值史性叙事一"叙"，但经过诗性叙事的跳跃腾挪、变化无端，受众需要细细研读沉吟，才可以明白其中之"事"。同样的"事"，经过史性与诗性处理，给受众的感受完全不同。诗性叙事的艺术性与审美性，自非史性叙事可比。

对于痴迷于"真相"或叙事之历史价值的受众而言，诗性叙事的"信息"不够严密与"有效"，如果没有史传及其他文献作旁证，很难确切了解诗性叙事所要表现的是哪些具体的人事。吴激的诗歌因为题目中有一点"史性信息"，而可以认定赠送的是韩昉，但其词，则因为词题缺失，目前只能透过种种"诗性遮蔽"，而努力还原"真相"。根据词中叙写的身世、身份、经历、使命以及与赠者的关系等各种信息，尤其是"少年豪气，买断杏园春"一句结合史传中所云韩昉"天庆二年中进士第一"，大体可以判断这个使节可能是韩昉。赠词"塑造"的使节形象是能武更能文、潇洒出尘如仙人。但"将军"、"公子"、"仙人"这些美化的标签又颇概念化，加上有意无意地"诗性遮蔽"，千载之后的受众却又无法确切、具体到韩昉身上。这无疑是诗性叙事的缺憾。从诗性叙事中还原史性信息，或者以史性信息坐实诗性信息，多少都会有些信息"错位"，而这种"错位"，正是史性叙事与诗性叙事的差异。差异带给受众和研究者的，是互补与启发。

（二）叙写"使"事：史性新闻式叙事与诗性想象式叙事

张汝猷于明昌三年（1192）出使高丽。这次出使在金之盛世，属于双方互派之常使，没有金初韩昉出使的意义那么重大，《金史》卷六一《交聘表》自然也只有这次出使之后，高丽使节回访致谢的记载："十二月丁卯，高丽遣户部侍郎丁光叙谢赐生日。"倒是《金史》卷九《章宗本纪》记载："十二月癸卯，以东上阁门使张汝猷为高丽生日使。"① 这个一句话

---

① 张汝猷在《金史》中无传，只有《中州集》卷九《张左相汝霖》小传中云其兄弟五人，张汝猷字仲谋者是其幼弟，但未提及其出使之事。

新闻式的记录，却将事件发生的时间、人物、任务等叙写清楚，显示出史性叙事简洁明晰之优长。

但这个简短的新闻式叙事，呈现出的人事比较"符号化"，如果没有王寂（1128—1194）的《送张仲谋使三韩》，那么张汝猷的出使在历史上只是一个没有太多内涵的"符号"。王寂的赠行诗使这个"符号"变得具体而生动：

> 照海旌幢出乐浪，过家上冢路生光。鸭江桃叶朝迎渡，岊岭松花夜煮汤。恩诏肃将芝检重，醉鞭低袅玉鞘长。遗民笑指天车道，酷似南阳异姓王。①

与吴激赠行诗词之重心在于"人"的形象不同，王寂此诗叙事视点主要在于出使高丽的事件本身，尤其在出使之经历行程。而赠行诗写于出行之前，所有使节的行程都是赠者"拟定"，赠行诗因此而变得有点小说性叙事的意味。

王寂应该是根据当时的文献地理知识以及经验已知的当时出使必经路线，作想象式的叙写。整首诗以空间的连续性为诗性叙事线索：张汝猷当从金之中都燕京出发，沿渤海行，经其家乡东京辽阳府②，接着渡过金与高丽交界之鸭绿江，中途夜宿高丽之岊岭，最后到达目的地。③

这种空间想象式叙事，既不同于史性叙事的纪实性，也不同于小说叙事的虚构性，而是属于诗性叙事特有的合理预期想象。行程可以根据文献与经验，而在这些空间发生的具体"活动"则是想象：使节因衣锦还乡而光彩照人；"桃叶"与"松花"④ 两个特殊的高丽人与物之意象加入，使

---

① 诗下有自注："高丽称中原使节皆曰天车某官，事见阎子秀《鸭江行记》。"
② 吴激：《中州集》卷九《张左相汝霖》："汝霖字仲泽，辽阳人，家世贵显。……汝猷字仲谋，俱至宣徽使。父子兄弟各有诗传于世。王子端内翰太师之外孙，其渊源有自云。"
③ 乐浪是汉武帝时分封的四郡之一。《宋史》卷四八七《高丽传》云："以新罗为东州乐浪府，号东京。""海"与"鸭江"：《金史》卷一三五《高丽传》云："其地鸭绿江以东，曷懒路以南，东南皆至于海。"
④ 南北宋之交的曾几《茶山集》卷三有《谢柳全叔县丞寄高丽松花》。

得空间想象变得具体细致可感，如同亲临；叙事者仿佛与受赠者一起，带着"恩诏"、扬着"醉鞭"，接受高丽百姓的夹道欢迎。① 其效果同一些史性叙事或小说叙事有异曲同工之妙，都带给读者身临其境的"现场感"。空间的推进中令人感受最多的还是使命的荣耀与愉悦，这是诗性叙事意义的多重性带来的效果。

史性叙事提供了此一事件的时间、人物身份等有效信息，诗性叙事则以经验想象延伸或扩展了人物的活动与行为情绪，使事件在空间纵横轴上都有所拓展。两种叙事的兴趣点、关注点不同，结合互补之后，信息更加丰富，不仅张汝猷个体形象而且出使活动空间都更加鲜活。

二 自叙中的高丽情境：金使出使高丽期间的史性叙事与诗性叙事

（一）叙写"景"事：纪行组诗的多重叙事功能

北宋使者出使高丽时创作的诗性叙事留存极少，但纪行、纪实类的史性叙事文章却留存颇多②，这些史性叙事作品内容丰富，其中《宣和奉使高丽图经》对当时出使高丽的行程记载尤为详尽，然而金使出使高丽的行程，却几乎没有史性叙事留存。北宋出使高丽走的是海上，而金使走的是陆路，所以无法互代。史性叙事的缺失，给想了解金使行程的受众带来了缺憾。出使过高丽的金使赵可（贞元二年 1154 进士，生卒不详）、李晏（1123—1197）、张翰（大定二十八年 1188 进士，生卒不详）留下了几首出使高丽时所作的诗歌，可以弥补一些缺憾。

仔细考察赵可等人的诗歌，可以推想这些诗歌是他们出使纪行组诗的残留之作。金使出行时所作的组诗一定十分丰富，如果有一组全部留存，出使的整个行程都会显而易见，但目前只有个别诗歌保存在《中州集》中，如同吉光片羽。

---

① 遗民笑指天车道：《辽史》卷一一五《高丽传》："（圣宗统和）十年，以东京留守萧恒德伐高丽。十一年，王治遣朴良柔奉表请罪，诏取女直国鸭绿江东数百里地赐之。"厉鹗《辽史拾遗》卷七有详细记载。辽征高丽失败，割女真求和。王寂可能因此称高丽境内女真人为"遗民"。

② 详参吕肖奂《宋代诗歌中的高丽人物与高丽文化》，《焦作大学学报》2011 年第 2 期。

　　王寂《送张仲谋使三韩》的想象性叙事，指出了金使出使高丽的大致行程。赵可出使高丽所作的纪行组诗虽只留存下三首，却能够补充其中的细节。《金史》卷八《世宗本纪》以及卷六一《交聘表》均载：大定二十七年（1187）"十二月庚午，以翰林待制赵可为高丽生日使"①。赵可出使途中的几首七绝，就是在这个史性叙事时空中展开的。

　　赵可的《来远驿雪夕》，如果没有自注"使高丽时作"作为史性叙事，我们很难判定其是否出使所作，因为诗歌叙事视点在"雪夕"，而不在"来远驿"：

　　　　江上东风冷不禁，晚云翻手弄晴阴。春来天气不全好，夜久雪花如许深。暖老正思燕地玉，辟寒谁有魏台金。空斋寂寞青绫被，学得东山拥鼻吟。

　　除了首句点明"来远驿"在"江上"外，诗中更无其他关于此驿的信息。据宣和六年徐兢所作的《宣和奉使高丽图经》卷三云："（高丽）昔以大辽为界，后为所侵迫，乃筑来远城以为阻固，然亦恃鸭绿以为险也。"来远驿可能就是来远城的一个驿站，而诗中所云的"江"就是鸭绿江，在这样的空间，作者用"燕地玉"与"魏台金"②这样的典故表达思念乡国之情。赵可的《云兴馆晓起》与《江路闻松风》两首七绝，没有"史性"的自注提示，而我们从其叙写的时间与景致看，当也是他此次出使高丽纪行组诗的一部分：

　　　　双旌晚泊云兴馆，对面高峰绝可人。一夜山云飞作雪，要夸千树

---

　　① 同样是与张汝猷一样的贺生日使，却会在《交聘表》中出现，显出一点特别。这可能与赵可声名远播、出使年纪较大有关。史性叙事规则如果稍有变化，读者就会领受到一点言外之意。
　　② "暖老正思燕地玉"：杜甫："暖老须燕玉，充饥忆楚萍。"燕玉有二解：一云"燕玉，妇人也"。古诗云"燕赵多佳人，美者颜如玉"。待燕玉而暖，则孟子所谓七十非人不暖也。一云"思得暖玉之杯也"。唐宁王有暖玉杯，以为饮器，不暖而自热。《说郛》卷六十五下任昉《述异记》：三国时昆明国贡魏漱金鸟，鸟形如雀色，常翱翔海上，吐金屑如粟，至冬，此鸟即畏霜雪，魏帝乃起温室以处之，名曰辟寒台，故谓吐此金为辟寒金也。

玉璘珣。

　　雪里云山玉作屏，松风入耳细泠泠。朝来醉着江亭酒，却被髯龙唤得醒。

　　如"玉"之"雪"，与"来远驿雪夕"在同一个季节；如"屏"的"山"与"高峰"，还有"千树"、"松风"这些景致也都似乎是高丽多山多松树的一个突出表现。尤其是《云兴馆晓起》①所云的"云兴馆"，加上"双旌"的使节身份提示，更可看作是出使高丽纪行组诗一部分。

　　李晏出使高丽，当在世宗大定十二年（1172）三月册封高丽国王王皓时。②他出使期间所写的《高丽平州中和馆后草亭》，收录在《中州集》卷二：

　　藤花满地香仍在，松影拂云寒不收。山鸟似嫌游客到，一声啼破小亭幽。

　　金有"平州"，高丽的平安道也有"平州"③，高丽的平州有中和县，中和馆可能即在此县，当是高丽设立的接待金使之馆。

　　其后，张翰出使高丽④，写有《奉使高丽过平州馆》：

　　昨日龙泉⑤已自奇，一峰寒翠压檐低。兼并未似平州馆，屋上层

---

① 明郑若曾《郑开阳杂著》卷五载：（朝鲜）平安道郡十一，其一即云兴郡。按：高丽在明洪武二十五年才被朝鲜代替，所以地名多有沿袭。云兴馆可能就在云兴郡。

② 详参《金史》卷六一《交聘表》（下）。《钦定续通志》卷六三五《四夷传》一记载较为简略："其后，晛弟晧废晛自立，以让国至金奏之，金主疑之，以诏书详问其士民。使至高丽，晧称晛避位如前奏。使还，晧又遣使请封。大定十二年三月，赐封册。"《金史》卷九六《李晏传》："李晏字致美，泽州高平人……世宗素识其才。……时方议郊礼，命摄太常博士，俄而真授为高丽读册官。"因为读册官只是正使、副使领导之下的三节使团成员之一，所以《交聘表》等并无记载，而《李晏传》也只此一语。

③ 明郑若曾《郑开阳杂著》卷五载：（朝鲜）平安道州十六，其一即平州。又载此道县六，其一即中和。

④ 关于张翰出使高丽时间身份，史无记载。

⑤ 后来明张宁出使高丽，写有《二十八日午发剑水道中望龙泉》，见《方洲集》卷十三《奉使录下》。明郑若曾《郑开阳杂著》卷五云："剑水至龙泉四十五里。"

峦屋下溪。

诗题所云之"平州馆",当即平州中和馆。张翰视点在"馆"本身,而李晏视点是"馆"后的一个草亭,两首诗结合起来,再造的是平州中和馆优雅宁静意境。

张翰出使高丽期间,还有一首《金郊驿》云:

山馆萧然尔许清,二更枕簟觉秋生。西窗大好吟诗处,听了松声又雨声。

金郊驿,距高丽"国城"(即今朝鲜开城市)不远,曾是辽与高丽激战之地①,也是金使出使高丽必经之地。

孤立的某一地点的风景描写,所具备的"叙事"成分相对较少,而联章性的写景组诗,因为有着"标题"的"史性"提醒,也即有着连贯的空间转换提示,而使得单纯的风景描述具有了"叙事"功能。从来远驿到金郊驿,由"点"而"线",空间的线性推进,勾勒的是金使出使高丽必经的路线,而这个线就是诗性叙事的"景"事线索,是连续性"写景"变成"叙事"的一个重要因素。

另外,纪行组诗的背后往往是"事","事"既是"行"的原因与目的,同时又提供"行"的路线,"行"中之"景",因有了"事"的潜在因素,而比普通的游览登临写景具有更多的叙事成分。

---

① 徐兢《宣和奉使高丽图经》卷三《国城》:"今王城在鸭绿水之东南千余里,非平壤之旧矣。其城周围六十里,山形缭绕,杂以沙砾,随其地形而筑之。……外门十一,各有标名……东北曰宣祺(自注:旧名金郊,今易此)。"同书卷四《外门》:"宣祺门,通大金国。"《辽史拾遗》卷八:"(八年春正月)引《东国通鉴》曰:显宗元文王十年春正月庚申,姜邯赞以契丹兵逼城,遣兵马判官金宗铉领兵一万,倍道入卫京城,东北面兵马使亦遣兵三千三百入援。辛酉,萧逊宁至新恩县,去京城百里,王命收城外民户入内,清野以待,逊宁遣耶律好德赍书至通德门,告以回军,潜遣候骑三百余,至金郊驿,王遣兵一百,乘夜掩杀。辛巳,契丹回兵,至涟渭州,姜邯赞等掩击,斩五百余级。"明张宁《方洲集》卷十三《奉使录下》有《登金郊驿楼》:"摇摇旌斾远跻攀,坐算游程两月间。芳草无情随处绿,好山如画对人闲。一年风物春将老,千里星槎客未还。昨夜分明梦归国,依然清禁立鸳班。"

即景生情的传统诗性叙事原则，使得"一切景事即情事"，这里的纪行组诗都是出使者的自叙，与上节赠行者他叙性的想象式叙写不同，叙事者都是"景"事的亲历者，他们的所叙的景事以及即景而生的情事都具有现场性、真实性，反映出使节们的观察与感受以及情感与情绪。虽然上述六诗并非出自一家之手，但除了"来远驿雪夕"表现的是叙事者在寒冷中的寂寞思乡之情外，其余五首无论是赵可所写的冬春之交的雪景七绝，还是李晏所写的春末花落鸟啼、张翰所写的秋天的松声雨声，优雅的"景"事中都洋溢着一种愉悦、妙悟与惊喜之"情"事。至少从留存的这些诗歌中看，在出使高丽漫长的旅途中，金使大多时候是满怀喜悦的。可能因为自从天会四年韩昉出使高丽后，高丽臣属于金，金使作为上国使节，受到下邦高丽的热情接待，所以金人使高丽诗，与宋人使辽使金诗普遍情绪低落沉痛不同①，显得愉悦活泼。

纪行组诗中"景"事的连续与变化，其实也是"情"事的连续与变化，因此纪行组诗不仅是出使者的"景"路历程，也是他们的心路历程。譬如赵可在寒冷的"来远驿"感到寂寞，而到了"云兴馆"则转向愉悦，上了"江路"则显得兴奋，不断变化的风景吸引或影响了行进的诗人使节，他们的情绪也在变化。行程的线性顺序变化，因为注入了使节的活动与主观情绪而变得平面乃至立体。纪行组诗这种复线或多线的诗性叙事，也因而具有了一般历程记录所缺少的多重意义。

（二）叙写个人情事：以抒情为目的诗性叙事

一般说来，以抒发个人情绪为主的诗，属于抒情诗，但中国传统的抒情诗，向来不以纯粹的、无缘无故的感情抒发为主，几乎所有的传统抒情诗都是即景生情或即事生情，因此，当我们由"情"还原其触发点的那些"景"与"事"时，发现"景"与"事"才是抒情的基点，没有"景"、"事"，"情"就无从发生。从这个意义上讲，传统诗歌无论是写景、抒情还是言志，其表象背后或者说其本质都是广义的叙事。

李通（1155—1222）的《使高丽》，就是即事生情之作：

---

① 宋代今不存使节出使高丽途中此类诗歌。

去国五千里，马头犹向东。宦情蕉叶鹿，世味蓼心虫。倦枕三更梦，征衫八月风。山川秋满眼，归思寄孤鸿。

除了首联点明"事"之外，其余六句均为诗人的个人情绪，"情"是这首诗的中心。

诗人的"情"潜藏在心中，遇到某些"事"就被触发而发表出来。出使高丽这件外交大事，在此似乎不过只是诗人情怀的触发点而已。李遹因在泰和（1201—1208）中为大兴府幕官时，得罪了知府事的女真人，"竟坐是仕宦不进，以东平治中致仕，闲居阳翟十余年"[①]。一生官运不畅，因此也变得郁郁寡欢。出使高丽，在使团中他自然属于下节随从官（史书无记载），这无疑再次触动、刺激了他的抑郁心结，引发了诗人再次对"宦情"与"世味"的沉思，其情绪就自然流露出来。

诗性叙事中的"情事"，常常给人留下"情"大于"事"甚至遮蔽"事"的印象。譬如这首诗从表面上看，就是诗人倦怠于官场与征途、心中充溢着浓厚的哀伤无奈幽怨的思乡情绪，似乎没有太多的"事"。但仔细考察，诗人这种情绪产生与深化的背景或原因，是比"五千里"更远的征程、染满征尘的"征衫"、仲秋"八月"的团圆情结、异域的"山川"等这些出使高丽行程中才会有的特殊叙事时空及文化"要素"。由此看来，"事"在诗人创作的抒情性目的与进程中，一直起着作用，并未被"情"遮蔽："事"的进行时间、空间以及诗人意识中潜在的文化积淀，始终在推进着情感的发展。只是读者在解读时，被浓厚的"情"遮蔽了感觉，而忽略了"事"的存在以及"事"的发展。诗性叙事的解读过程，有时就是透过"情"的浓雾而发现"事"的过程。

对于出使高丽的使臣而言，每个人的精神状态都不会完全相同，如李遹的厌倦悲伤情绪，就与赵可、李晏、张翰等人那种愉悦心情十分不同，而使节个人情绪心态及其变化，是史性叙事最为忽略而诗性叙事最为关注的话题，因此，在研究集体事务中个人化或个性化的因素时，自叙性的诗

---

① 吴激：《中州集》卷五。《钦定重订大金国志》卷二八亦有。

性叙事的重要性就凸显出来。

（三）叙写女性情事：词的特殊诗性叙事功能

外交事务属于重大国际事务，太后、皇后、嫔妃等宫廷女性偶有参与，但若不起特殊作用，史性叙事也少有涉及。下层女性参与招待的几率可能较高，但宏大史性叙事不屑于记录。而从北宋或更早时候起，诗性叙事中诗歌一体涉及女性情事的分量也明显减少，于是词体成为叙写与女性相关情事的最为重要的载体，因此外交事务中的此类"琐事"常常只在词中得以表现，词体的特殊诗性叙事功能由此凸显。

在与高丽外交关系中，金从太宗天会四年后就一直占有主动的、强势的地位，高丽对金使节的接待规格颇高，据刘祁《归潜志》卷一〇云："高丽故事：上国使来，馆中有侍妓。"而金在当时就是高丽的"上国"。这类对高丽而言难免屈辱、对金而言不免得意的"故事"，在史性叙事中常常有意无意被忽略或一笔带过，却因为金人两首广为流传的赠别高丽"侍妓"词，将此隐秘难言之事彰显得尽人皆知。

蔡松年（1107—1159）与赵可先后出使高丽①，分别为高丽"侍妓"创作了赠别之词《石州慢》与《望海潮》：

云海蓬莱，风雾鬟鬌，不假梳掠。仙衣卷尽霓裳，方见宫腰纤弱。心期得处，世间言语非真，海犀一点通寥廓。无物比情浓，与无情相博。　离索。晓来一枕余香，酒病赖花医却。潋滟金尊，收拾新愁重酌。片帆云影，载将无际关山，梦魂应被杨花觉。梅子雨丝丝、满江干楼阁。

云垂余发、雾拖广袂，人间自有飞琼。三馆俊游、百街高选、翩翩老阮才名。银汉会双星。尚相看脉脉、似隔盈盈。醉玉添春、梦云同夜，惜卿卿。　离觞草草同倾。记灵犀旧曲，晓枕余醒。海外九州，邮亭一别，此生未卜他生。江上数峰青。怅断云残雨，不见高城。二月辽阳，芳草千里，路旁归情。

---

① 蔡松年在翰林日出使高丽，具体年月无考。

　　两首词自然也是以抒情为目的赠别类诗性叙事，但因为其赠别的"情事"涉及女性，而与一般赠别男性的"情事"有了区别。第一小节中吴激与王寂赠别使节的诗词，因为赠别的都是男性，所以尽管叙事视点不同，但诗与词以及诗人词人的个性风格都没有太大差异。而蔡松年、赵可这两首词，因为赠别对象都是女性，便与吴、王的诗风词风大不相同。由此可知，决定赠别诗与词之语词、情调、风格的，并非文体自身的规定性，而是赠别的对象，尤其是赠别对象的性别。因此如果离开各种文体的叙事或书写对象与作者预先设定的第一读者，而概括性地谈文体的规定性与差异性，显然过于简化了或抽象化了文体的比较研究。

　　两首词的叙事方式一致，上阕倒叙两人相处之情状与浓情蜜意，下阕正叙相别之哀伤以及预叙其别后的思念。男女短暂情缘之后相别，是与史性叙事有更多相通之处的小说性或戏剧性叙事最为常见的题材①，而蔡、赵选择的是宋金人常用的词来进行叙事。诗性叙事中，词比诗的叙事策略与技法更为灵活多变，这两首词在叙事时间、空间、故事情节上的转换腾挪，就非一般诗歌叙事可及，更非史性叙事的明显清晰可比。过去与现在未来错综，真实与虚幻交错，加上一片华丽又缠绵哀伤的丰富意象与语词，男女主人公的关系与情事，被遮蔽起来，不细细探究，几乎无法感知。这种叙事策略，其实是词人有意要造成一种复杂又含蓄婉转、清晰却又模糊的效果，而香艳隐秘的情事才会在这种效果中更有美感。

　　赠别的女性对象决定了两首赠别词的叙事原则与态度，而男女之间的情事也规定了此类叙事应有的香艳情调。即便作者的个性特色、创作主调不同，也都会因为作品书写的对象与情事相同而产生大体一致的风格。蔡松年以潇洒脱俗的个性、清旷疏爽的创作主调见称，但在此词中则缠绵执着、情深意切，既不洒脱也不清旷；而赵可"少轻俊"、"博学高才、卓荦不羁"②，与蔡松年颇不相同，但其词与蔡作的婉转含蓄也基本一致。蔡、赵之作虽如刘祁所讲，有"浑厚"与"峭拔"之别③，但不细致考察，也

---

① 后来元李文蔚就根据蔡松年词写过《蔡萧闲醉写石州慢》杂剧。
② 分别见刘祁《归潜志》卷一〇、《金史》卷一二五《文苑传》之《赵可传》。
③ 刘祁：《归潜志》卷一〇。

很难辨析。由此可见"对象"与"情事"对创作各方面的制约性，实际超过个性对创作的制约程度。金词以充满伉爽豪迈之气著称，而这两首赠别高丽"侍妓"的词，都能婉转缠绵，有北宋婉约长调之余味，成为金词别调代表之作。

相对于男女之事普遍具有的香艳色彩而言，高丽"侍妓"的异域色彩并未显现。因为与宋词中大量叙写男女短暂情缘之词相比，这两首词的"异域情调"并不浓厚。蔡词除了"载将无际关山"暗示其距离遥远外，几乎看不出是在写异国女性与异国情缘；赵词的异域信息稍多一点，如"云垂余发、雾拖广袂"①写高丽女性装扮，"海外九州岛"点明在域外，但整体情调语词上看，也没有太多的异域色彩。可以说是北宋时就已经完善具足的词作系统，消解了"异域"信息，消融了"异域"情调。

两首词将外交事务中难登大雅之堂的情事，变成公开的秘密，而两首词也因为雅俗共赏而传播四方，流传至今，这使外交事务变得"情趣"盎然。围绕高丽"侍妓"，金使的文人才子风流之气尽显无遗。事实上，任何一个朝代在派遣使节时，都比较注重使节的文化形象，因为在双边关系相对稳定时期，文化外交比政治军事外交还显得重要。金使在当时代表中原文化、正统文化，他们继承了唐代与宋初文人出使时的文采风流，而与宋人使辽、使金的心态及作风颇不相同。

（四）叙写异域"民"事：诗性叙事的史性功能

《辽史》卷一一五《高丽传》云："高丽自有国以来，传次久近、人民土田，历代各有其志。"的确，从《汉书》列有《朝鲜传》，到旧、新《五代史》的《外国传》、《四夷附录》，朝鲜半岛上各个阶段分别以朝鲜、高句丽、三韩、夫余、百济、新罗、高丽等异域形式出现，因此，史性叙事并不缺少对高丽历史、文化、民俗的纪实，而诗性叙事中这种题材的作品就十分罕见②，这可能因为国家或民族的历史文化民俗等宏大的"事"，

---

① 徐兢《宣和奉使高丽图经》卷二〇《贱使》："妇人之髻，贵贱一等。垂于右肩，余发被下，束以绛罗，竖以小簪。细民之家特无蒙首之物，盖其直准白金一斤，力所不及，非有禁也。亦服旋裙，制以八幅，插腋高系，重叠无数，以多为尚，其富贵家妻妾制裙，有累至七八匹者，尤可笑也。"

② 宋金及其以前各代基本没有这类题材诗歌。

是史性叙事最擅长而诗性叙事较难承载之"事"。吴激的《鸡林书事》因此显得特别。

熙宗天会十四年（1136），"十月甲寅，以乾文阁待制吴激为赐高丽生日使"①。吴激出使高丽期间，创作《鸡林书事》排律，铺叙了他眼中与宋、金相似而又颇带些异质色彩的高丽历史民俗文化：

> 箕子朝鲜僻，蓬丘弱水宽。儒风通百粤，旧史记三韩。邑聚从衡接，民居质朴安②。犹存古笾豆，兼用汉衣冠。兔颖家工缚，鲑腥俗嗜餐。骑兵腰玉具，府卫挟金丸。长袖鸢窥肉，都场狄挂竿。琴中蔡氏弄，指下祝家弹。主礼分庭抗，宾筵百拜难。渍橙秔酿旨，滋桂鹿修干。泼墨松如栉，隤墙石似丹。地偏先日出，天迫众山攒。鹏翼云帆远，羊肠石磴盘。由来异文轨，休讶变暄寒。事可资谈柄，谁能记笔端。聊将诗貌取，归作画图看。③

从结尾四句看，诗人的叙事意图与史家纪实传世的目的显然不同：诗人的叙事只是为了多一点谈资，满足他自己以及潜在读者的好奇心而已。因此，吴激的叙事视点与史性叙事自然不大相同，他更关注的是高丽不同于宋金那些新奇或奇古的民俗文化细节。吴激以诗人好奇之心、异域人之眼观察高丽，的确发现了一些鲜为史家关注的异域习俗细节。

对于一个习惯于汉文化传统，以及宋金民俗与文化的诗人使者而言，除了"箕子"入朝、"蓬丘弱水"、"三韩"这些历史地理知识来自于史书等文献之外，吴激关注到在"儒风"的长期濡染下，高丽保持着"古笾豆"、"汉衣冠"等带有汉文化的习俗遗存，这些沿袭古老传统的淳朴习俗让他产生了亲切感、认同感；而他的视点更多集中于那些不大相同的习俗上，"叙"随着他的视点移动，一个个具体的"场景"连续出现，几乎每句都叙写一个"场景"，而每个"场景"都是一件"大事"的缩影：匠

---

① 《金史》卷六〇《交聘表》。

② 此二句《全辽金诗》第184页作"邑聚居巢惯，夷装被发安"。

③ 吴激：《中州集》卷一。

事、食事、兵事、猎事、乐事、礼事、馔事、绘事、地事、天事、水事、山事等，这些"大事"中都有异于金人之处，都吸引了吴激的视点，吴激就这样面面俱到地铺叙他关注到的高丽各方面的习俗与特征。① 这种叙事方法接近于赋体中的事类赋或物类赋叙事方法，而与一般以个人"小事"为主要叙事对象内容的诗性叙事颇不相同。叙事意图决定叙事视点，叙事载体则决定叙事策略。吴激选择排律这种有严格对偶要求的诗体，固然有助于他有节奏、有对比地集中铺叙多种事务，但又限制其灵活性、变动性；句句转换视点，"缩影"使人应接不暇，再加上一般诗性叙事简洁、用典与思路的跳跃性，使得吴激所叙之"事"过于简略、概念化而印象略显模糊，与史传所叙的高丽之事相比，清晰度自然相差甚远。

这固然是诗性叙事这种载体在叙"大"事方面本身不及史性叙事之处，更是吴激本人在处理诗性叙事态度与能力上不及杜甫"诗史"之处。唐代之后诗人逐渐少用诗体叙写"大事"，即便有，其水平也难及杜甫等人，诗性叙事本身具有的史性叙事功能因此而日益减退。

三 他叙中的高丽"物"事：欢迎使节归来之词

欢送使节出使的诗词文比较多，而欢迎使节归来的诗词文却极少保留。蔡松年一首《临江仙》自注云："故人自三韩回，作此寄之。"可以弥补这个缺失。

> 梦里秋江当眼碧，绿苇摘破晴澜。捣香鲈蟹劝加飨。木奴空妖媚，未许斗甘酸。　闻道鸡林珍贡至，侯门玉指金盘。六年冰雪眼常寒。酒樽风味在，借我醉时看。

与吴激、王寂的赠行诗词相比较，蔡松年的迎归词涉及的高丽事情更少，只有"闻道鸡林珍贡至"一句，以说明故人出使归来"应有"的情状，这自然也是根据一般出使归来都会"捎带"高丽物品以馈赠亲友而蔡

---

① 如此多的相异之事，使吴激得出"由来异文轨"的结论，这与大多数人认为高丽文化与汉文化同源而异质的共识有所区别。

松年自己也曾有此经验的缘故。与使者自叙归来不同，迎归者的叙事方式也属于他叙性想象式书写，但对使者与迎归者而言，"出使"已成"往事"，所以"想象"似已成"回想"，而"回想"的"事"又不太遥远，所以没有必要太多重复。

这首迎归词应该是迎归诗词的代表性之作。故乡的食物与"鸡林珍贡"（异域的食物）成为此词叙事的视点与焦点，而由此视点拓展成的迎归词，构思显得颇为巧妙：使节回到了故乡与家人团聚，出使期间思乡梦中的一切，终于变成了现实——"秋江"在眼、"鲈蟹"当前，欢快之情难以言表；而词人（叙事者）也与其他"侯门"贵客一样，听说使节带回了不少高丽珍奇物品，不禁食指大动；词人与使节的关系之亲密，又非其他"侯门"与使节关系可比，所以相约在久别后的聚会上，一醉尽欢，相看两不厌。

写词的目的是预约相聚，而视点是相聚之因，表面抒情之下其实是一件有前因后果的"事件"。省略的出使之"事"，在叙写的归来相聚之"事"中得以重现或隐现，诗性叙事的片段性，因此具有了"事"的完整性意义。

从饯别使节，到使节途中所闻所见，再到欢迎使节归来，金人这类诗性叙事的资料并不太多，但是却比宋代在外交事务整个过程上的诗性叙事更加完整，因为宋代留存的基本是送别使节的诗词而无其他两部分。金人关于外交事务的诗性叙事，涉及的"事"之内涵也颇广，人事、物事、情事、景事、使事、民事等都在其中。因此将其搜集起来细细解读，我们看到的是金使出使高丽这一外交事务的三个环节组成的完整的"事"，也就是说残存的诗性叙事，在此"事"的叙写上是完整的、具足的。我们以诗性叙事为主线，以史性叙事为副线，互相参照补充，在文学审美视域中，解读出的是金人关于出使高丽之"使"事史，也是金诗人与使节们之"心"事史。

传统诗词一向以抒情言志为主要特质，而从叙事学角度解读其中的叙事成分，发现"情志"背后的"事"，发现"情志"之中具有历时性或连续性的"事"，探讨诗性叙事的意图、原则与方法技巧，探讨诗、词两种诗性叙事的异同，是一种有趣的尝试。

（原载《新国学》第九辑）

注辇国的白鹦鹉

——北宋诗歌中的"海外"

宋代海外贸易及海外交通频繁，宋代诗歌中颇有反映，其中所涉及的北方诸国如辽、金、夏，以及东亚诸国如高丽、日本，比较常见，而东南亚诸国则较少出现。因此嘉祐四年（1059）欧阳修、梅尧臣、刘敞关于注辇国的白鹦鹉四首诗歌就显得有特别的意味。

欧阳修、梅尧臣、刘敞的四首诗歌，写作时间既不明确也不统一。梅尧臣（1002—1060）《赋永叔家白鹦鹉杂言》是应欧阳修请求而写，被编录在嘉祐二年（1057），朱东润先生《校》曰："诗见残宋本，他本皆无。"《补注》曰："欧集卷八《答圣俞白鹦鹉杂言》，题嘉祐四年，未详。"① 欧阳修（1007—1072）的酬答诗《答圣俞白鹦鹉杂言》的确收录在《居士集》卷八，目录下注嘉祐四年②。当然，这两首同题唱和诗应在同一年，但到底是嘉祐二年还是四年，如果没有外证很难确定。刘敞（1019—1068）《公是集》卷十九有《客有遗予注辇国鹦鹉，素服黄冠，语音甚清慧。此国在海西，距中州四十一万里，舟行半道，过西王母，三年乃达番禺也》③，没有编年，但梅尧臣给这首诗的酬和《和刘原甫白鹦鹉》（原题下注：出注辇国。注辇在西海，去中州四十一万。舟行过西王母，三年乃达番禺也），却被明确编录在嘉祐四年④，唱和诗时间一般相距不远，由此可知刘诗也当作于此年。

---

① 梅尧臣著，朱东润校注：《梅尧臣集编年校注》，上海古籍出版社1980年版，第989页。
② 欧阳修：《欧阳修全集》，中国书店出版社1986年版，第54页。
③ 刘敞：《公是集》，《文渊阁四库全书》本。
④ 梅尧臣著，朱东润校注：《梅尧臣集编年校注》，上海古籍出版社1980年版，第1116页。

梅、欧唱和与刘、梅唱和的内容都是注辇国的白鹦鹉，而前轮唱和中的欧答与后轮唱和中的梅和，都被确定在嘉祐四年，因此可以断定梅尧臣的《赋永叔家白鹦鹉杂言》当是嘉祐四年所作。嘉祐四年，欧阳修和刘敞都在朝中做官，可能差不多同时各自得到了特别的礼品——注辇国的白鹦鹉，又同时请"诗老"且也在汴京为官的梅尧臣为之赋，为之和。于是引起我们对宋代"涉外"诗歌的关注。

一　来市广州才八国

四首唱和诗中，欧阳修的"涉外"内容最为丰富，其中一句云："海中洲岛穷人迹，来市广州才八国。"即涉及广州在宋代的对外贸易。

广州在唐代就是对外贸易的重要港口，五代十国时期受到一些破坏，宋太祖开宝四年（971）征服南汉后，立刻设立市舶司，恢复广州的海外贸易。《续资治通鉴长编》卷十二云："壬申（六月八日），初置市舶司于广州，以知州潘美、尹崇珂并兼使、通判，谢批兼判官。"市舶司就是管理海外贸易与交通的机构。

广州市舶司不仅设立最早，而且宋代从未废除，且一直保持兴盛。朱彧《萍洲可谈》卷二云："广州市舶司旧制，帅臣漕使领提举市舶事，祖宗时谓之市舶使。福建路泉州，两浙路明州、杭州，皆傍海，亦有市舶司。崇宁初，三路各置提举市舶官。三方唯广最盛。"兴盛的广市舶司形成了一系列海外贸易法[1]，成为海外贸易中心，尤其是东南亚、印度、阿拉伯国家来华的贸易中心。由于商业往来频繁，不少外国商人来华居住，称作"住唐"，广州因此还设立了外国商人居住区，所谓"广州蕃坊，海外诸国人聚居"[2]。

据研究，宋代在广州贸易的国家多达五十多个[3]，十分繁荣。而庞元籍英《文昌杂录》卷一也云："主客所掌诸番，……南方十有五，其一曰交趾，本南越之地，唐交州总管也。其二曰渤泥，在京都之西南大海中。其三曰拂菻，一名大秦，在西海之北。其四曰住辇，在广州之南，水行约

---

① 朱彧：《萍洲可谈》卷二，《文渊阁四库全书》本。

② 同上。

③ 邓端本：《宋代广州市舶司》，《岭南文史》1986 年第 1 期。

四十万里方至广州。其五曰真腊，在海中，本扶南之属国也。其六曰大食，本波斯之别种，在波斯国之西，其人目深，举体皆黑。其七曰占城，在真腊北。其八曰三佛齐，盖南蛮之别种，与占城为邻。其九曰阇婆，在大食之北。其十曰丹流眉，在真腊西。其十一曰陀罗离，南荒之国也。其十二曰大理，在海南，亦接川界。其十三曰层檀，东至海、西至胡卢没国，南至霞勿檀国，北至利吉蛮国。其十四曰勿巡，舟船顺风泛海二十昼夜至层檀。其十五曰俞卢和，地在海南。……朝廷所以待远人之礼甚厚，皆著例录，付之有司。而诸蕃入贡，盖亦无虚岁焉。"仅"南方"与宋朝有往来或朝贡宋朝的国家就有十五个，而欧阳修诗歌为什么说"才八国"呢？

庞元英所云的南方十五国，是元丰三年改制后主客司所掌管的海外朝贡国，其中有些国家在嘉祐四年可能还没有来华贸易，有的可能不在广州市舶司贸易，有的不是"海中洲岛"，所以欧阳修所说的"来市广州才八国"，尚需考证。

《宋史》卷一百八十六《食货志》讲到宋代的互市舶法云："（开宝）四年，置市舶司于广州，后又于杭、明州置司。凡大食（阿拉伯半岛及其以东波斯湾一带）、古逻（今泰国南部）、阇婆（爪哇）、占城（今越南南部）、勃泥（今文莱首都斯里巴加湾市周围区域）、麻逸（又作摩逸，在今菲律宾）、三佛齐（在今苏门答腊岛）诸蕃，并通货易。"所云的七个国家，应该是在太祖年间或其后不久就与宋朝有了贸易往来，而注辇（今印度南部）不在内，可能因为其往来较晚。

《续资治通鉴长编》卷八十七云："（真宗大中祥符九年）庚戌，知广州陈世卿言：'海外蕃国贡方物至广州者，……每国使、副、判官各一人，其防援官，大食、注辇、三佛齐、阇婆等国，勿过二十人；占城、丹流眉（今马来半岛上）、勃泥、古逻、摩逸等国，勿过十人，并往来给券料。'"[①] 其

---

① 注辇在宋真宗时朝贡的防援官较多，可见其外交等级较高，但是后来等级下降。《宋史》卷四百八十九云："蒲甘国，崇宁五年遣使入贡，诏礼秩视注辇。尚书省言：'注辇役属三佛齐胡，熙宁中敕书以大背纸、缄以匣襆。今蒲甘乃大国王，不可下视附庸小国，欲如大食、交趾诸国礼。凡制诏并书以白背金花绫纸、贮以间金镀管钥、用锦绢夹襆缄封以往。'从之。"可能是崇宁年间，人们对注辇国有了更深入的了解。

中谈到了真宗时期在广州贸易并要到汴京朝贡的九个海外国家①，除大食非东南亚、南亚国家外，其他八国均是。欧阳修所云的八国，可能正是此八国。

北宋时期十分重视海外贸易，《宋史》卷一百八十六《食货志》云："雍熙中，遣内侍八人赍敕书金帛，分四路招致海南诸蕃。"可知当时的海外贸易并非被动等待他国前来，宋朝朝廷也很重视主动出国招致贸易。这样海外贸易日益兴盛。

明章潢《图书编》卷五十一《古南海总叙》简要介绍了中国与南海诸国贸易往来的历史："海南诸国，汉时通焉。大抵在交州南及西南，居大海中洲上，相去或三五百里、三五千里，远者二三万里，乘舶举帆，道里不可详知。外国诸书虽言里数，又非定实也。其西与蕃国接。元鼎中，遣伏波将军路博德，开百越，置日南郡，其徼外国，自武帝以来皆献见。后汉桓帝时，大秦、天竺皆由此道遣使贡献。及吴孙权遣宣化从事朱应、中郎康泰使诸国，其所经及传闻，则有百数十国，因立记传。晋代通中国者盖少。及宋齐，至者十余国。自梁武、隋炀，诸国使至，踰于前代。至唐贞观以后，声教远被，自古未通者，重译而至，又多于梁、隋焉。"宋承唐后，与南海诸国的贸易更是日益兴盛。

宋代国力不如唐代，与国外交往尤其是与西方、北方、东亚交往尤其不如唐代，但是由于宋代海运发达，宋朝与海上诸国的交往则甚至超过唐代。宋王栐《燕翼诒谋录》卷四云"唐有《王会图》，皇朝亦有《四夷述职图》。大中祥符八年九月，直史馆张复上言，乞纂朝贡诸国衣冠，画其形状、录其风俗，以备史官广记，从之。是时外夷来朝者，惟有高丽、西夏、注辇、占城、三佛齐而已，不若唐之盛也。"其中注辇、占城、三佛齐都是南海国家。欧阳修等人的诗歌是对海外贸易的一点关注和好奇。

二　其间注辇来最稀

注辇国是在广州贸易的海上八国之一。刘敞用较长的诗题，梅尧臣用

---

① 广州市舶司设有来远驿，专门负责朝贡等国家之间的外交事务。

注解的方式，对白鹦鹉的产地注辇国作了简要介绍，让人们对那个"海西"国家及其物产白鹦鹉有了一个简单的了解。尤其是讲到注辇国距中州之远，以及要"过西王母"，给人以惊异的感受。

《宋史》卷四百八十九《外国》对注辇国有更为详细的介绍，可以为刘敞、梅尧臣的说法作注解和补充："注辇国，东距海五里，西至天竺千五百里，南至罗兰二千五百里，北至顿田三千里。自古不通中国，水行至广州约四十一万一千四百里。其国有城七重，高七尺，南北十二里，东西七里，每城相去百步。凡四城用砖，二城用土，最中城以木为之，皆植花果杂木。其第一至第三，皆民居，环以小河；第四城，四侍郎居之；第五城，主之四子居之；第六城，为佛寺百僧居之；第七城，即主之所居室。四百余区，所统有三十一部落。……今国主相传三世矣。……地产真珠、象牙、珊瑚、颇黎、槟榔、豆蔻、吉贝布。兽有山羊、黄牛；禽有山鸡、鹦鹉；果有余甘、藤罗、千年枣、椰子、甘罗、昆仑梅、娑罗密等。"

刘敞、梅尧臣所言的"四十一万里"，与《宋史》所言的"约四十一万一千四百里"相近，但可能都有所夸大，不够精准。稍后叶梦得《石林燕语》卷二云："注辇在广州南，水行约四千里至广州。""四千里"与"四十一万里"的区别，可谓大矣。印度南部距广州并没有"四十一万里"，但海上波浪滔天，当时各国远洋航行技术还不够先进，行程不免受到影响，所以刘敞云"三年"，也即《宋史》卷四百八十九《外国》云："离本国凡千一百五十日，至广州焉"，航船才能到达广州海港，给人的错觉是那么遥远。

刘、梅诗题中的"过西王母"，与诗中的"应夸王母使"、"尝过西王母"虽然都涉及神话传说中的"西王母"，但却不算夸张，因为《宋史》卷四百八十九《外国》详细记载了注辇国使节首次来华的详细路程，其中有"至三佛齐国。又行十八昼夜，度蛮山水口，历天竺山，至宾头狼山，望东，西王母冢距舟所将百里。又行二十昼夜，度羊山、九星山，至广州之琵琶洲。"可知，注辇国来华，途中的确要经过"西王母冢"，而西王母，可能就是《穆天子传》中的西王母，但她并非长生不老，而是已死留冢了。刘诗中还提到"更遇越裳人"，越裳也是东南亚的一个古国："交趾之南有越裳国。周公居摄六年，制礼作乐，天下和平，越裳氏以三象、重译而献白雉。"① 诗歌所提到的行程自然没有史书记载那么详细，但是诗人的关注点却极具特征，饶有诗意，给人们留下了深刻的印象。

南宋前期周去非《岭外代答》卷二《海外诸蕃国》云："注辇国，是西天南印度也。"据历史地理学家研究，注辇国正是一到十三世纪存在的一个印度东南部科罗曼德海岸国家。注辇国在宋代以前，与中国并无官方往来，所谓"自昔未尝朝贡"②，直到宋真宗大中祥符八年九月，注辇国王罗茶罗乍派使节到汴京朝贡，注辇国才与中国有了正式的官方交往。当时宋朝正值与辽国澶渊结盟后不久，宋真宗热衷于东封西祀，并寻找瑞异征兆粉饰太平，注辇国的朝贡显然被视为四夷臣服的祥瑞之一。注辇国的进奉使侍郎娑里三文，不仅进呈了华丽而充满赞美、仰慕之情的"国主表"③，而且转达了其国主"十年来海无风涛，古老传云，如此则中国有圣人"的美言，这自然令真宗喜不自禁。朝廷为之欢欣鼓舞："庚申，权判鸿胪寺、刑部郎中、直史馆张复上言：'请纂集大中祥符八年已前朝贡诸国，缋画其冠服，采录其风俗，为《大宋四裔（夷）述职图》，上以表圣主之怀柔，下以备史臣之广记。'从之。及复以图来上，上曰：'二圣已来，四裔（夷）朝贡无虚岁，何但此也？'乃诏礼仪院增修焉。"④ 据王应麟《玉海》卷一百五十三云，当时所张复呈上的《四夷述职图》，其实只有注辇一国图，而真宗诏令礼仪院增修其他国家的述职图，最终并没有成功。注辇国朝贡成为宋朝绘制《四夷述职图》的直接原因，也是真宗时唯一一个画入《四夷述职图》的国家。这使得注辇国一时声名大振。

由于注辇国路途遥远，舟行三年才能到达广州，因此比其他国家贸易、朝贡次数相对较少，所以欧阳修诗云"其间注辇来最稀"。《宋朝事实》卷十二记载了南海一些国家朝贡的时间与频率，如"占城，建隆元年贡方物，二年来朝，三年贡方物。……三佛齐，建隆元年二年三年三月十

---

① 范晔：《后汉书·南蛮传》，上海古籍出版社1986年版，第289页。
② 脱脱等：《宋史》，上海古籍出版社、上海书店1986年版，第1596页。
③ 同上。
④ 李焘：《续资治通鉴长编》，上海古籍出版社1985年版，第753页。

一月贡方物……阇婆，淳化三年贡方物。勃泥，太平兴国二年贡方物。注
辇，大中祥符八年贡方物，天禧四年贡方物，明道二年贡真珠等，熙宁十
年贡方物。……丹流眉，咸平四年贡方物"。《宋史》卷四百八十九："又
有摩逸国，太平兴国七年载宝货至广州海岸。"这些国家朝贡、贸易相对
频繁，尤其是三佛齐、占城等国与宋朝的关系尤为密切。

真宗天禧四年，注辇国朝贡正使琶栏得麻烈呧到达广州后，尚未赴
汴京就病逝；明道二年，注辇国使节再次到汴京朝贡，"（正使）蒲押陁
离自言：'数朝贡，而海风破船，不达'"①，可见航海不便，阻碍了两国
之间的正常往来。《宋史》等史书记载，直到神宗熙宁十年，注辇国才
再次朝贡。官方往来可谓稀少。史料虽然没有嘉祐四年注辇国曾有朝贡
的记载，但可能事实上两国的民间贸易交往一直在进行，所以欧阳修、
刘敞仍能得到注辇国的白鹦鹉。刘敞云"客"赠白鹦鹉，梅尧臣云"胡
人望气海上来，献于公所奇公才"，其中"客"与"胡人"说的可能就
是注辇国的商人。

就在明道二年注辇国再次朝贡时，正使蒲押陁离还有一个大胆的举
动："'愿将上等珠就龙床脚撒殿，顶戴瞻礼，以申向慕之心。'乃奉银盘
升殿，跪撒珠于御榻下而退。景祐元年二月，以蒲押陁离为金紫光禄大
夫、怀化将军，还本国。"②这位胆大的使节为宋朝皇宫举行了注辇国的皇
宫礼仪，把注辇国的风俗传播到中国，再一次使注辇国声名远播。欧、
刘、梅等人对注辇国的情况可能正是因此而有所了解。这次撒殿礼大大提
高了注辇国声誉，以至于南宋诗人还都常常谈及此事，如楼钥《攻媿集》
卷十一《刘寺即事》云："飞泉何事仰空流，无数明珠散不收。注辇昔时
曾撒殿，至今抛掷未曾休。"岳珂《宫词一百首》有云："注辇衣冠听九
胪，周家王会看新图。仪鸾扇箑瞻朝退，扫得金莲撒殿珠。"

注辇国虽然是印度东南部不太大的国家，朝贡次数也不多，但是其国
主的贡表与使节的言行却大大提升了其知名度及国际间交流地位，使得
欧、梅、刘等人对其有了不少的了解甚至向往。

---

① 脱脱等：《宋史》，上海古籍出版社、上海书店1986年版，第1596页。
② 同上。

三 此鸟何年随海舶

鹦鹉在古代中国并不算太稀奇，《山海经·西山经》即云："黄山及数历之山，有鸟焉，其状如鸮，赤喙人舌，能言，名曰鹦鹏。"郭璞云："鹦鹏，舌似小儿舌。有五色者，亦有纯白、纯赤者。"这种说法虽不可详考，但是中国古代出产鹦鹉却并非虚谈。

刘敞、梅尧臣诗句"那将陇禽比，萧洒绝埃尘"与"雪衣应不忌，陇客幸相饶"，都提到了陇禽、陇客。陇禽、陇客都是鹦鹉的别称，之所以有如此称呼，是因为古代陇州（陕甘一带）出产鹦鹉，直到宋代，陇州还曾向皇宫进贡鹦鹉，如《宋史》卷一《太祖本纪》云："（建隆二年）己卯，陇州进黄鹦鹉。"《建炎实录》云："郭浩以秦凤提刑狱，按边至陇口，见一红一白鹦鹉鸣于树间，问上皇安否。浩诘其因。盖陇州岁贡此鸟，徽宗置之安妃阁，教以诗文，及宣和末，使人发还本土，二鸟犹感恩不忘。"[①] 此故事可能是后人的无稽之谈，但其中谈到陇州岁贡鹦鹉，却似乎有所根据。

除陇州外，古代岭南以及南海各地均大量生产鹦鹉，《太平御览》卷二百九十四《南方异物志》曰："鹦鹉有三种，一种青，大如乌臼；一种白，大如鸱鸮；一种五色，大于青者。交州以南尽有之。……又曰：广、管、雷、罗等州，俱多鹦鹉，翠毛丹嘴，可效人言。但稍小，不及陇山者。每群飞，皆数百只。山果熟时，遇之立尽。"《南方异物志》为唐人房千里撰，他说南方鹦鹉不如陇山大，可知唐代陇山仍产鹦鹉。南宋范成大《桂海虞衡志·志禽》云："鹦鹉，近海郡尤多，民或以鹦鹉为鲊，又以孔雀为腊，皆以其易得故也。此二事载籍所未纪，自余始志之。"周去非《岭外代答》卷九云："此禽南州群飞如野鸟，举网掩群，脔以为鲊。"都说明宋代南方鹦鹉多如牛毛，贱如麻雀。

白鹦鹉是鹦鹉之一种，与其他鹦鹉一样在中国南方两广地区出产，广西一带"白鹦鹉大如小鹅，亦能言。羽毛玉雪，以手抚之，有粉粘着指

---

① 徐应秋：《玉芝堂谈荟》卷三十四，《文渊阁四库全书》本。

掌，如蛱蝶翅”①。“钦州有白鹦鹉、红鹦鹉，大如小鹅，羽毛有粉如蝴蝶翅，谓之白鹦鹉；其色正红，尾如乌鸢之尾，谓之红鹦鹉。”② 可知宋代国产白鹦鹉并不少见，只是比较小而已。但欧阳修、刘敞的白鹦鹉来自遥远的注辇国，这就为诗赋常见的题材增加了一些“异国”情调。欧阳修“此鸟何年随海舶”的发问，充满诸多好奇的猜想与情绪；而刘、梅的“四十万里外，孤舟天与邻。应夸王母使，更遇越裳人”，“能言异国鸟，来与舶帆飘。尝过西王母，曾殊北海鳐”，则描述出白鹦鹉不同寻常的海外经历。

梅尧臣、刘敞都将注辇国的鹦鹉与陇山鹦鹉作对比，梅尧臣云：“交翠衿，刷羽。性安驯，善言语。金笼爱，养妇女，是为陇山之鹦鹉。有白其类，毛冠角举。圆舌柔音世竞许，方尾鹊身食稻稗。”其描述最为细致，说明注辇国的白鹦鹉不仅颜色不同于陇山的五色鹦鹉，而且“毛冠角举”、“方尾鹊身”，体型比较硕大，可能即是今人所见的目前只产于澳洲大陆及岛屿的葵花凤头鹦鹉。③ 刘敞、欧阳修的描述虽然比较简单概括：“素质宜姑射，黄冠即羽民。那将陇禽比，萧洒绝埃尘。”“黄冠黑距人语言，有鸟玉衣尤皎洁。”但更为突出了白鹦鹉的仙姿皎洁与潇洒出尘。

欧阳修根据传统的阴阳观念推理，认为白色属于阴精，因此白色生物应该生存在极为寒冷的北方或北极。当然，他的理论还来源于他的一次养白兔经验：“忆昨滁山之人赠我玉兔子，粤明年春玉兔死。日阳昼出月夜明，世言兔子望月生。谓此莹然而白者，譬夫水之为雪而为冰，皆得一阴凝结之纯精。常恨处非大荒穷北极寒之旷野，养违其性夭厥龄。”④ 这次经验让他对此理论深信不疑。所以他想不通在炎热的南方——所谓“岂知火维地荒绝，涨海连天沸天热”之地，如何能够生长出雪白的白鹦鹉。他的“物理”常识受到了挑战，百般思索而不得要领后，他以不解为解：“乃知物生天地中，万殊难以一理通。”传统的阴阳观念因为白鹦鹉的出现而为之动摇，欧阳修开始变通起来：天地万物很难用一个道理来概括说明，

---

① 范成大：《桂海虞衡志·志禽》，《文渊阁四库全书》本。
② 赵汝适：《诸蕃志》卷下，《文渊阁四库全书》本。
③ 科林·哈利森、艾伦·格林史密斯：《鸟·非雀形目》，丁长青译，友谊出版社2003年版，第171页。
④ 吕肖奂：《宋代唱和诗的深层语境与创变诗思》，《四川大学学报》2008年第2期。

"万殊"并非只有"一理"。他因此推翻了以前的"歪理",而开始担心来自"炎瘴"之地的白鹦鹉,能不能适应中州的"霜雪"寒冷,会不会步白兔的后尘了。的确,当时人们普遍有这样的认识:"南人养鹦鹉者云:此物出炎方,稍北中冷则发瘴,噤战如人患寒热,以柑子饲之,则愈,不然,必死。"① 欧阳修的担心也不无道理,即使在今天,动物的气候适应问题仍是异地饲养首要考虑的问题。欧阳修无疑是一个关注和喜好探索"物理"的诗人。

东汉末祢衡有《鹦鹉赋》,十分著名,所以梅尧臣诗有"坐无祢正平,胡为使我作赋其间哉"的自谦。稍后曹植以及建安七子中陈琳、王粲、阮瑀等人也各有《鹦鹉赋》,六朝隋唐还有不少写鹦鹉的律诗与小赋,如王维、郝名远等人还"以'容日上饰,孤飞色媚'为韵"分别作《白鹦鹉赋》,可见文人对鹦鹉的赏爱,也可知鹦鹉是传统诗赋的常见题材,但是像欧、梅用杂言长篇诗歌,着眼于古印度白鹦鹉的并不多。

四　谁能遍历海上峰

从欧、梅、刘三人的诗歌中,可以看出,"嗟予不度量,每事欲穷探"的欧阳修,无疑是最好奇、最有探究心的:注辇国那么遥远,贸易与朝贡都不容易,那么白鹦鹉是"何年"开始"随海舶"而最终到达中州的呢?"海上洲岛"那么多,而"谁能遍历海上峰?""万怪千奇安可极?"谁有那么大的勇气、那么多的精力可以踏遍海上洲岛?除了白鹦鹉外,千奇百怪的事物还有多少呢?对于"海上",欧阳修有许多问题想了解,他像屈原问天一样发问,但是似乎没有人能回答他的问题。

而刘敞与梅尧臣则似乎没有太多的探究兴趣,他们的三首诗歌所云,都是时人已知的消息,从他人口中或文献上得来,没有多少好奇和疑问。梅尧臣尤其如此,两首注辇国白鹦鹉诗都没有涉及太多的"异国"联想。实际上,大多数北宋文人的海外观念都如刘、梅一样,他们对"外国"要么是鄙视,要么是无视,要么只看到外国前来臣服朝贡,要么只对外国的

① 范成大:《桂海虞衡志·志禽》,《文渊阁四库全书》本。

奇珍异宝感到一点稀奇，很少有交流或探讨的兴趣。北宋末南宋初朱彧《萍洲可谈》卷二云："余在广州，购得白鹦鹉。译者盛称其能言，试听之，能蕃语耳，嘲哳正似鸟声。可惜枉费教习，一笑而还之。"连听鸟语娱乐都要嘲笑一下"蕃语"，可见文人对"蕃语"的不屑，更不用说对"蕃国"了。

"由于北宋长期处于强邻压境的特殊局势下，对外关系中，对抗的一面显得尤为突出，经济文化的交流并不正常顺畅；而在一般的士大夫心中，防敌御寇的心理亦占上风，用诗来表达渴求交流（尤其是平等交流）的极为鲜见，即使有，如苏轼的《送子由使契丹》诗，还是体现了用汉文化去归化外族的本位文化优越意识，实质上仍是一种单一的输出文化的观念。"① 在与强邻如辽、夏以及后来的金、蒙古的交往中，宋代文人防敌御寇的心理以及本位文化优越意识最为强烈，如欧阳修、刘敞都曾出使辽国，但他们除了感受到山川辽远、旅途劳顿、胡俗怪异、饮食难以接受外，没有感受到一点出使异国的新奇与快乐。对相对弱小、偏远或中立的国家，北宋文人防敌御寇的心理会稍微减轻一些，但是本位文化优越意识却很少减弱，像《和钱君倚日本刀歌》所云："传闻其国居大岛，土壤沃饶风俗好。……嗟予乘桴欲往学，沧波浩荡无通津。"② 这样称颂外国土地与风俗，表达向往求学之情的诗作实在是少之又少。因为宋代文人很少想到还有比宋朝土壤更肥沃、风俗更淳美的国家，而远渡重洋的勇气，只有被逼无奈去做海外贸易的商人才有，文人士大夫很少有这种观念和勇气。

与宋朝和强邻以及东亚高丽、日本关系有所不同，东南亚、南亚各国与宋朝交往相对平等，不少国家经常向宋朝朝贡，而朝贡在宋人看来是臣服的一种表现，但是即便如此，宋代文人士大夫仍矜持地保留本位文化优越意识，认为这些蛮夷之地也就只能出产一点奇禽异兽而已，其风俗文化根本不值一提。观光或游览乃至学习这些国家，宋代文人可能做梦都不会想到。对于宋代文人来说，有点对外国的想象，有点一探究竟的兴致，有

---

① 王水照：《半肖居笔记·日本刀歌与汉籍回流》，东方出版中心1998年版，第50页。

② 司马光《传家集》卷五、欧阳修《文忠集》卷四十五均有此诗，王水照《半肖居笔记·日本刀歌与汉籍回流》第47—49页认为为司马光作。

点"遍历海上峰"去看看"万怪千奇"的想法已属难能可贵。传统文人本土观念太强、文化优越感太强，缺少对"外国"的好奇心。他们对本国传统文化的热爱，远远超过对外国风俗文化的关注。

[原载《广州大学学报》（社会科学版）2008 年第 4 期]

诗歌理论

从"法度"到"活法"

——江西诗派内部机制的自我调节

一　法度与自由关系：问题的提出

宋诗讲"法度"，始于王安石。李之仪《姑溪居士后集》卷十五《杂题跋》载："舒王解字云：'诗，从言从寺。寺者法度之所在也。'"吕本中《童蒙训》卷下也有相似的记录。王安石对"诗"字的解释表明了他个人对诗歌的理解和认识，他的诗歌创作就建立在他的这种认识上，或者说是对他这种认识的一个印证。后人评说："荆公诗及四六，法度甚严。"①"荆公诗用法甚严。"② 王安石对"诗"的见解在当时诗坛引起一些争议，附和其说的态度比较公开，李之仪以其说作为他个人"诗须有来历，不可乱道"的理论依据；罗璧《罗氏识遗》卷五云："王临川谓'诗'制字从'寺'；九寺，九卿所居，国以致理，乃理法所也。释氏名以主法，如寺人掌禁近严密之役，皆谓法禁所在。'诗'从'寺'，谓理法语也，故虽世衰道微，必考乎义理，虽多淫奔之语，曰'思无邪'。"对王说进行发挥引申。李之仪对"法度"一词的理解，偏于形式方面的意义，罗璧则以为是思想内容方面的"法度"。反对王说的态度明确却不公开指名，如晁说之《嵩山文集》卷十三《儒言·诗》云："不知礼义之所止，而区区称法度之言，真失之愚也哉！"其针对性可察而见。晁说之与苏轼关系密切，诗风

---

① 曾季貍：《艇斋诗话》，丁福保辑《历代诗话续编》本，中华书局1983年版，第310页。
② 叶梦得：《石林诗话》卷中，何文焕辑《历代诗话》本，中华书局1981年版，第422页。

也接近苏轼，他曾说"'指呼市人如使儿'，东坡最得此三昧"①，他欣赏的正是苏轼自由豪放的创作气度，结合他对"法度"的看法，可以感受到诗坛上隐约兴起的法度、自由之争。

苏轼曾对王安石《字说》颇加讥讪嘲讽②，但对"诗"字的解说却未见有异议，事实上他并不全盘否定"法度"说，认为"法而不智，则天下之死法也。道不患不知，患不凝；法不患不立，患不活。以信合道，则道凝；以智先法，则法活。道凝而法活，虽度世可也"③。这是对思想界尤其是佛教包括禅宗长期以来活法说的继承，也开后来诗界"活法"说的先河；他在书法上提出"知书不在笔牢，浩然听笔之所之，而不失法度"④在绘画方面他提出"出新意于法度之中"⑤ 与此对应，在诗歌上他提出"冲口出常言，法度法前轨"⑥。这些观点都以承认法度存在为前提。与王安石不同的是对待"法度"的态度。王安石的创作表明：诗既然是"法度之言"，作诗就必须严守法度。"冲口出常言，法度法前轨"，则是针对"作诗甚艰"、"字字觅奇险、节节累枝叶"的诗僧"明上人"而言的。苏轼指出作诗的最高境界并不是无视法度而去过分追求"奇险"，而是要让诗人自己做到在无意识状态下出口之"常言"都可以达到自然合乎法度，即"从心所欲而不逾矩"。在法度与自由之间，王安石强调法度的重要，而苏轼则偏重合法度而又超越法度的自由。由于诗歌观念的差异，因此尽管王安石与苏轼都深受时代影响，创作上都有以议论为诗、以文为诗、以才学为诗的特点，但他们的诗风有很大不同："以荆公比东坡，则东坡千门万户，天骨开张，诚非荆公所及；而荆公通峭谨严，予学者以模范之迹，又比东坡有一日长。"⑦ 苏轼在熙丰年间诗坛上的影响比王安石大，因

---

① 朱弁：《风月堂诗话》卷下，《冷斋夜话·风月堂诗话·环溪诗话》，中华书局1988年版，第108页。

② 详见托名苏轼的《调谑编》及其他宋人诗话、笔记。

③ 苏轼：《东坡志林》卷三"信道志法说"条，中华书局1981年版，第64页。

④ 苏轼：《书所作字后》，《苏轼文集》卷六十九，中华书局1986年版，第2180页。

⑤ 苏轼：《书吴道子画后》，《苏诗文集》卷七十，中华书局1986年版，第2210页。

⑥ 方东树：《昭昧詹言》卷二十一《附录诸家诗话》，人民文学出版社1961年版，第489页。1995年版中引文有误，此处改正。

⑦ 梁启超：《饮冰室合集·专集二七·王荆公》，中华书局1936年版。

此他对"法度"的看法为更多诗人所接受，而且因为他多次以"好诗冲口谁能择"①、"信手拈得俱天成"② 一类话赞赏勉励时人后学，他个人的诗又天才奔放、信笔挥洒，使得不少诗人产生诗可"速成"，可轻视法度的错觉，诗坛上流行"波澜富而句律疏"③ 的诗风。

二 "与其和光同尘，不如壁立千仞"：黄庭坚的抉择

黄庭坚指出："二十年来，学士大夫有功于翰墨者为不少，求其卓然名家者则未多，盖尝深求其故，病在欲速成耳。"④ 他首先认识到诗坛之弊，这决定了他在法度与自由之间的选择：矫正"速成"之弊，必须让更多的诗人冷静下来走循序渐进的路，这便是遵守法度的严格的技巧训练，只有艰苦的训练，才可能达到"自由"的境界。黄庭坚在《答洪驹父书》中说："文章最为儒者末事，然既学之，又不可不知其曲折，幸熟思之。至于推之使高，如泰山之崇崛，如垂天之云，作之使雄壮，如沧江之涛，海云吞舟之鱼，又不可守绳墨令俭陋也。"表明了他由法度（曲折、绳墨）而自由（如泰山、云、涛、鱼）的态度。黄庭坚的最高境界与苏轼近似，但在如何达到这个境界的方法上，却不同于苏轼，而接近王安石。黄庭坚一直在探讨法度与自由的临界点，即如何在严格遵循法度的同时又不显露刻意遵循的痕迹，以人巧夺天工。作诗着眼于法度，必然要"绳削"、"斧凿"，使用各种人工手段，但黄庭坚的审美标准是"不烦绳削而自合"⑤ "文章成就更无斧凿痕"⑥。黄庭坚在法度与自由的矛盾关系中态度基本是调和的，但当矛盾无法调和时，他的选择便偏重于法度。黄庭坚的审美情趣不完全符合传统的中庸之道，在诗歌方面"宁律不谐，不使句弱；用字不工，不使语俗"⑦；

---

① 苏轼：《重寄》，《苏轼诗集》卷十九，中华书局1982年版，第995页。

② 苏轼：《次韵孔毅父集古人句见赠》，《苏轼诗集》卷二十二，中华书局1986年版，第1155页。

③ 刘克庄：《诗话》，《后村集》卷一百四十七，《四部丛刊》本。

④ 黄庭坚：《答秦少章帖》，《山谷别集》卷一，《文渊阁四库全书》本。

⑤ 黄庭坚：《与王观复书》，《豫章黄先生文集》卷十九，《四部丛刊》本。

⑥ 同上。

⑦ 黄庭坚：《题意可诗后》，《豫章黄先生文集》卷二十六，《四部丛刊》本。

在书法方面"凡书要拙多于巧"①；在为人处世方面，认为："道人壁立千仞，方不入俗；至于和光同尘，又和本折却。与其和本折却，不如壁立千仞。"② 可以看出，在审美两难选择时，黄庭坚的取舍态度非常明显，并不折中。因为在黄庭坚看来，严守法度可能会留下斧凿痕，而不强调法度则会产生轻率容易等流弊，那么宁取其斧凿痕，也不取其轻率容易。他曾说诗歌创作应"妙在和光同尘，事须钩深入神"（《赠高子勉四首》)③，但当"和光同尘"的代价是"和本折却"时，他宁取"钩深入神"可能带来的"不入俗"；他认为"拾遗句中有眼，彭泽意在无弦"④ 是同样高的境界，但当他认识到陶渊明的天成很难以人力达到时，便以杜诗作为诗歌创作的楷模，以杜甫"到夔州后律诗"⑤ 勉励后学，以至于后人推杜甫为江西诗派远祖。

诗歌"法度"说的兴起主要是由于中唐以来传统诗歌许多方面如声律、语言、意象、技巧等日渐定型化，使宋人可能总结出种种法度，以便更好地继承创新。王安石、苏轼虽然对"法度"的态度不同，但都意识到"法度"的存在和重要，然而"法度"在他们的理论中还比较空泛，没有实际的内涵，黄庭坚却使其具体化了。

三 "领略古法生新奇"：黄庭坚法度理论得失

对于"法度"，黄庭坚认为它在前人的作品里表现得较为突出。他说"（洪）诸文亦皆好，但少古人绳墨耳，可更熟读司马子长、韩退之文章"⑥，指出"……而有左氏、庄周、董仲舒、司马迁、相如、刘向、扬雄、韩愈、柳宗元及今世欧阳修、曾巩、苏轼、秦观之作，篇籍具在，法

---

① 黄庭坚：《李致尧乞书书卷后》，《山谷外集》卷九，《文渊阁四库全书》本。
② 黄庭坚：《答崇胜密老书》，《山谷别集》卷二十，《文渊阁四库全书》本。
③ 黄庭坚：《赠高子勉四首》其三，《山谷诗集注》卷十六，《黄庭坚诗集注》第二册，中华书局2003年版，第574页。
④ 黄庭坚：《赠高子勉四首》其四，《山谷诗集注》卷十六，《黄庭坚诗集注》第二册，中华书局2003年版，第574页。
⑤ 如黄庭坚《与王观复书》，《豫章黄先生文集》卷十九，《四部丛刊》本。
⑥ 黄庭坚：《答洪驹父书》，《豫章黄先生文集》卷十九，《四部丛刊》本。

度粲然，可讲而学也"①；还认为"要须唐律中作活计，乃可言诗"。因此，要掌握"法度"，便要熟读前人典籍。但是，如果仅仅掌握古人法度，并熟练运用，是不够的，黄庭坚的主旨并不限于此。他对"法度"如何形成有一番论述："士大夫多讥东坡用笔不合古法，彼盖不知古法从何出尔。杜周云：'三尺安出哉？前王所是以为律，后王所是以为令。'予尝以此论书，而东坡绝倒也。"② 这段论"古法"来源的话表达了黄庭坚对艺术（包括诗歌）法度的看法："法度"是合艺术规律的法则，只要符合艺术规律，前人可创立，后人也可创立，"律"、"令"皆是"法"。在这种认识基础上，黄庭坚提出了"领略古法生新奇"③ 的法度创新理论，这个理论是欧阳修、梅尧臣、苏舜钦以来宋诗新变精神的继承和发扬，反映了黄庭坚力求生新的创作态度，是黄庭坚法度理论的核心。

"领略古法生新奇"，具体体现在黄庭坚的章法、句法以及用典、修辞、命意构思之法的理论及创作上。黄庭坚非常注重诗歌的"命意"、"布置"、"行布"，在此之前，欧阳修、苏轼诗歌"章法剪裁，纯以古文之法行之"④，已比较注意章法结构，黄庭坚则更从理论上进行总结，他指出"凡作一文，皆须有宗有趣，终始关键，有开有合"⑤；"每作一篇，先立大意，长篇须曲折三致意乃成章耳"⑥；"文章必谨布置，每见后学，多告以《原道》命意曲折"⑦。他的"文"、"文章"都包括诗歌在内。他的创作严格遵循这些理论，"有开有合"、"曲折"，却不像欧苏那样澜翻无穷，变化莫测，而保留着苦心经营的痕迹，朱熹称之为"费安排"⑧。这种"费安排"主要表现在句与句之间的承接上；起句与接句之间，不像一般诗作那

---

① 黄庭坚：《杨子建通神论序》，《山谷别集》卷三，《文渊阁四库全书》本。

② 黄庭坚：《跋东坡水陆赞》，《豫章黄先生文集》卷二十九，《四部丛刊》本。

③ 黄庭坚：《次韵子瞻和子由观韩干马因论伯时画天马》，《山谷诗集注》卷七，中华书局2003年版，第255页。

④ 方东树：《昭昧詹言》卷十一"总论七古"条，人民文学出版社1961年版，第232页。

⑤ 黄庭坚：《答洪驹父书》，《豫章黄先生文集》卷十九，《四部丛刊》本。

⑥ 《苕溪渔隐丛话前集》卷四十七引黄庭坚语，人民文学出版社1962年版，第320页。

⑦ 《潜溪诗眼》引黄庭坚语，《苕溪渔隐丛话前集》卷十，人民文学出版社1962年版，第63页。

⑧ 《朱子语类》卷一四〇《论文》（下），中华书局1986年版，第3324页。

样循常理而下，而是荡开一层，所谓"起无端，接无端，大笔如椽，转折如龙虎，扫弃一切，独提精要之语，每每承接处，中亘万里，不相联属，非寻常意计所及"①。于起接之间刻意追求远势，以造成语境陡转跳跃，逻辑乖离、诗意深折生隔的效果，黄庭坚的大部分诗结构上都有些特点，因此他的诗往往难懂。与这种"费安排"有关的是，黄庭坚从杂剧的打诨出场悟出了诗的章法。他说："作诗正如作杂剧，初时布置，临了须打诨方是出场"。这是一种将转折点放在尾句的章法；先沿一条思路脉络谨严布置，即便其中插入不少生新的字词、典故为障，其文理思路尚有迹可循，但到最后收结时，却不循常理而"打诨"，跳到另一条脉路上去，给读者留下一片提示悟人的空间，让人参悟。例如黄庭坚的《子瞻诗句妙一世，乃云效庭坚体……》一诗，从开头一直到"坦怀相识察，床下拜老庞"，都在谈论苏黄个人诗风及诗作水平的差异，但末尾四句却舍诗不谈，以谈论儿孙的婚嫁作结，看起来文不对题，实际上即"打诨出场"，以他自己儿子或可配苏轼孙女的辈分差异，来暗示他与苏轼地位的不同，语意深折，且诙谐幽默。黄诗如《王充道送水仙花五十枝欣然会意为之作咏》、《次韵仲车为元达置酒四韵》等都用此章法，在说理抒情之后，插入几句孤零零的景物描写，所谓"断句辄旁入他意"②，草蛇灰线，岭断云连。这种章法与起接句的"中亘万里"是一致的。

"句法"是黄庭坚法度理论的重要构成部分。在黄庭坚看来，有无"句法"及"句法"高下是衡量诗人的一个标准。"所寄诗，醇淡而有句法"③，"句法刻厉而和气"④，"句法俊逸清新"⑤，"一洗万古凡马空，句法如此今谁工"⑥，"句法提一律，坚城受我降"⑦，句法可向前人学习而

---

① 方东树：《昭昧詹言》卷十二"黄山谷"条，人民文学出版社1961年版，第313页。
② 陈长方：《步里客谈》卷下，《文渊阁四库全书》本。
③ 黄庭坚：《答何静翁》，《豫章黄先生文集》卷十九，《四部丛刊》本。
④ 黄庭坚：《跋雷太简梅圣俞诗》，《豫章黄先生文集》卷二十六，《四部丛刊》本。
⑤ 黄庭坚：《再用前韵赠子勉四首》其三，《山谷诗集注》卷十六，中华书局2003年版，第576页。
⑥ 黄庭坚：《题韦偃马》，《山谷外集诗注》卷十五，中华书局2003年版，第1326页。
⑦ 黄庭坚：《子瞻诗句妙一世而云效庭坚体》，《山谷诗集注》卷五，中华书局2003年版，第191页。

得，可似前人，"句法窥鲍谢"①，"其作诗渊源，得老杜句法"②，"余从半山老人得古诗句法"③，"传得黄州新句法"④。从黄庭坚"句法"一词的应用上可知，黄的句法是广义的句法，不仅包括句子的结构法，而且包括"句中有眼"及与诗歌字句紧密相关的声律等各方面技巧、法则，是诗人使用字句、运用语言的法度，后人常称之为"句律"。王若虚认为"鲁直欲为东坡之迈往而不能，于是高谈句律，旁出样度，务以自立而相抗"⑤。事实上，黄庭坚不仅仅是要"以自立"而与苏轼"相抗"，而且是要与古人尤其是唐人"相抗"，因为"自中唐以后，律诗盛行，竞讲声病，故多音节和谐，风调圆美"⑥。"竞讲声病"使得近体诗声律规范化，声律规范化造成句法老化、程式化，而句法老化、程式化是"音节和谐、风调圆美"的主要原因，改变中唐以来的风格定式是黄庭坚的创作目的和审美追求。因此黄庭坚首先从"句法"上入手，尤其从声律开始，在研究尝试了前人各种常用、不常用的句法后，黄庭坚"荟萃百家句律之长"⑦ 而自创一体。张耒认为"以声律作诗，其末流也，而自唐至今诗人谨守之。独鲁直一扫古今，出胸臆，破弃声律，作五七言，如金石未作，钟磬声和，浑然有律吕外意"⑧。张耒认为黄"破弃声律"是复古，是要恢复到声律规范化以前的状况，但实际上是黄"推本唐人诗法，力破余地耳"⑨ 的一种生新，是黄从杜甫"吴体"悟入，有意另立法度的一种做法。"拗体"主要是在字、句的声调上打破常规，造成语音上拗峭不顺，改变以口吻流利为美的传统听觉观念，从而产生诗歌由音及义不同流俗的审美效果。黄庭坚拗体占其七律一半，拗体后来成为江西诗派重要标志之一。范温所说的

① 黄庭坚：《寄陈适用》，《山谷外集诗注》卷十，中华书局 2003 年版，第 1103 页。

② 黄庭坚：《答王子飞》，《豫章黄先生文集》卷十九，《四部丛刊》本。

③ 吴聿：《观林诗话》引黄庭坚语，丁福保辑：《历代诗话续编》，中华书局 2006 年版，第 125 页。

④ 黄庭坚：《次韵文潜立春三绝句》其二，《山谷诗集注》卷十七，中华书局 2003 年版，第 618 页。

⑤ 王若虚：《滹南诗话》卷二，丁福保辑《历代诗话续编》，第 518 页。

⑥ 赵翼：《瓯北续诗话》卷十一，《瓯北诗话校注》，人民文学出版社 2013 年版，第 483 页。

⑦ 刘克庄：《江西诗派总序》，《后村集》卷九十五，《四部丛刊》本。

⑧ 《苕溪渔隐丛话前集》卷四十七引张耒语，第 319 页。

⑨ 陈衍：《石遗室诗话》卷一，辽宁教育出版社 1998 年版，第 4 页。

"句法之学，自是一家工夫。昔尝问山谷'耕田欲雨刈欲晴，去得顺风来者怨'，山谷云：不如'千崖无人万壑静，十步回头五步坐'，此专论句法，不论义理。盖七言诗四字、三字作两节也。"① 是讲句子结构法，与音节有关，黄在创作中有时破坏这种常体，使句式散化，而求一种不和谐的美，如他的《题竹石牧牛》。近体诗尤其是律诗对仗要求非常严格，容易入俗，因此除了声调上拗峭避俗外，黄庭坚将王安石运单行之气于对偶之中的方法扩大使用，诗句意义上流贯浑成，字面上也对仗精严，增强律诗流动劲健的气势。用韵也是"句律"一部分，黄除以宽韵多次次韵、步韵外，更以善用窄、险韵见长，于艰难中出奇峭，以显才学。"句中有眼"是字法，从黄的理论及创作看，是指能使句子生动灵活、新警不凡的字眼，这些字眼不一定是奇字僻字，不一定处于固定位置，但经诗人别出心裁安排妥帖后却顿现生意，成为一句之警策，使整句生辉，句意新奇。

除了在声调、音节、对偶、用韵、字眼等"句法"各个层面"领略古法生新奇"外，黄庭坚在修辞方面也从前人不留意处拓展。山谷除拗体似杜外，"以物为人一体，最可法，于诗为新巧，于理未为大害"②。"以物为人一体"包括"就现成典故比喻字面上更生新意，将错而遽认真，坐实以为凿空"的"以偏概全法"③，如"宣城变样蹲鸡距，诸葛名家捋虎须"这样的诗句；包括"为卉植叙彝伦"④，如"山矾是弟梅是兄"；包括万物有灵的灵化法，如"春去不窥园，黄鹂颇三请"，"苦雨已解严，诸峰来献状"，等等。"以物为人"缩短了物、人距离，改变了以人观物、置物于被动的常规视角，往往使诗意新奇巧妙，出人意表。这仅仅是黄庭坚修辞生新的一个方面。

王安石在用典方面已颇立"法度"，他认为用典当"自出己意，借事

---

① 范温：《潜溪诗眼》，《苕溪渔隐丛话前集》卷四十一，第281页。

② 吴沆：《环溪诗话》卷中，《冷斋夜话·风月堂诗话·环溪诗话》，中华书局1988年版，第133页。

③ 钱钟书：《谈艺录》，"黄山谷诗补注附论比喻"，生活·读书·新知三联书店2008年版，第32页。

④ 同上书，第16页。

以相发明"①，他个人的诗用典不仅能如此，而且在对偶句中，除典故字面、意义相对应外，还能做到出处方面"经对经，史对史，释氏事对释氏事，道家事对道家事"② 这种近乎法家严酷寡恩的用典法足以令才学不够广博的诗人望而却步。苏轼也有"用典当以故为新，以俗为雅"的说法。黄庭坚的"夺胎换骨"、"点铁成金"、"无一字无来处"、"以俗为雅，以故为新"、"翻著袜法"从某种意义上讲都是用典的法度，但黄庭坚的"典"不仅指成语典故，而且扩及前人的命意、构思、修辞、语境等各个层面，成为全方位继承前人遗产的创新的"法度"了。

黄庭坚在句法、修辞法、用典法上的继承创新，形成了他个人独特的"句法"，他认为"蜂房各自开户牖，蚁穴或梦封王侯"，"黄流不解涴明月，碧树为我生凉秋"③、"人得交游是风月，天开画图即江山"④，"石吾甚爱之，勿使牛砺角，牛砺角尚可，牛斗残我竹"⑤ 这些诗句代表他个人的"句法"成就；吕本中认为"'夏扇日在摇，行乐亦云聊'，此鲁直句法也"⑥；杨万里认为"'风光错综天经纬，草木文章帝杼机。'又'涧松无心古须鬣，天球不琢中粹温'，又'儿呼不苏驴失脚，犹恐醒来有新作'，此山谷诗体也"⑦。这些例句几乎体现出黄庭坚"领略古法生新奇"的全部成就，江西诗派的作家们大多是从这些典型的诗句并结合其法度理论领悟黄庭坚的诗法与风格的。

考察黄庭坚的法度理论及其创作，可以感受到强烈的求新求变精神，这种精神已透露着"活"的消息，但早期学黄的诗人却没能看到其精神实质，而只看到"新奇"的法度本身。"鲁直开口论句法，……而门徒亲党，以衣钵相传，号称法嗣。"⑧ 吕本中对黄庭坚的评价代表了大多数江西诗派

---

① 《蔡宽夫诗话》载王安石语，《苕溪渔隐丛话》后集卷二十五，第180页。
② 曾季貍：《艇斋诗话》引汤进之评王安石诗语，丁福保辑《历代诗话续编》，中华书局1983年版，第310页。
③ 《王直方诗话》，《苕溪渔隐丛话》前集卷四十七，第320页。
④ 叶梦得：《石林诗话》卷上，何文焕辑《历代诗话》，第410页。
⑤ 吕本中：《童蒙训》，《苕溪渔隐丛话》前集卷四十七，第321页。
⑥ 吕本中：《童蒙训》，《苕溪渔隐丛话》前集卷八，第48页。
⑦ 杨万里：《诚斋诗话》，丁福保辑《历代诗话续编》，第137页。
⑧ 王若虚：《滹南诗话》，丁福保辑《历代诗话续编》，第523页。

诗人对黄诗的看法："楚辞、杜、黄，固法度所在。"① "读《庄子》令人意宽思大，敢作；读《左传》，便使人入法度，不敢容易：二书不可偏废也。近世读东坡、鲁直诗亦类此。"② 黄诗被视为"法度所在"、"使人入法度"。黄的不少具体"法度"被江西诗派的理论家们不断转述、阐发，至少有二十多种诗话、笔记谈到"点铁成金"、"夺胎换骨"；"句中有眼"被发展为"句眼"而将其"眼"固定在句中某个位置上；"翻著袜法"被称为"翻案法"而受到补充、论证。王安石以来的"法度"说，经过黄庭坚的具体化，到江西诗派诗人诗评家笔下变得琐碎起来，黄创立的"新奇"法度被众多诗人模仿学习，成为又一种程式而固定老化，不再"新奇"了，黄使用各种法度而追求的新奇深折、拗峭劲健的诗风，也被许多诗人如三洪、高荷、李彭等仿效而显露出更多弊端，如生硬晦涩，槎枒铦刻。学黄从元祐间便开始了，而且人数日渐增多，到元符三年黄庭坚写《与王观复书》时，其弊病已显露出来，黄指出后学王观复作诗"语生硬不谐律吕"、"好作奇语"、"雕琢功多"，这显然是学黄产生的不良后果，黄提出的解决方法仍是读书，他没有认识到弊端的根本原因在于过分强调"法度"，因此他的提示并没有引起当时诗坛足够的注意，更多的人仍热衷模仿。

四 "法不患不立，患不活"：吕本中的重新调整

吕本中认识到"近世人学老杜多矣，左规右矩，不能稍出新意，终成屋下架屋，无所取长。独鲁直下语，未尝似前人而卒与之合，此为善学"③。他似乎从"近世人"与黄庭坚的不善学习与"善学"中领悟到了死学与活学的差异。大观、政和年间，他将思想界尤其是佛教风行已久的"活法"再次引入诗界，提出"胸中尘埃去，渐喜诗语活。……初如弹丸转，忽若秋兔脱"④，"笔头传活法，胸次即圆成"⑤。南渡后绍兴三年（1133），

---

① 吕本中：《与曾吉甫论诗第一帖》，《苕溪渔隐丛话》前集卷四十九，第333页。
② 吕本中：《童蒙训》，《苕溪渔隐丛话》前集卷四十九，第334页。
③ 吕本中：《童蒙训》，张镃《仕学规范》卷三十九，《文渊阁四库全书》本。
④ 吕本中：《外弟赵才仲数以书来论诗因作此诗答之》，《东莱诗集》卷三，《四部丛刊》本。
⑤ 吕本中：《别后寄舍弟三十韵》，《东莱诗集》卷六，《四部丛刊》本。

他在《夏均父集序》中详细论述"活法"："学诗当识活法。所谓活法者，规矩备具，而能出于规矩之外；变化不测，而亦不背于规矩也。是道也，盖有定法而无定法，无定法而有定法，知是者，则可与语活法矣。谢玄晖有言'好诗流转圆美如弹丸'，此真活法也。近世惟豫章黄公，首变前作之弊，而后学者知所趋向，毕精尽如，左规右矩，庶几至于变化不测。"①实际上，"规矩"与"变化"的探讨是苏、黄法度与自由探讨的继续，而且吕本中的探讨结果也没有超出苏、黄的范畴，但因为吕针对的是"法度"带来的种种弊端，他的"变化"就比苏轼的"自由"显得更为重要。"变化"是吕本中为江西诗派的"法度"注入的活力。吕本中以"变化"作为衡量诗人的一个标准，他说："东坡长句，波澜浩大，变化不测。"②"文潜诗自然奇逸，非他人可及，……学者若能常玩味此等语，自然有变化处也。"③"陈无己力尽规摹，已少变化。"④ 曾季貍言"东莱不喜荆公诗"⑤，吕本中反对王安石对"诗"字的解释，并说："说诗者不以文害辞，不以辞害志，惟诗不可拘以法度。"⑥ 道出了他不喜王诗的主要原因。"变化"是吕本中"活法"强调的重要内容，不同于黄"法度"的生新变化，而是已有法度的熟练运用及法度之下尽可能地变化。鉴于黄与学黄者强调"新奇"法度而带来的风格弊端，吕本中"活法"注重流美圆转的风格，这对转变江西诗派诗风有很大作用。吕在讲到"左规右矩，庶几至于变化不测"时，似乎并未脱离黄庭坚的由法度而自由及陈师道的"学诗如学仙，时至骨自换"⑦，以为熟练掌握"规矩"用尽功，最终会达到"变化不测"，但从他的"庶几"一词看，他的意思并不至此，结合他在大观、政和间关于活法的只言片语，可以感受到他对"胸中"、"胸次"的重视，事实上他已认识到只在"规矩"方面用心竭力，而没有胸襟的透脱无碍、

---

① 刘克庄：《江西诗派总序》引吕本中文，《后村集》卷九十五，《四部丛刊》本。
② 吕本中：《童蒙训》，《苕溪渔隐丛话前集》卷四十二，第285页。
③ 吕本中：《童蒙训》，《苕溪渔隐丛话前集》卷五十一，第349页。
④ 吕本中：《童蒙训》，张镃《仕学规范》卷三十九，《文渊阁四库全书》本。
⑤ 曾季貍：《艇斋诗话》，丁福保辑《历代诗话续编》，第286页。
⑥ 吕本中：《童蒙训》卷下，《文渊阁四库全书》本。
⑦ 陈师道：《次韵答秦少章》，《后山逸诗笺》卷上，《后山诗注补笺》，中华书局1995年版，第467页。

灵活圆转，很难达到"活法"所要达到的境界——"变化不测"，他从人的心灵、思维的灵活圆转找到了"活法"悟入处。

正如黄庭坚针对诗坛"速成"风而强调"法度"一样，吕本中对于"法度"带来的弊端以"活法"说矫正，从根本上讲，都是文学内部机制的自我调节。

"活法"带来了江西诗派诗风的重大变化，吕本中个人诗风"在江西派中最为流动而不滞"①，曾几将"活法"直接传授给陆游，陆从中领会到"律令合时方贴妥，工夫深处却平夷"②，并形成雄浑奔放及轻俊活泼的诗风；杨万里被看作是"所谓流转完美如弹丸者"③，杨万里不仅"悟"，而且以"跳腾踔厉即时追"④、"生擒活捉"⑤的笔法将"活法"理论变成了"活法诗"，江西诗派发展到杨万里，已不复早期的重新瘦硬，而是与之相反的圆活流转了。这仿佛又向"唐音"回归，但经过法度、规矩的锻造，"宋调"的圆活流转已无法复原到"唐音"的浑然天成。

经过法度与自由、规矩与变化的理论探讨及创作实践，诗歌内部进行了一次调节、反拨，最后又重申对法度、规矩下自由、变化的无限尊崇，取得了暂时的平衡。但规矩与变化，法度与自由一直是困惑传统诗歌的重要课题，因此对其关系的探讨延续到元、明、清三代，然其结果并没有超越宋代的这次讨论。

[原载《复旦学报》（社会科学版）1995 年第 6 期]

---

① 方回评、曾几：《柳州开元寺夏雨》，李庆甲：《瀛奎律髓》卷十七，上海古籍出版社1986 年版，第 702 页。

② 陆游：《追怀曾文清公呈赵教授赵近尝示诗》，《剑南诗稿校注》卷二，上海古籍出版社2008 年版，第 202 页。

③ 刘克庄：《江西诗派总序》，《后村集》卷九十五，《四部丛刊》本。

④ 张镃：《携杨秘监诗一编登舟因成二绝》，《南湖集》卷七，《文渊阁四库全书》本。

⑤ 项安世：《题刘都监所藏杨秘监诗卷》，《平庵悔稿》卷五，《宋集珍本丛刊》第四十四册。

清代两种对立的宋诗观述评

——《宋诗钞》与《石洲诗话》比较研究

  吕留良、吴之振等人在"宋人集覆瓿糊壁，弃之若不克尽"① 的情况下，钞写编录《宋诗钞》，为宋人诗集作序，并以时代为序选录宋诗，不仅对宋诗整理和保存做出了巨大贡献，而且推动了康熙年间宋诗创作和宋诗研究。尤其是吕、吴等人对宋诗的认识及对宋诗发展过程的描述，可以说影响了一代人的宋诗观。宋荦《漫堂说诗》云："明自嘉、隆以后，称诗家皆讳言宋，至举以相訾謷，故宋人诗集庋阁不行。近二十年来，乃专尚宋诗。至余友吴孟举《宋诗钞》出，几于家有其书矣。"说明了《宋诗钞》流行之广。《宋诗钞》是在康熙二年至十年（1663—1671）间大体编定的。到了乾隆三十三年（1768），翁方纲整理他三年多的论诗心得为《石洲诗话》，其中对《宋诗钞》所表现的宋诗观念大加抨击，进而提出他个人的宋诗观。谈及《宋诗钞》对清人近百年的影响，翁方纲不无夸张地说："吴孟举之钞宋诗，于大苏则欲汰其富缛，于半山则病其议论，而以杨诚斋为太白，以陈后山、简斋为少陵，以林君复之属为韦、柳。后来颓波日甚，至如祝枝山、唐伯虎之放肆，陈白沙、庄定山之流易，以及袁公安、钟伯敬之佻薄，皆此一家之言浸淫灌注，而莫可复返。所谓率天下而祸仁义者。吴独何心，乃习焉不察哉？"② （《石洲诗话》卷四第六十七条）

---

  ① 吴之振：《序》，吴之振、吕留良、吴自牧选《宋诗钞》，中华书局1986年版，第3页。以下凡引此书均出此本，只随文注明卷数。
  ② 赵执信、翁方纲：《谈龙录·石洲诗话》，人民文学出版社1988年版，第137页。以下凡引此书均出此本，只随文注明卷数。

大概是因为意识到《宋诗钞》的"率天下而祸仁义",翁方纲才不遗余力地批判它,以期从根本上改变人们对宋诗的认识。

一、《宋诗钞》与《石洲诗话》有一点是一致的,就是都反对以评选唐诗的标准评选宋诗。《宋诗钞序》云:"万历间,李蓘选宋诗,取其离远于宋而近附乎唐者。曹学佺亦云:'选始莱公,以其近唐调也。'以此义选宋诗,其所谓唐,终不可近也,而宋人之诗则已亡矣。"翁方纲《石洲诗话》对此语颇为欣赏,转引后说:"此对嘉、隆诸公吞剥唐调者言之,殊为痛快。"(卷三第十二条)翁方纲还说:"初唐之高者,如陈射洪、张曲江,皆开启盛唐者也;中、晚唐之高者,如韦苏州、柳柳州、韩文公、白香山、杜樊川,皆接武、变化盛唐者也。是有唐之作者,总归盛唐。而盛唐诸公,全在境象超诣。所以司空表圣二十四品,及严仪卿以禅喻诗之说,诚为后人读唐诗之准的。"(卷四第十三条)明确指出司空图和严羽的评诗标准只能用来品评唐诗。而宋诗,必须换一种标准去审视。在漫长而炽热的唐宋诗之争中,吴之振等人和翁方纲无疑都是站在扬宋的这一边的。

但是,以怎样的眼光来审视宋诗?宋诗到底与唐诗的根本区别在哪里?什么是宋诗的精华?吴之振和翁方纲的认识却极不相同。吴之振等人在选录宋诗时,力求祛除偏见,选收面大量多,尽量将选录标准定得宽泛,以便反映出宋诗全貌,《宋诗钞序》说:"余与晚村、自牧所选盖反是(指离远于宋而近附乎唐者)。尽宋人之长,使各极其致,故门户甚博,不以一说蔽古人。"《宋诗钞凡例》又强调说:"诗文选录,古人间有品题而无批点,宋以来方有之,亦自存其说,非为一代定论也。若一加批点,则一人之嗜憎,未免有所偏著,而古人之全体失矣。是选于一代之中,各家俱收;一家之中,各法具在。不着圈点,不下批评,使学者读之而自得其性之所近,则真诗出矣。"翁方纲对吴之振的序很推崇:"观吴孟举所作序,针对嘉、隆人一种吞剥唐人之习,立言颇为有见。"(卷三第一百〇六条)但是理论上的客观性,能否保证实践中的客观性呢?《宋诗钞》选录的诗人众多,诗作浩繁,似乎不存门户之见。然而,正如所有的选本都不可能绝对客观一样,吴之振自有他的选择标准,只是这个标准他自己没有意识到罢了。翁方纲却从其所选的诗里及其小序对宋代诗人的评价里,指出吴之振等人的选评标准只有一个，而且这个标准没有抓住宋诗的精诣所在。《石洲诗话》卷三云："但一时自有一时神理，一家自有一家精诣，吴选似专于'硬直'一路，而不知宋人之'精腴'，固亦不可执一而论也。"（第十二条）同卷第一百〇二条云："《宋诗钞》之选，意在别裁众说，独存真际，而实有过于偏枯处，转失古人之真。"同卷一百〇六条又说："吴钞大意总取浩浩落落之气，不践唐迹，与宋人大局未尝不合，而其细密精深处，则正未之别择。"卷四第五条云："（吴之振）专以平直豪放者为宋诗。"同卷第十三条云："所以吴孟举之《宋诗钞》，舍其知人论世、阐幽表微之处，略不加省，而惟是早起晚坐、风花雪月、怀人对景之作，陈陈相因。如是以为读宋贤之诗，宋贤之精神，其有存焉者乎？"翁方纲对《宋诗钞》的总体批评还不止这些，他认为吴之振是以"平直豪放"（"硬直"、"偏枯"属于"平直"范畴，"浩浩落落之气"属于"豪放"范畴）为标准选录宋诗。那么《宋诗钞》是否真如翁方纲所说以"平直豪放"为标准呢？比较一下宋人别集（例如《苏轼诗集》、《山谷诗集注》及《外集诗注》、《别集诗注》）和《宋诗钞》所选钞的诗（例如相对应的《东坡集钞》、《山谷集钞》），确实能够证实这一点。翁方纲认为这个标准虽然抓住了宋诗的一个特点，但是没能把握住宋诗的实质，至少没有抓住宋诗的"精诣"、"精神"所在，而恰恰把宋诗的劣处暴露无遗，所以吴之振遗漏了许多优秀的宋诗，而钞录了大量的恶诗，并且也忽略了宋诗对题材的开拓。

因此，翁方纲提出了他对宋诗"精诣"、"精神"的理解："谈理至宋人而精，说部至宋人而富，诗则至宋而益加细密。盖刻抉入里，实非唐人所能囿也。"（《石洲诗话》卷四第五条）接着，他更明确地说："宋人精诣，全在刻抉入里，而皆从各自读书学古中来，所以不蹈袭唐人也。"（同上第六条）"细密精深"、"益加细密"、"刻抉入里"，是与"硬直"、"平直豪放"相对立的对宋诗的审美概括。翁方纲对他的术语有不少解释，其中卷四第十三条云："唐诗妙境在虚处，宋诗妙境在实处。……若夫宋诗，则迟更二三百年，天地之精英，风月之态度，山川之气象，物类之神致，俱已为唐贤占尽。即有能者，不过次第翻新，无中生有。而其精诣，则固别有在者。宋人之学，全在研理日精，观书日富，因而论事日密。如熙宁、元祐一切用人行政，往往有史传所不及载，而于诸公赠答议论之章，略见其概。至如茶马、盐法、河渠、市货，一一皆可推析。南渡而后，如武林之遗事，汴土之旧闻，故老名臣之言行，学术师承之绪论、渊源，莫不借诗以资考据。而其言之是非得失，与其声之贞淫正变，亦从可互按焉。今论者不察，而或以铺写实境者为唐诗，吟咏性灵、掉弄虚机者为宋诗。"由此可知，翁方纲的"细密"至少包括题材上的两个方面，一个是在唐人旧题材上的"次第翻新，无中生有"，从细密处与唐人争胜；一个是新题材上的开拓，向生活的各个方面拓展，比唐人更细致深入地介入生活。

将此处的"细密"与翁方纲的肌理说以及《石洲诗话》的实际分析结合起来看，"细密"还包括艺术技巧法则各方面的精进，翁方纲的肌理说有相当一部分探讨的是诗歌的遣词造句、声调格律、篇章结构等技法问题，不讲究技法，就谈不上肌理细腻骨肉匀，"细密"也是艺术标准。那么，翁方纲的"细密"不是一个风格概念，而是指宋诗异于唐诗的方面，亦即宋诗的特色、成就、精华。同样，他所指出的吴之振的"平直豪放"亦是如此。翁方纲认为吴之振的认识"与宋人大局未尝不合"，但不够精确，所以他的《石洲诗话》便从许多方面补充、纠正吴之振的观点。宋诗的特色本来就是多样、复杂的，吴之振和翁方纲从各自不同的角度出发，得出了相反的个人看法，并以这个看法为标准评价了宋代大多数诗人的风格、成就以及作用、地位。

二、《宋诗钞》是选本形式的宋诗简史，《石洲诗话》卷三和卷四是诗话形式的宋诗简史，吴之振和翁方纲对宋诗"精诣"的不同认识，直接影响了这两本书对宋诗发展过程的叙述。例如，在评述宋初各家对宋诗发展的贡献时，《宋诗钞》比较强调王禹偁的开创之功，而贬低、忽略西昆体的作用，《小畜集钞序》云："是时西昆之体方盛，元之独开有宋风气，于是欧阳文忠得以承流接响。文忠之诗，雄深过于元之，然元之固其滥觞矣。"吴之振不仅搞错了西昆体与王禹偁的时代先后，而且没有选录西昆体一人一诗。《石洲诗话》对此有不同看法，卷三第三条云："《小畜集》五言学杜，七言学白，然皆一望平弱，虽云'独开有宋风气'，但于其间接引而已。"同卷第十一条又云："石门吴孟举钞宋诗，略西昆而首取元之，高则高矣，然宋初真面目，自当存之。元之虽为欧、苏先声，亦自接脉而已。"翁方纲认为王禹偁对"有宋风气"的贡献没有吴之振所说的那么大，只有"接引"、"接脉"的作用而已。相反地，他突出西昆体的地位，他说："宋初之西昆，犹唐初之齐梁。宋初之馆阁，犹唐初之沈宋也。开启大路，正要如此，然后笃生欧苏诸公耳。"（卷三第六条）卷三第十二条又更明确地说："且如入宋之初，杨文公辈虽主西昆，然自有神致，何可尽桃去之？而晏元献、宋元宪、宋景文、胡文恭、王君玉、文潞公，皆继往开来，肇起欧、王、苏、黄盛大之渐。"翁、吴二人对西昆体及王禹偁的看法如此不同，正是由于他们对宋诗的精诣有不同的认识：事实上王禹偁开启的正是"平直豪放"一路，而西昆体开启的正是"细密精深"一路。其开创之功不同。

又如对宋初的林逋，吴之振云："大数搴王、孟之幽，而擸刘、韦之逸。"（《宋诗钞·和靖诗钞序》）只说明林逋的风格，但翁方纲认为此说有"以林君复之属为韦、柳"之嫌，所以重新为林逋定位："至于林和靖之高逸，则犹之王无功在唐初。"（《石洲诗话》卷三第十一条）而他对王绩的评价是："王无功以真率疏浅之格，入初唐诸家中，如鸾凤群飞，忽逢野鹿，正是不可多得也，然非入唐之正脉。"（同上卷一第一条）如果以"平直豪放"为宋诗正脉，林逋显然也是正脉之始，但翁方纲的看法却不同。从宋诗发展过程上看，翁方纲比吴之振更能揭示"宋初真面目"。

三、吴之振、翁方纲不同的宋诗观在评价具体的作家作品时所表现的差异更大，例如，在评论苏轼问题上，吴之振云："子瞻诗，气象洪阔，铺叙宛转，子美之后，一人而已。然用事太多，不免失之丰缛，虽其学问所溢，要亦洗削之功未尽也。而世之訾宋诗者，独于子瞻不敢轻议，以其胸中有万卷书耳。不知子瞻所重，不在此也。加之梅溪之注，恒钉其间，则子瞻之精神反为所掩。故读苏诗者，汰梅溪之注，并汰其过于丰缛者，然后有真苏诗也。"（《宋诗钞·东坡诗钞序》）翁方纲对此论十分不满，《石洲诗话》卷三有几条针锋相对的批驳："如论苏诗，以使事富缛为嫌。夫苏之妙处，固不在多使事，而使事亦即其妙处。奈何转欲汰之？而必如梅宛陵之枯淡、苏子美之松肤者，乃为真诗乎？且如开卷《凤翔八观》

诗，尚欲加以芟削，何也？余所去取，亦多未当。苏为宋一代诗人之冠冕，而所钞如此，则他更何论！"（第一〇二条）"即如论苏诗，首在去梅溪之饾饤，而并欲汰苏之富缛。夫梅溪之饾饤，本不知苏，不必与之较也。而苏岂以富缛胜者？此未免以目皮相。"（第一〇六条）苏轼是吴、翁共同推举的"一代诗人之冠冕"，而两人对其"精妙处"认识却不同如此。翁方纲认为苏轼诗的"精妙处"不在"雄阔"、"豪横"，即吴之振所说的"气象洪阔"，而正在于吴之振所反对的"丰缛"。"以才学为诗"是宋诗的一大特色，而苏轼的"丰缛"最能体现这个特色的"精妙"之处，如果否定苏轼的"丰缛"，那么就等于否定了宋诗的"精诣"。翁方纲云："苏公之诗，惟其自言'河（一般作溪）声便是广长舌，山色岂非清净身'二语，足以尽之。又云：'始知真（一般作豪）放本精微'。此一语殆亦可作全集评也。"（第七七条）而吴之振只知其"真放"，却不知其"精微"，所以钞录其诗时去取不当。翁方纲在卷三中从第三十七条开始直到第一〇二条，用大量篇幅分析鉴赏苏轼的作品，以说明苏轼的"肌理细腻"，并批驳吴之振。如第四一条评赏苏轼的《王维吴道子画》，既赏其"浩瀚淋漓，生气迥出"，又叹其"即如'亭亭双林间'直到'头如鼋'一气六句，方是个'笔所未到气已吞'也。其神采，固非一字一句之所能盖"。"看其王维一段，又是何等神理！有此锻冶之功，所以贵乎学苏诗也。"再批评吴云："若只取其排场开阔，以为嗣响杜、韩，则蒙吏所诃'贻五石之瓠'者耳。"其他条目亦不遗余力地从声调、用韵、使事、用字、句法、结构、修辞、语意等各方面论述苏轼诗的"精微"。

在谈到黄庭坚时，吴之振和翁方纲也有差异。《宋诗钞·山谷诗钞序》云："宋初诗承唐余，至苏、梅、欧阳以变大雅，然各极其天才笔力，非必锻炼勤苦而成也。庭坚出而会萃百家句律之长，究极历代体制之变，自成一家，虽支字半句不轻出，为宋诗家宗祖，江西诗派皆师承之。史称自黔州以后，句法尤高，实天下之奇作，自宋兴以来，一人而已，非规模唐调者所能梦见也。"这段话多是祖述刘克庄及其他前人说法，但也表明吴之振对黄庭坚的态度——承认黄庭坚"为宋诗家宗祖"，承认黄诗"锻炼勤苦"。翁方纲认为吴之振的这个评价没有错，错的是他所选录的诗与他的评价不相符合。他说："盖继往开来，源远流长，所自任者，非一时一地事矣。论者不察，而于《宋诗钞》品之曰'宋诗宋祖'，是殆必将全宋之诗境与后村立言之旨，一一研勘也。观其所钞则又不然，专以平直豪放者为宋诗，则山谷又何以为之宗祖？盖所钞全集，与其品山谷之言初无照应，非知言之选也。"（卷四第五条）翁方纲认为黄庭坚是宋诗的典型代表，黄庭坚的诗具体体现了宋诗的特点，既然吴之振也承认黄是"宋诗家宗祖"，那么吴选钞的宋诗就应该与其"宗祖"的诗特点相似相近，而吴选的诗全是"平直豪放"，与黄庭坚诗的特色毫不相干，这不是自相矛盾吗？翁方纲云："山谷诗，譬如榕树自根生出千枝万干，又自枝干上倒生出根来。"（《石洲诗话》卷四第九条）这其实是用比喻形象地说明黄诗"细密"。大概因为翁方纲另有《黄诗逆笔说》专谈黄诗的"细密"，也因为黄诗的"细密"尽人皆知，所以《石洲诗话》对黄诗没有详细论说，但其观点无疑是明确的。翁方纲对宋诗"精诣"的把握，是在对苏轼、黄庭坚等"元祐诸贤"诗歌的深入研究后得出的结论，所以更精确一些。

四、在谈到南宋诗歌时，吴之振与翁方纲差异更大。吴之振没有区分北宋诗和南宋诗，他没有认为两宋诗在成就上有差距。譬如评价陆游、范成大、杨万里，《宋诗钞·剑南诗钞序》云："刘后村谓'……惟放翁记问足以贯通，力量足以驱使，才思足以发越，气魄足以陵暴。南渡而下，固当为一大宗。'吾谓岂惟南渡，虽全宋不多得也。"同书《石湖诗钞序》云："其诗缛而不酿，缩而不窘，清新妩媚，奄有鲍、谢；奔逸俊伟，穷追太白。"同书《江湖诗钞序》云："后村谓'放翁，学力也，似杜甫；诚斋，天分也，似李白'。盖落尽皮毛，自出机杼。古人之所谓似李白者，入今之俗目，则皆俚嗲也。……呜呼！不笑不足以为诚斋之诗。"吴之振对"中兴四大家"中的三家诗都有较高的评价，对陆游评价尤高，认为陆游不仅是南渡后"一大宗"，甚至是两宋的"一大宗"；对杨万里也没有一味贬低，只指出了当时人的看法与宋人看法不同，并选录了不少杨万里"自出机杼"的诗，应该说吴之振《宋诗钞》钞录杨万里的诗最多，杨万里的《江湖集》、《荆溪集》、《西归集》、《南海集》、《朝天集》、《江西道院集》、《朝天续集》、《江东集》、《退休集》几乎每集必钞，少有人享此殊荣。翁方纲则不同，他首先认为南宋诗不如北宋诗，即便是陆游也未能超越其时代的限制，更不用说范成大、杨万里了。《石洲诗话》卷四第八十三条云："杨、范、陆极酣肆处，正是从平熟中出耳。天固不欲使南渡复为东都也。"第八十四条又云："虽以陆公有杜之心事，有苏之才分，而驱使得来，亦不离平熟之径。气运使然，豪杰亦无如何耳！""平熟"正是翁方纲认为南宋不如北宋的主要原因，因为平则易入平庸，熟则毫无新意，令人生厌。翁方纲认为杨不如范，范不如陆，其理由也是杨比范"平熟"，范比陆"平熟"："范、陆皆趋熟，而范尤平迤，故间以零杂景事缀之，然究未为高格也。"（卷四第五十九条）"阮亭云：'范石湖之视陆放翁，何啻霄壤！'盖平熟之中，未能免俗也。"（卷四第五十五条）翁方纲对杨万里的批评可谓声色俱厉："石湖、诚斋皆非高格，独以同时笔墨皆极酣恣，故遂得抗颜与放翁并称。而诚斋较之石湖，更有敢作敢为之色，颐指气使，似乎无不如意，所以其名尤重。其实石湖虽只平浅，尚有近雅之处，不过体不高、神不远耳。若诚斋以轻儇佻巧之音，作剑拔弩张之态，阅至十首以外，辄令人厌不欲观，此真诗家之魔障。而吴《钞》钞之独多，自有肺肠，俾民卒狂。孟子所谓'放淫息邪'，少陵所谓'别裁伪体'，其指斯乎！"（卷四第七十一条）又引朱彝尊、王士禛语以印证："竹垞云：'……若杨廷秀、郑德源之流，鄙俚以为文，诙笑嬉亵以为尚，斯为不善变矣。'又曰：'今之言诗者，每厌弃唐音，转入宋人之流派，高者师法苏黄，下乃效及杨廷秀之体，叫嚣以为奇，俚鄙以为正。譬之于乐，其变而不成方者与！'又曰：'自明万历以来，公安袁无学兄弟，矫嘉靖七子之弊，意主香山、眉山，降而杨、陆。其辞与志，未有大害也。景（一般作竟）陵钟氏、谭氏，从而甚之。'阮亭亦有'杨范佻巧取媚'之论。"（同上第六〇条）翁方纲的"细密"比吴之振"平直豪放"更要求诗歌的雅正，更不能容忍"平熟"、"俚俗"，所以翁方纲瞧不起南宋诗。当然，翁方纲对杨万里的批评，还有针对当时文坛的用意，因为袁枚性灵说理论及创作都推尊杨万里，诚斋体风格风靡一时。此处不详论。

五、《宋诗钞》、《石洲诗话》有着截然不同的宋诗说，从接受美学的角度看，这并没有什么特异之处，因为宋诗是一个客观存在，每个人都可

以以个人的眼光去审视，以个人的审美标准去理解、评判，自从宋诗形成
其特色起，人们就不停地品评、议论它，反复拿它与唐诗比较，以至于唐
宋诗之争成为诗学史上一个重要的话题，一段无法回避的公案，《宋诗钞》
与《石洲诗话》不过是其中的两种观点而已。然而，与其他的观点相比
较，这两家的观点集中、全面、系统，对宋诗的重要作家及宋诗的发展过
程都有评论和叙述，不同于一般的评点和零碎的感悟，所以显得难能可
贵。而且，由于《宋诗钞》广泛流传，翁方纲在乾、嘉年间声名甚著，使
得这两种宋诗观都具有了远为重要的意义，其影响绝非一般选本和诗话可
比。因此，对这两种宋诗观的研究就有了必要性。

吴之振和翁方纲的宋诗观为什么会产生广泛的影响？这主要是因为他
俩代表了各自时代的认识水平，反映了各自时代的审美趣味。《宋诗钞》
的出现，主要是针对"自嘉、隆以还，言诗家尊唐而黜宋的思潮"（《宋诗
钞序》）的状况。事实上，尊唐而黜宋从南宋中期就开始了，经元至明而
日益高涨，明弘治（1488—1505）、正德（1506—1521）间，李梦阳、何
景明提出文学秦汉、诗学汉魏盛唐，此说风靡一世。这种倡导到了嘉靖
（1522—1566）、隆庆（1567—1570）时为李攀龙、王世贞等后七子继承，
愈演愈烈，达到高潮。直到清初，仍未消歇。到吴之振搜集编选宋人诗集
时，这种状况已持续很多年了。其间自然有推尊宋诗的人，虽未能扭转大
势，但发生着一定影响。吴之振的宋诗观显然继承了万历（1573—1620）
中期公安三袁以还扬宋一派的一些观点，尤其是公安三袁、钱谦益等人的
观点。公安三袁主张"独抒性灵，不拘格套"，崇尚白居易、苏轼乃至陆
游、杨万里等人"独抒性灵"的诗歌。钱谦益在明天启（1621—1627）年
间受程嘉燧影响，崇奉陆游并加以鼓吹，认为陆游是宋诗的代表，这一点
受到贺裳的猛烈抨击："至如近人之称许宋诗，不过喜其尖新僻浅，乃南
宋中陆务观一家，亦未能深窥宋人本末耳。"（《载酒园诗话》自序）"天
启、崇祯中忽崇尚宋诗，迄今未已。究未知宋人三百年间本末也，仅见陆
务观一人耳。实则务观胜处亦未能知，止爱读之易解、学之易成耳。"（同
上卷五）明末清初人对宋诗的了解，是通过这些人的宣扬而得知的。吴之
振对宋诗的认识并未超越这个时代，他推崇苏轼、陆游，并以"平直豪

放"作为宋诗的"精诣",显然沿袭着公安三袁以还对宋诗的认识。《宋诗钞》的流行,使明末清初以来的宋诗观深入人心。沈德潜云:"钱受之意气挥霍,一空前人,于古体中揭出韩、苏,于近体中揭出剑南,……钱氏之学行于天下,较前此为盛矣。然而矫激有余,雅非正则,相沿既久,家务观而户致能,有词华无风骨,有队仗无首尾。甚至讥诮他人,则曰:此汉魏,此盛唐。耳食之徒,有以老杜为戒者。弟弱冠时,犹闻此语。"(《归愚文钞》卷九《与陈耻庵书》)这里虽只提到钱谦益,但"钱氏之学"的风靡天下,与《宋诗钞》的流行分不开。沈德潜弱冠时,大约是康熙三十二年前后,此时风行的宋诗,正从明末清初扬宋一派发展而来,仍然推崇宋诗中苏轼、陆游的诗风,尤其是苏轼、陆游"读之易解、学之易成"也就是"平直豪放"的一面。就上文所引可知,扬宋一派对宋诗这个特点的宣扬,没有使尊唐一派对宋诗感兴趣,进而尊重宋诗,反而使宋诗招致更多的批评。尊唐一派的批评,促使扬宋一派深思,也使宋诗研究更加深入,翁方纲《石洲诗话》正是宋诗研究进一步深入的结果。《宋诗钞》反映的是康熙以前人们对宋诗的认识水平,《石洲诗话》则反映的是乾隆时期人们对宋诗认识的另一个层面。

明末清初及康熙初年,不少文人经历易代巨变,巨变促使他们关注文学的时代意义、社会作用,差不多相同的易代现实使他们首先对宋亡之后的遗民诗发生了共鸣,如黄宗羲在其《谢皋羽年谱游录注序》中说:"夫文章,天地之元气也。元气之在平时,昆仑旁薄,和声顺气,发自廊庙,而宛洓于幽遐,无所见奇。逮夫厄运厄时,天地闭塞,元气鼓荡而出,拥勇郁遏,坌愤激讦,而后至文生焉。故文章之盛,莫盛于亡宋之日,而皋羽其优也。"吴之振《宋诗钞》就钞录了谢翱、文天祥、谢枋得、许月卿、林景熙、真山民、汪元量、郑思肖等遗民诗人的诗,并评价极高,如《晞发集钞序》:"古诗颉颃昌谷,近体则卓炼沉着,非长吉所及也。"《文山集钞序》:"呜呼!去今几五百年,读其诗,其面如生,其事如在眼者,此其求之声调字句间哉。"《白石樵唱钞序》:"大概凄怆故旧之作,与谢翱相表里。翱诗奇崛,熙诗幽宛。"《宋诗钞》成于众手,吕留良参加了策划和选刻,黄宗羲也曾参与搜讨勘订,吕、黄都有浓厚的民族意识,他们欣赏的是亡宋遗民诗那种苍凉激楚、坌愤激讦的风格，这种审美趣味在当时无疑代表了那个时代的审美风尚，而《宋诗钞》的编选，正是这种审美风尚的一种表达。但是，随着清王朝政治的日益稳定，人们的审美趣味发生了巨大变化，康熙中后期，王士禛的神韵说盛行一时，文坛普遍崇尚清幽淡远、典雅含蓄的风格，到了乾嘉年间，考据学盛行，精研经史、博闻强记成为一种文化思潮，文学观念和理论批评为之一变，身兼考据学家和诗人的翁方纲，更把考据与诗融为一体，提出了肌理说，要以义理学问来充实诗歌的创作，有无义理学问也成为诗歌有无水平和价值的衡量标准之一，《石洲诗话》中对宋诗的品评表现了他个人的欣赏趣味，也代表了当时不少考据学家的审美好尚。翁方纲的宋诗观被后人一致视为清季宋诗派理论和创作的滥觞，正因为他抓住了宋诗的实质和精华所在，宋诗派所倡导的诗风正是苏轼诗精微的一面，尤其是黄庭坚诗歌细密的章法意脉。

考察比较《宋诗钞》和《石洲诗话》，不仅可以感受到清代审美好尚的变化，可以看出清人宋诗研究的深化，而且可以对宋诗有更全面深入的了解。新中国成立以后的宋诗研究，受《宋诗钞》的影响较大，许多观点不免偏颇，如果能参考《石洲诗话》等前人的研究成果，肯定会有较大的改善。

（原载《新国学》第二卷）

外二篇

中国古代西南地区的金马碧鸡信仰考论

自西汉之前直到明清之后，以川滇巴渝为中心的西南地区一直有金马碧鸡信仰在流传，一度还十分盛行，至今，在昆明、成都、重庆等地仍保留着这种信仰的遗迹，但是今人却很少了解这种遗迹的源流。回溯这种信仰，其实可以了解西南地区曾经的生态与生活。

一 汉宣帝与金马碧鸡使王褒——金马碧鸡信仰扬名之契机

金马碧鸡信仰，至少在公元前 1 世纪之前，就已经在西南地区流行了。如果没有汉宣帝（公元前 73—前 49 在位）的多神崇拜观念与行为，金马碧鸡信仰可能只会长时间局限于本来就偏远的西南的那个更为荒僻的一隅，而不会在西南地区广为流传，更不会载入正史史册。

汉宣帝继承祖父武帝（公元前 140—前 87）的衣钵，晚年尤其崇拜天下各路神仙，所以当他从方士口中得知益州有金马碧鸡神之后，就迫不及待地派益州资中人、闻名遐迩的文学家王褒前去迎请。这件事在《汉书》卷二十五下《郊祀志》有简要记载：

> 或言益州有金马碧鸡之神，可醮祭而致，于是遣谏大夫王褒使持节而求之。①

这是一次将民间信仰变作宫廷信仰的机会。然而王褒却未能完成这次

---

① 班固：《汉书》，中华书局 1962 年版，第 1250 页。

迎神使命，他道上病死，致使汉宣帝不胜悲悯惋惜①。益州的金马碧鸡信
仰可能因此而未能变成宫廷信仰，也自然未能在全国范围内流行。

但是，王褒此次官方行动，不仅留下了一篇《移金马碧鸡文》"持节
使者，敬移南崖：金精神马，飘飘碧鸡，处南之荒；深溪回谷，非土之
乡；归来归来，汉德无疆；广乎唐虞，泽配三皇。黄龙见兮白虎仁，归来
归来，可以为伦。归兮翔兮，何事南荒也"②，而且在整个益州地区亦即今
西南地区也产生了极大影响——西南很多地方有了分祀金马碧鸡的神祠，
还有了许多与此有关的衍生品。同时，这件事也留下了不少疑问。

二 神爵元年还是五凤三年——王褒出使时间考

关于王褒至益州求金马碧鸡神的具体时间，《汉书》卷二十五下《郊
祀志》记载在"其三月，幸河东，祠后土。有神爵集，改元"之下《资治
通鉴》卷二十六据此而确定在神爵元年（前61）③。但汉荀悦《前汉纪》
卷二十则记录在五凤三年（前55）："是时上颇好神仙，故褒对及之。顷
之，拜褒为谏议大夫，数为辞赋。方士言益州有金马碧鸡之宝，可祭致
之，使褒祠焉。褒道病死。"

两个记录相距六年，哪个更准确一些呢？明代王祎《大事记续编》④
卷二据《汉书》之《王褒传》与《元后传》对此有论辩：

> 《通鉴》以《褒传》有"宣帝时修武帝故事"之语，故载于神爵
> 元年幸甘泉之后。按《本传》（即《汉书》卷六十四下王褒传）：神
> 爵（前61—前58）、五凤（前57—前54）之间，数有嘉应，上颇作
> 歌诗，欲兴协律之事，知音善鼓雅琴者，皆召见待诏。于是益州刺史
> 王襄，欲宣风化于众庶，使褒作中和乐职，宣布诗，选好事者，令依
> 鹿鸣之声，习而歌之。久之，歌太学下，转而上闻。襄自奏褒有轶

---

① 《汉书》卷六十四下《王褒传》："褒于道病死，上闵惜之。"
② 有的文献称之为金马碧鸡颂。
③ 后代多承此说，如《中国历史大事年表》，上海辞书出版社1983年版。
④ 《四库全书总目》卷四十七："此书乃续吕祖谦《大事记》而作。体例悉遵祖谦之旧，惟
'解题'不别为一书，即附于各条之下。"

材，上乃征褒。诏褒为《圣主得贤臣颂》，令褒与张子侨等并待诏。
顷之，擢为谏议大夫。太子体不安，苦忽忽善忘，使褒等皆之东宫虞
侍太子。后方士言益州有金马碧鸡之宝，可祭祀致也。帝使褒往祀
焉，道病死。则非神爵年间事明矣。《元后传》（《汉书》卷九十八）：
五凤中，太子（后为元帝）所幸司马良娣死，太子悲恚，发病不乐，
宣帝令皇后择后宫家人子可以虞侍太子者，送王政君太子宫。以此尤
知非神爵年间事。今从荀悦《汉纪》载之于此。据此考辨而知，王褒
迎神未竟而亡①当在五凤三年。

由此考辨也可得知，汉宣帝在神爵、五凤年间，对瑞异禽兽之神崇拜
到无以复加的地步，各方罗致，而金马碧鸡之神只是其中之一。

三　邛都国还是古滇国——金马碧鸡神的诞生地考

金马碧鸡信仰的最早出处或源头，据《汉书》方士所言在"益州"。
而汉代的"益州"，据前、后《汉书》之《地理志》，既有益州部②、益
州③，又有益州郡。

《汉书》的益州部与《后汉书》的益州，都是十三刺史部大概念，指
的是今川滇所在的西南大部分地区，而二书所云的"益州郡"则是部州所
辖的一个郡。所以《御批历代通鉴辑览》卷十七云："今（清）云南府城
东有金马山，其西南为碧鸡山，两山皆有神祠。汉使王褒祭此。考今云南
府，汉为益州郡；今四川省，汉为益州部。旧注金马碧鸡者，凡皆以为在
成都，盖误以为益州部为益州郡也。"但这个说法前半部分正确，后半部

---

① 《元和郡县志》卷三十二："王褒墓在（资阳）县西北十五里。褒，资中人也。"王祎
《大事记续编》卷二还据《郊祀志》云："京兆尹张敞上疏谏（去方士）后，尚方待诏皆罢，敞阅
一年即免，故书于遣褒之后。"

② 《汉书》卷二十八上："汉兴，因秦制度，崇恩德，行简易，以抚海内。至武帝，攘郤胡
越，开地斥境，南置交趾，北置朔方之州，兼徐、梁、幽、并，夏周之制，改雍曰凉，改梁曰益，
凡十三部，置刺史。"

③ 《后汉书》卷三十三《郡国志》之《益州》："有汉中、巴郡、广汉、蜀郡、犍为、牂柯、
越巂、益州、永昌等九郡。……越巂郡，武帝置，雒阳西四千八百里。……青岭有禹同山，俗谓
有金马碧鸡。"

分则不妥，因为后一部分涉及金马碧鸡信仰的源流问题。

据《汉书》卷二十八上《地理志》记载，金马碧鸡的源头在益州部的越嶲郡（郡治在邛都县，今四川西昌东），而非益州郡（郡治在滇池，今云南晋宁东）：

> 越嶲郡，武帝元鼎六年（前111）开。……县十五。……青蛉：临池、濜在北。仆水出徼外，东南至来惟入劳。过郡二，行千八百八十里，则禺同山，有金马、碧鸡。

越嶲郡是汉武帝元鼎六年（前111）征服西南夷之一——邛都国后建制的，《史记》、《汉书》均言汉武帝"以邛都为越嶲郡"[1]。《史记》卷一百一十六《西南夷列传》云："滇池以北，君长以十数，邛都最大。"汉宣帝时，邛都国臣服汉朝才四五十年，因此，越嶲郡的金马碧鸡信仰，绝非臣服汉朝后受汉人影响才产生的信仰，而肯定是邛都国时期就十分流行的一种信仰。但史书关于邛都夷的记载很少[2]，只能通过汉宣帝遣使迎神之举而推断。汉宣帝之举，表明汉代朝廷吸纳各民族信仰及文化的包容性。

就在邛都国臣服汉朝不久，滇王国在武帝元封二年（前109）也臣服汉朝，汉武帝将其所辖区域命名为益州郡。滇王国亦即益州郡管辖区分为二十四县，而《汉书》卷二十八上《地理志》并未指出其中哪个县有金马碧鸡信仰。

可知至少从西汉到东汉的班固时代，人们并不知滇王国曾经有金马碧鸡信仰，当时的人们只知道邛都国是金马碧鸡信仰的诞生地。

后来多数人认为滇王国是金马碧鸡信仰的诞生地，可能因为青蛉县

---

[1] 《汉书》卷九十五："南粤破后，及汉诛且兰邛君，并杀莋侯，冉駹皆震恐，请臣。置吏。以邛都为越嶲郡，莋都为沈黎郡，冉駹为文山郡，广汉西白马为武都郡。"

[2] 关于邛都国的风俗习惯，《后汉书》卷一一六《南蛮西南夷传》中专列"邛都夷"，有不多的记载："邛都夷者，武帝所开，以为邛都县。无几，而地陷为污泽，因名为邛池。南人以为邛河。后复反叛。元鼎六年，汉兵自越嶲水伐之，以为越嶲郡。其土地平原有稻田。青蛉县禺同山，有碧鸡金马，光景时时出见。俗多游荡而喜讴歌，略与牂牁相类。豪帅放纵，难得制御。"

特殊的地理位置。汉代的越巂郡在益州部之南部，而青蛉县在越巂郡之最南部，与益州郡之弄栋县交界。也就是说青蛉县在邛都国与滇王国的交界。

青蛉县在三国蜀时，就划归云南郡，沿袭到晋，常璩《华阳国志》卷四《南中志》云：

> 云南郡，蜀建兴三年（225）置，属县七，户万，去洛六千三百四十三里。……青蛉县，有盐官、濮水。同出嶲山有碧鸡、金马，光影倏忽，民多见之。有山神。汉宣帝遣谏议大夫蜀郡王褒祭之，欲致鸡、马，褒道病卒，故不宣着。①

其中关于青蛉县的记载一如前、后《汉书》。值得注意的是，晋时云南郡不包括古滇王国的主要领地滇池。滇池在晋属于晋宁郡，常璩《华阳国志》卷四《南中志》云：

> 滇池县，（晋宁）郡治。故滇国也。有泽水，周回二百五十里。所出深广，下流浅狭，如倒流，故曰滇池。长老传言，池中有神马，或交焉，即生骏马，俗称之曰滇池驹，日行五百里。有黑水神祠祀。亦有温泉，如越巂温水。又有白猬山，山无石，惟有猬也。

其中虽然提及神马以及滇池驹，但并未提及金马、碧鸡，可知至少在西晋时，滇池尚无金马碧鸡说。

南北朝时期，宋、齐、梁、陈对青蛉、滇池一带基本失控，《宋书·州郡志》、《南齐书·蛮传》、《梁书·诸夷列传》以及《陈书》对此地区少有提及，所以当时人们对这一地区的生活与信仰了解更少。《隋书》以及旧、新《唐书》只记载了青蛉与滇池地名的沿革与所属，没有更多其他

---

① 此处用汪启明、赵静《华阳国志译注》标点，四川大学出版社 2007 年版，第 193 页。有此标点为"有盐官、濮水同出。山有碧鸡、金马"。云南郡在三国时属于益州，西晋则属于宁州。

方面的记载①。但是唐人樊绰了解到滇池附近有金马山与碧鸡山，其《蛮书》卷二云：

> 金马山，在柘东城螺山南二十余里，高百余丈，与碧鸡山东南西北相对。土俗传云：昔有金马，往往出见山上，亦有神祠。从汉界入蛮路，出此山之。……碧鸡山，在昆池西岸，上与柘东城隔水相对。从东来者，冈头数十里已见此山，山势特秀，池水清澹，水中有碧鸡山石，山有洞庭树，年月久远，空有余本。……昆池在柘东城西南百余里。……至碧鸡山，下为昆州，因水为名也。土蛮亦呼名滇池。

这应该是见于汉文献中滇池附近有金马碧鸡山的最早记录了。可知至少南诏国时期金马碧鸡信仰已在滇池一带流行，青蛉县在当时已属于南诏国辖区。

可能因为滇池一带在唐宋时期是相对独立的南诏、大理国，所以此时多数汉文献对其信仰与生活的记载不甚了了，直到宋末元初人张道宗的《记古滇说》之前，几乎没有其他汉文献记载滇王国是金马碧鸡信仰的源头。《四库全书总目》卷七十八《记古滇说》提要云："惟所记金马、碧鸡事，称阿育王有三子，争逐一金马，季子名至德，逐至滇池东山获之，即名其山曰金马，长子名福邦，续至滇池之西山，忽见碧凤，即名其山曰碧鸡，所谓金马、碧鸡之神，即是二子。其说荒诞，与史传尤异，文句亦多不雅驯，殆出赝托。"

张道宗所云何据，今不得而知，四库馆臣直斥其荒诞无稽，但实际上明谢肇淛《滇略》以及清冯苏《滇考》都引用其说，以为可信。谢肇淛、冯苏二人均曾于滇为官，可知此说元明清时在当地已经广泛流播。

---

① 《隋书》卷二十九云："越嶲郡，统县六，户七千四百四十八。越嶲、邛都、苏祇、可泉、台登、邛部。后周置严州，开皇六年改曰西宁州，十八年又改曰嶲州。"没有提及青蛉县。《旧唐书》卷四十一云："剃州，下。武德四年置西濮州。贞观十一年改为剃州也。领县四，与州同置。濮水、青蛉，旧属越嶲郡。歧星、铜山。……南接姚州。"谈到姚州时云："西南夷之中，南诏蛮最大也。"讲到嶲州时云："昆明，汉定筰县，属越嶲郡，后周置定筰镇，武德二年镇为昆明县，盖南接池故也。"

如果阿育王（约前304—前232）之子化为金马碧鸡的传说可信，那么这个信仰至少在阿育王在位期间（前273—前232）就产生了，不仅是在滇王国之滇池周边产生，而且还与佛教拉上关系，因为阿育王是古印度孔雀王朝第三代国王、佛教之护法。但这个后起的说法或后来的记载，"与史传尤异"，无法令人信服。人们宁可相信《汉书》的记载，认为金马碧鸡信仰起源于古邛都国亦即越巂郡之青蛉县禺同山。

而事实上，邛都国与古滇国相邻，禺同山在二国交界处，二国的金马碧鸡神可能同源，时间上可能有先后。据《汉书》以及早期文献记载，古滇国的这一信仰应该是受到邛都国的影响才开始的。

那么阿育王的传说是否一点根据也没有呢？据《汉书》卷九十五《西南夷传》记载：

及元狩元年（前118），博望侯张骞言使大夏时（前138—前126），见蜀布、邛竹杖，问所从来，曰：从东南身毒国，可数千里，得蜀贾人市。或闻邛西可二千里，有身毒国。

身毒国即印度古名。既然武帝时邛都国的竹杖与蜀郡的布都可以通过身毒流传到大夏，那么邛都国与身毒的商业往来肯定早就十分密切，阿育王时代的佛教又最为兴盛，因此流传到邛都国及其周边地域，自然也是有可能的。印度佛教与古代西南地区邛都、滇乃至蜀等王国关系，肯定早于与中原汉王朝的关系。由此而言，金马碧鸡信仰可能反映出早期的佛教因缘。

或许古滇国也是金马碧鸡的源头之一，而汉文献对其了解不够，记载太少？我们对此很难断言。

四 金马碧鸡祠、坊、山以及金碧山与台——波及整个西南地区的金马碧鸡信仰

今日云南昆明闹市区的金碧路上有金马、碧鸡两个牌坊，据说明代宣德年间就已修建，至今被视为昆明市的标志，因此不少人以为只有昆明才有与金马碧鸡信仰有关的遗迹，但实际上川渝地区的金马碧鸡信仰及其衍

生物，在元明清之前较昆明更引人注目。成都的金马坊、碧鸡坊在唐宋时期就声名藉藉，重庆的金碧山在南宋时因余玠修金碧台而声名重振。

　　川渝地区的金马碧鸡信仰，应该始于王褒迎取金马碧鸡神不久。王褒迎请时经过蜀郡且卒于道中，为蜀郡留下了金马碧鸡信仰的因缘。另外，谢肇淛《滇略》卷七不知据何云，王褒并未到达越巂郡，而是因地制宜在蜀、巴郡举行了迎请仪式，所谓"时蛮久叛，路莫能通，乃就蜀、巴郡醮祭移文"。汉代的蜀郡与巴郡即今之川渝地区，据此则川渝的金马碧鸡信仰在王褒迎请之时就已经正式启动。

　　扬雄《蜀都赋》云"其傍则有期牛兕旄，金马碧鸡"，左思《蜀都赋》"白雉朝雏，猩猩夜啼。金马骋光而绝景，碧鸡倏忽而曜仪"，还只是把金马碧鸡与其他奇异动物相提并论，没有详细谈到与金马碧鸡信仰相关的祠、坊等。到了梁《益州记》，有"成都之坊百有二十，第四曰碧鸡坊"① 的记载，可知至少在梁朝，成都就有了碧鸡坊。

　　唐代碧鸡坊因杜甫而声名远播，杜甫《西郊》云"时出碧鸡坊，西郊向草堂"，就让碧鸡坊与其所住草堂一样闻名；从张籍《张司业集》卷七《送蜀客》"蜀客南行祭碧鸡，木绵花发锦江西"看，祭祀碧鸡已经是成都的标志性习俗；薛涛"晚岁居碧鸡坊，创吟诗楼"② 更为碧鸡坊增添了香艳的色彩；到了宋代，苏轼在汴京任翰林学士时思念家乡，作《凝祥池》云"似知金马客，时梦碧鸡坊"；黄庭坚《老杜浣花溪图引》想象当年杜甫"碧鸡坊西结茅屋，百花潭水濯冠缨"；南宋初年，王灼寓居成都碧鸡坊妙胜院作《碧鸡漫志》；孝宗乾道、淳熙年间，陆游、范成大至成都为官，均为碧鸡坊的海棠而痴迷，写了不少诗词歌颂，陆游高唱"走马碧鸡坊里去，市人唤作海棠颠"，离开成都还写了《怀成都海棠》"碧鸡坊里海棠时，弥月兼旬醉不知"；范成大《醉落魄》云"碧鸡坊里花如屋，燕王宫下花成谷。不须悔唱关山曲，只为海棠，也合来西蜀"。碧鸡坊一时成为唐宋时期成都的地标或象征。

　　相比较而言，成都的金马坊没有碧鸡坊那么著名。但晚唐五代时期，有个著名事件就发生在金马坊门："又责文思殿大学士礼部尚书成都尹韩

---

① 黄希原本，黄鹤补注：《补注杜诗》卷二十一注引，梁《益州记》今不存。

② 曹学佺：《蜀中广记》卷五十九，今成都望江公园内有碧鸡坊石刻。

昭佞谀，枭于金马坊门。"《资治通鉴》卷二百七十四胡三省注云："金马坊在成都城中，以有金马碧鸡祠，因而名坊，又有碧鸡坊。"可知金马坊，其实一直与碧鸡坊对开。

金马碧鸡坊内一般都有金马碧鸡祠。祝穆《方舆胜览》卷五十一讲到成都府亦云："金马碧鸡祠，在金马坊前。"宋人李石《方舟集》卷二有《题金马碧鸡神祠》。而《舆地纪胜》云："按今北门内石马巷，有石马足陷入地，金马祠在巷内。碧鸡坊则在城之西南，杜甫诗云'时出碧鸡坊，西郊向草堂'是矣。"① 明代恢复金马坊，《蜀中广记》卷五十九云："今成都治内有金马坊，坊侧有祠，宋赐额名昭应云。"明何宇度《益部谈资》卷中亦云："金马碧鸡祠，在北门内金马坊侧，汉宣帝闻益州有金马碧鸡之神，遣谏议大夫王褒醮祭于此，宋赐庙额曰昭应。今仍赐金马云。"

金马碧鸡信仰从一开始就联系在一起，有金马坊就有碧鸡坊，据上所论可知，成都金马坊，在府城北门内。碧鸡坊，在府城内西南。而金马碧鸡祠如《蜀中广记》卷三所云："成都府北门之胜：武担山、子云宅、金马祠。"卷五十九所云："成都有碧鸡坊，盖祠所也。"

元代涉及成都的诗歌都会提及金马碧鸡。如谢应芳《龟巢稿》卷十六《怀成都监仓赵执中》三首之一："公余访古碧鸡祠，官柳野梅皆可诗。"又如马祖常《石田文集》卷三《无题四首》又《次前韵》："岷峨山下锦城江，好买玄都翡翠幢。……铜龙漏下春生水，金马神来雾入窗。"

今日仍闻名的重庆金碧山，也与金马碧鸡信仰有关，而人们早已忘记了它的这个历史渊源。《蜀中广记》卷十七《名胜记》之重庆府云："府治枕金碧山，汉时分祀金马碧鸡处也。宋淳祐中，制置使余玠②因旧址累为台曰金碧台。尝草诗余一阕。隶'友石'二字，刻在治后式燕堂。……志云：'城内崇因寺有净香亭，修竹檀栾，与金碧台相掩映。'"金碧山与金碧台在南宋因余玠而知名后，在元代曾被视做渝州的标志。元李仲渊《送捧诏使》云："渝城好过黄花节，金碧台高酒半酣。"

---

① 曹学佺：《蜀中广记》卷三引。
② 淳祐二年（1244），余玠为四川安抚处置使兼知重庆府，直到宝祐元年（1253）被召回临安，未行而暴卒。

　　成都、重庆除外，川渝地区还有不少地方都有金马碧鸡祠和信仰。南宋时，川渝地区的金马碧鸡神信仰再次得到官方认可。王应麟《玉海》卷一百〇二云："国朝金马碧鸡祠，在永康军导江。绍兴二十九年，庙曰昭应，隆兴二年封灵光侯。"① 据《宋史》卷八十九所云，永康军导江县，本是彭州导江县灌口镇，亦即今日之都江堰市，可知都江堰一带一直有金马碧鸡信仰，到南宋还曾十分著名。

　　元虞集《道园学古录》卷二《题柯敬仲画》序云："予先世居隆州州治之后山，石室翁守郡时，隆为陵州。"诗中有"碧鸡祠前杜鹃叫，玉女井上丛篁幽。"可知宋元时期四川陵州（又称隆州）亦有碧鸡祠。另外据《四川通志》卷二十八上云："金马碧鸡祠，在崇宁县北七里，今废。"同卷又云："金马祠在仁寿县南。"可知四川不少地方直到清朝仍旧保留着金马碧鸡信仰。

　　明代人写到四川，常常会提及金马碧鸡。如虞堪《希澹园诗集》卷三《玉垒词》："玉垒峰头月落西，碧鸡祠下杜鹃啼。"皇甫汸《皇甫司勋集》卷十二《化蜀行送周子吁提学》："铜梁玉垒灵气开，碧鸡金马神降来。"

　　反而是云南昆明的金马碧鸡信仰在元明清时期才逐渐广为人知。

　　　　《元史》卷一百六十七："其地有昆明池，介碧鸡、金马之间，环五百余里。"

　　　　《明一统志》："碧鸡神庙在碧鸡山东，金马神庙在金马山西，今移府城中。"

　　　　《大清一统志》："金马神祠大庙在昆明县东金马山麓，碧鸡神祠在昆明县西碧鸡山麓。"

　　明代诗人提到云南，几乎都会想到金马碧鸡山、神、祠。

　　　　吴俨《吴文肃摘稿》卷二《送王世赏云南提学》："绝塞竞看金马

---

　　① 《方舆胜览》、《舆地纪胜》均有记载，但云金马碧鸡祠在成都金马坊前。而据《建炎以来系年要录》卷一百八十一绍兴二十有九年云："是月名永宁导江县金马碧鸡神祠曰昭应。"则在导江县。"永宁"当为"永康"之误。

客，雄词惊倒碧鸡神。"

胡俨《颐庵文选》卷下《送刘子伟赴云南参议》："藩府日长公事简，题诗还到碧鸡祠。"

吴宽《家藏集》卷九《送陈师禹提学云南》："铁豸冠高还自整，碧鸡祠古漫相传。"

孙继皋《宗伯集》卷十《送顾廷评汝和奉使滇南》："异日词臣能奏赋，甘泉元有碧鸡祠。"

而当年邛都国的禺同山，到明清时早已成了云南的一部分，朱应登《滇中怀归》云："连岩望不极，惟见鸟飞还。乡心落何处，日没禺同山。"①

许多人不了解金马碧鸡神的源流，以致有许多疑惑，如宋程大昌《演繁露》卷十三云：

金马碧鸡祠。二高山，东有碧鸡、西为金马者，云汉武使王褒祠二神于彼。其地当在西蜀。在彼者，恐未真也。

明人甚至有"金马、碧鸡二山在云南，神在成都。汉遣王褒祀金马、碧鸡之神，实在蜀也"。②

金马碧鸡信仰在川滇渝等西南地区影响极大，已经深入到普通民众的生活之中，川滇渝的许多祠名、坊名、地名、山名、台名都与其信仰有关，而唐宋及其以前人们多关注到成都、重庆等川渝各地金马碧鸡信仰，直到元明清时，云南地区的这种信仰才受到重视。

五 动物崇拜还是其他信仰——金马碧鸡信仰之由来

汉宣帝为什么会派遣王褒迎请金马碧鸡神？也就是说他为何会信金马碧鸡神？

清人王士禛《精华录》卷十《祀鸡台》云："东周久已换西秦，陈宝

---

① 曹学佺：《石仓历代诗选》，商务印书馆 1978 年版。
② 徐撰：《徐氏笔精》，上海古籍出版社 1996 年版。

何须辨伪真。犹有汉家使持节，益州远祀碧鸡神。"意思是秦人早有祭祀"鸡"的习俗，汉宣帝何必派人远到益州求碧鸡神呢？

王士禛所说的"祀鸡台"，见于文献记载较晚，应即《明一统志》所云："祀鸡台，在宝鸡县东二十里。秦文公立宝鸡祠，筑此台祀之。"但诗中所说的"陈宝"的典故则较早，《汉书》卷二十五上《郊祀志》云：

> 作鄜畤后九年，文公获若石云，于陈仓北阪城祠之。其神或岁不至，或岁数来也。常以夜，光辉若流星，从东方来，集于祠城，若雄雉，其声殷殷云，野鸡夜鸣。以一牢祠之，名曰陈宝，作陈宝祠。①

汉人因袭秦朝的不少祭祀活动，陈宝祠亦在祭祀之列。据《汉书》卷二十五下《郊祀志》记载，汉成帝即位初年（前32），丞相匡衡、御史大夫张谭建议废除一些"秦故祠"，陈宝祠因此而罢，但到了永始三年（前14），在刘向建议下，皇太后又下诏恢复了已废的祠庙，刘向在此次奏对中专门谈及陈宝祠：

> 武、宣之世，奉此三神，礼敬敕备，神光尤著。祖宗所立神祇旧位，诚未易动。及陈宝祠，自秦文公至今七百余岁矣，汉兴，世世常来，光色赤黄，长四五丈，直祠而息，音声砰隐，野鸡皆雏。每见雍太祝祠以太牢，遣侯者乘传驰诣行在所，以为福祥。高祖时五来，文帝二十六来，武帝七十五来，宣帝二十五来，初元元年以来，亦二十来，此阳气旧祠也。②

---

① 《汉书》第1195页。中华书局版《艺文类聚》卷九十《列异传》云："秦穆公时，陈仓人掘地得物，若羊非羊，若猪非猪，牵以献穆公。道逢二童子，童子曰：'此名为蝹，常在地食死人脑，若欲杀之，以柏插其首。'蝹复曰：'彼二童名为陈宝，得雄者王，得雌者霸。'陈仓人舍蝹，逐二童子。童子化为雉，飞入平林。陈仓人告穆公，穆公发徒大猎，果得雌，又化为石，置之汧渭之间。至文公，为立祠，名陈宝。雄飞南集，今南阳雉县其地也。秦欲表其符，故以名县。每陈仓祠时，有赤光长十余丈，从雉县来入陈仓祠中，有声如雄雉。"《列异传》托名为魏文帝或晋张华所作。

② 唐以前人对鸡的认识，可参《艺文类聚》卷九十一："《春秋运斗枢》曰：玉衡星精散为鸡。《说题辞》曰：鸡为积阳南方之象，火阳精，物炎上，故阳出鸡鸣，以类感也。《易》曰：巽为鸡。"

因此可知王士祺所言有误。汉朝皇帝包括汉宣帝不仅熟悉秦人的陈宝祠，而且十分虔敬地祭祀。

另外，周官有"春祭马祖执驹，夏祭先牧颁马攻特，秋祭马社臧仆，冬祭马步献马讲驭夫"① 这样四季祭马神的传统，汉人似乎不太了解。汉武帝以爱马著称，但是他更有名的金马门，却与金马神无关。《后汉书》卷五十四《马援传》云："孝武皇帝时，善相马者东门京铸作铜马法，献之，有诏立马于鲁班门外，则更名鲁班门曰金马门。"但不知《汉书·郊祀志》中所说汉武帝新兴的"马行"祠，是否祭祀的就是马神。

既然祭祀马、鸡的传统，周、秦以来就存在，那么汉宣帝为什么还要迎请边远地区的金马碧鸡神呢？汉人普遍具有多神崇拜的观念，如《汉书·郊祀志》所云："《洪范》八政，三曰祀。祀者，所以昭孝事祖、通神明也。旁及四夷，莫不修之。下至禽兽，豺獭有祭。"汉宣帝的祖父武帝"尤敬鬼神之祀"，宣帝又特别留意"修武帝故事"，所以祭祀之神鬼自然也要多多益善。这可能是汉宣帝远请金马碧鸡神的一个原因。

《艺文类聚》卷九十一引《汉书》曰："王奉光好斗鸡，宣帝微时，数与奉光会，后即位，封邛成侯。又，宣帝微时，斗鸡于杜鄠之间。……又曰，宣帝时或言益州有金马碧鸡，可醮而致之，于是遣王褒持节求焉。"唐人似乎想证明，汉宣帝的碧鸡信仰是出于对斗鸡的爱好。从封斗鸡爱好者为"邛成侯"这个封号看，汉宣帝显然了解到邛都国是个以"鸡"著称的曾经的小王国。② 那么，汉宣帝可能确实因为个人的斗鸡喜好，而试图引进碧鸡神。毕竟陈宝祠中所祭祀的"陈宝"只是声音类似"雄雉"的"若石"，并非斗鸡所用的鸡，因此很难代替"鸡神"。

此外，汉代并没有把金马与碧鸡联系到一起的神，邛都国或者古滇

---

① 详参《钦定周官义疏》卷三十二："马步，贾氏公彦曰：马神称步，谓若？冥之步、人鬼之步之类也。"步与醮字异音义同。《周礼注疏》卷二十八注："巫马，知马祖、先牧、马社、马步之神者。"又《明史》卷五十《礼志》之马神云："洪武二年，命祭马祖、先牧、马社、马步之神，筑坛后湖。礼官言：周官春祭马祖，天驷星也；夏祭先牧，始养马者，秋祭马社，始乘马者；冬祭马步，乃神之灾害马者。隋用周制，祭以四仲之月，唐宋因之。今定春秋二仲月甲戌庚日遣官致祀，为坛，四乐用时乐，行三献礼。"

② 参考《说郛》卷六十六上《西京杂记》云："成帝（前32—前7）时，越巂献长鸣鸡，伺鸡晨，即下漏验之，晷刻无差，每鸣则一食顷不绝，长距善斗。"

国这种神奇特别的组合方式，对汉宣帝而言，十分新奇，这可能也是原因之一。

金马碧鸡到底是什么呢？其神是一神还是二神？邛都国乃至古滇国为什么会把二者联系到一起呢？

《汉书》卷二十五下《郊祀志》的"金马碧鸡之神"之下，汉人如淳的解释是"金形似马，碧形似鸡"。那么汉宣帝崇拜的并非马与鸡，而是金与碧？金、碧均属于珍宝，那么金马碧鸡属于异形珍宝崇拜而非动物崇拜？据《汉书》卷二十八上可知，越巂郡有十五县，其中会无县"东山出碧"，而青蛉县并不出金与碧，可见如淳的解释，没有太多根据。

《汉书》记载的"禺同山有金马、碧鸡"，王褒移文中所说的"金精神马、飘飘碧鸡"，《华阳国志》所说的"欲致鸡、马"，都说明金马、碧鸡就是毛色奇异、精神抖擞的马与鸡。但《滇略》卷十《杂略》云："碧鸡山，相传周惠王（前676—前652在位）时有凤凰翔集于此，时人不识，目为碧鸡，因以名山。"那么碧鸡其实是凤凰。同书还沿袭了张道宗《记古滇说》的说法而有所变化：

> 其神即东天竺国阿育王长子也，封碧鸡景帝。又《别记》云：阿育王有子三人，龙马一匹，三子皆欲之。王意欲与季子而患其争，乃以辔私授季子，即骠苴低也，纵其马，命三子云，捕得者与之。马奔往善阐，今安宁州，龙马跳涧山并草溪井，龙马河即其所经之地，石上蹄迹深尺许，三子追之，长子意马渴饮滇池，伺而邀之，不获；仲子意马必过甸中，伺而邀之，亦不获；季子往东松林，以辔邀之，马见辔而就遂获之。长子见季子得马，遂没于碧鸡山下为神，仲子没于岩头为神，封上甸景帝，季子亦没于松林为神，封金马景帝。

如此则金马碧鸡之神又为人所变化。但这些显然都是后世为了神化金马碧鸡的传说。

金马碧鸡神不仅与佛教有渊源关系，到了中土，还与道教也有了联系，道教经书中有金马神经①，加上成为神仙的赤斧曾为碧鸡祠主簿②，可知道教吸收了西南地区诸神的成分。

一般的祭祀不会同时将马、鸡并列，不仅周秦没有，而且邛都国的其他地方也没有，如《华阳国志》卷三云：

> 会无县（越巂郡十五县之一）……有天马河，马日行千里，后死于蜀，葬江原小亭，今天马冢是也。县有天马祠。初，民家马牧山下，或产骏驹，云天马子也。今其天马径厥迹存焉。

另外《华阳国志》卷四《南中志》所说的滇池县只谈到"滇池驹"。

而只有从邛都国禺同山而来的信仰，金马与碧鸡之神及祠，或合二为一，或对称出现，很少单独成立，与之相关的坊、山、台、路也不会将其拆开。那么金马碧鸡是一神还是二神？从后人的理解看，既有视其为一神的，也有视其为对称二神的。至于为何如此，或许只是因偶然巧合的出产引发了后世的兴趣认同，或许因为金碧二色搭配起来辉煌耀眼，或许因为马、鸡之间的和谐相处。相关的记载太少，需要更多邛都国、古滇国的资料来证明。

（原载《徐州工程学院学报》2012 年第 2 期）

---

① 见唐蔡伟《魏夫人传》中神人手授魏夫人的三十一卷经书中"说郛"卷一百一十三下。
② 刘向：《列仙传》，台北广文书局 1979 年版。

论宋代内外制的礼仪功能与审美性能

　　翰林学士撰写内制，知制诰或中书舍人撰写外制，合称内外制或两制。① 内外制都是官员代帝王或朝廷、官方立言的公文或应用文，在宋代一般被称作"文书"②，今人很少将其视作有文学价值的文章或文学作品，但是，宋代做过这两种官职的文人，其别集中几乎毫无例外地都收录了这类"文书"，有些还将其单独成集，不少宋人还为自己或他人的内外制作序。不仅如此，翰林学士所在的学士院还有不定期搜集编辑内制的习惯，官方会指派专业人员、也有专业人员自发将内制分门别类编纂起来，作为文献或典式存档，譬如王应麟《玉海》卷六四《诏令》记录有"嘉祐学士院草录、中兴以来玉堂制草"，李邴有《分门内外制集》，洪遵、周必大都曾为断代制草集写序③，以说明制草的重要性。欧阳修嘉祐三年《论编学士院制诏札子》云："臣伏见国家承五代之余，建万世之业，诛灭僭乱，怀来四夷，封祀天地，制作礼乐。至于大臣进退，政令改更，学士所作文书，皆系朝廷大事，示于后世，则为王者之训谟；藏之有司，乃是本朝之

---

① 有关宋代官制以及内外制创作者身份问题，详参龚延明《宋代官制辞典》（中华书局1997年版）以及陈元锋《北宋馆阁翰苑与诗坛研究》（中华书局2005年版）。下文谈及相关问题不一一注明。

② 欧阳修：《论编学士院制诏札子》有"学士所作文书"一语，《欧阳修全集》，中国书店1986年版，第876页。

③ 王应麟《玉海》卷六四《诏令》云："隆兴元年，翰林承旨洪遵撰《中兴以来玉堂制草序》……周必大《续玉堂制草》三十卷，裒隆兴以来旧稿，继遵所编，以尊号、表文为首，增以召试馆职策问。乾道八年壬辰上元日序。"周必大《文忠集》存《续中兴制草序》。綦崇礼《北海集》卷二八《李邴分门内外制集札子》云："臣伏见前参知政事李邴任翰林学士日，将本院内制文字分门编录，已成部帙，甚为详尽。"

故实。"说明了官方编辑内制的意义，并因此而开官方编辑内制的先河。时过境迁，大量的宋代"文书"留存至今，除了历史文献价值，还有没有其他的价值？

两制的政治功能与礼仪功能

一般来说，翰林学士职位比知制诰、中书舍人高，撰写的制词内容也更为保密机要，因此内制自然比外制重要得多，即所谓"盖学士，实代王言，视外制为重"[①]；"夫均之为两制也，而内制重于外制，以此知其选也"[②]。

但对于撰写过两制的作者而言，却并不都作如此判定，有些作者就觉得外制更为重要。譬如欧阳修《外制集序》云：

> （庆历三年）夏四月，召自滑台，入谏院；冬十二月，拜右正言、知制诰。是时夏人虽数请命，而西师尚未解严，京东累岁盗贼，最后王伦暴起沂州，转劫江淮之间，而张海、郭貌山等亦起商邓以惊京西。州县之吏，多不称职，而民弊矣。天子方慨然，劝农桑、兴学校、破去前例，以不次用人，哀民之困而欲除其蠹吏，知磨勘法久之弊，而思别材不肖以进贤能，患百职之不修，而申行赏罚之信，盖欲修法度矣。予时虽掌诰命，犹在谏职，常得奏事殿中，从容尽闻天子所以更张庶事，忧闵元元而劳心求治之意，退得载于制书，以讽晓训敕在位者。

欧阳修之所以认为外制更有意义，是因为当时内忧外患，军事政事繁忙，朝廷正在积极进行变革，而参与庆历新政的欧阳修，得以了解仁宗治理天下的意愿，代其立言，将外制的撰作融入新政变革之中，最直接地表达了君臣同心同德的治国思想，最大程度地发挥了外制的作用。

而当欧阳修嘉祐间升迁为翰林学士时，政治军事以及朝廷的情况发生了巨大变化，其《内制集序》云：

---

① 费衮：《梁溪漫志》卷二，《文渊阁四库全书》本。
② 章如愚：《群书考索》续集卷三四，《文渊阁四库全书》本。

予在翰林六年，中间进拜二三大臣，皆适不当直。而天下无事，四裔和好，兵革不用，凡朝廷之文，所以指麾号令、训戒约束，自非因事，无以发明。

新政失败后，一切似乎归于风平浪静，六年间可谓"一院有花春昼永，八方无事诏书稀"①，一向积极参政议政的欧阳修，所撰作的内制没有涉及任何朝廷大事，因此也没能发挥什么重大作用，所以他觉得六年"四百余篇"的内制，远不如八个月间"一百五十余篇"的外制有意义。作为政治家或者是官僚士大夫的欧阳修，关注的是两制的政治功能与实用功能，如果其功能被削弱，显然其撰写的意义也被削弱。

理宗淳祐年间兼撰内外制的赵汝腾也认为其所撰外制重于内制，《庸斋集》卷五《外制序》云：

一时内外制、上下房文字，皆予视草，亦儒生荣遇也。然予独喜以书下房，遂得行周元公，程纯公、正公兄弟，张横渠四先生封伯告词，非幸软？又下房大率行谪词，予未尝敢没人之善，虽不匿瑕，亦不掩瑜，间有谪非其罪，而行词亦皆不没其实，如莫子文不肯任括田劾去、常挺以斋宫卒、阙降秩是也。又有词头虽隶上房，而公论藉藉，不得不采为上言者，如疏郑寀、别之杰是也；又有吏议贬其人非当，留黄不书而施行，遂为之格，如止王三俊之贬之类是也。又有直声为当世所称者，吏议逐之，公议汹汹，既留黄又为之奏于上、申于都省，如救李公伯玉诸贤是也。大抵皆视公议如何耳。

作为官僚士大夫兼道学传人②的赵汝腾，他之所以更重视外制，是因为外制的内容与道学有关，他可以在撰写制词时表达他个人对道学前辈的

---

① 李昉：《禁林春直》，《全宋诗》，北京大学出版社 1995 年版，第 188 页。
② 《四库全书总目》卷一六四《庸斋集》提要："又集中《内外制序》，自称尝以草制忤史嵩之去国，又称时有无罪被谪如王三俊、李伯玉之类，皆留黄不书，上疏申救，施行遂为之格。是其气节岳岳，真不愧朱子之徒，非假借门墙者可比。"

敬仰之情，更重要的是外制中多是有关官员贬谪的事务，他能够从道义的角度，表达他个人对官方人事变动的褒贬原则，甚至采择"公论"以表达公众的态度。而内制却似乎因为直接对皇帝负责，而较少这样的个人自由。

欧、赵对内外制的看法不同于一般，涉及内外制的政治功能（这里也包括道德功能）与礼仪功能问题。与内制相比，外制所牵涉的事务比较单纯，多数是低级官员职务变动以及社会民生问题，政治社会性内容较多；而内制涉及的事务则十分繁杂，既有政治性事务也有礼仪性事务。事务的政治性较强，制词的政治功能就较强，事务的礼仪性较强，制词的礼仪功能自然较强。但是朝廷事务常常兼具政治性与礼仪性，因而制词的政治功能和礼仪功能也就很难截然分开，只是各有偏重而已。对于政治意识较强的撰作者而言，他们更重视给政治性强以及偏重于政治性的事务撰写制词。这就是欧、赵认为外制重于内制的原因。

翰林学士除了为政治性较强的事务撰写制词外，还要撰写朝廷及宫廷所需要的各种仪式性文字，譬如遣使劳问外国使臣以及本国臣下之"口宣"①，虽实质上也属于政治性事务，但其礼仪性更强，其政治功能要附着于礼仪性文字而得到传达。还有"宫禁所用文词"，如宫廷祭祀时所用的斋文、青词、道场疏，宫廷宴会上所用的乐语、致语以及春节、端午之类节日宫禁所用帖子词，乃至宫殿上梁文等，这些仪式性文体，涉及的是朝廷礼仪，也有政治意义，但对于政治主体意识极强的翰林学士而言，却不免琐细无聊。然而每个学士内制中都充斥这样的文章，欧阳修也不例外。只是欧阳修对此颇有疑惑："今学士所作文书多矣。至于青词斋文，必用老子浮屠之说；祈禳秘祝，往往近于家人里巷之事；而制诏取便于宣读，常拘以世俗所谓四六之文。其类多如此，然则果可谓之文章者欤？"作为学士而撰作这类没有太多政治道德功能的文章，在欧阳修看来，不免使学士"清要"的名号蒙尘。

吴师曾《文体明辨序说》曾对宋代翰林学士大量撰写"乐语"等文体

---

① 宋人内制集中多见，如《东坡全集》有"内制口宣一百四十一首"、"内制口宣一百二十二首"等。

表示不解，指出"其制大戾古乐，而当时名臣往往作而不辞，岂其限于职守，虽欲辞之而不可得欤？"难怪像欧阳修、赵汝腾这样的"名臣"都不太满意内制撰作。这类文字表明，内制中不少制词的礼仪功能重于政治道德功能。

当然，内制主要面对的还是政治性事务。如学士也像舍人一样撰写官员职务变动的制词，而且要为高级官员即文官太中大夫（从四品）以上、武官观察使（正五品）以上官员的除授撰写制诰，特别是要为拜相、枢密使、三公、三少、使相、节度使而草制，这些除授事务属于的"大除拜"，比外制涉及的一般官员的小除拜显然重要得多。然而在朝廷政治比较平稳的时期，大除拜发生的几率相对较少，譬如让欧阳修遗憾的是，他任学士职务的六年间只发生过两三次"拜二三大臣"这样的重大事务，却还没有轮到他值班，因而他根本没机会参与制撰。不少翰林学士也如欧阳修那样"生不逢时"，没机会发挥内制"指麾号令、训戒约束"这样的政治大功能。

翰林学士还要为立皇太子、后妃以及封亲王一类的事务草制，这些事情发生的几率当然更小，而且基本属于皇帝及宫廷的内部事务，大体要以皇帝的旨意为意旨，最多有二府（中书门下与枢密院）官员参与，与外朝事务相比，翰林学士在其间，几乎没有多少政治作用可发挥。所以对学士而言，内制对这种事务也只能发挥一点礼仪功能。

内制中的国书、赦书、德音以及戒励百官、晓谕军民所用的敕榜，无疑是翰林学士撰写的最为重要的政治事务文字。国书[①]牵涉国家对外关系，无论是战争还是和平，都需要特别慎重对待，以免引起外交纠纷。赦书、德音、敕榜，均在国家发生重大事件时撰写，譬如南渡前后，德音、敕榜所发挥的政治作用难以估量，所谓"多难之秋，德音所被，闻者凄愤，何其感人之深哉"[②]。这些文字的政治功能最强，是内制最有意义之处。但除

---

① 苏颂《华戎鲁卫信录总序》："元丰四年八月奉诏编类北界国信文字。……恩意既通，又有好货以将之，故次之以国信；信好不可单往，必有言词以文之，故次之以国书。"《东坡全集》有"内制国书一十八首"等。

② 吴澄：《吴文正集》卷五九《题汪龙溪行词手稿后》，《文渊阁四库全书》本。

了在非常时期，这些内容在多数的内制集中并不多见。

即便是政治道德功能较强的文章，实际上也都兼具更多礼仪功能。因为皇帝与朝廷的政治决议，最初都以"词头"方式呈现给学士和舍人，"词头"如果直接对外发表，就只具有政治功能，而当其需要学士舍人们将"词头"撰写成文章时，就表明朝廷要郑重其事，需要学士舍人将其美化，才能更具礼仪性，让受制者更好接受这一决议。因此，制词本身就是"词头"的礼仪化产品。

由于内外制面对的是朝廷许多重要的政治事务，人们因而普遍认为内外制只具有政治功能，事实上，学士舍人并非政治事务决策人，他们只是将朝廷已经决策的事务进行文字加工，宣告于外界，为政治性事务增添了礼仪功能而已。实际上，内外制的礼仪功能大于其政治功能。

两制的审美性与实用性

今人总认为纯文学作品比内外制之类的朝廷公文要更有文学意味，更有审美意义，但是不少宋人观点却相反，如孙觌《鸿庆居士集》卷三〇《参政兄内外制序》云：

> 尝闻世之君子，当以功名事业传之天下后世，不得已而后见于言语文章，而为之空言。何谓空言？骚人墨客赋上林、诧云梦，夸雄斗丽，讽一而劝百，谓之空言可也；俚儒俗学，诡诡然刻舟记遗，而不切于事，谓之空言可也；羁臣寓公，登高望远，抚剑长歌，击缶而呼，呜呜以自鸣其不遇，亦谓之空言可也。若夫鸿儒硕学之士，逢时遇主，擅大手笔，布宣德音，涣为大号，四海震动，沛然如雷霆之发，疾风骤雨之至，故有穷荒绝徼、屈强不臣之徒，征诛所不能加者，传檄可定也；跋扈枭雄、骄悍不轨之臣，法令所不能制者，折简可呼也。载笔而往，奸臣贼子惧而受恶，固严于一剑之诛也；赦令之行，武夫叛卒泣而悔过，固贤于百万之师也。一字之褒如华衮，一言之感如挟纩，天威在颜，不违咫尺，而文章之功，盖侔于造物矣。谓之空言，可乎？

在孙觌看来，今人所谓的纯文学作品，尽是无用之空言，而今人所谓的公文，则不仅有"空言"之作难以企及的巨大政治社会作用，而且文采焕然到可与"造物"相提并论的地步。

人格颇为后人不齿的孙觌所说如是，是夸大其词、危言耸听，还是颇有道理？我们试从其他宋人对内外制的看法以及论争中求证。

宋人常常讨论制词应该古朴还是华美、简洁还是繁复的问题，其本质就是制词应该偏重实用性还是审美性的问题。欧阳修曾就翰林学士的选拔任命问题，指出内制应该直言古朴：

> 若欲藉其词业，则臣谓才行者，人臣之本；文章者，乃其外饰耳。况今文章之士为学士者，得一两人足矣。假如全无文士，朝廷诏敕之词，直书王言以示天下，尤足以敦复古朴之美，不必雕刻之华。①

欧阳修的出发点显然是内外制应当偏重其实用性，因此他的制词，诚如《文忠集》附录卷五《事迹》所云："公既典制诰，尤务敦大体。初作《劝农敕》既出，天下翕然，人人传诵，王言之体，远复前古。"

宋神宗与王安石、冯京在熙宁四年关于制词简繁问题，有一次比较深入的探讨：

> 先是，上言陈绎制辞不工，欲用曾布，疑布所领事已多。王安石曰："布兼之亦不困。"遂以布直舍人院。安石因言："制辞太繁，如磨勘转常参官之类，何须作诰称誉其美？非王言之体，兼令在官者以从事华辞费日力。"上曰："常参官多不识。每转官，盛称其材，行皆非实，诚无谓。"安石曰："臣愚以为，但可撰定诰辞云'朕录尔劳，序进厥位，往率职事，服朕命。钦哉。'他仿此撰定，则甚省得词臣心力，却使专思虑于实事，亦于王言之体为当。"冯京以为不可。上卒从安石言。②

---

① 欧阳修：《论李淑奸邪札子》，《欧阳修全集》，中国书店1986年版，第802页。
② 李焘：《续资治通鉴长编》卷二百二十《神宗》，《文渊阁四库全书》本。

　　王安石认为不少外制只是处理官员除授事务时的十分简单的形式化行为，而当时的情况是"除官之人，无日不有，而外制臣僚，皆兼领他事，既出仓猝，褒贬重轻，或未得中"①，因此，他从实际情况出发，觉得不必搞得繁文缛节、称誉浮华，但他比欧阳修要干脆决断、敢作敢为得多，竟当着皇帝面直接做出了一个模板，以便外制词臣应付普通常参官的制词撰作。宋神宗也因为变法期间诸事繁杂，对制诰这种"于政事亦非急切"的小事不愿花太多时间留心，所以同意王安石的简化实用做法。

　　王安石临时制作的模仿"盘诰"的制词模板，以及他准允的其他仿效此词的模板，在熙宁元丰时期通过法令的形式，被中书舍人正式使用："乞自今文臣两制、武臣阁门使已上及朝廷升擢、特旨改官并责降特选告辞外，其余除授，并撰定检用。从之。"② 这的确让草制的舍人们省时省力，不必为"褒贬重轻"而绞尽脑汁、句斟字酌，但对于接受制词的官员而言，这个千篇一律、千人一面、应付差事般的制词未免过于草率，即便他官职级别较低，也不该受如此"歧视"，毕竟祖宗有家法，外制撰写有自己的传统。冯京因而反对，皇帝与宰相却不加理会。

　　王安石将公文的实用性功能偏重到了极致，神宗期间的内外制因皇帝宰臣一致的实用化观点而缺少文采，应该说这是当今人们认为的委任状式公文的常态，却在当时及其后都受到不少诟病。因为在大多数宋人心目中，内外制的确不只是为了使用，而是"以告四方而扬于外廷者也"，是有关国体的大制作，体现的是朝廷风采、盛世文明，岂能容许如此草率无礼？过于质直刻板缺少变化的内外制，简直是轻视学士、舍人这两种文臣心目中最神圣的职业，无视华夏礼仪且有失朝廷体面。③

　　多数宋人认为，内外制应该制作精良、文采斐然，不应该只有实用性，李邴为王安中内外制所作的《序略》中说：

　　　　本朝承五季之后，杨刘之学盛于一时，其裁割纂组之工极矣。石

①　李焘：《续资治通鉴长编》卷二百二十《神宗》，《文渊阁四库全书》本。
②　同上。
③　陈元锋：《北宋馆阁翰苑与诗坛研究》，中华书局 2005 年版，第 234—242 页。

介愤然以杨公破碎圣人之道为世巨害,著论排之甚力。然当时文宗巨儒、司翰墨之职者,亦必循本朝故事,如近世张公安道高简粹纯,王公禹玉温润典裁,元公厚之精丽稳密,苏东坡先生雄深秀伟,皆制词之杰然者。譬之王良造父策骥騄而骋康庄,一日千里,而节以和銮、驰之蚁封,亦必中度,岂能彼而不能此哉![①]

精通四六的李邴所说的"本朝故事",不是石介反对杨刘之后的"故事",而是杨刘所开创的那种"裁割纂组之工极矣"的"故事",他认为北宋只有张方平、王珪、元绛、苏轼四家以及王安中遵循了这个"故事",而欧阳修、王安石的那种追求古朴简洁,与杨刘背道而驰的做法,根本不在他的法眼之内,因而不值一提。事实上,整个宋代内外制一类的公文,基本是杨刘"本朝故事"的天下,欧王的四六虽然也别具风采,受人称道,却并非群体效仿的文坛主流。

王安石的制词模板说明,如果不是为了"王言"的文雅典重、朝廷的体面威严、国家的礼仪文明,那么内外制完全可以是纯粹实用性、程式化的固定作品,根本不需要"文士"花费心力去创作。既然内外制的礼仪功能重于政治功能,那么其文饰性即审美性也因而高于实用性。孙觌那段稍显华丽浮夸的言说,的确是建立在宋人这一大体一致的观念之上。

今人因为语言、文化、观念等方面隔阂,很少能从宋人留存的大量内外制中,读出其美感与艺术性,但对宋人而言,内外制则篇篇都是值得关注、欣赏、批评的美文,上自天子下到未入仕的士子,都会细读新旧内外制,并对其评头论足,发表高见。

内制因为代皇帝立言,皇帝自然是第一读者,能否言皇帝之所想言而未能言,是内制的最大难题。而宋代的皇帝对内制个个内行,难以糊弄蒙蔽。几乎每个皇帝都精通内制的鉴赏批评,譬如前文所云没空留意内制的宋神宗,一眼就能看出代言者在哪些字句上下了功夫,而让代言者口服心服:

---

① 王安中:《初寮集》卷首,《文渊阁四库全书》本。

熙宁三年，曾宣靖为昭文相，以疾乞解机政。久之，除守司空侍中、河阳三城节度使、集禧观使。王文恭为内相，当制，进进草。神宗读至"高旗巨节，遥临践土之邦；闲馆珍台，独揖浮丘之袂"，顾文恭，笑云："此句甚熟，想备下多时。"文恭云："诚如圣训。"归语其子仲修云："吾自闻鲁公丐去，即办此一联。"叹服上之精鉴如此。①

这样的事例在宋人笔记文话中俯拾皆是。宋孝宗曾对周必大所拟的《加上尊号诏》中称颂太上皇帝与太上皇后的几句话"再三稽奖"，且谓"数句用经语，该括明备，非卿不能为，真大手笔也"②。代言者能得到被代言者如此肯定与欣赏，一定是满足了其心理预期，而这一点正是代言体需要达到的一个标准。

受制词者是第二读者，他们对撰写制词者的为人气度以及立意措辞水平是否满意，也是评价制词的一个标准，譬如陈执中对欧阳修为他撰写的制词所表现出来的气度就喜出望外：

陈恭公执中素不喜公。其知陈州时，公自颍移南京，过陈，拒而不见。后，公还朝作学士，陈为首相，公遂不造其门。已而陈出知亳州，寻罢使相、换观文，公当草制。自谓必不得好词，及制出，词甚美，至云"杜门却扫（欧集作绝请），善避权势而免（欧集作远）嫌；处事执心，不为毁誉而更守"。陈大惊喜曰："使与我相知深者，不能道此。此得我之实也。"手录一本，寄门下客李师中，曰："吾恨不早识此人。"③

两句话就能使有嫌隙的受制者消弭嫌隙，非知者认作知己，作者的雅量与识度真是难以企及。这是内外制要达到的第二个审美标准。

而其他广大读者，更是从不同视角对内外制提出各自的看法，如朱熹

---

① 王明清：《挥麈录》余话卷一，中华书局上海编辑所1961年版，第286—287页。
② 王应麟：《玉海》卷二〇二《辞学指南》，《文渊阁四库全书》本。
③ 张邦基：《墨庄漫录》卷八，中华书局2002年版，第227页。

夸奖范祖禹所作的《徐王改封冀王制》，称其"自然平正典重，彼工于四六者却不能及"①。朱熹赏识范祖禹的史学风范，表达出道学家对内外制的欣赏标准。

罗大经《鹤林玉露》卷一三则通过两篇制词比较，指出掌握好褒贬的尺度，才算得王言之体：

> 宋嘉定间，加史丞相实封制云："天欲治，舍我谁也，负孟轲济世之才；民不被，若己推之，挺伊尹佐王之略。"用经句而帖妥，然过谀失体。勋德如韩魏公，荆公草加官制，不过曰："保兹天子，进无浮实之名；正是国人，退有顾言之行。"或谓荆公素不满于魏公，故无甚褒之词。非也，王言之体当然耳。

对仗工稳而用典妥帖，就四六而言，可称美文，但就内外制而言还远远不够，因为"王言之体"对代言者能否具有帝王般的身份气派、语气腔调有更严苛的要求，过度阿谀与过度贬低一样都有失帝王身份。"王言"的分寸感飘忽不定，一般文臣极难把握，就连颇受宋孝宗夸赞的周必大都被后人指出瑕疵：

> 凡文皆然，而王言尤不可以不知体制。龙溪益公号为得体制，然其间犹有非君所以告臣、人或得以指其瑕者。②

内外制因此成为不同于一般四六而最难以掌握的文体。如何得王言之体，因而成为内外制的最基本也是最高的标准。

宋人在对内外制海量的品评辨析中，建立了他们自己的"文书"理念与审美标准，许多今人看来过于琐细严苛的标准，其实是超越了内容与艺术、实用与审美二元对立的简单化概念之概括之上的，宋人对内外制以及其他文体那种细微敏锐的审美感受，绝非今日程式化的艺术风格

---

① 王应麟：《玉海》卷二○二《辞学指南》，《文渊阁四库全书》本。

② 同上。

分析所能涵盖。

两制的客观化与主观化

宣和六年，韩驹迁中书舍人兼修国史，入谢时，曾与宋徽宗就制诰一类公文能否掺杂撰作者个人主观判断或情感等问题进行讨论：

> 上曰："近年为制诰者，所褒必溢美，所贬必溢恶，岂王言之体？且《盘》《诰》具在，宁若是乎？"驹对："若止作制诰，则粗知文墨者皆可为。先帝置两省，岂止使行文书而已？"上曰："给事实掌封驳。"驹奏"舍人亦许缴还词头"，上曰："自今朝廷事有可论者，一切缴来。"寻兼权直学士院，制词简重，为时所推。①

宋徽宗对制诰中加入过多的主观褒贬因素不满，但通过讨论，觉得韩驹所言甚有道理，同意制词者在撰作时可以加入主观判断与情感。韩驹认为，两省官员既然被赋予了参政议政的权力，为什么不能在处理政事的公文中增加个人的主观判断与情感呢？

的确，宋代的知制诰、中书舍人与翰林学士有一定参政议政权力，不是纯粹的文章之士，这是他们撰写制诰时能够增加个人化、情感化因素的前提。两制官员多数不满足于只做文秘类的撰写工作，不满足于只做朝廷官方的传声筒，他们有强烈的政治主体参与意识，因此在撰写时投注个人主观化判断乃至情绪，是他们争取主体权益的表现。

不少人认为朝廷公文代表官方，应该客观公正，不带个人主观感情色彩，但这种观点可以说基本属于现代公文意识。宋人则颇不同，多数都与韩驹相似，认为公文要有个人风采或者说个性在，如陆游《渭南文集》卷一五《傅给事外制集序》云：

> 公自政和讫绍兴，阅世变多矣，白首一节，不少屈于权贵，不附

---

① 脱脱等：《宋史》卷四四五《韩驹传》，中华书局 1977 年版，第 13140 页。

时论以苟登用。每言敌、言畔臣，必愤然扼腕裂眦，有不与俱生之意；士大夫稍有退缩者，辄正色责之若仇，一时士气为之振起。今观其制告之词，可概见也。

在傅崧卿的外制中，陆游就看到了其坚持气节情操、爱憎分明的个性。读者能从公文中读出撰写者的风采，可见公文绝非只有朝廷官方的语调口气和令人憎厌的官腔。这正是宋代公文至今仍具有感染力之处。

不少内外制的撰作者认为，在撰作制词时加入本人的主观褒贬因素，其实关乎个人的政治立场以及道德修养，影响着个人生前身后的声名。特别是在道学盛行之后，濡染道学者尤其在意砥砺名节，所以十分有意识地在制词中表现个人的思想见解，以及对世道人心、公论公议的把握。如赵汝腾《庸斋集》卷五《内制序》云：

> 其后史承相嵩之解督府、归相位转官，适予当草制，直笔无假借，有箴砭。嵩之大不悦，力辞三官，不拜制。予自是亦乞外者，屡而不获。又其后，以廷试多士宣予，已至东华门，有旨改高翰长，京师喧传"史丞相故为是也"，或谓恐发策太直。予以是乞去，得请守永嘉。自己亥秋至辛丑夏，凡历三期，中间独当草制一期有半，得制诏等文四百余首。然予每谓北门之职，非但尚词藻记问而已，人主心术系焉。故予于正邪是非之间，每因词令而为上别白言之，率以是取忤于人，然不得罪于天下公论者，则亦以是也。

令赵汝腾自豪的就是，他能做到"威武不能屈"，敢于在制词中表达个人对"正邪是非"的判断而不惜得罪权贵。

赵汝腾不是个案，宋理宗时许多官僚士大夫都认为内外制要主观化、情感化，如当时中书舍人袁甫奏《乞降诏抚谕西蜀札子》曰：

> 盖见故相当国，以言为讳，词臣揣摩意见，多所避忌。语不恳恻，岂能动人？陛下更化以来，旷然与天下为公，今者诏旨丁宁，所

贵明白洞达。臣不暇远引三代诰命，只如汉武末年，兵戈不息，深陈往悔，吐自肺肝；与夫唐德宗奉天诏书，自谓"天谴不悟，人怨不知，痛心靦面，罪实在予"；下至封敕草《阵伤边将诏》有云"伤居尔体，痛在朕躬"，如此等语，颇得王言之体。愿陛下明谕词臣，使之展意，无所依违。敕书诞敷，将见欢声如雷，贾勇敌忾，敌兵不足虑也。

袁甫引汉唐诰命为证，以说明只有充满真情实感的"王言"，才会发挥出巨大作用。

宋代文人政治主体意识极为强烈，若某人在其位而不谋其政，就会被士人们嘲笑，如草制大家王珪辅政期间唯唯诺诺、毫无建树，就被戏称为"三旨宰相"：

珪自辅政至宰相凡十六年，无所建明，守成而已，时号为"三旨宰相"。以其上殿进呈云"取圣旨"；上可否讫，又云"领圣旨"；既退，谕禀事者云"已得圣旨"故也。①

学士舍人们被视为清要之官，荣登此职的官员们特别珍惜其话语权，绝不会丧失个人的政治观点与立场，而仅仅满足于做"三旨宰相"一类的学士。因此庆历新政以及新旧党争中，内外制成为政治斗争的重要武器，人事变更任命制书如何褒贬措辞，是政治家们都十分谨慎且绝不轻易放弃的"战场"，当时的内外制对敌我双方之君子小人的态度就爱憎分明；南渡时期，汪藻等人代言的德音、敕榜，因为饱含激情而充满振奋人心的力量；南宋中后期道学渐盛，道德标准更成为政治生活的重要辅助剂，内外制被赋予了更多的政治功能以外的道德评判功能，许多内外制撰作者将政治道德评判合二为一，制词毫不含蓄留情，敢于"直笔"，主观色彩强烈。

公文的过度主观化，可能使撰作者流于意气用事，引起政治生活中不

① 李焘：《续资治通鉴长编》卷三百五十六，《文渊阁四库全书》本。

必要的纷争，也可能使得一些过分追求气节声名的士人变得沽名钓誉，四库馆臣在为《庸斋集》作提要时，引用了周密《癸辛杂识》对赵汝腾与徐霖交往事迹的描述，又考察了赵汝腾的不少诗文后指出："是则宋季士大夫崇尚道学、矫激沽名之流弊，亦不容为汝腾讳矣。观于是集，良足为千古炯鉴也。"

尽管如此，内外制的主观化、情感化，增强了宋代公文的审美内涵与文学质素，宋代的内外制因此而作手辈出，个性十足，风格多样，不仅丰富了四六文的创作，而且润色鸿业，体现出一代礼仪文化与风雅文明。

事实上，骈文从汉魏产生时一开始，就是具有形式大于内容、充满唯美倾向的美文，刘勰《文心雕龙》用大量篇幅讨论了骈文各种文体的内容、作用以及审美特征，宣布骈文文章学在南朝就已成立。内外制作为骈文的一种文体，沿袭着汉魏六朝以来的传统，将政治或官方色彩较强的内容通过审美文体表达出来传达给读者，是对骈文的发展，而宋人的内外制理念不仅是对骈文文章学的建构，也对当代公文创作以及公文文章学颇具启示。

（原载《江海学刊》2013 年第 4 期）

后　记

　　会在知命之年将发表在各种刊物的部分论文结集，真是从未梦到的事情。因此十分感谢四川大学中国俗文化所的这项学术规划。

　　整理这些论文之前，从来没有总结、思考过自己的"学术研究"，所以在分类、归纳这些论文过程中，才发现多年来自己的兴趣与探讨会如此泛滥、如此漫无目的。

　　仔细回想这些论文的缘起，似乎大多源于任务，偶或出于兴趣。而哪些是任务哪些是兴趣，实在很难区分，因为我似乎很容易把任务转化为兴趣。

　　任务主要是指教学、会议、项目等这些身在教职不得不为之事。起初觉得这些任务太多太麻烦，浪费时间和精力，但违抗推辞不得，只好静心去做，做着做着，就会发现一些问题，然后去查看相关资料，一看就会沉浸其中，兴味十足，至于不能自拔，忘乎所以。

　　譬如"诗词关系"一节的几篇文章，就是因为本科教学、硕士论文指导、诗学以及词学会议常常会同时涉及诗与词，让余不得不思考诗词关系；"唱和诗歌"一节，是我申请国家社科基金项目"宋代唱和诗歌文化研究"前后所做的几篇论文，业师王水照先生肯定唱和研究大有可为，坚定了我对此探索的信心；"欧阳修研究"始于2003年给硕士生开的宋代文学研究课程，十年来每年的秋冬都要上这门课，和每届学生一起细读欧阳修诗文，有不少新的发现，而这里的几篇文章，则归功于洪本健老师主持下的欧阳修研究会，两年一次的研讨会，促使我将零散的想法整理成文，免得学而不思；"陆游研究"则因为陆游学会的几次会议，高利华老师邀请我参加，不能空手而去，则写一点儿心得。出于纯粹兴趣的好像是邵雍、范成大研究，邵雍诗歌读起来很像现代的白话自由诗，很有趣味；范成大是那样悲悯众生，令人感动。

当任务变成兴趣，兴趣成为职业，感受到内面的世界比外面更加精彩，教书、读书、写书的生涯就不再是那么沉重乏味，而变得其乐无穷。

1981 年在郑州大学读书时，喜欢的是任诞不羁的魏晋风度，于是于1985 年本科毕业之际，拜倒在西北师范大学郑文先生门下研习汉魏六朝文学。1988 年取得硕士学位后留校任教，曾被安排教授过大学语文、古代汉语，但个人兴趣点还在汉魏六朝文学。几年后想进一步深造时，却因种种原因而转向唐宋文学。

接触宋代诗歌是在 1992 年秋天进入复旦大学从师王水照先生后，先生竟然敢放手让我这么一个对宋诗并无兴趣也毫无了解的人写宋诗体派论，而我在三年探索中竟然渐渐喜欢上内敛平淡的宋诗以及宋型文化，进入了一个新的天地。

二十余年来，我一直在三百余年的造极文化里孜孜以求，虽终因资质愚钝而学问业绩寥寥，但是从张扬个性的魏晋风度转向崇尚理性的宋诗，我的人生中段不知不觉地被所学的文化整形和塑造，我的生命也因此增加了宽度与厚度。

《宋诗体派论》、《宋代家族与文学研究》等书籍用过的以及我与张剑兄合作的论文基本除外。这里编选的三十篇论文，是我多年来研读宋诗的一得之见。博士毕业后的前十年发表论文比较少，这里也仅选录四篇，其他二十余篇多在 2005 年后发表。学术研究需要长时期积淀和磨炼，也需要勇气与信心。2004 年初我将《论南宋后期词的雅化和诗的俗化》一文投至《文学遗产》，得到陶文鹏先生的倾力揄扬，陶先生邀我参加当年十月福建师大举办的文学遗产论坛，他不仅让我在会议上发表此文，还力请王兆鹏、沈松勤二位先生评议指导。这一不遗余力奖掖后进的行为不只令我感动，更增强我的学术自信和探索热情，使我在学术研究道路上更加勤奋和努力。所有拙作的发表，都离不开像陶先生这样热心学术研究的各家刊物编辑们的支持与辛劳，离不开为刊物评审论文的专家们认真评阅和指正。

疏于联络且拙于言辞的我，对每位同道中人都心存感激。

2014 年 11 月于韩国外国语大学国际学舍

再记：去年十一、十二月编选论文集目录过后，写了后记，并得到张剑兄应允写序，算是完成了任务。而之后，我却陷入反省与反思中，觉得多年来的探讨一无是处。论文写作过于个人化，完全是一种兴趣化、自说自话式的私人写作，只是一些知识的堆积、简单的思考，没有逻辑思辨、没有思想深度。很长一段时间都自责、自惭到不能坐下来安心写作。虽不至于自毁少作，但的确觉得自己需要更多长进。

与张剑兄 2005 年开始合作家族文学研究，他的严谨与无私、开阔的视野以及执着学术的精神，一直让我受益匪浅。而在我低迷至于抑郁时，他的谬奖使我重拾信心。希望有一天我能够超越自我，继续前行。

2015 年 10 月 15 日于韩国又松大学青云三宿

又记：这个论文集从编纂到交至出版社花费近两年时间，期间一年半我都在韩国。2014 年我在韩国外国语大学教书间隙编成论文集目录，交给外子，他将发表这些论文的杂志全部找齐，一一复印，然后请他的高足王长林先生下载 PDF 文件并转换成 word 文档，再交由我的学生戴路先生细心校对、核对、正误，戴路先生完结后又请他的同门进一步完善。如此烦琐细致的工作都交由他们承担，而他们任劳任怨付出那么多时间和精力，我的感激之情难以言表。

2016 年 9 月 18 日于四川大学文星花园